Die Sieben Schilde der Macht

DAS LIED DES WINDES

Widmung

Für meinen Sohn, der mich daran erinnerte, dass das Leben magisch ist.

Lektorat: Nadine Hofstädter, Sandra Mrowinski

Landkarte: Saumya Singh, social media @Saumyasvision. Map by @Saumyasvision/Inkarnate

Umschlag: 100 covers

Bilder von: Pixabay, Creative Fabrica, Canva

Inhaltsverzeichnis

Vorwort

Du schaust aus dem Fenster und glaubst, du spinnst?

Du liebst Fabelwesen, Magie und Tiere?

Du siehst die Nachrichten, verfolgst manches auf den Social medias, nimmst im Supermarkt Gesprächsfetzen anderer auf, sitzt auf dem Sofa bei deinen Verwandten und eine einzige Frage besetzt dein Denken, nämlich die, was um alles in der Welt du hier auf diesem Planeten tust und warum sich niemand um die wirklich wichtigen Dinge, wie fliegen lernen, Telepathie, Heilen, Tierkommunikation oder der Frage, woher wir kommen, befasst?

Du weißt, dass es noch mehr auf dieser Welt gibt als das, was wir sehen, spüren, riechen, tasten und schmecken können und du träumst davon, in eine Welt einzutauchen, die es so nicht gibt in unserer dritten Dimension, aber jederzeit zugänglich ist, wenn du nur wüsstest, wie?

Dann hoffe ich, dass dieser erste Teil der insgesamt siebenteiligen Saga dich neugierig macht. Denn Teile des geheimen Wissens, das ich in meiner zwanzigjährigen schamanischen Ausbildung bekommen habe, fließen in diesen ersten Band ein.

Dennoch ist es kein Lehrbuch, sondern schlichtweg ein Fantasyroman für Menschen von elf bis neunundneunzig, der von Abenteuer, der Schwierigkeit anders zu sein als die Masse, von Einsamkeit und dem Mut einer kleinen Gruppe von Gefährten spricht, die im Laufe der Zeit sich nichts Geringerem als dem Bösen stellen müssen.

Die Geschichte handelt in einer Welt, die wir heute so nicht kennen, aber wer heute Zweifel hat an dem, was uns die Herrscher der heutigen Welt als „normal" verkaufen wollen, kann erkennen, wie brandaktuell es ist, sich mit der Kunst des Widerstandes, des Untergrundes und des Krieges für das Licht und das Gute zu üben und wie ausschlaggebend dabei die Macht der Liebe und der Freundschaft ist.

Es gibt nichts Gefährlicheres als die Bequemlichkeit und nichts Grausameres als die damit einhergehenden

Banalität des Alltags. Es gibt einen Weg aus dieser Matrix des Grauens. Du musst ihn nur gehen.

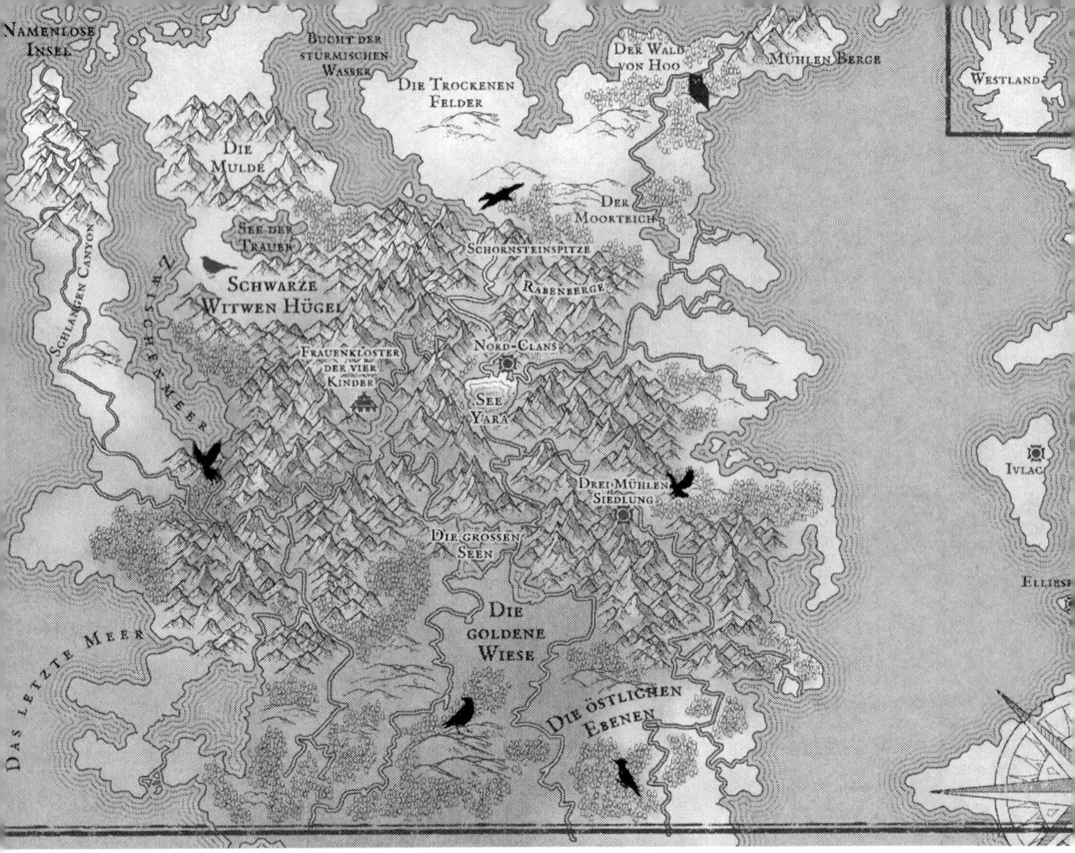
Namenlose Insel
Bucht der stürmischen Wasser
Die Trockenen Felder
Der Wald von Hoo
Mühlen Berge
Westland
Die Mulde
See der Trauer
Schlangen Canyon
Zwischenmeer
Schwarze Witwen Hügel
Der Moorteich
Schornsteinspitze
Rabenberge
Nord-Clans
Frauenkloster der vier Kinder
See Yara
Drei Mühlen Siedlung
Ivlac
Die grossen Seen
Die goldene Wiese
Das letzte Meer
Die östlichen Ebenen

DER CLUB DER 13

Was nicht so alles hinter dicken Mauern geschmiedet wird

Die Straßen von Sulumor waren leergefegt. Das lag aber nicht an der Uhrzeit, denn es war acht

Uhr morgens. Normalerweise füllten sich um diese Zeit schon lange die Gaststätten mit denen, die es nicht erwarten konnten, ein kaltes Bett zu verlassen, um sich auf den Straßen und Plätzen mit einem Hauch von Leben von den Alpträumen der Nacht zu befreien.

An den Tischen saßen gewöhnlich die mit schlecht gewaschenen Gesichtern, die dem Tag und ihrem meist erbärmlichen Leben mit Hilfe der täglich selben Gespräche und einem Glas Wein, die Schärfe nehmen wollten.

Aber heute waren die Straßen auf Geheiß des Königs leer. Die Straßen waren leergefegt, weil das geistige Oberhaupt der Nation gewählt werden sollte. In dunklen Gängen waren über die letzten Monate Drohungen gezischt und Handschläge zwischen Männern gewechselt worden, die sich ansonsten zu meiden wussten. Sie hatten hart daran gearbeitet alle anderen ernstzunehmenden Kandidaten einzuschüchtern oder unter die Erde zu bringen. Nun war es endlich so weit: das letzte geistige Oberhaupt, der sogenannte Adeodatus, hatte vor wenigen Wochen endlich der schleichenden Wirkung des Gifts nachgegeben und heute war der Tag, an dem hinter verschlossenen Türen sein Nachfolger, der eine, der einzige Adeodatus gewählt werden sollte.

Wer Sulumor an diesem Tag aus der Vogelperspektive gesehen hätte, hätte das Bild einer heiligen Stadt mit weiß schillernden Tauben auf den von der klaren Morgensonne umspielten Giebeln und sauber gefegten Pflastersteinstraßen, wippenden Palmen und neugierig an die Fenster gequetschten Kindernasen gesehen.

Es war heute nicht erlaubt die Exkremente aus den Fenstern auf die Straßen zu entleeren. Der König hatte am gestrigen Tag die Zahl der Straßenkehrer verdreifacht und schon vor Wochen das Rattengift verfünffachen lassen, um an diesem Sonntag seinen Bürgern einmal den Gestank von Urin, vergammeltem Essen und Kot zu ersparen.

Durch die Straßen patrouillierten mehr Soldaten und Spione als sonst. Obdachlose, Marktweiber, Tauschhändler und überhaupt alle, die die Straße ihr Zuhause nannten – selbst streunende Hunde! - wurden massenweise an den Stadtrand gejagt oder eingekerkert. An diesem einen Tag musste die Ordnung herrschen, die den *Herrn der Gnade* milde stimmen sollte. Denn heute sollte ihnen nach tagelangem Warten ein neues Oberhaupt beschert werden.

Die Stadt hielt den Atem an und wartete auf die Erlösung durch drei Rauchfahnen, die der Zeit wieder den richtigen Schubs geben sollte, um anschließend mit neuem und frischem Schwung mit Kochen, Geldvermehren, Schimpfen, Jammern, Intrigieren und allen weiteren Geschäftigkeiten weiterzumachen.

Nur wer sich die Mühe gemacht hätte genauer hinzusehen, hätte den sehnigen Mann, dessen Alter der Spannkraft in seinen Muskeln noch nichts anhaben konnte, entdeckt. Er lief mit offensichtlich weltmännischen und selbstsicheren Schritten, sich scheinbar nicht um die Adeodatuswahl kümmernd, schnurstracks auf ein Gebäude zu, das so aufdringlich seine Position auf dem Platz zur Schau stellte, dass es schon wieder unsichtbar geworden war.

Und so wie das Meer nicht seine überragende Vorrangstellung unter den Elementen dieses Planeten zur Schau stellen muss, so wenig hatte dieser dreistöckige Prunkkoloss es nötig mit so etwas banalem, wie einem Schild oder ähnlichem, anzuzeigen, welche Art von Menschen die hohen Marmorstufen erklimmen durften, um dann einem Portier zu begegnen, der Anweisung hatte, den einen einzulassen und den anderen eben nicht.

Der Herr war mit feinstem Tuch bekleidet, mit Handschuhen und Zylinder ausgestattet. Wer gute Augen hatte, konnte den grauen lockigen Haarkranz sehen, den der Herr mit seinem Hut zu bändigen versuchte. Ein Gehstock vervollständigte diese ordnungsgemäße Ausstattung und sein zu dieser Art der Aufmachung gehörende leicht gelangweilte Gesichtsausdruck rundete das Bild ab. Nur ein seltsames Zucken rund um die Mundwinkel und ein unkontrolliert staksiger Gang könnte in einem aufmerksamen und neugierigen Betrachter den Verdacht erwecken, dass dieser Herr eventuell doch nicht so ganz weltmännisch entspannt war. Denn als er oben am Eingang schließlich vom Portier ohne Zögern eingelassen worden war und er die große Empfangshalle betrat, fügte sich diesem feinen Zucken auch noch ein schweres Ausatmen hinzu. So, als ob sich am Eingang etwas auf seine Brust gesetzt hätte und ihn nur mehr gepresst atmen ließe. Dies alles ist jedoch nur für misstrauische Geister interessant, denn kein Augenzucken oder unregelmäßiges Atmen kann dem nun folgenden gekonnten Durchqueren von Gängen, auch nur den geringsten Beigeschmack von Schwäche oder fehlender Klarheit oder was auch immer unterstellen.

Der Herr, dessen Namen wir immer noch nicht kennen, durchschritt schließlich, einem herbeigeeilten Diener folgend, der ihm Stock und Hut noch im Gehen abnahm, einen nur schwach von Kerzenlicht beleuchteten Korridor. Auf seinem Weg durch eine Gemäldegalerie wurde er von den Blicken ernster Herrscher, beeindruckender Herrscherinnen, blassen Kindern und weiser Hundeaugen begleitet. Am Ende angekommen öffnete sich die Tür genau in dem Moment, der notwendig war, damit unser Herr seinen weltmännischen Marsch nicht unterbrechen musste, um ungewollt gegen die Tür zu rennen. Noch mit dem vom Korridor gewonnenen Schwung trat er in einen Raum, der den Nachhall seiner Schritte im Nu verschlang: nichts als Holzvertäfelungen, Jagdbilder, schwere Samtvorhänge, zentimeterdicke Teppiche und tiefe, dunkelrote Ledersessel saugten jeden nicht gewollten Ton in sich auf. Und das war auch gut so, denn das Geräusch, das aus einem der Sessel, dessen Rückenlehne seinen Insassen oder was auch immer darin sitzen sollte, abschirmte, wäre sonst nicht gehört worden. Unser Herr versuchte immer noch Herr seiner Lage zu sein und nicht dem Mundwinkelzucken oder schwerem Atmen die Überhand zu lassen. In dem Moment, in dem er ein joviales, herrenhaftes »Guten Tag« von sich geben wollte, wurde er von diesem Geräusch unterbrochen und dazu gebracht, sich auf einen extra für ihn platzierten, hochbeinigen Stuhl zu setzen. Der Stuhl war so positioniert, dass der darauf Sitzende nur das Rückenteil des bequemen tiefen Sessels mitsamt Insassen sehen konnte.

Die seufzende, wie vom anderen Ende des Korridors herüberschwebende Stimme, die einem das nasse Gefühl eines an einem einzigen Tag alt gewordenen und an Schwindsucht leidenden Kindes automatisch in Gebeine und Gehirn tropfen ließ, fing nach einer Zeitspanne, die das Warten auf die Adeodatuswahl als Kinderkram belächeln ließ, an zu reden:

»Sie haben nun wohl die Rolle des Übermittlers übernommen? Wie nennen wir Sie?«

Herr von Welt, der bei dieser Frage eine Augenbraue erstaunt nach oben zog, erwiderte noch mit einem Rest an weltmännischer Arroganz: »Ich dachte, Anonymität sei, sagen wir einmal, wichtig?«

»Eine Frage mit einer Gegenfrage zu beantworten ist ungehörig, sehr sehr ungehörig. Aber offensichtlich wurde die Übergabe von Seiten Ihrer Vorgesetzten oberflächlich gehandhabt. Denn ja, Geheimhaltung ist das, um was es hier geht, daher werden Sie mich einfach Eure Durchlaucht nennen. Ich jedoch habe ein Anrecht zu wissen, wie Sie heißen. Oder hegen Sie etwa den Verdacht, ich könnte Sie verraten?«

Ein Kichern drang plötzlich aus einer dunklen Ecke. Aber nur kurz, dann war wieder Stille, bevor die gedehnte Stimme aus dem Sessel noch ein süffisantes »Und?«, hinzufügte.

Unser Herr versuchte sich zu fassen, zog kurz und scharf die Luft durch die Nase ein und mit nun beiden erhobenen Augenbrauen antwortete er in Richtung des Sessels: »Mein Name ist Steinfeld, Helmut von Steinfeld, Eure Durchlaucht. Und es tut mir leid, wenn ich Ihnen den Eindruck schlecht unterwiesen zu sein vermittelt habe. Ich muss wohl einen Moment lang zerstreut gewesen sein.

Seine Durchlaucht antwortete ohne Hast: »Zerstreut. Nun ja. Da kann ich nur hoffen, dass Sie nicht auch bei Ihrer Arbeit zerstreut sind, Herr von Steinfeld.«

Ein Schmatzen mit anschließendem unterdrücktem Kichern ließ sich wieder aus dem Eck des Raumes vernehmen. Das ganze Zimmer lag im Halbdunkel, die schweren purpurroten Samtvorhänge waren vorgezogen und man konnte kaum seine Hand vor den Augen sehen. Dafür lag eine fette, abgestandene und leicht säuerliche Stille über allem. Herr von Steinfeld hatte das Gefühl, er müsse mit Gewalt einatmen und die Brust gegen diese atmosphärische Schwere stemmen. Auf der anderen Seite wurde ihm zutiefst übel und es wäre ihm lieber gewesen nicht atmen zu müssen, denn das, was er einatmete, war keine Luft, sondern etwas, das nur so tat, als ob es das sei. Herr von Steinfeld war noch mit seinem Überleben und Atmen beschäftigt, als die Stimme hinter der Lehne weitersprach, ohne auf das Kichern aus der Ecke einzugehen oder zu erklären, wer da noch im Raum saß.

»Aber verlieren wir keine Zeit, sonst verlieren Sie noch das Interesse an unserer Unterhaltung. Wie sieht es denn aus mit dem Plan, Westland einzuverleiben? Ich erzähle Ihnen wohl nichts Neues, wenn ich behaupte, dass wir hier in Mittelland ein gewisses Limit erreicht haben, nicht wahr Johannes?« Nun bewegte sich etwas in einer Zimmerecke und mit einer tiefen und gurgelnden Antwort schmolz Herrn von Steinfelds letzte Contenance: »Mehr noch, ich denke, wir haben hier unsere Schuldigkeit getan und die Menschen sind am untersten Ende des Überlebens« fuhr die Stimme fort. »Wenn wir sie noch mehr knechten, riskieren wir Rebellion und Bürgerkrieg. Es stinkt hier alles zum Himmel, man watet metertief in Exkrementen, an jeder Straßenecke gammelt menschliches Unkraut und es ist hier kaum mehr auszuhalten vor lauter Seuchen und Platznot. Wir können doch nicht immer den Tod eines Adeodatuses abwarten, bis man hier wieder auf die Straße kann, ohne dass man in meterhohem Kot watet. «

Herr von Steinfeld, dem seine trainierten Muskeln und gute Haltung schon seit ein paar Sätzen nicht mehr gegen das schnell zunehmende Unwohlsein zu helfen vermochten, versuchte sich in dem Kunststück, den ansteigenden Druck, den er auf seiner Brust spürte durch gewaltsames Ausatmen zu entlasten und dabei möglichst keine Geräusche zu machen, um vor Seiner Durchlaucht ja keine weitere Blöße zu zeigen. Er versuchte sich selbst davon zu überzeugen, dass er nichts zu befürchten habe, denn es sähe gut aus allgemein und auch konkret und so fasste er neuen Mut. Er wollte seiner Stimme den Wohlklang eines selbstsicheren Mannes von Welt geben, fand jedoch nicht das richtige Maß und so richtete er mit seinen strapazierten Stimmbändern die ersten Sätze, die er in den letzten Tagen auswendig gelernt hatte und die wie eine überzogene Spieluhr klangen, in Richtung Sessellehne:

»Oh! Ich stimme Ihnen«, und er blickte mit zusammengekniffenen Augen in die Richtung, aus der rhythmisch ein gurgelndes Grollen kam, »und Eurer Durchlaucht zu, dass wir ein Maß an Selbstausbeutung und Verzweiflung in der Bevölkerung erarbeitet haben, das wohl kaum zu steigern ist. Nur, dass der Gestank und die Krankheiten nun auch unseren Edelleuten das Leben schwer machen. Und: es gibt nichts mehr zu holen. Zu viele Menschen, die gefüttert werden müssen. Wir holen das Maximum aus den Menschen heraus, aber wir haben seit Jahren keine Gewinnsteigerung mehr. Im Gegenteil, manch einer jammert, dass es zu Gewinneinbußen kam in den letzten Jahren, wegen all der Seuchen und Aufstände. Aber das wird wohl auch zu Ihnen durchgedrungen sein.«

Seine Durchlaucht ließ darauf eine Minute verstreichen. Herr von Steinfeld schloss für einen Moment die Augen und versuchte weiterhin zu atmen, natürlich lautlos. Es war ihm völlig klar, dass er zu laut gesprochen hatte und dass dabei die letzten Worte als Krächzen aus seinem Munde gequollen waren, war daraufhin schon gleichgültig. Jenes, was hätte gut informiert und selbstsicher klingen und das Verbindende ihrer Situation hätte unterstreichen sollen, war als dumme, voreilige, respektlose und damit völlig deplatzierte Anklage aus seinem Mund geschossen. Es gelang ihm diesmal nicht lautlos auszuatmen und als er es in dieser Stille auf seinem ungemütlichen mitten im Raum stehenden Stuhl mit der harten und viel zu geraden Stuhllehne nicht mehr aushielt, sprang er auf und begann in kleinen Kreisen den Stuhl zu umrunden. Er musste sich bewegen, ohne in den Bereich des Zimmers vorzudringen, in dem das verborgene Sesselwesen saß. Denn dies schien ein offensichtliches Tabu zu sein. Das zumindest wusste er instinktiv. Selbst das Einkreisen seines Stuhles kam ihm schon wie ein Ungehorsam vor. So wollte er sich versichern, dass seine Schritte nicht als Ungeduld oder Nervosität interpretiert werden könnten: »Es stört eure Durchlaucht hoffentlich nicht, wenn ich mir etwas die Beine vertrete. Ich kann besser denken, wenn ich mich bewege.«

Seine Durchlaucht begann langsam zu sprechen: »Es ist gut, wenn Sie anfangen zu denken, Herr von Steinfeld, denn momentan beginne ich mich zu langweilen. Ich dachte, Sie seien gekommen, um mich über den Fortlauf der Dinge zu informieren und nicht um mich mit hohlem Geplänkel zu langweilen. Ich dachte nicht, dass es jemals wieder nötig sein würde Sie und die Rasse, die sie vertreten, daran zu erinnern, dass wir zwar ein gemeinsames Ziel verfolgen, dass da jedoch ein kleiner, aber nicht unwichtiger Unterschied besteht. Nämlich der, dass wir die Regeln bestimmen. Sie kennen die Menschen besser und das nützt uns, aber nur weil wir Ihnen freie Hand in der Handhabung geben, sollten Sie es niemals und ich betone niemals mit Gleichrangigkeit verwechseln. Ist Ihnen das verständlich, Herr von Steinfeld, sind wir uns da einig Herr von Steinfeld?«

Wie saure lauwarme Milch drangen diese Worte in sein Gehirn. Herr von Steinfeld, der sich bei diesen Worten an der Stuhllehne festhielt, vergaß irgendwie darauf zu achten, ob er nun zu laut sprach oder zu heftig ausatmete. So gab er ein Geräusch von sich, das einem Ja geradeso ähnelte.

»Gut, Herr von Steinfeld«, sagte nun seine Durchlaucht in versöhnlicherem Tone, »dann können wir ja endlich unsere Arbeit tun. Also, ja, ich stimme Ihnen zu, dass das Leid der Menschen zugenommen hat. Und, wie Sie hoffentlich erahnen, dieser Umstand uns und unserer Majestät ganz besonders gut gefällt. Wir verachten Eure Rasse und wir sind es nach all diesen Jahrhunderten leid hier auf diesem armseligen Planeten zu sein. Jeder Schritt, der uns das Verlassen dieser Erde ermöglicht, ist ein willkommener, ja heiß ersehnter Schritt. Auch wenn einige von uns inzwischen Gefallen daran gefunden haben, sich an eurem Leid zu laben.« Erneut drang ein Grollen aus dem Eck: »Und wir dürfen nicht vergessen, dass wir den Menschen versprochen hatten auch ihre Agenda voranzutreiben. Und das ist unsere Frage hier. Eure Durchlaucht: wie sollen wir sie in einem so großen Kontinent, wie der *Nation der 7 Schilde*, dem sogenannten Westland, zum Leiden bringen? Es gibt dort Platz und Reichtum. Das braucht Jahrhunderte, bis wir dort die Naturschätze ausgebeutet haben und dasselbe System aufgebaut haben, wie hier. Einige von uns denken: »lasst uns das System in Mittelland verfeinern, bis wir mit dem riesigen Westland so weit sind. Wir sind zufrieden, sehr zufrieden, was wir mit den Menschen im Osten und Süden machen konnten. Und da geht schon noch ein wenig, bis wir mit dem Westland nachziehen können.«

Die grollende Stimme verstummte und nun kroch Herrn von Steinfeld eine Gänsehaut den Rücken hinauf und es stellten sich ihm die Nackenhaare auf, denn er hörte eindeutig, wie mehrere Wesen miteinander tuschelten. Aber so sehr er sich anstrengte in der Dunkelheit etwas sehen zu können, konnte er nur Schatten ausmachen und die Geräusche machten für ihn keinen Sinn. Es handelte sich offensichtlich um eine ihm unbekannte Sprache. Nun verlangte auch seine Durchlaucht wieder seine Aufmerksamkeit.

»Die Idee, einen weiteren Kontinent zu besetzten, haben wir schon auf das ausführlichste besprochen. Diese Entscheidung ist gefallen, denn wir brauchen mehr Gold, mehr Energie - Energie von Menschen«, und er drückte es so aus, als ob er von einem Buffet sprach. »Ich gebe unserem Bruder Johannes Recht und denke, dass Sie, Herr von Steinfeld und Ihre Familien zu lax und zu verwöhnt geworden seid. Es erweckt den Eindruck, dass nichts vorwärts geht! Um es kurz zu machen, wir sind nicht zufrieden, Herr von Steinfeld, gar nicht zufrieden. Immer wieder tauchen Menschen auf, die von Freiheit und Brüderlichkeit sprechen und ich frage mich, ob Ihr vielleicht Mitleid habt und nicht genug Druck ausübt?«

Herr von Steinfeld hielt sich nun an der Lehne fest. Das Gespräch hatte eine Wende genommen, die ihm gar nicht gefiel und nun musste er auch noch improvisieren, auch wenn er die auswendig gelernten

Satzfetzen noch wage auf der Zunge hatte: »Sie sind zu viele geworden für die Arbeit, die wir haben. Die goldenen Zeiten sind vorbei«, stotterte er. »Es rentiert sich nicht mehr. Es gibt keine Schätze mehr in Mittelland. Jeden Goldkrümel haben wir aus der Erde heben lassen, jedes Metall ist geschürft, jeder Wald ist nun Nutz Wald, jeder Mensch ein für uns nützlicher Mensch. Der Kontinent ist am Ende. Und die Arbeit im Westland benötigt deutlich mehr unserer Ressourcen, was ein gut überlegtes und sorgsames Vorgehen erfordert....«

»Papperlapapp. Hier ist noch gar nichts am Ende, und wenn Sie nicht so armselig jammern würden und endlich alle ihre Arbeit machen würden, könnten wir im Westland schon längst Gewinne erzielen. Wir lieben es, dass es viele Menschen sind hier in Mittelland. Sie können ihre Kinder nicht mehr ernähren und geben sie weg und das ist für einige von uns ein wunderbar köstlicher Umstand!«

Und nun kam zu dem Gurgeln und Schmatzen aus der Ecke auch noch ein seidendünnes stockendes Quietschen hinzu. Das Bild einer lachenden Eidechse zirpte sich in sein Gehirn und Herr von Steinfeld setzte sich, holte sich nun, ohne auf die Außenwirkung zu achten, ein Taschentuch aus der Weste und wischte sich über die Stirn. Das im Sessel kauernde Wesen, das Herrn von Steinfeld zwar nicht sehen konnte, schien dennoch genau zu wissen, wann dieser bereit war zu sprechen oder zu hören und mit weiterhin gleichmütiger und völlig unbeteiligter Stimme fing es wieder an zu sprechen: »Wir wissen, dass auch

Ihre Familien zu viele Kinder gebären und Ihr euch beginnt gegenseitig die Köpfe einzuschlagen. Wichtig ist, dass Ihr nicht vergesst, wer euch die Macht, das Volk auszubluten, gegeben hat und wer es euch wieder nehmen kann. Und nun die Warnung: wir brauchen Lebensenergie und Gold. Sie wissen: irgendwann kommt der Moment, in dem wir genug Gold zusammen haben müssen, um unser Ziel erreicht zu haben. Der alte Kontinent ist zwar immer noch für manche Zwecke vergnüglich für einige von uns, aber im Großen und Ganzen ist er tatsächlich nichts mehr wert; wir brauchen mehr Energie, mehr Gold, mehr Schätze! Das war auch von Anfang an unser Pakt. Wir helfen euch und ihr helft uns! Und Sie sollten Ihren Teil des Vertrages ernster nehmen!«

Herr von Steinfeld, der inzwischen wieder einen Teil seiner Kontenance wiedergewonnen hatte, fuhr nun hastig damit fort, dort weiterzumachen, wo er zuvor aufgehört hatte, in der inständigen Bitte an alle Mächte, dass er dies in untadeliger Betonung und situationsgerechter Aussprache zum Besten geben möge: »Ja, der gute alte Pakt: Ihr bekommt das Gold und die Lebensenergie und wir die Macht. Was für eine langanhaltende Ehe wir schon führen, nicht?« Herr von Steinfeld schaute, ohne eine Antwort zu erwarten auf die Sessellehne. Dann nahm er den Faden wieder auf mit einer Stimme die jedem berufsmüden Lehrer, der versucht einem besonders begriffsstutzigen Kind etwas beizubringen, in den Schatten stellen würde: »Wir wissen um die Probleme unseres ehrwürdigen

Mittellandes und stellen uns den Aufgaben in Westland und haben vorgesorgt.«

Seine Durchlaucht, die offensichtlich aufgab Ton und Vortragsweise des Herrn von Steinfelds weiter seine Aufmerksamkeit zu widmen, fragte nun müde: »Und darf man erfahren was dabei rauskommt, wenn Sie solange denken statt ausreichend zu handeln? «

Herr von Steinfeld, froh darüber, endlich das Interesse seiner Durchlaucht erweckt zu haben, sprach nun mit neuer Zuversicht: »Die vor einhundert Jahren angekurbelte Auswanderung des Abschaums haben wir weiterhin vorangetrieben. Wir haben hier weitere Gesetze erlassen, die vor allem den jüngeren Söhnen keine andere Wahl lassen, als die Heimat zu verlassen, wenn sie nicht verhungern wollen. Parallel dazu haben wir in den Schiffsbau investiert und im Namen der Religion begonnen die *Nation der 7 Schilde*, also Westland, auf Goldreserven zu durchforsten. Wenn wir diese Phase abgeschlossen und die meisten Schätze in unseren Besitz gebracht haben, werden wir es mit ausgehungerten Mittelländlern überschwemmen. In Westland sind wir an einem guten Punkt angelangt. Die Ostküste ist schon gut besiedelt und wir arbeiten daran in den Westen vorzudringen. Die Besiedlung geht momentan noch langsam vor sich aber wir kümmern uns darum, den Prozess zu beschleunigen, und zwar...«

Seine Durchlaucht unterbrach ihn brüsk: »Ja, so war es das letzte Mal vor vielen Jahren besprochen worden mit einem Ihrer Vorgänger, sprechen Sie weiter.«

Herr von Steinfeld, von dieser Aufforderung angespornt, wollte noch mehr von den Erfolgen erzählen, als ihn seine Durchlaucht unterbrach: »Schon gut, schon gut. Also, was ist der Plan und warum führen Sie den erst jetzt aus?«

Herr von Steinfeld: »Geduld, Geduld! Es ist mir eine Freude Sie in diesen von langer Hand geplanten Akt der Vergrößerung unseres und Ihres Reichtums einzuweihen. Es brauchte eine Weile und vor allem: die Menschen waren noch nicht so weit, sie hingen noch an ihrer Erde, an ihren Verwandten, ihrer sogenannten Kultur, ihrer Heimat. Manche konnten sich noch erinnern und manche Bücher aus alten Zeiten waren noch im Gedächtnis, aber wir unterbinden derzeit das Lernen von Lesen und Schreiben und wir haben den letzten Adeodatus – der Herr habe ihn selig - dazu gebracht, dass die heiligen Gesänge nur mehr in der Sprache Nielat und nicht mehr in der Sprache des Volkes gelesen werden. Damit versteht das Volk noch nicht einmal, was die geistigen Führer in ihre unwissenden Hohlköpfe hineinzubringen versuchen. Sprich: selbst, wenn sie irgendwann doch noch an alte Bücher kämen, würden sie sie schlichtweg nicht lesen können!«

Herr von Steinfeld machte eine Pause und glaubte ein kurzes Auflachen seiner Durchlaucht gehört zu haben und mit frischem Schwung fuhr er also fort: »Aber wir haben unsere Aufgaben gemacht: Wir haben Bibliotheken verbrannt, das Wissen der Heilung als Sünde gebrandmarkt und vor allem die Frauen in die Sklaverei geschickt und wir haben den Adeodatus dazu überredet, das Gebären von vielen Kindern als gottesfürchtig hinzustellen. Die Gefahr, dass die Frauen aufmucken, ist durch die Idee, sie als Teufelsbrut darzustellen, wenn sie versuchen den Gang der Dinge zu verhindern, derzeit kaum gegeben. Und falls doch einmal eine denkt, sie könne hier zur alten Macht zurückkehren, wird sie kurzerhand auf dem Scheiterhaufen verbrannt. Damit haben wir es nur mehr mit den Männern zu tun. Und diese beugen wir durch Neid und Missgunst untereinander und hin und wieder einem Krieg. Der Mensch ist jedoch ein zähes Wesen und vor allem die Liebe zur Familie ist immer wieder ein Problem und so mussten wir noch weitere Taktiken anwenden: Durch die Verhinderung eines funktionierenden Abwasser-Systems und der daraus gelungenen Verbreitung der Pest sowie der Schaffung verschiedener Rechtsgrundlagen, die die Hälfte der Bevölkerung in die Hände von Verzweiflung und Armut getrieben haben, ist diese edle Verbindung innerhalb der Familien so geschwächt wie ein monatelang im brackigen Wasser aufgeweichter Wollfaden. Er reißt selbst unter der sanftesten Berührung eines Kindes.

Nun ist der perfekte Moment dafür gekommen, die Besiedelung von Westland massiv voranzutreiben: Wir versprechen dem hungrigen Volk das Paradies auf Erden: die *Nation der 7 Schilde*! Ein neuer Kontinent, ein neues Glück, Reichtum und was sonst noch die Begierden der ausgehungerten Herden von Obdachlosen, die Mittelland heute übersähen, die eigene Frau und Kinder verkaufen lässt, um sich eine Schiffskarte zu besorgen und an Bord zu gehen. In Westland liegt das Gold noch unter der Erde. Wir haben derzeit nicht die Möglichkeit, es zu heben und so haben wir uns folgendes ausgedacht: wir lassen es die Einwanderer aus der Erde holen. Wir müssen sie nicht bezahlen. Die Mienen gehören schon zum Großteil uns, selbst wenn ein Goldschürfer eine Miene kauft, lassen wir ihn derzeit das Gold behalten. Das Gold, das wir auf dem jungfräulichen Kontinent bisher gefunden haben und unter der Erde auf uns wartet, behalten wir nicht, sondern lassen es ~ vorerst ~ denen, die es finden. Somit empfängt in den Hafenstädten von Mittelland ein Heer von vor Neid und Missgunst sich krümmende Bevölkerung die von Gold, Macht und Freiheit erzählenden Geschenke der Siedler aus Westland, die sie an ihre zurückgelassenen Familien schicken. Zudem haben wir das Postsystem im Namen der Modernisierung verbessert und verbilligt. So kommen täglich, nein stündlich Briefe mit Erzählungen von billigem Land und der Möglichkeit, sein Glück zu machen in den kleinen, dunklen Wohnbaracken der Zurückgebliebenen an. Das wird einen Exodus mit sich bringen und Millionen von Mittelländlern nach Westland treiben. All die Enterbten, Zweit- und Spätgeborenen, Entlassenen, Obdachlosen, Verstoßenen und Kriminellen dieses Kontinents werden sich aufmachen, um ihr Glück im neuen gelobten Land zu suchen.«

Seine Durchlaucht: »Infam, infam, so etwas gefällt mir...!«.

Herr von Steinfeld, der nun endlich von all den von den organisierten Taten erzählen konnte, sprach, ohne quasi Luft zu holen ~ was ihm ja ohnehin schwer fiel

- damit ihn seine Durchlaucht ja nicht unterbrechen könne: »Im alten Kontinent haben wir erreicht, was wir wollten. Wir haben sie jahrhundertelang bearbeitet, nun sind sie wie scharf geschliffene Messer. Sie sind unsere willigen Werkzeuge. Viel haben Sie und unsere Vorgänger erreicht... Eure Durchlaucht: wir haben sie dazu gebracht sich wie die Karnickel zu vermehren, sie sind unwissend und ignorant. Sie ergötzen sich sogar darüber, wenn wieder jemand öffentlich hingerichtet wird.

Derzeit arbeiten einige von uns daran, eine neue und von uns überarbeitete Übersetzung des heiligen Buches zu drucken. Damit wird selbst der, der lesen kann, keine großen Weisheiten mehr in diesem Buch entdecken.«

»Was meinen Sie damit, können sie etwas konkreter werden?«

»Damit meine ich, dass wir das Thema der Liebe völlig in den Hintergrund, dafür jedoch das Symbol des Leidens in den Mittelpunkt gestellt haben. Die unmissverständliche Botschaft ist nun: der Mensch muss leiden, er ist schuldig von Geburt an und kann nur erlöst werden von seiner Schuld, wenn der Herr der Gnade es will. Es gibt für sie keinen freien Willen, keine Unschuld und vor allem keine Hoffnung mehr. Wer dieses Buch liest, wird im Geist erlöscht und braucht nun einen Führer, einen Hirten, der ihn in seiner Unwissenheit und Sünde leitet. Hier kommen wir ins Spiel und übernehmen selbstverständlich großzügig diese Rolle.« Herr von Steinfeld erlaubte sich kurz ein dreckig klingendes Lachen von sich zu geben.

Hinter der Stuhllehne blieb es jedoch still und so fuhr er etwas beleidigt fort: »Wir machen keine halben Sachen und so haben wir das Töten von Rebellen institutionalisiert. Es gibt hier einen Ablauf, der kaum zu durchbrechen ist. Zu diesem Zwecke haben wir unter anderem die heilige Reinigung erfunden und uns damit eine Waffe erstellt, die jeglichen Widerstand im Keim tötet. Wir haben dafür gesorgt, dass der Fanatismus einen günstigen Boden findet und dass die Menschen ihren Hass auf den Teufel, das Böse und das vermeintlich Böse in jedem richten - und nicht versehentlich auf uns. Die Menschen denken, sie seien so etwas wie die über der Erde herrschende Rasse, eine Art privilegierter Übermensch. Sie wissen nicht mehr wer sie sind und warum sie überhaupt da sind. Es interessiert sie nicht. Sie sind zu sehr mit dem Überleben und dem Träumen vom Reichtum beschäftigt! Sie werfen sich völlig freiwillig und mit Leib und Seele in unsere Hände. Aber genug geschwärmt und ich will Sie nicht langweilen mit meinem Schwelgen in der Kunst die Geschichte in unserem Sinne mit Kreativität zu begleiten. Wo war ich also stehengeblieben, was war noch wichtig? Ach ja: Dass das, was unser heiliger Märtyrer, den die Menschen so verehren, zu Lebzeiten gemacht hatte, nur er und sonst keiner machen kann, weil er eben der Sohn des Herrn sei, haben wir schon bei der ersten Ausgabe unterstrichen. So ist keine Gefahr mehr im Verzug, dass jemand auf die Idee kommen könnte es gleich oder womöglich besser als er zu machen! Wie mein Vater schon immer sagte: ›Lass die Menschen vergessen, lenke sie ab, nimm ihnen die Kraft der Vorstellungskraft, verneble ihren Geist und du hast ein Heer von Schafen vor dir. Wunderbar!«

Seine Durchlaucht sagte nun, für Herrn von Steinfelds Geschmack leider viel zu wenig enthusiastisch: »Ja, ich verstehe.«

Denn die Luft hätte nun eigentlich voll von Staunen und Bewunderung sein sollen, aber das war sie nicht. Die Stille war nicht zu interpretieren, sie roch nach einem Vorwurf, und zwar nach dem Vorwurf, dass etwas Wichtiges fehlte.

Herr von Steinfeld, der enttäuscht die lauwarme Reaktion seines Gegenübers auf seine Rede nur schlecht verkraftete, ging zu einem Gegenangriff über. Denn auch wenn dieses Wesen sprach wie ein Mensch, vielleicht war es in all den Jahrhunderten schwer von Begriff geworden und so fügte er dreist die Frage hinzu: »Was gibt es, was Ihnen noch nicht klar scheint?«

Seine Durchlaucht reagierte nicht auf die Provokation, sondern antwortete lakonisch: »Nun, wir haben die Auswanderer in unserer Hand, aber was ist mit den Völkern, die in Westland leben? Ihr Geist ist wohl noch stark und ihre Verbindung zur Quelle intakt, wie ich vernehme. Sie werden ihr Land nicht so einfach hergeben und ich hoffe nicht, dass Sie von uns verlangen, wieder einzugreifen oder gar unser eigenes Gold an dieser Stelle zu investieren! Mir scheint, diesen Aspekt haben sie bisher in ihrem Plan völlig außer Acht gelassen…«

Herr von Steinfeld antwortete rasch: »Nein, nein, natürlich nicht! Wir haben das Glück, dass die

Ureinwohner, die sich selbst Elus nennen, in Wirklichkeit ein armseliger Haufen sind. Sie sind wenige, sie sind nicht gut untereinander organisiert und meistens sind sie faul und nicht am Krieg interessiert. Und wenn, können sie uns das Wasser in puncto Kriegführung nicht reichen. Sie müssen immer noch erst alles mit ihrem *Großen Geist* absprechen, den sie Mundoo nennen. Unser Heer, unser Volk hingegen hört darauf, was wir ihnen diktieren. Das ist bei einer Eroberung ein großer Vorteil. Und: wir sind keine Anfänger mehr! Glauben Sie, dass das Land der Mori unbewohnt war, als wir die Herden aus dem Osten in eine Hungersnot trieben, ihre Männer nach Westen lotsten und sie dort alles niedermetzeln ließen, um die alten Kulturen dem Erdboden gleichzumachen? Oder als wir die Bewohner der Ostinseln dabei unterstützten die alten Göttinnen zu erniedrigen, zu entthronen und sie dann zu unwichtigen frustrierten Ehefrauen des neu gegründeten göttlichen Ordens reduzierten, damit sie nichts mehr unternehmen konnten. Als wir die Bewohner der Ostinseln, die alten Stämme im gesamten Osten töteten, versklavten und die heute als Helden gefeiert werden? Denkt nur, wie wir es mit einem kleinen, lächerlichen Gesetz geschafft hatten, dass die sogenannten Giganten keinen Zugang mehr zu den Bodenschätzen bekamen und somit im langsamen Untergang in der Vergessenheit versanken. Es ist, wie sie sich erinnern, nicht das erste Mal, dass wir das tun. Sicherlich, diesmal hat es welterschütternde Auswirkungen, denn es handelt sich um einen enormen Kontinent, der eine Schlüsselrolle spielen wird in der Aufteilung der Erde, aber das ist es doch, was wir wollen, oder? Auch ein paar Herausforderungen in unserem amüsanten Spiel zu haben!«

Seine Durchlaucht, wie bisher gnadenlos in seiner Beobachtung und Einschätzung, antwortete mit einem kritischen Unterton: »Ja, wir ergänzen uns gut und schon lange. Aber etwas in dem für unseren Geschmack viel zu langsam verlaufenen Vorhaben ist mir nicht klar: wenn die Menschen das Gold und die Bodenschätze für sich verwenden dürfen, worin liegt dann unser Vorteil?«

Herr von Steinfeld: »Ach, da machen Sie sich keine Sorgen. Das Gold ziehen wir ihnen schneller wieder aus der Tasche wie der flinkste Taschendieb. Sie werden das Gold dankbar und mit Freudentränen in ihren leuchtenden Augen unseren Instituten übergeben. Sie können mit dem Gold nämlich nichts anfangen! Man kann mit Gold nichts kaufen! Dafür haben wir schon gesorgt. Sie müssen es umtauschen.« Nach einer gut platzierten und gekonnten Pause fuhr er fort: »Umtauschen in Münzen. Wie sie eventuell schon bemerkt haben, haben wir etwas Neues eingeführt. Die Münzen, auch die sogenannten Goldmünzen, bestehen nur zu einer bestimmten, für das Volk schwer zu bestimmenden Menge aus dem edlen Metall. Ein ´gewisser` Anteil jeder Münze ist billiges Metall. Zuerst haben wir es mit Silber gemischt, sind aber nun schon länger zu der Übereinkunft gekommen, dass das immer noch ein zu hoher Verlust für uns oder *sagen wir* Gewinn für das Volk darstellt.

Die Münzen werden mit der Zeit nur mehr vom Gold träumen. Bisher hat das gut funktioniert. In unseren Instituten, den sogenannten Warenhäusern, muss derzeit noch der Wert des Geldes, das wir auf den Markt geben, den Gegenwert von Gold aufweisen. Wir behaupten, da sehr strikt und genau zu sein. Das beruhigt die Menschen. Die Vorsitzenden dieser Institute sind jedoch alle von uns eingesetzt und wissen, um das Geschehen. Der Umtauschkurs, sprich wieviel von diesen Münzen jemand für sein Gold bekommt ist eine sehr wirkungsvolle Methode, um hier die Waage zu unseren Gunsten zu bewegen. Das Gießen, Kontrollieren und Eintauschen der Münzen sind leider noch mit einem großen Aufwand verbunden, der einen Großteil unserer Energie blockiert. Dem werden wir bald ein Ende bereiten. Wir sind uns sicher, dass hier in nächster Zeit eine Lösung kommen wird. Derzeit ist im Gespräch die langsame und kostenintensive Prägung von Münzen durch Papierscheine zu ersetzten. Wir haben von Diplomaten in Ciaowao erfahren, dass das ausgezeichnet funktioniert, uns so gut wie nichts kostet und wir damit jede Unze Gold, die aus dem Boden geholt wurde wieder in unser Eigentum bringen können. Wir sind da sehr einfallsreich und kreativ. Keine Sorge. Sprich: das Volk wird freiwillig in die Wildnis ziehen und im Angesicht ihres eigenen Schweißes, auf eigene Kosten das Gold aus der Erde heben. Nebenbei werden wir hier noch dafür sorgen, dass sie jeden Ureinwohner, den sie bei ihrem Unterfangen treffen, töten werden. Vielleicht werden wir eine Art Kopfgeld aussetzen. Mal sehen. Wir können uns ruhig zurücklehnen und es uns gemütlich machen, bis diese Helden des neuen Kontinents ihr Gold zu uns tragen und wir es dann mit erhobenen Augenbrauen wägen und messen, und ~ umtauschen gegen billige Metalle oder sogar Papier. Die *Nation der 7 Schilde* wird kein zweites Südland: Kein teurer Krieg, keine kostspielige Gewalt von unserer Seite, keine banale und offensichtliche Versklavung ist mehr nötig. Dieser Kontinent wird von uns erobert werden, einfach, indem wir die Menschen aus Mitteland dort ihre Gier ausleben lassen. Wir müssen die Menschen nicht mehr militärisch dazu zwingen andere Völker auszurotten und zu unterwerfen. Die Menschen aus Mittelland tun es inzwischen, weil sie denken, dass das der Lauf der Welt ist und es ihr Recht ist, sich über die Welt zu ergießen und alles unter ihre Gesetzte zu zwingen. Wir werden sie leiten auf ihrem Weg, werden ihnen zur Seite stehen, damit sie nicht eventuell vom guten Weg abkommen, wir werden mit Rat und Tat helfen, das zu tun, was wir wollen ~ ohne dass sie... «

Seine Durchlaucht unterbrach den Agenten wiederum durch ein Hüsteln: »Sehr geehrter Herr von Steinfeld. Es ist nun genug mit Ihrem Schwärmen für die Taten Ihres Clubs. Sie scheinen zu vergessen, dass ich dabei war. Im Gegensatz zu Ihnen! Ich sehe, ich muss in Ihrem Falle konkreter werden: Wir wollen Ergebnisse, und zwar für uns brauchbare Ergebnisse. Sie und Ihre Kollegen müssen endlich fokussierter, schneller und intensiver mit allen Mitteln die Besiedelung und Besetzung von Westland vorantreiben. Ihr habt bisher nur gespielt. Wir wollen bis zu unserem Treffen im nächsten Jahr konkrete Zahlen haben. Bei dem Treffen werden Sie nebenbei gesagt - nicht dabei sein, denn Sie bekommen das Privileg die Arbeit in Westland selbst und persönlich voranzutreiben.«

Herr von Steinfeld glaubte, seinen Ohren nicht zu trauen. Aber seine Durchlaucht sprach weiter, als ob diese kleine Information unwichtig und vor allem indiskutabel sei und so konzentrierte er sich darauf, sich am Stuhl festzuhalten und seiner Durchlaucht zuzuhören.

»Und das heißt, dass ich von keinem Erzählen von Märchen und Geschichten, die ich erlebt, Sie aber nur gehört haben, unterhalten werden möchte. Auch wenn ich es - sagen wir mal genossen habe diese Zusammenfassung heute aus Ihrem Mund zu hören. Aber Sie und ihresgleichen haben auch viele Fehler gemacht. Denn auch wenn diese Ureinwohner nur verhältnismäßig wenige sind, so ist es ihnen bisher gelungen, immer wieder zu entkommen, unsere militärischen Lager niederzubrennen und unsere Soldaten zu ermorden. Es entsteht hier bei uns der Eindruck, dass einer von denen so viel wert ist wie einhundert von Ihren Menschen aus Mittelland! Können Sie uns das erklären, warum dem so ist? Uns wird hier von halbnackten Primitiven berichtet, die nicht bis drei zählen können, wie kommt es dann, dass wir überhaupt diese Unterhaltung haben müssen und nicht einfach das Land einnehmen?«

Ein tiefes angewidertes Schnaufen kam nun hinter dem Sessel hervor und aus den Tiefen des Raumes drangen zustimmende Geräusche. Herr von Steinfeld war auf diese Frage vorbereitet gewesen und so kostete er es aus, seine Durchlaucht einige Atemzüge lang warten zu lassen, bevor er anfing: »Wir haben die Quelle ihrer Macht schon entdeckt. Unter ihnen gibt es Menschen, die übernatürliche Fähigkeiten besitzen. Das Gute daran ist jedoch, dass sie einerseits diese Fähigkeiten einfach mit der Geburt erhalten, diese jedoch trainieren müssen. Alle vier Jahre werden in allen Stämmen von ganz Westland Riten abgehalten. Und wir wissen noch mehr: Es werden dabei Kinder darauf getestet, ob sie die Fähigkeiten haben, zu sogenannten Zauberern oder Schamanen zu werden. Diejenigen, die diesen Test bestehen, werden dann irgendwo in Westland als Lehrlinge aufgenommen und in Magie unterrichtet.«

Herr von Steinfeld wartete kurz, dann fuhr er fort: »Das alles in Erfahrung zu bringen war nicht ganz leicht. Leider konnten wir bisher noch nicht herausbekommen, wo diese Ausbildung stattfindet. Wir haben vor vier Jahren einige Zauberer festgenommen und gefoltert, aber sie haben leider nicht gestanden. Die Kinder wissen nicht, wo die Ausbildung stattfindet, und so war es nicht nötig auch sie zu foltern. Wir haben sie stattdessen in Umschulungsheime gesteckt, wo sie vergessen, wer sie sind. Wir haben in ganz Westland Spione und Kundschafter ausgesendet, damit diese das nächste Mal einige Zauberer abfangen und vor allem die Kinder niemals in deren Schulungsstätten ankommen lassen. Auf diese Weise verlieren die Elus ihre Verbindung zur heiligen Macht und zu ihren übernatürlichen Fähigkeiten. Sie werden so wie alle anderen zu einfachen beugsamen Menschen und damit können wir sie entweder ausrotten oder für unsere Zwecke einsetzen.«

Nach einer nachdenklichen Pause antwortete das Wesen mit inzwischen so müder Stimme, dass Herr von Steinfeld sich anstrengen musste, noch etwas zu verstehen: »Gut, gut Herr von Steinfeld, dann fangen Sie also diese Zauberer oder Schamanen und die Kinder ab. Aber das nächste Mal möchte ich, dass Sie diese Kinder uns überlassen. Denn offensichtlich verfügen diese über Fähigkeiten, die über das Menschliche hinausgehen. Und es ist nicht wichtig, ob sie diese ausgefeilt und perfektioniert haben, wir haben Methoden, um herauszubekommen, wie diese magischen Fähigkeiten funktionieren. Ich hoffe Sie werden uns hier nicht enttäuschen. Aber nun zu Ihnen und Ihrer Familie! Immer wieder verlieren Sie und Ihresgleichen den Fokus und verstricken sich in Rangeleien untereinander. Es sind schon drei Familien in Westland. Sie und Ihre Familie werden die vierte sein. Das ist ein großes Privileg und mit Pflichten verbunden. Damit verlange ich, dass Sie vor Ort eine Loge aufbauen. Sie werden das nächste Schiff nehmen und sich dort ansiedeln. Sie können Ihre Familie mitnehmen und mit dem Aufbau einer Kohlemienen-Dynastie beginnen. Ich werde Sie wohl nie mehr persönlich anhören müssen, aber wir werden Ihnen auf die Finger schauen und wir werden mit Ihnen in Verbindung bleiben. Sagen sie im Übrigen allen in ihrem Club, dass ich das letzte Mal so einen Aufschub an brauchbaren Ergebnissen gewähre. Und nun raus mit Ihnen, Sie haben mich genug gelangweilt!«

Als Herr von Steinfeld die schwere Tür hinter sich mit einem sanften Zischen zugehen hörte, ließ ihn die Spannung noch nicht los. Er wollte sich vor dem, ihn begleitenden Diener, nicht die Blöße geben, und ihm zeigen wieviel Kraft ihn dieses Treffen gekostet hatte. Er spürte, während er auf das Gartentor zuging, noch die Blicke des Dieners im Rücken und so galt seine gesamte Aufmerksamkeit seiner Haltung, seinem Schritt und seiner Absicht wie ein entspannter Herr von Welt, das Haus und dementsprechend die Szenerie zu verlassen. Erst nachdem ihn gute einhundert Meter vom Gebäude und seiner darin wohl fortwährend im tiefen Sessel sitzenden Durchlaucht trennten, hielt er an, lehnte sich an eine Hauswand und - übergab sich. Das Erbrochene ergoss sich auf seine polierten aus feinstem Hirschleder gefertigten Lederschuhe und spritzte ihm auf die ebenso feine Hose. Es schien ihm, als ob ihm nicht nur das Frühstück und gestrige Abendessen, sondern alle Speisen der letzten Woche aus dem Magen, dem Mund und der Nase quollen.

Als er nur mehr dünne Magenflüssigkeit auswürgte, klopfte ihm eine Hand grob auf die Schulter: »He

Sie da, wissen Sie, dass das heute ein heiliger Tag ist, an dem die Straßen zur Ehre unseres geistigen Oberhauptes sauber bleiben müssen?« Der Ton des Mannes, der in der offiziellen blaugrünen Kleidung der Garde des Königs gekleidet war, war einerseits mit einem Anflug von Überheblichkeit und staatlicher Autorität geschwängert, andererseits hielt er sich offensichtlich durch die edle Kleidung des Mannes irritiert, auch noch die Möglichkeit des Rückzuges offen. Im Nachhinein wischte er sich die Stirn ob dieser intuitiven Vorsichtsmaßnahme ab. Denn kaum war der Herr fertig damit seine Mahlzeiten auf den Gehsteig und seine Kleidung zu ergießen, drehte dieser sich, mit einem vom Kinn säuerlich stinkenden, tropfenden Rinnsal aus Speichel und Magensäure, langsam in Richtung Inspektor und gebot ihm, ohne auch nur im Geringsten auf seine eigene abstoßende Wirkung zu achten, entweder sofort mit dessen Taschentuch sein Gesicht und Schuhe zu putzen und anschließend eine Kutsche zu ordern oder er würde ab dem morgigen Tag nur mehr die Straße kehren dürfen. Der Gardist überlegte nicht lange, sondern besann sich, es einfach zu tun. Die Entschiedenheit in der Stimme des Herrn war ihm Befehl genug. Er wischte dem Herrn mit seinem von seiner geliebten und leider verstorbenen Mutter handbestickten Taschentuch, das ihm aus der Brusttasche gestärkt und mit liebevoller Achtsamkeit jeden Morgen positioniert wurde, das Gesicht ab und bückte sich anschließend, um das Erbrochene von den Schuhen zu entfernen. Währenddessen rief er über seine Schulter einem auftauchenden weiteren Mitglied der königlichen Garde zu, sofort eine Kutsche zu besorgen.

Schon nach kürzester Zeit trabte ein Gespann mit Kutsche herbei und nahm Herrn von Steinfeld in sich auf. Zurück blieb der Gardist, der das Taschentuch, ohne mit den Wimpern zu zucken und soweit es der darin enthalten Schleim und der halbverdaute Mageninhalt nach einigem Ausschnicken zuließ, zusammenfaltete, in seine Tasche steckte und sich umblickte ob es irgendein Einfaltspinsel etwa wagte seine Demütigung zu belächeln.

Die Kutsche durchquerte ein inzwischen nicht mehr so jungfräuliches Sulumor. Die Stimmung war gedrückt, der Geruch von billigem Essen und der in den Wohnungen sich aufstauender Fäkalien, begann aus den Ritzen der Häuser zu quellen. Das Volk lechzte nach Erlösung dieser unerwünschten Pause. Sie wollten in Erfahrung bringen, ob der Rauch nun endlich das Zeichen verriet auf das alle warteten. Die Kinder wollten auf die Straße, die Männer auf die Plätze und danach in die Wirtshäuser. Die Frauen hatten die Nase voll die ganze Familie den ganzen Tag in den engen Behausungen zu haben. Die Exkremente durften nicht entleert werden und ganz Sulumor war wie eine riesige Güllegrube, in der die Menschen gezwungen waren zu verharren wie in Riesengefängnissen. Immer mehr Männer, Frauen und Kinder hielten es nicht mehr aus und begannen wieder die Straßen, Parks und Plätze zu belagern. Und als ob es einen geheimen Pakt mit Hunden und Ratten gäbe, kamen auch diese wieder aus ihren Löchern hervor. Zuerst pfiffen Inspektoren, Soldaten, Wachtmeister, bezahlte Spione und Putzpersonal jedem Wesen hinterher, versuchten mit Worten und Drohungen alle wieder hinter geschlossene Türen zu treiben. Aber schon bald waren ihre Bemühungen niemandem mehr auch nur ein Schulterzucken wert. Und so fiel die Kutsche schon gar nicht mehr auf als sie nach gefühlt hunderten von durchquerten Gassen und weniger vielen Boulevards endlich ihr Ziel erreichte: ein wiederum prachtvolles aber scheinbar absichtlich unscheinbar gehaltenes vierstöckiges Gebäude mit einem kleinen gepflegten Garten und jeweils drei Platanen an jeder Seite des gepflasterten Weges, der zu sieben blank gewischte Stufen sowie zu einer hohen Eingangstür führte. Es war inzwischen früher Nachmittag geworden und das Licht lungerte fahl und gelblich wie abgestandene Milch zwischen den Häuserreihen.

Herr von Steinfeld stieg immer noch zittrig von dem Treffen und dem anschließenden Erbrechen aus der Kutsche. In seinem Magen hauste ein Gefühl von Unruhe und Übelsein. Nun jedoch wohl auch herbeigeführt durch so etwas banales wie Hunger und Durst. Als der Portier ihn sah, öffnete er ungefragt die Tür. Im Inneren nahm ihm ein Diener sofort Hut und Jacke ab und man sah es diesem nicht an, dass er sehr wohl die fleckigen Spritzer an den Hosenbeinen und den säuerlichen Geruch wahrgenommen hatte. Herr von Steinfeld nahm nun jedoch nicht den Korridor, der wiederum direkt in einen Raum führte, deren Tür offenstand und aus welcher der herbe Geruch von teuren Zigarren und gedämpfte Herrenstimmen drangen. Er bog mit leicht beschleunigtem Schritt nach links ab, um sich in dem Waschraum die Hände und das Gesicht zu säubern und den Mund auszuspülen. Als er nach wenigen Minuten mit rotem Gesicht und nach Seife duftend wieder in Richtung Eingangshalle ging, kam ihm schon der Diener entgegen und bot ihm ein Glas Wein an. Herr von Steinfeld nahm das Glas, ohne den Diener auch nur anzuschauen, entgegen, spülte es in einem einzigen Schluck hinunter, genoss einen Augenblick mit geschlossenen Augen das Gefühl von Wärme, Alkohol und Heimeligkeit der Gewohnheit. Er atmete einmal tief ein und wieder aus, warf einen kurzen Blick in den großen Spiegel an einer der Wände der Eingangshalle, stellte mit Zufriedenheit fest, dass alles makellos war, die nassen Flecken an den Hosenbeinen in diesem trüben Licht nicht zu sehen waren und dirigierte daraufhin seine festen Schritte in die Richtung, aus der die Stimmen durch den teuren Dunst drangen.

Als er den Raum betrat, taten einige der zwölf Herren so als ob sie überrascht seien, dass er schon da sei. In Wirklichkeit jedoch hatten sie dem Diener gegen Mittag schon, als sie vollständig waren, angeordnet, sie sofort zu benachrichtigen, wenn eine Kutsche vorfahren würde. Und so waren sie auch darüber informiert, dass er sich zuerst im Waschraum frisch gemacht hatte. Diese kleine und nicht unwichtige Tatsache bestätigte nur die Befürchtungen einiger der anwesenden Vertreter ihrer Familien, dass es riskant gewesen war Herrn von Steinfeld zu diesem so überaus wichtigen Treffen geschickt zu haben. Jedes Jahr hatten sie ein Treffen mit seiner Durchlaucht und die Rolle des sogenannten Agenten wechselte jedes Mal in einer indiskutablen Sequenz. Das war eine Vorsichtsmaßnahme, die sie vor vielen Jahren gemeinsam entschieden hatten, um keine eventuellen geheimen bilateralen Verträge, die mit Vorzügen und damit verbundenen Privilegien einhergehen könnten, zu riskieren. Dieser regelmäßige Wechsel war also einerseits eine Garantie für die Gleichrangigkeit innerhalb der Gruppe, andererseits kam es in der Geschichte eben immer wieder vor, dass ein Grünschnabel die wichtige Rolle des Agenten innehatte. Und Herr von Steinfeld war eindeutig einer dieser Grünschnäbel; er hatte sein Debüt im Club vor knapp zwei Jahren dem plötzlichen Tod seines an Typhus erkrankten Vaters zu verdanken. Damit war er noch arm an Erfahrung und diplomatischen Feinsinn. Der jeweils Älteste der Runde hatte die Rolle des Vorstandes inne und es war dieser, der den Neuling auf das Treffen so gut er konnte und soweit es seine Zeit zuließ, in dessen Aufgabe einzuweihen hatte. Es war auch nun eben dieser Vorsitzende, der einer der wenigen Anwesenden war, der nicht so tat als ober er nicht genau wüsste, dass der seit mindestens einer Stunde schon erwartete Agent, seit fast zehn Minuten im Haus war und so ging er, kaum dass der Agent die Türschwelle überschritten hatte, die Pfeife in einer Hand, die andere weit ausgestreckt in Richtung Tür, um den etwas blass wirkenden heranzuwinken. »Tür zu!«, rief er daraufhin dem Diener zu, der den Befehl sofort und etwas erschrocken ob des unerwartet schroffen Befehls, ausführte.

»Herr von Steinfeld, unser lieber und hochgeschätzter Herr von Steinfeld. Wir dachten schon der Rauch aus den Kaminen seiner Geistlichkeit würde Ihrem Kommen vorauseilen! Aber da sind Sie ja und wir brennen darauf zu hören, wie es Ihnen ergangen ist!« Dann klopfte er väterlich auf dessen Schultern und lotste ihn mit vielleicht etwas zu festem Druck auf den Schultern zu einem der dreizehn Sesseln, um ihn dort fast schon nicht einfach loszulassen, sondern nur für das geübte Auge fassbar, hineinzustoßen. Dieser, obwohl in Größe und Statur nur wenigen im Raum unterlegen, verlor sich fast in den Tiefen des Sessels, sosehr schien dieser Tag ihm gleichfalls an die Substanz gegangen zu sein. Der Raum war wiederum im Halbdunkel und nur ein paar unter dunkelgrünem Glas fackelnde Gaslampen tauchten ihn in ein Licht, das an ein Aquarium erinnern könnte, wenn nicht all das Rot und Dunkelbraun von Samt und kostbaren Hölzern diesem Anschein gewichtig entgegengewirkt hätten.

Es war in diesem Moment, dass Herr von Steinfeld sich dann doch als einer, der dazu gehört, fühlte, einer der etwas wusste was die anderen nicht wussten, und er wollte diese Vorrangstellung, diese zuvor noch nicht bedachte Machtstellung schon zu genießen beginnen, als ihn genau in diesem ersten hellen Moment des Tages der Schriftführer darauf hinwies, dass der Frühling schon bald käme und sie alle gerne noch zuvor nach Hause fahren würden. Daraufhin fingen einige, denen das Warten und das nun Nichtsprechen des Agenten, welches sie nur teilweise fälschlich als wichtigtuerisches Getue interpretierten, schon auf die Nerven ging, lautschallend an zu lachen. Wieder in die nüchterne Realität zurückgebracht, fing der Agent an zu sprechen: »Wir müssen den Prozess der Besiedlung deutlich beschleunigen.« Sofort war Stille im Raum und er hatte die volle Aufmerksamkeit dieser mächtigsten Herren der Welt, der zwölf Männer, die gemeinsam mit ihm~ alles entschieden, was auf der Welt passierte und er hatte ihr Ohr.

»Seine Durchlaucht findet, wir würden die Kolonialisierung von Westland zu zögerlich durchführen. Er sprach davon, dass es in Mittelland nichts mehr zu holen gäbe und dass es schneller, intensiver und effizienter vonstatten gehen müsse.«

Seine Worte hatten ein Murmeln und ärgerliches Schnauben zu Folge und auf manchen Gesichtern meinte der Agent auch so etwas wie Angst erkennen zu können.

»Kein Anlass zur Sorge«, sagte da wiederum die autoritäre Stimme des Vorsitzenden. »Die Forderung seiner Durchlaucht kommt uns entgegen. Auch wir wollen schneller Macht und Profit steigern. Wir müssen also dieses Treffen dafür nutzen, unsere Strategien zu analysieren und eventuell zu verbessern. Vorschläge sind willkommen.«

»Eine Idee wäre, die Schiffspassage zu erleichtern, indem wir die Fahrkartenpreise reduzieren.«, sagte sachlich ein schlanker Mann mit grauen Schläfen und ausländischem Akzent. Ein dicker kleiner Mann rief entrüstet: »Herr Ratsvorsitzender das kostet uns ein Vermögen!«

Der Ratsvorsitzende konterte ruhig: »Ja, auf der einen Seite ist das richtig. Auf der anderen Seite bringt uns jeder Mann, der nach Gold schürft, ebenfalls ein Vermögen ein.«

»Ja, nur die Frauen schürfen nicht nach Gold, sie töten keine Elus und bringen uns also nichts. Wir müssen schauen, dass wir uns dafür etwas einfallen lassen!«, ließ eine Stimme aus dem Kreis vernehmen.

»Ja, das ist richtig. Aber wir müssen langfristig denken. Herrgott noch einmal! Derzeit stellen die Frauen nur ein Viertel der Reisenden dar. Und wir brauchen Kinder, viele Kinder. Ansonsten sind unsere Siedler in zehn, zwanzig Jahren zu alt und wir haben somit keinen Ersatz für die Goldschürfer. Ich denke, wir müssen nicht weniger, sondern mehr Frauen auf die Schiffe lassen.«

»Herr Ratsvorsitzender, wir erlassen ein neues Gesetz, dass jeder Reisende einen Gesundheitspass machen lassen muss, bevor er ein Schiff betritt. Unsere Leibmedikusse bekommen von uns klare Anweisungen, was wir unter gesund verstehen. Damit filtern wir den Großteil der älteren Frauen im Vorhinein aus. Kinder zahlen für die Überfahrt nichts, dann schicken sie sie auch allein auf die Reise. Des Weiteren fördern wir die Gebärfreudigkeit der Frauen in Westland, indem sie für jedes Neugeborene ein Stück Land bekommen. Zudem verlegen wir die Insassen unserer Gefängnisse nach Westland. Dort lassen wir sie ihre Zeit abarbeiten und dann bei der Entlassung haben wir weitere Männer, die für ein neues Leben nicht zweimal nachdenken, wenn ein Uhreinwohner, also ein Elu, ihnen im Wege steht«, sagte der Mann mit den grauen Schläfen.

Ein Greis erhob nun die Stimme: »Wir haben auch Nachricht erhalten, dass die Ureinwohner sich mit manchen Siedlern verbünden. Sie helfen ihnen und sie leben friedlich miteinander. Es gibt sogar Stimmen, dass es Siedler geben soll, die von den Elus lernen und sie sich untereinander unterstützen.« Ein missmutiges Raunen ging durch den Raum, das Herrn von Steinfeld wie ein kaltes dünnes Geflecht durchzog. Unwillkürlich schüttelte es ihn vor Kälte.

Der Ratsvorsitzende antwortete: »Ja, dieses Phänomen hatten wir auch in den Südländern, vor allem in den Ländern der Hermiden. Das ist jedoch das geringste Problem. Wir müssen nur dafür sorgen, dass die Nachricht, dass die Elus den Teufel anbeten, kleine Kinder fressen und nachts die Ehefrauen rauben nachdrücklich in der Kirche verkündet wird. Zudem muss man die Menschen mit Gold und Reichtum locken: wenn sie für jeden toten Elu Geld erhalten, wird diese anfängliche friedliche Zusammenarbeit bald aufhören. Wir wissen, wie das geht. Es genügt, ein paar Siedler umzubringen und die Spuren zu den Uhreinwohner zu legen, dann die aufkommende Angst zu schüren und die Siedler werden keinen der Elus mehr auch nur in ihre Nähe lassen.

Im Gegenteil, wir werden ihnen weis machen, dass das Töten eines Elus ihnen Zugang zum Paradies nach dem Tod gewährt. Zudem werden die Elus sich bald klar werden, dass wir ihnen ihr Land wegnehmen. Dann werden sie sich, egal wie friedfertig sie auch sein mögen, wehren. Wenn wir dann erst einmal ein paar tote Kinder und verschwundene Ehefrauen haben, ist es aus mit der Freundschaft.

Die Herren hatten sich an dem Thema erst zu erwärmen begonnen und plauderten noch stundenlang über die verschiedensten Möglichkeiten der gekonnten heimlichen und zivilen Kriegsführung, bevor sie wieder geschützt in ihren Kutschen, durch die inzwischen wieder sich mit Fäkalien und stinkendem Unrat füllenden Straßen und Gassen Sulumors in alle acht Himmelsrichtungen verstreuten, um erst wieder im nächsten Jahr von neuem zusammenzukommen, um zu überprüfen ob ihre Strategien auch erfolgreich waren. Dass inzwischen schon länger der Rauch aus drei Kaminen strömte, war sowieso nicht von weiterführendem Interesse der Herren.

Eine Abfahrt ins Ungewisse

Wer ist hier bitte eine Hexe?

Marie saß auf der Bank vor dem Haus und wartete. Am liebsten würde sie sich so weit vom Haus entfernen wie möglich, aber es war spät abends und bei dem Nebel, der sich schon seit dem Morgen hier eingenistet hatte, wagte sie es nicht in die Felswände hinter ihrem Haus zu gehen und ins Dorf wollte sie nicht. Auch wollte sie nicht zu weit weg sein, sollte ihre Mutter sie brauchen. So war sie gezwungen das Geschrei ihrer Mutter und ihres Stiefvaters anzuhören. Sie hielt sich abwechselnd ein Ohr nach dem anderen zu in einem immer schneller werdenden Rhythmus. Das gab dem ganzen etwas surreales, abgehacktes und das Gezänk drang nicht wie eine giftige Flüssigkeit in ihr Herz, sondern kam hüpfend daher, wie ein rhythmisches gemeines Kinderlied. Als sie ihre Mutter weinen hörte, gelang es ihr nicht mehr mit dieser Technik, den Schmerz in kleine Dosen zu zerstückeln und sie begann sich heftiger auf die Ohren zu schlagen. Der Kopf begann zu dröhnen, aber so gelang es ihr den emotionellen Schmerz auf Distanz zu halten.

Dann wurde die Eingangstür zugeschlagen und Marie wagte es, kurz die Ohren offen zu lassen. Sie machte sich so klein, wie sie konnte und hielt den Atem an. Das letzte, was sie jetzt wollte, war, von ihm gesehen zu werden. Er hieß Leon und war nun seit über vier Jahren hier bei ihnen. Ihr Vater war vor fünf Jahren an den Pocken gestorben und nachdem ihre Mutter mehrere Monate versucht hatte, allein für sich und Marie zu sorgen und ihre Vorräte sich stetig verringerten, tat sie sich mit diesem Suffkopf zusammen. Er war groß und mager und hatte ein langes Falten-Gesicht mit abstehenden Ohren. Er arbeitete als Schäfer für die Mufrinis und war immer schmutzig und stank nach Schafmist. Oft war er für Tage oder sogar Wochen weg, wenn im Winter die Weiden unten am Meer fruchtbar waren und so lebten sie den größten Teil des Jahres friedlich ohne ihn hier im Haus. Wenn er aber im Sommer mehr Zeit hier oben im Dorf verbrachte, da die Schafe auch um das Dorf beim Bach genug zu fressen fanden, verbrachte er die heißen Sommermonate hier oben im Dorf. Aber jetzt war Winter und Marie hatte gehofft ihn nicht sehen zu müssen. Leon war die letzten Wochen in den Ebenen gewesen und erst vor ein paar Tagen unerwartet aufgetaucht, weil er etwas im Dorf erledigen musste und die letzten Tage waren geprägt von Streitereien und Angst. Auch heute kam er von der Gaststube nach Hause und wie immer suchte er nach einem Grund zu streiten. Meistens ging es darum, dass ihre Mutter schlichtweg zu allem unfähig sei. Und es lief jedes Mal nach demselben Schema ab. Zuerst beklagte er sich, weil das Haus nicht sauber oder die Suppe zu dünn sei.

Maries Herz zog sich jedes Mal zusammen, wenn er ihrer Mutter vorwarf, eine miserable Ehefrau zu sein und dass sie schuld daran sei, dass er einen über den Durst trank. In dem Moment stolperte er über die Stufen und er fiel knapp neben ihr der Länge nach auf den Boden. Fluchend erhob er sich: „Und das alles nur, weil diese Hexe keine Ahnung hat, wie man einen Mann glücklich macht. Mir langt es, soll sie sich jemanden anderen suchen, den sie verhext, sie und ihre Brut! Da rackert man sich ab den ganzen Tag und was bekommt man dafür? Eine kalte dünne Suppe und lange Gesichter!"

Er stand mühsam auf, stand wankend da und blickte um sich. Marie wollte nicht, dass er sie dahocken sah und stand abrupt auf. Sie tat so, als ob sie gerade erst um die Ecke gekommen sei und versuchte sich an ihm vorbeizuzwängen und ins Haus zu gehen. Dabei streifte sie aus Versehen seine verschwitzte Hand. Es stellte ihr die Nackenhaare auf. Vor Ekel bekam sie einen Schwächeanfall und fiel fast in die Tür. Er drehte sich zu ihr um und kurz sahen sie sich in die Augen. All seine Verachtung, die er für ihre Mutter hegte, ergoss er nun auch auf Marie. Schnell gewann sie ihre Fassung wieder und ging ins Haus, machte die Tür hinter sich zu und suchte mit ihren Augen den dunklen Raum nach ihrer Mutter ab. Von draußen drang kein Geräusch durch die Tür. Dann hörte sie Schritte, die sich entfernten. Offensichtlich war er noch einmal ins Dorf gegangen, um mit seinen Kumpeln über die Schlechtigkeit der Welt und vor allem der Frauen zu lamentieren. Sie hatten nur drei Zimmer in dem kleinen Steinhaus, das sich am äußersten Rand des Dorfes an die Bergwand schmiegte. Im Erdgeschoss die Wohnküche mit Maries Bett in der Ecke und einer Speisekammer und oben noch ein kleines Schlafzimmer für ihre Mutter und Leon. Ihre Mutter saß auf Maries Bett und versuchte sich mit zitternden Händen die Haare zurecht zu streichen. Sie hatte das struppige dicke Haar der Inselbewohner, das bis ins hohe Alter hinein pechschwarz blieb. Dennoch blitzte hier im Mondlicht eine graue Haarsträhne auf. „Der Kummer“, dachte Marie und sie musste schlucken.

“Hallo Marie! Es tut mir leid, dass du wieder unseren Streit anhören musstest”, sagte ihre Mutter und versuchte dabei einen leichten Tonfall anzuschlagen. „Leon hat es wirklich nicht leicht mit seiner Arbeit und da ist er dann abends ...”

Marie unterbrach sie: „Mutter, du weißt, dass ich deine Entschuldigungen, warum du diesen Schwachkopf aushältst, nicht brauche. Hat er dich geschlagen?“ Sie eilte zu ihr und setzte sich neben sie auf das alte Bett. „Nein Marie, aber hilf mir doch bitte den Knopf wieder zu finden”, flüsterte sie Marie zu und krabbelt nun am Boden herum, um einen Knopf zu finden. “Ich suche ihn für dich”, sagte Marie und nahm sie am Arm, um sie wieder auf das Bett zu heben, aber ihre Mutter wiederholte wie in Trance nur: “Nein, wir müssen den Knopf finden, Dinge, die verloren gehen, müssen wiedergefunden werden. Er muss hier irgendwo sein, weißt du?” “Ist gut, wenn es für dich wichtig ist” sagte Marie wiederum und sucht mit ihrer Mutter den Knopf. Wie sie da ihre Mutter auf allen vieren auf dem Boden herumkrabbeln, sah, kamen ihr die Tränen. Aber bevor sie sich entscheiden musste, ob sie diesem inneren Dammriss zumindest minimal nachgeben wollte oder doch lieber nicht, ging die Tür auf und Leon stand in deren Zarge. Er betrachtete die beiden Frauen, wie sie da am Boden herum robbten und seine Blicke kreuzten die von Marie. Pure Verachtung lag in seinen Augen. Marie versuchte dem Blick standzuhalten, aber ihr Magen begann zu versagen und sie senkte die Augen. Sie starrte auf den schmutzigen Steinboden und die Kälte drang in ihre Glieder. Sie verharrte auf diese Art für einen Moment. Dann veränderte sich etwas. Die Kälte des Bodens, die Gemeinheit der Situation, die jahrelang angestaut Wut auf Leon. Es überkam sie in einer Welle. Eiseskälte breitete sich in ihren Adern aus und trotzdem war ihr siedend heiß.

In ihrem Kopf war kein Gedanke mehr und eine animalische Wut überkam sie. Ihre Augen verengten sich zu Schlitzen, sie hob den Blick und schaute Leon urverwandt an: „Du wirst meine Mutter nie mehr schlagen oder auch nur anfassen oder du wirst es bereuen", sagte sie und sie war selbst erstaunt, mit welcher kalten Ruhe sie das tat. Wie sie da auf allen vieren im Dunklen auf dem Boden kauerte, fühlte sie eine unbekannte Stärke in sich. Sie war frei von Angst, bereit sich auf ihn zu stürzen und ihm die Kehle durchzubeißen. Sie wollte wiederum etwas sagen, aber es kam nur ein drohendes Knurren aus ihrer Kehle. Ohne sich dessen bewusst zu sein, duckte sich ihr Körper und machte sich bereit zum Sprung. In diesem Moment war sie nicht mehr Marie, sondern ein tollwütiger Hund, gierig darauf sich auf sein Opfer zu stürzen. „Marie, beruhige dich, Marie!", raunte ihre Mutter ihr leise zu und berührte vorsichtig mit einer Hand ihre Schulter. Die warme Hand ihrer Mutter brachte sie zu sich und nach einer Weile war sie wieder nur eine verängstigte Tochter in einer schmutzigen Wohnküche. Stille begann den Raum anzufüllen. Fühlbare Stille. Marie schaute auf und kreuzte dabei wiederum die Augen ihrer Mutter, deren angstgeweitete Blicke zwischen ihr und Leon hin und her wanderten. Leon war instinktiv einen Schritt nach hinten gegangen, schaute Marie verwundert an und ging verwirrt wieder aus dem Haus. Nichts war passiert, nur ein paar Worte und Blicke waren gewechselt worden, aber die Temperatur im Haus war eindeutig kühler als zuvor. Marie biss sich auf die Lippen, atmete tief durch und tat so, als ob sie weiter nach dem Knopf suchen würde. In Wirklichkeit wusste sie, was gerade passiert war. Sie war eine Schamanin und ihr Stiefvater hatte sie gesehen, wie sie war, wenn sie wütend war, nämlich als Hündin. Es war schon öfter passiert, dass sie im Traum als Hund auf die Jagd ging, aber dass sie sich in der Realität zu einem Hund verwandelt hatte, war heute das erste Mal geschehen. Und auch ihre Mutter, die selbst eine Schamanin war, auch wenn sie alles tat, um ihre Gabe zu vergessen, hatte es gesehen und einen Schrecken bekommen.

Nach einer Weile fand Marie den Knopf und gab ihn ihrer Mutter. Diese hatte sich auf den Boden gesetzt und lehnte sich schweigend an die kalte Steinwand. Seit dem Eintritt Leons war sie nicht mehr fähig sich einem Knopf zu widmen und so saß sie einfach da. Sie bedankte sich lächelnd für den Knopf und schaute entschuldigend ihre Tochter an: "Nimm es nicht so schwer Marie, nimm es nicht so schwer, es gibt Schlimmeres". Als Marie widersprechen wollte, führte ihre Mutter nur den Finger zum Mund und sagt ihr: "Psst Marie, du weißt, dass ich nicht darüber sprechen möchte". Dann stand ihre Mutter auf, wandte sich auf der ersten Stufe noch einmal zu Marie um: „Du musst es mehr in den Griff bekommen Marie, du weißt, dass wir ansonsten in Gefahr sind."

Dann wünschte sie ihr traurig Gute Nacht und ging mit schweren Schritten die Stiegen hinauf in ihr Schlafzimmer. Marie legte sich ins Bett aber diesmal angekleidet. Sie wusste, dass Leon diese ihre Aufsässigkeit von dieser Nacht nicht vergessen würde. Sie wusste nicht, ob er sie wirklich in der Gestalt eines Hundes gesehen hatte oder nur ihre animalische Energie. Aber gleich, was er gesehen hatte, sie kannte ihn inzwischen gut genug, um zu wissen, dass er keine Gegenrede, geschweige denn Widerstand dulden würde. Sie malte sich noch die verschiedensten Folgen aus, wie dass er zum örtlichen Geistlichen gehen und den dörflichen Mob gegen sie und ihre Mutter richten würde. Sie sah sich und ihre Mutter schon auf dem Scheiterhaufen verbrennen. Dann zwang sie sich zu schlafen. Gegen Mitternacht kam Leon nach Hause und als Marie verschlafen die Augen öffnete, sah sie wie er, anstatt wie sonst die Stiege hinaufzupoltern, auf sie zu torkelte.

Als er vor ihrem Bettlager angekommen war, bemerkte sie entsetzt, dass er einen Stock in der Hand hielt: „Steh auf du Hexe. Du musst unser Haus verlassen. Du hast genug angerichtet!“ lallte er und blieb mit erhobenem Stock wankend stehen. Marie gefror das Blut in den Adern. Schnell sprang sie auf und trat ihm gegen das Schienbein, aber er hatte sie schon am Arm erwischt. Und auch wenn er betrunken war, er hatte starke Hände, die sich fest, wie Eisenringe um ihren Arm krallten. Er traf sie mit dem Stock auf dem Rücken. Schnell drehte sie sich und trat mit voller Kraft auf seinen Fuß. Nur dass sie barfuß war und er feste Lederschuhe anhatte und diese schwache Gegenwehr somit keinerlei Wirkung hatte. Leon lachte nur auf und presste sie nun mit der anderen Hand an sich.

„Lieber Himmel, lass meine Mutter nicht aufwachen!" fuhr es Marie durch den Kopf, „ansonsten geht er auch noch auf sie los!" Marie war nun eingeschnürt und konnte sich nicht mehr rühren. Sein stinkender Atem ließ sie fast das Bewusstsein verlieren. Sie wusste, dass sie allein mit ihm zurechtkommen musste. Er drehte ihr den Arm nach hinten, legte den Stock auf den Boden und wollte ihr auch den zweiten Arm auf den Rücken drehen: „Hör auf dich zu wehren, du hast sowieso keine Möglichkeit zu entkommen. Am liebsten würde ich dich zum Dorfrichter führen und ihm erzählen, wer du bist. Das Feuer wäre dir sicher, meine Liebe, das Feuer wäre dir sicher." Und dabei zog er sie in Richtung Eingang, wo er ein Seil, das immer am Eingang hing, vom Haken nahm, und begann ihr die Hände hinter ihrem Rücken zusammenzubinden. Marie konnte ihre Hände nicht mehr bewegen und begann verzweifelt sich gegen die Fesseln zu wehren, als es wieder passierte. Zuerst fühlte sie eine Kälte und dann wurde sie von einem siedend heißen Feuer durchflutet. Diesmal ohne zu zögern, stürzte sie sich an die Kehle Leons und verbiss sich darin. Leon ließ augenblicklich ihre Hände und die Fesseln los, die er noch nicht verknotet hatte und versuchte sie von seiner Kehle loszubekommen. Er stieß sie von sich und Marie riss ein Stück Fleisch und Haut aus Leons Kehle. Leon schrie laut auf und presste beide Hände auf die Wunde, aus der das Blut spritzte. Nun tastete Marie schnell nach der Eisenstange, mit der sie sonst das Feuer schürte, ergriff sie und stieß sie Leon in den Magen. Dieser krümmte sich vor Schmerz, richtete sich jedoch sofort wieder auf. Mit einer Hand hielt er sich die blutende Wunde zu, in der anderen Hand hielt er zu Maries Schrecken wieder den Stock.

Aber sie hatte die Eisenstange und diese erhob sie nun ruhig, Leon nicht aus den Augen lassend. Das Blut tropfte ihr vom Mund. Sie war nicht mehr ängstlich und auch nicht wütend. Sie war nur sicher. Sicher, dass wenn er auch nur einen Millimeter näher zu kommen wagte, sie die Eisenstange so einsetzen würde, dass er diesmal nicht mehr aufstehen würde. Für ein paar Atemzüge standen sich Marie und ihr Stiefvater in der von Ruß geschwärzten Küche gegenüber. Es war zu dunkel, als dass sie hätten die Gesichtszüge des jeweils anderen hätten sehen können. Es war nur mehr eine schwach glimmende Glut im Kamin. Aber es war auch nicht nötig sich zu sehen. Leon zögerte. Dann ließ er den Stock fallen. „Dafür wirst du bezahlen, du Hexe!“ sagte er nur. Die Wunde am Hals blutete, aber Marie hatte nicht die Halsschlagader erwischt. Immer noch eine Hand am Hals, zog er sich unschlüssig die Hosen, die ihm hinuntergerutscht waren, wieder hoch und stolperte dann endlich die Stiegen hinauf. Marie wartete noch bis von oben kein Ton mehr kam und legte sich dann wieder schlafen. Sie wusste, dass ihre Mutter nichts von all dem gehört hatte, aber in diesem Moment war es ihr gleichgültig. Sie legte sich ins Bett, die Eisenstange griffbereit unter der Decke.

Kaum hatte sie die Augen geschlossen und ein paar tiefe Atemzüge gemacht, wurde sie sofort in ihre vertraute Traumlandschaft gezogen. Sie kannte hier jeden Stein, jeden Strauch. Es war ja auch das

Dorf und seine Umgebung und diese Landschaft kannte sie auswendig. Sie liebte die klebrige teilweise baumhohe Maquis, die im Frühling und Sommer so intensiv roch, dass der Geruch sie bis ins Mark durchströmte. Im Sommer, wenn es so heiß war, dass man nur im Schatten herumlungern konnte und das Dorf tagsüber so still wie bei einer Beerdigung war, konnte sie sich minutenlang damit beschäftigen den Eidechsen zuzuschauen, wie sie abwechselnd diagonal ihre Beinchen in die Luft hielten, um sie abzukühlen. Sie versank im Zirpen der Grillen und atmete die leichte Brise vom Meer ein. Abends dann, wenn es kühler wurde, saßen die alten Frauen und Männer in ihren schwarzen Kleidern vor der Tür, wie gestrandete Raben und auf der Piazza, unter den Platanen begannen die Kinder alles mit ihrem Freudengeschrei zu übertönen. Ihr Leben war skandiert durch die Jahreszeiten und die geistlichen Feierlichkeiten. Es gab keinen Beginn und kein Ende. Im Traum war das fast genauso, nur dass es immer Nacht war und sie dennoch so gut sehen konnte wie eine Eule oder … ein Hund. Sie hatte es schon ein paarmal versucht auch in der Wirklichkeit im Dunkeln nach etwas zu suchen, aber es gelang ihr nicht. Nur im Traum hatte sie diese scharfen Augen. Und sie war viel schneller als in der Wirklichkeit, sie musste nur an einen Ort denken und schon war sie dort. Einmal hatte sie an sich heruntergeschaut ob sie vielleicht ein Vogel oder ein Hund sei, aber sie war sie selbst in ihrer normalen Kleidung. Ihr Vater, als er noch lebte, nahm sie oft mit auf die Jagd. Vögel und Hasen waren meist ihre Beute.

Mehr als nur einmal gelang es ihr ein Wildschwein zu schießen.

Heute Nacht flog sie wie immer über die Täler des Brovugebirges, als sie ein Wildschweinrudel ausmachte. Sie wusste, was es bedeutete, wenn sie im Traum auf ein Tier aufmerksam wurde. Es kostete sie viel Kraft, dann einfach darüber hinwegzufliegen und nicht dem Drang nachzugeben. Sie hatte inzwischen gelernt, wie sie ihre Aufmerksamkeit dann auf etwas anderes richtete, auf Gerüche oder auf die Luft und den Flug. Aber heute war es so, dass sie keinen Einfluss darauf hatte. Der Drang, zu wissen war ein Befehl. Sie versuchte noch in Richtung des Gebirges zu fliegen, aber es zog sie immer und immer wieder magisch zu dem Rudel zurück. „Wach auf Marie, wach auf!" rief sie sich zu, aber es hatte keine Wirkung. Sie war eine Jägerin und nichts konnte sich zwischen sie und ihr Opfer begeben. Nach einer Weile gab sie den Kampf auf. Sie flog etwas niedriger und sah, dass ein kleines weißes Männchen unter den Wildschweinen war. Ohne darüber nachzudenken, begann sie dem Rudel nachzustellen, denn auch wenn sie im Traum sehr schnell war, die anderen waren es auch! Und so achtete sie darauf keinen Lärm zu machen, sie spürte ihren Atem und die kalten Finger als sie Pfeil und Bogen anlegen wollte. Ihre Hände wussten was zu tun war. Sie griff nach einem Pfeil in ihrem Köcher, während sie die Wildschweine nicht aus Augen ließ. So wartete sie bis sich das Tier in eine solche Position begab, dass sie ihn mit einem Schuss töten könnte, dann ließ sie den Pfeil los und traf den jungen weißen

Eber direkt ins Herz. Er hob kurz den Kopf und schaute sie an. „Er wird mich doch nicht sehen können?" durchschoss es ihren Kopf, doch dann versuchte er nicht einmal mehr wegzurennen, sondern fiel sofort um. Der Rest der Rotte war schon längst aufgeschreckt im Gebüsch verschwunden als Marie noch immer atmend dastand.

"Ich träume doch", sagte sie sich und war sich bewusst, dass es nur ein Traum war, auch wenn es ihr so echt vorkam wie im realen Leben. Sie roch ihren Schweiß, sie spürte die Luft auf ihrer Haut, sie war sich der Grillen, der Berge, der dichten Maquis bewusst. Sie ging nun auf das Tier zu und wollte ihren Pfeil wieder zurückholen. Als sie sich niederkniete, um sich das kleine Tier anzusehen, wurde etwas in ihr weich. Irgendetwas gab nach. Es war nicht mehr das tote Wildschwein und sie, Marie. Die Grenzen lösten sich auf und sie lag nun tot da. Es war nur ein kurzer Augenblick, dann war sie wieder bei sich und blickte auf den Leichnam, der weiß schimmernd vor ihr lag. Um den Pfeil aus dem Herzen zu ziehen, musste sie den Kopf des Tieres hochheben. Sie grauste sich davor aber der Pfeil war ihr wichtig und so schob sie eine Hand unter den Kopf und hob ihn an. Und da sah sie nun mitten hinein in die erloschenen Augen. Und es waren die Augen Leons. Erschrocken zog sie ihre Hand zurück aber ihr Blick hatte sich nicht getäuscht. Vor ihr lag ein weißes totes kleines Wildschwein mit den klaren Gesichtszügen Leons. Davon erwachte sie. Sie wusste, dass, wen auch immer sie im Traum tötete, dieser in kürzester Zeit sterben würde. Es brauchte lange bis sie wieder wagte die Augen zu schließen und einzuschlafen. Sie wollte nicht noch einmal so einen Traum. Aber die Müdigkeit gewann bald die Oberhand und ließ sie in einen tiefen traumlosen Schlaf sinken. Es war noch frühmorgens als sie aufwachte.

Draußen wurde es langsam hell, eine bleiche Februarsonne zeichnete sich im Osten ab. In der Ferne kläfften ein paar Hunde. Es war kalt draußen und an manchen Stellen war der Boden sogar gefroren. Das kam nicht oft vor. Sie machte das Feuer im Kamin an, füllte die Schale mit Wasser aus dem Krug, den sie täglich am Dorfplatz füllte, und wusch sich das Gesicht und die Arme. Die Wasserschale färbte sich augenblicklich rot. Marie starrte in das Wasser und ging die Geschehnisse des Abends wieder durch. Sie hatte einen erwachsenen Mann gebissen! Schnell füllte sie ihre Hände wieder und wieder mit kaltem Wasser und schrubbte so stark sie konnte ihr Gesicht. Dann wusch sie die Kleidung die – in diesem Fall zum Glück so schäbig war, dass die verbleibenden hellbraunen Flecken kaum auffielen. Sie wickelte sich statt des nassen Oberteils ein langes Tuch um, das reichte auch. Das kalte Wasser brachte sie endgültig in die Wirklichkeit zurück. Leon würde also sterben. „Bin ich eine Mörderin?“ fragte sie sich. Angst kroch wiederum in ihr Herz. Und wenn er schon tot oben neben ihrer Mutter lag? Vorsichtig ging sie die wenigen Stufen nach oben und warf einen Blick in das Schlafzimmer. Ihre Mutter schlief eingeigelt in ihrer Decke und daneben lag Leon, laut schnarchend. Das Bettlaken war zwar blutdurchtränkt, aber die Wunde blutete nicht mehr. Auf Zehenspitzen ging sie wieder in die Küche und atmete tief aus vor Erleichterung, dass er noch lebte. Nicht dass sie nicht froh wäre, wenn Leon sterben würde. Wie oft hätte sie ihn schon am liebsten zum Teufel geschickt, aber er solle nicht durch sie den Tod finden und dass sie ihn tot im Traum sah, war ein eindeutiges Zeichen. Er würde sterben. Durch sie oder auch nicht.

Oben begann sich jemand zu bewegen. Marie hatte keine Lust ihrer Mutter oder Leon zu begegnen, für die Schule war es noch zu früh und so nahm sie den fast leeren Krug, leerte den Rest des Wassers in den Suppentopf und begab sich zum Dorfplatz. Ein paar Leute waren schon wach und auf dem Weg zum Bäcker. Sie und ihre Mutter konnten sich das duftende Gebäck, die frischen Brötchen und das wunderbare außen knusprige und innen weiche Brot nicht leisten, aber allein schon der Duft brachte etwas wie Hoffnung in ihr Herz, so als ob es zumindest in einem Gebäude in dem Dorf etwas süßes, verführerisches gab. Diese Süße zog durch all die steilen, engen Gassen wie ein Bote eines besseren Lebens. So kam sie mit guter Laune am Dorfplatz an. Am Dorfbrunnen standen schon drei Frauen, die ihre Krüge gefüllt hatten und nun miteinander plauderten. Als Marie auftauchte, machten sie ihr Platz. Niemand sagte guten Morgen oder fragte, wie es ihr ginge. Marie kannte das schon und erwartete es auch nicht. Seitdem sich Marie erinnern konnte, wurde sie und ihre Familie gemieden. Und auch wenn Maries Mutter Catalina und Marie alles versucht hatten, um diese Schatten der Vergangenheit abzuschütteln und alles taten um wie gute und harmlose Dorfbewohnerinnen zu wirken, blieb die Angst vor ihnen bestehen. Als ihr Vater noch lebte, war es nicht so schlimm gewesen, denn er war einer aus dem Dorf und manche im Dorf schätzten seine Fähigkeit Geschichten zu erzählen. Seit seinem Tod jedoch, lebten sie wie Aussätzige im Dorf und manch eine böse Stimme behauptete sogar, ihre Mutter habe ihn im Wahn getötet. Die Schamanen genossen in frühere Zeiten ein hohes Ansehen, da sie den Tod eines Dorfbewohners vorhersehen konnten und damit den Verwandten der Todgeweihten die Möglichkeit gaben, Schulden zu begleichen und den Sterbenden noch die schönste Zeit ihres Lebens zu ermöglichen. Mit der Zeit jedoch gab es immer wieder welche, die korrumpiert wurden und ihre Macht nicht mehr nur als Zeugen ausübten, sondern nachts auf die Suche gingen nach Menschen, die sterben sollten. Sie waren zu Meuchelmördern und tödlichen Handlangern der Rachsüchtigen geworden.

Die Religion, die seit einigen Jahrhunderten auf der Insel gelebt wurde, verbot die Praktik der Schamanen generell und es bestand die Todesstrafe durch den Scheiterhaufen für diejenigen, die sich nicht daranhielten. Offiziell gab es also schon lange keine Schamanen oder Hexen mehr auf der Insel, aber alle wussten, dass die Gabe in manch einer Frau und manchmal auch einem Mann weiter schlummerte und es wurde genau geschaut ob nicht seltsame oder unerklärliche Todesfälle stattfanden. Marie und ihre Mutter wurden gemieden, einfach weil sie aus einer der mächtigsten Schamanen-Familien der Inseln stammten. Hinzu kam, dass ihre Mutter sich mit Leon zusammengetan hatte, der aus einem verfeindeten Dorf kam und sie ihn in ihrem Haus aufgenommen hatte, ihn heimlich in einer Kirche an der Ostkirche heiratete und das nur wenige Tage nach Beendigung des Trauerjahres. Das allein hätte schon genügt um sie als Persona non grata zu machen. Beide Umstände gemeinsam machten Catalina und Marie zu Schattenwesen. Sie waren schlichtweg unsichtbar, nicht vorhanden. Für Marie war das anfangs schwer, vor allem als auch ihre Klassenkameradinnen begannen sie zu meiden und sich nicht mehr wagten mit ihr abzugeben, aber mit der Zeit sah Marie auch Vorteile darin. So hatte sie wenigstens ihre Ruhe. Niemand wollte etwas von ihr, nicht einmal gehänselt wurde sie mehr mit der Zeit. Für ihre Mutter war das anders. Die zerbrach daran.

Die Familie von Maries leiblichem Vater hasste sie nun und sah in ihr eine verluderte Frau. Nach dem Ehrenkodex des Dorfes hätte ihre Mutter für den Rest ihres Lebens Witwe sein müssen, schwarz gekleidet vor dem Haus sitzend und von Almosen lebend. Das mit den Almosen hatte Catalina die ersten Monate versucht, aber ihre Verwandtschaft war nicht groß genug. Im Endeffekt war es nur Maries Tante Andria, die hin und wieder Essen gebracht hatte und einmal im Monat schickte ihr Onkel Giacomo ein Paket. Aber es langte hinten und vorne nicht um zu überleben. Zudem kam ihre Mutter mit der Einsamkeit nicht zurecht. Und so ernährten sich sie und ihre Mutter von dem, was der Garten hergab. Sie hatten Hühner und eine Ziege, aber es genügte nicht um zu überleben. Beide waren sie schon von Geburt aus zart gebaut und dünn, aber nach kurzer Zeit hing ihnen die Kleidung wie Säcke vom Leib und wenn Marie morgens in den Spiegel schaute, sah sie manchmal nicht das Gesicht einer dreizehnjährigen, sondern einer alten Frau. Ihre Augen schienen so groß wie die eines Uhus und die Lippen, die an sich einfach nur schön geschwungen aber normal waren, sahen in diesem ausgemergelten Gesicht irgendwie fehl am Platz aus. Ihre Mutter war seit dem Tod ihres Vaters in eine andere Welt eingetaucht und bekam das alles gar nicht mehr wirklich mit. Die meisten Menschen, die Ungerechtigkeit und Leid erfahren, werden hart und verbittert. Ihre Mutter war da völlig anders. Sie wurde milder, herzlicher, liebenswürdiger und ihre Augen strahlten wie die eines unschuldigen kleinen Kindes.

Marie liebte ihre Mutter über alles und gab ihr immer etwas mehr als sich selbst zu essen. Aber diese merkte es immer und sagte meist, sie hätte keinen Hunger und schob den Teller unangerührt wieder weg. Dann ging sie in den Garten oder an den Bach um alte kleine Holzstöcke, verdorrte Blumen oder Federn zu suchen und diese dann zu einem Kunstwerk zu verarbeiten. Das ganze Haus war voll von diesen Sträußen und Kugeln. Von den Decken hingen sie und hinter jeder Tür lagen sie gestapelt und so duftete das Haus, das an sich jämmerlich klein, verrußt und so gar nicht mehr reinlich war, dadurch wunderbar wie ein Gewürzwarenladen. Früher, als ihr Vater noch lebte und sie in der Dorfgemeinschaft etwas mehr integriert waren, brachte man ihr alles Mögliche, damit sie daraus einen Kranz oder Strauß machen könnte. An der Größe und an den Farben dieser Werke konnte Marie immer erkennen wie es ihrer Mutter ging. Einmal, als es wieder Streit mit Leon gab, kreierte sie einen Kranz aus Disteln. Er wurde zwar wunderschön, weil die Disteln ihre Form nicht verlieren und an sich schon eine Augenweide sind, aber ihre Hände waren anschließend blutig und auch Teile des Straußes waren dadurch befleckt worden. Marie hatte ihn dann heimlich verbrannt, denn jedes Mal, wenn sie ihn ansah, sah sie das Blut ihrer Mutter daran kleben.

Als Leon auftauchte und begann ihrer Mutter den Hof zu machen schien es, als ob es Hoffnung gäbe, als ob es einen Neuanfang brächte. Und so wagte ihre Mutter das Undenkbare: eine Beziehung mit ihm einzugehen. Oder, wenn Marie nun darüber nachdachte, war es keine Entscheidung im eigentlichen Sinn. Ihre Mutter war wie Wasser, das dahinfloss, wo ein Weg war. Sie nahm ihn auf wie man einen streunenden Hund aufnimmt. So war sie einfach. Aber hier in diesem Dorf in dem alles vorhergesagt, vorhergesehen, in Traditionen und Jahres-Rhythmen eingezwängt war, wo Mädchen so schnell zu alten Witwen werden wie der erste Sonnenstrahl eine Haustür trifft, da war so etwas ein Skandal.

Im Gesicht von Maries Mutter wohnte immer ein leichtes Lächeln und wenn sie lachte, dann war es, als ob die Sonne aufging. Man sah dann auf zwei Reihen wunderschön weiße Zähne, die vorne einen leichten Abstand voneinander hatten. Aber das machte ihr Lächeln nur noch hübscher. Und nun hatte Leon diese Sonne eingefangen. Das langsame Erlöschen des Lichts ihrer Mutter beschwerte Maries Herz wie nichts anderes. Doch in diesem Moment wurde Marie von ihren Überlegungen abgelenkt durch einen ungewohnten Lärm.

Sie hatte gerade ihren Krug randvoll gefüllt, als sie von unterhalb des Dorfes den Schrei eines Esels hörte. Das war noch nichts Ungewohntes aber dann vielen auch die Straßenköter in den Lärm ein. Ein paar Tauben flogen hoch und umkreisten den Turm der Kirche. Marie kam es vor, als ob eine frische Brise durch ihr Haar wehte. Sie drehte sich um und sah eine Gruppe junger Männer die Straße hochlaufen. Sie glaubte, Petru, den Sohn des Fleischers darunter zu erkennen. Und als sie näherkamen, war dem auch so. Es waren drei junge Burschen. Vorneweg schritt Petru. Sie kannte ihn von der Schule. Er war groß und schlank und trug seine schwarzen Haare schulterlang. Seine Mutter war vor ein paar Jahren gestorben und seitdem trug er nur mehr schwarze Kleidung. Einmal war sie in ihren nächtlichen Streichzügen im Traum an seinem Haus vorbeigekommen und hatte ihn gemeinsam mit anderen vier Männern, die für die Insel so typischen Lieder singen gehört. Seitdem machte er ihr keine Angst mehr, wenn er schweigend an ihr vorbeiging und ihr ernst einen Gruß zunickte oder in der Kirche in ihrer Nähe stand. Sie hatte sich immer gefragt, weshalb er sie im Gegensatz zu den anderen, grüßte, war dieser Frage aber nie auf den Grund gegangen. Er kam dicht gefolgt von seinem Freund Stefanu, dem Sohn des Hufschmieds am Platz an. Dieser war fast ebenso groß wie Petru, nur dass er seine Haare abrasiert trug und Marie, so wie die meisten, nicht eines Blickes würdigte. Seine Familie hatte in der letzten Generation zwei Todesfälle erlebt und gaben Maries Großmutter die Schuld dafür.

Den dritten Jungen hatte sie noch nie gesehen. Er hatte viele braune Locken, die ihm ins Gesicht fielen und einen Gang, der ihn mehr in der Luft als auf dem Boden hielt. Als sie an Marie und den Frauen vorbeigingen, hoben sie ihre Mützen und gingen dann weiter zum Haus des Metzgers, wo sie anscheinend schon erwartet wurden. Die Tür ging auf, sie traten ein und die Tür schloss sich knarrend wieder hinter ihnen. Dann folgte ein Moment der Stille. Nach dieser kurzen Pause ging das Treiben auf dem Platz wieder mit dem normalen Lärm weiter und die anderen Frauen fingen sofort an laut darüber nachzudenken, was das wohl zu bedeuten habe, als Andria, ihre Tante auf sie zukam. Sie war die einzige Verwandte von Marie in diesem Dorf, die noch lebte. Sie war nicht so schön wie ihre Mutter, war kräftiger gebaut und grösser, aber auch sie hatte diese schönen Augen und das dichte Haar. Als sie am Brunnen angekommen war, grüßte sie zuerst steif die Frauen und dann ebenso kühl Marie. Marie wusste, dass Andria nach außen den Schein wahren musste, dass sie sich von ihrer Schwester und Marie distanziert hatte und nur weil der Familienzusammenhalt als Basis ihrer Kultur galt und heilig war, sich noch mit ihnen abgab. Und bevor Marie etwas sagen konnte, sagte Andria: "Die nehmen in zehn Tagen das Schiff nach Elliesram, von wo aus sie in den Westen zur Nation der 7 Schilde reisen". "Nach Westland?" tönte es da aufgeregt aus allen Mündern der Frauen gleichzeitig, die zugehört hatten. "Warum das denn?" Aber das war nur eine rhetorische Frage, denn alle wussten, warum jemand in die Westnation auswandern wollte. Jeder zweit- und drittgeborene Sohn, der nicht Mönch oder Soldat werden wollte, träumte von dem riesengroßen Kontinent, wo es noch Land für alle gab. „Komm mit zu mir nach Hause, ich bräuchte Hilfe mit der Wäsche" sagte da Andria unwirsch in Richtung Marie, die unterdessen ihren Krug gefüllt hatte. „Gerne" antwortete Marie. Das war das Beste, was ihr hatte passieren können an diesem Morgen. So wäre Leon wohl schon aus dem Haus, wenn sie wieder zurückkäme. Es war erst sieben Uhr morgens und die Schule begann erst um acht Uhr. Schweigend gingen sie die paar Meter in die Seitenstraße wo Andria mit ihrem Mann, dem Ledermacher und Schuster des Dorfes ihr Haus hatten. Marie hatte den schweren Wasserkrug dabei, wollte aber nicht zuvor nach Hause gehen und so trug sie ihn schweigend auf ihrem Kopf. Bei Andrias Haus angekommen war ihr Onkel schon in der Werkstatt und Andria sagte ihm kurz Bescheid, dass sie mit Marie in der Küche oben sei, weil Marie ihr bei etwas helfen wollte. Er blickt nur kurz auf, nickte Marie kurz zu und vertiefte sich dann wieder in seine Arbeit, der Reparatur eines Sattels. Marie machte sich nichts daraus, dass ihr Onkel so tat, als ob er sie kaum kannte. Sie wusste, was es bedeutete, ausgeschlossen zu werden und dass ihr Onkel keine Kunden mehr hätte, wenn er zu viel mit ihr und ihrer Mutter zu tun hätte. Sie gingen die schmale und steile Treppe nach oben, wo eine kleine Wohnküche war. Im Kamin brannte ein Feuer und so wärmten sie ihre Finger darüber.

“Andria”, sagte Marie, “ ich habe heute Nacht wieder geträumt”.

Andria drehte sich um und sah sie sorgenvoll an. Sie nahm das schwarze Kopftuch ab und setzte sich auf einen Schemel, der neben dem Kamin stand. Dann schaute sie Marie in die Augen und zog die Augenbrauen fragend nach oben. “Ich habe gejagt, mit Pfeil und Bogen und habe einen jungen weißen Eber getötet. Dann als ich ihm den Pfeil aus dem Herzen ziehen wollte, sah ich das Gesicht Leons”.

Andria sagte nichts, aber ihre Gesichtsfarbe wurde augenblicklich fahl und ihre Augen wurden durchzogen von einem Faden aus Angst. Dann versuchte sie sich zu beruhigen und atmete ein paar Mal tief durch. “Bist du dir sicher?”

“Ja”.

Hast du es schon jemandem gesagt?

“Nein”.

“Gut so”. Andria wusste, was das bedeutete. Sie hatte ebenso das sogenannte “Gesicht”, das heißt die Gabe in ihren Träumen zu erkennen wer als nächstes sterben wird. Andria war noch von ihrem Vater eingewiesen worden in der Kunst des *Sehens*. Maries Großvater war zwar auch kein offizieller *Seher* mehr, aber heimlich hatten die Dorfbewohner immer wieder bei ihm Rat gesucht und wussten um seine Gabe. Maries Mutter hatte die Gabe zwar geerbt, aber es irgendwie geschafft, nicht mehr nachts jagen zu gehen und auch keine Toten vorauszusehen. Zumindest behauptete sie das. Andria glaubte ihr das, denn ihre Schwester war vom Charakter her zu freundlich, zu weich um die Herausforderung, nachts allein im Gebirge Tiere zu jagen, zu überstehen. Und so waren sich Maries Mutter und ihre Schwester bei der Geburt Maries sicher, dass Marie diese Gabe ebenso wenig in sich schlummern habe wie ihre Mutter.

Doch dann, als Marie noch klein war, träumte sie, dass die Mutter des geistlichen Führers gestorben sei und erzählte dies unbedarft in der Schule einer Klassenkameradin. Und dann, nach ein paar Wochen war diese Mutter tatsächlich tot. Eine muntere, gesunde Frau, die von einem Moment auf den anderen tot umfiel. Nun erinnerten sie sich wieder, dass Marie das zuvor geträumt hatte und angstvolle und besorgte

Augen fielen auf sie. Dennoch duldete man sie noch unter sich, denn Marie war ein süßes Mädchen und so vergaß man es wieder, bis Marie vor drei Jahren wiederum den Tod eines Menschen im Voraus geträumt hatte. Diesmal erzählte sie es niemandem, beichtete es jedoch in ihrer kindlichen Unwissenheit dem Priester, wo es eigentlich hätte sicher aufgehoben sein sollen, aber als dann die Person tatsächlich nach einigen Wochen gestorben war, wurde Marie in die Kirche gerufen. Und in einem Gespräch hinter dem Altar nahm der Geistliche Marie ins Gebet, dass sie aufhören solle diese Dinge zu träumen, ansonsten müsse er es dem Protektor der Insel weitergeben und das würde den Tod für sie und ihre Mutter bedeuten. Als Marie ihm antwortete, dass das nicht ginge, weil sie ja nicht absichtlich diese Träume hätte, ließ er sie drei Tage ohne Essen einsperren. Als sie wieder freigelassen worden war, befahl er ihr jeden Abend vor dem Schlafengehen siebenundsiebzigmal das heilige Gebet zur Reinwaschung von Sünde aufzusagen und gab ihr eine geweihte Kette mit, die sie neben ihr Bett legen solle. Dass ein Kind nur mit Wasser für drei Tage eingesperrt wurde, war noch nie zuvor passiert in dem Dorf und so verrissen sie sich ihre Mäuler darüber, was Marie wohl angestellt hatte und es brauchte nicht lange, bis der Verdacht ausgesprochen worden war, dass sie eine Schamanin war. Der Restzweifel ob Marie eventuell eine Schamanin sei, wurde begraben, als das Gespräch zwischen dem Geistlichen und Marie belauscht wurde. Als nämlich nach ein paar Wochen der Geistliche Marie wiederum zu sich rief, um sie danach auszufragen, ob sie weiterhin diese Träume hätte, waren in der Kirche noch ein paar Frauen, die neugierig waren, warum der Geistliche Marie zu sich gerufen hatte, und legten ihre Ohren an die alte Holztür. Die Bestätigung, dass Marie das Gesicht habe, verbreitete sich schnell und so war es vorbei mit dem Bonus, den sie durch ihre Art und ihr Aussehen bisher wett machte. Wurde sie bisher nur ignoriert, so wich man ihr von nun an sogar aus. Und nun hatte sie den Tod des verhassten Leons geträumt und wer wusste nicht im Dorf, dass sie ihn am liebsten tot sehen würde. Leon würde sterben und man würde ihr die Schuld geben. Das wäre der Todesstoß für sie und ihre Mutter. Die Dorfbewohner würden froh sein, sie endlich loszuwerden. Sie war ein Dorn im Auge der Dörfler, eine wandelnde Gefahr. Schweigen herrschte in der Küche. "Ich muss fort" sagte Marie. "Ja" sagte Andria und stand auf. Das Wasser kochte und sie brühte zwei Tassen Eichelkaffee auf. Eine davon reichte sie Marie. "Und Catalina?" Willst du sie hier allein zurücklassen? Ohne dich und ohne Leon? Sie wird das nicht überleben".

"Nein", sagte Marie wiederum. "Ich werde sie mitnehmen nach Westland". Andria horchte auf: Westland? Wie willst du das machen? Die Eltern von Petru haben lange dafür gespart und sie haben Geld. Hast du Geld?" Marie antworte ohne Zögern und es wurde ihr erst jetzt bewusst, dass sie seit dem Traum einen fertigen Plan erstellt hatte. „Nein. Aber ich werde die Schafe der Mufrinis verkaufen auf dem Markt in

Ivlac und das Haus. Die Ziege können wir schlachten und uns damit auf der Reise ernähren."

"Das ist Betrug. Die Schafe gehören dir nicht."

"Ich weiß. Aber ist es nicht im Sinne aller die uns sowieso loswerden wollen? Kann ich etwas dafür, dass ich weiß, wer sterben wird und dass das eine Sünde ist? Ist es meine Schuld, dass meine Mutter mit Leon zusammen ist und wir verdammt sind in Einsamkeit und Ausgeschlossenheit zu leben? Ich mache doch allen damit ein Geschenk das wertvoller ist als die paar Schafe!"

"Wie willst du es denn anstellen? Du hast doch nur zehn Tage Zeit."

"Ich werde Leon sagen, dass ich nachdenken muss und nächste Woche die Schafe zu den Weiden weiter Richtung Meer bringen möchte. Das habe ich schon öfters getan. Ich kann den Frost hier als Grund nennen und dass weiter unten in Richtung Ivlac ein paar Wiesen sind, wo dieses Jahr die anderen Schäfer nicht hingekommen sind. Da sind saftige Weiden für seine Schafe und dass sich dieser Extra-Aufwand bezahlt machen wird. Ich werde ihm schildern, wie Herr Mufrini ihn sicherlich belohnen wird, wenn er sieht, wie fett seine Schafe geworden sind. Leon wird froh sein, wenn er mich ein paar Tage nicht sieht. Ich nehme also die Schafe und bringe sie nach Ivlac auf den Markt. Alle kennen mich da und wenn sie sich wundern, warum Leon nicht dabei ist, sage ich einfach, dass er krank sei. Das wird schon funktionieren. Leon bekommt sowieso nichts mit. Aber das Haus, Andria: können du und dein Mann es nicht kaufen? Der Preis ist nicht hoch. Was immer du bezahlen kannst, ist in Ordnung."

"Wie soll ich das nur meinem Mann erklären?" stöhnte Andria, die mit jedem neuen Satz Maries etwas blasser wurde. Wie soll das denn gehen?"

"Indem du ihm sagst, dass wir wegziehen, dass wir das nächste Schiff nach Auneg oder Elliesram nehmen, und dort leben werden. Er wird begreifen, dass wir hier nicht so weiterleben können. Wenn er erfährt, dass ich den Tod Leons gesehen habe, dann wird er froh sein, wenn wir weit weg sind!"

"Ja das stimmt", nickte Andria und nahm einen großen Schluck des heißen Gebräus. Ihr Mann hatte schon jetzt einen schlechten Stand im Dorf dadurch, dass seine Frau die Schwester von Catalina war. Wenn nun Marie die Schafe heimlich verkaufen würde, würde das ihre Position natürlich noch mehr verschlimmern. Aber sie könnten so tun, als ob sie nichts davon gewusst hätten. Wenn Marie jedoch im Dorf verbliebe und sich erneut bestätigen würde, dass sie das Gesicht hatte, dann würden er und Andria dasselbe Schicksal erleiden wie diese, nämlich daraus folgend als Geächtete hier leben zu müssen. „Ich werde mit ihm sprechen. Aber wenn sie entdecken, dass du Murfrinis Schafe verkauft hast, dann werden sie dich verhaften!"

"Nicht wenn ich direkt nach dem Verkauf das Schiff nehme. Am Montag wandere ich los und am Mittwoch ist der Markt. Wenn ich Glück habe, spricht es sich nicht bis hier hoch ins Dorf herum, dass ich sie verkauft habe. Am Donnerstag fährt das Schiff ab. Ich komme nicht zurück nach dem Markt. Meine Mutter muss bis Dienstag hier im Dorf bleiben und so tun, als ob alles wie immer sei und erst Dienstagabend darf sie nach Ivlac kommen, wo wir uns bei einer bestimmten Stelle im Pinienwald am Meer vor der Stadt verabreden werden. Du wirst sehen, das funktioniert." In dem Moment klingelten die Schulglocken. "Ich muss jetzt gehen. Die nächsten Tage muss ich mich verhalten wie immer und alles vorbereiten. Meiner Mutter sage ich nichts bis zum letzten Moment. Ich weiß noch nicht, ob es besser wäre, wenn meine Mutter sofort mit mir mitkäme. Ich muss darüber noch nachdenken. Danke Andria, dass du mir hilfst." Und Marie erhob sich, nahm den Wasserkrug und wollte gehen.

„Lass den Krug hier stehen, sonst kommst du zu spät zur Schule. Hole ihn einfach später ab." Marie nickte und war froh, den Krug nicht mit in die Schule nehmen zu müssen. Dann sagte sie noch zu Andria: „Ich komme morgen zu dir, um zu erfahren, ob dein Mann das Haus kaufen kann, ja?"

"Ist gut", sagte Andria und mit schmalen Lippen starrte sie auf das Feuer als Marie den Raum verlassen wollte. Da kehrte Marie noch einmal zurück und umarmte ihre Tante. "Danke" flüsterte sie und machte sich eilig auf den Weg.

Als Marie nach der Schule nach Hause kam, knurrte ihr der Magen. Sie hatte seit dem Vortag nichts gegessen. Als sie in die Küche trat, war der Kamin erkaltet und sie fand nur ein altes Stück Brot in der Tischlade. Am liebsten hätte sie es einfach mit einem Biss verschlungen, aber es war zu groß und so hart, sodass sie Angst hatte sich einen Zahn auszubrechen. Sie knabberte kleine Stückchen ab, lutsche daran. Der Hunger war dadurch nicht verschwunden, aber sie hatte den Kopf nicht, um sich um Nahrung zu kümmern und zu kochen. Als sie das Brot fast fertig gegessen hatte, kam ihr in den Sinn, dass sie ihre Mutter noch nicht gesehen hatte. Rasch sprang sie die Stufen nach oben und rief: "Mutter?" aber niemand antwortete ihr und als sie in den Raum kam, war da auch niemand. Also lief sie die Treppen wieder hinunter und eilte hinaus in den Garten. Dann sah sie im Stall nach der Ziege. Diese warf Marie fast um, als sie die Stalltür aufmachte, denn sie hatte noch kein Wasser oder Heu bekommen. Schnell schlang ihr Marie das Seil um den Hals, das immer am Eingang hing und führte sie hinaus. Am hintersten Ende des Gartens hängte sie sie an einem Pflock an. Die Ziege begann sofort zu grasen. Marie blickte sich um und sah am gegenüberliegenden Berghang ihre Mutter, wie sie in Richtung Bach schlenderte und dabei immer wieder an den verschiedensten Stellen etwas aufhob oder pflückte. Beruhigt ging Marie zurück in den Stall, säuberte ihn und als sie in die Küche ging, versuchte ihre Mutter gerade einen neuen Kranz aus Immortelle und Rosmarin irgendwo unterzubringen. “Warst du am Bach?” fragte Marie.

“Ja”, antworte sie und fragte dann, ob Marie wisse, wo der Wasserkrug verblieben sei, sie habe ihn den ganzen Morgen lang gesucht.

“Ach du meine Güte, den habe ich völlig vergessen. Der muss noch bei Andria sein!” und schnell rannte sie aus dem Haus und zu Andria. “Andria?” rief sie die Treppe hinauf. Niemand antwortete und so ging sie einfach in die Küche. Der Krug stand immer noch am selben Ort wie am Morgen. Sie wollte ihn einfach nehmen und dann wieder gehen, als sie im Eingang ihren Onkel Batista gewahr wurde. „Setz dich bitte”, sagte dieser nur. Marie ahnte, dass er schon Bescheid wusste und es wurde ihr flau im Magen. „Du hast also tatsächlich das Gesicht von deinem Großvater geerbt”. Nach einer Pause fuhr er fort: „Das ist eine große Verantwortung, die du von nun an trägst, Marie. Dein Großvater hat sich verführen lassen von der Macht und nun kannst du es leider nicht mehr für das Wohl dieses Dorfes einsetzen. Aber auch wenn es hier wie ein Fluch aussieht Marie. Es ist kein Fluch. Du kannst damit auch Gutes tun. Aber hüte dich davor es zu missbrauchen. Dein Großvater ist keines natürlichen Todes gestorben, wie hier jeder erzählt. Er wurde getötet. Ob von einem Menschen oder von einem Geist, das wissen wir nicht. Aber es muss ein entsetzlicher Tod gewesen sein. Niemand durfte seine Leiche sehen. Sein Sarg wurde sofort zugenagelt und noch am selben Tag begraben. Er wurde, wie du weißt, nicht innerhalb des Friedhofes, sondern außerhalb begraben, wo die Selbstmörder und Paganen liegen. Ich werde euer Haus nicht kaufen. Euer Haus wird wohl auf viele Jahre von niemandem bewohnt werden wollen und ich bringe uns in Verdacht, mit euch unter einer Decke zu stecken. Aber ich habe mein ganzes Leben Geld gespart, falls Andria und ich doch noch ein Kind bekommen sollten und wir ihm dann eine Ausbildung finanzieren könnten. Andria ist nun bald fünfzig Jahre alt und wir haben uns damit abgefunden, keine Kinder zu bekommen. Ich gebe dir das Geld. Es ist nicht viel, aber es wird für zwei Fahrkarten nach Elliesram und einem Auskommen für die ersten Monate genügen. Es ist gut, dass du deine Mutter mitnimmst. Auch wenn es schwierig für dich wird."

Marie bemerkte, wie ihr Onkel schwer atmete, immer wieder die Augen ungläubig schloss und den Kopf hin und her bewegte, so als ob er sich gegen diese Wahrheit wehren wollte. Sie hatte ihn immer gemocht und jetzt, da sie ihn so sprechen hörte, wurde ihr bewusst, wie schwer es für ihn all diese Jahre gewesen sein musste mit ihnen verwandt zu sein und seine Zuneigung zu ihr und ihrer Mutter nur heimlich innerhalb ihrer eigenen vier Wände gezeigt haben zu können. Sie lebten in einem Dorf, in dem Verfehlungen nicht verziehen wurden. Ein Moralkodex, der irgendwann einmal zur allgemeinen göttlichen Wahrheit und seitdem im schlimmsten

Falle sogar mit Blutvergießen verteidigt wurde. “Ich möchte dich bis zu deiner Abreise öffentlich nicht mehr sehen, aber ich wünsche dir und deiner Mutter alles Gute. Ihr werdet uns fehlen!” sagte er und es sollte neutral klingen, Marie hörte jedoch die Angst, die daraus klang. Dann ging er auf sie zu und reichte ihr einen Lederbeutel mit klingenden Münzen, drehte sich um und stieg die Treppen hinab, um in seiner Werkkammer weiterzuarbeiten. Marie fühlte die Schwere des Beutels. Sie war noch viel zu verschämt, um sofort hineinzuschauen, um zu sehen, wie viel es war. So band sie ihn fest an den Gürtel unter dem Überkleid, nahm den Krug und ging mit einem Gemisch an Gefühlen langsam nach Hause. Dort angekommen, roch es in der Küche nach Bohnensuppe. Jetzt erinnerte sie sich wieder, dass sie am Vorabend Bohnen eingeweicht hatte. Sie war schier am Verhungern und als ihre Mutter ihr und sich selbst die duftende Suppe einschenkte, wollte Marie nur essen. „Wo ist Leon?” versuchte sie nach ein paar Löffeln so beiläufig wie möglich zu fragen. „Er wollte für ein paar Tage zu seinen Verwandten in das Tal von Oksa wandern.”

„Kommt er wieder zurück?“ fragte Marie so beiläufig wie möglich, aber innerlich war ihr siedend heiß geworden. Wenn Leon nun nicht vor Sonntag zurückkäme, würde ihr ganzer Plan nicht funktionieren!

„Ja, er kommt Sonntagnachmittag wieder.”

Während sie gemeinsam ihre Suppe schlürften, überlegte Marie, wie sie es ihrer Mutter beibringen konnte. Ihre Mutter sah ganz entspannt drein, nur dass sie Maries Blicken auswich. “Mutter, geht es dir gut?” fragte Marie nach einer Weile. Aber Catalina gab keine Antwort. Sie war offensichtlich in einem inneren Kampf verwickelt. Aber schließlich legte sie den Löffel beiseite und schaute Marie in die Augen und Marie fiel der Löffel fast aus der Hand, denn ihre Mutter sah sie mit klaren Augen an, so als ob sie völlig hier und bei klarem Verstand wäre. Die letzten Jahre war ihre Mutter immer verträumter geworden und es war Marie, die ihr gemeinsames Leben meistern musste. Nun hielt auch Marie inne und vor lauter Aufregung vergaß sie zu atmen. “Marie, ich glaube wir sind nicht mehr gut für Leon.” Dann kaute sie an ihren Lippen und suchte nach Worten. „Er ist unglücklich und muss nun so schlimme Dinge tun. Ich glaube es wird immer schlimmer. Das können wir ihm nicht antun. Heute früh, als ich aufwachte, sah ich, dass er eine Bisswunde am Hals hatte. Das ist schlimm Marie”, sagte sie und in ihrer Stimme klang kein Vorwurf, sondern Mitleid. Marie bemühte sich zu atmen. Die Augen ihrer Mutter waren immer noch die eines Menschen, der wusste, was er sagte, aber das was sie sagte, machte für Marie nur wenig Sinn. Der Mann, der ihnen seit Jahren das Leben schwer machte und sie gestern Abend mit einem Stock erschlagen wollte, dieser Mann sei ihrer beider Opfer? Ein heißer Adrenalinschub überschwemmte sie und sie begann zu schwitzen. Aber sie wollte sich nicht aufregen. In der Vergangenheit hatte sie in solchen Momenten begonnen ihre Mutter zu beschimpfen, aber dann im Nachhinein tat es ihr immer leid. Und so riss sie sich zusammen. Sie zwang sich neutral dreinzuschauen und sagte nur: „Aha und was sollen wir also tun?”

“Wir müssen von hier weggehen. Er hat kein Haus und wenn wir ihn wegschicken, ist er allein und obdachlos. Wir haben immer noch uns und wir können für uns sorgen, aber er nicht. Er kann das nicht.” Nun war Marie wie in einem Vakuum. Ihre Mutter wusste nichts, rein gar nichts von dem was in Marie seit heute Morgen vorging und dennoch machte sie ihr nun denselben Vorschlag, den sie ihr machen wollte, nur mit einem anderen Motiv.

Sie musste sich kurz davon erholen, weil das, was ihre Mutter sagte, sie dennoch innerlich erschütterte. Marie stand auf und schürte das Feuer im Kamin, damit ihre Mutter in ihren Augen nicht die Verachtung gegenüber Leon und die Verwunderung ihr gegenüber sehen konnte. Denn wenn sie nun weggingen, waren sie obdachlos. Und sie waren Frauen! Eine verrückt und die andere noch halb ein Kind. Andererseits hatte sie sich in den letzten Stunden immer wieder vorgestellt, wie sie es ihrer Mutter sagen sollte, dass sie mit ihr nach Westland auswandern wollte, ohne sie zu sehr aufzuregen oder gar zu verstören. Und nun war die ganze aufgebaute Energie, völlig umsonst. Es gab niemanden zu überreden. Es war fast zu einfach, dachte Marie. Der eine gibt mir Geld, die andere deckt uns den Rücken und meine Mutter schlägt von sich aus vor, dass wir gehen sollten. Es war so, als ob das Dorf sie ausspucken wollte. Nichts hielt sie mehr und nicht nur das, jeder Schritt, den sie tat, war der scheinbar richtige.

Schon jetzt, wenn sie auf den Fußboden blickte oder auf den Herd, den Topf, da waren es nicht mehr der Boden, der Topf, der Herd, den sie seit Jahren täglich mit den Füssen berührte, mit den Händen schrubbte. Es war alles schon Vergangenheit. Eigentlich gar nicht mehr da. Sie ging zurück zum Tisch und fuhr fort, die nun erkaltete Suppe zu essen. „Gut Mutter, wir gehen fort. Und zwar mit dem Schiff. Wir fahren nach Westland."

Maries Mutter nahm lächelnd Maries Hand: "Ich danke dir, dass du das verstehst." Marie hielt den Löffel fest, um nicht die Schlechtigkeit von Leon vor ihrer Mutter auszubreiten. Sie musste tief atmen um den folgenden Satz, ohne mit der Wimper zu zucken zu sagen: „Mutter, du darfst Leon nichts sagen, denn er würde dieses Opfer niemals annehmen und dann unseren Plan vereiteln. Kannst du mir versprechen, dass du ihm nichts sagst, ihm zuliebe? Er würde dich sonst niemals gehen lassen." Ihre Mutter nickte nun erfreut und in ihr Gesicht huschte wieder die Sonne. Eine leichte nordische Sonne, die etwas blass hinter feinen Nebelschleiern morgens aufging. Aber es war eine Sonne und das bestätigte Marie darin, dass alles genau so lief wie es laufen sollte. Es kostete Marie einige Überredungskünste, um ihre Mutter davon zu überzeugen, dass sie das Fleisch der Ziege bräuchten, um die Reise und die ersten Tage zu überleben. Nach vielen Widerreden und Maries Einwurf, dass er doch das Haus und die Hühner behalten könne und nun ja nicht mehr drei, sondern nur mehr einen Magen stopfen müsste, willigte sie ein. Somit schlachteten sie später an dem Tag die Ziege, schnitten ihr Fleisch in feine Streifen und salzten es ein. Sie wollten nichts davon jetzt essen, auch weil sonst ein eventuell vorbeigehender Dorfbewohner aufmerksam werden könnte, dass es nach Ziegenfleisch duftete und sich dann Fragen stellen würde, was hier gefeiert wird. Aber sie schlachteten zumindest ein Huhn, das älteste und machten daraus eine wunderbare Suppe. Ihre Mutter war fröhlich dabei und Marie merkte wie ihr diese Aufgabe, diese Idee, Leon zu retten, gefiel. Marie weihte ihre Mutter nicht in den Plan ein mit den Schafen, denn das wäre ja gegen Leon gegangen und das hätte sie nicht gewollt. Marie war sich nicht sicher, ob ihre Mutter es am Ende nicht doch Leon oder jemand anderem gesagt hätte in ihrer Unschuld. Somit sagte Marie nur, dass sie Leon noch diesen letzten Gefallen machen und seine Schafe ans Meer bringen wollte, dann würde ein befreundeter Hirte diese wieder nach Hause bringen und sie würde auf ihre Mutter im Pinienwald bei Ivlac warten, da wo sie vor ein paar Jahren gemeinsam mit ihrem Vater nach dem Markt sich ausgeruht hätten. Sie fände doch diesen Platz noch, oder?

"Ja" sagte sie und so war es ausgemacht.

Die nächsten Tage vergingen mit Vorbereitungen. Sie hatte keinen Koffer oder ähnliches, um ihr Hab und

Gut mitzunehmen. Außerdem wäre es aufgefallen, wenn sie nur um die Schafe auf den Markt zu bringen mit viel Gepäck durch das Dorf gegangen wäre. Somit nähten sie sich jeweils einen großen Sack aus alten Leintüchern und der Bettwäsche, die sie ja nun nicht mehr brauchten. Damit diese Säcke die lange Reise auch durchhalten würden, nahmen sie den Stoff doppelt. In den einen Sack kamen die Kleidungsstücke von Marie und ihrer Mutter. Das nahm nicht viel Platz ein, denn jede hatte genau zwei Ausstattungen: die Arbeitskleidung, die sie täglich anhatten und ein schönes Festgewand, das sie in die Kirche und zu speziellen Anlässen trugen. Nachdem sie seit Jahren zu keiner Hochzeit oder ähnlichem mehr eingeladen worden waren, hatten sie es nicht für nötig gehalten und auch gar nicht das Geld, groß an den schon schäbig gewordenen Kleidern etwas auszubessern, denn sie trugen sie nur für das Sonntagsritual in der Kirche und dafür genügte es. Den schönen großen Schal, den ihr Tante Andria vor zwei Jahren geschenkt hatte, kam noch hinein, ein zweites Paar Unterwäsche und ein Paar grobe, aber warme Schafwollsocken. In den zweiten Sack mussten die zwei Decken hinein. Hier hatten sie von der Arbeit Leons profitiert, denn nach der Scherung der Schafe durften sie jedes Jahr die Wolle, die zu verfilzt oder schmutzig war, um verkauft werden zu können, nach Hause nehmen. Jedes Jahr konnten sie damit Strümpfe, eine Jacke oder eben eine Decke herstellen. Sie machten sich dann daran das Fell gründlich im Wasser des Baches zu waschen, auf den Büschen zu trocknen, um dann eine grobe Wolle daraus zu spinnen. Einen Teil der Wollfäden färbten sie aus einem Sud aus Nussschalen und Nussbaumrinde zu einem schönen warmen Braun. Den Rest ließen sie in dem natürlichen weiß. Manche Schafe hatten kleine schwarze Flecken und so hatte jede der Decken drei Farben: viel weiß, etwas braun und ein, zwei Streifen in Schwarz. Aus den Wollfäden, die gut und stark geworden waren, strickten sie ihre Socken oder Jacken. Die anderen Fäden nahmen sie dreifach und verwebten die daraus entstehenden dicken Wollwürste mit der Hand zu dicken, fast teppichhaften Decken. Es hatte ihnen immer Spaß gemacht diese Teppich-Decken herzustellen und schenkten damals sogar zwei Tante Andria und Onkel Batista. Diese benützten sie jedoch als Vorlegeteppiche vor ihrem Bett und nicht als Decken. Für Marie und ihre Mutter war es gleich, wie Andria und Batista diese benützten, sie waren schlichtweg froh auch einmal für sie etwas tun zu können und waren stolz darauf, ihnen etwas schenken zu können. Für ihre Reise wollten sie nun unbedingt diese dicken Wolldecken mitnehmen. Nur dass diese Decken dermaßen grob verarbeitet waren, dass sie schwer zu falten waren und nur gerollt in den Sack passten. Dann nahmen sie zwei kleinere Leinensäcke, in die der Rest passen musste: In erster Linie das Essen. Für das in Salz eingelegte Ziegenfleisch wollten sie das Butterfass benützten. Ansonsten brachte ihnen Andria zwei große schöne runde Käse und einen kleinen Schinkenknochen. In Ivlac wollte Marie noch Bohnen, Salz, Öl und Brot kaufen und das müsste dann genügen. Des Weiteren nahm sie ein Messer, zwei

Löffel, zwei Holzschüsseln, die sowohl zum Trinken als auch als Essnapf dienen sollten, ein Stück Seife und ein Handtuch mit, das schon so fadenscheinig war, dass sie sich damit nur das Gesicht abtrocknen konnten und auch das nur sanft und vorsichtig. Um die Füße zu trocknen benützten sie den Rest eines alten Jutesacks. Zum Schluss nahmen sie die Leine, mit der sie ihre Ziege angebunden hatten, teilten sie in drei Teile. Mit zwei Stücken der Leine banden sie die großen zwei Beutel zu, das dritte Stück schlangen sie um das Butterfass und befestigten es so, dass man es auf dem Rücken tragen konnte. Die zwei kleinen Rucksäcke konnten sie mit alten Lederriemen, die sie noch besaßen, zuschnüren. Das Seil, das immer neben der Eingangstür hing, nahm sie zur Sicherheit mit, falls eines der andern unter seinen Strapazen aufgeben würde. Am Sonntag hatten sie alle Hände voll zu tun. Leon würde am späten Nachmittag zurückkommen und bis dahin musste alles geordnet und erledigt sein, so dass Leon keinen Verdacht schöpfte. Marie hatte zwei große Flasche Wein von Andria bekommen und ihre Mutter würde diese an ihrem Abreisetag auf den Tisch stellen. Damit würde Leon für zwei Tage aus dem Gefecht gezogen sein. Sollte er dann merken, dass die Ziege weg ist und auch im Haus mehrere Gegenstände fehlten, wäre es zu spät.

Die Tage bis zum Sonntag verstrichen schnell. Marie hatte keine Zeit daran zu denken, was passieren könnte, wenn der Plan nicht aufging. Am Sonntagmorgen machte Marie die Augen auf und nun wurde alles real. Die Küche war eiskalt, draußen war noch alles dunkel. „Raus aus dem Bett!“ sagte sich Marie. „Wenn ich beginne nachzudenken, bleibe ich im Bett liegen.” Ihr Magen zog sich zusammen bei dem Gedanken an diesen Tag. Und was, wenn Leon heute nicht zurückkommt? Oder wenn er nicht will, dass ich die Schafe morgen wegbringe? Oder wenn er bemerkt, dass die Ziege tot ist? Nicht nachdenken Marie, nicht nachdenken. Marie sprang aus dem Bett auf den kalten Küchenboden. Sie wollte sich schon das Fass mit dem gesalzenen Ziegenfleisch umbinden um es anschließend in eine Höhle circa eine Meile außerhalb des Dorfes zu bringen, als ihr schlagartig klar wurde, dass sie für die Tage in Ivlac eine Decke brauchte. So leerte sie wieder beide Säcke und teilten sie nun so auf, dass in einem Sack die Kleider und die Decke von Marie unterkamen und im anderen die von ihrer Mutter. Damit verlor sie eine halbe Stunde und es wurde schon langsam hell draußen. Es war zwar Sonntag und alle gingen den Tag doch etwas gemütlicher an, aber viele, vor allem die älteren Dorfbewohner wachten mit dem ersten Schrei des Hahnes auf, egal welcher Wochentag es war. Marie hatte Sorge, gesehen zu werden mit ihrem Fass auf dem Rücken und so entschied sie, einen Umweg um das Dorf zu machen. Das war zwar mühsamer und dauerte auch länger, aber es war sicherer. Es begegnete ihr auch niemand und als sie das Fass in der Höhle untergebracht und diese mit etwas Gestrüpp verdeckt hatte, wollte sie schon zurückgehen, als ihr bewusst wurde, dass das Ziegenfleisch einiges Getier anziehen könnte. So ging sie wieder zurück und auch wenn sie gleich noch einmal mit dem Kleidersack kommen würde, versperrte sie den Eingang mit ein paar Steinen und noch mehr Gestrüpp. Dann ging sie die normale Straße wieder zurück. Am Dorfeingang saßen wie immer schon in der Früh eine Gruppe Männer vor ihren Türen und rauchten ihre Pfeifen. Wie gewöhnlich bekam sie nur ein flüchtiges Kopfnicken von einem oder zwei von ihnen, die meisten taten so, als ob sie sie nicht sehen würden. Sie wusste, dass sie nichts Verräterisches bei sich hatte und dennoch fühlte sie sich so als ob man es ihr schon Meilen voraus ansehen würde, dass sie vorhatte die Schafherde der Mufrinis zu verkaufen und sich mit ihrer Mutter aus dem Staub zu machen. Zu Hause angekommen wartete ihre Mutter schon nervös am Eingang: Alles gut gegangen? "Ja." Ohne weitere Worte miteinander zu wechseln, holte Marie ihren Sack mit der Kleidung und der Decke, um diese in die Höhle zu bringen. Wiederum machte sie den Umweg. Immer wieder kam ihr der Gedanke, dass sie es gar nicht schaffen würde, sowohl den Sack als auch das Fass bis Ivlac zu tragen, aber sie verwarf diesen Gedanken, wie man eine störende Fliege verscheucht. Es war inzwischen heller Tag und die Leute gingen zur Messe. Das war eine gute Zeit.

Die Männer saßen Großteiles im Wirtshaus und die Frauen und Kinder waren in der Kirche. So entspannte sich Marie etwas auf dem Weg zur Höhle. An einer Stelle, von der aus man das Meer sehen konnte, hielt sie sogar an und genoss die frische Brise vom Meer. Sie spürte die Kraft der mächtigen Berge hinter ihrem Rücken und genoss, wie sich der Boden unter ihren

Füssen erwärmte. Mit der Wärme entströmte auch den Pflanzen um sie herum ein harziger Geruch. Nicht so stark wie im Frühling oder Sommer, aber immerhin, für einen Februartag war es ein Tag, der in sich den Beginn des Frühlings trug. Weiter unten sah sie, dass eine Mimose schon begann ihre gelben flaumigen Blüten zu entfalten und so wunderte sie sich nicht mehr über die Süße, die in der Luft lag. Es war das erste Mal, dass sie sich eingestand, dass sie panische Angst hatte vor dem, was vor ihr lag. Bisher war sie in das Planen und Handeln eingetaucht, aber nun, in diesem Moment wurde ihr das ganze Ausmaß der Tragödie bewusst. Sie und ihre Mutter waren zwei verstoßene, bald heimatlose Frauen, die nichts außer sich selbst hatten. Sie blickte auf das Dorf hinab und ein bitterer Geschmack vermischte sich mit der Traurigkeit. All die Ungerechtigkeit und Härte, die sie hier erlebt hatte, sah sie nun klar vor sich. Sie war keine neun Jahre alt gewesen als man begann sie zu meiden. Und seit der Geschichte mit dem Pfarrer und der Entdeckung, dass sie eventuell das Gesicht hatte, war sie wie eine Hexe, eine Dämonin behandelt worden. Die Menschen hatten Angst vor ihr und schützten sich, indem sie sich endgültig von ihr abwendeten. Es war ihr zu Hause und immerhin: das, was sie und ihre Mutter hier hatten, kannte sie. Marie atmete tief durch und ging dann weiter. Es brachte doch nichts hier noch länger nachzudenken. Der Entschluss war gefasst und es gab kein zurück mehr. So eilte Marie schnell die letzten Meter den Hang hinunter und verstaute nun auch den Sack in der Höhle, legte mehrere große Steine und weitere Äste - vor allem von Büschen, die intensiv dufteten – trockene Disteln und Äste von Brombeeren, die ihre Hände verkratzten, vor den Eingang, um durch die Stacheln auch wilde Tiere und vor allem die Dorfhunde fernzuhalten, falls sie doch etwas riechen sollten. Diesmal ging sie auch über die Hügel zurück zum Haus. Von der Ferne hörte sie die Glocken der Kirche und so waren die Straßen und Gassen voll mit Menschen. Voll mit Menschen, die es genossen, zusammen zu sein, deren Welt in Ordnung war, die hier in diesem Dorf zuhause waren, dachte sie bitter. Als Marie zurück war, kontrollierte sie das letzte Mal ihren kleinen Rucksack und die beiden ihrer Mutter, trug sie in den Ziegenstall und setzte sich. Ihre Mutter hatte inzwischen das Haus wieder in Ordnung gebracht und eine dicke, gut duftende Bohnensuppe gekocht, in die sie die Reste des Huhns hinzugefügt hatte, um den Geruch des gepökelten Ziegenfleisches zu vertreiben. Ihre Decke lag noch im Zimmer und sie würde sie erst in letzter Minute dem Sack hinzufügen. Marie fand, dass ihr Teil fast der leichtere war. Sie würde ab morgen früh allein mit den Schafen sein und hatte nur die Herausforderung, einen Käufer zu finden. Ihre Mutter jedoch musste noch einen Tag länger hier mit Leon bleiben und so tun, als ob alles wie immer wäre. Marie hatte sehr große Bedenken ob ihre Mutter das schaffen würde ohne sich aus Versehen zu verplaudern. So ging sie wieder und wieder mit ihrer Mutter den Plan durch und am Schluss hatte sie doch die Hoffnung, dass ihre Mutter, so verrückt sie auch in manchen Dingen geworden sein mochte, sich daran halten würde. Das

Problem war die Decke. Sie musste die Decke auf ihrem Bett haben bis zum nächsten Morgen. Ihre Mutter würde am Dienstag dasselbe machen wie Marie und den großen Sack, nun mit der Decke, in die Höhle bringen, die Marie ihrer Mutter in den letzten Tagen gezeigt hatte. Dann würde sie ganz offiziell mit dem kleinen Rucksack nach Ivlac wandern, um ihren Bruder zu besuchen, um dann mit ihrer Tochter am Donnerstag wieder zurückzukommen. Nur dass sie halt nicht zurückkommen würden. Als Leon am späten Nachmittag ins Haus kam, merkte er nichts von all dem, was sich inzwischen zugetragen hatte. Er war müde und hungrig. So schlürfte er schweigsam seine Suppe, aß davon sogar zwei Teller und ging dann zu Bett. Marie hatte schon Sorge, dass er vor Montag früh nicht mehr aufstehen würde aber gegen acht Uhr abends musste Leon auf die Toilette und als er wieder ins Haus trat, bot Marie ihm einen Eichelkaffe an, den sie vorsorglich schon gekocht hatte. Leon nahm ihn misstrauisch an und stellte sich in einigem Abstand von Marie vor den Kamin, um ihn zu trinken. Seine Wunde am Hals war mit einem schmutzigen Tuch verbunden und Wundwasser hatte es gelblich rot gefärbt. Marie versuchte nicht auf den Hals und das Tuch von Leon zu schauen. "Ich möchte dir anbieten deine Schafe auf die unteren Weiden Richtung Ivlac zu bringen. Ich habe gehört, dass es einige Weiden gibt, wo dieses Jahr noch keiner seine Schafe hingebracht hat."

„Ach so?" Und wo wären diese wundersamen Weiden?" Marie hatte sich für diesen Teil des Gesprächs gut vorbereitet und erinnerte ihn daran, dass doch der alte Descartes diesen Herbst gestorben sei und seine Schafe versteigert wurden, um seine Schulden zu begleichen und dass seither diese Wiesen einfach nur brachliegen würden. Mit geheuchelter Stimme sagte sie: "Ich möchte etwas dazu beisteuern, dass die Schafe gut genährt sind und du nicht alleine mit dieser Verantwortung bist". Als Leon sie mit schmalen Augen anschaute und sie fragte, woher denn dieser Sinneswandel käme, bekam Marie Sorge etwas zu dick aufgetragen zu haben, änderte die Strategie und äußerte wieder in ihrer alten etwas genervten Art, dass es ihre Mutter gewesen sei, ihr ins Gewissen zu reden und fügte hinzu: "Es muss auch nicht sein, wenn du nicht willst, war nur ein Vorschlag". Da beruhigte sich Leon wieder. Das war die Marie, die er kannte. Und er dachte sich, dass er froh war sie eine Zeit lang nicht im Haus zu haben. Seitdem sie ihm in den Hals gebissen und die Stange in den Magen gestoßen hatte, hatten sie sich nicht mehr gesehen und ihre Beziehung war dadurch sicher nicht besser geworden. Er hatte ernsthaft in Erwägung gezogen, sie beim geistlichen Oberhaupt anzuzeigen, aber sein Suffkopf funktionierte noch gut genug, um nicht seine aktuelle Lebensgrundlage aufs Spiel zu setzen, da er ansonsten seine Frau und das Haus verlieren würde. So nickte er nur und fragte, wann sie vorhabe zu gehen. Sie sagte beiläufig, dass sie schon morgen gehen wollte. Er stutzte nur kurz, aber dann dachte er bei sich, einfach nur froh zu sein sie nicht in seiner Nähe zu haben. Und so versicherte er sich nur, dass sie ja Samstag wieder zurück sein müsse, da Herr Mufrini zwei, drei der älteren Schafe schlachten wollte, da am Sonntag die Taufe seines Enkels gefeiert werden sollte.

“In Ordnung”, sagte Marie so gleichmütig wie möglich und begann Holz im Kamin nachzulegen. Als Leon daraufhin beruhigt wieder nach oben ins Bett ging, sackten Marie fast die Beine weg. Mit zitternden Knien setzte sie sich auf den Schemel neben dem Ofen. Es gab nun also kaum mehr Hindernisse. Sie musste nur schaffen, die ganze Herde zu verkaufen, und der Rest würde sich ebenso fügen.

Sie konnte nicht schlafen und wollte es auch nicht, da sie Angst hatte am Morgen nicht rechtzeitig aufzuwachen. Zu Fuß konnte sie die zwanzig Meilen bis Ivlac gut an einem Tag schaffen aber mit den Schafen brauchte sie zwei Tage und dann konnte es immer noch passieren, dass ein Tier sich verletzte oder verirrte oder die ganze Herde sich plötzlich dazu entschloss aus irgendwelchen Gründen einen Hang hinabzurennen. In solchen Fällen halfen die Hirtenhunde, aber Leon hatte keinen eigenen. Sie könnte Andria nach einem Hund fragen, aber was hätte sie denn dann mit ihm getan, wenn sie die Schafe verkauft hatte. Und so ging sie im Kopf die Route noch einmal und noch einmal durch. Die sicherere wäre die am Meer entlang. Das war die Route, die Leon immer nahm. Es gab da sogar einige wunderschöne Strecken direkt über den Klippen und dann in der traumhaft schönen Bucht von Ivlac. Aber da hätte sie andere Hirten treffen können und diese hätten dann wiederum im Dorf berichten können, dass sie mit den Schafen unterwegs war, und zwar nicht nur mit Schafen sondern auch noch mit einem Holzfass und einem großen Reisesack auf dem Rücken. Nein, da war es besser über die Berge zu gehen. Erst im Frühling würden die Schäfer ihre Herden wieder in die Berge bringen, um der Hitze und Trockenheit der Ebenen zu entkommen, nun im Winter waren hier nur die wilden Tiere, Wilderer und der Wind. Gegen vier Uhr morgens hielt sie es nicht mehr aus mit dem Warten. Von ihrer Mutter hatte sie sich schon am Vorabend verabschiedet und wollte nicht, dass sie sie an diesem Morgen noch einmal sah, denn sie war sich nicht sicher, ob ihre Mutter dann nicht doch in Tränen ausgebrochen wäre oder aus Versehen irgendetwas Falsches gesagt hätte. So entschied sie sich schon einmal zu den Schafen zu gehen, damit, kaum dass der Morgen sich ankündigte, sie sofort losgehen konnte. Es war noch stockdunkel und so konnte sie sich nur innerlich von der Küche, in diesem Haus, in dem sie seit ihrer Geburt gelebt hatte, verabschieden. Sie warf sich die Decke über die Schulter, schlich leise zur Tür, damit man sie oben nicht hören würde und schloss die alte Holztür wieder hinter sich zu. Sie kannte diese Tür und wusste, dass sie sie nur leicht anheben musste, damit sie keinen Laut von sich gab. Als sie die Tür hinter sich geschlossen hatte, entspannte sie sich und nahm einen tiefen Zug der klaren kalten Luft zu sich. Es war eine klare Nacht. Der Himmel war mit Sternen übersät und alles war still. Sie liebte diese Stunde. Es war die Kälteste der Nacht und bevor sich das Leben wieder in den Tag hineinwagte, nahm es hier noch einmal tief Luft. Es war nicht mehr Nacht und noch nicht Tag. Marie tastete sich zum Ziegenstall vor, holte ihren Rucksack, den sie in einem Winkel unter dem Stroh vergraben hatte, heraus und durchquerte das Dorf. Noch war es ihr gleichgültig, ob man sie sah oder nicht. Noch war sie nur Marie mit einem Rucksack bepackt, die Schafe auf eine andere Weide bringen wollte. Das würde niemandem fragwürdig vorkommen. Die Schafe waren auf einer steilen Weide unterhalb des Hofes der Mufrinis untergebracht. Der Hof lag am Wegrand der Straße nach Cittarossa, einer größeren Hafenstadt. Das beschwerte die Sache etwas, denn zuerst musste Marie die Schafe holen und dann mit diesen quasi wieder zurück ins Dorf wandern, um dann auf der Straße nach Ivlac ihre Sachen zu holen. Es war alles eine Frage der richtigen Zeit. Ihre Idee war jetzt noch fast im Dunkeln die Strecke zur Höhle zu gehen mit der Herde und dann so schnell wie möglich über die Berge zu wandern. Wenn sie einmal die Straße verlassen hätten, wäre die Gefahr gesehen zu werden auf ein Minimum reduziert. Marie begann nervös zu werden bei diesem Gedanken. Sie ging gerade am Bäcker vorbei und sog wie immer den wärmenden Duft frisch gebackenen Brots in sich ein. Da wurde ihr schwer ums Herz. Sie konnte sich nicht vorstellen, nicht hier zu leben, es war alles, alles was ihr bisher vertraut war! Aber sie drosselte nicht ihr Tempo, nur ein leichtes Zittern um ihren Mund stellte sich ein. Marie schluckte und da war sie schon auf der Weide angekommen. Es waren zwanzig Schafe, die in einem kleinen Steineichenwäldchen schliefen. Einige waren schon wach und grasten gelangweilt in ihrer unmittelbaren Nähe. Auch als Marie das Gatter öffnete und auf die Weide trat, bewegten sie sich nicht sofort. Es war noch nicht einmal fünf Uhr morgens und es war immer noch dunkel, aber man konnte schon die Baumumrisse erkennen und Marie entschied, dass das genügen müsste. Sie wollte nicht zu viel Lärm machen und so nahm sie nur den Stock, der am Eingang an die Steinmauer gelehnt war und flüsterte den Schafen zu: „Na, auf, hopp hopp!“ Die Schafe reagierten zwiespältig. Denn der Befehlston war ihnen bekannt aber die Stimme war ihnen wohl zu sanft und leise und so musste Marie dann doch das Leitschaf an dem Band, an dem auch eine kleine Glocke hing, zur Tür ziehen damit ihnen der Rest der Schafe folgen würde. Sie kannten Marie zwar aber waren von Leon einen raueren Umgang gewohnt. Als die Herde dann einmal in Bewegung war, war es ein leichtes. Kaum waren sie auf der Hauptstraße angekommen und Marie in Richtung Dorf eingebogen, liefen die Schafe blökend vor ihr her. Nun musste sie nur bei der Kreuzung am Dorfeingang aufpassen, dass die Schafe nicht ins Dorf hineinrannten, sondern die Abbiegung Richtung Cittarossa nahmen. Die Schafe waren in einen leichten Trab verfallen und circa einhundert Meter vor der Kreuzung hatte Marie gut damit zu tun, Schritt halten zu können und auf die gleiche Höhe der Herde zu gelangen, um sie nun nach rechts auf die richtige Straße zu treiben. Aber es war dann nicht schwierig. Als das Leitschaf von Marie in die richtige Richtung geführt wurde, folgten ihr die anderen und trotteten nun gemächlich in die richtige Richtung. Marie atmete durch. Das erste Stück hätten sie geschafft. Nun musste sie es nur erreichen, dass die Schafe nicht weiterrannten, während sie ihre Sachen aus der Höhle holte. Es würde zwar nur einige Minuten dauern, aber eine Schafherde kann auch in einigen Minuten schon den falschen Weg nehmen. Aber so verlief es nicht. Marie verlangsamte schon früh genug vor der Höhle ihren Schritt und so begannen auch die Schafe mal hier und mal da an einem Grashalm zu zupfen. Sie waren hungrig und nahmen das Angebot, die Straße nicht einfach nur hinunterzuhetzen sondern sich grasend vorwärts zu bewegen dankbar an. Als Marie dann zur Höhle hinaufging, die nur einen Steinwurf von der Straße entfernt war, kam die Herde einfach zum stehen und fraß rechts und links von der Straße weiter. Marie fand die Höhle sofort, denn inzwischen war der Morgen nicht mehr schwarz, sondern grau. Sie entfernte schnell die Disteln und das Dornengestrüpp, wobei sie sich die Hände und Unterarme wiederum verletzte, entfernte die Steine und holte das Fass und den Sack heraus. Sie stopfte die Decke in den Sack, band sich das Fass auf den Rücken und den Sack warf sie sich über die linke Schulter. Über der rechten hing ihr kleiner Rucksack. Als sie voll beladen wieder auf der Straße ankam, wusste sie, dass nun das heikelste Stück kommen würden. Sie mussten noch eine Weile auf der Straße bleiben, bevor sie nach links ins Gebirge abbiegen konnten. Es war spät genug und sie waren weit genug vom Dorf entfernt, so dass sie - wie sie es immer tat - mit bestimmter Stimme und dem Stock die Schafe zusammentrieb und vor sich herjagte. Jeder Schritt schien ihr als wären es hundert und als sie endlich auf der linken Seite nach einer kleinen Steinbrücke auf den kleinen Bergweg einbiegen konnte, war sie schweißgebadet. Die Bergwipfel hingen noch in dichtem Nebel. Jetzt da sie nicht mehr auf der breiten Landstraße, sondern auf einem schmalen Bergpfad waren, scherten die Schafe nach rechts und links aus und die Gefahr, sie im Gebüsch zu verlieren, war um einiges grösser als zuvor. Aber sie musste die Gefahr auf sich nehmen. Hier in der Nähe des Dorfes grasten alle Schafherden, manch ein Dorfbewohner hatte hier seinen kleinen Weinanbau oder einen Olivenhain und so trieb sie zügig die Tiere weiterhin hangaufwärts in den Nebel hinein. Endlich von dem Nebel umgeben, hielt Marie kurz an. Sie gönnte sich eine knappe Verschnaufpause, dann band sie das Leitschaf an das Seil, das ihr Fass auf den Rücken hielt und von dem ihr vorne noch ein gutes Stück herunterhing. Das Schaf wehrte sich, so nahe an Marie gebunden zu sein. Das Seil war so kurz, dass es kaum den Kopf bis zum Boden bekam und Marie hatte all ihre Kraft aufzuwenden, um das Tier in ihrer Gewalt zu behalten. Die Glocke des Leitschafes zeigte der Herde in welche Richtung es ging und das war auch notwendig, denn der Nebel war so dicht, dass man seine Hand kaum vor den Augen sehen konnte. Die Augen fest auf den Boden geheftet, um ja nicht den Weg zu verlieren, kämpfte sich Marie durch das Gestrüpp. Das Fass rieb ihr hart auf den Rücken und die linke Schulter begann zu schmerzen. Immer wieder fiel ihr der Sack nach vorne und auf das Schaf, das daraufhin noch mehr bockte. Marie konnte zudem keine zu großen

Schritte machen, da das Fass nur lose mit zwei Seilen in Schlaufen hing und bei jeder größeren Bewegung riskierte hindurchzurutschen. Nachdem sie so eine Weile steil aufwärts gewandert war, begann der Weg sich nach rechts ebenerdig in gemütlichen Schleifen den Berg entlang zu winden. Der Weg war auch etwas breiter, da hier mehrere kleine Trampelpfade zusammenkamen. So konnte sie bequem mit dem Schaf an der Seite vorwärtskommen. Als sie an einem kleinen Bach kam, leistete sie sich und den Schafen eine kurze Verschnaufpause. Sie ließ den Sack auf den Boden rutschen, legte den Rucksack auf einen Stein und ging in die Knie, um das Fass sachte auf den Boden gleiten zu lassen. Dann ging sie die wenigen Schritte zum Bach, ließ sich daneben nieder und weinte vor Freude und Erleichterung darüber, dass sie es bis hierhergeschafft hatte. Sie ließ dem Schaf lange Leine und dieses begann nun gemütlich zu grasen und von den Büschen die Spitzen abzuzupfen. Marie hatte schon jetzt, erst wenige Stunden nach Beginn ihrer Reise, offene Blasen an den Händen. Überall liefen ihr Tropfen von Blut hinunter von den Schürfwunden und der aufgerissenen Haut. Ihr Rücken schmerzte und ihr kamen Zweifel, ob sie das jemals schaffen würde. Zwar hatten sie den schweren Aufstieg hinter sich und nun ging es nur mehr eben bis sie dann abwärts in Richtung des Dorfes Oimul wandern würden, um ins Tal zu gelangen, aber es war noch ein langer, steiniger Weg. Heute wollte sie bis Oimul kommen, um dann die Schafe bis eine Stunde vor Ivlac zu bringen und sie dort in Ruhe grasen zu lassen. Sie bemerkte ihren

Magen, der laut knurrte und ihre Kehle war trocken wie Staub. Zuerst trank auch sie das klare Wasser, wusch sich anschließend ihr Gesicht im Bach und tauchte die brennenden Füße in das eisige Wasser. Erst als sie sich wieder einigermaßen erfrischt fühlte und das Wasser ihr Lebenskraft einflößte, nahm sie aus dem Rucksack ein Stück Brot und füllte den Wasserschlauch, den ihr Leon in der Küche unfreiwillig hinterlassen hatte. Bald ging es ihr wieder besser. Das schlimmste habe ich hinter mir, sagte sie sich und machte sich so selbst Mut. Sie riss vorsichtig ein paar dünne Streifen aus ihrem Gewand und wickelte sie sich um die wunden Hände. Dann ging sie wieder in die Knie, befestigte Fass, Sack und Rucksack auf Rücken und Schultern und zog das Schaf mit sich. Zum Glück war dieses Leitschaf nicht so wie das, was im letzten Sommer gestorben war. Das hätte sich diese Behandlung, den ganzen Tag am Seil herumgezogen zu werden, nicht gefallen gelassen. Marie lächelte als sie an dieses sture Tier dachte und die Erinnerung an das verstorbene charakterstarke Schaf ließ bei dem Gedanken daran auch in ihr erneute Stärke wachsen. Das Herz war nicht mehr gar so schwer und ihr kam wieder die Zuversicht, dass doch noch alles gut ausgehen könnte. Die Sonne stand schon hoch am Himmel als sie den Pass erreichte. Endlich hatte sie das Meer vor sich und eine strahlende Sonne erwärmte ihr Gesicht und ihre Hände. Bis Oimul ging es immer einer sich der Küste entlang mäandernden Straße entlang. Wenn ihr nicht so der Rücken und die Schulter geschmerzt hätten, hätte sie diesen schönen Weg sogar genossen. So jedoch war jeder Schritt eine Qual. Das harte Holz und die Eisenringe des Fasses rieben ihr den Rücken blutig und immer wieder fiel sie auf die Knie unter dessen Gewicht. Der Nachmittag verging, Marie setzte ein Bein vor das andere, ihre ganze Aufmerksamkeit galt dem inzwischen wunden Rücken, den zerkratzten Beinen, dem Schaf und der Herde und dem wachsamen immer wieder umsichblicken, ob sie jemand sehen würde, und als die Sonne am Horizont begann sich rötlich zu färben, um im Meer verschwinden zu wollen, blickte Marie sich um wo sie einen Platz zum Übernachten finden könnte. In der Ferne sah sie dunkel Oimul am Hang mit seiner von Platanen gesäumten Straßen und dem hohen Kirchturm.

Da sah sie einige hundert Meter vor sich eine kleine Gruppe von Kastanienbäumen auf einer terrassenförmigen Ebene. Sie kannte diese Stelle und hatte hier schon mehrmals übernachtet. Der Platz war ideal, denn gegen den Abhang wurde die Terrasse von einer Trockensteinmauer eingerahmt und gegen den Berghang mit Büschen gesäumt. Zudem gab es einen kleinen Bach etwas unterhalb der Ebene. Als sie unter den großen alten Bäumen angekommen war, trug sie sich kaum mehr auf den Beinen. Sie stellte ihr Gepäck am Rand des Platzes neben dem Gebüsch ab, band das Schaf in ihrer Nähe an einem der Bäume fest, holte ihre Decke aus dem Sack und sackte einfach darauf nieder. Sie war der Erschöpfung nahe und fühlte jeden einzelnen Knochen. Die Füße waren wund und ihr Kopf glühte. Wenn ich nun krank werde, dann ist alles aus, dachte sie, aber weiter konnte sie nicht denken.

Sie war todmüde und wollte nur mehr schlafen. Sie wickelte sich in die Decke ein, warf noch einen Blick auf die Herde, die sich schon rund um das Leitschaf zu einer einzigen dunklen Masse geformt hingelegt hatte und fiel sofort in einen tiefen Schlaf.

Anstatt jedoch einfach ohne Bewusstsein die Nacht durch zu ruhen war sie völlig bewusst und wieder auf dem Hügel auf dem sie und ihre Schafe ruhten. Wiederum war es ihr, als ob sie selbst im wachen Zustand hier wäre, nur dass sie federleicht und schneller war. Sie roch die Nacht und lauschte einigen Nachtvögeln und kleineren Tieren, die im Gebüsch herumkrochen. Aus dem Wald kam kein Laut. Es war völlig windstill. „Und jetzt“ fragte sie sich. "Muss ich wieder ein Tier erlegen und sehe den nächsten Toten? Und wenn ich mich diesmal weigere ein Tier zu töten?” So stand sie eine Weile einfach da, als ihr plötzlich etwas auf den Kopf fiel. Zuerst war sie von dem Schmerz betäubt und stöhnte nur laut auf, aber als sie in den Himmel schaute, sah sie nichts. Es war zu dunkel. Nur ein entferntes Flügelschlagen meinte sie zu vernehmen. Dann suchte sie nach dem Gegenstand, der ihr auf den Kopf gefallen war. Sie war mitten in dem Gebüsch und musste sich auf alle vieren niederlassen um den Boden abzusuchen. Das vertrocknete Blut auf dem Rücken hatte sich mit ihrem Kleid verklebt und als sie sich nun bewegte, riss sich das Kleid los und sie spürte, wie aus der Wunde wieder das warme Blut ihren Rücken entlang rann. Sie fluchte leise und wollte schon aufgeben um die Wunde nicht noch mehr durch das Scheuern zu vergrößern und sich auch noch das

Gesicht zu verkratzen, als sie etwas Weißes schimmern sah. Sie kroch in die Richtung und nahm es in die Hand. Es war ein Knochen. Einfach nur ein Knochen. Marie untersuchte ihn argwöhnisch, immer auf der Hut nicht das Gesicht eines bekannten Menschen zu sehen. Aber es war einfach nur ein Knochen. So warf sie ihn wieder ins Gebüsch und stapfte noch eine Weile durch die Gegend. Dann sah sie in der Ferne die Kastanienbäume und fragte sich, ob sie denn da nun liegen würde. Sie bewegte sich im Traum so schnell wie eine Mischung aus Vogel und Hund, nicht wirklich in der Luft aber auch nicht am Boden. Kaum war sie bei den Bäumen angekommen sah sie sich selbst am Boden in die Decke gewickelt liegen. Es kroch ihr kalt den Rücken hoch, als sie sich selbst daliegen sah. Und als sie nähertrat, um sich genauer zu betrachten, wachte Marie auf. Sie blickte um sich, irgendetwas hatte sie geweckt. Als aber alles ruhig war, schlief sie wieder ein.

Am nächsten Morgen wachte sie noch vor der Morgendämmerung auf. Die Herde hatte sich im Gebüsch verteilt und fraß. Ihr Leitschaf hatte verärgert geblökt und schaute vorwurfsvoll in Richtung Marie. Als Marie aufstand, um das Schaf loszubinden, riss ihr Kleid die Wunden wieder auf und der Schmerz erinnerte sie an den Traum, den sie gehabt hatte. Sie griff sich an den Kopf und tatsächlich, sie hatte eine Beule auf dem Kopf. Das Schaf hörte nicht auf zu blöken und so wankte Marie trotz Schmerzen zu ihm hin und ließ es frei. Es würde jetzt sowieso einfach hier fressen. Es gab eine kleine Wiese mit frischem Gras ein kleines Stück oberhalb und so war Marie sicher, dass sich in der nächsten halben Stunde zumindest keines der Schafe wegbewegen würde. Sie ging wieder zu ihrem Schlafplatz zurück und setzte sich vorsichtig. Dann griff sie sich an den Rücken und als sie ihre Hand ansah, war sie voller Blut. Sie tastete sich den Rücken ab und zu ihrem Entsetzen musste sie feststellen, dass der gesamte Rücken bis hinunter zum Gesäß alles voll mit Blut war. Marie war verzweifelt. So konnte sie sich keinesfalls unter Menschen blicken lassen, geschweige denn auf dem Markt selbstsicher als Vertreterin Leons aufkreuzen. Sie musste das Kleid waschen. Nur würde es nicht einmal dann völlig trocknen, wenn sie es heute den ganzen Tag an die Sonne hängen würde. Sie müsste wohl das gute Kirchenkleid tragen. Das war zwar schwer und etwas weit, aber sie sah keine andere Lösung. Weiter unten hörte sie den Bach murmeln. Sie nahm aus dem Sack das gute Kleid, die Waschkräuter-Seife und das Handtuch und ging damit zum Bach. Zuerst wusch sie sich vorsichtig die blutverschmierten Hände, nahm den Geldbeutel, den sie am Gürtel befestigt hatte, ab und legte ihn unter einen Grasbüschel. Dann zog sie sich vor Schmerzen fluchend das Kleid aus, das sich an manchen Stellen schon wieder mit der Haut verklebt hatte und als sie es vom Boden aufnahm, sah sie wieviel Blut sie schon verloren hatte. Kreidebleich wusch sie im eiskalten Wasser das Kleid. Manche Flecken waren schon in den Stoff eingetrocknet und ließen sich nur mit Mühe herauswaschen aber der Großteil war noch feucht und das Blut löste sich ohne Probleme von dem braunen Stoff. Als sie dachte, dass es nun genug war, hing sie das Kleid über einen Busch.

Dann stieg sie selbst in den Bach und setzte sich an die tiefste Stelle, so dass ihr Rücken gewaschen wurde. Das Wasser war so kalt, dass sie die ihre Wunden nicht spürte. Sie beobachtete, wie von ihrem ganzen Körper das Blut in kleinen Streifen davon trieb und das Wasser um sie herum kurzzeitig rot färbte. Die Sonne kam hinter den Bergen hervor und für einen Moment war sie bezaubert von dem Farbspiel, das sich ihr bot. Das Glitzern des Wassers mit dem Rot über dem Weiß ihrer Haut. Dann aber wurde ihr doch zu kalt und sie ging wieder zurück ans Ufer. Irgendwie hatte sie das Gefühl beobachtet zu werden. Sie setzte sich ins Gebüsch und lauschte, aber sie hörte nichts Ungewöhnliches. Nur von weiter oben vernahm sie das Gebimmel des Glöckchens des Leitschafes, das Gemurmel des Baches und das leichte Rascheln der Maquis, verursacht durch den sanft aufkommenden Westwind.

Nachdem sie Hände und Füße kaum mehr spürte vor Kälte und ihr ganzer Körper zu zittern begann, schüttelte sie nur den Kopf und konzentrierte sich auf das, was sie nun vorhatte. Sie nahm das gute weiche Handtuch, faltete es zurecht und legte es sich auf den Rücken, dann nahm sie das grobe Leinentuch und riss es in Streifen. Nun hatte sie ein Band, das lang genug war, um es zweimal um ihren Körper zu winden und dabei das Handtuch auf dem Rücken zu fixieren. Danach zog sie sich das schwarze gute Kleid an und befestigte wieder den Beutel am Gürtel. Das nasse Kleid in den Händen stieg sie wieder zu ihrem Schlafplatz hinauf, wo sie wiederum das Gefühl überkam, als ob hier gerade noch jemand gewesen wäre. Aber als sie beunruhigt zu ihrer Decke hinsah, war alles noch da. Sie legte das nasse Kleid über einen Ast eines Baumes und als das Gefühl, dass da jemand war, immer noch nicht weg war, rief sie ins Gebüsch: „Komm heraus, zeig dich du Feigling!" Sie wartete kurz und als sie tatsächlich Schritte hörte, die sich vorsichtig und fast lautlos in ihre Richtung bewegten, glaubte sie ihr Herz bliebe stehen. Eigentlich hatte sie nur gerufen, weil sie sich selbst beruhigen wollte, sie dachte nicht wirklich, dass da jemand war! Sie blickte in die Richtung, aus der die Schritte kamen und dann stand er vor ihr. Er stand einfach nur da. Es war ein Junge, um die fünfzehn oder sechzehn Jahre alt, und wie für hier typisch mit braunen Locken, die ihm wirr ins Gesicht fielen, einem weißen Hemd und etwas zu kurzen schwarzen groben Arbeitshosen. Er hatte ein schönes ernstes Gesicht mit braunen Augen. Die Nase war von einer leichten Narbe am Ansatz etwas eingekerbt und grinste sie vermschmitzt an. Als sie sich wieder gefasst hatte, fragte sie ihn mit einer Mischung aus Wut, Angst und Interesse: „Was tust du hier?"

„Ich gehe nach Westland, wie du", sagte er lakonisch und betrachtete sie mit unverblümter Neugierde.

Und nun erkannte sie ihn, er war einer der Jungs gewesen, die mit Petru ins Dorf gekommen war. „Bist du allein oder ist die ganze Bande mit dir?" fragte da Marie mit aufkeimender Panik.

„Ich bin allein".

„Und was kriechst du dann da heimlich im Gebüsch herum?", fragte sie ärgerlich und ließ sich nicht anmerken, dass sie innerlich erschüttert war. Wenn er es wusste, dass sie nach Westland wollte, wussten es dann alle? War ihr Plan etwa schon längst aufgedeckt worden und die Mufrinis würden in Ivlac mit der Polizei auf sie warten?

„Ich krieche nicht im Gebüsch herum“, sagte er und machte dabei eine Grimasse. „Ich habe die Nacht am Bach verbracht und dann kamst du und hast mich mit deiner Morgenwäsche aufgeweckt” sagte er und ein leichtes Lächeln huschte um seinen Mund. Nun war es Marie nicht mehr kalt, sondern eine siedend heiße Flut durchströmte sie. Er hatte sie also gesehen, wie sie sich das Blut im Bach abwusch. Sie war so wütend, dass ihr die Tränen in die Augen schossen. Sie setzte sich einfach hin auf ihre Decke und suchte irgendetwas, um ihre Nase zu putzen.

„Ich heiße Benjamin“, sagte der Junge da und „Ich kann dir helfen dein Fass nach Ivlac zu tragen. Ich glaube allein wirst du es zeitlich nicht schaffen. Und dann verpasst du das Schiff nach Elliesram und wirst also auch nicht die Abenteuer in Westland erleben. Zumindest nicht in den nächsten Monaten” fügte er spöttisch hinzu. Da stieg in Marie wieder die Wut hoch: „Damit du mich dann direkt in die Hände der Garde überbringen kannst und wahrscheinlich noch eine Belohnung bekommst? Nein danke, ich schaffe das schon allein!”

„Ich hatte nicht vor dich irgendwem zu überbringen, aber jetzt, da du es sagst. Hmm. Du scheinst ja irgendwie etwas angestellt zu haben. Wer hätte das gedacht! Eine kriminelle Schäferin. Haha! Hast du deinem Nachbarn etwas Käse vom Teller geraubt?“

Marie konnte es nicht glauben, dass dieser Junge sie einfach auslachte. Er nahm sie offensichtlich nicht ernst. Aber sie hätte sich am liebsten auf die Zunge gebissen. Warum hatte sie von der Garde gesprochen? Er wusste ja gar nichts. Sie kochte vor Wut über sich und über diesen Jungen, der sich immer noch schieflachte.

„Na gut, wenn du nicht willst, besser so. Sonst wache ich noch eines Morgens auf und mir fehlt die Schnur meines Beutels!“ Er beugte sich, so sehr schüttelte es ihn vor Lachen.

„Also, liebe Schäferin, danke, dass du mich am Leben lässt und mir bisher keinen Faden gestohlen hast. Wir werden uns hoffentlich nicht wiedersehen“, sagte er und keuchte vor Lachen. Er ging an Marie vorbei, zweigte in den Weg ein, den auch Marie bald nehmen würde und verschwand hinter einem Ginsterbusch. „Woher weißt du, dass ich nach Westland gehe, falls ich da hin ginge?” rief sie ihm hinterher. Benjamin blieb stehen, drehte sich jedoch nicht um, als er antwortete: „Ich habe dich gesehen als du das Fass heimlich in der Höhle versteckt hast. Als ich dich dann heute früh mit der Schafherde und deinem großen Reisebeutel sah, zählte ich einfach nur eins und eins zusammen. Ich fand auch den Gedanken interessant, dass du die Schafherde deines Stiefvaters verkaufen willst.” Und dabei lachte er laut auf. Nach einer Weile, nachdem Marie erst einmal Luft holen musste, fragte sie langsam und lauernd wie eine Katze, die eine Beute anschleicht: „Wie kommst du auf die Idee, dass ich die Herde meines Stiefvaters verkaufen will?” Marie begann nun ernsthaft besorgt zu sein. "Wer war dieser Benjamin und wieso wusste er all das?"

"Petru hat mir erzählt, dass du deinen Stiefvater hasst und dann willst du einfach so, kurz bevor du die Insel für immer verlässt, ihm einen Gefallen tun? Sehr unlogisch meine liebe Schäferin, sehr sehr unwahrscheinlich. Also habe ich eins und eins zusammengezählt und wenn ich mir nun dein tomatenrotes Gesicht anschaue, habe ich wohl ins Schwarze getroffen." Er pfiff anerkennend und drehte sich nun doch zu ihr um. „Du hast echt Mut, Schäferin. Oder du bist verzweifelt. Einerlei. Soll ich dir nun dein Fass tragen oder willst du dein Schiff verpassen?"

„Ich heiße Marie und du kannst also aufhören mich Schäferin zu nennen. Und zuerst verrätst du mir: Wirst du es jemandem erzählen?"

„Nein".

Und das nein kam so, dass sie es ihm glaubte. Nun, da sie sich teilweise beruhigt hatte, musste sie sich eingestehen, dass es das schönste wäre, wenn jemand ihr dieses verdammte Fass tragen würde und so sagte sie zu Benjamin: „Hast du schon gegessen?" Ein scheues Lächeln überzog sein Gesicht. Er ging zurück zu dem Baum unter dem Marie saß und setzte sich in etwas Entfernung auf einen Stein. Marie zog aus ihrem Rucksack den Käse und etwas Brot und bot ihm von beidem an.

„Na, ich glaube, das ist ein Friedensangebot, das ich gerne annehme", fügte er hinzu. Marie wollte schon einwenden, dass es sich einfach nur um Menschlichkeit handle, ließ es dann aber bleiben. Schweigend saßen sie nebeneinander und kauten. Er hatte offensichtlich schon lange nichts mehr gegessen und auch sie hatte inzwischen einen Bärenhunger. „Haben dir deine Freunde alles weggegessen?" fragte sie mit einem leicht provozierenden Unterton. „Gibst du immer nur, wenn du dabei gemein sein musst?" fragte Benjamin im Gegenzug, nahm jedoch ein weiteres Stück Brot und den Käse gerne an. Nun kauten beide wieder schweigend. Nach einer Weile antwortete Benjamin: „Es sind nicht meine Freunde. Es hatten sich nur unsere Wege gekreuzt und ich habe eine Nacht in Petrus Haus geschlafen. Aber sein Vater hatte mich im Morgengrauen geweckt und mich aus dem Haus gejagt, weil er abends erfahren hatte, dass ich zur Familie Corso gehöre. Nachdem Petrus Familie und meine Familie seit Jahrhunderten verfeindet sind, wollte er mich nicht länger unter seinem Dach haben." Und nach einer Pause fügte er hinzu: „War mir auch recht. Dieser Petru ist so ein arroganter Pinsel, dass ich froh bin, dass ich sein langweiliges Gerede nicht mehr aushalten muss. Und du, warum verlässt du mit Sack und Pack dein Dorf wie eine gemeine Diebin im Morgengrauen?"

Marie verschluckte sich fast am letzten Bissen, würgte ihn hinunter und starrte Benjamin einfach nur an. „Weißt du was, eigentlich geht dich das wenig an. Lass uns lieber losgehen" und dabei packte sie ihre Sachen, ging zum Bach, um den Wasserschlauch zu füllen und als sie auf den Platz zurückkam, hatte Benjamin sich das Fass schon auf den Rücken geschnallt und ihr nasses Kleid zum Trocknen daraufgelegt. Marie war froh, ihren geschundenen Rücken nicht mehr mit dem Fass aufreiben zu müssen und so band sie sich Beutel und Sack um, nahm das Leitschaf an die Leine und nickte Benjamin zu: „Gut, reisen wir gemeinsam." Die folgenden Stunden vergingen friedlich und ruhig. Als sie in das große Tal von Ivlac kamen ging es nicht mehr anders und sie bogen in die eigentliche Straße, die der Küste entlang ging, ein. Hier konnte sie das Leitschaf frei lassen und genoss es hinter der Herde herzulaufen. Sie begegneten immer wieder Fuhrleuten, Schäfern, Bauern, Kaufleuten, die für den Markt am nächsten Tag in dieselbe Richtung strömten. Viele kamen von weit her, da in Ivlac einer der größten Viehmärkte der Gegend stattfand. Aber nun musste Marie sich vorerst keine Sorge mehr machen, denn sie hatte nur mehr den kleinen Rucksack und den Sack auf dem Rücken. Damit sah sie wie eine gewöhnliche Marktfrau aus. Und Benjamin mit dem Fass auf dem Rücken konnte getrost antworten, dass er nach Elliesram auf das Festland fuhr und da sein Reiseproviant drinnen sei. Sie waren ein unauffälliges Gespann und das gab Marie ein sicheres Gefühl. Benjamin war ein gesprächiger Reisebegleiter. Er erzählte Geschichten aus seinem Dorf, versuchte sie aufzumuntern und machte sich über die Eigenschaften der Schafe lustig. Schon nach kürzester Zeit kannte er jedes einzelne Schaf, gab jedem einen Namen und kommentierte deren Beziehung untereinander. Anfangs fand Marie das nur lächerlich, aber nach einer Weile musste sie zugeben, dass es weit spannender war, die Rangeleien und Animositäten unter den Schafen zu beobachten als immer nur die Landschaft nach potenziellen Gefahren abzusuchen oder sich an all die schmerzenden Stellen ihres Körpers zu erinnern. Nach wenigen Stunden musste sie selbst lachen, wenn das Leitschaf, das Benjamin Maddalena genannt hatte, wieder einmal die Leitung an einen jungen Bock, namens Fernando, verloren hatte, der, ohne die Rangordnung zu respektieren, immer wieder einen grünen Fleck irgendwo entdeckt hatte und die Schafe lieber ihm folgten als ihr, die vorsichtig den Weg entlang graste, unabhängig davon, ob es nun eine Delikatesse gab oder nicht und dann alle Hände voll zu tun hatte, um anschließend ihren Rang in der Herde wiederherzustellen. Dann gab es Isabella, die sich um nichts kümmerte und völlig ihren eigenen Impulsen folgte, taub gegenüber den Überredungskünsten von Maddalena oder des jungen Bockes Fernandos und Paola, die jeden Fels erklimmen und anschließend nur mehr mit großer Anstrengung von Marie und Benjamin heruntergeholt werden musste. Die Schafherde war nun keine Schafherde mehr, sondern eine Anhäufung von Individuen, mit eigenen Wünschen und Abneigungen. Marie kam nach einer Weile der Verdacht auf, dass es einen Grund gab, warum man den Schafen selten Namen gab, denn bei dem Gedanken, dass jemand Paola oder Fernando vermutlich bald schlachten und essen würde, kam ihr mit jedem Moment absurder vor.

Die Zeit verging ihr fast zu schnell und sie ließ die Schafe getrost immer wieder grasen, denn sie wollte nicht bis Ivlac an dem heutigen Tag, sondern hatte vor, wie mit ihrer Mutter ausgemacht, ein, zwei Meilen vor Ivlac, wo ein Fluss in das Meer mündete, Halt zu machen und die Nacht zu verbringen. Als sie am späten Nachmittag an der Brücke ankamen, teilte Marie Benjamin mit, dass sie hier an der Flussmündung übernachten wollte. Benjamin nickte nur und bog in den schmalen Saumpfad, der den Fluss entlang zum Meer führte, ein. Nun mussten sie vorsichtig sein. Es gab hier Schlangen, auf die man achtgeben musste und Seitenzweige des Flusses, die einen immer wieder in Sackgassen führten. Das Gestrüpp war über mannshoch und sie mussten das Schilf umgehen, da sie sich darin leicht verirren konnten und die Schafe sich mit ihrer Wolle verfingen. Inzwischen hatte auch Benjamin einen Stock in der Hand und versuchte ihnen einen Weg durch das Dickicht zu schlagen. Es waren mühsame Meter und als sie endlich Sand unter den Füssen hatten, rann ihnen beiden der Schweiß den Körper hinab und Marie hatte wieder einige Kratzer mehr. Dafür war die Ankunft am Meer, die plötzliche Weite und das dunkle Blau des Meeres eine Belohnung. Die Luft war salzig und mild und eine leichte Brise vom Meer kühlte ihr Gesicht. Die Schafe interessierten sich nicht für das Meer und fraßen ruhig das weiche Gras am Rande des Flusses, der in das offene Meer mündete und manche, die es noch nicht getan hatten, löschten ihren Durst im flachen Wasser. Benjamin setzte das Fass unter einer alten Pinie, die etwas erhöht thronte, ab und nachdem er sich das Gesicht im klaren Wasser des Flusses gewaschen hatte, setzte er sich neben Marie, die ihren Kopf schon an den Baum gelehnt hatte. „Du bleibst hier bis morgen?" fragte er.

„Ja meine Mutter sollte hier heute Abend auf mich treffen."

„Deine Mutter?"

„Ja."

Benjamin schaute sie interessiert an. „Klar, mit dem Verkauf der Herde kannst du zwei Schiffskarten kaufen."

„Falls ich sie verkaufen kann und nicht erwischt werde", warf Marie ein. Es war für Marie, trotz anhaltendem Misstrauen angenehm einen unerwarteten Verbündeten zu haben.

Eine Weile schwiegen sie. Benjamin betrachtete die Schafe und rechnete sich wahrscheinlich gerade aus wieviel der Verkauf der Schafe bringen könnte. Er wusste nicht, dass Marie noch einen kleinen Beutel mit Geld mit sich trug, auch wenn er schon bemerkt hatte, dass sie immer wieder nach einem kleinen Beutel an ihrem Gürtel griff und es sich fast gedacht hatte.

„Und du?", fragte nun Marie die Frage, die sie ihn schon den ganzen Tag fragen wollte. Denn er hatte ja schon gesagt, dass er ebenfalls nach Westland wollte, aber er hatte kein größeres Gepäck dabei und noch nicht einmal ein Stück Brot in seinem kleinen Beutel und so fragte sie sich, wie er sich eine Fahrkarte leisten könne.

„Ich gehe jetzt nach Ivlac“, sagte Benjamin gleichmütig. „Das letzte Stück musst du das Fass allein tragen. Und du hast ja gesagt deine Mutter kommt nach. Ich muss noch etwas erledigen.” Ohne es sich wirklich eingestehen zu wollen wurde es Marie wieder klamm um ihr Herz. Es war ein gutes Gefühl gewesen zu zweit zu sein. Aber sie ließ sich nichts anmerken und nickte nur mit dem Kopf. „Dann sehen wir uns also auf dem Markt morgen. Pass bis dahin auf Isabella auf. Sie wird Schwierigkeiten haben, hier einen Felsen zu finden”, sagte er lachend. Es war keine Frage, ob sie sich wiedertreffen wollten, sondern eine schlichte Feststellung und er sagte es so, dass Marie nicht erkennen konnte, ob er es wollte, dass sie sich wiedertrafen oder ob es schlichtweg so stattfinden würde, weil alle am nächsten Tag auf den Markt gingen. Marie begann wieder zu grübeln. Seine Hilfe ihr das Fass zu tragen hatte in ihr den Gedanken genährt, dass er gerne mit ihr reiste, und dass er selbst nicht allein reisen wollte. Aber nun dachte sie, dass er ihr nur aus Mitleid einen Gefallen getan hatte, weil er bei der ersten Gelegenheit seine eigenen Wege ging. Vielleicht hatte er sich auch etwas davon versprochen. Er schien enttäuscht zu sein als er hörte, dass ihre Mutter nachkam. Und nun fiel es ihr wie Schuppen von den Augen: Natürlich! Er dachte, dass mit dem Verkauf der Schafe gut zwei Überfahrten bezahlt werden konnten und allein aus diesem Grund hatte er sich ihr angeschlossen. Auf Maries Stirn erschien eine Furche. Es wäre auch zu schön gewesen. Wie konnte sie nur so dumm sein, nach all den Jahren im Dorf, wo man sie gemieden hatte wie die Pest, geschweige denn jemals Hilfe angeboten hatte, dass da plötzlich ein Mensch in ihr Leben käme, der einfach nur nett war. Ihr stieg das Blut in den Kopf angesichts ihrer Naivität. Es war völlig offenkundig, dass Benjamin von Petru oder Stefanu erfahren hatte, was man im Dorf von ihr dachte, nämlich, dass sie die Dorfhexe war!

Und so antwortete sie auf seinen Gruß nur mit einem kurzen abweisenden Kopfnicken. Er schaute sie erstaunt an und als er sah, dass sie sich umdrehte und begann, ihr halb getrocknetes Kleid über ein Gestrüpp zu hängen, schüttelte er nur den Kopf und machte sich auf, den Strand entlang nach Ivlac zu gehen. Dann drehte er sich aber doch noch um und rief ihr zu: "Und pass auf, dass dir niemand etwas stiehlt!“ Sie hörte ihn noch von der Ferne lachen.

Als er weit genug entfernt war, musste sie dennoch laut ausatmen. Sie war wieder allein, ihr Rücken tat ihr weh und das ganze Vorhaben kam ihr wiederum wahnsinnig und angsteinflößend vor. Sie riss sich zusammen und konzentrierte sich darauf, was sie jetzt wollte und das war schlichtweg ihre schmerzenden Glieder ausstrecken und etwas essen. Marie holte sich Brot und Käse aus dem Beutel, nagte lustlos daran und bemühte sich ihm nicht nachzuschauen. Vor ihr lag das Meer. Es war ein ruhiger Tag ohne Wind und Wellen. Das Meer verhielt sich fast, wie ein Tümpel so gelangweilt lag es da. Nur kleine schüchterne Wellen schwappten an den Strand. Der Sand war warm. Aus der Erde strömte trügerische Wärme und der Fluss sang sein gemächliches Lied, das sich bald in der Unendlichkeit des Meeres verlor. Das Bimmeln Maddalenas Glocke und das Geräusch des Kauens ihrer Schafe kreierten eine Atmosphäre des Friedens und so schlief Marie ein. Als sie wieder aufwachte ging vor ihr gerade die Sonne unter. Die Schafe hatten sich am Flussufer zusammengekauert und sonst war auch alles friedlich. Die Sonne hatte den Horizont schon berührt und ruhte wie ein großer oranger Ballon auf der spiegelnden Fläche. Dann, so als ob es nun plötzlich jemand eilig hätte, wurde diese schnell in die Tiefe gezogen. Sanfte Pastelltöne erfüllten den Himmel, die in Farbsymphonien von Lavendel über Vergissmeinnichtblau über blassrosa schließlich in ein blaugrau übergingen. Die Dunkelheit löschte bald alle Farben. Unbemerkt hatten sich in Marie Unruhe und Furcht von neuem eingenistet. Ihre Mutter hätte schon hier sein müssen. Nachts würde sie nicht wandern. Aber sie war nicht da. Sie zog die Decke aus dem Beutel und hüllte sich darin ein. Wie konnte sie ihrer Mutter helfen? Falls sie nun im Schilf war und den Weg nicht fand? Da entschied Marie ein Feuer zu machen. Sie grub zuerst eine Mulde in den Sand, sammelte Treibholz und Pinienzapfen sowie Piniennadeln und trockenes Gras zum anmachen und mit ihrem Schlageisen und dem Feuerstein zündete sie es an. Sofort fing es an zu knistern und zu brennen. Der leichte Wind vom Meer entfachte das Feuer schnell und Marie beeilte sich mit Sand einen kleinen Wall zu errichten, damit der Wind nicht gar so direkt in das Feuer fahren und Funken in das Gebüsch überspringen konnten.

Es war zwar Winter und die Gefahr eines Brandes gering, da das Gras saftig grün war. Aber es gab noch immer genug dürre Äste und vertrocknete Büsche, die brennen konnten. Nun konnte das Licht und der Rauch ihrer Mutter den Weg weisen. Und so war es dann auch. Als das Feuer nach einer Weile ruhig in der Mulde vor sich hin brannte, hörte Marie leichte Schritte vom Fluss her näherkommen. „Mutter?" rief sie unsicher in die Richtung der Gestalt.

„Marie!", rief diese erlöst und Marie rannte ihr entgegen. Ihre Mutter war leichtfüßig und schnell, aber sie musste den ganzen Weg, den Marie in zwei Tagen zurückgelegt hatte, in nur einem einzigen Tag schaffen und das mit einem für sie viel zu großen Sack auf der Schulter. Schnell nahm ihr Marie den Sack ab und umarmte sie erleichtert. „Komm, komm ans Feuer und setz dich". Sie führte ihre Mutter zu ihrer Decke und half ihr, deren Rücken unter der Last des Beutels und des Rucksackes steif geworden war, auf den Boden.

„Puh! Was für ein Abenteuer!" rief ihre Mutter lächelnd aus. Marie tat das Herz weh, als sie wiederum diese absolute Unschuld ihrer Mutter bemerkte. Anstatt zu jammern oder zu fluchen, lehnte sie glücklich an dem Baum. Sie hatte, um nicht so viel Gewicht tragen zu müssen und auch um Zeit zu sparen, ihren Trinkschlauch nur halb voll gemacht und inzwischen geleert und bat Marie um Wasser. Marie füllte die Schläuche mit Wasser, damit sie auch am nächsten

Tag genug Wasser hatten. Dann reichte sie ihr Brot und Käse und wartete bis ihre Mutter gegessen und getrunken hatte. Und auch wenn das Feuer nicht mehr als Orientierungshilfe für ihre Mutter nötig war, legte sie immer wieder ein paar trocken Äste, die hier überall als Strandgut lagen, nach. Das Feuer gab Zuversicht und Wärme.

Als ihre Mutter sich erholt hatte, erzählte sie Marie, dass Leon es herausbekommen hatte, dass sie die Ziege geschlachtet hatten. Denn einige Nachbarn hatten sich in der Woche vor Maries Abreise gewundert, warum Marie oder ihre Mutter ihre Ziege nicht mehr täglich aus dem Stall geholt hätten und machten Leon in der Bar gegenüber Scherze, ob sie vielleicht die Ziege geschlachtet hätten und ob es denn etwas zu feiern gäbe bei ihnen. „Wahrscheinlich bereiten die zwei Hexen gerade dein Begräbnis vor und wollen es mit frisch gebratenem Ziegenbraten feiern" hatte ein älterer Mann mit schiefem Grinsen eingeworfen. Da war Leon nach Hause geeilt, um zu sehen, wo die Ziege sei und als er sah, dass die Ziege tatsächlich weg war und als er seine Frau fragte, wo diese geblieben sei, hätte sie erfunden, dass die Ziege bei Batista sei. Er hatte sie zuerst nur ungläubig angeschaut, habe dann jedoch seinen Hut genommen und sei tatsächlich zu Batista nach Hause gegangen, um zu sehen, ob da die Ziege sei. Als dieser nicht wusste wovon Leon sprach, wollte Leon schon wütend nach Hause rennen, als Andria zum Glück hinzugekommen war und sagte, dass das eine Überraschung hätte sein sollen. Sie hätte ihrer Schwester angeboten, dass wenn sie ihr ein Fass gepökeltes Ziegenfleisch geben würde, sie ihr zum Ausgleich zwei Zicklein bringen könnte, die nun in ein, zwei Wochen geboren werden. Die Ziege ihrer Schwester sei schon alt gewesen und so habe Catalina zugestimmt. Sie hätten Leon davon nichts erzählt, da es eben eine Überraschung hätte sein sollen. Batista hätte Andria während dieser Schilderung nur angeschaut, aber den Mund gehalten. Dennoch sei Leon außer sich gewesen, glaubte die Geschichte nur teilweise und dachte, wir wollten ihn hintergehen. Batista hatte ihn mit ausreichend Wein zu Ruhe gebracht, dennoch sei er nach Hause gekommen und habe einfach nicht verstehen können, weshalb Catalina ihn nicht eingeweiht hätte und ihn zum Gespött des Dorfes machen musste. Und nun konnte Marie auch beim Schein des Feuers erkennen, dass das Gesicht ihrer Mutter schlimm zugerichtet war. Ein Auge war geschwollen und blau.

„Aber ich habe es geschafft nichts zu sagen", sagte sie stolz. "Nun ist er frei von uns und kann ein neues Leben aufbauen." Ihre Stimme war voll von Liebe und Trauer. Marie entschied, nichts zu sagen.

Aber es war alles gut gegangen. Leo hatte glücklicher Weise weiter nichts außergewöhnliches daran finden können, dass seine Frau ihren Bruder in Ivlac besuchen und dann mit Marie zurückkommen wollte. Catalina besuchte ihren Bruder jedes Jahr mindestens zweimal und so erweckte das bei ihm keinen Verdacht. Abgesehen davon war er froh auch sie ein paar Tage los zu sein. Die Geschichte mit den zwei Ziegen hatte ihn zum Träumen gebracht. Er konnte im nächsten

Herbst eine davon verkaufen und sah sich schon, wie er mit dem Geld im Dorf angeben konnte. Seine Laune hatte sich etwas verbessert und so war es ihm egal, dass Catalina für ein paar Tage wegging. Als er dann noch die zwei Weinflaschen entdeckte, hatte er Ziegen, Marie, die Schafe und seine Frau schlichtweg vergessen.

Die Reise dann heute früh war ohne große Hindernisse vor sich gegangen und als sie im hohen Gebüsch nicht mehr ausmachen konnte in welcher Richtung das Meer war und sie schon fast entschieden hatte sich einfach mitten im Schilf für die Nacht niederzulassen, hatte sie den Rauch gerochen. Da wusste sie, dass es nur Marie sein konnte und folgte ihrer Nase. Beide saßen sie nach der Erzählung der Mutter still am Feuer, das Marie nun niederbrennen ließ. Marie brütete über ihren dunklen Gedanken und Plänen. Bald wickelten sie sich beide in ihre Decken und schliefen ein.

Am Morgen war Marie früh wach. Ihr gewaschenes Kleid war durch den Tau der Nacht, der hier zwischen Fluss und Meer fast wie ein Regenguss alles durchnässte, wieder feucht und klamm und so entschied sie den Markt in ihrem Festgewand zu besuchen. Hätte sie es nur nicht, wegen der gestrigen Sorge um die Mutter gestern am Strauch vergessen.

Es war nichts ungewöhnliches, denn ein Markt war auch ein gesellschaftliches Ereignis und so würde es nur positiv auffallen, wenn sie im Sonntagskleid auf den Markt ging. Was sie bisher noch nicht besprochen hatten, war, ob sie den Bruder ihrer Mutter, Giacomo, einweihen sollten oder nicht. Besser für ihn wäre so wenig zu wissen wie möglich. Aber Catalina wollte sich bei ihm verabschieden und so entschieden sie sich, dass sie ihn dahingehend informieren wollten, dass sie die Insel verlassen und nach Elliesram ziehen würden und dass Andria ihnen das Geld, das sie und ihr Mann für ihr nie geborenes Kind gespart hatten, gegeben hatte. Das entsprach zum Teil der Wahrheit und wenn nach ihrer Abfahrt er unter Verdacht verhört werden würde, könne er mit Fug und Recht sich auf diese Geschichte versteifen. Andria würde dann dieselbe Geschichte erzählen. Natürlich würde das Leben von Giacomo, Andria und Batista schwer belastet werden durch den Diebstahl. Alle Teile einer Familie wurden für das Verhalten eines Familienmitgliedes bestraft und ihnen auf Jahrzehnte nicht verziehen, aber zumindest war so sichergestellt, dass die Garde keine Verbindung zu ihnen bei diesem Vergehen finden könnte. Auch dass die Hexen endlich aus dem Dorf wären, würde sich eher zuträglich auswirken.

Marie band sich wieder das Fass auf den Rücken und sammelte ihr Gepäck ein. Sie hatte immer noch die Binden um den Oberkörper gewickelt, die am Rücken durch das getrocknete Blut festgeklebt waren. Kaum hatte das Fass den Rücken berührt, riss sich die Haut an manchen Stellen wieder auf, aber sie gab keinen

Ton vor sich, denn sie wollte ihre Mutter nicht belasten. Auch hoffte sie, dass die Binden dick genug waren. Ein blutiger Rücken würde sicherlich die Aufmerksamkeit von der Garde auf sich ziehen. Ihren warmen Umhang wollte sie nicht umhängen, da es ein warmer Tag werden würde und sie die Hitze darunter mit den Wunden hätte nicht ertragen wollen. Über das Fass hing sie ihr Kleid wie am Vortag zum Trocknen. Und so wanderten sie durch den Pinienhain, der die Bucht vor Ivlac säumte. Die Schafe trabten friedlich vor ihnen her und als sie an den Stadtrand kamen, trennten sie sich. Marie erzählte ihrer Mutter, dass sie nun den Schäfer finden wollte, der die Schafe auf diese besondere Weide bringen würde, um dann am Hafen die Reisepapiere zu besorgen. Ihre Mutter würde niemals auf die Idee kommen, dass sie die Schafe verkaufen würde, und Marie kam sich noch verkommener vor als bisher. „Gibt es eigentlich irgendjemanden, den ich nicht angelogen habe?“ fragte sie sich und ihr schlechtes Gewissen trieb ihr die Farbe aus dem Gesicht als sie daran dachte.

Catalina ging hinauf auf die Zitadelle, um Giacomo zu besuchen und Marie sollte anschließend wie vereinbart ebenfalls zu ihrem Onkel kommen. Sie trieb die Herde auf der Hauptstraße ins Dorf hinein auf den Marktplatz. Sie war eine der ersten auf dem Platz und konnte sich eines der Gehege, das die Stadt den Viehhändlern zur Verfügung stellte, aussuchen. Unter der Krippe, in dem noch etwas Heu lag, verstaute sie das Fass, den Sack und den Rucksack. Dann stand sie da und wartete. Und wenn nun niemand die Schafe kaufen wollte? Oder nur ein paar Schafe? Oder wenn jemand aus dem Dorf käme und sich wunderte, dass sie die Schafe verkaufte? Wenn alles aufflöge? Sie verbot sich daran zu denken und versuchte gelangweilt und gleichzeitig geschäftstüchtig dreinzuschauen. Einige Händler waren schon am Vortag gekommen und hatten bei ihren Tieren geschlafen, andere trotteten nun auf dem Platz ein. Es waren vorwiegend Männer, die hier Geschäfte machten. Eventuell versuchte eine alte Frau ein paar Hühner loszubekommen, eine Ziege oder einen Esel, aber wenn jemand eine ganze Herde zu verkaufen hatte, waren es ausschließlich Männer, die das taten. Marie hatte das gewusst und es war von Anfang an ihre Sorge gewesen, dass man sie nicht ernst nehmen würde, aber erst jetzt da der Platz sich mit den tiefen Stimmen und dem Geschrei selbstsicherer Männer mit ihrer Art zu gehen, zu rauchen, sich gegenseitig auf die Schultern zu klopfen, zu füllen begann, erahnte sie das Ausmaß der Tatsache, dass sie nicht nur kein Mann, sondern auch noch jung war. Sie war hier eindeutig fehl am Platz. In dem Augenblick kam eine Gruppe Männer vorbei. Als sie das Abzeichen der Mufrinis am Ohr des Leitschafes sahen, blieben sie stehen. Herr Mufrini hatte bei den Leuten ein gutes Ansehen. Seine Schafe waren gesund und gut genährt. Seine Familie war groß und fest verwurzelt in der Gegend.

„Will Herr Mufrini diese Herde verkaufen?“, fragte sie ein kleiner schwitzender Mann mit Spitzbart.

„Ja“, hauchte Marie.

„Und wo ist der Schäfer, um mit ihm zu verhandeln?”

„Der Schäfer bin ich heute.“ Sie nahm allen Mut zusammen und fügte hinzu: „Leon, mein Stiefvater, der heute hätte hier sein müssen, liegt seit Tagen mit Fieber im Bett und so verkaufe ich seine Herde.” Der Mann mit dem Spitzbart sah sie misstrauisch an und hinter ihm prusteten Männer vor Lachen laut los. Einer kam zu ihr und tätschelte ihr sogar den Kopf. „Sag deinem Stiefvater, wenn er das nächste Mal krank wird, soll er zumindest seine Großmutter schicken. Mit kleinen Mädchen verhandeln wir nicht.” Einige unter ihnen schüttelten den Kopf und starrten Marie ungläubig an.

„Er will nur dreißig Silbermünzen für die ganze Herde!“ rief da Marie verzweifelt aus.

„Was?“ rief zuerst bestürzt und dann zweifelnd wiederum der kleine Mann aus.

„Sind die Schafe etwa krank?“ Die Männer traten erschrocken einen Schritt zurück.

„Nein, aber er hat ein günstiges Angebot für einen Olivenhain bekommen, auf den seine Familie es schon seit Jahrzehnten abgesehen hat und dieser wird diesen Freitag in Cittarossa versteigert“, log sie.

„Du meinst den schönen Hain mitsamt Mühle unterhalb des Dorfes, wo der Besitzer im Herbst gestorben ist?“ fragte nun interessiert ein ebenso kleiner, aber hagerer Mann.

„Ja, den“, antwortete Marie.

„Und deshalb verkauft er seine Schafe zu diesem Schleuderpreis? Er versucht nicht einmal mehr zu bekommen?“ Und wieder schüttelten alle den Kopf.

„Das sieht dem alten Halsabschneider gar nicht ähnlich. Normalerweise ist er geizig wie ein altes Weib".

„Nun, er gab mir den Auftrag vierzig Silbermünzen zu verlangen und nur wenn ich niemanden fände, der diesen Preis bezahlen wollte, dürfte ich bis dreißig runtergehen", sagte Marie nun kleinmädchenhaft und hoffte, dass diese Strategie der ehrlichen, aber dummen Haut funktionieren würde und so fuhr sie mit leiser Stimme fort: „Aber als Sie sich so dermaßen über mich lustig machten, dachte ich, besser dreißig Münzen sofort als mit leeren Taschen nach Hause gehen und mein Stiefvater verliert seine Arbeit. Herr Mufrini braucht das Geld und will es bis spätestens morgen Abend von mir damit er sich für Freitag vorbereiten kann."

Die Männer begannen untereinander zu diskutieren, andere Verkäufer und Käufer, die das Gespräch mitangehört hatten, kamen näher und begutachteten die Herde. Bis zu fünfzig Silbermünzen war diese Herde mindestens wert. Dreißig Silbermünzen wäre ein ausgezeichneter Preis und ein außerordentlich gutes Geschäft. Selbst ein Verkäufer, der selbst an die dreißig Schafe hinter sich im Gehege hatte, dachte laut darüber nach, ob er nicht einfach die Herde kaufen und sie am selben Tag wieder verkaufen sollte. Er könnte noch am selben Tag zehn oder zwanzig Münzen einfach so Gewinn machen. In dem Moment kam Benjamin herbei und sagte lautstark zu Marie: „Mein Vater kauft deine Herde um 38 Silbermünzen!" Marie sah ihn entsetzt an.

„Was sollte das denn?" Doch dieses Angebot schreckte die Männer auf. Das kannten sie, so ging es hier immer zu, da waren sie sofort in ihrem Element. Den anderen überbieten und um einen Zuschlag zu kämpfen. Benjamin hatte damit eine Lawine ausgelöst. Zuerst machte der Mann mit dem Spitzbart das Angebot von neununddreißig Münzen. Benjamin lächelte ihn hämisch an und sagte bestimmend zu Marie: „Ich biete vierzig an, ich will den Zuschlag, die Herde ist gut und jung und für dieses Jahr ist ein gutes Regen-Jahr angesagt, sodass sie das ganze Jahr genug Gras zum Fressen haben." Er ging auf Marie zu, um den Zuschlag zu bekommen und Marie befürchtete schon, dass sie ihm den tatsächlich geben müsste, wissend, dass sie dann wohl ohne eine einzige Münze enden würde, als der kleine Mann wütend dazwischentrat und einfach die Hand Maries nahm: „Dreiundvierzig und das war es!"

Marie nickte und sagte zu Benjamin: „Tut mir leid, aber ich muss das höhere Angebot annehmen." Benjamin gab einen enttäuschten Pfeifton von sich, warf einen wütenden Blick auf den Käufer und ging raschen Schrittes und fluchend über den Platz hinweg, um in einem Seitenweg zu verschwinden. Rundherum klatschten einige Männer, schlugen dem kleinen Mann anerkennend auf die Schulter: „Gut gemacht. Hätte ich das Geld gehabt, hätte ich ebenso gehandelt."

Der Mann gab Marie einen Sack mit Münzen und Marie tat, als ob sie akribisch nachzählte. In Wirklichkeit sah sie nichts und ihr Gehirn funktionierte kaum mehr. Sie band den Beutel zu dem anderem an ihrem Gürtel und versuchte das Zittern in den Händen zu unterdrücken. Aber der kleine Mann war zu sehr damit beschäftigt, sich über dieses vermeintlich gute Geschäft zu freuen, als dass er Marie noch viel Aufmerksamkeit gegeben hätte. Sie nahm das Fass und packte es sich auf den Rücken, stopfte das Kleid, das immer noch darauf gelegen war in den Beutel, den sie sich unter den Augen des ganzen Platzes über die Schulter warf, nickte den Herren noch einmal so selbstbewusst wie möglich zu und schritt dann mit steifem Rücken die Straße in Richtung des Ausgangs. Die zwei Soldaten, die den Eingang bewachten, ließen sie ohne weitere Kontrollen passieren. Ein Mädchen, das schwer beladen und schwitzend den Markt verlässt, war nichts Auffälliges. Sie bog in den steilen Weg ein, der nach wenigen hunderten Schritten zu dem Eingang der Zitadelle führte. Sie hatte ihre Meinung geändert. Zuerst wollte sie das Fass loswerden und dann erst an den Hafen gehen. Sie wollte so unauffällig sein wie möglich. Als der Lärm des Marktplatzes mit jedem weiteren Schritt sich in den Gassen verlor, verlangsamte sie ihren Schritt. Als sie den Torbogen der Zitadelle hinter sich hatte, stellte sie das Fass neben sich ab und lehnte sich an die Wand. Nun begann ihr ganzer Körper zu zittern. Die letzte Stunde war wie befürchtet ein Angriff auf ihren Nerven gewesen. Jeder Satz, jeder Blick, jede Handlung hätten den Verkauf verhindern und den Betrug aufdecken können. Sie konnte es noch nicht fassen. Es war noch nicht Mittag und sie hatte die Herde verkauft. Als sie langsam begann wieder klarer zu sehen und zu denken, bemerkte sie vor sich im Halbschatten Benjamin.

„Na, Schäferin ohne Schafe, das war wirklich eine Glanzleistung. Deine Nerven möchte ich auch gerne habe. Nicht schlecht." Und Marie hörte aufrichtige Anerkennung mit dem leicht ironischen Unterton, den er immer hatte, wenn er sprach. „Jetzt kannst du ohne Sorgen mit deiner Mutter bis nach Westland fahren. Ich freue mich für dich", sagte er und sie konnte nicht genau erkennen, ob er wirklich froh für sie war oder ob sie nicht auch eine Spur Neid heraushörte. Am Morgen hatte sie ihn fast verflucht und wollte nichts mehr mit ihm zu tun haben. Aber auf dem Markt hatte er ihr geholfen. Ohne etwas zu erwidern, starrte sie ihn eine Weile an, dann griff sie in ihren Beutel und nahm dreizehn Silbermünzen. „Dank dir habe ich die Schafe teurer verkaufen können. Ich hätte mich mit dreissig Münzen zufrieden gegeben. Hier, diese Münzen hast du dir verdient. Sie gehören dir. Wer weiß, ob ich überhaupt die Schafe hätte verkaufen können, wenn du nicht gekommen wärst." Sie ging auf Benjamin zu und reichte ihm die Münzen. Nun war es Benjamin, der keine Worte fand und sie konnte im Halbdunkel beobachten, wie sein Adamsapfel auf und ab ging. Offensichtlich fand in seinem inneren ein Kampf statt. Sie wusste, dass er das Geld für die Überfahrt nicht hatte und trotzdem zögerte er, das Geld von ihr zu nehmen. Warum?

„Ich habe dir nicht geholfen, weil ich etwas von dir wollte", stammelte er und schob ihren Arm beiseite.

„Du hast es dir verdient“, sagte Marie und wunderte sich darüber, wie schroff diese Worte klangen. Wieder verstrichen einige Atemzüge, aus der Ferne hallten Schritte, die näher kamen. „Mach schon, nimm sie!“, sagte nun Marie und hielt ihm die Hand voll mit den dreizehn Silbermünzen wirsch entgegen. Sie sah in seinen Augen einen Schimmer von Hoffnung aufglimmen.

„Dann musst du mir jedoch erlauben, mich hin und wieder um dich zu kümmern“, presste er verschämt zwischen den Zähnen hervor und nahm ihr die Münzen rasch aus den Händen. Aus dem Blickwinkel sahen sie drei Soldaten um die Ecke biegen. Rasch verstaute er die Münzen in einem Beutel und verschwand in einer Seitengasse.

Sie starrte eine Weile auf den Fleck, wo er gerade noch gestanden hatte, dann band sie sich wieder das Fass auf den Rücken und ging zum Haus ihres Onkels. Eine frische Brise kam vom Meer und kurz blieb sie stehen. Der Wind blies ihr in die Haare und umwehte ihr Kleid. Möwen kreisten schreiend über dem Hafen. Sie hatte das Geld, hatte Proviant und ihre Mutter war auch heil in Ivlac angekommen. Noch vor wenigen Tagen lebte sie mit einer weinenden Mutter und einem gewalttätigen Idioten in einem kleinen Dorf, wo jeder sie verachtete, und nun schritt sie, den Geldbeutel voll mit Gold und Silbermünzen durch Ivlac. Und wenn doch alles gut ginge und sie und ihre Mutter ein neues Leben beginnen könnten? Sie atmete tief die klare Meeresluft ein. Dann klopfte sie an die Tür ihres Onkels und dieser machte ihr freudestrahlend auf.

Nach den Anstrengungen der letzten Tage war dieses Lächeln wie ein Herzöffner. Sie warf sich förmlich in die Arme des Onkels, der das von Marie nicht gewohnt war und zuerst nicht wusste, wie ihm geschah, dann jedoch umarmte er Marie mitsamt dem Fass herzlich. Marie war es nicht bewusst gewesen, wie sehr sie sich nach Zuneigung, Hilfe und Sicherheit gesehnt hatte. Als sie ihre Sachen in einer Kammer abgestellt hatte, winkte er sie zu sich an den Tisch, wo Maries Mutter schon auf sie wartete. Nun war es an Catalina, die sie fragend anschaute und Marie nickte nur kurz und so wusste ihre Mutter, dass es gut gegangen war. Auch wenn sie nur davon ausging, dass Marie die Schafe einem anderen Schäfer übergeben hatte. Die Angespanntheit ihrer Mutter schien sich in diesem Moment etwas zu lösen. Gemeinsam tranken sie Kaffee, aßen genüsslich frisch gebackenes Brot mit Butter und Marmelade und Giacomo fragte sie aus, wie sie sich das denn vorstellten, in Elliesram ein Leben aufzubauen? Sie gaben zu, keine klare Idee zu haben aber, dass er sich keine Sorgen machen solle. Sie hätten den Hass des Dorfes nicht mehr ausgehalten und mussten weg. Dann erzählte Marie nach kurzem Zögern, dass sie im Traum das Gesicht Leons gesehen hätte und dass bei dessen Tod das ganze Dorf ihr die Schuld geben würde. Giacomo schüttelte zustimmend langsam den Kopf und bejahte damit das, was Marie erzählte. Er hatte sein ganzes Leben lang darunter gelitten, dass er aus einer Familie stammte, die das „Gesicht“ hatte. Das war ein Grund, warum er, seit er nach Ivlac gezogen war, nie mehr das Dorf seiner

Geburt betreten hatte. Er war genauso wie Andria kinderlos geblieben und sah es als Bezahlung der Schuld, die seine Familie auf sich geladen hatte. Für ihn war „das Gesicht haben" wie ein Fluch. Catalina erzählte ihm nie etwas über Maries Träume, aber die Insel war klein und Gerüchte reisten schnell und so überraschte es ihn nur wenig, als Marie von ihrem Traum erzählte. Der Raum füllte sich mit Schwere und seine Freude, Catalina und Marie zu sehen wurde von der Angst, die alle, die das Gesicht haben, seit langem begleitet, ausgefüllt. Marie liebte ihren Onkel. Er konnte wunderbar Geschichten erzählen und immer fand er einen Weg sie aufzumuntern. Immer, wenn sie und ihre Mutter ihn besucht hatten, nahm er sie bei der Hand und führte sie durch die Stadt. Jeder Winkel der kleinen Stadt barg eine Geschichte, jeder Fels hatte hunderte von Geschichten in sich gespeichert. Am liebsten ging sie mit ihm auf den Berg hinter der Zitadelle, wo eine heilige Madonna die Schiffsreisenden beschützte und die Zurückgebliebenen Gaben auf einen Altar legten und hofften, dass die Madonna ihren Lieben den Weg zurück zu ihnen weisen würde.

Nach dem für heute verspäteten Frühstück stand Marie auf um am Hafen die Überfahrt nach Elliesram zu besorgen. Ihr Onkel bot ihr an, sie zu begleiten, da der Hafen immer ein gefährlicher Ort war, vor allem für junge Mädchen. Marie hätte ihren Onkel mehr als gerne dabeigehabt, aber sie wollte nicht, dass er mit ihr in der Öffentlichkeit gesehen würde, um ihn so wenig wie möglich mit ihr und ihrer Mutter in

Verbindung zu bringen. Natürlich wusste jeder, dass sie verwandt waren, aber gemeinsam öffentlich durch die Stadt zu gehen am Tag des Vergehens und dann zu behaupten, dass er nichts von ihrem Betrug an Herrn Mufrini gewusst habe, das wäre schwierig. Sie kam sich in diesem Moment wie eine Schwerverbrecherin vor - die alle Menschen, die sie liebte, in Gefahr brachte. War es richtig ihn dermaßen im Unwissen zu lassen? Aber es war zu spät um umzudrehen und so lehnte sie nur dankend ab mit dem Hinweis, dass er und ihre Mutter sich sicherlich noch genügend zu erzählen hätten, da sie ja am nächsten Tag frühmorgens abreisten und sie nicht wüssten, ob sie sich jemals wieder sehen würden. Dem stimmte der Onkel zu. Marie ging nun in die Kammer und wechselte das Kleid, den blutverklebten Verband um ihren Oberkörper wagte sie noch nicht abzulösen. Dann schlang sie sich ein Kopftuch um die Haare, nahm ihr dunkles Schultertuch und band es um. Sie hoffte, dass man sie nun nicht mit dem Mädchen, das mit wirrem Haar am Morgen die Schafe verkauft hatte, in Verbindung bringen würde. Die Hitze war nun nebensächlich, sie musste ja nicht zusätzlich schwer tragen oder die Schafe im Zaum halten.

Als sie wieder aus der Kammer herauskam wusch sie sich noch das Gesicht in der Küche und fühlte sich nun tatsächlich wie ein anderer Mensch. Dann ging sie, das Herz wild schlagend, die nach Fisch stinkende Straße bis zur Mauer der Festung hinunter. Es war ein strahlend sonniger Tag, der Himmel war tiefblau und verströmte Zuversicht. Vom Meer wehte eine erfrischende und salzige Brise. Über ihr schrien die Möwen. Wie sie das Meer liebte, es viel ihr in diesem Moment erst wieder auf. Sie blieb stehen, hielt ihr Gesicht wiederum in den Wind und atmete tief ein. Von unten kam der würzige Geruch der Immortelle, der Baumheide und Mittagsblume.

Weit vor ihr im Osten öffnete sich die Bucht und dahinter standen, wie zahlreiche Familienmitglieder, die mächtigen Berge mit weißen Hauben. Wenn sie die Nase in deren Richtung hob, konnte sie den Schnee riechen. Sie würde diese Insel für immer verlassen, und zwar in Schimpf und Schande. Und wenn sie einige Momente zuvor noch zuversichtlich und froh war, so füllte nun wieder dieser bittere Geschmack nach Einsamkeit und Furcht ihren Mund. Sie blickte im Westen an den Horizont, wo sie Mittelland und Elliesram sich kurz vorstellen wollte, als sie den Dreimaster entdeckte. Der Westwind, der vom Festland her blies, trug das Schiff mit vollen Segeln in ihre Richtung. Es kam schnell näher und Marie begann schon einzelne Teile zu erkennen.

Aber sie hatte es nun eilig, denn sie wollte am Hafen die Überfahrt kaufen, bevor das Schiff angelegt hätte. Denn wenn das Schiff einmal da wäre, wäre der Hafen übervölkert von Reisenden, Händlern und Neugierigen. Und vor allem letztere wollte sie auf keinen Fall begegnen. Sie kannte einen Geheimgang, der aus der Zitadelle direkt hinunter zum Hafen führte. Er war da Jahrhunderte zuvor angelegt worden um bei einer eventuellen Belagerung einen Fluchtweg zu bieten. Als Kind hatte sie sich hier hin und wieder versteckt, wenn sie in Ivlac war und die Gassenjungen es ihr zu wild trieben. Der Tunnel stank von dem Urin der Hunde, die hier bei schlechtem Wetter Zuflucht suchten und Ratten huschten über ihren Weg. In ein paar Minuten war sie am Hafen und den Kopf gesenkt und sich in den nun mittags kaum mehr vorhandenen Schatten der Felsen haltend, eilte sie in Richtung des Hafengebäudes. Auch hier hatte man schon von der Ankunft des Schiffes erfahren und Männer überfüllten den kleinen Raum. Sie drängte sich durch die Masse hindurch. Zum Glück war sie völlig in das Tuch eingewickelt und auch ihr Haar war bedeckt so dass sie sich wie ein Schatten durch die Menschen bewegte. Ein Mann saß hinter einem enormen dunklen kastanienhölzernen Schreibtisch und stellte die Reisepapiere aus. Marie wartete geduldig, die Augen auf den Boden gerichtet, bis sie an die Reihe kam.

Der Mann hatte einen schwarzen Anzug an und auch wenn es Winter war, hatte die Mittagssonne den Raum aufgeheizt. Marie beobachtete, wie ihm Schweißtropfen vom mächtigen Schnauzbart und den buschigen Koteletten tropften. Er wollte gerade aufstehen, als Marie sich vor dem Schreibtisch aufgestellt hatte und versuchte einen ruhigen Eindruck zu erwecken: „Ich möchte zwei Fahrkarten für das Schiff nach Elliesram kaufen“, sagte sie bestimmt, aber nicht zu laut, damit sie nicht die Aufmerksamkeit der Männer auf sich zöge.

„Welche Klasse?“, fragte der Mann, obwohl es ihm ziemlich klar war, welche es sein würde.

„Die billigste“, sagte Marie und versuchte dabei Würde zu behalten. Gut, das macht fünf Silbermünzen für zwei Personen.” Marie wandte sich etwas zur Seite, um ihren Beutel herauszunehmen und wühlte darin nach den Münzen. Als sie die Münzen auf den Tisch gelegt hatte, schaute er sie kurz an, begann dann jedoch die Reisepapiere auszustellen. Auf welchen Namen?”

“Maria und Louise Dulois.”

"Aha", sagte er nur und schrieb die Namen auf das Papier. „Woher kommt ihr?”

„Etroc, wir kommen aus Etroc.“ Nachdem der Mann das Papier mit einem Stempel versehen hatte, nahm Marie das Papier, rollte es ordentlich zusammen und steckte es sorgsam in ihren Rucksack. Draußen an der frischen Luft, musste sie erst einmal tief durchatmen. An das hatte sie gar nicht gedacht, dass sie hier ihre Namen nennen mussten. Es war ein spontaner Einfall gewesen, die Namen zu fälschen. "Dulois, wie bin ich nur auf den Namen Dulois gekommen!", fragte sie sich. "Und damit ist das letzte Stück an Identität gegangen", dachte sie und der Gedanke verursachte ihr ein leicht flaues Gefühl im Magen.

Den Rückweg nahm sie über die Stadt und kaufte noch ein Fläschchen Olivenöl und frisches Brot für die nächsten Tage. Sie wollte den Proviant für die Reise nach Westland doch erst in Elliesram kaufen und nicht hier in Ivlac. Dann ging sie wieder zurück zum Haus ihres Onkels. Als sie unter dem Torbogen durchkam, an dem sie vor ein paar Stunden Benjamin gesehen hatte, blickte sie sich um und mit Erstaunen bemerkte sie, dass sie es in der Hoffnung tat, Benjamin vorzufinden.

Aber er war nicht da. Als sie an die Tür ihres Onkels klopfte, machte dieser die Tür sofort auf und zog sie in die Wohnung, schloss die Tür und verriegelte sie zweimal. Dann nahm er sie bei den Schultern und schaute ihr in die Augen.

„Was hast du dir nur dabei gedacht! Ich war am Markt, um uns Fisch für das Mittagessen zu kaufen und als ich dann noch einen Kaffee in der Bar am Hafen zu mir nahm, kommt mir mein Freund Franco entgegen und klopft mir auf die Schulter, während er mir dazu gratuliert eine so tüchtige Nichte zu haben, die ganz allein heute Morgen eine Herde Schafe für die Mufrinis verkauft hätte. Ich stand da, wie ein Idiot, weil ich nicht wusste, wovon er sprach! Mein Freund bemerkte meine Unwissenheit und machte sich über mich lustig: „Ach du hast sie noch gar nicht gesehen? Ich dachte, sie wäre schnurstracks zu dir gelaufen?" Ich konnte mich nur noch in eine Lüge retten, dass ich bis jetzt zu tun gehabt hätte aber jetzt nach Hause ginge und da natürlich noch zuvor beim Bäcker etwas Süßes kaufen wollte, um den guten Handel zu feiern. „Ja tu das nur!", hatte ihm sein Bekannter lachend zugerufen. Und dann beim Nachhauseweg natürlich ohne zum Bäcker zu gehen, begann ich nachzudenken: Wie soll das denn gehen? Mufrinis sollen ihr, Marie, die Schafe zum Verkauf gegeben haben? Niemals. Und falls doch, was ich bezweifle: Sie fährt morgen ab und hat nun das Geld der Mufrinis. Will sie es stehlen? Aber sie hat doch das Geld für die Überfahrt nach Elliesram von Andria! Wozu braucht sie so viel Geld? Oder gibt sie den Erlös einem Vertrauensmann, der es den Mufrinis ins Dorf bringt? Aber dann fiel mir dein riesengroßes Fass ein, das du auf deinem Rücken hattest. Das langt für mindestens einen Monat! Und dann war es mir klar: ihr fahrt nicht nach Elliesram sondern weiter weg, viel weiter weg. Deshalb schaut mich Catalina schon die ganze Zeit mit diesem dramatischen Blick an und lässt mich nicht aus den Augen und umarmt mich alle paar Minuten. Ihr wandert nach Westland aus, stimmts? Und Herr Mufrini weiß nichts von dem Schafverkauf. Richtig?"

In Marie zerbröckelte mit jedem Satz das letzte Stückchen was sie noch an Halt, an Würde, an Hoffnung gehabt hatte. Und als ihr geliebter Onkel sie nun mit diesen Augen in denen Wut, Enttäuschung, Panik und Trauer sich die Hand gaben, wollte sie sich nur noch in ein Eck verziehen. In dem Moment kam ihre Mutter zur Tür herein. „Was passiert?", fragte sie nervös. Und bevor Giacomo ihr antworten konnte, sagte Marie schnell: „Dein Bruder hat herausbekommen, dass wir nicht nach Elliesram sondern nach Westland auswandern und ist nun wütend, weil wir ihm die Wahrheit nicht gesagt haben."

„Ach mein geliebter Bruder, es tut mir so leid, aber wir dachten, es wäre besser, wenn du nicht weißt, dass wir für immer wegziehen. Ich wollte dir das brieflich mitteilen. Sonst wäre der Abschied zu schwierig gewesen. Und...", fügte sie in vertraulichem Ton hinzu „Wir tun das für Leon. Wir mussten es tun. Wenn wir geblieben wären, hätte Leon sich noch mehr dem Alkohol ergeben müssen. Er war so unglücklich, fühlte sich aber für uns verantwortlich und konnte uns nicht allein lassen. Marie hat für ihn sogar die Schafe hierhergebracht, damit sie nun mit einem Cousin von Herrn Mufrini auf einer sehr fruchtbaren Wiese die Schafe weiden lassen kann. Sie hat Großartiges geleistet und Leon wird von Herrn Mufrini sicherlich eine Belohnung bekommen. Wir haben es für ihn getan!"

Ihr Onkel schaute abwechselnd auf seine Schwester und auf Marie. Dann gab er einen Laut von sich, wie wenn Luft aus einem Ballon plötzlich entweicht. Er setzte sich an den Tisch, streichelte nach einer Weile seiner Schwester traurig das Gesicht, denn er kannte Leon und war völlig angewidert von dessen Charakter. Nichts Schlechtes und Niederträchtiges wäre diesem Mann nicht zuzumuten gewesen. Giacomo wusste nun, dass Marie ihre Mutter vor dieser Wahrheit schützte und auch davor, dass man sie aus dem Dorf gejagt hätte, wenn Leon gestorben wäre. Er erkannte das enorme Gewicht, das auf Maries Schultern lag und winkte sie zu sich. Nun nahm er sie in die Arme und als sie sich an seiner Brust, die nach Meer, Tabak und Kaffee duftete, ausweinte, spürte sie immer wieder ein Zucken und es zerriss ihr das Herz als sie merkte, dass auch ihr Onkel weinte.

Nach einer Weile setzten sie sich wieder an den Tisch, schauten aufs Meer, das immer noch tiefblau vor ihnen lag, nur mit weißen Schaumkronen aufgelockert und schwiegen. Dann ging ihre Mutter in die Küche und begann den Fisch zu kochen.

„Sie werden es bald entdecken, dass du die Schafe ohne die Erlaubnis von Herrn Mufrini verkauft hast. Die Mufrinis haben Verwandte hier und dass ein

Mädchen die Schafe weit unter ihrem Preis heute Morgen verkauft hat, weiß schon die ganze Stadt. Es wird nicht mehr lange dauern und sie werden nach dir suchen. Auch wenn Herr Mufrini eine Tagesreise entfernt ist. Wenn ein Verwandter Verdacht geschöpft hat und heute ins Dorf reitet, kann bis morgen früh die Bestätigung, dass du die Schafe gestohlen hast, eintreffen. Das Schiff fährt zwar schon am Morgen ab, aber wenn sie schnell machen, dann können sie noch vor der Abfahrt des Schiffes wieder aus dem Dorf zurück sein", sagte ihr Onkel leise.

„Ich habe mich mit falschem Namen eingetragen und wir werden gleich in der Früh, kaum dass es hell wird uns einschiffen. Und dann kann uns nur der Herr des Lichts beistehen."

„Aber ihr könnt nicht hierbleiben. Wenn sie euch heute doch schon in Verwahrung nehmen, bis Herr Mufrini aus dem Dorf hergebracht wird, könnt ihr nicht mehr weg. Ihr müsst euch bis zur Abfahrt verstecken. Sollten sie bei mir auftauchen werde ich sagen, dass ihr zurück ins Dorf gewandert seid." Ihre Mutter hatte den Fisch fertig und schweigend aßen sie gemeinsam noch die letzte gemeinsame Mahlzeit. Marie hatte einen Knoten im Magen und jeder Bissen war ein Gewaltakt, aber sie wusste, dass sie ihre Mutter beleidigen würde und außerdem würden die nächsten Wochen wohl eine Hungerkur werden, trotz der toten Ziege.

Marie erklärte, dass es besser sei, wenn sie schon jetzt gehen würden, weil sie jemanden aus dem Dorf gesehen hätte und dieser sofort erkannte, dass in dem

Fass gepökeltes Ziegenfleisch sei und sie sich besser versteckten, bevor noch mehr Menschen wüssten, wo sie wären. Ihre Mutter zog kurz die Augenbrauen zusammen, denn sogar für sie war diese Erklärung sehr fadenscheinig, ging dann aber in das hintere Zimmer und holte ihre Sachen. Dann packten sie alles zusammen und umarmten sich ein letztes Mal.

Marie schaffte es nicht ihm zu sagen, wie leid es ihr tat ihn da mit hineingezogen zu haben, aber er sah und wusste es und es war nicht notwendig, dass sie es aussprach. So fanden Marie und ihre Mutter sich wieder auf der Straße. Der Westwind hatte aufgefrischt und sie mussten ihre Schultertücher verknoten, damit sie nicht wegflogen. Es war früher Nachmittag und die Straßen waren um diese Zeit leergefegt. Die meisten Bewohner machten Mittagsschlaf oder tratschten noch mit ihren Verwandten, die für den Markt aus den umliegenden Dörfern gekommen waren. Vor ihr lag ein öder, langer Nachmittag. Zuerst dirigierte sie ihre Mutter in den unterirdischen Kanal, den sie vor einigen Stunden genommen hatte, damit sie von den Straßen weg waren. Hier waren sie zumindest vorerst in Sicherheit. Aber sollten die Soldaten sie wirklich suchen, dann würden sie hier als erstes nachschauen.

Der Tunnel lag in der Nähe des Hauses ihres Onkels und führte zum Hafen. Jeder in der Stadt kannte ihn. Der Tunnel führte in den steilen mit Maquis, Kakteen und Agaven bewachsenen Hang von wo aus ein schmaler Saumpfad bis hinüber vor einer Mauer endete, die zum Leuchtturm führte. Vor der Mauer konnte man eine kleine Stiege hinabsteigen und man befand sich dann vor dem Tor, dem Zugang zum Hafen. Hier standen immer zwei Soldaten, die an Tagen, an denen ein Schiff im Hafen lag, Waren und Personen wahllos durchsuchten und rund um die Uhr Wache standen. Sie durchforstete mit ihren Augen jeden Winkel und jede Nische im Umkreis und suchte krampfhaft nach einem Versteck.

Sie wusste nicht weiter. Als sie sich nach ihrer Mutter umdrehte, um mit ihr zu beraten, saß diese weiter links vom Eingang im Schatten einer Pinie. "Warum eigentlich nicht?", sagte sich Marie. "Wir bleiben einfach hier." Es schien kein besseres Versteck zu geben. Zumindest fiel ihr keines ein. Damit nicht sofort jeder, der durch den Tunnel kommen könnte sofort auf sie stoßen würde, verkrochen sie sich ein paar Meter weiter entfernt in der entgegengesetzten Richtung im Gebüsch. Als sie ihre Mutter, das Fass und die Säcke dort untergebracht hatte, ging sie noch einmal zurück. Sie ging zurück in den Tunnel um dann mit festen Schritten den Weg entlang bis zur Mauer, der zum Leuchtturm führte, zu gehen. Auf Zehenspitzen kehrte sie am Rand des Weges und, wo es das Dickicht und vor allem die Disteln und Kakteen es erlaubten, auch im Gebüsch wieder zurück. Wenn sie doch einen Schritt auf dem Weg machen musste, weil sie sonst den Hang hinuntergerutscht wäre, wedelte sie mit dem weichen Ende eines Mimosen-Astes die Fußspuren weg. Das Ganze dauerte eine Ewigkeit und als sie wieder bei ihrer Mutter im sicheren Gebüsch saß war der Nachmittag schon weit fortgeschritten. Aber sie war mit ihrem Werk zufrieden. Sollten sie nach ihnen suchen, würden sie ihre Schritte im Sand sehen. Wenn sie sich wundern würden, warum nur die Fußspuren einer und nicht zweier Personen zu sehen seien, dann hätten sie einfach nur ein weiteres Rätsel zu lösen. Aber zumindest kämen sie nicht sofort auf die Idee hier im Gebüsch nachzuschauen. Den Rest des Tages saßen sie an die Mauer gepresst und von dichtem Gebüsch umgeben unbequem am Boden. Und sie würden hier auch die Nacht verbringen. Wie sie dann am Morgen auf das Schiff kommen sollten, ohne entdeckt zu werden, wusste Marie nicht. Für heute waren sie erstmals sicher und sie hatten das Geld und die Fahrkarten. Marie betete darum, dass niemand, der sie am Morgen gesehen hatte, schon heute in ihr Dorf zurückgekehrt sei und Leon oder Herrn Mufrini von dem Verkauf der Schafe erzählt hatte, ansonsten würde der Hafen am Morgen vor Soldaten nur so wimmeln.

Marie und ihre Mutter wickelten sich fest in ihre Decken ein und Marie schlief nach einer Weile ein. Und wieder einmal flog Marie durch die Nacht. Knapp über dem Boden huschte sie wie ein Geist durch die Gassen Ivlacs. Aus manchen Fenstern leuchtete das schwache Licht einer Kerze und Marie konnte Blicke auf die krummen Rücken alter Frauen werfen, die einen blassen Enkel in den Armen hielten oder über einer Näharbeit saßen. Auf den Straßen begegneten ihr einige vereinzelte nächtliche Gestalten und Männer, die sich vor dem Nachhause kommen grauten und sich durch Alkohol das Leben erleichtern wollten. Diesmal wollte Marie etwas Neues versuchen. Hier werde ich wohl keine Tiere treffen dachte sie. Als sie in einer schmalen Gasse einen Betrunkenen sah, landete sie ein paar Meter hinter ihm auf dem Boden. Dann schlich sie sich an ihn heran. Als sie so ein paar Schritte gemacht hatte, wagte sie es noch näher heranzukommen und nun berührte sie ihn kurz und sacht am Rücken. Der Mann blieb stehen und drehte sich um, sah aber durch sie hindurch. Marie konnte in den blutunterlaufenen Augen nur ein kurzes Erstaunen entdecken, aber dann drehte sich der Mann wieder um und ging wankend und murmelnd weiter. Er hatte sie gespürt aber nicht gesehen.

Etwas in ihr versuchte durchzudringen, ein Hund bog vor ihr in Richtung Hafen ein, drehte sich noch um als wolle er sie einladen ihm zu folgen, aber Marie begann nun Bilder ihrer Kindheit zu sehen. Etwas wollte sie an etwas erinnern, es hatte mit Schiffen zu tun. Sie sah noch, wie dem Hund zwei weitere Hunde folgten und wie sie Marie misstrauisch beäugten und Marie fragte sich im Traum noch, was denn diese Köter von ihr wollten, aber dann verwandelte sich der Traum wieder in einen normalen Nachttraum.

Der Morgen kündigte sich mit der kältesten Stunde der Nacht an. Kurz vor dem Morgengrauen hatte die Erde keine Wärme mehr gespeichert und überließ es der Nacht, dem Himmel und dem Wetter, wie tief sie die Temperatur sinken lassen wollten. Marie öffnete die Augen und rückte noch mehr an ihre Mutter heran um das bisschen Wärme zwischen ihnen gefangen zu halten. Sie zog mit der Nase den Duft der Nacht ein: der Sand vom Strand war über Nacht feucht geworden und die Maquis, das Meer und die Bäume füllten den

Raum mit ihrem Dasein und vor allem mit ihrem Duft aus. Marie liebte diese Stunde selbst hier in dieser Gegend und Situation. Sie schloss noch einmal die Augen und sie verspürte ein riesiges Verlangen nach dieser Welt der nächtlichen Düfte. Doch nun, als sie wie ein Weinkenner alle Düfte in ihre speziellen Facetten und Essenzen unterteilte und dann, wie ein Hund jeder neuen Fährte folgte, roch sie noch etwas, nämlich der verführerische Duft von frisch gebackenem Brot.

Und auch wenn sie normalerweise diesen Duft als wohlig, heimelig und verführerisch ansah, waren sie diesmal die Vorboten eines neuen Tages. Eines Tages, der unvorhersehbares und gefährliches versprach. So begann in ihr eine Ruhelosigkeit und als ob durch das Eintreten der Ruhelosigkeit ein Befehl erteilt worden wäre, wurde sie von einer Welle tödlich spitzer und geifernder Gedanken überschwemmt. Ihre Mutter schlief noch, doch Marie rüttelte sie nun an ihren Schultern: „Mutter, es ist Zeit, wir müssen aufstehen. Der Morgen ist bald da." Wo war ihre Mutter nur gerade? So still, entspannt und warm. Marie musste sie noch einmal wachrufen, bevor Catalina mit einem Lächeln die Augen öffnete und sich zu strecken begann. „Guten Morgen, meine Liebe", sagte sie und wendete ihren Kopf, um sich zu orientieren.

Mit steifen Gliedern krabbelten sie dann aus dem Gebüsch, Marie immer wieder lauschend, ob jemand in der Nähe sei. Niemand war durch den Tunnel gekommen, aber Marie traute dem Frieden nicht.

„Jetzt gehen wir auf das Schiff!", sagte ihre Mutter unschuldig. In Momenten wie diesen war Marie neidisch auf ihre Mutter. Sie erlebten dieselbe Situation, beide waren in Gefahr, aber ihre Mutter lebte zur gleichen Zeit eine völlig andere Geschichte. Für ihre Mutter war es eine Reise nach Westland und das war es. Aber nachdem auch ihr einfach nichts anderes einfiel, packte sie ihre Dinge zusammen und sie gingen hinab zum Torbogen. Hier hatte sich schon über Nacht eine Schlange von Karren und Menschen angesammelt, die in den Hafen gelangen wollten. Marie und Catalina reihten sich in das Gedränge ein. Die Wachposten musterten jeden einzelnen, durchsuchten die Karren, stellten Fragen. Marie war schon jetzt einer Ohnmacht nahe. Und wenn sie schon nach einem Mädchen und einer Frau suchten, wenn sie schon informiert waren? Aber Marie hatte keine Idee, wie sie diese Kontrolle vermeiden könnten. Von einer anderen Seite sich in den Hafen schmuggeln? Der Hafen hatte nur diesen Eingang und schwimmen konnten sie bei Gott nicht mit ihrem Gepäck. Sie versuchte ruhig zu atmen und blieb in der Reihe. Als sie dran waren, wagte sie es kaum in die Augen des jungen Wachmannes zu schauen. Sie dachte man müsste ihr schon von der Weite ansehen, dass sie eine Diebin war.

„Sie sollen mir ihre Reisepapiere zeigen!", rief da der Wachmann aus. Anscheinend hatte er es schon einmal gefragt aber die Ohren von Marie waren mit einem Sausen erfüllt und sie musste es offensichtlich überhört haben.

„Marie, du musst dem Herrn unsere Reisedokumente zeigen", sagte da sanft ihre Mutter mit betonter Langsamkeit und berührte sie am Arm. „Sie ist leicht taub", sagte sie entschuldigend zum Wachtmann. Dieser, der auch noch Maries zittrige Hand bemerkte, war nun beruhigt. Ein behindertes Mädchen. Er entspannte sich etwas und warf nun Marie einen mitleidigen Blick zu.

Nachdem er gesehen hatte, dass die Reisepapiere in Ordnung waren, winkte er sie etwas freundlicher weiter. Marie und Catalina verloren sich schnell im Gewühl des Hafens. Händler wollten hier den Reisenden noch ihre Waren verkaufen, Frauen gaben Geschenke und Briefe mit für ihre Verwandten auf dem Festland, das Schiff wurde beladen für die Überfahrt und Reisende gingen teilweise auch mit Ziegen an der Leine oder Hühnern im Gehege an Bord. Die Planke zur ersten Klasse war am Deck angebracht. Hier traten Frauen mit hoch aufgesteckten Haaren, zierliche Mädchen, lustige Jungs und hochmütige Männer, gefolgt von Hausmädchen und Lakaien, die das Gepäck trugen, auf das Schiff. Der Frachtraum wurde von den ärmeren Passagieren bevölkert und war fast immer so vollgestopft, dass man kaum einen Platz zum Sitzen fand.

Zudem war er auch noch zweigeteilt: ein Bereich war für die Waren, die Lebensmittel, die Post und das Gepäck der Passagiere der ersten Klasse abgetrennt und mit reichlich Abstand zu den sich dort tummelnden Reisenden gut bewacht. Der zweite, größere Teil wurde von den Fahrgästen der zweiten Klasse und deren Koffer, Taschen, Hausrat, Lebensmitteln und Haustieren gefüllt. Marie und Catalina marschierten nun zielstrebig auf diese Planke zu. Hier wurden ihre Reisepapiere noch einmal kontrolliert und dann wurden sie von Matrosen über den schmalen Steg und dann auf dem Deck sofort nach unten in den großen Hohlraum über eine schmale Stiege geschickt.

Marie zögerte einen Moment, als der beissende Gestank von altem Essen, Erbrochenem und Kot in ihre Nase drang. Es war von einem Moment zum anderen stockdunkel geworden da ihre Augen eine Weile brauchten um sich hier zurecht zu finden. Instinktiv wollte sie wieder nach draußen flüchten. „Ich bleibe einfach die ganze Reise auf Deck“, sagte sie sich und wollte schon umdrehen. Hinter ihr kam jedoch eine stämmige Frau mit ihren drei Kindern die Stiege hinunter gestolpert: „Weiter, weiter, verstopf hier nicht den Weg!”, rief sie ihr unwirsch zu. Als Marie einen weiteren Schritt machte, rutschte sie auf etwas glitschigem aus. Sie wäre fast zu Boden gefallen mit ihrem schweren Fass, das immer noch auf ihrem Rücken thronte, als eine Hand sie ergriff und sie mit sich zog: „Komm Marie, du scheinst hier für diese freundliche Dame ein Hindernis darzustellen."

Sie erkannte die ironische Stimme Benjamins sofort und mit einer unglaublichen Erleichterung lies sie sich von ihm durch das für ihn schon weniger unbekannte Dunkel führen. Er musste einer der ersten auf dem Schiff gewesen sein, denn er hatte einen Platz hinter einem Stapel von Weinfässern ergattern können und musste nicht wie die später Hinzugekommenen in der Mitte des Raumes liegen, wo sie von jenen, die immer wieder zum Eingang gingen, um frische Luft zu bekommen, gestört wurden. Marie genoss es für diese Momente, von Benjamin geführt zu werden und tastete sich voran. Langsam begannen sich ihre Augen auch an die Dunkelheit zu gewöhnen. Die Nische war halbwegs sauber und groß genug für sie alle drei mitsamt ihrem Gepäck. Ihre Mutter war ihr die ganze Zeit dicht an den Fersen geblieben und so ordneten sie ihr Hab und Gut auf eine Weise, dass sie sich bequem hinsetzen konnten. Mit dem Ziegenfass verengten sie den Eingang in ihre Nische, so dass niemand auf die Idee kommen konnte sich dazu zu gesellen.

Während Marie so tat, als ob sie all ihre Konzentration für das Herrichten der Nische aufwenden müsste, überlegte sie, wie sie ihrer Mutter Benjamin vorstellen sollte. Aber Benjamin kam ihr zuvor: „Ich möchte mich gerne vorstellen. Ich bin Benjamin und habe Ihre Tochter kennengelernt, als ich die Überfahrt gekauft habe."

„Oh das ist ja nett", erwiderte Maries Mutter. „Ich freue mich, wenn wir diese Reise gemeinsam machen können. Gute Begleitung ist immer etwas sehr wertvolles!"

Zum Glück fragte sie Benjamin nicht, ob er auch bis Westland mitreisen würde, dachte Marie. Nun mussten sie nur mehr von Anker gehen. Und obwohl um sie herum sich der Schiffsbauch füllte, wie der Schlund Leons, wenn er ausreichend Wein hatte und die Hölle los war, verging für Marie die Zeit fast rückwärts. Sie starrte auf den Eingang, weil sie jede Sekunde damit rechnete, eine Horde von Soldaten ins Unterdeck einströmen zu sehen. Und da sah sie Petru, wie er sich einen Weg durch die Menge kämpfte. Jemand rief ihn zu sich und Marie glaubte die Stimme von Stefanu zu erkennen. Er hatte sich fast gegenüber dem Eingang einen Platz sichern können. "Natürlich", dachte Marie "Sie haben die Sonne und die frische Luft. Wie immer privilegiert." Auch wenn sie den Schutz dieser hinteren Ecke gerade zu schätzen wusste. Sie hoffte, die beiden Dörfler irgendwie bis zur Ankunft meiden zu können. Dann versuchte sie ihre Aufmerksamkeit auf die Geräusche von draußen zu richten, aber es herrschte ein dermaßen lautes Durcheinander um sie herum, dass es alles übertönte. Dann wurde es draußen lauter und zwei Soldaten polterten die Stufen herab.

„Hat hier jemand ein einzelnes Mädchen gesehen, das ein Holzfass mit sich führt?“ Lautes Gemurmel verbreitete sich im Raum.

„Was hat das Mädchen denn angestellt?“, fragte da ein Mann in der Nähe des Eingangs.

„Sie hat eine Herde Schafe gestohlen und auf dem Markt verkauft!”

Viele Männer fingen an zu lachen, andere begannen darüber zu reden, dass sie am Vortag von dem Verkauf gehört hätten. Marie war das Blut in den Adern gefroren. Sie spürte die Hand von Benjamin: „Marie, duck dich.“ Maries Mutter hingegen war völlig ahnungslos und sagte zu Marie: „Unglaublich, was es alles gibt, ein Mädchen, das auf dem Markt gestohlene Schafe verkauft. Man weiß heute nicht mehr, wem man vertrauen soll.” Marie brachte kein Wort heraus und stimmte nur durch ein Räuspern ihrer Mutter zu.

Die Soldaten hatten inzwischen begonnen durch die Passagiere hindurchzugehen und jeden einzelnen

Fahrgast zu betrachten. Marie konnte nichts zu Benjamin sagen, da sonst ihre Mutter Verdacht geschöpft hätte. Als die Soldaten auf ihrer Höhe waren, schauten sie in ihre Nische: „Aufstehen! Wir wollen sehen, wer ihr seid!“ Marie, die versucht hatte, sich so klein zu machen wie möglich, stand mit zitternden Knien auf. Benjamin und ihre Mutter standen ebenfalls auf. Ein Soldat musterte Marie: „Hast du ein Fass?” Marie schüttelte den Kopf und bevor ihre Mutter etwas erwidern konnte, sagte Benjamin: „Ich habe ein Fass”, und er deutete auf das kleine Fass vor ihm. Marie nahm die Hand ihrer Mutter und drückte diese.

„Reist ihr zusammen?“, fragte der Soldat wiederum.

„Ja, wir reisen zusammen“, erwiderte Benjamin „Und wie ich vernommen habe, sucht ihr nach einem einzelnen Mädchen mit einem Fass und auch wenn meine Mutter mich manchmal eine Heulsuse nennt, so bin ich doch ein Junge”, fügte er noch seufzend hinzu. Der Soldat musterte Marie noch für ein paar Augenblicke und seine Augen wanderten von ihr zu Benjamin und ihrer Mutter.

„Er hat recht“, sagte da der andere Soldat. „Sie suchen nach einem Mädchen, das allein reist."

Marie betete inständig, dass Stefanu und Petru ihre Stimmen nicht erkannt hatten.

„Na gut“, sagte der Soldat mürrisch, „suchen wir weiter."

„Es kann ja auch sein, dass sie nicht auf dem Schiff ist“, sagte der andere Soldat. „Ja, kann sein, aber lass uns genau sein. Du weißt, was uns blüht, wenn wir eine Diebin einfach so laufen lassen.”

Als sich die Soldaten wieder entfernt hatten, hielt sich Marie nicht mehr auf den Beinen. Sie musste sich setzen. Ihre Mutter sah sie neugierig an. „Warum hast du gelogen? Das Fass ist doch unseres!“

„Mutter, diese Soldaten brauchen einen Schuldigen. Wenn ich gesagt hätte, dass das Fass mir gehört, hätten sie mich festgenommen, egal ob ich schuldig oder unschuldig bin. Und wenn sie dann in ein paar Tagen darauf gekommen wären, dass ich unschuldig bin, wären wir dennoch ohne Schiffskarten und müssten wieder ins Dorf zurück.”

Ihre Mutter nickte, während sie zuhörte. „Zum Glück habe ich dich Marie. Was täte ich nur ohne dich!”

Marie sagte darauf nichts mehr, aber innerlich fühlte sie sich wie eine Verbrecherin und dass sie ihre Mutter anlog, stimmte sie traurig. Als sie am Boden saß, flüsterte ihr Benjamin zu: „Mach dir nichts draus, Marie. Du tust es auch für sie. Oder wolltest du, dass sie sich weiterhin von diesem Leon schlagen lässt?“ Das tröstete Marie etwas und sie konnte wieder etwas freier atmen, soweit das die Luft hier zu lies.

Die Soldaten hatten den Frachtraum verlassen und Marie wollte sich gerade entspannen, auch wenn ihre Sorge bei Stefanu und Petru lag. Wenn diese sie erkennen würden, müssten sie nur eins und eins zusammenzählen. Sie wussten, dass Benjamin Marie bis gestern nicht gekannt hatte und dass Marie ohne ihre Mutter auf den Markt gegangen wäre, war für sie klar. Sie wussten, dass Maries Mutter etwas seltsam war und einen Bruder in Ivlac hatte. „Wie soll ich zwei oder sogar drei Tage hier unten verbringen, ohne dass mich Stefanu oder Petru sehen?“, fragte sie leise Benjamin.

„Du wirst nicht an Deck gehen, befürchte ich“, antworte Benjamin leise und Marie dachte, eine gewisse Besorgnis zu hören. Ihr selbst wurde schlecht bei dem Gedanken so lange hier unten im Dunkeln und in dem Gestank bleiben zu müssen. Aber dann tauchte schon die nächste Sorge auf: „Und meine Mutter? Wenn sie meine Mutter erkennen?”

„Du hast recht“, sagte Benjamin. "Wir alle drei werden, bis wir am Festland ankommen, nicht an Deck gehen." Marie schwieg für ein paar Minuten und überlegte, ob es eine andere Möglichkeit gab. Vielleicht würden Stefanu und Petru sie nicht sehen oder einfach nicht darüber nachdenken, wie sie sich die Überfahrt haben bezahlen können. Aber schon nach wenigen Minuten war es gewiss: sie alle drei mussten zur Sicherheit hier unten bleiben. „Mutter, es tut mir leid, aber am Eingang sitzen Stefanu und Petru aus dem Dorf. Sie kennen mich und Stefanu denkt immer noch, dass wir Schuld daran haben, dass jemand aus seiner Familie gestorben ist. Er nennt mich eine Hexe, wo immer er mir begegnet. Mutter, wenn er mich sieht, wird er versuchen, mir diesen Diebstahl an den Schafen in die Schuhe zu schieben.” Ihre Mutter war für ein paar Augenblicke still: „Stefanu, der Sohn des Hufschmiedes?”

„Ja, Mutter.”

„Ja, da wirst du wohl Recht haben. Seine Familie hasst uns. Was sollen wir denn tun? Wenn er uns sieht, wird er sofort Alarm schlagen.”

„Wir könnten einfach hier unten bleiben, bis wir in Elliesram ankommen." schlug da Benjamin unschuldig vor. Ohne lange nachzudenken, stimmte die Mutter zu.

„Und du Marie, was sagst du?"

„Ich stimme Benjamin zu. Es wird zwar eine fürchterliche Reise, aber ich will nicht, dass wir bei unserer Ankunft in Fesseln abgeführt werden."

„Gut, dann machen wir das so", sagte Benjamin und fuhr fort, die Fässer und Kisten rundherum so zu richten, dass sie auch eine Schutzbarriere gegen eventuelle Diebe bildeten. Marie hatte sich schon wieder fast beruhigt, als eine Frau auf sie zukam.

„So, so, hier habt ihr euch also verbarrikadiert", sagte sie. Es war zu dunkel, um zu erkennen, wer es war, aber Marie hatte diese Stimme schon einmal gehört und wiederum erstarrte sie. Es war die Frau, die sie auf den Stufen in den Frachtraum so angepöbelt hatte. Natürlich! Sie hatte Marie mit dem Fass auf dem Rücken gesehen! „Ich denke, wir beide haben ein kleines Geschäft abzuschließen", sagte sie und ihre Stimme überschlug sich fast vor Freude. Marie war wieder aufgestanden und auch Benjamin hatte sich erhoben.

„Ich denke nicht, dass das zu deinen Gunsten ist, wenn ich den Kapitän darauf aufmerksam mache, dass ich dich mit dem Fass auf dem Rücken gesehen habe. Wie willst du das erklären, dass du persönlich das schwere Fass getragen hast und nicht dieser freche Grünschnabel hier?", fügte sie hinzu und ihre Stimme nahm nun etwas Drohendes an.

„Frau Freundlich“, sagte Benjamin in diesem Moment. „Ich denke, dass unberechtigte Forderungen oder, wenn man ganz böse denken wollte, Erpressungen, ebenfalls etwas sind, was dem Kapitän nicht gefallen würde. Die Soldaten waren hier, sie haben mit uns gesprochen, sie haben erkannt, dass wir hier nichts damit zu tun haben. Oder wollen sie den Soldaten unterstellen, dass sie Idioten sind? Ich denke, dass versuchte Erpressung sowie das Beleidigen von Soldaten auch nicht in Ihrem Sinne sind, Frau Freundlich. Oder irre ich mich?”

Marie beobachtete, wie Benjamin, den sie bisher so noch nicht erlebt hatte, sich vor der Frau aufrichtete und ihr unverblümt und drohend in die Augen schaute. Nach einer Weile spuckte die Frau auf den Boden, murmelte noch etwas von Gesocks und Gesindel vor sich hin und verschwand dann wieder im Gewirr der Gäste.

„Unglaublich, was für unerzogene Menschen es gibt“, sagte nun Benjamin leichthin und lächelte Maries Mutter freundlich an. Marie hatte die letzten Minuten den Atem angehalten. Als er sich wieder neben Marie auf den Boden gesetzt hatte, flüsterte sie ihm ein aufrichtiges „Danke” zu.

„Das nächste Mal, stopfst du deine Ziege in einen Sack“, sagte Benjamin lachend. Marie war in diesem Moment unglaublich froh ihn hier mit ihnen zu haben.

Draußen wurde es wieder lauter. Der Anker wurde gelichtet und die Ruderer brachten das Schiff in langsamer Fahrt und mit krächzenden Balken in einem großen Bogen aus dem Hafen. Ein Matrose kam die Stufen herabgerannt und kontrollierte noch einmal ob die großen Fässer gut vertäut wären. Als er Maries Fass sah, fluchte er, denn auch dieses musste festgebunden werden damit es bei einem eventuellen Sturm nicht durch die Gegend rollen und Menschen verletzten konnte. Mit Maries Seil fixierte er es gemeinsam mit den anderen Fässern und ging dann kontrollierend durch den Raum ob noch andere größere Gegenstände frei herumstanden oder lagen. Marie war dermaßen benommen, dass sie es kaum merkte, als das Hauptsegel gehisst wurde und das Schiff dadurch seine Fahrt aufnahm. Sie hatten es geschafft. Sie waren an Bord in Richtung Elliesram.

Maries Augen hatten sich inzwischen an die Dunkelheit gewöhnt und von der Stiege her, die hinauf an Deck führte, fiel ein Lichtkegel, der sich gegen Mittag hin so verstärkte, dass man in dem Frachtraum gut sehen konnte. Benjamin und ihre Mutter hatten es sich bequem gemacht und schienen vor sich hin zu dösen. Marie war jedoch nicht müde und sie war immer noch innerlich auf Gefahr eingestellt. Die Soldaten waren wieder gegangen aber ihre Nerven wollten sich nicht beruhigen.

Rund um sie war eine gemächliche Normalität entstanden. Mütter schimpften mit leiser gedämpfter Stimme rauzende Kinder, eine Ziege meckerte und in einer Ecke hörte sie auch junge Männer scherzten.

Die Reise nach Elliesram verging schneller als erwartet. Das Meer war ruhig und sie hatten immer genug Wind um gut voranzukommen. Hin und wieder hatte sie versucht mit Benjamin ein Gespräch zu beginnen, aber er schien darunter zu leiden, die Heimat verlassen zu haben, seufzte hin und wieder, war einsilbig und antwortete auf eine Art, die ihr klar signalisierte, dass er keine Lust zu sprechen hatte. Dann versuchte er wieder einzuschlafen, auch wenn Marie an seinem Atem feststellen konnte, dass er wach war und nur so tat, als ob er schliefe... Er schien grundsätzlich guter Laune zu sein, nur dass ihm das Heimweh zuzusetzen schien. Sie wusste nichts über ihn. Woher er kam, warum er auswanderte. Aber seitdem sie ihn getroffen hatte, hatte er ihr nur geholfen.

Sie war froh, dass er bei ihr war, aber es nervte sie, dass er, seitdem sie auf dem Schiff waren, keinerlei Interesse zeigte, mit ihr zu sprechen und in ein Schweigen versunken war.

Stunden vergingen. Maries Mutter döste vor sich hin und Marie hatte immer wieder damit zu tun, sich nicht von Panik überrollen zu lassen. Sie war nun verantwortlich für sich selbst und ihre Mutter. Sie hatten das Geld für die Überfahrt, aber was würde sie in Westland erwarten? Sie hatte keine Ahnung, wohin sie sich dort wenden könnten. Sie kannte niemanden und hatte noch keine Idee wie sie sich erhalten sollten. Als sie mit ihren Gedanken nicht mehr allein sein wollte, versuchte sie Benjamin zum Sprechen zu bringen: “Hat es dir die Sprache verschlagen? Oder bereust du es, dich mit uns eingelassen zu haben?”

Benjamin antwortete nicht sofort und Marie, deren Nerven immer mehr brach lagen, legte nach: “Na gut, du willst nicht mit mir sprechen. Auch gut. Auf dem

Festland hattest du diese große Klappe und nun bist du einsilbig und langweilig wie eine nasse Spinne."

"Marie, ich muss einfach nachdenken. Ich will ebenso wie du nach Westland, aber ich habe das Geld für die Überfahrt noch nicht. Ich muss mir etwas ausdenken und habe keine Lust auf Reden, in Ordnung?" Benjamin hatte sich inzwischen an Marie gewöhnt. Sie konnte unausstehlich sein, aber er fand auch, dass sie witzig und intelligent war. Und vor allem war sie eine Ausgestoßene, wie er. Aber dieser Angriff kam zu überraschend und entnerft antwortete er:

"Na gut. Du willst reden? Dann erzähl doch mal was über dich. Woher kommst du? Warum bist du hier? Du bist nicht die erste, die einen fiesen Vater oder Stiefvater hat. Das ist aber noch kein Grund dessen Schafe zu verkaufen oder tausende von Meilen westwärts zu reisen... und dann auch noch die eigene Mutter mitzunehmen" fügte er leise hinzu. Benjamin hatte sich aufgesetzt und sah Marie nun an.

"Natürlich. Du drehst nun den Spieß herum. Sehr schlau." Marie verdrehte innerlich die Augen. Das letzte, was sie wollte, war über sich selbst reden.

"Wir haben Zeit." Benjamin machte es sich zwischen den Säcken bequem und wartete. Marie bereute es, das Gespräch begonnen zu haben und entschied, einfach nichts mehr zu sagen.

"Ich habe von miteinander reden gesprochen, nicht von einer Ausfragerei. Vielleicht ist es doch besser, wenn wir uns drei Tage lang hier in dieser Hölle gegenseitig anschweigen", sagte sie und versuchte so gleichgültig wie möglich zu klingen. Auf keinen Fall wollte sie ihm erzählen, warum sie wegmusste und dass sie die Fähigkeit hatte, den Tod von Menschen vorauszusehen!

“Na gut, dann fange ich an”, seufzte Benjamin und richtete sich etwas auf: “Fangen wir mit meinem Vater an. Er ist eines Morgens aufgewacht und hat sich in den Kopf gesetzt, dass sein Leben so keinen Sinn hätte. Folglich hat er seine sieben Sachen gepackt und weg war er. Seitdem lebt er als Bandit in den Bergen. Meine Mutter und wir vier Geschwister überlebten daraufhin einen Winter durch Almosen aus dem Dorf und seit dem letzten Jahr leben meine Geschwister und meine Mutter bei einer entfernten Verwandten von uns. Ich habe die letzten Monate ebenfalls im Gebirge verbracht, da ich es bei diesen Verwandten nicht aushielt, da sie uns wie Dreck behandeln. Als ich nun vor ein paar Tagen von Banditen entdeckt worden war und sie erfuhren, wer mein Vater war, wollten sie mich töten, da sie zu einer rivalisierenden Bande gehörten. Als ich dann Stefanu und Petru kennenlernte und diese von ihrer Reise nach Westland erzählten, wurde mir bewusst, dass ich diese Insel verlassen musste, wenn ich nicht wie mein Vater enden wollte.”

„Aber wie wolltest du dir die Überfahrt bezahlen?“ fragte Marie und ging wissentlich nicht darauf ein, dass Benjamin allein monatelang in den Wäldern überlebt hatte. Kein Wunder, dass er so mitgenommene Kleidung hat, dachte sie.

“Ich hatte keine Ahnung. Ich wusste nur, dass ich es irgendwie schaffen musste.”

“Und wie willst du dir nun die Reise bezahlen? Willst du in Elliesram so lange arbeiten, bis du das Geld zusammen hast?”

“Das Schicksal hat mir dich über den Weg laufen lassen und du hast mir das Geld für diese Überfahrt zumindest nach Elliesram und sogar noch für eine Anzahlung für die Reise nach Westland gegeben. Ich weiß noch nicht wie, aber mir wird schon etwas einfallen, damit ich nicht ein ganzes Jahr oder länger arbeiten muss, um mir die Überfahrt nach Westland leisten zu können.”

Schweigend saßen sie noch eine Zeit lang nebeneinander, Marie hätte noch viele Fragen gehabt, aber Benjamin hatte sich wieder auf die Seite gedreht „Keine Sorge Marie, ich finde schon einen Weg“, fügte er noch hinzu und dann war er tatsächlich eingeschlafen. "Wieso soll ich mich sorgen?", fragte sich Marie und spürte, wie schon wieder Ärger in ihr hochstieg. Es konnte ihr doch völlig gleichgültig sein, ob er nun nach Westland fahren würde oder nicht. Aber am meisten ärgerte sie, dass er Recht hatte. Als er ihr gestand, dass er das Geld für die Fahrt nicht hatte, war sie besorgt. Denn die meisten Menschen, die sie kannte, hatten sich vor ihr gefürchtet oder sie für verrückt erklärt. Bei Benjamin war es anders, er hatte keine Angst vor ihr und das gefiel ihr.

Abends wurden die Segel eingeholt und das Schiff schaukelte ruhig vor sich hin. Am nächsten Tag nahm das Schiff wieder an Fahrt auf. Sie hatten guten Wind und gegen späten Nachmittag rief schon jemand „Land in Sicht“ und die Kunde, dass sie bald ankommen würden, verbreitete sich auch im Frachtraum. Anstatt drei Tage, wie befürchtet, dauerte diese Überfahrt weniger als zwei Tage. Marie seufzte auf, denn der Gestank wurde immer schlimmer.

Marie konnte es nicht erwarten, den stickigen Frachtraum und das Schiff endlich zu verlassen. Aber sie war noch nie in einer größeren Stadt gewesen und so sah sie dem Ankommen in Elliesram auch mit einem flauen Gefühl im Magen entgegen. „Na, dann können wir nur hoffen, dass dir heute Nacht unerwartet jemand Gold und Silber schenkt“, sagte Marie und versuchte dabei ironisch und unbeteiligt zu klingen. Benjamin schüttelte nur den Kopf: „Ich glaube, du hast nicht verstanden, dass wir diese Reise gemeinsam überstehen werden.” „Und”, fügte er schelmisch hinzu: „Auch wenn du versuchst kratzbürstig zu sein. Ich habe dir gesagt, als du mir das Geld gegeben hast” und er senkte dabei die Stimme, damit Maries Mutter es nicht hören könnte „dass ich dir dafür auf dieser Reise beistehen werde. Und ich werde mein Versprechen halten.”

„Wenn du willst, helfe ich euch noch eine Bleibe für heute Nacht zu finden“, fügte er gutmütig hinzu.

„Weil du glaubst, dass ich unfähig dafür bin?“, fragte Marie und war über sich selbst verwundert. Warum war sie nur so bissig hin und wieder? Sie wollte sich schon während sie es sagte auf die Zunge beißen. Aber es war zu spät. Benjamin schüttelte nur den Kopf und sagte grinsend: „Da ist sie wieder, die Kratzbürste. Ich hatte diese letzten Stunden auf dem Schiff schon fast gedacht, dass ich mich geirrt hatte und du eigentlich ein sehr verträglicher Mensch bist."

Marie war wütend über sich selbst. Sie hatte Angst vor der großen Stadt und wäre froh gewesen, wenn er bei ihnen geblieben wäre. Aber nachdem er auch in Ivlac seine eigenen Wege gegangen war, hätte sie es sich denken können, dass es in Elliesram ähnlich ablaufen würde, schimpfte sie sich. „Abgesehen davon kann ich mich nicht auch noch um ihn kümmern und früher oder später wird er das Weite suchen, wenn er herausbekommt, wer ich und meine Mutter in Wirklichkeit sind."

„Vielleicht hatten Leon und die Leute aus dem Dorf recht und es wäre besser, wenn ich irgendwo allein und einsam in einer Höhle leben würde, so misstrauisch, wie ich bin."

Ihre Mutter und Benjamin hingegen kümmerten sich nicht darum, was andere dachten oder was geschehen könnte. Ihre Mutter lebte so, als ob um sie herum nur Blumen, nette Menschen, Luft und Liebe wären, aber sie galt ja auch bei vielen als verrückt. Benjamin hingegen schien sich immer einen Plan zu erarbeiten und wenn er diesen hatte, dann entspannte er sich und tat nichts mehr. Und wenn dann ein Problem auftauchte, dann war er einfallsreich. "Wie ein Fuchs", dachte Marie.

Und sie? Sie war dauernd dermaßen gestresst von dem was passieren könnte, dass sie dann, wenn es darum ging, wach und stark zu sein oft schon so am Ende war, dass sie es nur mehr mit äußerster Willenskraft schaffte. Und so war nun auch nach dieser Fahrt sie müde und genervt wohingegen ihre Mutter und Benjamin ausgeruht und erholt wirkten. Ihre Mutter packte gerade summend ihre Sachen zusammen und in ihrem Gesicht gab es nur Vorfreude und Neugierde. Benjamin hingegen wirkte entspannt, selbstsicher und vielleicht etwas melancholisch, aber grundsätzlich so als ob er diese Reise schon zum hundertsten Mal gemacht hätte. Marie schüttelte den Kopf. War sie hier die Einzige, die sich der Gefahren bewusst war oder war sie diejenige, die ein Problem hatte?

Um sie herum war das Chaos ausgebrochen. Alle hatten es eilig aus diesem dunklen, stinkigen und überfüllten Frachtraum zu entkommen. Nachdem Marie, Catalina und Benjamin ganz hinten gelagert hatten, würden sie als Letzte hinauskommen und das war ihnen allen auch ganz recht, da sie Petru und Stefanu nicht begegnen wollten. Eigentlich wollte sie mit Benjamin nicht mehr sprechen, bis sie wieder festen Boden unter ihren Füßen haben würde, aber ihre Neugierde war doch zu groß:

„Benjamin, warum bist du eigentlich nicht mehr mit Petru und Stefanu unterwegs?"

„Ich habe dir doch erzählt, dass ich Probleme mit Petrus Vater hatte."

„Ja, aber vielleicht weiß Petru ja gar nichts davon. Ihr hattet zumindest den Anschein, dass ihr gut befreundet wart."

„Ja, wie du richtig sagst. Es hatte den Anschein. Aber offensichtlich hatte ich mich geirrt."

Marie schwieg. „Er ist genauso voreilig mit seinen Urteilen und misstrauisch wie ich“, dachte sie.

Sie empfand sich als gemein, aber bei diesem Gedanken, dass nicht nur sie keinem traute, entspannte sich etwas in ihr. Als das Schiff im Hafen andgedockt war und die Reisenden der ersten Klasse das Schiff verlassen hatten, strömten die Insassen des Frachtraumes über die schmale Stiege nach oben. Es ging langsam vor sich, weil unhandliches Gepäck, Käfige mit Geflügel, Greise und kleine Kinder die Stufen nur mühsam erklommen. Aber schließlich war es so weit, der Raum hatte sich entleert und sie kamen aus ihrem Verschlag hervor.

Benjamin nahm das Fass auf den Rücken und so wankten sie mit wackligen Beinen in Richtung Ausgang als plötzlich aus dem Dunklen zwei Gestalten hervortraten. Es waren Petru und Stefanu. Offensichtlich hatten sie sie doch erkannt und auf diesen Moment gewartet, um sie abzupassen. Petru stand da und schaute zuerst Marie und dann Benjamin an: „Warum bist du einfach ohne ein Wort zu sagen, verschwunden? Ich dachte, wir machen die Reise gemeinsam?”

„Petru, wie oft soll ich dir noch sagen, dass er deinem Vater zwanzig Silbermünzen gestohlen hat“, warf Stefanu ein und funkelte Benjamin wütend an. „Gib doch zu, dass du das Geld für die Überfahrt von seinem Vater gestohlen hast und dann wie eine Ratte morgens das Weite gesucht hast!”, bohrte Stefanu nach und spuckte angewidert auf den Boden.

„Ist das wahr?“, fragte Petru. „Mein Vater sagte mir, er habe dich noch vor dem Morgengrauen in seinem Arbeitszimmer entdeckt, wie du die Münzen gestohlen hast und als er dich zur Rede stellen wollte, wärst du schlichtweg aus dem Fenster gesprungen und abgehaut. Ich konnte ihn nur mit Mühe davon abhalten, die Soldaten zu rufen. Ich konnte nicht glauben, dass du die ganze Zeit einfach nur ein Dieb und ein Lügner warst.” Marie hörte mit Verwunderung die Enttäuschung aus Petrus Stimme. Und wenn die Geschichte von Petru wahr war und Benjamin ihr nur eine Lüge aufgetischt hatte um besser dazustehen?

„Ich habe weder deinem Vater Geld gestohlen, noch habe ich mich heimlich aus dem Staub gemacht. Es war dein Vater, der mich geweckt und mich aus dem Haus gejagt hat, weil ihm Stefanu erzählt hatte, dass ich aus der Familie der Corso stamme und er niemanden aus dem Geschlecht der Corso im Haus haben wollte“, fauchte Benjamin ihn an.

Es war das erste Mal, dass Marie ihn wütend sah und sie begann nervös zu werden. Sie waren die Letzten im Frachtraum und in dem Moment kam ein Matrose die Stufen heruntergestiegen: „Was macht ihr noch hier? Raus mit euch, raus! Die nächsten Passagiere warten schon!”

„Mein Vater würde niemals einen Freund von mir des Hauses verweisen.“ ,sagte Petru irritiert und seine Stimme klang nun nicht mehr enttäuscht, sondern verärgert.

„Lass ihn gehen“, sagte hier Stefanu und seine Stimme war durchtränkt von Zufriedenheit: „Er hat nun die richtige Gesellschaft." Und dabei blickte er verächtlich zu Marie und ihrer Mutter. „Zwei Hexen, die ihr Geld wahrscheinlich ebenso wie Raben gestohlen haben." Dann hielt er plötzlich inne: „Nein, Petru, ich glaube es nicht. Natürlich! Es ist Marie, die die Schafe gestohlen und dann am Markt verkauft hat. Wie sonst käme so eine wie die zu so viel Geld!"

„Lass gut sein Stefanu", sagte nun Petru scharf, warf sich seinen Reisebeutel über die Schulter und wandte sich zum Ausgang. „Komm jetzt Stefanu!" Als er an Benjamin vorbeiging, schüttelte er noch einmal enttäuscht den Kopf. In dem Moment tat Benjamin einen Schritt auf Petru zu und hielt ihn an einer Schulter fest: „Petru, ich habe dich nicht bestohlen, hörst du?" Petru antwortete nicht, stieß seine Hand weg und richtete sich herausfordernd vor Benjamin auf: „Wenn du mir sagen kannst, wie du zu dem Geld für die Überreise gekommen bist, dann will ich dir glauben. Denn als wir zusammen waren, hast du klar und deutlich gesagt, dass du dir die Überfahrt nicht leisten kannst. Also Benjamin: wie hast du in so kurzer Zeit die Münzen für die Überfahrt zusammenbekommen?" Benjamin schluckt, drehte sich dann zur Seite und sagte: „Das kann ich nicht."

„Dann ist ja wohl alles geklärt" sagte Petru mit toter Stimme und wandte sich ab. Als Petrus und Maries Augen sich kreuzten, versuchte Marie so unbeteiligt wie möglich dreinzuschauen, aber kalter Schweiß stand auf ihrer Stirn und sie war sich sicher, schuldig wie eine diebische Ratte dreinzuschauen. Benjamin konnte die Wahrheit nicht sagen ohne wiederum sie als Diebin zu entlarven. Wenn Petru erfuhr, dass sie Benjamin die Münzen für die Überfahrt gegeben hatte, war es endgültig offensichtlich, dass sie eine Diebin war. Sie holte tief Luft: „Die Münzen hat Benj...."

„Lass bleiben Marie, lass bleiben!", unterbrach sie rasch Benjamin. „Es ist gleichgültig, was du oder ich sagen. Sie haben ihre Meinung schon gemacht und egal was wir sagen, es würde nichts ändern. Komm jetzt, wir müssen endlich das Schiff verlassen." Und entschlossen stieg er vor ihr die Stufen hinauf. Marie zögerte aber als ihre Mutter hinter ihr zu hüsteln begann, packte auch sie ihre Säcke. "Natürlich weiß er, dass ich die Schafe verkauft habe", schoss es ihr durch den Kopf und bei dem Gedanken, dass er oder Stefanu jeden Moment die Soldaten rufen könnten, begannen ihre Knie zu zittern. Petru schaute sie noch einmal misstrauisch an, drehte sich um und verschwand hinter Benjamin durch die Eingangsluke. Stefanu folgte ihm, drehte sich jedoch noch einmal auf der letzten Stufe um und wandte sich an Marie: „Ich weiß, dass du es bist. Einmal Hexe, immer Hexe und ich werde mit einem Brief meinen Vater über deine Schandtat informieren. Das kann ich dir sagen: keiner aus deiner verrotteten Familie wird auch nur mehr einen Tag im Dorf bleiben können, dafür werde ich sorgen! Und du und deine verrückte Mutter, bleibt uns ja fern. Das nächste Mal werdet ihr nicht so glimpflich davonkommen, Diebsgesindel!"

Nun waren sie allein. „Komm, Marie, wir gehen jetzt", sagte da sanft ihre Mutter und berührte sie am Arm. Marie war die letzten Minuten gestorben. Sie hatte während der gesamten Schiffsfahrt Angst gehabt, dass

Petru und Stefanu sie entdecken könnten. Dass aber Benjamin offensichtlich ebenfalls unter dem Verdacht des Diebstahles stand, hatte sie schockiert.

Er hatte sie gerade gedeckt und die Schuld auf sich genommen. Wenn er gesagt hätte, dass sie ihm das Silber für die Überfahrt gegeben hatte, hätte Petru ihm geglaubt. Marie hatte gespürt, wie gerne Petru sich mit Benjamin versöhnt hätte. Und wenn Benjamin tatsächlich einfach nur ein gemeiner Dieb war, hatte er zumindest sie geschützt. „Ich bin nicht besser als er. Im Gegenteil, ich habe einfach zugelassen, dass Benjamin für sie seine Freundschaft mit Petru endgültig kaputt gemacht hatte. „Ich habe nicht nur Schafe heimlich verkauft, sondern auch noch meine ganze Familie in Verruf gebracht“, dachte sie und es lief ihr bei diesem Gedanken siedend heiß den Rücken hinab. „Ich werde in Westland das Geld verdienen und es Münze für Münze an Herrn Mufrini zurückzahlen. Ich werde ihm einen Brief schreiben und darin betonen, dass niemand außer mir davon wusste und dass er das Geld mit Zins und Zinseszins zurückbekäme. „Warum bin ich nicht schon früher auf die Idee gekommen, einen Brief für Herrn Mufrini zu hinterlassen?”, fragte sich Marie. „Ich habe nur an mich gedacht und dass ich mich und meine Mutter retten muss. So schnell geht das, dass man seinen Weg verlässt und zu einer Diebin wird.”

Marie war tief in ihren Gedanken versunken, während sie die Stufen hinauf an Deck stieg. Als sie endlich an der frischen Luft wieder wagte tief durchzuatmen und der Wind ihr in die Haare fuhr, erblickte sie die Silhouette der Stadt. Sie war so anders als Ivlac und Ivlac war für sie die größte Stadt, die sie je gesehen hatte. Die Sonne brannte hart auf ihrer Haut und sie fühlte sich krank von der Reise. Da sah sie unter sich am Hafen Benjamin mit dem Fass auf dem Rücken davon spazieren. Auf dem Schiffsdeck schrie man sie an, dass sie endlich das Schiff verlassen müsse, und da sah sie, dass der Hafen nicht nur gefüllt war mit den Passagieren, die gerade angekommen waren, sondern eine lange Schlange mit neuen Reisenden sich schon vor der Planke angesammelt hatte. Offensichtlich war hier nur ein kurzer Halt für das Schiff vorgesehen. Sie tastete mit ihren Augen den Platz ab und entdeckte Stefanu und Petru, wie sie sich einen Weg durch die Massen bahnten und direkt auf einen Soldaten zugingen.

Die Müdigkeit, die Anstrengung der Reise und die lauernde Angst, als Diebin entlarvt zu werden, hatten in Marie eine innere Anspannung verursacht. In dem Moment sah sie, wie Stefanu sich umdrehte und sie auf Deck entdeckt hatte. Dann sah sie, wie er etwas in Petrus Ohr flüsterte und auf zwei Soldaten zuging, die etwas entfernt einzelne Passagiere kontrollierten. Ihre Nackenhaare sträubten sich vor Panik. In ihr kämpften zwei Gefühle: ihre Abscheu Stefanu gegenüber, die ihn am liebsten tot umfallen sehen würde und ihre Angst festgenommen zu werden. Alle Geräusche verstummten und ihre ganze Aufmerksamkeit lag bei Stefanu. Die Zeit blieb stehen. Sie hatte diese Mühen auf sich genommen, um in die Freiheit zu gelangen und nun war hier einer, der ihre Fahrt augenblicklich beenden und sie und ihre Mutter in einem Gefängnis verrotten lassen könnte.

Während sie noch dabei war, Stefanu innerlich zu verwünschen, konnte sie aus den Augenwinkeln sehen, wie ein Rudel Straßenköter sich aus den Schatten der Häuser löste und scheinbar ziellos in Richtung des Schiffes trotteten. Irgendetwas an ihnen erregte ihre Aufmerksamkeit. Aber sie hatte keine Zeit, die Hunde länger zu betrachten, da ein Matrose sie nun schlichtweg am Arm nahm, über die Planke zog und kaum hatte sie festen Boden unter den Füssen, die wartenden Passagiere sie fast umrannten, um auf das Schiff zu gehen.

Marie wurde von den herandrängenden Passagieren auf die Seite gedrängt und sie hatte alle Hände voll zu tun, nicht wieder mit auf das Schiff gestoßen zu werden. Als sie sich endlich freigekämpft hatte und gegen das hintere Ende des Hafens rettete, sah sie vor sich ihre Mutter schon auf sie warten. Der Hafenplatz war lärmgefüllt. Schuhputzer und Verkäufer von Wasser und Lebensmitteln überschrien sich gegenseitig. Schmerzerfülltes Weinen begleitete manch einen Abreisenden und andere wiederum wurden lachend von ihren Verwandten begrüßt.

Dazwischen bellten Hunde. Und wieder wurde ihre Aufmerksamkeit von dem Gebell und einem tiefen Knurren angezogen. Catalina winkte, damit Marie sie sähe, aber Marie zog es magisch in Richtung einer Ansammlung von Menschen, die schreiend auf etwas einschlugen. Marie, die kleiner als die meisten der anwesenden Menschen war, drängte sich durch die Gruppe hindurch, bis sie sah, wie vor ihr ein Hund sich in das Bein von Stefanu verbissen hatte und drei weitere Hunde ihn mit gefletschten Zähnen anknurrten. Petru und zwei andere Männer schlugen mit ihren Säcken und traten mit Füssen gegen den Hund, der sich davon jedoch nicht abhalten ließ. Marie schrie laut auf als ein Mann den Hund so festtrat, dass er jaulend von Stefanu abließ und zu Boden fiel. Augenblicklich begann Stefanu den Hund mit seinen Stiefeln zu treten und wurde nun von den drei anderen Hunden angegriffen.

„Aufhören!" schrie Marie und augenblicklich ließen die Hunde von Stefanu ab. Marie ging erschrocken einen Schritt zurück, als die Hunde nun zu ihr blickten. Plötzlich war es ruhig. Die Männer hatten aufgehört zu schreien und die Hunde verwandelten sich wieder einfach nur in dreckige Straßenköter und verließen den Platz mit eingezogenem Schwanz. Stefanu strich sich die Kleidung glatt und rief zu Petru, er soll einen Wundarzt suchen. Sein Bein blutete. Marie konnte nicht sehen, wie tief die Wunde war, aber der Menge nach an Blut, das durch seine Hose sickerte, musste es sich nur um eine oberflächliche Fleischwunde handeln.

„Man sollte diese Köter alle vergiften“, hörte sie ihn vor sich hin fluchen und umher bekam er nickend Zustimmung. „Sie waren einfach aus dem Nichts aufgetaucht”, sagte ein Mann und schüttelte ungläubig den Kopf. „So etwas habe ich noch nie gesehen, dass sie in der Gruppe einen Mann einfach so anfallen”, sagte ein anderer.

„Platz! Platz machen!“, rief da ein großer Mann mit grauen Schläfen. Er schleppte einen riesigen Koffer mit beiden Händen daher und Marie befürchtete, dass dieser jede Sekunde auseinanderfallen würde. Er kniete sich sofort neben Stefanu nieder: „Da haben Sie noch einmal Glück gehabt, dass die Hunde Sie nicht in sieben Stücke zerfetzt haben! Wie haben Sie das geschafft, dass sie die Wut dieser Hunde auf sich gezogen haben und wie konnten Sie sie wieder verjagen?”, fragte er neugierig. Keiner der umstehenden Männer hatte Marie dafür gedankt, dass sie mit ihrem Schrei die Hunde verjagt hatte. Im Gegenteil, sie wurde mit misstrauischen Blicken bedacht und Stefanu, der sie zwischen den Umstehenden entdeckte, blickte sie unverwandt mit glühender Abneigung an. Dann zeigte er mit seinem Zeigefinger auf sie: „Die da, die hat die Hunde auf mich gehetzt!” Der Arzt drehte sich neugierig zu Marie. „Dieses kleine Mädchen hat die Hunde auf Sie gehetzt?” Und dann in Richtung Marie: „Waren das Ihre Hunde?” Marie schüttelte nur überrascht den Kopf. Was hatte sie damit zu tun, dass Stefanu von Hunden angegriffen wurde?

“Und sie hat sie auch wieder verjagt, indem sie einen Schrei losgelassen hat?”, fragte in diesem Moment der Arzt Stefanu und es entging Marie nicht der ironische Unterton.

„Ja, die Hexe hat mit ihrer Stimme die Hunde wieder verjagt“, presste Stefanu unter Schmerzen hervor. „Aha, sie ist eine Hexe. Sehr interessant”, sagte der Arzt, drehte sich interessiert zu ihr um und schaute sie verwundert an. „So, so. Ich verstehe. Nur sie hat ja gar keinen Hut auf!”, sagte er dann lachend. “Eine Hexe ohne Hut, das gib es nicht. Oder?” Stefanu wollte schon etwas erwidern, aber in dem Moment leerte der Wundarzt Alkohol über seine Wunde und Stefanu biss die Zähne zusammen, um nicht loszuschreiben. Marie drehte sich um und ging verwirrt und betroffen zu ihrer Mutter, die schon ungeduldig auf sie wartete. Sie wusste, dass sie die Hunde nicht auf Stefanu gehetzt hatte, aber sie erinnerte sich auch gut an den Moment, an dem sie ihn mit jeder Faser verwünscht hatte und dass dann die Hunde aufgetaucht waren. “Einmal Hexe, immer Hexe” dachte Marie besorgt. „Und ich hatte einen Augenblick lang gedacht, dass ich meine Vergangenheit auf der Insel gelassen hätte”, stöhnte sie.

„Was hast du gesagt?“, fragte sie in dem Moment Benjamin, der unerwartet aufgetaucht war.

„Nichts, nichts“, sagte Marie und lächelte ihrer Mutter und Benjamin zu. „Lasst uns den Hafen verlassen und einen Platz für die Nacht suchen”, sagte sie so nebenbei wie möglich, warf sich ihren Beutel über die Schulter und bog mit bestimmtem Schritt in die nächstbeste Gasse ein. „Morgen verlassen wir Mittelland und in

Westland weiß niemand wer ich bin", dachte sie und der Gedanke schenkte ihr einen Augenblick an Hoffnung.

Minaha und die Wölfe

Eine falsche Entscheidung mit Folgen

Minaha überlegte, was das nun bedeutete, dass sie den Schmerz in der großen Zehe des linken Fußes nicht mehr spürte. Stundenlang hatte sie versucht dem Brennen der Zehen und vor allem in der großen Zehe nicht zu viel Aufmerksamkeit zu schenken. Es war ihr erst gar nicht aufgefallen, aber jetzt bemerkte sie, dass sie den Zehen nicht mehr spürte. Sie blickte hinab, sah aber nur ihren kugelrunden Bauch. Sie versuchte die Zehen zu bewegen, konnte aber nicht wahrnehmen, ob es gelang. Ihre Füße schleppten sich von allein voran. Einmal rechts, einmal links, einmal rechts und so weiter, als ob sie ein Eigenleben hätten. Fast schon musste sie lächeln aber als sich ihr Mund auch nur minimal bewegen wollte, spannte die Haut um ihre Lippen wie hundert Jahre altes Leder. Es war kalt. 'Mein Gesicht ist eingefroren', dachte sie und schon wieder musste sie lachen - aber vorsichtshalber gedanklich. Wie dumm sie war! Was für eine unreife und törichte Idee hier durch den Tiefschnee zu stapfen! 'Konzentriere dich auf deinen Körper', sagte sie sich. 'Leichter gesagt als getan', dachte sie. Ihr kam es vor, als ob sie aus lauter kleinen Inseln bestehen würde: ihren Augen - die bei all dem Weiß um sie herum nur mehr ein schmaler Schlitz waren und die ohne Unterlass den Horizont nach einem menschlichen Zeichen absuchten - , ihrem Atem - den sie kalt durch die Nase einsog - und dann die kleine Hand ihres Sohnes Achak, der schweigend neben ihr herlief. Das neue Leben, das in ihrem Bauch kaum mehr Platz fand, hielt seit diesem Morgen still, so als ob es wisse in Gefahr zu sein. Sie erlaubte sich, all diese Stellen durchzufühlen. Nur einen einzigen Gedanken scheuchte sie wie eine lästige Fliege heftig weg, nämlich den, dass sie sich das alles selbst eingebrockt hatte. Sie wollte das Kind unbedingt bei ihrer Familie mütterlicherseits gebären und nicht im Stamm ihres Mannes Lokni. Sie hatte zu Beginn der Schwangerschaft den Stamm ihres Mannes besucht und wusste, dass sie ihren eigenen - den Falkenstamm - erst im Herbst wiedersehen würde, wenn sich alle Nordstämme am Yarasee wieder treffen, um den Winter gemeinsam zu verbringen. Und so war sie gewiss, dass das Kind im Kreis ihrer Familie mütterlicherseits geboren werden würde. Aber dann kam der verfrühte Wintereinbruch und sie waren hier auf halber Strecke, nur mehr wenige Tagesreisen vom Yarasee entfernt, eingeschneit worden.

Die Sonne hätte noch Kraft genug, den Schnee wieder zu schmelzen, aber hier in den Bergen - wo sie kurzfristig ihr Lager aufgeschlagen hatten - warfen die steilen Hänge lange, dunkle Schatten und nur wenn die Sonne hoch am Himmel stand, begann es von den Bäumen zu tropfen. Doch diese milden Stunden waren von zu kurzer Dauer. Bald wurde die Sonne wieder vom gegenüberliegenden Berg verschluckt und die Landschaft von Kälte und Dunkelheit eingehüllt. Der Schnee ging nicht weg und Minahas Hoffnung, dass Häuptling Enapay und der Stamm doch noch zum Yarasee aufbrechen würden, war im Gegensatz zum Schnee rasch geschmolzen. Schließlich hatte Enapay angeordnet, das Lager zu befestigen und sich für das Überwintern hier in dieser engen dunklen Schlucht vorzubereiten. Die letzten drei Tage hatte Minaha nur mehr gewütet, weil sie aufbrechen wollte, zur Not auch allein.

Doch ihr Mann Lokni war dagegen gewesen, da es zu gefährlich sei. Er hatte auch recht, natürlich war es dumm und geradezu selbstmörderisch sich bei diesen Wetterverhältnissen noch auf den Weg zu machen. Aber Minaha hatte schon Achak im Stamm ihres Mannes geboren und nun wollte sie zumindest dieses Kind, dem sie innerlich schon einen Namen gegeben hatte - und zwar einen Mädchennamen - im Zelt ihrer Mutter gebären. Jeden Morgen war sie mit diesem Wunsch aufgewacht. Sie hatte versucht Lokni, seine Schwester Tallulah oder ihre Cousinen Yuma und Anuk zu überreden...aber sie fand keine Verbündeten. Jedes Jahr, soweit sie zurückdenken konnte, hatten sie die Winter gemeinsam mit den anderen Stämmen am Yarasee verbracht und ausgerechnet dieses Jahr sollte es nicht so sein? Minaha war nicht die Einzige, der es so ging. Viele der jungen Leute des Stammes fühlten sich eingesperrt und unruhig. Auch sie wollten zum Yarasee und ihren Freunden zurückkehren, aber ihre Ältesten und der Häuptling hatten entschieden. Der Schnee sei zu tief, sagten sie, und die Reise sei zu gefährlich für die Kinder und die Alten. Also saßen sie in dieser Schlucht fest, die Minaha jedoch als düsteres Gefängnis empfunden hatte.

Sie waren vor ein paar Tagen aus dem Norden aufgebrochen als alles noch herbstlich und manchmal sogar noch fast sommerlich warm gewesen war. Und so hatte es niemand eilig, das Lager abzubrechen und sich in Richtung des Yarasees, wo sie den Winter verbringen wollten, zu bewegen. Und dann zogen sich die Wolken zu, ein eiskalter Wind kam auf und es begann zu schneien. Anfangs schmolzen die Schneeflocken sofort, da der Boden noch warm war aber über Nacht sah die Landschaft so aus wie heute: weiß und kalt wie im tiefsten Winter. Minaha konnte sich nicht erinnern, dass so etwas schon einmal vorgekommen war. Normalerweise konnten die meisten von ihnen das Wetter voraussehen. Warum diesmal nicht? Wie war es möglich, dass sie so einen verfrühten Wintereinbruch nicht schon längst geahnt hatten?

Seitdem waren zwei Wochen vergangen. Wut und Enttäuschung verdunkelten seitdem Minahas Vorfreude auf das Kind. Und gestern hatte sie zudem noch mit Lokni gestritten, weil er ihr vorwarf, nur an sich selbst zu denken. Laut Lokni hatte das Kind in ihrem Bauch den Traum, hier im Möwenstamm geboren zu werden. Sie solle aufhören nur ihre eigenen Gedanken und Wünsche über die ihres Kindes zu stellen und diese letzten Tage - da das Kind noch nicht geboren war - in Freude und Liebe verbringen. Natürlich hatte er im Grunde Recht und sie wusste das, aber gerade das machte sie noch wütender. Lokni war dann mit verbissenem Gesicht in das Zelt seiner Mutter gegangen, um dort die Nacht zu verbringen. Somit waren sie und ihr Sohn Achak allein im Zelt. Aber sie konnte nicht schlafen. Die ganze Nacht kreisten ihre

Gedanken um den Wunsch, zu ihrer Mutter und zum Falkenstamm am Yarasee zu wandern. Dort erwärmten die heißen Quellen die Luft und auch im Winter grünte es an den verschiedensten Stellen. Sie wollte ihre Geschwister wiedersehen und nicht im Gebirge bei Tiefschnee den Winter verbringen!

Der Gedanke hier in dem Notlager die dunklen und kalten Monde zu verbringen und das mit einem Neugeborenen, hatte ihr den Schlaf geraubt. Zudem hatten sie nur Vorrat für vielleicht zwei, drei Monde aber nicht für fünf oder sogar sechs. Sie dachten ja, dass sie am Yarasee sogar im Winter jagen konnten und der See voller Fische war. Sie hatte sich dermaßen in diese Vorstellung eines kalten, einsamen Winters und der Gefahr des Hungers hineingesteigert, bis sie es nicht mehr ausgehalten hatte, ihre Sachen packte und allein loswandern wollte. Wenn sie wegginge, bliebe auch mehr Essen für die anderen und vor allem für ihren Sohn Achak übrig.

Es war noch dunkel, als sie leise aufstehen wollte. Aber Achak wachte auf und als er sah, dass sie ihren Pfeil und Bogen leise packen wollte, kam er ganz nah an sie heran und flüsterte ihr ins Ohr: „Ich komme mit". Als sie etwas entgegnen wollte, sah sie, dass er schon seinen Beutel aus Otterfell umgebunden, zwei Fladenbrote vom Vorabend hineingestopft und das Fell übergezogen hatte. Kurz waren ihr Bedenken gekommen, aber dann nahm auch sie ihren Beutel, etwas Trockenfleisch, Maisbrot und den dicken Fellmantel und beide waren unentdeckt aus dem Zelt gekrochen.

Das war am gestrigen Morgen gewesen und Minaha hatte gedacht, dass es wohl mühsam und kalt werden würde, aber als zu gefährlich hatte sie es nicht eingestuft. Mit dem ganzen Stamm würde es mehrere Tage dauern, bis sie am Yarasee ankommen würden, da sie vollbepackt einen Umweg machen müssten. Sie wollte jedoch eine Abkürzung nehmen. Das erste Stück mussten sie über eine nicht all zu steile Felswand klettern und anschließend eine Geröllhalde überqueren. Zum Glück waren sie und Achak gut im Klettern und so war es nach den Wochen im Lager befreiend, endlich wieder einmal in der Natur und allein zu sein. Der Himmel war sternenklar, keine Zeichen von Sturm oder weiteren Schneefällen waren in Sicht. Sie müssten nur eine einzige Nacht überstehen und dann am Abend des zweiten Tages wären sie schon im warmen Zelt ihrer Familie mütterlicherseits gewesen. Wenn sie an den Stamm ihrer Mutter dachte, zog es ihr das Herz zusammen. Der Stamm der Falken war durch Krankheiten, die die Kish mitgebracht hatten, stark reduziert worden. Einst zählte ihr Stamm fast hundert Familien. Heute waren sie auf knappe zehn Familien geschrumpft und hatten viel von ihrem Einfluss bei den Nordstämmen eingebüßt. Minaha dachte über ihre Kindheit und das Schicksal ihres Stammes nach bis die kleine Hand ihres Sohnes - die er ihr in dem Moment entzog, um seine Haare aus dem Gesicht zu streifen - sie in die Realität zurückbrachte. Sie atmete schwer. Immer wieder mussten sie Halt machen, weil sie eine Pause brauchte. Das Wandern strengte sie mehr an als sie gedacht hatte. Gestern waren sie ohne Mühe den Berghang hinabgeklettert. Achak war wendig, wie eine Gemse und sie war ihm langsam und vorsichtig hinterhergeklettert. Einmal war sie ausgerutscht und als sie sah, wie weit sie hätte fallen können, war ihr das erste Mal der Zweifel gekommen und einen Augenblick hatte sie daran gedacht umzudrehen. Aber Achak hatte ihr von unten jubelnd zugerufen, dass das letzte Stück ganz leicht sei und so war sie weitergegangen. 'Ich komme aus einem der ehemals mächtigsten Stämme des Nordens. Da wird mich doch kein lächerlicher Zweitagesmarsch in die Knie zwingen! ', sagte sie sich. Trotz und Zorn brachten sofort ihr Blut in Wallung und sie spürte, wie zumindest für diesen Moment die Kälte aus ihrem Körper wich. 'Na also', sagte sie sich, 'Mit ein bisschen mehr Energie kommt alles wieder in Ordnung. ' Minaha dachte an die vielen Gefahren, die den Stamm der Falken einst herausgefordert hatten, und daran, wie wenige bis heute überlebt hatten. Es gab eine Zeit, in denen sie in großen Scharen Büffel gejagt hatten. Heute waren sie zu wenige und hatten auch das Vorrecht in den großen Ebenen zu jagen an andere, mächtigere Stämme abgeben müssen. Sie mussten das nehmen, was die anderen übrigließen, oder diese nicht interessierte. Minaha seufzte, als sie an die vielen Entbehrungen, die ihr Volk ertragen musste, dachte. Der Möwenstamm hatte bisher mehr Glück gehabt. Er lebte im Südwesten und die Kish hatten nur den Osten und Teile des Nordens erobert. Sie hatten bisher noch nicht gewagt in das Gebiet jenseits der Berge vorzudringen.

An all das erinnerte sie sich jetzt mit tiefer Wehmut, als sie noch einmal ein letztes Stück hinunterkletterten. Und erneut musste sie an den gestrigen Tag denken: Endlich am Fußende der Bergwand angekommen, waren sie einem schmalen schon fast zugefrorenen Gebirgsbach entlanggegangen, dem sie im Gänsemarsch in ein kleines Tal zwischen zwei hoch aufragenden Gipfeln folgten. Die Sonne hatte sich schon tief im Westen gesenkt, als Achak etwas bemerkt hatte. Er war plötzlich stehen geblieben und hatte sie mit einem intensiven Blick angesehen.

"Was ist los?", hatte sie, erschrocken über sein Verhalten, gefragt. Er hatte mit einem Finger in Richtung der Gipfel gezeigt und hatte gesagt: „Ich habe dort drüben etwas gesehen, das sich bewegt hat." Sie hatten beide auf die Stelle, auf die er deutete, gestarrt und nach ein paar Minuten sagte Achak mit zitternder Stimme: „Jetzt ist es weg aber wir müssen Vater warnen!" Minaha hatte sich zu Achak gebeugt: „Deinem Vater wird nichts passieren, Achak. Du hast ja auch selbst gesagt, dass da nichts mehr ist, nicht wahr?"

„Ich habe gesagt, dass es weg ist. Aber es war da! Wir müssen Vater warnen. Mutter, lass uns umdrehen, ja?" Minaha hatte lange zu dem Punkt zwischen den Gipfeln gestarrt, um nachzudenken. Achak hatte ihre scharfen Augen geerbt und auch die Fähigkeit der Möwen, Gefahr lange im Voraus zu spüren. Sie selbst hatte nur diese innere Unruhe gespürt, aber Achak sprach das aus, was sie dachte, nämlich, dass Gefahr in Verzug war. Aber wie kam er auf die Idee, dass die Gefahr für den Stamm der Möwen galt und nicht ihnen?

„Ich komme mit meinem Bauch nicht mehr den Berg hinauf Achak und wenn wir den Umweg nehmen würden, wären wir Tage unterwegs. Das schaffe ich nicht. Das Baby würde irgendwo unterwegs geboren werden. Ich schlage vor, wir gelangen so schnell wie möglich an den Yarasee und von dort schicken wir einen Boten. Meine Mutter wird den Falken des Zauberers schicken und dieser wird in Windeseile die Nachricht Ama überbringen. Das geht schneller, als wenn wir irgendwie versuchen würden, den Berg wieder hinaufzuklettern. Einverstanden?“ Achak schaute sie mit zitternden Lippen an.

„Angst ist ein schlechter Lehrer, Achak. Erinnerst du dich? Wir sind jetzt hier und haben eine Entscheidung getroffen. Und du darfst nicht vergessen, dass dein Vater gewiss weiß, was zu tun ist, falls der Stamm in Gefahr wäre. Außerdem ist Ama bei ihm und sie weiß immer, was passieren wird.“

„Sie hat nicht gewusst, dass der Schnee kommt.“, warf Achak ein. Minaha musste lächeln. Er hatte recht. Die Zauberin Ama hatte - genauso wenig wie die Ältesten des Stammes - den Schnee vorausgesehen. Sie hatten die Unruhe gespürt, hatten mit den Winden gesprochen, hatten versucht die Zeichen zu lesen, aber immer hatten sie Gefahr durch Wesen und Menschen gesehen, nicht aber durch Schnee. Offensichtlich hatten sie sich geirrt, denn sie wurden nur von Schnee überfallen und von sonst nichts.

„Jeder hat seine Aufgabe, Achak. Wir müssen uns nun auf unseren Weg konzentrieren und schauen, dass dein Geschwisterchen am Yarasee und in Sicherheit auf die Welt kommt." Sie hatte Achak noch aufmunternd zugezwinkert, ihm mit einer Hand die Haare zerzaust und Achak und sie waren weitergewandert.

Und auch wenn der Rest des Tages ruhig vergangen war, war in Minaha eine Unruhe entstanden, die sie seitdem nicht mehr losgelassen hatte.

Abends hatten sie dann ihr Nachtlager auf einer Lichtung aufgeschlagen. Ein großes, starkes Feuer hatte sie warmgehalten und sie vor allem vor wilden Tieren und da in erster Linie den Bären und Wölfen geschützt. Und als sie sich heute Morgen noch vor dem Morgengrauen aufgemacht hatten, waren sie in Richtung des Flusses gewandert, der sie vom Lager ihrer Mutter trennte. Schon vor dem Abend würden sie dort sein, hatte sie gedacht. Als sie später in der Ferne eine Rauchwolke bemerkt hatte, war sie sich sicher gewesen, dass es Mitglieder ihres Stammes waren und freute sich schon darauf eventuell sogar ihren Bruder anzutreffen, der oft und gerne mit seinen Freunden auf die Jagd ging.

Noch einmal durchlief sie in Gedanken die unglückseligen Umstände, weshalb sie nun immer noch auf der falschen Flussseite waren und sich noch weiter vom Lager ihrer Familie entfernt befanden als noch diesen Morgen: Sie hatte heute beim Anblick der Rauchfahne am Morgen ihre Schritte beschleunigt und erst dann, da sie sich schon lachend und in Sicherheit am Feuer sitzen sah, konnte sie sich eingestehen, wie angespannt sie die ganze Zeit gewesen war. Nur mehr wenige Bäume hatten sie von dem Lager getrennt, als sie plötzlich feststellte, dass die Hunde gar nicht anschlugen. Noch ungewöhnlicher war, dass sie so nahe an das Lager gelangen konnten, ohne dass ihr ein Kundschafter begegnet wäre. Unvermittelt hatte sie innegehalten und als Achak sie fragend angeschaut hatte, hatte sie einen Finger an den Mund gelegt, um ihm zu zeigen, dass er still sein müsse.

Sie war so schnell gegangen, dass sie Schwierigkeiten hatte, etwas anderes als das Blut in ihren Ohren und ihren eigenen Atem zu hören. Aber dann hatte sie gedämpfte Stimmen vernommen - es waren Stimmen von Männern und sie sprachen den harten Dialekt der Kish. - Schnell hatte sie Achak hinter einen Baum gezogen und es war keine Sekunde zu früh gewesen. Denn auf der anderen Seite des Baches war ein Bär von einem Mann erschienen, er stand schräg von ihr und starrte in den Wald. Achak und Minaha hatten die Luft angehalten. Der Mann war in weiche Felle gekleidet und hatte dunkle, abgetragene Stiefel an. Eine Fellkappe mit einem Waschbärschwanz bedeckte seinen Kopf. Das Gesicht konnte sie nicht genau erkennen, es war umhüllt von kaltem Rauch aus Mund und Nase. Dann hörte Minaha ein quietschendes Geräusch und bald hatte sich ein anderer Mann hinzugesellt. Beide starrten schweigend in die Richtung der Berge und des Waldes.

Woher das quietschende Geräusch gekommen war, konnte sie nicht ausmachen, aber sie sah hinter den Männern eine Holzhütte. Sie hatte in ihrem Leben schon einmal eine solche von Kish bewohnte Hütte gesehen, aber es war viel weiter im Osten gewesen. Wann war sie das letzte Mal hier an dieser Stelle des Flusses gewesen? Es war vor drei Wintern, dass sie hier den Fluss das letzte Mal überquert hatte und da war noch keine Hütte gewesen. Normalerweise überquerte der Möwenstamm den Fluss weiter südlich. Offensichtlich hatten die Kish hier inzwischen ein Lager aufgebaut. ‘Sie dringen immer weiter in den Westen vor’, schoss es ihr durch den Kopf. Dann schaute sie wieder zu den beiden Männern. Diese standen immer noch schweigend da. Dann richtete der Ältere das Wort an den Neuankömmling. „Na, ist es dir drinnen zu stickig? Mir ist auch schon übel. Aber wir haben es bald geschafft. Die Fallen haben wir ja zum Glück schon eingesammelt. Wir müssen nur die letzten Felle säubern und Reiseproviant schießen, dann können wir wieder zurück in die Zivilisation. Wurde auch Zeit. Ich kann deinen Bohneneintopf nicht mehr riechen. Zudem freue ich mich darauf jemandem einen Guten Morgen zu wünschen, der nicht mit Fürzen und Mundgeruch antwortet!“

Der jüngere Mann sagte nichts dazu. Der ältere ließ sich vom Schweigen des anderen nicht beirren und fuhr fort: „Harry sollte heute eigentlich auch zurückkommen, aber wer weiß, vielleicht kommt er auch gar nicht mehr.“ Der Junge deutete nur mit einem Kopfnicken an, dass er zugehört hatte. Ansonsten blieb sein Gesicht verschlossen wie zuvor. Er verhielt sich so als ob niemand mit ihm gesprochen hätte. Er war noch sehr jung, hatte keinen Bart - wie sonst so oft bei den

Männern der Kish üblich. Seine blonden Haare hingen ihm ins Gesicht und verdeckten ein Auge.

Er stand, fast in ihre Richtung gewendet, da und auch wenn die Fichte, hinter der sie sich versteckt hatten, breit genug war, dass man sie und Achak nicht sehen konnte, so waren doch ihre Fußspuren klar und deutlich im Schnee zu sehen. Zu ihren Gunsten stand, dass es noch frühmorgens war, sodass Wurzelwerke, Gebüsch und die Baumstämme lange dunkle Schatten warfen und vom Fluss ein Nebel begonnen hatte aufzusteigen, der sich dicht am Boden in den Wald ergoss. Zudem war den Männern kalt und sie waren mit ihren Gedanken beschäftigt, daher kamen sie offensichtlich nicht auf die Idee, genauer in ihre Richtung zu schauen, sonst hätten sie ihre Spuren unweigerlich entdecken müssen. Der Hauptgrund lag aber wohl darin, dass sie mit derartigen Spuren nicht rechneten.

„Na, gut, wenn du nicht reden willst“, brummte in dem Moment der Koloss, drehte sich um und als er in der Hütte verschwunden war, knallte er die Tür hinter sich zu. Und nun wusste Minaha auch, woher das quietschende Geräusch gekommen war, nämlich von der Tür. Der Junge stand noch eine Weile da und atmete tief durch. Dann schloss er die Augen und zog die kalte Morgenluft gierig in sich hinein. Minaha konnte sich nicht erinnern schon einmal so ein unglückliches und dabei so schönes Gesicht gesehen zu haben. Er hattes etwas feines, wie ein verlorenes Reh und die grauen Schatten unter seinen Augen verstärkten diese Schönheit noch. Nach einer Weile kam wieder Leben in ihn, er rieb sich die Hände und verschwand hinter der Hütte. Minaha schlich vorsichtig ein paar Meter auf die Seite. Der Fluss machte hier eine Schlaufe und die Hütte lag genau in der Biegung und etwas erhöht auf einem Felsen, von wo aus man sowohl den oberen als auch den unteren Flusslauf gut überblicken konnte.

Die nächste Stelle zur Überquerung war fast einen halben Tagesmarsch entfernt. Die Strecke dahin war unwegsam und führte durch einen dichten Wald. Kurz dachte sie, dass sie einfach die Nacht abwarten könnten, bis sie schliefen. Aber die Gefahr war groß, dass sie von den Trappern entdeckt worden wären. So machte sie sich miesmutig auf gegen Norden. Sie wollte für Achak zuversichtlich wirken, aber innerlich hatte sich ihr Magen verkrampft, denn vor ihnen lag der Wald.

War das wirklich derselbe Wald, den sie einmal mit ihrem Vater durchquert hatte? Denn heute schien es ihr, als ob sie einen solchen Wald noch nie zuvor gesehen hatte. Die Bäume waren so groß, dass man das Gefühl hatte, auf eine grüne Wand zu blicken. Es gab keine Geräusche, keine Vögel oder Tiere, die sie sehen oder hören konnten. Es war, als ob der Wald nur auf sie wartete, still und wachsam. Achak sah sie mit großen Augen an, und Minaha konnte sehen, dass er Angst hatte. Sie legte ihm sanft eine Hand auf den Kopf und küsste ihn auf die Wange. "Hab keine Angst, es sind nur Bäume", sagte sie leise, so dass nur er es hören konnte. Er nickte als Antwort, aber sie wusste, dass ihre Worte ihn nicht völlig beruhigt hatten. Sie betraten den Wald und es war, als würden sie in eine andere Welt eintreten. Das Licht drang durch das dichte Blätterdach und tauchte den Boden in verschiedene Grüntöne. Es war sehr still, und Achak blieb dicht bei ihr, seine Hand drückte fest die ihre. Sie gingen stundenlang, ohne zu sprechen, und hielten nur gelegentlich an, um etwas Schnee im Mund zu schmelzen oder ein paar Bissen Trockenfleisch zu essen. Der Wald schien endlos zu sein, und Minaha begann sich Sorgen zu machen, dass sie den Übergang auf die andere Seite nie wieder finden würden. Sie wollte Achak gerade vorschlagen, eine kleine Pause zu machen brauchte - die er sichtlich brauchte - als sie vor sich etwas sah, das ihr das Herz stocken ließ.

Eine Kreatur kauerte in der Mitte des Weges vor ihnen, Minaha musste blinzeln, weil sie zuerst gedacht hatte, es sei ein Schatten. Auch Achak blieb wie angewurzelt stehen. Aber als sie noch einmal genauer hinschaute, war da nichts. „Mutter...?", begann Achak zu sprechen. Aber Minaha unterbrach ihn sofort: „Wir werden von nun an am Wasser bleiben und dem Flusslauf folgen Achak." Sie wusste, dass das die Strecke noch einmal verlängern würde, aber inzwischen rann ihr kalter Schweiß den Rücken entlang. Es ging nicht mehr darum, den kürzesten Weg zu finden, sondern den sichersten. Sie kannte den Flusslauf nicht mehr gut genug und es hatte sich vieles verändert. Als sie vor vielen Jahren mit ihrem Vater hier auf die Jagd gegangen war, war es in erster Linie ihr Vater, der den Weg gesucht hatte. Sie hatte damals die Aufgabe gehabt sich so leise wie möglich durch das Gebüsch zu bewegen, um das Wild nicht aufzuscheuchen. Diese schöne Erinnerung beruhigte sie etwas und es gelang ihr etwas ruhiger voranzuschreiten, bis sie plötzlich bemerkte, dass es immer stiller wurde. Anfangs war es ihr gar nicht bewusst gewesen, was sich verändert hatte, denn alles in diesem Wald schien ihr anders. Und dennoch: es war die Stimmung, die sich schleichend verdunkelte, bis sie bemerkte, dass es ihr im Nacken die Haare sträubte, und zwar nicht vor Kälte. Das war für sie ein untrügliches Zeichen, dass etwas nicht stimmte. Auch Achak hatte begonnen flacher zu atmen und drückte ihre Hand fester. Bis sie beide stehenblieben. Mit einem Ruck drehte sich Minaha um und zog gleichzeitig einen Pfeil aus dem Köcher. Angestrengt blickte sie in den tiefen Wald, der nun in völliger Stille vor ihr lag. Kein Ton war zu hören. Es war, als ob selbst der Wald den Atem anhielt. Und dann sah sie ihn. Er stand schwarz zwischen zwei Bäumen. Es war bestimmt der größte Wolf, den sie jemals gesehen hatte. Und nun sah sie, dass er nicht allein war. Langsam lösten sich Umrisse aus den Schatten, es schlichen weitere Wölfe heran und hielten hinter dem Leitwolf an. Dann verteilten sie sich lautlos im Halbkreis um ihn und starrten in ihre Richtung. Minaha hatte an die zehn Pfeile in ihrem Köcher. Aber selbst, wenn sie mit jedem Pfeil einen Wolf getroffen hätte, hätte sie nicht genug. Es war ein ganzes Rudel von mindestens zehn oder fünfzehn Wölfen, die da keine hundert Meter entfernt aufgetaucht waren. Die Schatten waren schon sehr lang und sie wusste, dass die Nacht hier fast schlagartig eintrat. Die Wölfe würden sich normalerweise nicht näher herantrauen, bevor es dunkel wurde. Sie war den ganzen Nachmittag dem Flusslauf gefolgt nur jetzt hatte sie eine kleine Halbinsel durchquert, um etwas Zeit zu gewinnen. 'Schon wieder einen Fehler gemach', dachte sie und sie biss sich vor Wut auf die Unterlippe. Der Fluss musste zum Glück nicht weit entfernt von ihr liegen. Die Entscheidung war gefallen. Sie wollte zum Fluss gelangen und auch wenn sie schwimmen müssten, würden sie ihn jetzt überqueren. Warum war sie nicht schon früher auf die Idee gekommen, anstatt sich auf den flachen Übergang zu fixieren! Die Wölfe würden ihnen nicht durch das Wasser folgen. Immer mit der Sicht auf die Wölfe bewegte sie sich in Richtung Fluss. Kaum hatte sie ein paar Schritte gemacht, als auch der Wolf begann, sich in dieselbe Richtung zu bewegen - mit ihm das Rudel. Es war ein Balanceakt. Wenn einer der Wölfe ihr den Weg abschneiden würde, würden die anderen Wölfe es vielleicht wagen näher heranzukommen. Andererseits wusste sie nur zu gut, dass sie nicht rennen durfte, denn wenn sie nun das Tempo auch nur minimal beschleunigen würde, wäre das das Ende für sie und Achak gewesen. Achak hatte die Wölfe auch im Blick und zog an ihrer Hand.

„Langsam", flüsterte Minaha ihm zu und Achak presste ihre Hand noch mehr, hörte aber auf daran zu ziehen. In dem Moment sah sie, wie sich ein Tier versuchte zwischen sie und dem Fluss zu drängen.

Langsam griff sie nach einem Pfeil. Da blieb der Wolf stehen, als ob er verstanden hätte. Ohne ihn aus den Augen zu lassen, ging Minaha nun seitwärts, den Bogen mit dem Pfeil festgespannt, in Richtung des Flusses. Nach wenigen Minuten waren sie am Fluss und Minaha sah, dass dieser an dieser Stelle besonders tief und rasch an ihr vorbeizog. Sie müssten dennoch schwimmen. Immer mit dem Blick auf die Wölfe zog sie ihren Mantel aus, legte darin ihren und Achaks Beutel und verknoteten ihn um ihren Kopf. Zumindest ein Teil davon würde nicht nass werden, auch wenn der Großteil des Mantels ihr den Rücken hinabhing. Dann zog sie Achak das lederne Hemd aus und legte es in seine Felljacke, diese verknotete sie um seinen Kopf. Die Wölfe hatten sich inzwischen hingelegt und erweckten den Eindruck, dass es sie nicht interessierte, was Minaha und Achak taten. Aber Minaha ließ sich von dieser scheinbaren Unbeteiligtheit nicht täuschen. Sie lagen immer im selben Abstand zueinander und nur der Leitwolf behielt sie in gespielter Langeweile im Auge. Als Minaha den Fuß ins Wasser setzte, entrann ihr ein kleiner Schrei. Sofort erregte sie damit die Aufmerksamkeit des Rudels und der Leitwolf setzte zum ersten Mal einen Fuß in ihre Richtung. Minaha sah Achak in die Augen und sah seine Angst. Sie wollte ihn beruhigen, wusste aber nicht wie. Sie half nun Achak ins seichte Wasser, dann kniete sie sich nieder, damit Achak sich an ihren Rücken klammern konnte. Schnell warf er seine nackten zitternden Arme um ihren Hals. Minaha schwor sich, dass - wenn sie diese Reise überleben würden - nie mehr sich und geschweige denn ihren

Sohn solch einer unberechenbaren Gefahr aussetzen würde, nur weil sie einer inneren Laune nachgeben wollte. Dann warf Minaha sich in den Fluss. Es war sofort so als wenn sie sich in heiße Lava geschmissen hätte. Kurz bekam sie vor lauter Kälte keine Luft. Achak hatte sich dazu so fest an ihrem Hals festgehalten, dass er ihr die Luft abdrückte. „Du musst dich an meinen Schultern festhalten!“, rief sie, „nicht an meinem Hals!“

Achak hörte sie jedoch nicht. Immer wieder schlug Minaha mit den Beinen, den Hüften oder den Füssen an Steine, hängengebliebenen Baumstämmen und Felsen. Der Strom trieb sie schnell flussabwärts. Die Strömung hätte sie um ein Haar wieder an dieselbe Uferseite getrieben, wenn Minaha nicht mit aller Kraft in Richtung des anderen Ufers geschwommen wäre. Mit raschen Zügen durchschwamm Minaha nun den Fluss. Die nächste Biegung war zu ihrem Vorteil und sie konnte sich an einem Ast des gegenüberliegenden Ufers festhalten und sich an Land ziehen. Am Ufer angekommen gab es keine Zeit zu verlieren. Achak war kreidebleich und es schüttelte ihn vor Kälte. Die Sonne stand schon sehr tief und es ging jetzt darum, so schnell wie möglich ein Feuer anzufachen. Minaha sah an sich hinunter. Ihr Kleid hatte einen langen Riss an der Seite und Blut rann ihr rechtes Bein entlang. Aber es war nichts gebrochen und weder sie noch Achak waren ernsthaft verletzt. Sie atmete ein paar Mal tief durch und warf einen Blick auf den zitternden Achak: „Konzentriere dich auf deinen Atem Achak. Gleich haben wir ein Feuer. Aber bis dahin stelle dir vor, dass du mit jedem Atemzug heiße Luft einatmest, ja?“

Achak nickte kurz, schloss dann seine Augen und atmete tief ein. Kurz ruhten ihre Augen auf dem mageren Oberkörper ihres Sohnes. Er war schweigsam wie sein Vater und auch wenn er nicht so hochgewachsen wie dieser war, war er im Gegenzug wendig und schnell. Seufzend wandte sie sich von ihm ab und ihre Augen tasteten das andere Ufer ab. Die Sonne war hinter den Bäumen versunken und sie konnte kaum mehr etwas sehen. Rasch begann sie nach Holz zu suchen. Zum Glück war hier am Rand viel Treibholz angeschwemmt worden und so häufte Minaha in kürzester Zeit einen großen Haufen an. Und obwohl auch sie vor Kälte kurz davor war, schier das Bewusstsein zu verlieren holte sie noch mehr Holz. Ein großes Feuer würde sie heute Nacht vor dem Erfrieren und vor eventuellen Tierattacken schützen. Dann nahm sie aus ihrem Beutel - den sie während der Flussüberquerung ganz in den Innenseiten des Bündels platziert hatte - die beiden Feuersteine, legte etwas trockenes Moos auf ein Stück Rinde und trockenes Gras rundherum. Sie fühlte ihre Finger nicht mehr und die Funken sprühten in alle Richtungen außer auf das Moos. Ihre Zähne schlugen so hart aufeinander, dass sie Angst hatte, sich einen Zahn auszuschlagen. Doch dann fiel endlich ein Funke auf das Moos und begann zu schwelen. Sie legte etwas von dem trocknen Gras hinzu und nach einer Weile fing das Gras Feuer. Schnell fütterte sie die Flamme mit weiterem Gras und Rinde. Vorsichtig trug sie nun die Rinde neben Achak, baute rundherum im Halbkreis einen Schutzwall mit Steinen, die so groß und schwer waren, wie sie sie gerade noch tragen konnte und warf nun kleinere Stöckchen in das rasch wachsende Feuer.

Und erst als das Feuer stabil und stark brannte, ging sie zu Achak, zog ihm die nassen Hosen aus und hängte sie über einen Ast, den sie nahe beim Feuer auf zwei große Steine legte. Dann erst erlaubte sie sich selbst ihre nassen Kleider vom Leib zu reißen und ebenso aufzuhängen. Sie band sich notdürftig eines der trockenen Fellstück um und durch das ständige Bewegen konnte sie die Kälte zumindest etwas auf Abstand halten. Sie begann zwischen dem Feuer und dem Fluss eine Mulde zu buddeln. Sie schaufelte mit einem Ast den Schnee beiseite, grub mit den bloßen Händen Steine aus und gemeinsam mit dem Treibholz baute sie damit eine kleine Hütte mit der offenen Seite zum Feuer hin. Diese Position stellte einen guten Schutz dar. Sie arbeitete schnell und atemlos. Im Wald war es inzwischen schon stockdunkel und so sammelte sie nur so viel trockenes Laub und Moos zusammen, wie sie am Waldrand unter dem Schnee finden konnte. Das legte sie in die Mulde. Sie musste Achak in die Mulde tragen, da er zusammengekauert und von Kältewellen geschüttelt am Boden lag. Das Feuer erwärmte die Steine und so wurde es in dieser kleinen Steinmulde schnell warm. Das musste es auch, denn sowohl Achak als auch Minaha waren ernsthaft unterkühlt. Minaha hatte das Brennholz so aufgeschichtet, dass sie nicht aus der Hütte hinausmusste, sondern nur mit einer Hand neben ihrer Behausung danach greifen konnte.

Als alles so war, dass sie sicher sein konnte alles getan zu haben, um ihr Überleben zu sichern, hängte sie auch ihren Pelzmantel über die Äste, die ihr als Dach dienten mit den vor Nässe triefenden Rändern in Richtung Feuer. Dann setzte sie sich in das Laub, zog Achak nah an sich und drehte ihn so, dass sein Rücken von hinten durch ihren Körper gewärmt wurde und vorne durch das Feuer. Nach einer Weile hörte er auf zu zittern und erleichtert sah sie, dass er begann ruhiger und tiefer zu atmen. „Alles wird gut, Achak. Du warst tapfer.“, sagte sie und bemerkte, dass sie immer noch angespannt war und ihre Stimme von Schluchzern durchzogen war. Dennoch brachte das Feuer Hoffnung und beruhigte sie etwas. Es loderte hoch auf und sie waren so nahe am Feuer, dass es ihnen fast zu heiß war. Aber sie waren unterkühlt und halbnackt und so war es ihr lieber die Hitze zu ertragen als nachts Fieber zu bekommen. Sie hatten zwar den Fluss überquert und die Wölfe abgehängt, aber es war wegen des Umwegs, der ihnen aufgezwungen wurde, noch ein Tagesmarsch zu schaffen und wer weiß, was ihnen morgen bevorstand. Achak lag schwach in ihren Armen und es fielen ihm die Augen zu. Auch Minaha wäre am liebsten eingeschlafen. Aber sie musste wach bleiben, bis die Kleidung getrocknet war. Immer wieder tastete sie danach und auch wenn das Feuer heiß war, dauerte es nach Minahas Empfinden eine Ewigkeit. Sie starrte ins Feuer, das langsam seine Umrisse verlor. Die Umgebung und das Rauschen des Flusses verschwanden...Als sie wieder aufwachte, war das Feuer schon stark heruntergebrannt. Schnell warf sie wieder ein paar Äste hinein, lauschte in den Wald, ob ihre Unachtsamkeit schon von jemandem bemerkt worden sei. Aber rundherum war alles still. Sie tastete nach ihrer Kleidung und atmete vor Erleichterung tief aus. Sie war trocken genug. Schnell zog sie sich an. Achak schlief tief neben ihr aber seine Haut war kalt und er zitterte leicht im Schlaf. Sie nahm seine Kleidung, die ebenfalls trocken war, und zog sie ihm behutsam an, dann deckte sie ihn mit weiterem Laub zu. Nun konnte das Feuer etwas niedriger brennen. Hauptsache es ging nicht aus. Langsam verließ die Anspannung ihren Körper etwas. Ihre Hand, mit der sie Achak im Arm hielt, zitterte nun weniger aber immer noch war in ihr eine Seite angespannt wie die Sehne ihres Bogens am Abend zuvor. Es war seit ihrem Aufbruch alles anders verlaufen als sie gedacht hatte. Sie hatte die Gefahren unterschätzt und vor allem wunderte sie sich über das Benehmen der Wölfe. Der Winter hatte erst vor kurzem begonnen und Wölfe griffen die Menschen nur in äußerster Not an und das auch nur in der Nacht. Noch nie hatte sie von Wolfsrudeln gehört, die sich tagsüber so nahe an Menschen herangetraut hatten. Warum waren ihnen diese Wölfe auf der Spur gewesen?

„Mama, ich habe Hunger“, weckte sie da Achak aus ihren Gedanken. Minaha holte ein Stück Trockenfleisch und ein halbes Fladenbrot aus der Tasche und gab es ihm.

„Und du?“, fragte Achak.

„Mach dir keine Sorgen, Achak, ich esse, wenn ich Hunger habe“. Und wiederum musste sie sich mit

Gewalt davon abbringen, ihre Fehlentscheidung zu sehr zu bereuen. Sie hatte nur für zwei Tage Essen mitgenommen und so blieb ihr nur mehr ein halbes Fladenbrot und eine Portion Trockenfleisch. Sie würde heute Nacht nichts essen, sondern den Rest für Achak für den nächsten Tag aufbewahren. Sie hatte sich verhalten, wie ein naives unerfahrenes Mädchen und nicht wie die Tochter einer Stammesältesten oder gar wie eine erfahrene Jägerin. Sie hatte alles zu knapp bemessen, falsch eingeschätzt und wurde obendrein, wie zur Strafe noch vom Pech verfolgt. 'Hoffentlich kommt morgen nicht wieder etwas dazwischen', an diesen Gedanken klammerte sie sich. Als Achak zu Ende gegessen hatte, holte Minaha etwas Schnee, der rechts und links hinter dem kleinen Steinwall die Seiten ihrer Mulden verstärkte, ließ ihn in der Hand schmelzen und ließ ihn dann in den Mund Achaks rinnen. Die Wasserschläuche waren leer und sie würde diese erst wieder im Morgengrauen am Fluss füllen. Dann legte er wieder seinen Kopf auf Minahas Schoss. „Werden wir morgen zu Großmutter kommen, Mutter?", fragte er leise. Minaha sammelte jegliche Überzeugungskraft, die irgendwo in ihr gespeichert war, in ihre Stimme: „Keine Frage Achak, schon morgen Abend werden wir im Zelt unserer Familie auf gemütlichen Fellen sitzen, Großmutters Geschichten hören und meine Schwestern werden sich darum streiten, wer dich waschen und kämmen darf". Ein kurzes Lächeln erhellte Achaks Gesicht und dann war er eingeschlafen. Minaha wartete noch ein paar Momente, dann erst erlaubte sie sich beide Hände auf ihren Bauch zu legen. Seitdem sie in das kalte Wasser gestiegen war, hatte sie keinerlei Bewegung in ihrem Bauch gespürt. Sie schloss die Augen und konzentrierte sich auf das Baby. „Wie geht es dir?“, flüsterte sie ihm zu. Und als sie es aussprach flossen ihr die Tränen über das Gesicht. Seit dem Aufbruch war sie vollauf damit beschäftigt gewesen vorwärtszukommen und sich und Achak vor den Kish und den Wölfen in Sicherheit zu bringen.

Sie hatte jeglichen Gedanken an ihr ungeborenes Kind vermieden - es war gar kein Platz dafür gewesen. Nun aber in der Wärme des Feuers horchte sie in sich hinein. Sie streichelte ihren Bauch und schickte all ihre Liebe zu dem Wesen, das da in ihr heranwuchs und jede Sekunde geboren werden könnte. Auch hier musste sie wiederum mit aller Kraft den Gedanken, dass das nun während ihrer Wanderschaft passieren könnte, verdrängen. Es wird schon alles gut gehen, sagte sie sich. Aber in ihrem Bauch rührte sich immer noch nichts. Minaha begann leise zu singen. Ein altes Wiegenlied, das ihre Großmutter ihrer Mutter und sie schon Achak immer vorgesungen hatte. Sie sang es mehr für sich selbst als für das Baby, aber es beruhigte sie. Von hinten hörte sie das Gurgeln des Flusses und diesmal war sie froh, dass er so tief und kalt war. Sie hatte ihren Schlafplatz direkt am Flussrand gewählt, so waren sie von hinten geschützt. Zwischen sich und dem Wald war das Feuer und sie hatte genug Holz, um es die ganze Nacht brennen zu lassen. Sie lauschte in den Wald, ob er ihr von Gefahr erzählen könnte. Aber es war immer noch alles friedlich. Hin und wieder fiel Schnee von einem Ast, aber ansonsten war es ruhig soweit sie hören konnte. Eine Eule rief einsam in den Wald und das Feuer prasselte. Minaha legte nun zwei große schwere Stämme auf das Feuer. Diese würden langsam und lange das Feuer erhalten, dann legte sie sich hin, mit einer Hand umschlang sie Achak und die andere legte sie auf ihren Bauch. Und auch wenn sie todmüde war, dauerte es eine Weile, bis sie endlich eingeschlafen war.

Als sie aufwachte war es schon fast hell. Ein Sonnenstrahl wärmte sachte ihr Gesicht. Vögel sangen und es sah nach einem warmen und sonnigen Tag aus. Ein gutes Vorzeichen, sagte sich Minaha und als sie diesen Gedanken zu Ende gedacht hatte, wurde ihr erst bewusst, wie sehr es sie vor diesem neuen Tag graute. Sie hatte in den letzten beiden Tagen lernen müssen, dass sie planen konnte, wie sie wollte, das Leben war aber nicht kontrollierbar - scheinbar noch weniger als sonst, und sie fühlte sich ausgeliefert und schutzlos. ‘Das ist das letzte, wie du dich fühlen sollst an dem heutigen Tag’, schalt sie sich selbst, ‘Du bist eine erwachsene Frau, eine Jägerin und kennst dich im Wald aus. Hör jetzt auf so schwächlich zu sein!’, versuchte sie sich selbst Mut zu machen. Das Feuer war heruntergebrannt, schwelte und rauchte aber noch.

Sie stand leise auf und lauschte in den Wald hinein. Mit den Augen durchbohrte sie den verbliebenden Rest der Dunkelheit um sich sicher zu sein, dass alles in Ordnung war. Dann drehte sie sich um und durchforstete mit all ihren Sinnen das Ufer der anderen Seite. Aber auch dort fand sie nichts Beunruhigendes. Sie wollte es sich nicht eingestehen, aber sie sah sich nach den Wölfen um. ‘Und wenn sie ebenfalls den Fluss überquert haben? ’, fragte sie sich. Schnell ließ sie diesen Gedanken fallen. Im Gebüsch raschelten Kleintiere und im Wald waren ein paar wenige Vögel zu hören. Aber in ihrem Magen war ein Knoten. Das ist nur wegen gestern, beruhigte sie sich, weckte aber eilig Achak: „Lass uns aufbrechen Achak, damit wir schnell zu Hause sind, ja?“ Achak rieb sich die Augen und wollte schon jammern als er die Spannung in der Haltung seiner Mutter bemerkte. Schnell zog er seine Mokassins an, hängte sich seine Tasche um und sprang von seiner Schlafstelle hoch. Minaha atmete tief durch. Das Feuer war ihre Sicherheit gewesen, diese Stelle nun zu verlassen, ließ ihr den Magen zusammenkrampfen, aber es gab keinen anderen Weg. Sie schaute Achak in die Augen und sagte ihm wortlos, dass sie vorsichtig und schnell sein mussten und Achak wusste genau um was es ging: Die Wölfe. Minaha zog nun ihre Mokassins an, warf sich den Beutel und den Bogen um, band sich den Köcher am Gürtel fest, nahm Achaks Hand und ging los in Richtung Süden. Sie sah schon in der Ferne den großen Felsen, der die Abzweigung in Richtung der Berge, wo sie das Lager ihrer Familie erwartete, anzeigte. Sie schätzte, dass sie noch zwei, drei Stunden wandern mussten. Sie wollte ein gutes Stück vor dem Felsen abzweigen, um den Kishs und ihrer Hütte auszuweichen. Als sie eine Weile gegangen waren und nichts passierte, entspannte sich Minaha etwas und verlangsamte ihren Schritt, als sie das schwere Schnaufen ihres Sohnes bemerkte. All ihre Sinne waren angespannt und sie schwitzte vor Anstrengung. Kurz blieben sie stehen, um beide verschnaufen zu lassen, dann ging sie wieder zügig voran. Als sie in die Nähe der Hütte gelangt war, setzte ihr Herzschlag kurz aus, als sie es hörte. Seit gestern Abend wartete sie darauf es zu hören und nun war es so weit: Zuerst war es nur einer, dann antwortete ihm ein anderer und nun stimmten sie alle in den Gesang ein. Es war das Geheul eines Wolfsrudels und es kam aus der Richtung, aus der auch sie gekommen waren. Minaha blieb stehen. Achak sah sie erschrocken an, doch Minaha vermied es ihn anzusehen. Die Wölfe würden sie einholen. Sie waren viel schneller als sie und es war ein Wunder, dass sie nicht schon früher hier gewesen waren. Sie hatten keine Chance gegen ein Rudel. Kurz dachte Minaha noch einmal den Fluss zu überqueren und somit einige Stunden zu gewinnen, aber dann wären sie in ein paar Stunden wieder genausoweit gewesen wie jetzt. Es gab keinen Ausweg. Und diese Wölfe hatten ja bewiesen, dass ihnen der Fluss gleich war- so oder so.

In dem Moment durchfuhr sie eine Wehe. Minaha stöhnte auf. ‘Nein, nicht jetzt, bitte nicht jetzt’, seufzte sie. Dann fällte sie eine Entscheidung. „Komm“, sagte sie zu Achak, ‘wir müssen rennen. Der Schnee war hier unter den Bäumen nicht hoch, reichte ihr jedoch - an tiefen Stellen - bis zu den Knien und Achak teilweise bis zur Hüfte. An den meisten Stellen war der Schnee von einer Eisschicht überzogen und Achak brach nicht ein, sondern konnte auf dem Schnee laufen. Die Wölfe brechen auch nicht ein, dachte Minaha und eine Verbitterung überkam sie. Als sie bei dem Felsen angekommen waren, wo sie eigentlich bergauf in Richtung des Yarasees abzweigen sollten, ging sie weiter den Flusslauf entlang. Nach der nächsten Flussbiegung müsste die Hütte sein.

Das Geheul hatte aufgehört, aber gleichzeitig hatten auch die Vögel aufgehört zu singen und es herrschte dieselbe gespenstische Stille wie am Vortag um sie herum. Und dann hörte sie sie. Es war mehr ein Spüren und ihre Nackenhaare sträubten sich wiederum. Sie drehte sich um und sah sie über den letzten Hügel kommen. Sie schienen es nicht eilig zu haben. Die jüngeren Wölfe tobten verspielt durch den Schnee, der Leitwolf trabte gemächlich in ihre Richtung. Hinter ihm tauchte einer nach dem anderen das Rudel auf. Sie waren noch mehrere hundert Meter entfernt und dennoch schienen sie ihr selbst aus der Ferne riesig zu sein. Die Zeit verlangsamte sich. Minaha schien es, als ob sie die Wölfe nun riechen würde. Die Wölfe wussten, dass Minaha ihnen nicht entkommen konnte. In dem Moment blieb der Leitwolf stehen und starrte in ihre Richtung. Einen Augenblick lang wurde sie von einem Gefühl der Verbundenheit durchströmt. Sie konnte sich durch die Augen des Wolfes sehen: wie sie tief im Schnee versunken, einen Jungen an ihrer Hand um ihr

Leben kämpfte. Sie spürte eine Mischung aus Gier und Mitleid für sich und dennoch war ihr klar, dass sie nicht entkommen würden. Sie war nun der Wolf und näherte sich erbarmungslos ihrem menschlichen Körper. Sie roch den Schnee, die kalte Luft und das warme Blut, das durch die Venen dieser Menschen floss. Dann spürte sie einen Druck. Achak hatte ihre Hand gedrückt. Minaha atmete tief ein und war nun wieder Minaha, die mit Schrecken auf das Rudel Wölfe schaute. „Mutter, wir müssen hier weg, was ist los!“, flüsterte ihr Achak zu. Sie zwang sich, wieder in ihrem menschlichen Körper zu sein. Vorbei waren die Gier und die Sicherheit. Angespannt ging sie ihre Möglichkeiten durch, aber sie kam zu einem Schluss. ‘Hilfe!’, dachte sie. ‘Ich brauche Hilfe!’

Minaha hielt ihre Nase in den Wind, ob sie den Rauch eines Lagerfeuers riechen würde und ihr Herz machte diesmal einen Sprung: ja, der Geruch von Ruß und Rauch lag in der Luft. Gierig sog sie den Duft ein. Menschen. Sicherheit. In diesem Moment fühlte sie sich der menschlichen Rasse, egal welcher Herkunft, so zugehörig wie noch nie. Sie war noch ein gutes Stück von der Biegung des Flusses entfernt, aber wenn sie den Wölfen nun den Rücken zuwenden und rennen würde, würden auch diese anfangen zu rennen und würden sie noch bevor sie bei den Männern um Schutz bitten konnten, erreicht haben. Minaha zog einen Pfeil aus ihrem Köcher und legte den Bogen an. Dann wartete sie. Aus den Augenwinkeln konnte sie sehen, wie sich einige Wölfe von dem Rudel entfernten und sich in einem großen Bogen südlich von ihnen begaben. ‘Sie kreisen uns ein', schoss es ihr durch den Kopf. Wenn sie noch länger wartete, würden sie ihnen den Weg zu der Hütte der Kish abschneiden. Aber die Wölfe hielten Abstand und Minaha wollte warten, bis sich einer nahe genug an sie heranwagte, dass sie sich sicher sein konnte, ihn zu treffen. Als sich die kleine Gruppe der Wölfe, die sich in Richtung Süden bewegten auf ihrer Höhe war, wusste sie, dass sie nicht länger warten durfte. Sie zielte auf den Wolf, der ihr am nächsten erschien. Als ihre Hand den Pfeil losließ schien die Zeit still zu stehen. Sie war sich nicht sicher, ob sie treffen würde, ihre Hand zitterte. Aber dann hörte sie das Aufjaulen und der Wolf fiel auf die Seite. Das Rudel hielt in seiner Bewegung inne, dann stürzten sie sich auf den verletzten Wolf. „Lauf!", rief sie nun Achak zu und sie rannten so schnell sie konnten in Richtung der Biegung. Hier am Fluss war es schwieriger vorwärtszukommen, da unter dem Schnee Treibholz lag, in dem man sich verfangen konnte und dorniges Gebüsch erschwerte immer wieder das Fortkommen. Sie kämpften sich zum Schluss am Boden robbend unter Dornen hindurch. Als sich Minaha erhob, blickte sie direkt in die Augen eines Mannes, der wenige Meter vor ihr auf der Lichtung stand. Seine Flinte war auf sie gerichtet. Minaha stand nun vorsichtig und langsam auf und zog Achak, der ebenfalls aufgestanden war, dicht neben sich. Aber sie hatte keine Zeit sich mit dem Mann zu beschäftigen, denn schon nach ein paar Atemzügen hörte sie hinter sich das Knurren eines Wolfes. Der Mann konnte den Wolf nicht sehen, da er im Gebüsch war. Minaha war wie gelähmt. In ihrem

Kopf formulierte sich ein Schrei: ‘Bitte helfen Sie uns!’, rief sie innerlich dem Mann zu. ‘Hinter uns sind Wölfe! ’. Aber kein Ton kam heraus. In dem Moment hörte sie hinter sich ein Knacken von gebrochenen Ästen. Sie wandte ihren Kopf in die Richtung und sah in die Augen des Wolfes, der zum Sprung auf sie ansetzte. Minaha warf sich auf den Boden und riss Achak mit sich, dann hörte sie einen Schuss... und alles wurde dunkel.

Ein Zucken ging durch ihren Körper. Sie stöhnte auf. Das Baby! Sie hörte jedoch ihr Stöhnen nicht. Es war totenstill. Sie versuchte ihre Augen zu öffnen, aber es ging nicht. Irgendetwas hielt ihre Augen zu. Sie wollte ihre Hand zu ihrem Unterleib bringen, aber sie war blockiert. Panik kam hoch. Irgendetwas war anders, aber was? Sie hatte kein Gefühl für ihren Körper. Sie fühlte sich nur als schmerzenden, warmen Klumpen. Die Angst trieb ihr den Schweiß aus den Poren. Luft! Die Luft war stickig und stank nach etwas, was sie kannte aber nun in diesem Moment nicht benennen konnte. Sie befand sich mitten in etwas Klebrigen, Warmen - ihre Gedanken kamen langsam, tröpfchenweise - wie zähes altes Blut. Dann erkannte sie den Geschmack in ihrem Mund und den süßlichen Geruch, den sie zwischen den Zähnen einatmete. Es war Blut. Ihre Gedanken überschlugen sich: Achak, die Wölfe, der Mann, ...ihr Baby...! Augenblicklich wurde ihr bewusst, dass sie unter dem erschossenen Wolf begraben lag. Minaha bekam eine Hand frei und wollte den toten Wolf von sich stoßen. Aber kaum hatte sie einen Muskel angespannt, fuhr sie schmerzgekrümmt wieder zurück. Ihre freie Hand fuhr zu ihrem Bauch. Der Bauch. Er war flach und weich. Kurz hielt Minaha den Atem an. Das konnte nicht sein. Wo war ihr Baby? Sie versuchte nachzudenken aber kein Gedanke kam. Sie verstand nicht. 'Bin ich verrückt, was ist los!', sie zog ihre Hand vom Bauch auf die Seite und krallte ihre Finger in die Erde, tastete den Boden ab. Irgendwo musste dieser Wolf doch aufhören! Ein Wolf ist doch nicht so groß! Vielleicht fand sie hier etwas, was ihr weiterhelfen konnte. Endlich spürte sie unter den Finger, dass der Boden kalt und hart wurde und eine kühle Luft ihre Haut berührte - Hoffnung - Gleichzeitig versuchte sie den anderen Arm zu befreien. Er war verrenkt unter ihr. Bei jeder Bewegung schmerzte ihre Schulter. Sie hatte keine Kontrolle über diesen Arm. Die andere, freie Hand tastete inzwischen weiter, wühlte im Schnee als sie etwas Warmes kleines ertastete. Es begann an ihrem Finger zu saugen. Minaha hielt es nicht mehr aus. Sie wollte nun wissen, was los war. Diesmal wendete sie eine andere Strategie an. Anstatt sich gegen den toten schweren Körper zu stemmen rollte sie sich unter ihm hinaus. Mit einem Ruck warf sie sich auf die linke Seite. Die rechte Schulter schmerzte so, dass sie das Bewusstsein verlor. Als sie wieder zu sich kam lag sie auf der linken Seite. Ohne auf den Schmerz in der Schulter zu achten, rollte sie sich nun auf den Bauch. Dabei presste sie wieder neues Blut aus dem toten Wolf heraus, welches auf Minaha tropfte. Frische Luft kam herein. Ihr Unterleib schmerzte. Sie spürte das warme Blut über ihre Innenschenkel fließen. Sie lag nun so auf dem Bauch, dass sie den Kopf unter dem Wolf herausschieben konnte. Nur war sie nun noch weniger handlungsunfähig als zuvor. Der ganze rechte Arm war unbeweglich und der linke war unter ihr eingeklemmt. Sie rieb ihr Gesicht im Schnee, um das vertrocknete Blut abzureiben, hob den Kopf und öffnete die Augen. Immer noch hing ein roter Schleier über dem Bild, aber zumindest konnte sie sehen, dass es draußen hell war. Wieviel Zeit war vergangen? Ihre Augen wanderten zu dem kleinen Knäul, das aufgehört hatte an ihrem Finger zu saugen und anstelle dessen an ihrem Unterarm leckte. Es war ein neugeborenes weißes Wolfsbaby, das sich zitternd an ihren Arm presste. Nun begann sie sich mit den Füssen abzustoßen, um unter dem Wolf hervorzukommen. Als sie den Oberkörper freibekommen hatte, zog sie den linken Arm unter sich hervor. Das Wolfsbaby wimmerte als sich der warme Arm entfernte. Minaha biss die Zähne zusammen und schob sich weiter voran. Bei jedem Druck durch die Beine schmerzte ihr Unterleib. Sie hatte nun nur mehr die Beine unter dem Wolf. Auf den linken Ellenbogen gestützt wollte sie sich gerade auch diese befreien, als eine Wehe ihren Körper durchzog und sie stöhnend zu pressen begann. Eine zweite und dritte Wehe durchrüttelte sie. Dann kam ein Schwall von Blut und eine rote Masse aus ihr heraus. Minaha schluckte und sah nicht nach, was es war. Sie wusste es. Eine Eiseskälte begrüßte sie. Ihr von Blut getränktes Kleid wurde augenblicklich kalt und klamm. Nun zog sie ihre Beine unter dem Wolf hervor und setzte sich auf den blutgetränkten Schnee. Das

Wolfsbaby bohrte seine kleine warme Schnauze nun in ihre Füße. Mit ihrer linken Hand nahm sie es auf und legte es in ihren Schoss. Minaha sah zuerst das Wolfskind an, dann wanderten ihre Blicke suchend das Umfeld ab. Wo war Achak. Wo war ihr Baby?!

Rund um sie herum war ein Schlachtfeld. Und nun verstand sie auch, warum ihr Wolf so schwer gewesen war! Es lag ein weiterer Wolf obenauf. Seine toten Augen starrten sie an. Weiter hinten lagen weitere drei Wölfe starr im Schnee. 'Achak', versuchte sie zu schreien. Aber nur ein Krächzen entrang ihr. Sie räusperte sich und schrie nun weiter seinen Namen. "Achak!"- Nichts rührte sich. Die Vögel sangen wie an einem jeden Tag, hielten nur kurz inne und begannen dann wieder ihre Lieder zu singen. Minaha stand mühsam auf. Sie zog unter dem Wolf ihre Umhängtasche hervor, hängte sie sich um und legte das Wolfsbaby hinein. 'Lag das Baby tot unter dem Wolf? War Achak auch hier unter einem Wolf begraben?' Sie fand ein paar Schritte weiter einen Stock, ging mit ihm zu den Leichen zurück. Zuerst stieß sie mithilfe ihrer Füße und des Stockes den oberen Wolf hinunter. Die Todessstarre hatte schon begonnen und so schaffte sie es nach einer Weile ihn hinabzustoßen. Nun musste sie den unteren Wolf wegschieben. Sie hielt inne. Was für ein Bild würde sich ihr bieten? Ihr Baby zerquetscht, erstickt? Sie holte tief Luft, hob mit dem Stock die Unterseite an und hob ihn hoch. Darunter war etwas und es bewegte sich. Kurz durchströmte sie die Hoffnung, aber ihre Augen hatten schon erkannt, was ihr Verstand erst nicht wahrhaben wollte. Es war nicht ihr Baby, sondern ein weiteres Wolfsbaby. Sie starrte es eine Weil an, dann hob sie es hoch und steckte es zu dem anderen Welpen in die Tasche. Sie starrte weiterhin auf die Stelle, wo sie bis vor kurzem noch gelegen war. Kein Baby. Nur Blut. Dort, wo das Baby aus ihr herausgekommen sein musste, schien sie eine kleine Mulde zu sehen. Sie wollte schon niederknien, um es besser in Augenschein zu nehmen, als aus der Ferne ein Heulen vernehmen war. Zuerst war es nur ein Wolf, dann fielen die anderen ein. Minaha lauschte, sah zum Himmel. Es mussten mehrere Stunden vergangen sein, seitdem sie hier unter den Wölfen begraben worden war. Die Sonne senkte sich schon wieder. Es blieb ihr maximal eine Stunde bevor die Nacht hereinbrechen würde. Es war ihr unverständlich, warum diese Wölfe nicht von dem Rudel gefressen worden waren. Wenn Wölfe Hunger hatten, fraßen sie auch ihresgleichen und die Wölfe hatten sehr hungrig ausgesehen. Und was sonst hätte der Grund für ihr außergewöhnliches Verhalten sein sollen? Hatten sie das Baby und Achak gefressen? Waren sie von dem Kish verjagt worden? Und wo waren die beiden Männer?

Minaha sah an sich herab. Aus ihrer Brust tropfte Milch. Aus ihrer Tasche drang das Wimmern der Wolfsbabys. Minaha stand auf, holte die beiden Welpen wieder aus der Tasche und ließ sie in den Schnee fallen. Sie schaute nicht nach, wo diese landeten, hörte nur ihr Wimmern. Dann wandte sie sich ab zum Gehen. Warum sollte sie sich um diese Tiere kümmern. Es würde der Tag kommen, an dem sie erwachsen genug wären, um selbst zu jagen und eventuell wiederum ihresgleichen kaltblütig zu zerfetzen und zu verschlingen oder Menschenbabys zu fressen.

Sie ging schnurstracks auf die Hütte der Kish zu. Es war ihr nun egal was diese mit ihr anstellen würden. Hauptsache sie hatte diese Wölfe los. Ein paar Meter vor der Hütte hielt sie dennoch inne. Kein Rauch kam aus dem Schornstein. Keine Stimmen. Vorsichtig näherte sie sich und schaute durch das Fenster. Drinnen war alles dunkel und verlassen. Dann schaute sie auf die Spuren. Es waren drei Spuren. Zwei Fußspuren stammten von Schuhen erwachsener Männer, eine von einem Kind in Mokassins. Achak war mit ihnen gegangen. Er lebte!

Kurz wollte sie den Spuren folgen, aber sie wusste sie würde keine hundert Meter weit mehr kommen vor Schmerzen und Schwäche. Es dämmerte schon, das Blut rann ihr immer noch die Schenkel hinab. Sie war durchfroren, durchnässt und die Schulter war ausgekugelt. Weinend fiel sie auf ihre Knie. Es schüttelte sie vor Schmerz und Verzweiflung. Wie lange sie da in Richtung des Flusses und der Richtung blickte, in die Achak entführt worden war, wusste sie nicht. Aber als ihre Zähne zu klappern begannen und ihr ganzer Körper sich vor Kälte schüttelte, stand sie vor Schmerz keuchend auf. Sie drehte sich um, humpelte mit zitternden Knien auf die dunkle Hütte zu, öffnete die Türe und schaute hinein. Ein kleiner, stickiger Raum mit einer Bettnische, einigen Kochutensilien, Gegenständen, einem Stuhl und einem Feuerplatz. Niemals wäre sie unter normalen Umständen in die

Behausung eines Kishs gegangen. Aber nun war sie froh über den schützenden Raum, der sich ihr bot. Vorsichtig betrat sie die Hütte und sah sich um. Es gab zwar einen Kamin aber kein Holz. Sie musste noch einmal hinaus. Sie biss die Zähne zusammen und schleppte sich in den Wald. Die Sonne war schon fast untergegangen und ein winterliches Grau hatte sich begonnen auszubreiten. Hier und da zwitscherte noch ein Vogel seinen letzten Gesang in die Welt, bevor er sich in sein Nest zurückzog, um der Kälte der Nacht zu begegnen. Minaha suchte den Boden ab: rund um die Hütte hatten schon die Kish alles Kleinholz eingesammelt und so musste sie tiefer in den Wald als es ihr lieb war. Auch war es ihr unmöglich mit dem ausgekugelten Arm etwas aufzuheben. Im Wald stand die Schwärze wie eine Wand vor ihr. Sie wollte schon aufgeben und zurück in die Hütte kehren, als sie über einen Ast stolperte. Fluchend erhob sie sich und als sie genauer hinsah, erkannte sie, dass es ein toter Baum war. Ein Sturm musste ihn im letzten Winter entwurzelt haben. Es war eine kleine Fichte, vielleicht zwei, drei Mann lang. Die Wurzeln hielten noch einen schweren Brocken Erde fest und es wäre ihr unmöglich gewesen dieses Gewicht bis zur Hütte zu schleppen aber kurz oberhalb der Wurzel war der Stamm gesplittert und nur mehr einige wenige Fasern verbanden den Stamm mit der Wurzel. Minaha zog das Messer aus der Tasche und begann zu säbeln. Ihre Hände waren steif vor Kälte und das Holz war gefroren. Immer wieder schrie sie vor Schmerz und Wut auf, wenn das Messer ausrutschte oder sie ihre Schulter bewegte.

Minaha begann mit ihrem Messer auf den Baum einzustechen. Eine unendliche Wut überkam sie. Sie stach in den Stamm und zerfetzte mit dem Messerschnitt die Rinde. Baumwarzen fielen ab, Nadeln lösten sich von den Zweigen. Er war nicht mehr nur ein Baum, sondern der Feind. Ihr Mann, der sie nicht begleiten wollte, ihre Mutter, die nicht auf die Idee kam, sie zu suchen, die Wölfe und Kish, die ihr das Baby und Achak genommen hatten. Es kam Minaha vor, als ob der Baum mit jedem Schnitt lachte, den sie ihm gab. Sie wollte das Lächeln aus seinem Stamm schneiden und riskierte es, sich die Finger zu verletzen. Die Fichte war zäh und Minaha musste all ihre Kraft aufwenden, um die Spitze des Messers in den Stamm zu bekommen. Sie hackte so lange blind auf die Rinde ein, bis der Baum endlich krachend zu Boden ging. Das Adrenalin in ihren Adern erlaubte es ihr nicht, einfach zufrieden zurück in die Hütte zu gehen. Sie trat ihn nun mit den Füßen und jeder Stich in ihrer Schulter oder in ihrem Unterleib stachelte sie an, noch mehr zu treten. Sie schrie ihre Wut und ihre Verzweiflung gegen den Baum, gegen den Wald, gegen die Welt.

Dann stand sie da. Alle Wut war weg und es blieben nur mehr die Einsamkeit, die Verzweiflung, der Schmerz, der sie fast in die Knie zwang und die Kälte. Sie ging nun kraftlos um die Wurzel herum und ging in die Knie, um sich den Stamm auf die gesunde Schulter zu legen und ihn mit derselben Hand festzuhalten. Sie machte einen Ruck, aber nichts bewegte sich. Irgendwo musste der Baum sich verhakt haben. Die Stille und Kälte um sie herum drangen in sie ein. „Du kommst jetzt mit!“ schrie sie und warf sich noch einmal mit voller Wucht in die Richtung, in die sie gehen wollte und tatsächlich begann der Baum sich zu bewegen. „Na also!“ Die Stimme hätte wütend klingen sollen aber in Wirklichkeit war Minaha in sich den Tränen nahe, aber sie war für diese inzwischen zu schwach und sie brauchte ihre Kräfte gerade anderweitig. Sie kam nur langsam voran. Immer wieder rutschte ihr der Baum von der Schulter oder verhing sich im Gebüsch. Irgendwie jedoch wurde der Baum leichter, so als ob ihr jemand tragen helfen würde. ‘Was für ein dummer Gedanke. Wer sollte mir hier schon helfen!’, schimpfte sie sich. Trotzdem drehte sie sich schnell um und es schien ihr, als ob sich etwas unter dem Baum bewegte. ‘Ich sehe schon Geister.’ Schließlich hatte sie es geschafft. Die Hütte war nun kaum mehr zu erkennen, so dunkel war es schon. Sie ging zur Spitze des Baumes und zog ihn so in die Hütte. Als sie ihn hineinzog fielen alle möglichen Dinge um. Sie konnte nicht erkennen um was es sich handelte, aber es war ihr auch egal. Hauptsache sie konnte so schnell wie möglich diese Tür schließen. Sie musste den Baum biegen, damit er in den kleinen Raum passte und als endlich auch der letzte Ast durch die Türe gezogen war, kletterte sie über die stacheligen, trockenen Äste, schlug die Türe zu und verriegelte sie.

Dann musste sie gegen die Wand gelehnt keuchend Luft holen. Sie konnte nicht mehr. Der Schmerz in der Schulter nahm ihr den Atem, Tränen strömten ihr nun - ohne dass sie es beeinflussen konnte - über das Gesicht. Sie schaute auf die Türe und machte sie noch einmal auf. Draußen war es so dunkel, dass sie die eigene Hand nicht mehr von den Augen sehen konnte. Sie machte sie wieder zu. 'Dummen Wolfswelpen. Sollen sie doch verrecken!', fluchte sie leise vor sich hin.

Nun knickte sie die kleinsten, trockenen Äste an der Spitze der Fichte ab, die fast den ganzen Raum ausfüllte, schichtete sie im Kamin auf und schlug mit ihren Feuersteinen Funken in Richtung des Kamins. Die kleinen Äste und Nadeln waren strohtrocken und so fingen sie schnell Feuer. Minaha legte weitere Äste hinzu, bis das Feuer stabil genug war, dass sie es eine Weile allein lassen konnte. In der Hütte fand sie einen Eimer, ging wieder in die Kälte, füllte ihn mit Schnee und stellte ihn vor den Kamin. Ihre Augen fielen auf das Feuer und es begann etwas in ihr zu schmelzen. 'Noch nicht', sagte sie zu sich selbst. Wenn sie den Schmerz jetzt zugelassen hätte, wäre sie zusammengebrochen. Es schüttelte sie vor Kälte. Sie zog ihren blutverschmierten Pelzumhang aus. Das Kleid klebte - blut-, schweiß- und dreckverschmiert - an ihr wie eine zweite Haut. Wie sollte sie da herauskommen? Sie musste zuerst die Schulter einrenken. Sie hatte keine Ahnung wie. Einmal war es einem ihrer Onkel passiert. Sie war damals noch sehr klein und sah durch die offene Zeltluke, wie ihr Vater ihn festhielt, während ein anderer ein Bein gegen die Seiten des Onkels stemmte und mit einem Ruck die Schulter wieder einrenkte. Ihr Onkel, der als mutiger Mann galt, schrie dabei auf vor Schmerz. Wie sollte sie das allein schaffen? Der Schmerz war kaum auszuhalten. Sie blickte auf ihren Arm, der unterhalb ihrer Schulter hinunter hing wie ein abgebrochener Ast. Sie musste ihn so schnell wie möglich wieder in seine ursprüngliche Position bringen, entschied sie. Suchend tasteten ihre Augen den Raum ab. Was konnte ihr helfen. Ihre Augen fielen auf den Stuhl. Wenn sie den Arm über die Stuhllehne und sich selbst dabei auf den Boden fallen ließe, könnte das genug Druck ergeben. Sie stellte sich neben den Stuhl und lehnte den bewegungslosen Arm auf die Lehne. Sie hatte Sorge, das Bewusstsein zu verlieren. Sie hielt die Luft an und begann sich langsam kleiner zu machen. Der Schmerz war durch das vorherige Ignorieren und Hantieren mit all den anderen Tätigkeiten, inzwischen unerträglich in den Vordergrund gerückt. Sie stand wieder auf. So ging das nicht. Es musste ruckartig passieren. Oder aber sie ließ es bleiben. Wenn sie am nächsten Tag zu dem Stamm ihrer Mutter gelangen könnte, würden sie ihr dort helfen. Aber es war noch ein halber Tagesmarsch, wenn nichts erneut dazwischenkäme. Nein. Es musste jetzt passieren. Mit dieser Schulter wäre sie völlig unfähig sich zu verteidigen. Sie atmete tief durch. Sie wusste was zu tun war. Um den Fall bei dem zu erwartenden Sturz abzufedern, legte sie ihren Pelzumhang auf den Boden. Mit einer Hand zog sie den Balken, der hinter der Türe an die Wand lehnte, keuchend und fluchend auf den Stuhl. Der Schweiß triefte ihr von der Stirn. Der Stuhl durfte nicht umkippen. Dann holte sie tief Luft, legte ihren Arm wiederum auf die Lehne. Sie versicherte sich, dass die Lehne genau unter ihren Achseln lag. Mehrere Atemzüge lang verharrte sie so mit geschlossenen Augen und atmete tief durch. Sie dachte an ihre Kinder und die Liebe und Verzweiflung mischten sich mit all den Erlebnissen der letzten Tage. Dann ließ sie sich fallen. Als sie wieder zu Bewusstsein kam, lag sie am Boden. Auf ihrem Bein lag der Stuhl und über ihrer Brust lag schwer der Querbalken. Ihr Kopf schmerzte. Sie musste sich den Kopf angeschlagen haben. Sie blickte auf die Schulter und mit Erleichterung stellte sie fest, dass das Schultergelenk wieder so aussah wie es aussehen sollte. Auch der unerträgliche Schmerz war fast verschwunden. Sie spürte noch ein Pochen und das Gelenk hatte sich wahrscheinlich schon durch die Strapazen und Überlastung entzündet, aber es war erträglich. Vorsichtig stand sie auf und bewegte den rechten Arm. Sie konnte ihn wieder bewegen. Minaha atmete tief durch. Vielleicht würde sie aus diesem Schlamassel doch noch lebendig herauskommen. Nun wollte sie sich auch das nasse Kleid ausziehen. An einer Wand war ein kleines Fenster, durch das man hinaussehen konnte. Eiskalte Luft drang durch diese Lücke. Minaha blickte kurz durch die Lücke, aber draußen war es inzwischen schwarze Nacht. Sie dachte an die Wolfsbabys, zwang sich dann aber sofort wieder an ihr Leben zu denken. In der Hütte wurde es langsam warm und das Feuer gab auch genug Licht, um sich gut zurecht zu finden. Sie blickte sich um. Das Bettlager war leicht erhöht und mit trockenem Gras und Laub bedeckt. Es war groß genug, dass zwei Männer darauf schlafen konnten. Auf der anderen Seite befand sich ein kleineres Bettlager am Boden. Sie nahm eine Handvoll von dem Gras und stopfte damit das Loch in der Wand zu. Dann ging sie zum Kamin und legte noch Holz nach, wandte sich zur Türe und starrte sie minutenlang an. Dann riss sie diese weit auf und sah in die Dunkelheit. Sie ging zum Kamin, nahm einen brennenden Ast und ohne zu zögern, ohne zu lauschen, zu denken, zu riechen oder abzuwägen verließ sie noch einmal die warme Hütte, trat in die Schwärze der Nacht und folgte ihren eigenen Spuren, die sie vor wenigen Stunden im Schnee hinterlassen hatte. Als sie bei den toten Wölfen angekommen war, hielt sie an und blickte um sich. „Hey, wo seid ihr?“ flüsterte sie. Aber nichts rührte sich. Zuerst fand sie sie nicht, weil sie in den weichen Schnee eingesunken waren. Sie rührten sich nicht und kein Ton war zu hören. Dann sah sie eine kleine Bewegung. Die beiden Wolfswelpen hatten sich an den Leib ihrer toten Mutter gelegt, um der Kälte zu trotzen. Und da lagen sie einfach da. Zitternd und aneinandergedrängt. Minaha hob sie hoch. "Entschuldigt. Ihr könnt nichts dafür." Sie presste die beiden Wollknäuel an sich und nun hielt sie es nicht mehr länger aus, als ihr klar wurde, wo sie war. Sie wollte Sicherheit und keine weitere Sekunde mehr hier ungeschützt im Wald sein. Sie rannte zähneknirschend zur Hütte zurück und verriegelte sie von innen wieder mit dem Balken.

Eine Zeitlang stand sie da, mit dem Rücken zur Türe gewandt und die beiden Wolfsbabys in jeweils einer Hand. Sie legte sie vorsichtig auf das Bett. Beide zitterten vor Kälte und suchten blind nach ihrer Mutter.

Minaha wandte den Blick ab. Ging es ihrem Baby auch so? Lag es irgendwo einsam und ungeschützt? Lebte es überhaupt noch? Blut rann ihr die Beine hinab und das Lederkleid klebte immer noch nasskalt an ihrem Körper. Zitternd vor Kälte und Erschöpfung begann sie die Mokassins und das Kleid auszuziehen. Sie wusch alles in dem Eimer mit Eiswasser. Die nasse Kleidung hing sie über eine Schnur, die von den Männern wohl extra dafür vor den Kamin gespannt war. Den ebenfalls vor Nässe und Blut triefende Pelzumhang hing sie über den Stuhl und stellte diesen schräg vor das Feuer.

Sie wollte das blutdurchtränkte Wasser nicht vor die Türe leeren. Es hätte zu viele Tiere angezogen. Aber auch sie selbst war von oben bis unten mit Blut verschmiert. Sie kleidete mit dem Heu und den Blättern eine Nische neben dem Kamin aus, setzte sich neben das Feuer und begann das trockene Blut einfach mit der Hand und etwas Stroh abzurubbeln. Dann fiel ihr Blick auf das Bett. Die beiden Welpen bewegten sich nicht und kein Ton war zu hören. Minaha stand seufzend auf, schaute einen Augenblick auf die zwei zusammengekauerten Schatten, hob sie auf und nahm sie mit sich zur Feuerstelle. Als sie sich wieder gesetzt hatte, führte sie den weißen Welpen an ihre Brust, der augenblicklich begann daran gierig zu saugen. Dann führte sie das kleine graue Wolfsbaby an die andere Brust. Es war schwächer und kleiner als das weiße und es dauerte eine Weile, bis es zu saugen begann. Tränen rannen nun über ihr Gesicht. Diese Milch war für ihr Kind gedacht, nicht für diese Wölfe! Die Kinder eines Wolfes. Und es waren die Wölfe, die ihr Baby getötet hatten und Schuld daran waren, dass ihr Sohn nun von den Kish weggebracht wurde!

Nach einer Weile schlief zuerst das graue, dann das weiße Wolfsbaby ein. Sie selbst war nun trocken und halbwegs sauber. Sie legte die beiden Welpen auf das Bett und ging wieder zum Feuer zurück. Aber kaum merkten diese, dass Minaha nicht da war, begannen sie zu wimmern. Sie nahm sie wieder und legte sie neben sich auf einer Handvoll Stroh auf den Boden. Sie setzte sich daneben im Schneidersitz. Die Hütte begann sich aufzuwärmen, aber es war nicht warm genug, um nackt auf dem Bett zu liegen. Außerdem wollte sie nicht in dieser fremden Umgebung nackt sein. Nun spürte sie auch erstmals ihren Hunger. Sie griff nach dem Beutel und holte das letzte Stück Maisbrot und das verbliebene Trockenfleisch heraus. 'Das hätte heute Achak essen sollen', dacht sie. Es war ihr kaum möglich an Achak zu denken, aber sie hatte Hunger und wenn sie Achak wiederhaben wollte, dann müsste sie leben. Widerwillig biss sie in das harte Brot. Als sie gegessen hatte, verharrte sie schweigend vor dem Feuer und wartete bis ihre Kleidung trocknete. Sie hatte aufgehört zu bluten. Der Schlaf und die Erschöpfung gewannen die Überhand. Minaha kippte auf die Seite und schlief. Als sie wieder aufwachte lag sie teilweise auf dem kalten Lehmboden, in ihrem Ellenbogen das weiße Wolfsbaby, das graue war in eine Ecke gekrochen. Das Feuer war fast heruntergebrannt, nur die Glut gab noch Wärme ab. Sie zitterte vor Kälte. Es war noch dunkel. Schnell riss sie ein paar weitere Äste von dem Baum ab. Das Feuer entbrannte sofort. Sie tastete nach ihrer Kleidung. Sie war trocken. Es war wunderbar, das wärmende trockene Leder auf der Haut zu fühlen. Auch ihre Wildlederhosen und die Mokassins waren getrocknet. Den Pelz hatte sie nicht gewaschen so war er immer noch purpurrot, aber immerhin war er trocken. Sie warf noch ein paar große Äste ins Feuer, nahm die zwei kleinen Wölfe, legte sich mit ihnen in das Bett und deckte sich mit dem Pelzmantel zu. Kurz sah sie auf das graue und das weiße Wollbüschel in ihren Armen. Der Anblick trieb ihr die Tränen in die Augen. - Wo war Achak? Wo war ihr Baby!?

Minaha wachte früh auf. Beide Wolfsbabys suchten wimmernd nach ihren Brüsten. Kurz zögerte sie, dann setzte sie sich auf, band die Verschnürungen auf und legte die Babys jeweils an eine Brust. Diese fingen sofort an zu saugen. Eine Flut von verschiedensten Gefühlen durchzog sie. Es gab keinen Winkel in ihrem Körper, der nicht ausgefüllt war von diesem Schmerz. In diesem Moment, da sie auf die beiden kleinen Wölfe schaute, die genüsslich ihre Milch tranken, ertrank sie im Schmerz einer unendlichen Trauer. Wie hatte es zu dieser Situation kommen können? Etwas in Minaha konnte und wollte sich weder mit dieser Geschichte abfinden noch sich mit diesem Körper identifizieren.- Der Schmerz war zu groß, zu heiß. Er schien sie unter seinem Gewicht zu erdrücken. Minaha sah, wie sich etwas Dunkles in ihr ausbreitete, aus ihren Nasenlöchern, aus ihrem Mund, ihren Ohren, ihren Augen, ihrem Bauchnabel und ihrem Unterleib floss. Es füllte den Raum aus. Das Zimmer verdunkelte sich. Minaha fütterte den Schmerz mit der Vorstellung, wie ihr kleines, nacktes Baby von Wölfen zerfetzt wurde. Dann wiederum mahlte sie sich aus, wie die Kish es einfach mit den Füssen zu Tode traten. Sie stöhnte vor Verzweiflung. Dann wurde das Dunkle immer wärmer und röter. Es war nicht mehr nur Verzweiflung und Trauer. Es kam die Wut hinzu. Etwas in ihr verstärkte sich mit einer heißen Glut. Sie hielt nicht mehr inne bei dem Gedanken, was Wölfe und Kish ihrem Sohn Achak und ihrem Baby angetan hätten könnten. Nein, sie malte sich nun aus, was sie ihnen antun würde. In ihrer Fantasie quälte sie abwechselnd die Männer und die Wölfe und ließ sie langsam im Schnee verbluten. Als das ganze Zimmer schließlich in blutrote Farbe getaucht und ihr Körper mit Schweiß bedeckt war, schaute sie auf das Feuer, das sich unvermittelt wieder entflammt hatte und seine Flammen züngelten gierig nach kleinen Ästen, Blättern und Stroh; es hatte nun tentakelartige Arme, die nach allem griffen, was brennen konnte. Minaha hatte am Abend nicht darauf geachtet, ob es um die Feuerstelle sauber war oder nicht. Und die ganze Nacht hatte das Feuer gebrannt, ohne dass es sich ausgebreitet hätte. Nun aber schien es ihr, als ob es eine Seele bekommen hätte, eine hungrige Seele, die sich ausbreiten, die zerstören wollte. Minaha beobachtete neugierig, wie das Feuer einen dürren Ast erreichte, der bis zu der Stelle reichte, wo sie in der Nacht gelegen hatte. Das Feuer wanderte langsam die trockene Rinde des Astes entlang, bis es die dichten trockenen Äste erreichte und die Flammen sich strahlenförmig vom Stamm aus ausbreitete.

Minaha lag nur stumm auf dem Bett. Sie hatte aufgehört zu phantasieren und die Wut war in ihr innerstes zurück gekrochen. Gebannt starrte sie auf das Feuer. In ihr war nichts mehr. Selbst die Wut hatte noch Leben bedeutet, etwas, was sie wollte, was sie aus dem Bett steigen hätte lassen und das Feuer in seine Schranken weisen hätte lassen. Aber da war nichts. Sie stöhnte nicht mehr und ihre Tränen waren getrocknet. Sie schaute an sich hinab, als ob es jemand anderer, eine fremde Frau wäre, die da auf dem Bett in der Holzhütte lag. Die Welpen hatten aufgehört zu trinken und suchten nach einer warmen Stelle. Dabei fiel das Weiße hinunter. Wimmernd suchte es blind nach seiner Mutter oder nach ihr. Das Graue fing ebenso an zu wimmern. Minaha drehte sich in Richtung Wand, drehte dem grauen Welpen den Rücken zu und langsam schob sie sich weg von der Wand, drängte das Welpen über den Bettrand sodass auch es hinunterfiel. Sie hörte nicht, wie es am Boden aufschlug. In ihr war etwas neues, eine grausame Leere entstanden. Im Raum wurden das Knacken und Knistern des Feuers immer lauter. Es hatte inzwischen das Holz, das die Männer hinterlassen hatten, erreicht und begann die Wände anzusengen. Das Zimmer füllte sich mit Rauch.

Minaha rührte sich nicht. In ihr war nur mehr Kälte. Keine Trauer, keine Wut, kein Hass. Nur mehr Leere. Sie hatte sich verloren, ein Teil von ihr war mit dem Kind, dem Baby verschwunden. Ihr Lebenswille war im Gewirr der Nacht und im Halbschlaf, den Fantasien des Fiebers - was sie mittlerweile hatte - versiegt.

Auch das Wimmern der Welpen drang nicht mehr zu ihr durch. Sie wollte nur mehr schlafen, nicht mehr spüren. Sie schloss die Augen und versuchte sich ganz in ihr Inneres zu verkriechen. 'Ich will hier liegenbleiben. Alles, was ich will, ist liegenbleiben und schlafen', murmelte sie vor sich hin. Sie roch den Rauch, wusste, dass sie aufstehen und aus der Hütte musste. Aber dann, was erwartete sie schon. Ihre Familie würde sie zwar trösten aber ihr auch den Vorwurf machen, dass sie es sich selbst zuzuschreiben hatte, ihre Kinder verloren zu haben. Bei dem Gedanken krümmte sich alles in ihr. Sie presste die Augen zu und atmete flach. 'Ich schlafe, komme was wolle, ich schlafe', sagte sie sich immer wieder. Dann begannen ihre Augen zu brennen und der Rauch ihre Lungen zu füllen. Die Hütte hatte angefangen zu brennen. 'Ich lasse mich verbrennen, dann ist alles vorbei', dachte sie und blieb liegen. Die Hitze wurde jedoch schnell unerträglich und ihre Lungen begannen zu brennen. Es wurde ihr klar, dass sie dem, was kommen würde, nicht standhalten könnte. Es würde zu lange dauern, bis sie endgültig verbrannt wäre. Dann kam der Satz, vor dem sie sich gefürchtet hatte: 'Du bist eine Mutter und musst Achak und dein Baby suchen! Wenn du sie nicht suchst, wer dann! '- Vor Wut fing sie an zu schreien. Der Schrei war kein Menschenschrei. Es stellte ihr die Nackenhaare auf, als sie sich selbst hörte. Aus dem Wald kam das Echo: lautes Wolfsgeheul. Es hallte in der brennenden Hütte wider und kam von allen Seiten. Aber die Angst vor den Wölfen war in ihr zu einem kleinen harten Stein geworden. Augenblicklich wich ihr das Blut aus den Gliedern vor purem Hass. Sie waren immer noch da und warteten darauf, dass sie herauskam. Sie würde hinaus gehen und sie würde sich nicht kampflos ergeben, sondern noch so viele von ihnen mit sich in den Tod reißen, wie es ging. Das Innehalten wurde jäh besiegt von all dem. Hastig stand sie auf, hing sich Beutel und den Köcher mit den Pfeilen und den Bogen um und zuletzt warf sie sich den warmen Pelzmantel über die Schulter. Dann ging sie in Richtung Tür und stolperte über eines der Welpen. Zuerst wollte sie ihm einen Tritt verpassen, dann jedoch nahm sie es auf und suchte auch nach dem anderen. Schließlich fand sie es unter dem Bett in eine Ecke verkrochen. Sie stopfte beide in ihren Lederbeutel, riss hustend die Türe auf und trat ins Freie. Hier musste sie erst einmal niederknien. Es war ihr schwindlig, der Husten durchschüttelte sie. Sie kroch ein paar Meter weiter, wo der Rauch der Hütte nicht mehr hinkam. Sie atmete tief durch. Es tat gut, die reine kalte Luft einzuatmen. Jedoch wurde ihr mit jedem Atemzug, der nicht nur ihre Lunge, sondern auch ihre Gedanken mit Klarheit füllte, bewusst, wer und wo sie war und was sie erwartete. Sie hob die Augen und blickte in den Wald. Sie sah zuerst nur ein Meer an Schatten. Vor ihr war kein lebendiger Wald, sondern ein Bild. Das Knistern des Feuers hatte zuerst alles andere überdeckt, aber nun hörte sie es: der Wald lag in Totenstille vor ihr. Dann sah sie das Funkeln. Es waren Augen, Wolfsaugen und sie waren überall. Minaha schluckte. Ihr Herz setzte für eine Sekunde aus und sie vergaß zu atmen. Eine Ewigkeit war sie Teil dieses Bildes. Keiner bewegte sich. Dann tastete Minaha langsam nach der Tasche. Es kam Bewegung in das Rudel. Ein Schatten kam näher. Minaha fühlte ihn, roch ihn und wieder sah sie sich durch seine Augen, sah wie sie zuerst einen, dann das andere Wolfskind aus der Tasche holte, wie sie die Lederbänder ihres Kleides löste und die Wolfsbabys an ihre Brüste zum Säugen anlegte. Sie spürte, wie etwas in ihr sich veränderte. Die Gier, die Wut wurde schlagartig weggeschmolzen. Es war nun nicht mehr Gier, sondern ein Streben, das Streben dahin zu wollen, das Streben zu schützen. Ein Knurren wurde hinter ihr laut. Minaha kam wieder zu sich. Vor sich sah sie in die Augen des Leitwolfes. Ihre Augen trafen sich. Er war nun ungefähr eine halbe Baumlänge von ihr entfernt. Nichts war zu hören als das Schmatzen der Wolfsbabys und das Knistern der brennenden Hütte. Der Wolf kam näher. Als er in etwa nur mehr drei Wolfslängen entfernt war, setzte er sich und blickte sie einfach nur an. Minaha sah ihm diesmal nicht in die Augen. Sie wusste nun, was er fühlte. Sie ging in sich, wurde zum Wolf, wurde reine Liebe, reines Geben. Keine Angst, nur Fürsorge und Liebe. Egal für wen, für welche Kinder. Sie ließ Angst, Hass und sogar das Bedürfnis sich selbst zu schützen los. Die Welpen saugten, das Leben war hier und jetzt. Sterben und leben. Keine Gedanken, nur fühlen.

Doch dann hob sie ihre Augen. Zuerst tasteten sie vor sich den Boden ab, bis sie zu den Vorderfüßen des Wolfes kamen, tasteten sich seinem breiten von einer tiefen Narbe durchzogenen Brust entlang nach oben, bis sie bei seinen Augen ankam. Sie blickte ihm nun voll in die Augen. Sie waren dunkelbraun und kaum von dem fast schwarzen Fell zu unterscheiden. Sie verschmolz mit seinen Augen. Sie war nun weder Wolf noch Mensch, nur Verbindung. Die Zeit schien still zu stehen, bis sie bemerkte, dass das weiße Wolfskind aufgehört hatte zu saugen und sich nun bewegte. Da sah sie wie die Augen des Wolfes sich kurz auf die Wolfskinder richteten. Es war nur ein kurzer Moment gewesen und dennoch war Minaha nicht die unendliche Trauer und Liebe in diesem Blick entgangen. Es war derselbe Schmerz, den sie seit dem gestrigen Abend in sich hatte. Etwas hatte sich verändert. Es war nun keine Begegnung mehr zwischen einem Wolf und einem Menschen, sondern zwischen einem Vater und einer Mutter und beide trauerten. Minaha setzte beide Wolfsbabys vor sich auf den Boden, knöpfte ihr Kleid zu, richtete sich langsam, das Knurren des Wolfes ignorierend auf und blieb in gebeugter Stellung in der Hocke. Vorsichtig bewegte sie sich, den Blick starr auf den Boden gerichtet, rückwärts. Die Wolfskinder mussten zu ihrem Rudel zurück. Ein Hauch an Hoffnung berührte sie. Vielleicht würden die Wölfe sie leben lassen. Als sie das Gefühl hatte, weit genug entfernt zu sein, hielt sie inne und beobachte aus den Augenwinkeln den Wolf. Langsam ging er auf die Wolfsbabys zu. Das Graue hob die Nase und robbte schnurstracks auf den Wolf zu, das Weiße dicht dahinter. Dann jedoch hielt der weiße Welpe inne, hielt die Nase in die Luft, fing an zu wimmern und dreht um. Der Wolf, der inzwischen den grauen Welpen mit den Zähnen aufgehoben hatte, schaute unschlüssig auf den weißen Welpen. Kurz zögerte er, dann wendete er sich und ging davon. Ohne sich umzudrehen, schloss er sich dem wartenden Rudel an und sie verschwanden. Minaha blickte um sich. Die Wölfe waren gegangen. Sie hatten das weiße Wolfsbaby zurückgelassen, ihr gelassen. Sie trat langsam und leise auf das weiße wimmernde Wolfskind zu. „Ich nenne dich Maee, der Wolf". Mit dem Wolfskind in der Tasche und ohne sich umzudrehen, wandte sie sich in Richtung des Flusses. Die Spuren der Männer und Achaks waren noch frisch genug und im Schnee gut erkennbar. Sie musste schnell handeln, denn die Sonne würde bald stärker werden und der Schnee würde im Laufe der nächsten Tage wahrscheinlich schmelzen. Sie wollte gerade ihre Mokassins ausziehen, um durch das seichte Wasser zu waten, als sie auf der anderen Seite des Ufers drei Gestalten ausmachte. Schnell warf sie sich auf den Boden und kroch hinter eine Fichte. Sie konnte nichts hören, da das Knacken und Knistern der brennenden Hütte jegliches Geräusch übertönten. Die Sonne ging hinter den Gestalten auf und im Gegenlicht war es ihr unmöglich zu erkennen, ob es die drei Kish waren, die dastanden oder ob es Männer einer der Nordstämme waren. Dann bohrte sich ein Pfeil knapp neben ihrem Ohr in den Stamm. Vorsichtig hob sie den Kopf und betrachtete den Pfeil. Es war ein Pfeil, den sie selbst geschnitzt hatte. Der Pfeil gehörte Tallulah, der Schwester ihres Mannes. Erleichtert hob sie ihren Beutel und winkte damit hin und her. Als kein weiterer Pfeil flog, kam sie vorsichtig hinter dem Baum hervor. Und nun erkannte sie sie: es war wirklich Tallulah und mit ihr zwei Kundschafter, die nun rasch den Fluss durchquerten. Minaha konnte sich nicht vom Fleck bewegen. All die Anstrengung, Angst und Trauer überfielen sie schlagartig. Ihr fiel der Beutel aus der Hand und so kauerte sie einfach nur da, bis Tallulah und die Kundschafter bei ihr ankamen. Tallulah war untypisch für die Frauen aus dem Möwenstamm, denn sie war stämmig und stark. Ihre Haare waren zwar ebenso blaugrau wie die ihrer Stammesschwestern, jedoch waren sie nicht seidig und glänzend, sondern standen struppig in alle Richtungen. Auch ihre Gesichtszüge waren grob und fast männlich. Aber das, was sie am meisten von den anderen unterschied, war ihre Größe. Sie überragte die beiden Kundschafter um mindestens eine Kopflänge. Sie hatte sich vor vielen Jahren entschieden eine Kundschafterin zu werden und somit war sie ohne eigene Familie. In ihrem Stamm war sie wegen ihrer Kraft und ihres Mutes angesehen und Minaha konnte sich vorstellen, wie sie auf Minahas und Achaks Verschwinden reagiert und sofort ihre Verfolgung aufgenommen hatte. Mit großen Schritten durchquerte sie das Wasser, stürmte auf Minaha zu und umarmte sie. „Wenn du das noch einmal machst, einfach mitten in der Nacht zu verschwinden, bringe ich dich um“, sagte sie und ihr Tonfall war so, dass Minaha ihr glaubte. Dann hielt sie Minaha mit beiden gestreckten Armen vor sich. Minaha stöhnte auf, als Tallulah die schmerzende Schulter berührte und Tallulah entfernte sofort stirnrunzelnd die Hand. Dann sah sie ihr in die Augen: „Wo ist Achak und wo ist....”, und sie sah an Minaha hinab, „dein Baby?“

„Die Kish haben sie mitgenommen“, antwortete Minaha nachdem sie tief Luft geholt hatte und erst jetzt, da sie es laut aussprach, wurde ihr das ganze Ausmaß der Tragödie bewusst. Immer öfter wurde in den letzten Jahren erzählt, wie Kish die Kinder der Elus stahlen. Teilweise wurden sie umgebracht, aber meistens wurden sie einfach mitgenommen und keiner wusste, wo sie landeten, was mit ihnen passierte. Sie hatte noch nie gehört, dass eines dieser Kinder wieder zurückgekommen wäre. Tallulah ließ Minahas andere Schulter augenblicklich los und trat schwankend einen Schritt zurück. Aber sie hatte sich schnell wieder im Griff. „Bist du verletzt?“, fragte sie Minaha, während sie den blutigen Umhang und die Blutkrusten in ihrem Haar betrachtete. „Nein“, antwortete Minaha. „Geht schon”, und mit einem leichten Grinsen, „Ich hatte die Schulter ausgerenkt und mir selbst wieder eingerenkt. Ich wollte gerade die Verfolgung aufnehmen.“ Tallulahs Augenbrauen gingen einen Augenblick lang hoch, aber sofort hatte sie sich wieder im Griff: „Ich wäre früher gekommen, aber der Rat war dagegen, daher musste ich abwarten, bis sie weniger aufmerksam waren. Zwei Kundschafter hatten mein Zelt die ganze Zeit bewacht und erst heute Nacht konnte ich sie überreden mitzukommen." Minaha musste schmunzeln. Sie konnte sich vorstellen mit wieviel Charme Tallulah die beiden Kundschafter dazu gebracht hatte, gegen den Willen des Rats gemeinsam mit ihr nach Minaha zu suchen. Tallulah fuhr fort: „Ich wusste, dass du die Abkürzung über die Felsen nehmen würdest, aber wenn die Hütte nicht gebrannt hätte, wären wir deinen Spuren entlang des Flusses gefolgt. Aber lassen wir das. Wieviel Vorsprung haben sie?"

„Sie sind gestern Nachmittag aufgebrochen."- Tallulahs Stirn zog sich zusammen: „Warum bist du ihnen nicht sofort gefolgt?" Minaha atmete tief durch: „Ich lag unter einem Haufen Wölfe und sie zeigte dabei in Richtung des Platzes, wo die Leichen lagen, „und kam erst gegen Abend wieder zu Bewusstsein. Als ich aufwachte, war mein Baby nicht mehr in meinem Bauch, Achak war verschwunden und mit ihnen die beiden Männer. Einer von ihnen hat die Wölfe erschossen." Tallulah schaute sie nun entsetzt an: „Du hast bewusstlos unter toten Wölfen dein Kind auf die Welt gebracht?" - Minaha nickte nur. - Die Kundschafter - Minaha erkannte erst jetzt, dass es sich um den alten Fährtenleser Wuliton und seinen Sohn Mato handelte, die bisher schweigend dagestanden waren - schüttelten entsetzt ihre Köpfe. Dann kam Wuliton auf Minaha und Tallulah zu: „Wir haben ihre Spuren gesehen. Auf der anderen Seite des Flusses sind Spuren von zwei Männern und einem Kind. Sie haben zwei Pferde dabei. „Geht und sucht, ob ihr weitere

Hinweise rund um die Hütte findet“, sagte Tallulah und wandte sich wieder Minaha zu: „Es war Lokni, der als erstes deine Abwesenheit entdeckt und mich sofort auf die Suche schicken wollte. Er hätte es selbst getan aber der Rat drohte ihm mit dem Ausschluss aus dem Gesetzeskreis, wenn er seiner widerspenstigen Frau hinterherrennen würde“, fügte Minaha hinzu.

„Ich weiß."

In dem Moment kam der ältere Kundschafter, Wuliton, wieder zurück und wandte sich, die Augen auf den Boden gerichtet, in Richtung des Flusses. Am Ufer angelangt, ging er in die Hocke und winkte Tallulah herbei. „Hier hat ein Floß gelegen. Ein dritter Mann ist mit dem Floß flussabwärts nach Westen unterwegs.“ Und nach einer Pause fügte er hinzu: „Er hat das Baby dabei.“ Minaha, die ebenfalls hinzugekommen war, schluckte. „Warum war er allein und mit dem Baby gereist? Warum war er nicht mit den anderen beiden gereist?“, fragte sie sich.

„Woher weißt du, dass er das Baby hat?“, fragte Tallulah. Der Kundschafter biss sich auf die Lippen und vermied es Minaha anzusehen: „Die anderen beiden waren schon weg, als dieser dritte Mann hier aufgetaucht ist. Es war er, der das Baby unter dem Wolf hervorgezogen hat und .... die Nabelschnur durchgetrennt hat. Und es sind seine Spuren, die bis hierher zum Floß führen. Es gibt keine Anzeichen dafür, dass er das Baby irgendwo anders hingebracht hat.“ Minaha wusste, dass er einer der besten Fährtensucher des Möwenstammes war, dennoch war sie beeindruckt, wie genau seine Beobachtungen waren. Sie hatte all das nicht aus den Spuren gelesen.

„Ich gehe mein Baby suchen, du und ..." , Minaha wollte schon fortsetzten, als Tallulah sie unterbrach. „Ich werde mit Mato deinen Sohn Achak suchen und Wuliton wird den Fluss verfolgen, um nach dem Mann mit deinem Baby zu suchen. „Du wirst", und sie unterbrach dabei gebieterisch Minaha, die schon den Mund öffnete, um zu protestieren, „zum Yarasee gehen. Du hast gestern ein Kind geboren, hattest eine ausgerenkte Schulter und kannst dich kaum auf den Beinen halten. Du würdest uns nur aufhalten, Minaha."

Minaha wusste, dass sie recht hatte, aber der Gedanke, nicht helfen zu können, war unerträglich. „Warum muss Wuliton, als Ältester, hinter dem Floß her? Das sollte doch eher Mato oder du tun?", fragte Minaha verärgert und fügte nörgelnd hinzu: „Zudem ist er der beste Fährtenleser und würde Achak sofort finden." Talluha lächelte - da ist sie wieder, Minaha die Störrische - und fuhr fort: „Auf dem Land ist es einfacher Spuren zu suchen, vor allem wenn wir noch schnell genug sind, bevor der Schnee schmilzt oder es wieder schneit. Auf dem Wasser hinterlässt man keine Spuren. Dennoch verändert jeder Mensch auf seinem Weg das gesamte energetische Feld und das kann dann jemand wie Wuliton lesen. Fährtenlesen ist nicht nur Fußspuren folgen, sondern auch die Zeichen erkennen und erklären können. Und dein Kind ist in Richtung Westen unterwegs. Wulitons Mutter stammt aus dem Donnervogelstamm und daher kann er im Gebirge, solange er sich im Westterritorium hält, fliegen." -

Minaha schaute verwundert in Richtung Wuliton. Sie kannte Wuliton und wusste, dass er ein ausgezeichneter Fährtenleser war, aber noch nie hatte sie gehört, dass seine Mutter vom Donnervogelclan war. Minaha hasste es, wenn sie belehrt wurde. Aber Talluha hatte recht. Wenn jemand ihr Baby wiederfinden könnte, war es Wuliton.

„Minaha, wir brauchen dich“, sagte in diesem Moment Talluha, „und wir brauchen dich lebendig. Du verlierst immer noch Blut und wenn du jetzt nicht aufpasst, werden deine Kinder keine Mutter vorfinden, wenn wir sie zurückbringen. Wir werden nicht zurückkehren, bevor wir nicht deine Kinder, … unsere Kinder, wiederfinden, versprochen.“ Minaha holte tief Luft: „Der eine ist groß und alt wie ein Vater, mit einer Fellmütze aus Biberfell. Der andere ist schmal wie ein Junge, hat sonnengelbes Haar und hinkt, da er eine Beinverletzung hat. Und… Achak trägt den Fellmantel, den du ihm vor einem Jahr geschenkt hast und hat im Haar die roten Bänder, die ich ihm diesen Sommer gemacht habe.“ Talluha blickte ihr noch einmal fest in die Augen, umarmte sie und ohne weitere Worte eilte sie mit Mato durch das Wasser in die Richtung, in die vor nicht einem Tag Achak entführt wurde. Wuliton nickte ihr kurz zu und begann den Fluss in Fahrtrichtung entlangzulaufen. Minaha blieb zurück. Erst als alle drei verschwunden waren, drehte sie sich um und ging in Richtung der Berge, in Richtung des Yarasees.

Achak und Sam

Wer weiß, wo es hier lang geht?

Seit Tagesanbruch hatten sie nicht miteinander gesprochen. Er war müde und gereizt vor allem, wenn er an den Jungen, dessen tote Mutter und die Wölfe dachte. Warum musste alles so verdammt kompliziert sein? Vor ihm wippte der Schwanz einer enormen Fellmütze auf und nieder. Sam hätte eigentlich guter Dinge sein müssen. Sie hatten eine gute Saison gehabt. Über einhundert Felle hatten sie gemeinsam erstanden, weitere zehn – und darunter war sogar noch ein Bärenfell - hatten sie vor ein paar Tagen bei dem Stamm, der nur wenige Stunden von ihrer Hütte entfernt ihr Winterlager hatte, gegen ein paar Plastikperlen, Decken, Whiskyflaschen, Zucker und Pfannen eingetauscht. Klar, er hatte - wie abgemacht - an Jacob fünfzehn Felle abgeben müssen, das war etwas weniger als die Hälfte aller seine Felle, aber er hatte immer noch genug Felle, um sich mindestens ein Jahr selbst erhalten zu können. Kurz wurde er von schlechtem Gewissen geplagt, denn er hätte Harry ebenfalls fünfzehn Felle lassen müssen, aber in der Eile hatte er es „vergessen". Und nicht nur das, er hatte sogar das wertvolle Bärenfell von Harry mitgehen lassen. 'Es ist aus Versehen passiert', beruhigte er sich selbst und musste dabei grinsen, denn er konnte Harry nicht ausstehen. Harry war wortkarg und er hatte ihn noch nie lachen gesehen. Er teilte nichts und machte seine Arbeit mit dem Fallenstellen wie ein Buchhalter ohne Leidenschaft. 'Das hat er nun davon, dass er so ein verbockter, alter Geizkragen ist', beruhigte er sich selbst. Aber schon bevor er den Gedanken zu Ende gedacht hatte, stellte er angewidert fest, dass er einfach nur Jacob nachplapperte. Jacob hasste Harry, aber wenn Sam nun genauer nachdachte, dann war ihm Jacob eigentlich noch unsympathischer als Harry. Aber er war dank Jacob hier und Jacob war eindeutig der, der hier bestimmte. Sam war müde, sein Bein tat weh und so folgten seine Gedanken keiner Logik. Wenn ein Bild in seinem Kopf auftauchte, dann folgte er diesem wie ein höriger Hund. Und jetzt entstand in seinem Kopf wieder das Bild von heute Morgen. Als die Elufrau in der Früh mit dem Jungen an der Hand aus dem nichts aufgetaucht war und hinter ihr ebenfalls aus dem nichts ein Rudel von riesigen Wölfen über sie herfielen, hatte er zum Glück sein Gewehr schussbereit bei sich. In diesen Gegenden lief man nie ohne eine Waffe herum. Harry war gut mit der Armbrust und noch besser mit der Steinschleuder, aber er war nicht da, als es geschah. Jacob war mit jeder Waffe tödlich. Sam dachte, dass selbst wenn Jacob nur ein totes Huhn in der Hand hielte, könnte er damit noch einen Mann umbringen. Auch Jacob hatte an diesem Morgen schnell reagierte und gemeinsam konnten sie einige der Wölfe töten. Das seltsame war jedoch, dass das Rudel weder über ihre toten Brüder und Schwestern hergefallen war, wie er das so oft schon beobachtet hatte oder dass sie sich zurückzogen. Nein, dieses Rudel lungerte zwischen den Bäumen herum, beobachteten ihn und Jacob und wartete. Jede ihrer Bewegungen wurde registriert und als sich Sam den toten Wölfen, unter denen die Elufrau vergraben war, nähern wollte, fletschte einer der Wölfe, der am nächsten saß, bedrohlich die Zähne und machte sogar einen Schritt in seine Richtung. Sam war dann langsam in die Hütte gegangen und wartete dort auf Jacob. Als dieser auch mit angeschlagenem Gewehr im Rückwärtsgang zur Türe hereinkam, hatten sie sich zuerst einmal ratlos angeschaut. Jacob, der sonst immer den harten und erfahrenen Mann gespielt hatte, den nichts mehr aus der Ruhe brachte, hatte nun Mühe das Zittern seiner Hände zu kontrollieren. „Was machen wir jetzt?“ hatte Sam nach einer Weile gefragt. Die Angst in seiner Stimme war deutlicher zu hören gewesen, als ihm lieb war und wie erwartet, brachte seine Hilflosigkeit und demütige Unterwürfigkeit Jacob sofort wieder zur Vernunft. Er schaute durch die kleine Luke auf den Platz, wo die Wölfe, zwar immer noch am Rand, aber deutlich näher, sich gemütlich niedergelassen hatten. Jacob spuckte betont wütend auf den Boden und sagte dann in seinem üblichen Befehlston: „Wir gehen jetzt los, ansonsten werden wir auch noch zu Hundefutter.“ Es sollte selbstsicher und entspannt wirken, tat es aber nicht. Jacob ordnete daraufhin Sam an, ihr Hab und Gut auf die Pferde zu verstauen, während er mit angeschlagenem Gewehr die Wölfe in Schach hielt. So war das. Als die Pferde bepackt waren, kam Jacob und hatte den Jungen, angebunden an einem Seil. Wie er es geschafft hatte, diesen von seinem Platz neben den beiden toten Wölfen wegzubekommen, war ihm unerklärlich. Aber wenn er ehrlich war, wollte er es auch gar nicht so genau wissen. Die Wölfe ließen sie in dann in Ruhe und als sie einige hundert Meter entfernt waren, konnten sie sehen, dass sie nicht verfolgt worden waren.

Sie waren nun den ganzen Tag schon unterwegs und Sam versuchte sein schlechtes Gewissen darüber, dass sie nicht auf Harry gewartet hatten, zu besänftigen, indem er sich erzählte, dass sie ja nicht wissen konnten, wann Harry zurückkommen würde, denn manchmal blieb er tagelang weg. Irgendwo in seinem Hinterkopf wusste Sam, dass es nicht ganz stimmte, denn sie hatten vorgehabt, am nächsten Tag gemeinsam zurück an die Ostküste zu kehren und so war es sicher, dass Harry noch vor dem Abend zurückgekehrt wäre. Er wollte sich nicht eingestehen, dass er - genau wie Jacob - nur froh war, Harry nicht eine Minute länger zu sehen, die Hütte und nun auch noch diese enormen Wölfe hinter sich zu lassen und ... mit zwei, anstatt nur einem Bärenfell in den Saloons prahlen zu können.

Schon nach wenigen Meilen hatte Jacob ihm erzählt, weshalb er den Elu-Jungen mitgenommen hatte. In den Städten an der Küste zahlte man für diese fast so viel wie für ein Kind aus dem Südland. Sam hatte wenig Widerstand geleistet. Einerseits, weil er gegen Jacob, der doppelt so alt war wie er, noch nie gewonnen hatte aber auch, weil er Angst hatte. Es war seine erste Saison als Fallensteller für ihn gewesen. Vom ersten Tag an konnte er sich von Jacob anhören, er sei ein lächerlicher Grünschnabel und wenn nicht sein Vater so ein guter Freund von seinem eigenen Vater gewesen wäre, hätte er sich das niemals angetan, so einen unwissenden und verwöhnten Milchbubi mitzunehmen. - Und er hatte Recht! Für ihn war die Idee von Wald, Bären, Wölfen und gemeinsam mit anderen Trappern Rum vor einer gemütlichen Hütte zu trinken, eine Pfeife zu rauchen und gemeinsam über die täglichen Abenteuer zu wettern einfach nur eine romantische Vorstellung gewesen. Er wollte nicht auf seine Eltern hören, wenn sie von Dreck, Mühen, Entführungen durch Elus, gefährlichen Stromschnellen und Hunger sprachen und vor allem von dem entstehenden, emotionellen Druck, wenn man mit zwei Männern und nach altem Blut stinkenden Fellen täglich in einer schmutzigen und stickigen Hütte eingesperrt war. Denn das war es im Endeffekt: man legte die Fallen aus und dann hatte man nur mehr zu warten. Nach zwei Tagen schauten sie nach den Fallen und wenn ein Tier gefangen war, musste man es so töten - wenn es nicht schon tot war - dass das Fell so wenig wie möglich beschädigt wurde. Bei den Bibern war es anders, die - wenn sie einmal in die Falle geraten waren - schlichtweg ertranken. Aber es war ihm nicht nur einmal untergekommen, dass er noch den Todeskampf des Bibers miterleben musste. Als er zum ersten Mal eine Füchsin - die offensichtlich noch ihre Welpen stillte - töten musste, die in das Eisen, das sie vor ihrer Höhle ausgelegt hatten, geraten war, musste er sich erbrechen. Er war unerfahren und die Füchsin kämpfte hart um ihr Leben. Immer wieder stach er zu und am Schluss war sie zwar tot aber ihr Fell war nicht mehr zu gebrauchen. Fluchend hatte Jacob den zerfetzten Kadaver in die Büsche geworfen. Er lernte jedoch schnell und schon nach wenigen Wochen wusste er, wo er die Fallen aufstellen musste und wie man welches Tier tötete und ausweidete. Die Beleidigungen wurden trotzdem nicht weniger. Egal, was er tat, Jacob schaute ihn mit diesem abschätzigen Blick an, spuckte den schwarzen Kautabak aus und wenn die Arbeit makellos war, sagte er einfach nichts. Meistens fand er jedoch irgendetwas, was Sam hätte anders machen können.

Als Sam sich dann auch noch das Bein brach und einen Teil seiner Felle abgeben musste, damit Jacob ihn nicht einfach wie ein Stück Fleisch auf das Floß gebunden den Fluss hinabgeschickt hätte, verstand er, was zu tun war. Wenn er wieder lebendig auf der Farm seiner Eltern landen wolle, müsste er dem *Herrn der Stärke* eine Opfergabe bringen. Immer wieder schimpfte er sich selbst, dass er jetzt gemütlich auf der Farm seiner Eltern sein könnte anstatt hier im eisigen Gebirge Tiere zu töte. Als er im letzten Sommer seinen Eltern von seinem Plan, Trapper zu werden erzählt hatte, bekam er zuerst einmal eine Ohrfeige von seinem Vater und seine Mutter weinte bis zu seiner Abfahrt. Sein Vater änderte dann schnell seine Meinung, denn auch er konnte sehen, dass Sam nicht für die Farmarbeit gemacht war und gab ihm schließlich sogar ein Empfehlungsschreiben für die Company mit, bei der sich Sam bewerben wollte. Als sein Vater jung war, war er selbst mehrere Winter lang in den Westen gezogen, um Gold zu schürfen. Er war zwar nicht reich geworden, hatte jedoch genug Gold gefunden, um sich dann diese Farm mit dem Land in den sogenannten 'Sommerhügeln' kaufen zu können. Er hatte damit nicht selbst als Trapper gearbeitet, aber in den Saloons hatte er genug Trapper getroffen, um zu wissen, wie hart das Leben in den Bergen war.

Sams älterer Bruder Liam hatte ihn gut verstanden. Liam würde eines Tages die Farm übernehmen und auch wenn er Sam immer wieder beiseite nahm, um ihm zu sagen, dass sie die Farm einmal vergrößern würden und sie ein zweites Haus bauen könnten, empfand sich Sam immer als drittes Rad am Wagen. Liam war groß und stark und liebte es, die Schweine und Ziegen zu betreuen, eine Scheune zu bauen oder hinter dem Pferd einherzugehen, um das Feld zu durchpflügen. Er liebte das Leben und war stolz auf die Farm, die gedeite und für die er sich ins Zeug legte.

Liam war das genaue Gegenteil von Sam.

Am Freitag, wenn sie alle auf der Kutsche in die Siedlung zur Kirche des Lichts fuhren, saßen Liam und sein Vater mit ihren beiden breiten Rücken und den glatten blonden Haaren vorne. Sam saß mit der Mutter und den beiden Schwestern hinten. Wenn sie an einer Siedlung vorbeikamen, ruhten alle Blicke auf seinem Vater und Liam. Es gab kaum ein Mädchen in der Umgebung, das Liam nicht auf der Stelle heiraten würde. Dieser hatte jedoch keine Zeit und kein Interesse für etwas anderes als die Farm. Liams großer Traum war es eine Rinderherde zu züchten. Letzten Sommer wollte er in den Süden fahren, wo es geeignetes Rind gab. Für Sam waren das langweilige Themen. Für ihn war alles viel zu eng, zu langweilig und er hatte jeden Tag einen anderen Grund gefunden, um schlechter Laune zu sein. Er hatte zu seinem vierzehnten Geburtstag eine Mundharmonika geschenkt bekommen und seitdem saß er oft stundenlang auf der abgeschiedenen Seite der Scheune und erfand neue Melodien oder verlor sich in seinen Gedankenwelten. Wenn dann sein Vater seine Schwestern schickte, um ihn zu suchen, versuchte er so viel Zeit zu schinden, wie möglich. Sam war kein fröhlicher Geselle oder guter Arbeiter, sondern streitsüchtig oder melancholisch. Als er dann die Idee mit dem Fallenstellen in den sogenannten ‘Raben-Bergen’ hatte, war er sofort begeistert. Er konnte sich schon sehen, wie er durch den tiefen Schnee schritt und auf seiner Schulter einen toten Wolf trug. Es schien ihm, als ob nun auch endlich er seine Bestimmung gefunden hätte. Seine beiden kleinen Schwestern fanden es spannend, dass nun auch Sam ein reicher und berühmter Held werden würde, und behandelten ihn die letzten Tage vor seiner Abfahrt mit Ehrfurcht. Liam versuchte mit allen Mitteln ihn davor abzuhalten. Er wollte den Hof gemeinsam mit Sam führen, sorgte sich um Sam, stritt fast täglich mit seinem Vater, weil dieser ihn gehen ließ und am Tag seiner Abfahrt war er auf den Markt gefahren. Er ertrug es nicht, Sam abfahren zu sehen. Sam war gerade dabei zu überlegen, ob er denn an Liam genauso hängen würde, als ihn seine Gedanken wieder in die Gegenwart zurückbrachten. - Wie musste wohl der Junge, den er da am Seil hatte, an seiner Mutter hängen? - Sam atmete tief ein. Sie hatten noch nicht einmal nachgeschaut, ob die Mutter des Jungen noch am Leben war! Und warum haben wir nicht auf Harry gewartet? ‘Ich tue das, was alle hier in diesen Wäldern tun, nämlich schlichtweg die eigene Haut retten’, sagte er sich.

Das schlechte Gewissen war sofort wieder verschwunden. Und außerdem, was konnte er dafür, dass da plötzlich so monströse Wölfe daherkamen! ‘Harry hätte genauso gehandelt’, fügte er innerlich hinzu. Der Gedanke an Harry hatte ihm kurz schlechte Laune gemacht und so wendete er seine Gedanken lieber Positiverem zu, wie zum Beispiel, was er machen wird, wenn er die Felle verkauft hat. Die Biberfelle konnten sie sofort im Fort verkaufen, die anderen mussten sie in die Stadt bringen. Er hatte keine große Lust wieder nach Hause zu gehen, auf der anderen Seite, schmerzte sein Bein und er war auch müde und verstört. So hatte er sich das Abenteuer nicht vorgestellt. Das Leben als Trapper hatte ihm nur insoweit gefallen, dass er gerne allein am Fluss saß und angelte. Durch die Wälder streifen war aufregend, aber Jacobs Anwesenheit hatte ihm auch darauf die Lust verdorben. 'Ja, ja das ist das Leben von Sam: nichts tun und andere arbeiten lassen. Du hast ein Glück einen Vater zu haben, der dich erhalten kann! Denn vom nichts tun kommt nichts!'- Sam hatte diesen Satz inzwischen schon so oft von Jacob gehört, dass es ihm schon nichts mehr ausmachte. Dennoch war ihm jetzt mulmig bei dem Gedanken, seinem Vater zu begegnen und ihm zu sagen, dass er nicht noch einmal in die Berge gehen würde. 'Vielleicht bin ich einfach zu gar nichts gut', dachte er, 'ich werde den Erlös der Felle Liam geben. Dann kann er sich die ersten zwei, drei Rinder damit kaufen'. Der Gedanke, auf die Farm zurückzukehren und zum Reichtum seiner Familie beizutragen, gefiel ihm schon besser. Was er dann tun würde, wusste er noch nicht, aber innerlich hielt er das Bild fest, wie er seinem Bruder das Geld in die Hand drücken würde. „Drei Kühe sind eine Goldgrube" sagte er laut und fast schon kam ihm die Zukunft etwas rosiger vor. Den Gedanken, dass er vielleicht sein Leben lang hinken würde und auch auf der Farm nicht mehr von großer Hilfe sein würde, schob er wissentlich zur Seite.

Er ließ seine Gedanken schweifen und war so von seinen inneren Fantasien gefesselt, dass er um ein Haar in eine Mulde gefallen wäre. Das Seil, an dem er den Jungen hinter sich herzog, straffte sich. Er drehte sich um und sah, wie der Junge durch den Ruck im Seil der Länge nach hingefallen war. Sam schaute ihm zu, wie er sich wieder aufrappelte. Das fiel diesem nicht leicht, da Sam und Jacob ihm die Hände zusammengebunden hatten. Mürrisch drehte sich Jacob in dem Moment um: „Was ist denn los! So kommen wir nie weiter!“

„Der Junge ist hingefallen“, sagte Sam und deutete mit seinem Daumen nach hinten. „Das macht er absichtlich“, fauchte Jacob. „Denkt, dass ihn seine Leute hohlen. Tun sie aber nicht. Seine Mutter ist tot und so weiß niemand, dass er fehlt. Los, lass uns weitergehen. Ich wäre gerne zu den Festtagen unter Menschen!“. Sam zog nun leicht am Seil, um dem Jungen anzuzeigen, dass es weiter ging. Auch wenn es ein Elujunge war, war es ihm zuwider, ihn unnütz zu quälen. Er beobachtete, wie der Junge wacklig wieder auf die Beine kam. Sam drehte sich um und lotste seine Gedanken wieder in Richtung Zukunft und was er da tun würde.

Zu den Festtagen zu Gunsten des *Herrn des Lichts* sollten sie schon wieder im Dreimühlendorf sein? Das waren nur knapp vierzehn Tagesmärsche entfernt! Seine Augen leuchteten auf bei dieser Aussicht. Sie marschierten den ganzen Tag mit drei, vier kurzen Pausen und ohne zu essen. Sein Bein tat ihm teilweise so weh, dass ihm die Tränen in die Augen stiegen. Er wollte jedoch nicht die Häme von Jacob noch mehr provozieren. Er hatte gesehen, zu was dieser fähig war, wenn es um sein Interesse ging.

Sie hatten einen steilen Berghang hinter sich und vor ihnen breitete sich die kahle Hochebene aus. Normalerweise hätten sie versucht, diese Ebene noch vor dem Abend hinter sich zu bringen, aber nachdem sie unvorbereitet erst gegen Mittag losgezogen waren, müssten sie wohl die Nacht hier verbringen. Jacob hatte das geahnt und schon am Nachmittag Brennholz im Wald eingesammelt. Denn so weit das Auge reichte, gab es keinen Baum, keine Erhöhung. Nur Schnee. Hin und wieder hatte der Wind den Boden freigelegt und das Braungrau der Erde munterte das Bild auch nicht auf. „Wo sollen wir denn hier übernachten?“, fragte sich Sam. Der Himmel war bleigrau und das Tageslicht erhellte nur fahl die trostlos daliegende Landschaft. Beide Männer tasteten mit ihren Augen den Horizont nach einer Erhöhung, einem Unterschlupf ab, einem irgendetwas, was sie in der Nacht vor dem Wind und dem Erfrieren retten könnte. Ihre beiden Packpferde waren schwer beladen mit Fellen und dem Feuerholz. Es war Zeit das Nachtlager aufzubauen. Als sie schon kaum mehr Sicht hatten, hielt Jacob an. Da ist nichts zu machen. Wir müssen hier in dieser gottverdammten Einöde die Nacht verbringen. Zuerst wollte Sam den Jungen am Pferd festbinden, damit er selbst die Hände frei hatte. Als er sich jedoch umwandte, sah er, dass der Junge einfach vor Erschöpfung umgefallen war. Er würde wohl nirgendwohin rennen. Dennoch wollte er ihn nicht einfach losbinden und so legte er den Sattel des Pferdes auf die Erde und band sein Ende des Seiles lose daran fest und begann sich anschließend um das Lager zu kümmern. Jacob hatte schon das Holz von den Pferden geholt und eine Stelle vom restlichen Schnee befreit, der hier vom Wind fast völlig weggeblasen war. Seit Minuten versuchte er ein Feuer anzumachen. Der Wind blies es jedoch immer wieder aus. „Steh nicht so sinnlos herum, sondern reiche mir diese zwei größeren Äste, wenn du heute Nacht nicht erfrieren willst!"

Sam beeilte sich, die beiden Äste Jacob zu reichen, konnte jedoch in der Eile nicht genau sehen und stieß diesem aus Versehen einen Ast ins Gesicht. Dieser schrie wütend auf und richtetet sich drohend auf: „Was bist du für ein Trottel, willst du mich umbringen!?" Sam entschuldigte sich stammelnd und Jacob kehrte zu seiner Arbeit zurück, ergriff zwei dicke und einen längeren Ast und spitzte mit seiner Machete die dickeren Äste zu. Sam beobachtete ihn, wie er mit wenigen aber gekonnten Handgriffen arbeitete. Als er letzten Sommer in der Company angekommen war und sein Empfehlungsschreiben abgab, hatte man ihn Jacob und Harry zugeteilt. Als Jacob ihn das erste Mal gesehen hatte, spuckte er auf den Boden, drehte sich um und wies ihn an ihm zu folgen. Jacob war ein

Säufer und innerlich verroht aber als Jagd-Kumpane war er – zumindest was das Überleben und das Jagen anbelangt - der Beste. Er hatte Ohren wie ein Luchs und war stark wie drei Männer. Als sie sich dann letzten Herbst gemeinsam mit Harry auf in die Wildnis aufgemacht hatten, hatten sie anfänglich wenig Glück. Es regnete in Strömen und am Ufer des reißenden Flusses mussten sie zwei lange Wochen kampieren, bis es möglich war ihn zu überqueren. Eigentlich hätte im Spätsommer der Fluss nur Niedrigwasser führen sollen. Es hatte jedoch eine Woche lang gestürmt und geregnet, was im September so gut wie nie vorkam, und das Durchqueren war nicht möglich. In diesen zwei Wochen lernten sie sich besser kennen, was im Nachhinein mehr ein Schaden war. Denn sie waren sich nur über wenig einig. Vor allem, dass Jacob der ältere war und mehr Erfahrung hatte, wurde immer mehr zum Problem. Anfangs sah Sam darin einen Vorteil, denn er konnte von ihm noch viel lernen. Aber oft ging es ihm auch auf die Nerven immer als der kleinere, jüngere, unerfahrenere behandelt zu werden. Er war inzwischen fünfzehn Jahre alt gewesen und er war schneller, viel schneller als Jacob. Und dann Harry: ein verbissener und verbitterter alter Mann. Sam hätte gerne mehr von ihm gelernt, aber jedes Mal, wenn er Harry etwas gefragt hatte, bekam er Ärger mit Jacob. Nachdem Harry gesehen hatte, wie Jacob ihn für sich als seinen persönlichen Sklaven halten wollte, tat er so als ob es Sam nicht gäbe. Sam war für Harry schlichtweg Luft gewesen. Sam schüttelte den Kopf bei dem Gedanken an Jacob und Harry und wie die beiden alten Männer sich gegenseitig das Leben zur Hölle gemacht hatten. „Himmel, lass mich niemals so werden, wie diese beiden“ sagte er leise zu sich, als Jacob ihn anschrie: „Hey bin ich dein Muli oder willst du vielleicht deinen Arsch bewegen und auch das andere Pferd absatteln?!“ Jacob hatte die Pfähle schon zugespitzt und begonnen in die Erde zu rammen, nur brauchte es eine Weile, bis er sie tief genug in den vereisten Boden gebohrt hatte, sodass sie stehen blieben. Dann schlug er einen breiteren Keil in das obere Ende der Äste. In diese verkeilte er den langen Ast. Jacob begutachtete zufrieden seine Konstruktion. Dann holte er die größten Felle und warf sie darüber. Die wertvollen Bärenfelle sowie die Biberfelle sparte er dabei aus. Ein Bärenfell war so viel wert wie zwanzig Biberfelle. Und ein Biberfell war so viel wert, wie drei Fuchsfelle und er wollte nicht riskieren, dass ein Feuerfunken ein Loch hineinbrannte.

Dann wandte er sich unwirsch in Richtung Sam und befahl ihm Feuerholz zu bringen, denn zu etwas anderem sei er ja nicht fähig. Obwohl, fügte er hinzu, vielleicht ist es besser, wenn ich auch das selbst mache. Das war zu viel für Sam: „Lass mich endlich in Ruhe mit deiner ewigen Quengelei. In zwei Wochen hast du mich los und brauchst mich nicht wieder sehen. Aber bis dahin musst du meinen Anblick noch ertragen. Ob du willst oder nicht!“

„He hör einer an, da bringt es unserem Milchbubi bei dieser Eiseskälte das Blut zum Kochen! Schon gut Junge, mach dir mal nicht ins Hemd. Du darfst das Feuer anmachen und ich bringe dir das Holz, wenn du dich dann besser fühlst". Jacob lachte abschätzig und sein Spott hatte nicht gerade dazu beigetragen Sam zu beruhigen, aber es war zu kalt und windig und er war hungrig. Da wollte er sich nicht auch noch mit einem Streit abgeben. Schweigend bemühte sich Sam mit dem Schlageisen das Feuer anzumachen. Der Windschutz funktionierte und so begann nach einer Weile das Licht des Feuers den Platz zu erwärmen. Jacob hatte das ganze Holz beim Feuer aufgeschichtet und wärmte nun seine Hände am Feuer. „Was machen wir mit den Pferden?" fragte Sam.

„Wir binden sie hier zwischen dem Windschutz und dem Feuer fest sonst erfrieren uns die auch noch!" Als er die Pferde holte löste sich das Seil, an dem der Junge festgebunden war. Sam warf einen Blick nach hinten und sah, dass dieser noch genau da lag, wo er vor kurzem der Länge nach hingefallen war. So entschied er sich, sich zuerst um das Pferd zu kümmern und den Jungen dann ans Feuer zu holen.

Inzwischen war es dunkel geworden, doch es war leicht den Jungen zu finden: ein kleiner schwarzer Schatten im weißen Schnee. Sam stieß mit dem Stiefel an den Körper, der sich nicht rührte. Er bückte sich zu dem Jungen und auch wenn ihm das Bein schmerzte, hob er ihn hoch und trug ihn zum Feuer, wo er ihn neben das Feuer auf ein Fell legte. Der Junge hatte blaue Lippen und es schüttelte ihn vor Kälte. Seltsamerweise war das Seil an seinen Handgelenken gelöst. 'Wie hat er denn das geschafft? ', fragte sich Sam und entschied es im Stillen es Jacob nicht zu sagen. Er deckte ihn mit mehreren Fellen zu und flößte ihm einen Schluck Brandy ein. Hustend kam der Junge wieder zu Bewusstsein und schaute ihn mit seinen dunklen Augen an. 'Verdammt, jetzt muss ich auch noch den Babysitter machen', murmelte er zu sich selbst. Aber innerlich war er froh, dass der Junge noch lebte und nicht erfroren war. Jacob, der offensichtlich beschlossen hatte, dass der Junge in Sams Verantwortung fiel, spießte inzwischen den Hasen, den er am Nachmittag erschossen hatte, auf, und schweigend saßen sie um das Feuer, das trotz des Windschutzes immer wieder in Gefahr war, von einer Böe ausgeblasen und die glühenden Äste vom Wind weggefegt zu werden.

„Scheußliches Wetter, was?", versuchte Jacob ein Gespräch anzukurbeln.

„Ja", sagte Sam aber zu mehr hatte er keine Lust. Er hatte schon lange die Lust an den Gesprächen mit Jacob verloren und auch wenn er tagsüber sich kaum etwas Besseres vorstellen konnte, als endlich abends die müden Knochen am Lager auszustrecken, so wurden diese Abende doch immer unangenehmer. Jacob war zwar nicht der Hellste, aber dass Sam ihm aus dem Weg ging und nicht mehr so wie früher über seine Späße lachte, das war auch ihm aufgefallen.

„Auch recht, dann halt nicht", sagte Jacob spitz in Richtung Sam, „Wenn ich schon nicht gut genug bin für deine Gesellschaft, dann teile du mit dem Jungen deinen Anteil, vielleicht willst du dich ja lieber mit einem dreckigen Elu-Jungen deine Zeit verbringen, anstatt mit einem erwachsenen Mann über bessere Zeiten reden, was?"- Sam musste tief durchatmen.

Das war genau das, was er schon seit seinem Unfall befürchtet hatte. Er wollte Jacob auf keinen Fall zu seinem Feind machen. Nicht hier und nicht jetzt. Jacob hatte diese Strecke schon zigmal gemacht und kannte sie wie seine Jackentasche. Sam hingegen wusste nur, dass es zuerst einmal in Richtung Nordosten ging und dass sie genau denselben Weg zurücklegen mussten, wie sie gekommen waren. Sie würden dann den Wimish Fluss entlang in Richtung Südosten reiten und auf halbem Weg im Dreimühlendorf ihre Felle verkaufen. Das war die erste größere Siedlung, wo es alles gab: Bars, einen Arzt und einen Umschlagplatz für Felle. Von dort an könnte jeder machen, was er wollte. Er hatte vor, mit einem Boot bis ins Büffeltal zu fahren und von dort zu Fuß bis zur Farm seiner Familie zu gelangen. Die nächsten zwei Wochen wäre er jedoch Jacob völlig ausgeliefert, denn nur dieser kannte den Weg in die Tiefebenen. Allein würde er sich hier in den Schluchten verirren und - wenn der Winter endgültig käme - schlichtweg irgendwo erfrieren.

Beschwichtigend fügte er also hinzu: „Ach komm Jacob, ich bin einfach müde und mein Bein schmerzt." - Jacob schaute ihn zwar misstrauisch an, nahm aber das Friedensangebot an und so wiederholten sie das übliche Gespräche, das sie fast jeden Abend hatten, nämlich was sie im Dreimühlendorf alles mit dem Geld machen würden und wie oft Jacob noch diese Tortur machen musste, um sich endlich irgendwo eine Farm zu kaufen und das Leben eines braven, sesshaften Farmers mit Frau und Kind zu führen. Als Jacob den gebratenen Hasen vom Spieß nahm, warf er einen angewiderten Blick auf den Elu-Jungen. „Nimm ihm die Handfesseln ab und binde ihm die Füße so zusammen, dass er noch gehen kann aber nicht weit damit kommt". Jacob konnte hier im Dunkeln nichts sehen und so zog Sam das im Schnee liegende Seil vorsichtig zu sich, im schwachen Licht des Feuers konnte er sehen, wie der Junge die steifen Hände immer wieder anhauchte.

Sam nahm spontan die kalten Hände in seine und massierte sie vorsichtig, damit die Durchblutung wieder funktionierte. „Das hat ja gerade noch gefehlt, dass du nicht nur ein Grünschnabel bist, sondern auch noch Mitleid mit so einem Eingeborenen hast! Wenn du die Füße gefesselt hast, komm her zum Essen!", rief ihm Jacob angewidert zu und spuckte als Zeichen der Abscheu auf den Boden. Sam gehorchte diesmal, ohne zu murren.

Schweigend und mit klammen Fingern aßen sie eilig den Hasen. Der Sturm begann sich zwar nun am Abend etwas zu legen, war jedoch noch immer stark genug, um ein normales Gespräch zu verhindern. Jacob reichte Sam den Brandy, den er diesmal gerne annahm. Das Bein schmerzte teilweise so, dass er befürchtete das Bewusstsein zu verlieren und die Eiseskälte drang ihm bis unter die Haut. Sam nahm einen weiteren Schluck und mit lauter und betont unbeteiligter Stimme wandte er sich zu Jacob: „Wir müssen morgen mehr Pausen einlegen Jacob. Mein Bein tut es nicht mehr."

„Was hast du gesagt?", rief ihm Jacob zu. „Mein Bein tut es nicht mehr! Wir müssen morgen mehr Pausen einlegen!“. Einen Augenblick lang schauten sich die beiden Männer an. Jacob antwortete nicht, nahm nur die Brandyflasche entgegen und trank nun seinerseits mehrere Schlucke.

Anstatt Sam zu antworten, stand Jacob auf und warf die abgenagten Knoch in Richtung des Jungen. Dieser hatte sich in die Felle eingewickelt und mit dem Gesicht in die andere Richtung lag er, ohne sich zu rühren, still atmend da. Die Knochen und Fleischreste schaute er nicht an.

„Dann halt nicht“, knurrte Jacob und schrie in Sams Richtung „Ich halte Wache. Ich habe vorhin so etwas wie ein Wolfsgeheul gehört. Später wecke ich dich auf“.

Sam hatte ebenfalls das Gefühl gehabt, dass sie nicht allein auf dieser Hochebene waren, und das Feuer schützte sie zwar gegen Wildtiere, dafür waren sie weithin sichtbar. Aber er war müde und wollte nur mehr schlafen. Er verkroch sich in sein Fell neben dem Jungen, schob seine Mütze tief ins Gesicht und schlief sofort ein.

Als er aufwachte und sich die Mütze aus dem Gesicht geschoben hatte, hatte der Sturm sich etwas beruhigt und der Wind blies nun nur mehr stetig und eisig über die nächtliche Ebene. Über ihm wölbte sich ein sternenklarer Himmel. Wie lange hatte er geschlafen und warum hatte ihn Jacob nicht geweckt, damit er ihn in der Wache ablösen konnte? Sam drehte seinen Kopf in die Richtung, in der noch vor ein paar Stunden das Feuer gebrannt und auf der anderen Seite der Feuerstelle Jacob gesessen hatte. Das Feuer war zu einer schwachen Glut heruntergebrannt. Sam starrte eine Zeit lang auf den Platz, wo eigentlich Jacob sitzen müsste. Aber der Schlafplatz von Jacob leer war: Weder sein Reisekumpane noch dessen Felle lagen da, wo er sie zuletzt gesehen hatte. „Jacob, ist es nicht bald an mir, Wache zu schieben?“, fragte er und drehte sich dabei um. Vielleicht war er ja bei den Pferden. Aber da war er nicht - und auch die Pferde und die Felle waren nicht da. Nichts war mehr da und sein Blick fiel auf die öde vom Mond hellerleuchtete Ebene.

Er drehte sich auf die linke Seite, wo am Abend das Elukind gelegen hatte, und da lag der Junge auch noch und schien tief zu schlafen. „Was zum Teufel!“, rief Sam aus und sprang auf. „Jacob! Jacob du alter Bastard, wo bist du! Jacob!“ Nun stand er still da, um zu lauschen. Es war Vollmond und er konnte die ganze Hochebene gut überblicken, aber da war nichts. „Verdammt, verdammt, verdammt!“, brach es aus ihm heraus. Dann kam ihm der Gedanke, dass - wenn er jetzt sofort aufbrechen würde - er noch im Schnee die Spuren sehen und folgen könnte. Rasch rollte er die Felle zusammen, die sein Nachtlager abgegeben hatten. Er weckte den Jungen auf und stellte ihn auf seine Beine, dann rollte er auch dessen Felle zusammen.

Die Satteltasche, an der eine Eisenfalle hing und ansonsten Patronen, ein Messer, seine Mundharmonika, Tabak, eine Brandy-Flasche und zwei Feuersteine mit den Schlageisen beinhaltete, die ihm nachts als Kopfstütze gedient hatte, hatte Jacob nicht gewagt unter ihm hervorzuziehen. „Das darf doch nicht wahr sein. So kommst du mir nicht davon, so wahr ich hier stehe! So kommst du mir nicht davon!“, knurrte Sam. Er band dem Jungen die Fußfesseln los und fesselte dafür seine Hände wieder zusammen. Das Seil band er sich diesmal an der Satteltasche fest. Der Junge war so viel wert wie drei Felle, wenn er ihn verkaufte. Er stöhnte vor Wut. Mit dem Erlös konnte er sich gerade noch die Fahrt auf dem Fluss leisten und das war es dann. Im Schnee konnte er noch die Spuren der Pferde und die Fußabdrücke Jacobs erkennen. Fluchend warf er sich die Satteltasche und die Felle über und begann den Spuren mit schnellen Schritten zu folgen. Der Junge folgte ihm ohne Widerstand und Sam war es in dem Moment gleichgültig, wie es dem Jungen ging. Jacob hatte ihm die Arbeit einer ganzen Saison gestohlen und ohne Pferde und ohne den Weg zu kennen hatte er wohl angenommen, dass Sam schlichtweg verrecken würde. Sogar sein Gewehr war weg. Patronen hatte er jedoch genug in der Satteltasche. Das gab ihm eine gewisse Genugtuung, dass Jacob nur wenige Patronen besaß. Aber dieses Gefühl war nur von kurzer Dauer. Jacob hatte die Felle, die Pferde, die Gewehre und das Wissen wie man wieder hier aus dem Gebirge herauskam. Sams Chancen, dass er noch vor dem nächsten Schneefall in die Tiefebenen gelangen würde, waren gering. „So ein Bastard, so ein verdammter Bastard“, fluchte er weiter vor sich hin. Es wurde ihm immer mehr bewusst, dass Jacob mit seinem Tod rechnete, denn ansonsten hätte er ihm zumindest das Gewehr gelassen. Die Wut beflügelte ihn und ließ ihn die Kälte, den schneidenden Wind und noch nicht einmal die Hoffnungslosigkeit der Situation fühlen, geschweige denn sein schmerzendes

Bein. Schon nach knapp einer Stunde wurden die Spuren verwischter und an manchen Stellen, wo der Wind größere Flächen freigelegt hatte, musste Sam tief gebeugt mehrmals um die Stelle herumgehen, um etwas zu finden, was er als die Spur der Pferde auslegen konnte. Der Wind blies unbarmherzig weiter und als in der Ferne die Bergwipfel grau wurden und ein kalter Morgen sich ankündigte, lag vor ihnen nur mehr die Ebene ohne auch nur die geringste Spur von Jacobo. Sam ging dennoch weiter und hielt dabei die Richtung bei, die er bisher gegangen war. Sam sah zum Himmel, atmete tief durch und drehte sich nach dem Jungen um. Die kleine magere Gestalt hob sich vor der schmutzig grau und feindselig wirkenden Ebene ab. Sam blickte verbittert zurück, ob er vielleicht ein Zeichen übersehen hätte oder sogar Jacob plötzlich aus dem nichts auftauchen würde und alles nur ein schlechter Scherz war.

Und tatsächlich bewegte sich etwas hinter dem Jungen. Er kniff die Augen zusammen, um besser sehen zu können und so entdeckte er hinter dem Jungen fünf, sechs Punkte, die rasch näherkamen und größer wurden. Es brauchte nicht lange und es war ihm klar, dass es sich um Wölfe handelte. „Komm her, schnell! Rief er dem Jungen zu und winkte ihm. Der Junge konnte nicht wissen, was hinter ihm war, und so lief er im selben müden Trott auf Sam zu wie zuvor. Erst als er nur mehr an die zwei Meter entfernt war und den Ausdruck in Sam Gesicht entdeckte, drehte er sich um und sah keine zweihundert Meter entfernt das kleine Wolfsrudel, das direkt auf sie zusteuerte. Er blieb als

Reaktion zuerst einmal abrupt stehen, anstatt seinen Schritt zu beschleunigen. Doch dann startete er los und huschte hinter Sam. Sam hatte sein Messer und das war es. Er blickte um sich um irgendetwas zu finden, was er als Waffe benutzen konnte, aber außer Schnee und Eis war da nichts. Dann fielen seine Augen auf die Eisenfalle und schnell nahm er diese in die andere Hand. Als die Wölfe nur mehr wenige Meter entfernt waren, verlangsamten sie ihren Schritt und bildeten einen Kreis um sie. Der Junge war hinter Sam hervorgekommen und als Sam ihm einen Blick zuwarf, sah er die verzweifelte Wut in dessen Augen. Sam schien es eine Ewigkeit, dass sie so dastanden. „Wir haben keine große Chance Junge aber lass uns unsere Haut so teuer verkaufen wie möglich ok?" Er sah, wie der Junge leicht nickte und dann zu Sams enormer Verwunderung sich brüllend auf den nächsten Wolf, der vor ihm stand, stürzte. Sofort warfen sich zwei weitere Wölfe auf den Jungen und Sam sah, dass er schon wieder ohne Handfesseln war. „Wie macht er das nur?" fragte sich Sam aber er hatte keine Zeit darüber nachzudenken, sondern stürmte mit einem Schrei, der ihm selbst durch Mark und Bein drang, zu dem Wolfshaufen, der den Jungen unter sich begrub. Sein Messer drang tief in die Flanke eines kleineren grauen Wolfes ein, der sich jaulend nach ihm umdrehte und sofort versuchte ihm an die Gurgel zu gehen. Sam wurde in dem Gefecht auf den Rücken geschmissen und hielt sich die Eisenfalle vor die Gurgel und mit dem freien Arm stach er wild auf alles ein, was um ihm war.

Dann ertönte ein Geheul von einer Lautstärke, dass es ihm das Blut in den Adern gefrieren ließ. Es erklang nördlich vom anderen Ende der Ebene. Plötzlich ließen die Wölfe ab, zogen sich einige Meter zurück und nun begannen auch sie zu heulen. Als sie aufgehört hatten, wurde es still. Von seiner Hand, die das Messer über ihm hielt, triefte das Blut in sein Gesicht. Er wusste nicht, ob es seines oder das eines Wolfes war. Am Bein spürte er einen pochenden Schmerz, aber ansonsten hatte ihn der dicke Fellmantel und die Falle vor den Bissen geschützt. Langsam drehte er seinen Kopf in die Richtung, in der der Junge lag. Soweit er erkennen konnte, war er völlig unverletzt! Aber auf seiner Brust saß etwas, das sich bewegte. Sam kniff die Augen mehrmals zusammen, denn das, was er sah, war eine kugelrunde blonde und vor allem sehr wütende Frau in Miniaturausgabe. Abwechselnd gab sie dem Jungen eine Ohrfeige und schrie irgendetwas wild gestikulierend in Richtung der Wölfe. Sie war so klein wie eine größere Maus und ein dicker geflochtener Zopf wurde bei jeder Kopfbewegung wild durch die Gegend geschleudert. Sam schloss die Augen. „Ich zähle nun bis zehn und wenn ich sie wieder aufmache, sind sowohl die zu kleine Frau als auch die zu großen Wölfe weg!“, sagte er und versuchte bestimmt zu klingen. Als er die Augen wieder aufmachte, war die kleine Frau nicht mehr zu sehen und die Wölfe waren schon weit entfernt. “Das werde ich dann wohl nur geträumt haben”, sagte er kopfschüttelnd zu sich selbst. Sam sah den Wölfen hinterher. „Es sind dieselben

Wölfe von gestern Morgen.“, murmelte er und ein Schauer lief ihm über den Rücken.

Er sah ihnen nach wie sie in einer unwirklichen Landschaft, hinter vom Wind aufgestöberten Eiswirbeln, die über die Fläche jagten, sich zu Punkten verkleinerten um schließlich die Ebene wieder der Kälte und dem Eis überließen. Erst als seine Hände und Beine begannen ihre Temperatur an die Kälte der Außenwelt anzugleichen, erlaubte sich Sam seine Totenstellung aufzugeben. Krächzend und stöhnend setzte er sich auf. Auch der Junge hatte sich inzwischen aufgesetzt. Er war zwar kreidebleich, aber ansonsten schien ihm nichts zu fehlen. Sam strengte sich an nicht an die wütende Zwergin zu denken und sich hingegen um den Jungen zu kümmern. Sam begann ihn mit seinen inzwischen steif gefrorenen Händen abzutasten. Nur am Arm hatte ein Wolf ein Stück der Felljacke herausgerissen. Aber als Sam die Stelle abtastete, spürte er keine Verletzung. Über die Wange hatte die Kralle einer Tatze einen langen und tiefen Striemen hinterlassen, aber ansonsten war dem Jungen nichts passiert. Sam fasste ihn unter den Armen und richtete ihn auf: „Wird alles wieder gut, Elu-Junge, ja?“ Der Junge schaute ihn lange an und wollte gerade den Mund aufmachen, als ihn jemand am Ohr zog: „Er heißt Achak, du dummer Kishlümmel und ich bin ....“ - Sam hatte sich vor Schreck so abrupt umgedreht, dass das Wesen, das in sein Ohr geschrien hatte, sein Gleichgewicht verlor und vor ihm in den Schnee fiel. Prustend grub es sich wieder aus und Sam musste mit Schreck erkennen, dass es die Frau mit dem Zopf war.

Sie sprang nun mit einer unerwarteten Behändigkeit auf den Schenkel des Jungen und kletterte hoch bis zu dessen rechten Schulter. Dann wandte sie sich wieder Sam zu: „Du bist nicht nur dumm, sondern auch noch unfähig zuzuhören!“, rief sie und ihr Kopf war inzwischen rot angelaufen vor Wut. „Achak, jetzt wo das alte Scheusal weg ist, können wir ja umdrehen. Dieser Milchbubi“, und dabei schaute sie kurz in Richtung Sams, „stellt kein Hindernis dar. Aber wo ist überhaupt meine zweite Hälfte? Er schlief heute Nacht in der Satteltasche ...“- Plötzlich wurde sie kreidebleich, ließ sich auf die Schulter plumpsen, von wo sie langsam in den Schoß von Achak rutschte. Hier saß sie nun mit hängenden Schultern. Dann fing sie an zu weinen: „Oh nein, oh nein! Er ist in der anderen Satteltasche! Wo ist das alte Scheusaal, warum sind wir allein?“

„Abba, bist du dir sicher? Wieso hat er denn in der anderen Satteltasche geschlafen? Ihr hattet doch gestern gemeinsam entschieden, dass es besser ist, wenn ihr zusammen in derselben Tasche schlaft, auch wenn Istu schnarcht und warum bemerkst du es erst jetzt, dass Istu fehlt!“, hörte Sam den Jungen - den die Zwergin Achak nannte - sagen. Sam hatte den Jungen bisher nicht sprechen gehört und war erstaunt über dessen ruhigen Singsang. Manchmal hatte er sogar schon den Verdacht gehabt, dass dieser Junge schwachsinnig sei und sich deshalb alles gefallen ließ, aber nun sprach er zwar mit einer kindlichen Stimme, aber doch klar und deutlich mit dieser fürchterlichen Abba!

„Lass bleiben", seufzte Abba." Wir hatten gestern Abend einen Streit und so konnte ich lange nicht schlafen. Als ich dann endlich eingeschlafen bin, habe ich nichts mitbekommen bis zu dem Moment, als diese Wölfe aufgetaucht waren. Ach Achak, wenn du groß bist und selbst eine Frau haben wirst, wirst du sehen, dass die Dinge meistens anders laufen, als man denkt. Aber was machen wir nun? Oh, mein armer Istu! Ich kann es nicht glauben, wie er sich immer wieder in solche Situationen bringt! Man kann ihn wirklich nicht für einen Moment aus den Augen lassen. Ich kann es nicht glauben! Jetzt müssen wir hinter diesem stinkenden und grässlichen Scheusal hinterher! Komm, Achak, lass uns beeilen. Nicht dass Istu noch irgendeinen Blödsinn macht oder noch schlimmer, den Helden mimt!"

Achak erhob sich, klopfte den Schnee ab und blickte in Richtung Sam: „Wenn du willst, kannst du mit uns mitkommen. Denn, so wie ich das sehe, kommst du ohne Hilfe nirgendwohin."

Sam, dem die ganze Situation unwirklich vorkam und ein Teil seines Gehirns es immer noch nicht fassen konnte, dass nicht mehr er die Zügel in den Händen hielt, sondern eine Frau in Apfelgröße und ein Elu-Kind, machte einen Schritt auf Achak zu und versuchte ihn zu fassen. Achak war jedoch plötzlich wie ausgewechselt und wartete nicht demütig, bis Sam ihn wieder fesseln konnte, sondern machte ohne große Anstrengung einen Sprung auf die Seite.

„Hallo? Willst du dich etwa wehren?", rief Sam nun erstaunt aus und mit einem unerwarteten Satz sprang er wiederum in Richtung Achak, der jedoch schnell auf die Seite auswich und Sam daraufhin der Länge nach und mit einem Schmerzensschrei, da er das kaputte Bein falsch belastet hatte, in den Schnee fiel. Sam begann das Blut in den Adern zu kochen. Er hatte alles verloren, war zu einem Krüppel geworden und das Einzige, was ihm noch geblieben war, war dieser Junge. Ohne diesen verkaufen zu können, hätte er noch nicht einmal die Möglichkeit zur Farm zurückzukommen!

„Na gut, wie du willst, dann halt auf die harte Art!" rief er und wollte so schnell er konnte, aufstehen, als er plötzlich auf seiner Nase Abba sitzen hatte. Sie hatte seine Nase zwischen ihren Beinen eingeklemmt und mit den Händen hielt sie seine Augenlieder hoch. Er wollte sie von der Nase streifen, aber Achak hatte inzwischen einen seiner Arme auf dem Rücken nach oben gebogen: „Bewege dich und du hast nicht mehr nur im Bein Schmerzen", sagte Abba genüsslich und Sam sah durch die Tränen, die ihm aus den Augen rannen, da Abba ihn nicht blinzeln ließ, dass sie ihren Kopf ganz nahe seinem rechten Auge näherte: „Du wirst uns nun helfen diesen Jacob zu finden. Das heißt, nachdem du nicht fähig bist Spuren zu lesen: wir werden Jacob finden und du kannst uns entweder begleiten oder eben hierbleiben." Dann ließ Abba plötzlich seine Augenlider los, sprang behände auf den Boden und fragte, fast schon gelangweilt: „Kann Achak nun deinen Arm loslassen oder willst du weiter unsere Zeit mit deiner Fehleinschätzung der Situation vergeuden?" Sam wusste nicht, was er antworten sollte. Er war außerdem noch immer völlig irritiert von dieser Abba und was da gerade geschah. Sie hatte recht! Er hatte keine Ahnung, wie er das Gebirge lebend verlassen sollte! Und so nickte er schließlich. Er konnte ja, wenn sie Jacob eingeholt hätten oder spätestens, wenn sie wieder unter Menschen waren, den Jungen fesseln. Bis dahin wollte er ihr Spiel mitspielen. So würde er zumindest dieses elende Gebirge verlassen können.

Achak ließ den Arm los, hob Abba auf eine Schulter und stand nun wartend da. Als Sam aufgestanden war, sammelte er seine Sachen zusammen und ohne Achak in die Augen zu schauen, sagte er mit kalter Stimme: „Na, dann mal los, Achak.“- „Achak und Abba!“, fügte Abba grinsend hinzu: „Abba und Achak!“ Sie schmunzelte noch mehr, als sie sah, wie sich Sams Gesicht zu einer bitteren Grimasse verzog. Dann richtete sie sich auf, hielt ihre Nase in die Luft und zeigte mit ihrem Zeigefinger in Richtung eines in der Ferne liegenden Felsvorsprungs: „Da geht es lang. Und wenn wir uns beeilen, kommen wir dort noch vor dem Einbruch der Nacht an.“

Der alte Mann und das Baby

Ab in den Westen!

Harry keuchte unter der Last der zwei Füchse und des Bibers, die er über die Schulter geworfen hatte. Jetzt im Herbst waren ihre Felle noch nicht so voll und glänzend, wie es im Winter sein würde und so war er sich sicher, dass er nur wenig dafür bekommen würde. Aber er musste etwas tun, wollte nicht einfach nur herumsitzen und so hatte er in diesem Sommer und Herbst weiterhin Fallen aufgestellt. In eine der Fallen war sogar ein Bär getappt. Er hatte das tobende Tier mit Bedauern erschossen. Er hasste es Bären oder Wölfe zu töten. Sie waren starke, kluge und edle Tiere. Manchmal, wenn er in seinen Fallen die verbluteten oder verhungerten Tiere - oder schlimmer noch - sie vor seinen Augen elendig verrecken sah, fragte er sich, warum er das überhaupt tat. Er mochte Tiere, hatte als Kind auch einen Hund und ein Pferd, die er beide liebte. Er verzog die Mundwinkel bei dem Gedanken, dass er sein Leben lang sein Brot durch das Töten und Häuten von Tieren verdiente. ‘Ziemlich armselig’, murmelte er dann vor sich hin, ‘einfach nur armselig’. Er hatte den Beruf von seinem Onkel gelernt. Als die Farm seiner Eltern abbrannte und seine Eltern darin umgekommen waren, wuchs er bei seinem Onkel auf. Dieser hatte weder Haus noch Familie; dafür ein Gewehr, zwei Messer und schwarze Zähne vom Tabak kauen. Der Biber fiel von seiner Schulter. In die Realität zurückgeholt, ließ er auch die beiden Füchse in den Schnee rutschen. Die schwerere der alten Eisenfallen, die ihm all diese Jahre gut gedient hatten, hatte er einfach zurückgelassen, die andere, in der er kleinere Tiere wie Hasen, fing, hatte er sich an den Gürtel gebunden. Als Farmer würde er nur mehr diese brauchen. Er blickte sich um: den Wald und dessen Geräusche liebte er. Hier, in den Wäldern, war er zu Hause und dennoch... das ewige Alleinsein gefiel ihm nicht mehr. Er war sogar verheiratet, bekam auch zwei Söhne, aber seine Spielsucht und das unstete Leben als Trapper führten dazu, dass er eines Tages im Frühling verfrüht nach Hause gekommen war und seine Frau mit einem anderen Mann vorgefunden hatte. Ohne etwas zu sagen, hatte er sich auf der Schwelle des Hauses umgedreht und hatte seitdem nie mehr etwas von seiner Frau oder seinen beiden Söhnen gehört. Das war nun über dreizehn Jahre her. Seitdem blieb er allein. Freunde besaß er nicht und sein Onkel war schon vor über zehn Jahren gestorben: in eine seiner eigenen Fallen getreten und einsam im Gebirge verblutet. Die Winter verbrachte er hier in den Grauen Bergen und die Sommer in einer der Ansiedlungen entlang des Wimish Flusses. Er hievte sich die Kadaver wieder auf den Rücken und gab sich einen Ruck. Er wusste, dass er nicht mehr hierher zurückkommen würde. Sie hatten die Hütte gebaut und den Winter hier verbracht. Sie hatten so viele Felle, dass er sich von dem Erlös eine kleine Farm und ein paar Schafe kaufen konnte. Harry atmete tief durch bei dem Gedanken. Er wollte nur mehr weg von hier, von den zwei Idioten, vom Gestank der toten Tiere. Sie hatten schon im Frühling aufbrechen wollen, so wie immer, dann hatte sich Sam das Bein gebrochen. Felsen waren den Berg hinuntergedonnert und einer davon erfasste sein Bein. Die Wunde war offen, an manchen Stellen waren große Stücke von Fleisch weggeschlagen worden und der Knochen war mehrfach gebrochen. Die Befürchtung war, dass er nie mehr hätte gehen können. Im Bestfall würde er für den Rest seines Lebens humpeln. Die Wunden waren tief und weder Jacob noch Harry wussten viel über Knochenbrüche. Wie man Verletzungen behandelt, wussten sie jedoch. Als Trapper musste man immer damit rechnen, dass einem etwas passierte. So stellten sie das Bein einfach still, verbanden es und kümmerten sich um die Wunden. Es war klar, dass es Wochen dauern würde, bis Sam wieder gehen konnte und so mussten sie warten, bis sein Bein geheilt sein würde. Kurz hatten sie diskutiert, Sam mit dem Kanu in Richtung Westen hinabzuschicken. An der Mündung sei eine kleine Ansiedlung von Ordensschwestern entstanden und wenn er Glück hätte, würde er dort auch verarztet werden. Sie wollten inzwischen die Felle im Osten verkaufen und seinen Anteil behalten, bis er wiederkäme.

Die Wahrheit war, dass nur wenige Siedler sich jenseits der Grauen Berge vorwagten. Es gab keine befahrbaren Wege, keine Forts, kein Nichts. Nur Wölfe, Bären, vereinzelt ein paar Trapper und Elus, sehr viele Elus. Und von der religiösen Siedlung wussten sie auch nur von Hören Sagen. Damit war die Möglichkeit kaum vorhanden, dass er wirklich irgendwo Hilfe erfahren würde. Wahrscheinlich wäre er von einem Pfeil durchbohrt worden oder schlichtweg verhungern. Dennoch, der Gedanke, hier oben noch wochenlang warten zu müssen, hatte ihn nicht wirklich gereizt.

Auch würde der Bach im Frühling zu einem reißenden Fluss anwachsen und nicht mehr zu überqueren sein.

Am Schluss einigten sie sich, denn Sam versprach ihnen zwanzig seiner Felle zu geben, wenn sie auf ihn warten würden. Das waren zehn für Jacob und zehn für ihn. Damit konnte er drei Schafe hinzukaufen. Er schlug dann dreist Fünfzehn Felle pro Kopf vor, da die Preise über den Sommer fallen würden und Sam musste zustimmen. Die Alternative, allein in den Westen zu paddeln, war zu erschreckend für Sam. Zudem versprach er Jacob seine goldene Uhr und Harry würde am Ende sein Gewehr bekommen. Im September waren sie so weit, dass Sam wieder gehen konnte, aber dann hatte Jacob sich an einer Knolle vergiftet und lag zehn Tage lang kotzend in der Hütte. Als sie dann endlich so weit waren, überfiel sie der verfrühte Winter. Über Nacht waren sie von metertiefem Schnee umgeben und an ein Überqueren der Berge war nicht zu denken. Sie mussten also warten. Die Stimmung in der Hütte war kaum auszuhalten und so war Harry jeden Tag in den Wald gegangen, auch wenn er sich kaum vorwärtsbewegen konnte in dem tiefen Schnee und die Ausbeute gering war. Der Schnee war in den letzten Tagen zum Glück Großteils wieder geschmolzen und es war nun wirklich letzte Minute, um endlich aufzubrechen. Lange hatten sie diskutiert, noch einen weiteren Winter hier zu verbringen, aber alle drei wollten zurück in die Zivilisation und hatten für den Moment die Nase gestrichen voll vom Zusammensein in dieser Berghütte. Heute Abend wollte er noch die Häute von den Füchsen und dem

Biber ziehen und dann morgen mit den anderen im Morgengrauen aufbrechen.

Er war so in seine Gedanken versunken, dass er erst kurz vor der Hütte bemerkte, dass etwas nicht stimmte. Es war zu still. Er legte seine Felle vorsichtig auf den Boden und schlich sich langsam an. Als er um sich blickte, fiel sein Blick auf Fußspuren. Spuren von Mokassins. Es waren kleine Spuren. Die Fußabdrücke waren von einem Kind und wahrscheinlich einer Frau. Sie führten jedoch nicht zur Hütte, sondern wieder zurück in den Wald. Offensichtlich hatten sie die Hütte beobachtet und waren dann weitergezogen. Als er sich genau dort, wo die Elus die Hütte beobachtet hatten, in den Schnee kauerte, sah er vor sich ein Schlachtfeld. An die fünf Wölfe lagen erschossen vor der Hütte. Harry kniff die Augen zusammen, denn irgendetwas stimmte mit den Dimensionen nicht. Er starrte die fünf toten Tiere an. Es waren Wölfe von gigantischen Ausmaßen. Ansonsten war der Platz leer. Auch aus der Hütte drang kein Rauch. Alles lag leer und schweigsam vor ihm. Und dann hörte er es: ein leichtes Wimmern drang zu seinen Ohren. Er versuchte zu erkennen, woher das Wimmern kam, konnte jedoch nichts sehen. Nach einer Weile erhob er sich, ließ die toten Tiere und die schwere Eisenfalle im Schnee zurück, hielt die Biberfalle am Gürtel fest, damit sie keinen Lärm machte, durchquerte den Bach und schlich zur Hütte. Vorsichtig schob er die knarrende Türe auf und blickte ins Dunkle. Die Hütte war leer. Vorsichtig, um keinen Lärm zu machen, legte er die Biberfalle auf den Boden. In einer Ecke lag ein Stapel Felle. Als er sie zählte, waren es nur seine eigenen zwanzig. Die fünfzehn Fälle, die Sam versprochen hatte, waren nicht da. Wütend stellte er fest, dass auch das Bärenfell fehlte. Er hatte dieses Jahr Glück gehabt und ein sehr seltenes weißes und an die acht sehr dunkle und fast blaustichige Biber gefangen. Dazu kamen noch zwei Schwarzfuchsfelle. Der Rest der Biberfelle war von gröberer Qualität oder von jüngeren Bibern. Dennoch, der Verlust des Bärenfelles und der fünfzehn Felle waren ein harter Schlag. Er wusste, dass Jacob ihn nicht ausstehen konnte, aber dass er so weit ging, dass er ihn bestahl und ihn einfach zurücklies, war nun doch eine böse Überraschung.

Leise fluchte er vor sich hin. Dann durchschoss ihn eine heiße Welle: Die Pferde! Ohne sich für das blutige Schlachtfeld auf dem Vorplatz zu interessieren, rannte er hinter das Haus: alle beiden Pferde waren weg. Jacob und Sam waren, während er im Wald war, einfach gegangen und hatten ihn ohne Pferde zurückgelassen. Er betrachtete die Spuren im Schnee. Zwei davon waren offensichtlich von Jacob und Sam, aber da waren weitere Fußspuren von einem Kind. Waren es die Spuren von dem Kind, die er zuvor im Gebüsch gesehen hatte? Aber wo war dann die Mutter? Die beiden Männer hatten das Elu-Kind bei sich und waren heute Morgen mit den Pferden und dem Großteil der Felle scheinbar in den Osten losgezogen. Einfach so, ohne ihn. - Die Wut nahm ihm fast den Atem und er hockte sich kurz auf den Boden. Sein Blick fiel auf den Fluss und auf das Floß. Er schüttelte den Kopf, fluchte vor sich hin, graste mit den Augen das andere

Ufer des Flusses und die Umgebung ab. Vor einigen Jahren war ihm beim Holzhacken ein Splitter in das linke Auge gekommen und seitdem sah er auf diesem Auge nicht mehr so gut. - Nichts! Die Sonne stand hoch oben und der schmelzende Schnee tropfte ihm von einem Ast in den Kragen. Er durchdachte die verschiedenen Möglichkeiten. Wenn er sie verfolgen würde, hätte er sie morgen eingeholt. Sam konnte zwar gehen, war jedoch immer noch langsam und wahrscheinlich musste er mehrere Pausen einlegen, denn der Bruch war nur schlecht verheilt. Reiten konnte er nicht, denn auf den Pferden lagen die Felle und die wichtigsten Utensilien, um die Reise bis in die Ebenen zu überleben. Er war wütend und der Gedanke Sam und Jacob in die Augen zu blicken und ihnen ihre Minderwertigkeit in allen Sprachen ins Gesicht zu schreien, war verführerisch. Aber dann müsste er die Felle zurücklassen und das hieße für ihn, keine Farm kaufen zu können, sondern nächsten Herbst wiederum die Wälder mit Fallenstellen und einsamen Nächten in dieser stinkenden Hütte zu verbringen. Er konnte natürlich einfach noch einen Winter hierbleiben - aber bei dem Gedanken wurde ihm übel. Noch einen einsamen langen Winter hier oben in den Bergen zu verbringen war für ihn kaum vorstellbar. Und was hätte er dadurch gewonnen? Ohne Pferde könnte er die Felle im Frühling genauso wenig mit in die Ebenen transportieren können wie heute. Außerdem waren ihm die Patronen am Ausgehen. Er hatte Patronen für einen Winter dabeigehabt. Er nahm immer eine gute Reserve mit, aber durch den Unfall von Sam waren sie schon über ein halbes Jahr länger hier oben. Und dann, was sollte das mit diesen Wölfen vor der Hütte? Er hatte zwar grundsätzlich wenig Angst vor Wölfen, da er mit dem Gewehr geschützt war, aber ohne Patronen, sah die Lage für ihn nicht gut aus.

Langsam erhob er sich und ging zur Hütte zurück. Auf dem Vorplatz hörte er wieder das Wimmern. Es kam offensichtlich von den beiden Wölfen, die übereinander lagen, dennoch klang es nicht wie von einem Tier, sondern menschlich. Als er näherkam, sah er, dass der obere Wolf durch einen glatten Kopfschuss getötet worden war. 'Wahrscheinlich von Sam, kein schlechter Schuss', murmelte er. Dann bemerkte er die Blutlache, die unter dem Wolf hervorgequollen war und von dort kam auch das Wimmern. Er kniete sich hin, um besser zu sehen und entdeckte nun eine kleine Hand. Sie war noch warm. Harry zögerte kurz, dann kniete er sich nieder und tastete sich zuerst mit der rechten, dann, als er den zitternden nackten Körper erreichte, mit beiden Händen unter dem Wolf voran. Das Blut hatte sich auf dem Eis festgefroren und er musste nur etwas ziehen, da kam ihm schon das neugeborene Baby entgegengerutscht. Es war blutig und schrie nun aus Leibeskräften. Als er es aufheben wollte, sah er, dass das Kind noch an der Nabelschnur hing. Er war bei der Geburt seiner beiden Kinder dabei und wusste, was zu tun war. Das Blut hatte schon aufgehört zu pulsieren in der Nabelschnur und somit musste er sie nur mehr abschneiden. Er schaute auf die beiden Wölfe, kniete sich noch einmal nieder. Im linken Arm hielt er das schreiende und vor Kälte fast blau angelaufene Baby und mit der rechten tastete er sich unter die Wölfe. Da war jedoch nichts, was sich anfühlte als könne es die Mutter des Säuglings sein. Kurz zögerte er, ob er die Wölfe völlig hochheben sollte, um sich zu vergewissern, ob sie noch am Leben war und noch darunter lag, als er jedoch das vor Kälte schlotternde Baby anschaute, entschied er sich, sich zuerst um das Baby zu kümmern. Aus den Augenwinkeln beobachtete er, wie ein ebenfalls blutiges Wolfsbaby an den Zitzen seiner toten Mutter saugte. Er fühlte, wie sich seine Eingeweiden wanden. Er ging eilends in die Hütte, rieb das Baby mit trockenem Stroh ab und wickelte es in eines der kleineren Felle, die er zum Schlafen benütze, dann verschnürte er es mit einem Lederband. Er eilte wieder aus der Hütte heraus, um nun genauer unter die Wölfe zu schauen. Es konnte nicht anders sein, als dass die Mutter auch darunter begraben lag. Er hatte sich gerade niedergekniet und mit seinem Beil begonnen ein Loch unter die Wölfe zu graben, als das Heulen begann. Zuerst einzeln, dann schlossen sich mehrere Wölfe dem Geheul an. Es klang, als ob es aus der Nähe käme. Er kannte Wolfsgeheul und immer klang es schauerlich aber dieses klang anders. Sein Blick fiel auf die ungeheure Größe der toten Wölfe. Sie waren fast doppelt so groß wie normalerweise. Er schaute auf den Sonnenstand. Es war zwar erst kurz nach Mittag, aber die Tage hier in den Bergen waren kurz. Als seine Augen wieder zu den toten Wölfen zurückkehrten, sah er ihn. Er war enorm und saß nur wenige Meter von den toten Wölfen entfernt am

Waldrand. Ohne den Kopf zu wenden, durchforstete er mit seinen Augen den Wald um ihn herum und es war mehr ein Gefühl als, dass er sie sehen konnte, aber er wusste, dass er von einem Wolfsrudel umzingelt war. Er war in diesen letzten Minuten dermaßen mit dem schreienden Baby und dem Versuch die Mutter zu finden beschäftigt gewesen, dass er erst jetzt die Stille um ihn bemerkte. Er hatte schon viel zu viele Winter in den Wäldern verbracht, um nicht zu wissen, was dieses Anhalten des sonst so regen Lebens im Wald bedeutete, nämlich, dass Gefahr in Verzug war. Er ging nun schnell seine Optionen durch und entschied sich für den Rückzug. Er hatte noch drei bis vier Stunden bevor es dunkel wurde. Aus der Hütte drang das erbärmliche Geschrei des Babys. Noch einmal bohrte er seine Hand unter den Wolf und nun bekam er etwas zu fassen. Es war eine Hand und sie war steif und kalt. Dennoch versuchte er daran zu ziehen, hatte jedoch Angst, dass er dadurch etwas brechen würde. Wahrscheinlich war sie tot, aber er wollte sich sicher sein. Er blickte sich um. Er hätte den oberen Wolf irgendwie wegschieben müssen. Er spürte, wie der Wolf am Waldrand eine kleine Bewegung machte. Die angespannte Stille lag schwer auf dem Platz. Kein Vogelgesang, kein Scharren im Gebüsch. Noch einmal schaute er auf die beiden aufeinanderliegenden Wölfe, dann erhob er sich langsam und ging im Rückwärtsgang in die Hütte. Er durfte keine Angst zeigen, nicht stürzen. In der Hütte holte er zuerst tief Luft, dann bündelte er die Felle zusammen und brachte die ersten zehn Stück zum Floß, das Gewehr schussbereit in einer Hand. Ihm rann der Schweiß den Rücken hinunter. Als er das dritte Mal schwer bepackt zwischen der Behausung und dem Floß hin und her ging, um die restlichen Felle und das Baby zu holen, sah er wie sich im Wald mehrere Wölfe aus dem Schatten der Bäume lösten und sich weiter näherten. „Nichts wie weg hier“, sagte sich Harry. Diese Wölfe waren anders als die, mit denen er es bisher zu tun hatte. Ihm schien es fast so als ob sie genau wüssten, was er tat und was er vorhatte und sie hatten Geduld und lauerten offensichtlich nur darauf, dass er einen Fehler machte. Er durfte nicht rennen, keine Angst zeigen. Als er alle Felle, die Decke, seinen Bogen, den Köcher mit den Pfeilen, die Biberfalle, die Steinschleuder und den Kochtopf auf das Floß gebunden und das Baby auf den Rücken geschnallte hatte, hielt er erstmals an, um zu verschnaufen. Er nahm das lange Paddel, schob das Floß in die Mitte des Flusses, wo er tief genug war, und kletterte dann selbst auf das Floß.

Als er einen Blick zurück auf die Hütte warf, sah er, dass die Wölfe den Platz vor dieser belagert hatten. Eine Gänsehaut überzog ihn: was waren das für Tiere und warum blieben sie bei der Hütte? Trauerten sie etwa um die toten Wölfe, die auf dem Platz lagen?

Das Floß war nicht groß aber klobig und schwer zu steuern. Er hatte es im Frühling gebaut und war damit immer wieder einige Meilen südlich gefahren, um dort zu jagen. Daher kannte er einen Teil des Abschnitts. Er floss gemächlich zwischen dichten Wäldern und steil ansteigenden Berghängen in Richtung Norden. Dort änderte er in einem breiten und fruchtbaren

Tal die Richtung und floss von dort an in Richtung Westen. Er war dem Flusslauf nur bis kurz vor dem Tal gefolgt. Dort befand sich eine Elusiedlung von denen sie ein paar Felle abgekauft hatten. Sie waren freundlich und er hoffte, dass sie ihm helfen könnten. Er wollte ihnen das Baby bringen, denn es war offensichtlich ein Elukind. Dann wollte er ihnen noch zwei Pferde abkaufen. Auf diese Weise könnte er schon am nächsten Tag seine Reise in Richtung Osten aufnehmen und noch vor Wintereinbruch in den Ebenen seine Felle verkaufen.

Die Stunden auf dem Floß verliefen ruhig, das Kind war wohl eingeschlafen, die Sonne schien warm und überall schmolz an den Flussrändern der Schnee. Das Floß glitt lautlos über das dunkelblaue Wasser. Harry fühlte sich zum ersten Mal seit langem wieder besser, so als ob eine Last von seiner Brust gefallen wäre. Er konnte die Schönheit der Landschaft sehen und fühlte sich zutiefst verbunden mit dem Leben. Frei stand er aufgerichtet auf dem Floß, der Fahrtwind frischte ihn auf. Fast schien es ihm, als ob er flöge. Er konnte das Leben im Wald spüren. Er verfolgte mit seinen Augen wie ein Hase über eine Wiese im Zickzack lief, hörte das Rascheln eines Igels. Er genoss es, den dunklen Geruch der Wurzeln in sich einzusaugen, das Schillern der Tautropfen und das Farbspiel an den schmelzenden Eiszapfen zu beobachten. Das Floß zu steuern kostete ihm keine Anstrengung, fast erschien es ihm, als ob es von selbst wisse, wie es sich in der Mitte des Flusses zu halten hatte. Er musste nur hin und wieder das Paddel eintauchen und den Kurs korrigieren. Es dauerte eine

Weile, bis er aus einer Art Trance-Zustand wieder erwachte. Wie war das möglich, dass er einen Hasen auf mehrere Hundert Meter Entfernung sehen konnte? Wie konnte er das Rascheln eines Igels hören? Es schien ihm so als ob er, seitdem er auf dem Floß stand, alle Eindrücke verstärkt wahrnehmen konnte. Auch sein Geruchsinn war geschärft. Er konnte den Fisch riechen, die Beeren unter dem Schnee und vor allem den Wind. Es war, als ob seine Haut Sensoren bekommen hätten: er spürte den Wind, der von den Bergspitzen herabfiel, den Aufwind auf der Wasseroberfläche und er konnte den Atem des Babys riechen. Er schloss die Augen und hörte, wie ein Bär sich an einem morschen Baumstamm zu schaffen machte. Er sah nun auf das Wasser und konnte schon von der Ferne Treibholz erkennen und teilweise sogar die Fische im Wasser sehen! Ihm wurde schwindlig. Hatte er es bis zu diesem Moment genossen die Welt so intensiv wahrzunehmen, so war er nun verstört. Er setzte sich hin, legte das Paddel auf die Seite und hielt sich das linke Auge zu. Er konnte alles klar erkennen, sogar die Fiederung der Vögel auf den Bäumen. Dann hielt er sich das rechte Auge zu und konnte ebenfalls alles klarsehen; vielleicht eine Spur weniger als mit dem rechten Auge aber immer noch einhundertmal mehr als normalerweise! Ich muss etwas essen, dachte er. Vielleicht habe ich einfach Hunger und beginne an Halluzinationen zu leiden. Aber als er aus seinem Beutel etwas Brot holen wollte, hatte er keine Lust mehr zu essen. Er war seit dem Morgengrauen unterwegs und dennoch verspürte er keinen Hunger.

Der Fluss kam nun durch eine schmalere Stelle und er hatte alle Hände voll zu tun, um das Boot in der Mitte zu halten. Es waren die letzten Meter, bevor der Fluss in das Tal fließen würde. Da war das Wasser doch zu wild, als dass das Boot so vermeintlich selbständig wie zuvor dahintreiben konnte. Harrys Sinne waren angespannt. Die Sonne stand nun schon tief und die Berge warfen lange Schatten über den Fluss. Auch das Baby hatte wieder begonnen sich zu bewegen und vor sich hin zu weinen. Als sich der Fluss in das breite Tal ergoss, das immer noch in der Sonne lag und der Fluss breit und flach wurde, suchte Harry nach den Zelten, die bei seinem letzten Besuch hier die Ebene bedeckt hatten. Es waren an die dreißig Stück gewesen. Aber so weit sein Auge auch blicken mochte, er fand kein Zeichen von Leben: kein Rauch, kein Kindergeschrei, keine Pferde, keine Menschenseele war hier. 'Wahrscheinlich sind sie weiter in den Süden gezogen, um zu überwintern', dachte er sich. Dennoch steuerte er sein Floß auf das rechte Ufer zu, vertäute es und ging dann, immer mit dem Kind auf dem Rücken an Land. Man konnte sehen, dass hier bis vor wenigen Wochen noch ein Lager stand. Der Schnee war hier in der prallen Sonne schon an einigen Stellen geschmolzen und so sah er Feuerstellen, Wege und die Zäune für die Pferdekoppeln. Sie mussten das Lager schon vor dem Schneefall verlassen haben, denn dort, wo noch Schnee lag, waren keine Spuren von Menschen zu sehen. Harry ging zum Fluss zurück, suchte Holz zusammen und machte ein Feuer. Dann nahm er den Bogen und als er im Unterholz ein

Geräusch hörte, sah er eine Bisamratte im Schilf. Um die wenigen Patronen, die ihm geblieben waren, zu sparen, entschied er den Bogen zu benützen. Er spannte ihn und schoss zwei Pfeile ab. Er sah wie beide Pfeile die Ratte getroffen hatte. Mit dem Kind auf dem Rücken war es beschwerlich die tote Ratte im Unterholz zu finden, denn das Gebüsch war so niedrig, dass er nur unten durchkriechen konnte. Er nahm es vom Rücken und hielt es sich mit der linken Hand an die Brust. Mit der rechten hielt er das Gestrüpp fern. Fluchend watete er im Halbdunklen im Wasser und als er endlich die Ratte aus dem seichten Wasser fischte, spürte er seinen enormen Hunger. Einer seiner Pfeile war wieder aus dem Leib ins Wasser gerutscht und das Blut lief ihm über die Hände. Ohne nachzudenken, leckte er sich das Blut von der Hand. Es schmeckte wunderbar, warm, süß und unendlich befriedigend. Er begann nun das Blut an der Eintrittsstelle des Pfeils zu lecken und schließlich saugte er daran. Er versuchte nun an das Fleisch zu kommen, jedoch kam er mit seinen Zähnen nicht durch das Fell und widerwillig kroch er, diesmal die Dornen fast ignorierend, das Baby fest an seine Brust gepresst, damit es nicht verletzt würde, zurück zum Feuer. Hier konnte er nicht mehr an sich halten. Eine Art Tollwut überkam ihn, er wollte mehr von dem zarten Fleisch, hatte Hunger und so setzte er sich am Feuer auf den Boden, legte das Kind auf seinen Schoss und zog hastig mit dem Messer das Fell ab. Dann bohrte er seine Zähne in das Fleisch, schnitt mit dem Messer Stücke heraus und geriet in eine Art Blutrausch. Das Baby fing an neben ihm mit seinem

Mund Luft zu saugen. Es hatte Hunger. Er gab ihm einen Finger zum Lutschen und das Baby begann das Blut von dem Finger zu saugen. Ohne nachzudenken, schnitt er nun ein weiteres Stück Fleisch ab und ließ das Baby an dem Fleischstück saugen. Offensichtlich schmeckte es dem Kind, denn es saugte gierig das Blut aus dem Fleisch. Als sowohl das Baby als auch er satt waren, legte er das Baby auf die Seite und warf ein paar Äste ins Feuer. Als er sich wieder hinsetzen wollte, hatte sich etwas verändert. Die Geräusche waren weniger, die Gerüche hatten nachgelassen und dann blickte er auf das Baby, das mit blutverschmiertem Gesicht neben ihm lag. Er schaute auf seine aufgeschürften Hände und auf die abgebrochenen Fingernägel, die er sich bei dem Versuch das Fell von der Bisamratte zu ziehen abgebrochen hatte. Dann fiel sein Blick auf die blanken Knochen der Ratte, das Fell, das achtlos hinter einem Stein lag. Harry fiel auf die Knie und erbrach sich mehrmals. Wie konnte so etwas passieren? Was war in ihn gefahren, dass er eine rohe Bisamratte verspeist hatte und ein Baby mit Blut fütterte? Er eilte zum Fluss und wusch sich Hände und Gesicht, trank als ob er am Verdursten wäre und tauchte einen Fetzen Stoff ins Wasser. Beim Feuer angekommen wusch er das Gesicht des Kindes, öffnete das Fell und reinigte es. Dann holte er ein weiteres von den wertloseren Fuchsfellen vom Floß und wickelte das Kind sorgfältig drin ein. Das Fell, in dem das Kind den ganzen Tag eingewickelt war, wusch er am Fluss und hing es dann zum Trocknen an das Feuer. Er bereitete ein Lager aus einem seiner Wolfsfelle, legte das Kind zwischen sich und das Feuer und deckte es und sich zu. Er war müde und verwirrt. Was er gerade gemacht hatte, machte keinen Sinn. Er hatte noch niemals roh ein Tier gegessen. Aber er war müde. Heute Morgen noch war er hoffnungsvoll dem Tag begegnet...als ein reicher Mann, oder zumindest als potenziell reicher Mann, mit der Aussicht, in wenigen Wochen wieder unter Menschen jenseits des Flusses zu sein. Er liebte diese Wälder und die Einsamkeit aber immer wieder erlebte er hier Dinge, die er nicht einordnen konnte, wie die riesigen Wölfe heute Morgen oder die Reise auf dem Floß, wo er plötzlich eine Sicht wie ein Adler hatte und sich auch wie einer fühlte. Jedes Jahr verspürte er die Sehnsucht auch nach Menschen - Menschen, die ihm etwas bedeuteten. Bei dem Gedanken an seine Einsamkeit, machte er Halt. Er wollte nicht an seine Frau denken, an seine Kinder, die er seit Jahren nicht mehr gesehen hatte. Und er musste nun daran denken, wie es weiterginge. Es war offensichtlich, dass er hier zu keinen Pferden käme und so blieb ihm nur die Fahrt in den Westen. Er könnte niemals die Felle allein bis in den Osten schaffen. Er hatte davon gehört, dass es weiter westlich in den Ebenen, wo der Fluss in die Seen floss, ein Dorf gab, wo eine kanadische Firma Felle von Trappern kaufte. Er warf einen Blick auf das Baby, das schon ruhig schlief und schließlich übermannte auch ihn der Schlaf.

Der Hunger ließ ihn schon früh aufwachen. Schnell warf er einen Blick auf das Baby, das friedlich schlief. Er sammelte etwas Reisig und ein paar dürre Äste und entfachte wieder ein Feuer. Er wollte schnell etwas erlegen und diesmal das Baby beim Feuer zurücklassen. Leise griff er nach der Steinschleuder, schob sich sein Messer in den Schaft und schlich los. Den Bogen wollte er heute Morgen nicht benützen, denn er hatte nur mehr wenige Pfeile und wer weiß wofür er diese noch brauchte. r fühlte sich zerschlagen und hungrig und sah wieder so schlecht wie normalerweise. Wahrscheinlich habe ich das nur geträumt, dass ich Augen wie ein Adler habe, dachte er bei sich. Denn an diesem Morgen war er schon froh, wenn er nahe klarsehen konnte. Aber das Schilf war voll von Tieren und vor allem gab es haufenweise Enten. Mit der Steinschleuder hatte er zwei Enten getroffen, sie aus dem Wasser gefischt und anschließend mit dem Messer getötet. Er war hungriger als am Vortag und dennoch kam ihm nicht im Geringsten die Idee, seine Zähne in die Ente zu schlagen wie am Vorabend. Kopfschüttelnd kroch er durch das Unterholz zum Feuer zurück, warf noch mehr Äste ins Feuer, füllte am Fluss den Topf mit Wasser und klemmte ihn zwischen den Steinen auf das Feuer ein. Dann rupfte er eine Ente, zerteilte sie in kleine Stücke und warf sie in den Topf. Das Baby war inzwischen wach und suchte wimmernd wiederum nach einer Brust. Er nahm es in den Arm und sofort drehte es den Kopf nach ihm und fing an zu schreien. Er gab ihm wieder seinen Finger, an dem es zuerst heftig saugte, nachdem es aber nichts zum Essen an dem Finger gab, ließ es bald wieder los und schrie nun wütend aus Leibeskräften. Neben ihm lag die zweite Ente und er roch das rohe Fleisch. Er nahm sein Messer und säbelte einen Schenkel ab, entfernte die Federn und steckte den Knochen dem Kind in den Mund. Wiederum fing es an zu saugen. Diesmal gefiel es ihm offensichtlich und es saugte mit Behagen. Aber schon nach wenigen Augenblicken fing es wieder an zu schreien. Nun säbelte Harry ein größeres Stück der Ente ab und nun passierte es wieder. Er wollte es essen. Aber er konnte sich kontrollieren und gab es dem Kind, um daran zu saugen. Das Kind sog genüsslich das Blut aus dem rohen Fleisch. Harry rupfte nun die ganze Ente, schnitt kleine Stücke heraus und steckte – der Gier nach rohem Fleisch nachgebend - abwechselnd sich und dem Kind etwas Fleisch in den Mund. Das Kind trank Blut und nahm es als Milchersatz an.

Und auch er aß weiter, das rohe Fleisch, als ob er sich nie von etwas anderem ernährt hätte. Als fast die ganze Ente verspeist war - und das Kind seinen Kopf wegdrehte, wenn er ihm ein weiteres Stück versuchte in den Mund zu stecken - ging er zum Fluss, um Wasser zu trinken. Als er getrunken hatte, tauchte er wieder ein Tuch ins Wasser und ging zurück zum Feuer und zum Baby, um es zu waschen. Und wiederum war ihm, als ob er aus einem Traum erwachte. Der Duft der gekochten Enten drang ihm in die Nase. Aber er war satt. Er sah auf das blutverschmierte Gesicht des Kindes und ihm wurde erneut schlecht. Aber diesmal konnte er das Fleisch im Magen behalten. Er wusch das Kind und wickelte es wieder in das über Nacht getrocknete Fuchsfell, verschnürte es und legte es auf das Wolfsfell neben das Feuer. Er betrachtete es nun genauer. Es hatte mandelförmige Augen, deren zukünftige Farbe noch nicht zu erkennen war. Das Haar war jetzt schon dicht, schwarz und glatt. Die Augenbrauen waren schön geformt. Es war ein hübsches Baby. Dennoch flößte es ihm zwiespältige Gefühle ein. Die Tatsache, dass es sich von Tierblut ernährte, widersprach dem friedlichen und lieben Gesicht, das es hatte. Er setzte sich nun neben das Baby auf den Boden, legte eine Hand auf dessen Bauch und schloss die Augen. Sofort wurde die Welt um ihn herum wieder intensiver, lauter. Er hörte die Enten im Gebüsch des Ufers, roch die Kälte des Flusses, spürte das Schmelzen des Schnees. Er öffnete die Augen und sah am anderen Ufer eine Bisamratte, die sich eilig ins Wasser ließ. Er betrachtete die Farbvielfalt des dreischwänzigen Spechts, der heftig eine Tanne bearbeitete. "Was für eine enorme Tanne", wunderte er sich. Dann entfernte er die Hand von dem Kind und schloss wieder die Augen. Die Welt war sofort so, wie er sie kannte. Er konnte zwar das Gurgeln des Wassers hören, spürte auch die kalte Morgenluft, konnte auch den Specht hören aber als er die Augen öffnete, hatte er wieder seine normale mieserable Fähigkeit zu sehen.

Nur, dass er die Tanne, an dessen Stamm der Specht die Rinde bearbeitete, immer noch als sehr groß empfand. Als er sich neugierig umsah, sah er, dass alle Bäume größer als sonst waren. "Das wird wohl noch eine Nebenwirkung davon sein, dass ich das Baby dabei habe", sagte er sich. "Warum sollen hier die Bäume größer sein als sonst; so ein Blödsinn", beruhigte er sich selbst. Nachdenklich erhob er sich und blieb noch einige Minuten neben dem Baby stehen. Er nahm es behutsam auf, ging damit zum Fluss, tauchte einen

Finger in das Wasser und machte ein Zeichen auf dessen Stirn: “Ich nenne dich Elizabeth”. Es war der Name seiner Großmutter, die einzige Frau, die ihm in seinem Leben Gutes getan hatte - soweit er sich erinnerte. Kurz öffnete Elizabeth ihre Augen und es schien ihm so als ob sie lächelte.

"Was mache ich nun mit ihr?", fragte er sich. Er hatte das Baby mitgenommen, weil man kein Neugeborenes einfach unter toten Wölfen im Schnee liegen lässt. Dann dachte er, er könne damit bei den Elus Sympathie gewinnen, indem er ihnen eines ihrer Kinder zurückbrächte. Aber die Elus waren weg und ein Baby mit sich herumschleppen war eigentlich nicht in seinen Plänen gewesen. "Schade um die Suppe", dachte er nun. Denn er hatte keinen Hunger mehr. Er leerte das Wasser aus dem Topf über dem Feuer aus, legte die gekochten Teile auf einen Stein und begann dann das Lager abzubrechen, brachte die Felle und Utensilien auf das Floß, wickelte das gekochte Fleisch in ein paar Blätter und legte es in seinen Beutel. Zum Schluss band er sich das Baby wieder auf den Rücken und stieg auf das Floß. Der Morgen war warm und sonnig und rundherum hörte er das Tropfen des geschmolzenen Schnees. Als er sich vom Ufer abstieß und die Strömung ihn sofort mit sich zog, fühlte er sich wieder leicht und frei .... wie ein Adler. Die Fahrt dauerte drei Tage. Er hatte weder Kontakt mit Elus, noch sah er eine andere Menschenseele. Das Land um ihn herum war mächtig und abwechslungsreich: Riesige dichte Wälder mit Jahrhunderte alten Bäumen, in denen es vor Tieren nur so wimmelte. Wenn er die Augen schloss, hörte er

Tiergeräusche, die er noch nie zuvor gehört hatte. Mit jedem Atemzug hatte er das Gefühl, wurde das Leben um ihn herum bunter, grösser, vielschichtiger; fast so als ob er in einen lebendigen Organismus eindringen würde. Er behielt nun Elizabeth so oft wie möglich auf dem Rücken, so dass er alles noch intensiver wahrnehmen konnte. Am zweiten Abend roch er die Nähe einer Bärenfamilie schon lange bevor sie in seine Nähe kam, und somit hatte er genug Zeit ein großes Feuer zu machen, um sie von sich fernzuhalten. Aber er musste keine Angst vor ihnen haben, denn die Bären interessierten sich schlichtweg nicht für ihn. Die Tiere hier hatten wohl noch nie einen Menschen gesehen. Eines Morgens war er aufgewacht und befand sich mitten in einer Herde von Elchen. Sie grasten friedlich um ihn herum ohne ihn zu beachten. Es war, als ob er unsichtbar geworden wäre. Als Jäger und Fallensteller war er immer ein Mensch gewesen, der schaute, wie er am besten ein Tier fangen oder töten konnte. Tiere waren da um dem Menschen zu dienen. Er brauchte sie nur zum Essen oder für seine Bequemlichkeit, wie ein Pferd zum Beispiel. Er hatte damit zu tun, so schlau und fähig wie möglich zu sein, um die Tiere zu überlisten. Das war alles. Er war nun jedoch in einem Landstrich, wo Menschen noch nicht zu Hause waren, wo die Tiere keine Angst vor ihm hatten und dank Elizabeth nahm er diese immense Welt auf eine Art und Weise wahr, die ihm bisher unbekannt war. Er hätte noch ewig so auf dem Floß der Strömung folgen können aber am dritten Tag hörte er das Donnern eines Wasserfalls. Er lenkte das Floß an das Ufer, vertäute es und ging dann, nur mit Bogen und dem Köcher mit den Pfeilen über der Schulter und Elizabeth auf dem Rücken dem Flussufer entlang.

Nach wenigen hundert Metern kletterte er auf einen Felsen und sah vor sich wie drei verschiedene Flüsse hier tosend in einen an die hundert Meter tiefer gelegenen Canyon stürzten. Der Anblick war von schauerlicher Schönheit. Harry spähte in die Ferne. Das steile Bergland ging nach zwei weiteren Wasserfällen in eine sanfte Hügellandschaft über, der Fluss wurde breit und langsamer und in der Ferne sah es so aus, als ob er in einen See münden würde. Er wanderte wieder zurück zum Floß und legte Elizabeth auf ein Fell am Ufer. Dann flocht er aus langen Wurzeln und jungem Gestrüpp mehrere dicke Seile, verstärkte manche Verbindungen des Floßes und befestigte anschließend die Felle und das Ruder mehrfach darauf. Er betrachtete sein Werk: das Floß war bereit, mehrere Wasserfälle hinabzufallen, ohne dass die Felle weggeschwemmt werden könnten. Bei sich behielt er nur ein Fuchsfell für Elizabeth, die Decke, die zwei Wolfsfelle, seinen Beutel und die Waffen. Er schnürte sich schnell Elizabeth auf den Rücken, damit er besser sehen könnte. Augenblicklich wurden seine Augen wieder fähig, hunderte Meter weit zu sehen und jede Bewegung eines Tieres wahrzunehmen. Unbeweglich wartete er mit gespanntem Bogen mehrere Minuten und starrte in das Unterholz. Es dauerte nicht lange, bis ein Hase sich in Reichweite begab. Schon mit dem ersten Pfeil streckte er ihn nieder. Mit dem Messer häutete er ihn und schnitt ihn in kleine Stücke. Er nahm Elizabeth vom Rücken, legte sie auf seinen Schoss und fütterte sie mit dem Fleisch. Den kleinen Rest des rohen Fleisches packte er wieder weg. Er selbst wollte die gekochte Ente und musste zu diesem Zweck Elizabeth auf den Boden legen, denn ansonsten schmeckte ihm das gekochte Fleisch kaum mehr. Er war es nun schon gewohnt, rohes Fleisch zu essen und konnte auch die Vorteile darin erkennen, denn er sparte sich viel Zeit, dadurch, dass er nicht mehr kochen musste. Nachdem er gegessen, sich und das Baby gewaschen hatte und das Baby wieder friedlich schlief, fertigte er einen Rucksack mit den Fellen an und band obendrauf noch die Decke, die Biberfalle und den Kochtopf. Anschließend ließ er das Floß in das Wasser und band es so an einem überhängenden Ast fest, dass sich der Knoten durch das Ziehen der Strömung langsam lösen würde. Es dauerte eine Weile, bis er den Knoten nicht zu locker, aber auch nicht zu fest verknotet hatte. Zweifelnd betrachtete er sein Werk. Der Knoten durfte sich nicht lösen, bevor er an der Mündung des Sees angekommen war. Er schürzte die Lippen, schüttelte den Kopf, band sich Elizabeth diesmal vorne um und das Paket der Felle auf den Rücken. Dann warf er einen letzten zweifelnden Blick auf das Floß und machte sich eilends auf den Weg.

Der Weg entlang des Flusses war mühsam, dornig und manchmal musste er auch auf allen vieren durch das Gestrüpp, in dem vom schmelzenden Schnee durchweichten Schlamm hindurchkriechen. Er hätte auch mehr landeinwärts gehen können, dann hätte er jedoch nicht mehr den Fluss im Auge gehabt und das wollte er auf keinen Fall. Und so bewegte er sich beschwerlich: schwerbepackt, den Kopf von Elizabeth immer mit einer Hand schützend und ein Auge auf den Fluss gerichtet.

Als er die Wasserfälle überwunden hatte und das Land flacher und weniger schwer zu durchdringen war, konnte er statt immer wieder zur kriechen, aufrecht seinen Weg durch den Bewuchs bahnen. An einer Biegung machte er Halt, um zu verschnaufen. Besorgt suchte er zuerst flussaufwärts, dann auch flussabwärts die Oberfläche des Wassers ab, konnte sein Floß jedoch nicht finden. Der Knoten hielt also noch. Halbwegs beruhigt über den Vorsprung, den er nun errungen hatte, machte er sich mit großen Schritten wieder auf den Weg. Nach der nächsten Biegung sah er, wie der Fluss in einem See mündete, der fast das ganze Tal vor ihm ausfüllte. Es gab noch eine gewisse Strömung, denn der See wurde am Ende des breiten Tales wieder schmaler und schließlich wurde er zu einem Fluss. Als Harry am Ufer des Sees angekommen war, konnte er sich kein schöneres Stück Land vorstellen. Auf beiden Seiten rollten sanfte Hügel in Richtung Westen, es lag hier kaum mehr Schnee, sodass die Wiesen in einem satten Grün vor ihm lagen. An den Ufern wimmelte es vor Leben: die verschiedensten Arten von Vögeln und Enten gingen ihrem Tagesgeschäft nach, um sich auf den Winter vorzubereiten. Die meisten der Tiere kannte er, aber immer wieder fiel sein Auge auf einen Vogel oder ein Säugetier, das er noch nie zuvor in seinem Leben gesehen hatte. In der Ferne sah er eine Herde Elche grasen, hoch über ihm kreiste ein

Adler und fast in unmittelbarer Nähe verzehrte eine Schar von graumelierten riesigen Vögeln den Rest eines Kadavers. Er betrachtete gerade neugierig wie diese schwarzgrauen Vögel, die um einiges grösser als Adler waren, sich strategisch das Aas aufteilten, als der Geruch von Rauch in seine Nase drang. Er kniff seine Augen zusammen und tastete den Horizont ab, konnte aber nichts Ungewöhnliches sehen. Dennoch konnte er genau riechen aus welcher Richtung der Rauch kam und so folgte er wie ein Wolf, der seine Nase dicht am Boden haltend, einer Beute folgt, dem Geruch. Er war dermaßen auf seinen Geruchsinn konzentriert, dass er es anfangs nicht bemerkt hatte, dass Elizabeth begonnen hatte, unruhig zu werden und ihr Wimmern in ein leises Weinen übergegangen war. Erst als das Weinen in ein lautes Schreien überging, löste er sich aus seiner Trance und holte aus seiner Tasche ein in Blätter eingewickeltes rohes Stück Fleisch und hielt es ihr in den Mund. Das Baby beruhigte sich augenblicklich und saugte gierig die letzten paar Tropfen Blut aus dem Fleisch. Harry wusste, dass er damit nur wenige Minuten gewonnen hatte. Und so legte er seinen Rucksack ab, nahm diesmal die Steinschleuder und schlich sich vorsichtig ins Schilf. Er fand ein Nest voll von Enteneiern und steckte sie vorsichtig in seine Tasche. Dann sammelte er vom Boden einen kleinen Stein auf und konnte damit einen Hasen, der offensichtlich keine Angst vor ihm hatte, niederstrecken. Harry setzte sich leicht erhöht auf einem Hügelvorsprung auf einen Stein, fütterte Elizabeth mit rohem Ei und Fleisch und auch er selbst aß mit Genuss und Heißhunger. Das Fleisch war zart, süß und saftig. Die Luft war noch voll von weiteren intensiven Düften. Der fette Boden war bedeckt von herabfallenden Blättern und darunter wuchsen nun in dieser spätherbstlichen warmen Sonne tausende von verschiedenen Pilzen. Der Wald vor ihm leuchtete in hunderten von Farben: einige Bäume waren noch grün, andere glänzten in hellen gelb oder dunklen Rottönen. Dazwischen standen dunkel die Nadelbäume. Einige Bäume hatten auch schon alle Blätter abgeworfen und schlugen kahl und graubraun Löcher in das bunte Bild. Sie waren die Vorboten des Winters, genauso wie die Vogelschwärme, die über seinem Kopf in Richtung Süden flogen. Vereinzelt summten noch einige Bienen und flatterten sogar Schmetterlinge zwischen den letzten Blumen des Jahres umher. Hier im Tiefland hatte der Schnee der letzten Tage nicht so gewütet wie in den Höhen. Nur im dunklen Schatten der Nadelbäume blinkte es hier und da weiß auf. Es wäre ein friedlicher Nachmittag gewesen, wenn nicht der Geruch von Rauch in der Luft gelegen wäre. Er warf noch einen langen Blick auf den See und versuchte, das dichte Schilf mit seinen Augen zu durchdringen. Sein Floß war noch nicht hier. Seufzend erhob er sich, schnallte sich die Felle, den Kochtopf und den Bogen um, band sich die Steinschleuder am Gürtel fest, putzte das Messer am Gras ab und steckte es so wie sonst auch in den Schaft an seinem Gürtel. Dann wischte er mit einem Büschel Gras den Mund von Elizabeth ab, band auch sie vorne herum, setzte sich seinen Hut auf und hakte sich mit seinem Geruchsinn in den Rauch ein. Er musste diesmal nicht lange gehen, bevor er den Rauch auch sehen konnte. Er wagte es für einige Momente den Blick vom See abzuwenden und stieg mühsam einen Hang hinauf, um einen besseren Überblick zu haben. Als er sich umblickte, sah er den Schornstein und das Dach eines großen weiß gestrichenen Gebäudes aus Holz. In dem Moment wurde eine kleine Glocke geläutet und er beobachtete, während er auf das Haus zuging, wie aus den Feldern und der Scheune weiß gekleidete Ordensfrauen mit dunklen Hauben in das Hauptgebäude eilten. „Sie müssen mich wohl schon gesehen haben“, dachte Harry bei sich und war sich nicht mehr sicher, ob er hier wirklich Halt machen wollte. Er musste jedoch erfahren, ob es in der Nähe eine Siedlung oder einen Umschlagplatz für Waren gab, um seine Felle zu verkaufen und so ging er, immer auch ein Auge auf den See gerichtet, auf das Haus zu. Das Haus schien erst vor kurzem gebaut worden zu sein. Es bestand aus zwei Stockwerken, hatte zwei Schornsteine und eine große Veranda. Der Wald war Großteils rund um das Haus abgeholzt und so lag es wunderschön auf einer flach ansteigenden Wiese hoch erhoben mit Blick auf den in der Sonne glitzernden See. Hinter dem Haus waren mehrere kleine Gebäude und Schuppen für Holz, Hühner und Kleinvieh. Er sah mehrere Ziegen auf einer eingezäunten Weide und als er näherkam, konnte er auch ein kleines hölzernes Gebetshaus entdecke

Als er nur mehr an die hundert Meter entfernt stand, schälte sich eine Figur aus dem Schatten der Veranda, ein Gewehr angelegt und auf ihn zielend.

„Noch einen Meter näher und ich schieße!“, rief ihm nun eine Frauenstimme zu. Harry hielt sofort inne und rief nun seinerseits der Frau zu, dass er nur ein Trapper sei und eine Unterkunft für eine Nacht für sich und das Kind bräuchte. Es entstand eine kurze Pause, dann winkte ihm die Frau mit dem Gewehr zu, er solle sich nähern. Langsam schritt er auf sie zu. Es war eine stämmige Frau in den Fünfzigern, rote struppige Haare unter einer Haube und eine Art Kutte aus grobem grauen Leinenstoff. Als er über die wenigen Stufen zur Terrasse gelangt war, blieb er stehen. Er sah seinen Schatten auf der Terrasse und war sich bewusst, dass er aus der Ferne wie ein Gigant wirken musste mit all den Fellen und dem Baby umgewickelt. Zudem hatte er seit Monaten seine Zeit nur mit Männern verbracht und sein Bart war ihm bis zur Brust gewachsen. Die Frau vor ihm war jedoch ebenfalls imponierend. Sie war viel zu groß für eine Frau und das Zusammenspiel der verschiedenen Elemente, wie das angelegte Gewehr, die ernsten dunklen Augen, das rote leuchtende Haar, das unter der Haube hervorquoll und ihr muskulöser Körper, entlockte ihm einen Pfiff des Staunens. Ihre Augen verkniffen sich zu einem Schlitz und mit dröhnender Stimme antwortete sie auf seinen Pfiff mit einem angedeuteten Grinsen. Sie wusste, welchen Eindruck sie machte. Ihr gegenseitiges Abwägen und Einordnen bekamen ein jähes Ende, als Elizabeth ein Quäken von sich gab. Die Frau zögerte noch eine Weile, senkte dann jedoch ihr Gewehr: „Na, was haben wir denn da?”, sagte sie. „Sind Sie allein?”, fragte Sie ihn nun laut. „Ja und ich wollte fragen, ob ich eine Nacht hier in einer Scheune übernachten könnte, um morgen weiterzureisen." Seine Stimme kam ihm komisch vor. Er liebte die Stille und Einsamkeit der Wälder und war nicht sehr gesprächig. Das war auch einer der vielen Gründe, warum Sam und Jacob nicht gerne mit ihm zusammen waren. Und die letzten Tage, seitdem er mit dem Baby unterwegs war, hatte er überhaupt nicht gesprochen. Nun entstand ein längeres Schweigen. Dann winkte sie ihn herbei. Sie selbst kam die wenigen Verandatreppen herunter, die letzte Stufe - die offensichtlich eingebrochen war - überspringend. Da wartete sie auf ihn: „Ich bin Bernadette, die Herrin dieses Ordens hier und wer sind Sie?" „Ich heiße Harry, einfach nur Harry ", murmelte er und im selben Augenblick nahm er auf dem See eine Bewegung wahr. Er drehte sich um und sah nun sein Floss, wie es langsam von der Strömung in Richtung der Mitte des Sees getrieben wurde. Bernadette folgte seinem Blick und es dauerte eine Weile, bis sie das Bild einordnen konnte, dann sagte sie - und Harry kam es so vor, als ob ein leichtes Lächeln über ihr Gesicht huschen würde: „Sie können das Baby bei mir lassen, wenn sie ihr Floß holen wollen". Nach einer Weile fügte sie hinzu: „Und ich würde das Floß jetzt holen, denn nur in der Mitte des Sees lässt die Strömung etwas nach". Harry ließ die Felle auf den Boden gleiten und stapelte sie in einer Ecke unterhalb der Veranda, legte den Bogen mit dem Köcher und alles andere oben darauf. Dann zögerte er einem Moment, löste nun aber auch Elizabeth in ihrem Fuchsfell los und übergab sie der Frau. Elizabeth fing augenblicklich an zu schreien, was zur Folge hatte, dass die zwei Frauen, die bisher hinter der offenen Tür versteckt standen, nun auf die Veranda herauseilten, um das Kind entgegenzunehmen. Harry blickte auf diese zwei kleineren und um einiges jüngeren Frauen, warf dann wieder einen Blick auf das Floss, das immer noch in der Mitte des Sees lag. Dann traf er eine Entscheidung. „Ich möchte, dass nur Sie momentan das Baby halten, niemand anderer. Wäre das möglich?" Bernadette schaute ihn kurz fragend an, dann nickte sie zustimmend. Harry übergab ihr das Baby. „Es hat Hunger", stellte sie fest, „haben Sie etwas dagegen, wenn wir es mit warmer Ziegenmilch füttern?" Er hatte Elizabeth erst vor kurzem gefüttert und so hatte sie wahrscheinlich eher Durst als Hunger und er war sich nicht sicher, ob sie Milch überhaupt als Nahrung annehmen würde. „Ich denke, dass sie vor allem Durst hat. Wenn Sie ihr etwas Wasser geben, müsste das genügen. Danke." - „Wie Sie wünschen.", sagte Bernadette, war aber schon mit all ihrer Aufmerksamkeit bei dem Baby. Harry zögerte noch einen Augenblick, dann ging er mit großen Schritten auf den See zu; dort legte er seinen Dolch und ein weiteres kleines Messer, das er immer im Schaft seiner Stiefel hielt, die Stiefel, den schweren Fellüberwurf, seine Lederjacke und das Hemd auf ein Gebüsch, damit es nicht vom nassen Boden feucht würde. Einen Augenblick überlegte er, ob er auch seine Lederhose ausziehen sollte, als er aber einen Blick auf das Haus richtete und sich vorstellte, dass hier etliche Frauen ihn wahrscheinlich hinter den Vorhängen beobachteten, ließ er es bleiben. Das Wasser war eisig und es verschlug ihm den Atem. Kurz dachte er, dass er es eventuell nicht bis zum Floß schaffen würde, schob dann jedoch alle Bedenken beiseite und schwamm mit schnellen Zügen los. Er schwamm nicht direkt auf das Floß zu, sondern etwas unterhalb, dem Ausgang des Sees zu, denn auch wenn er ohne Elizabeth um einiges weniger gut sehen konnte, so hatte er dennoch bemerkt, wie das Floß nun wieder etwas Fahrt aufgenommen hatte. Die Strömung des Flusses, die in den Tiefen des Sees dem Ausgang zufloss, hatte wieder zugenommen und das Floß erfasst. Er hatte Schwierigkeiten zu atmen und die Kälte fraß sich tief in seine Eingeweide. Immer wieder schoss es ihm durch den Kopf, dass er wahnsinnig sei, sich nur wegen den Tierfellen der Gefahr des Ertrinkens auszusetzten , aber dieser Gedanke sauste nur wie eine scharfe, aber oberflächliche Böe durch sein Gehirn. Er gab ihm keine Aufmerksamkeit, denn wenn er auch nur einen weiteren Augenblick zweifelte, hätte er nicht mehr die Kraft auch nur noch einen einzigen Schwimmzug zu machen. Er war schon fast in der Mitte des Sees angekommen, als er im rechten Fuß einen Krampf bekam. Er war ein guter Schwimmer aber der Schmerz in dem Fuß ließ ihn kurz die Fassung verlieren. Er versuchte mit einer Hand den Fuß zu massieren, musste sich damit in die Rückenlage begeben und tauchte dabei unter. Das Eiswasser fror ihm sein Gehirn ein und er schloss die Augen. Die Stille unter Wasser, die Dunkelheit und die Eiseskälte froren ihm auch den Willen weiterzukämpfen ein. Er ließ sich sinken. Er spürte den Krampf nicht mehr und öffnete die Augen. Das Wasser war glasklar und tiefblau. Er bewunderte die Luftblasen, die seiner Nase entwichen. Seine Augen folgten ihnen nach oben. Oben war es hell und eine heiße Sehnsucht durchfuhr ihn. Eine Sehnsucht nach Leben, nach Familie und dann erinnerte er sich an Elizabeth. Es war nicht sein Baby aber in diesen wenigen Tagen war es zu einem wichtigen Element in seinem Leben geworden. Er hatte es nicht gemerkt, aber dass er nicht nur für sich sorgen musste, sondern immer auch für sie, hatte ihm Halt gegeben. 'Ich brauche das Baby', fuhr es ihm durch den Kopf und sein Herz bekam einen Stich. 'Ich brauche niemanden und will niemanden in meinen Leben', dachte er nun verärgert über sich, 'sentimentaler, alter Esel! Und wie soll ich für sie sorgen. Ich habe nichts und bin nichts. Ein Baby bringt nur Sorgen und Ärger. ' Die Kälte drang in ihn ein und er sank immer tiefer in die Dunkelheit. 'Und wenn ich einfach nachgebe, aufgebe und hier unten bleibe? ' Der Drang nach Luft wurde stärker und etwas in ihm wollte atmen, wollte nach oben an die Luft. 'Du musst nur jetzt kurz stark sein, in ein zwei Minuten ist alles vorbei. Keine Einsamkeit, keine Trauer, keine Sorgen mehr…', flüsterte ihm eine Stimme im Kopf zu, 'wenn du jetzt stirbst, wird Elizabeth entweder ausgesetzt oder einem Institut der Shiks übergeben. Sie hat niemanden außer dich', flüsterte ihm eine andere Stimme zu, 'du kannst neu beginnen, dieses Kind wurde dir geschenkt, damit du neu beginnen kannst. Du kannst das wieder gut machen, was du deiner Familie angetan hast. Du kannst dem Baby ein Vater sein, so wie ein fremder

Mann der Vater deiner Kinder geworden ist. Probiere es Harry!' Der Drang zu atmen, wurde stärker, seine Lunge krampfte sich zusammen, sein ganzer Körper begann sich aus Atemnot zu krümmen. 'Elizabeth wurde mir geschenkt und ich werde ihr ein Vater sein. ' Er hangelte sich diesem Gedanken entlang, stoppte den Fall und mit wenigen, starken Schwimmzügen eilte er nach oben in Richtung Licht, Luft und Leben. Bis er beim Floß ankam, war er nur mehr mit einem Gedanken erfüllt: er wollte leben, er musste leben, für Elizabeth.

Als Harry das Floß gut vertäut und die Felle in einer der Nebengebäude zum Trocknen aufgehängt hatte, war es schon dunkel geworden. Er fragte sich gerade, was er nun machen sollte und überlegte, wie er sich diesem Haus voll mit Frauen am besten näherte, als zwei der Frauen mit jeweils einer Kerze in der Hand auf ihn zuschritten. Die erste Gestalt war eindeutig die von Oberschwester Bernadette. Sie hielt auch Elizabeth in ihren Armen, die sich die Seele aus dem Laib schrie. Schnell ging er auf die Oberschwester zu, die ihm das Baby gerne wieder übergab. Schon nach wenigen Atemzügen beruhigte sich das Baby. Bernadette räusperte sich: „Wir haben ihr warme Ziegenmilch gegeben, die sie anfangs nicht annahm, dann jedoch gottseidank trank und sie mit einer Stoffwindel versehen. Damit müsste sie bis morgen trocken bleiben.“ - Nach einer kurzen Pause fügte sie hinzu: „Sie können gerne in der Scheune übernachten, wir haben Ihnen da Ihre Sachen hineingelegt.” Dann winkte sie die Frau herbei, die bisher nur stumm etwas weiter entfernt gestanden war und diese übergab ihm auch einen Stapel Kleidung. „Das ist trockene Kleidung ", und nach einer kurzen Pause fügte sie hinzu, "die müsste Ihnen passen. Schwester Lilly wird ihnen gleich einen Teller mit dem Abendessen bringen und hier ist eine Kerze für Sie. Wenn Sie etwas brauchen, können Sie diese kleine Glocke läuten. Und ja, das Scheunentor schließt nicht richtig, sie müssen es von innen mit diesem Balken versperren, damit Sie nachts keine Tiere belästigen." Schließlich händigte sie ihm eine kleine Messingglocke aus. Sie warf noch einen Blick auf ihn und das Kind, wünschte ihm eine gute Nacht, drehte sich um und ging gemeinsam mit ihrer Begleitung zum Haus zurück. Als Harry wieder allein war, schaute er auf das Baby, das nun friedlich mit geschlossenen Augen in seinem Fell lag. Die Schwestern hatten es offensichtlich gewaschen, denn es duftete nach Veilchen. Tief sog er diesen Duft nach Veilchen, nach Sauberkeit und friedlichem Schlaf in sich hinein. Das dunkle glatte Haar schimmerte weich und glänzend im aufgehenden Mondlicht. Er war froh, dass sie auch Milch akzeptierte und nicht nur Blut. Er betrachtete sie und flüsterte: „Dann lass uns diese Reise zusammen machen", und nachdem ihm das zu sentimental klang, fügte er hinzu, „du blutrünstiges kleines Elu." Ihm selbst war inzwischen eiskalt. Seine Lederhosen waren immer noch nass und die Luft kühlte im Dunkeln schnell ab. Als er in die Scheune ging, sah er, dass jemand mit den trockenen Fellen und der Decke ein weiches Lager auf einem Strohhaufen in der hinteren Ecke gerichtet hatte. Als er hinter sich Schritte vernahm, drehte er sich um und sah Schwester Lilly auf ihn zukommen. Ihr Gesicht war vom Kerzenlicht erhellt, zwei dicke geflochtene rote Zöpfe ließen ihr Gesicht noch blasser aussehen und als sie zu ihm aufblickte, schauten ihn zwei intelligente und neugierige Augen an. „Hier Ihre Suppe und etwas Brot", sagte sie nur. Vorsichtig legte er zuerst die schlafende Elizabeth auf das Lager, ging dann zurück zum Eingang, nahm das Brot und den großen Tonteller entgegen, aus dem der verführerische Duft von Hühnersuppe und Gewürzen strömte. Seit Monaten ernährte er sich ausschließlich durch eine primitive Küche und dieser Duft weckte in ihm alte Erinnerungen von den längst vergangenen Zeiten, als er noch mit seiner Frau zusammenlebte. Er dankte Lilly für das Essen, schloss das Scheunentor, zog die trockene Kleidung an und setzte sich neben Elizabeth auf das Stroh. Schwester Lilly war schon lange fort, als er immer noch vor der duftenden Suppe saß. Was war aus ihm geworden? Ein einsamer und verbitterter, alter Mann, der Tiere tötete und sich von rohem Fleisch ernährte. Die Kleidung, die ihm die Schwestern gaben, passte ihm gerade noch. Das grobe Baumwollhemd und die Hosen aus Leinen waren angenehm trocken und auch diese dufteten nach Seife. Seit Jahren trug er nur mehr seine schmierigen alten Lederhosen und so war das Gefühl einer Leinenhose seltsam. Er schlürfte die Suppe, kaute langsam das frische Brot, legte sich anschließend auf das weiche Lager und zum ersten Mal seit langem fühlte er, dass etwas ähnliches wie ein Gefühl von Glück in ihm aufkam.

Am nächsten Morgen wachte er noch im Dunklen auf. Elizabeth war schon wach und offensichtlich hungrig. Schnell zog er wieder seine alte Kleidung an. Die Hose war zwar nicht mehr nass aber immer noch klamm und feucht. Er zog sie dennoch an, band sich Elizabeth auf den Rücken, schnappte seine Steinschleuder, Bogen und Köcher und schlich sich in den Wald hinter der Scheune. Er hatte es schon vermisst, die Welt durch Elizabeth wahrzunehmen. Gierig sog er die frische Morgenluft ein, die von der Tiefe des Waldes, dem Sterben des Laubes, dem Sprießen von Pilzen und dem pulsierenden Leben der Tiere erzählte. Er blickte um sich und es erschien ihm so, als ob er in einem Märchenwald stünde. Die aufgehende Sonne spiegelte sich in den Tautropfen, der Nebel, der dicht auf dem See ruhte, löste sich ganz langsam auf und verursachte dadurch ein Spiel von Schatten und Licht. Alles lebte und veränderte sich. Und alles sprach von den Facetten des Lebens. Als er ein Reh sah, hob er vorsichtig seinen Bogen und spannte einen Pfeil ein. Er wollte schon die Sehne loslassen, als er plötzlich eine Stimme vernahm: „Du kannst auch das Summen der Bienen, den Schatten der Pilze oder Blumenglück einatmen, anstatt deinen Bruder zu töten", flüsterte die Stimme. Harry war dermaßen erschrocken, dass er die Sehne losließ und der Pfeil sich in die Rinde des nächsten Baumes bohrte. Als Harry sich umdrehte, um zu erkennen, woher diese Stimme kam, war da jedoch niemand. Er stand noch mit hängendem Bogen eine Weile da, durchdrang mit seinen Augen den Wald und als nach einer Weile keine Stimme mehr zu hören war, schüttelte er verwundert den Kopf: 'Jetzt esse ich nicht nur rohes Fleisch, sondern höre auch noch Stimmen. Alter Narr. Du wirst wirklich langsam zu einem lächerlichen und alten Narren. Ich werde doch nicht langsam verrückt? Oder?' Und mit grimmiger Entschiedenheit zog er den Pfeil aus der Rinde, spannte den Bogen erneut und ging tiefer in den Wald.

Er tötete in kürzester Zeit einen Hasen und zwei Truthähne, ohne irgendwelche Stimmen zu hören und setzte sich in die aufgehende Sonne am Waldrand. Elizabeth war inzwischen unruhig geworden, saugte verzweifelt an ihrem Handrücken und ihr Jammern ging nun in ein wütendes Schreien über. Schnell teilte er den Truthahn in zwei Teile, entfernte mit gekonnten Griffen die Federn, schnitt einige Stücke heraus und fütterte damit das Baby. Er musste den halben Truthahn zerteilen, um genug Blut daraus zu gewinnen. Sie hatte am Vortag fast ausschließlich Ziegenmilch getrunken und heute hatte sie einen Hunger, wie noch nie zuvor. Dennoch hörte er auf sie zu füttern, bevor sie völlig satt war, denn er ahnte, dass sie auch heute Ziegenmilch bekommen würde. Er wollte, dass sie sich an die Milch gewöhnte und weniger Blut trank. Ihm selbst geschah es wie immer, wenn er Elizabeth trug, dass es ihm nach frischem Fleisch dürstete und so aß auch er von dem Truthahn. Als Elizabeth begann, etwas langsamer an dem blutigen Fleisch zu saugen, wischte er mit feuchtem Moos ihrer beider Gesichter sauber, packte den Rest des einen Truthahns, den noch ganzen Truthahn und den Hasen, band sich Elizabeth und den Bogen um und ging in Richtung der Scheune. Aus dem Haus drangen schon Geräusche und aus der offenen Tür des kleinen Gebetshauses drang der Ton einer Orgel.

Nachdem er Elizabeth wieder auf das Lager gelegt hatte, ging er zu dem Platz, wo das Holz für den Winter lagerte. Er konnte nicht umhin zu bemerken, dass es sich in erster Linie um gesammelte Äste, morsche Teile von Bäumen oder schlichtweg um einen Haufen Reisig handelte. Er war sich sicher, dass sie damit nicht über den Winter kämen. Als er begann die Tiere zu enthäuten und entfiedern, hing er noch eine Weile seinen Gedanken nach. Bisher hatte er noch keinen Mann hier gesehen, das Haus war zwar gut gebaut und die Scheunen und Ställe zeugten von Sorgfalt und Führung, aber überall gab es Hinweise darauf, dass sich niemand um schwereres oder handwerkliches Arbeiten kümmerte. Niemand kümmerte sich um die kaputte Stufe auf der Veranda, das Gebüsch, das sich um das Haus ausbreitete, die Tür, die nicht mehr schloss oder eben die Tatsache, dass es kein gehacktes Holz für den Winter gab.

Die Eingeweide und Federn häufte er auf dem Boden auf, das zerteilte Fleisch legte er auf ein Brett, das er auf zwei Holzstöcke legte. Es war wohl unvermeidlich, dass sie bemerken würden, dass die Hälfte des einen Truthahnes fehlte. Er hoffte jedoch, dass sie sich ihre eigenen Erklärungen für diesen Umstand finden würden. Er ging nun an die Hintertür des Hauptgebäudes und wollte schon anklopfen, als eine ältere Frau aufmachte. Sie war weißhaarig, mager und schaute ihn nur misstrauisch an. „Es ist wohl besser, wenn Sie das Fleisch in die Küche bringen, bevor wilde Tiere es riechen", sagte sie kurz angebunden, drehte sich um und ließ die Tür offen. Harry holte das Fleisch und wusste nicht genau, ob er nun einfach die Küche betreten solle, als ihm einfiel, dass er ja die Messingklingel hatte, um sich bemerkbar zu machen. Er holte sie in der Scheune und wollte schon läuten, als er aus der Küche Stimmen hörte: „Schwester, es ist eine Schande einen alleinstehenden Mann, den wir nicht kennen, hier mit uns wohnen zu lassen. Was soll der oberste Schäfer denken, wenn er hört, dass wir hier einen Mann beherbergen?" - „Er wird das denken, was wir ihm sagen, nämlich dass wir Hilfe brauchten und dass der *Herr der Gnade* ihn zu uns geschickt hat! Oder glauben Sie, Schwester Ursula, dass er hier aus Zufall genau im rechten Moment zu uns gekommen ist? Ist nicht alles, was passiert, gottgewollt?"

„Na gut, Schwester Bernadette, dann kann ja von nun an, jeder Unhold, Mörder oder Dieb bei uns Unterschlupf finden, weil ja alles gottgewollt ist. Warum beten wir dann überhaupt, wenn wir sowieso keinen Einfluss darauf haben, was passiert! Haben Sie auch schon einmal überlegt, wieso er ein Neugeborenes bei sich hat? Und zwar ein Elu! Schon schlimm genug, uns ein Elu-Baby ins Haus zu bringen, aber dann auch noch eines, von dem wir nicht einmal wissen, wieso er es hat. Und was passiert, wenn morgen ein ganzer Elu-Stamm hier einfällt, weil er die Mutter des Babys getötet hat?"

„Schwester Ursula, unser Credo", und Harry bemerkte, wie Schwester Bernadettes Stimme fast unmerklich an Lautstärke zunahm, „ist, in Armut und

Demut dem Herrn der Gnade zu dienen. Dies ist ein Moment, in dem wir getestet werden, ob unsere Gnade dort aufhört, wo es schwierig wird. Einem Kind im Winter keine Hilfe anzubieten, ist in meinen Augen eine Sünde. Und abgesehen davon, wollen Sie nicht auch hin und wieder Fleisch essen oder lernen, wie wir uns in Zukunft selbst Fleisch besorgen können, indem wir jagen lernen?"

„Was ist das denn nun wieder für eine Idee: wir sollen jagen lernen? Haben Sie schon einmal eine Ordensschwester im Wald hinter Elchen hinterherrennen sehen? Schwester Bernadette, ich glaube, Sie vergessen, dass wir ein Glaubensorden sind und dass wir dem *Herrn der Gnade* als Dienerinnen dienen und nicht als blutrünstige Frauen, die begleitet von irgendwelchen Männern im Wald herumrennen!"

In dem Moment kam Schwester Lilly um die Ecke - offensichtlich ohne zu bemerken, dass er einem Gespräch in der Küche heimlich gelauscht hatte - schaute auf die Klingel in seiner Hand und lächelte ihn freundlich an: „Sie müssen nicht klingeln, wir haben Sie schon längst gehört." Ihr Blick fiel auf das Fleisch und freudig sagte sie: „Legen Sie das Fleisch ruhig hier in den Eingang. Schwester Ursula wird es sofort verarbeiten." Und nach einer kurzen Pause fügte sie hinzu: „Uns entgeht hier nichts, wissen Sie?" Sie schmunzelte als sie es sagte. „Wenn Sie wollen, kann ich das Baby wickeln und füttern." Sie wartete gar nicht ab, bis er antwortete, eilte an ihm vorbei in die Scheune und kam sofort mit dem Baby wieder zurück. „Kommen Sie! Die Oberin wartet schon auf Sie!", sagte sie lächelnd. Dann schritt sie vor ihm her in Richtung Veranda.

Auf der Veranda stand heute ein kleiner Tisch und zwei Stühle. An der Wand des Hauses befand sich ein Schaukelstuhl und eine am Dach befestigte Holzschaukel. Auf dem Schaukelstuhl saß eine sehr alte Frau. Sie war klein und mager, die Hände lagen zitternd auf den Armlehnen, sie hatte die Augen geschlossen und schien zu schlafen. Die Holzschaukel war leer und auf einem der beiden Stühle saß die Oberin Bernadette. Schwester Lilly war mit Elizabeth im Inneren des Hauses verschwunden. „Guten Morgen ", sagte in diesem Moment Oberin Bernadette, "unser Bruder Jeremias war ein Riese wie Sie. Es freut mich, dass seine Kleidung nun eine Verwendung gefunden hat."

„Wir hätten Vorhänge und Bettvorleger daraus machen sollen. Das wäre besser gewesen!", knarrte es nun aus der Ecke. Die Greisin auf dem Schaukelstuhl war wohl offensichtlich doch wach und nach einer Pause fügte sie hinzu: „Blut will Blut, das geht nie gut." Die Greisin hielt ihre Augen immer noch geschlossen und es kam kein weiterer Ton mehr aus ihr heraus. Aber Harry, dem bei dem Wort Blut, sein eigenes Blut in das Gesicht geschossen war, schien ein Grinsen rund um ihre faltigen Mundwinkel zu bemerken. „Das ist unsere älteste Ordensmutter mit der meisten Erfahrung, Schwester Wilhelmine. Sie hat einen eigenen Humor. Nicht wahr, Schwester Wilhelmine?" Schwester Wilhelmine sagte nichts mehr; sie schien wieder eingeschlafen zu sein, denn sie begann nun zu schnarchen. Schwester Bernadettes Tonfall war heute etwas weniger forsch und sie schaute ihn fast freundlich an. Nichts an ihrem Auftreten erinnerte an die hitzige Diskussion, die sie mit Schwester Ursula noch vor wenigen Minuten hatte oder an den Einwurf von Schwester Wilhelmine. Offensichtlich war es normal, dass die Greisin etwas sagte und dann wieder einschlief. „Kommen Sie, setzten Sie sich. Es kommt hier nicht alle Tage ein Mann mit einem Baby vorbei." Ihre Neugierde war offensichtlich und er konnte sie verstehen. Eine Frau, die er bisher noch nicht gesehen hatte, kam nun aus dem Haus und tischte ihm heißen Kräuter-Tee, mehrere Scheiben Brot und Schweineschmalz auf. Sie war unauffällig, von mittlerem Alter und mit Erstaunen stellte er fest, dass auch ihr rotes Haar in Form eines Zopfes auf den Rücken fiel. Er bemerkte, wie Schwester Bernadette ihn beobachtete. Sie schaute ihm direkt in die Augen, als sie ihm zwar mit ernster Stimme aber immer mit einem leicht ironischen Unterton sagte: „Wir haben wohl alle unsere Geheimnisse, nicht wahr?"- Harry nickte erleichtert. Denn er hatte sich, seitdem er hier angekommen war, gefragt, wie er es erklären konnte, dass Elizabeth bisher ohne die Milch einer Mutter überleben konnte. Offensichtlich beherbergte auch dieser Ort ein Geheimnis und Schwester Bernadette hatte ihm nun unmissverständlich zu verstehen gegeben, dass manche Dinge nicht erklärt werden müssen.

Diese Anwesenheit von Frauen, der Duft der heißen Tasse Tee und der Blick auf den See, nicht aus dem Untergebüsch heraus, um ein Tier zu töten, sondern auf einem Stuhl auf einer Holzveranda sitzend, verwirrten ihn. Seit zu vielen Jahren lebte er meist allein im Wald, im Winter oder wie dieses letzte Jahr mit zwei Männern, die ihn nicht ausstehen konnten und die ihm egal waren und im Sommer verprasste er in den letzten Jahren sein verdientes Geld in Saloons. Jenseits des Wimish war er nicht mehr - seitdem er seine Frau verlassen hatte - und somit konnte er sich nicht mehr erinnern, wann er das letzte Mal mit einer Frau an einem Tisch auf einer Veranda saß. In den Saloons verbrachte er die Zeit mit Frauen nicht auf diese Weise. Etwas in ihm konnte damit nicht umgehen, hier so weit im Westen, wo sich bisher sonst kein Siedler niedergelassen hatte, auf eine kleine Oase, die nach Frieden und irgendwie nach zuhause roch, zu stoßen. Schwester Bernadette wartete geduldig, bis er anfing zu sprechen. „Ich möchte meine Felle verkaufen und suche nach der Company, die anscheinend hier in der Gegend irgendwo ihren Sitz haben soll. Wissen Sie etwas davon?“ - „Ja, sie kommen aus dem Norden und sind in erster Linie an Biberfellen interessiert”, nach einer Pause fügte sie hinzu, „sie haben einen Treffpunkt circa fünf Tagesreisen von hier in Richtung Nordwesten. Nur, jetzt so kurz vor dem Winter, wird dort wahrscheinlich niemand mehr sein. Wie Sie wohl wissen, findet der Handel vor allem im Frühling und im Sommer statt.” Nach einer Pause, die eindeutig eine Art Fragezeichen bedeutete, sein Auftauchen am Beginn der Wintersaison mit Fellen aus dem letzten Winter verkaufen zu wollen betreffend, fuhr sie fort: „Zudem biegt der Fluss zuvor in Richtung Südwesten ab, was aber sowieso nicht wichtig ist, da er von nun an bis zu den Seen durch mehrere Canyons fließt. Es tut mir leid für Sie, aber ich denke nicht, dass ihr Floß diese Wasserfälle überleben würde." Harry nahm einen letzten Schluck von dem inzwischen lauwarmen Tee. Das, was Schwester Bernadette ihm gerade mitgeteilt hatte, war ein schwerer Schlag. Er fuhr sich mehrmals durch das Haar, was er immer machte, wenn er nachdachte, kam aber auf keinen grünen Zweig - außer, dass er sich hätte vorher einen Zopf binden sollen, um sich seiner ungewohnten Umgebung etwas mehr einzufügen. Er konnte weder vorwärts noch rückwärts. Ohne Pferd kam er nirgendwohin, nachdem das Weiterkommen in den Westen durch die Canyons ein Ende hatte und der Winter stand ebenfalls bevor. In dem Moment begann Schwester Bernadette wieder zu sprechen: „Ich mache Ihnen einen Vorschlag. Wie Sie sehen können, könnten wir die Hilfe eines Mannes gut gebrauchen. Seitdem Bruder Jeremias vor zwei Jahren verstorben ist, haben sich Reparaturarbeiten am Haus und an der Scheune angehäuft. Keine von uns ist stark genug, um Bäume für den Winter zu hacken und so ist uns das Holz ausgegangen, wie Sie selbst sehen konnten. Und ... jagen können wir auch nicht. Es sind uns nur mehr das Geflügel und die Ziegen geblieben. Die brauchen wir für die Eier und die Milch. Damit haben wir seit langem kein Fleisch mehr gesehen bis heute Morgen, als Sie in kürzester Zeit einen Hasen und zwei Truthähne -beziehungsweise eineinhalb Truthähne - geschossen haben." Dann fuhr sie mit einem Schmunzeln fort: „Kurz: wir wären froh, wenn Sie den Winter hier bei uns verbringen würden. Im Haus können wir Sie leider nicht unterbringen, aber die Scheune ist ebenso gut. Wenn Sie uns das Jagen und Fallenstellen beibringen könnten, dann müssten wir nicht mit Bangen in die Zukunft schauen. Wir haben zwei Gewehre und auch Patronen für mindestens ein Jahr, eines davon haben Sie ja gestern selbst gesehen. Damit kann ich zwar noch jemanden erschrecken, aber Wild zu jagen ist noch einmal eine andere Sache. Auch beginnt jetzt die Lachssaison, aber wir konnten bisher nur wenig davon profitieren, da wir es nicht mit den Bären aufnehmen können. Tja, und zu alledem... bisher hat es sich nicht herumgesprochen, dass wir nur mehr Frauen sind, die hier leben. Es ist nicht schlecht, wenn ein Mannsbild hier bei uns lebt. Was Ihre Felle anbelangt, habe ich zwei Vorschläge: im Frühling gehen Sie zur nächsten Elu-Siedlung, die nur zwei Tagesreisen von hier entfernt ist, kaufen dort zwei Pferde und holen dann hier Ihre restlichen Felle wieder ab. Denken Sie darüber nach, Sie müssen mir nicht sofort eine Antwort darauf geben."

Das Angebot war gut und er musste darüber nicht lange nachdenken. Er konnte die Felle jetzt nicht verkaufen, er war hier festgenagelt und wenn er hier überwintern könnte, würde ihm das mehrere Probleme gleichzeitig lösen. Er hatte immer noch die Biberfalle mit sich und konnte diesen Winter weitere Felle erstehen. Zudem würden ihm die Schwestern mit Elizabeth helfen und im Frühling könnte er in den Osten zurückkehren, sobald er die Pferde dafür hätte. „Ich denke, ich werde Ihr Angebot annehmen!“, sagte er daher einfach. Ein Lächeln huschte über Schwester Bernadettes Gesicht. Sie nickte jedoch nur kurz und sagte: „Gut, dann haben wir uns ja geeinigt. Sehr gut. Ich möchte noch anfügen, dass wir hier dem ‘Glauben der vier Kinder’ folgen und dem ‘Herrn der Gnade’ dienen. Das Gebetshaus und alle Nebengebäude stehen Ihnen zur Verfügung und Sie können auch bei unseren Gebeten im Gebetshaus mit dabei sein. Wichtig ist, dass Sie das Haus nur zu Essenszeiten oder nach ausdrücklicher Einladung betreten und die Ordensschwestern mit Anstand und Diskretion behandeln.” Nach einer Pause fügte sie hinzu: „Habe ich hierfür Ihr Wort?” Sie schaute ihn forschend an. Er kam sich in diesem Moment wie ein Schuljunge vor - auch wenn er eine Schule nur kurze Zeit von innen gesehen - daher musste er lachen, was bei ihm nicht so oft vorkam. Er antwortet nun und versuchte wieder ernsthaft zu werden: „Sie können sich auf meine Ehrenhaftigkeit verlassen. Ich habe nicht vor, Probleme zu machen, geschweige denn sie zu bekommen.”

„Gut, dann sind wir uns ja einig. Die Klingel haben Sie ja und werden diese bitte auch benutzen, wenn Sie etwas brauchen.“ Es entstand eine Pause, die sie wahrnahm, um an ihrer Teetasse zu nippen. Dann sprach sie weiter, diesmal mit einer erheblich entspannteren Stimme: „Sie können Elizabeth im Haus bei uns lassen, wann immer Sie wollen. - Wir kümmern uns gerne um sie”, fügte sie hinzu. Kurz überlegte er, denn er war es schon so gewohnt das Baby bei sich zu haben, dass er es nur ungern den Schwestern überließ, auch wenn es nur für wenige Stunden war. Die Schwestern schienen zwar weltoffen und freundlich zu sein, wenn sie jedoch Elizabeths Fähigkeit, die Sinne zu schärfen und ihren Hunger auf rohes Fleisch entdecken würden, würde ihre Freundlichkeit wohl schnell vergehen. Auf der anderen Seite wollte er die Schwestern nicht verärgern und Elizabeth hätte sicherlich ein besseres Leben unter all den Frauen im warmen Haus als bei ihm in der Scheune. Er zögerte einen Moment. Schwester Bernadette bemerkte sein Zögern sofort und fügte schnell hinzu: „Natürlich nur wenn Sie wollen; wir hegen keine Absicht, Ihnen ihre Tochter wegzunehmen." Ihre Blicke überkreuzten sich, als sie das Wort Tochter aussprach. Natürlich war es ihr nicht entgangen, dass es ein Elukind war. Sich mit den Wilden zu vermischen war zumindest im Osten eine Sünde. Dass sie nicht weiter darauf einging, konnte er sich nur so erklären, dass sie ihn wirklich brauchten und Schwester Bernadette sogar in der Küche eine Entscheidung gegen den Willen von Schwester Ursula getroffen hatte. In dem Moment brachte eine der Schwestern Elizabeth. Wieder duftete sie nach warmer Milch und Veilchen. Er nahm Elizabeth entgegen und sagte, seinen Blick auf das Baby gerichtet: „Elizabeth ist nicht meine Tochter. Ich habe sie vor ein paar Tagen in den Bergen gefunden." Als er aufblickte, schaute er direkt in die Augen von Schwester Bernadette. Diese war auf einmal rot geworden: „Ich will nichts wissen über das Baby. Je weniger wir wissen, desto besser! Und im Frühling, wenn der Schnee schmilzt, werden Sie uns mit dem Kind verlassen." Dann stand sie auf und verabschiedete sich. Als die Schwestern wieder ins Haus gegangen waren, stand er noch lange auf der Veranda. Er blickte auf den glitzernden See und fühlte zum ersten Mal seit langem ein Gefühl von Leichtigkeit in seiner Brust. Der Wald schien ihm hier im Westen dunkler, tiefer und älter. Er ließ die Reise der letzten Tage vor seinem inneren Auge vorbeiziehen. Er hatte Tiere gesehen, die er nicht kannte und war selbst zu einem Tier geworden, wenn er das Elubaby im Arm hielt. Er erinnerte sich wieder an die Stimme, die er am Morgen gehört hatte. “Eine magische Welt” fuhr es ihm durch den Kopf. Er betrachtete Elizabeth. Sie schlief tief und fest und kurz meinte er, dass ein Lächeln über ihr Gesicht gehuscht sei, so als hätte sie seine Gedanken gelesen.

Er würde den Winter hier verbringen, sich um Elizabeth kümmern und den Frauen das Jagen und Fallenstellen beibringen, soweit es möglich war alles in Stand setzten und ausreichend Feuerholz bevorraten, und was sich sonst noch ergab. Alles wie gerade vereinbart. Für den Moment schien es, dass, alle davon profitieren würden. Geheimnisse hin oder her...

Der gefiederte Clan des Nordens

Fliegen kann jeder, oder?

D

u hast die Flügel doch nur, damit du dich wie ein Vogel fühlst!", wiederholte seine Mutter *Standhafter Specht* zum hundertsten Male.

„Und warum haben dann die anderen große, nein enorme, nein wahnsinnig enorme Flügel? Nur, damit sie sich sicher fühlen? Und wie soll ich mich bitte von einer Felskante stürzen, wo ich gerade noch von einem Stein auf den anderen hopsen konnte? Ich bin zwölf Jahre alt, ich habe bald meine Initiation und habe so kleine Flügel, dass selbst jeder frischgeschlüpfte Spatz sich schieflacht, wenn er mich sieht! Bei einem Flügel haben die Motten sich im letzten Winter ihren Bauch vollgeschlagen und so habe ich nur mehr ein Flügelgerüst mit Fetzen auf dem Rücken! Besser wäre, wenn ich mir die Flügel eines Schmetterlings auf die Schultern nähe, damit würde ich mich sicherer fühlen als mit diesem zerschlissenen Mottenteppich. Ach was, besser ich vergesse diese ganze Fliegerei einfach." *Morgentau* stampfte wütend aus dem Zelt, verfolgt von ihrem Specht, der schlechte Stimmungen schlecht aushielt und daher eiligst versuchte am Eingangsloch an *Morgentau* vorbeizuflitzen, sich aber in ihren langen Haaren verfing. Die Zeltluke war hinter ihr und dem Specht zugefallen und Elan hörte noch eine Weile wie seine große Schwester vor dem Zelt fluchend versuchte den Specht aus ihren Haaren zu bekommen. Kurz musste er lächeln. Seine ältere Schwester war ohne ein Gramm Humor gesegnet. Sie wollte jetzt, da sie beim Großen Bergflug mitmachen durfte, würdevoll erscheinen, was ihr jedoch nur schwer gelang, da sie von kleiner Statur war und ihr Specht es genoss ihr stundenlang, um den Kopf zu fliegen oder sich an einer der Perlen auf ihrer Brust festzukrallen und dann heftig daran zu picken. Es war offensichtlich, dass sie den Specht schlecht aushielt und auch dieser verbrachte lieber seine Zeit im Wald bei dem kleinen Volk der *Manipi,* die in den Wurzeln und Höhlen rund um das Dorf seit immer lebten, oder mit Elan. Aber der kurze Anflug von guter Laune verging ihm schnell, denn als er in den leeren Raum des Tipis blickte, sah er nur seine Mutter, die im Hintergrund herumräumte und somit erinnerte er sich wieder daran, dass auch er nicht viel zu lachen hatte. Er durfte nämlich beim Großen Bergflug nicht mitmachen und die Stimme, die ihn seitdem verfolgte, dröhnte an diesem Morgen lauter denn je: „Du bist nur ein *Träumendes Auge*. Dein Name sagt schon alles. Du kannst nur herumliegen und träumen, während alle anderen sich auf den Bergflug vorbereiten. Elan oder *Träumendes Auge* sprang bei dem Gedanken aus dem Bett, stampfte mit dem Fuß auf den Boden und schon während er es tat, war ihm bewusst, dass das wiederum als ein Beweis seiner noch kindlichen Natur ausgelegt werden würde. Trotzig und wütend blickte er noch kurz zu seiner Mutter, aber als er ihren Blick sah, wollte er nicht darüber reden. „Guten Morgen, Elan“ sagte sie freundlich und tat so, als ob sie seinen kleinen Wutausbruch nicht bemerkt hätte.

„Guten Morgen, Mutter“, sagte er und kroch an die kalte Feuerstelle, wo seine Mutter für ihn ein paar Maisbrote hingelegt hatte.

„Es ist ein schöner Tag heute, nicht?", fragte ihn seine Mutter und kontrollierte dabei - ohne ihn anzuschauen - einen Korb voll von Kräutern. Immer wieder fand sie einen vertrockneten Stängel oder eine verfaulte Blüte und warf diese in die Feuerstelle.

„Ja, ist es", erwiderte Elan mit vollem Mund und tat so, als ob das Essen all seine Aufmerksamkeit brauchte. Seine Mutter fuhr ruhig mit ihrer Arbeit fort. Aus den Augenwinkeln sah Elan, wie *Sanfte Grille*, der seine Schlafschaukel unter dem Dach hatte, sich vorsichtig die Schnur herabseilte und verschlafen auf dem Schoss seiner Mutter landete.

Sanfte Grille war ein Mitglied der Manipi, er hatte die Größe eines Tannenzapfens und war eingehüllt in grüne leichte Kleidung aus Seide. Aus Spinnenweben gefertigte Schnüre hielten alles zusammen. Seine langen braunen Haare waren mit bunten Bändern wild verknotet. Elan wusste nicht, wie alt *Sanfte Grille* war, aber er sah aus wie ein Junge seines Alters, obwohl er behauptete, schon seit vielen, vielen Wintern auf dieser Erde zu leben. Manchmal fand Elan ihn ein bisschen anstrengend. Er merkte sofort, wenn Elan log oder keine Lust auf ihn hatte oder schlecht gelaunt einen Stein achtlos mit dem Fuß wegkickte und dann - in Elans Augen ewig - mit ihm diskutierte, sich umständlich bei dem weggekicktem Stein entschuldigte oder zu singen begann um wieder, wie er sagte, Harmonie herzustellen. Aber abgesehen davon war *Sanfte Grille* lustig, hatte oft gute Ideen und Elan war froh, ihn hier am Yarasee als Kumpane zu haben. Sanfte Grille mochte seinen eigenen Namen nicht sehr und so nannte ihn jeder einfach nur *Grille*. Nachdem er mit ihnen das Tipi teilte, musste er meistens seiner Mutter helfen, das Tipi ordentlich zu halten, oder, wie er selbst sagte, dafür sorgen, dass keine dicke Luft entstehen würde. Aber wenn er frei hatte, ging er zu seinem Volk, das hier am Fluss sein Lager hatte oder eben begleitete Elan.

Als Elan vor vier Wintern hier am Yarasee angekommen waren, war Elan tief unglücklich und fand alles nur scheußlich: die Berge waren zu steil, das Wasser im See zu süß, die Baumstämme zu dick, das Gras zu hart, die Schmetterlinge zu gelb oder zu rosarot und so weiter. Erst als er wenige Tage nach seiner Ankunft auf *Grille* gestoßen war, änderte sich etwas. Er hatte sich von der ersten Sekunde an gut mit ihm verstanden, was allerdings nicht weiter verwunderlich war, da auch *Grille* aus einer anderen Gegend stammte und ebenfalls erst wenige Tage zuvor am Yarasee angekommen war. Einmal hatte ihn Elan danach gefragt, wie es dazu gekommen sei, dass *Grille* allein hier bei den Manipies am Yarasee wohne. *Grille* hatte nur einsilbig geantwortet, dass hier sein Onkel sei. Elan hatte dann noch eine Weile gewartet, ob *Grille* eventuell noch mehr dazu zu sagen hätte, aber nach einem langen Schweigen hatte *Grille* begonnen, das Feuerholz zu trösten und es mit einem Singsang auf die Verwandlung zu Asche und Wärme durch das Feuer vorzubereiten. Nachdem er mit einem einzigen Schnippen seiner Finger das Feuer anfachte und die erste Flamme mit einem Lächeln begrüßte, hatte er

Elan für den Rest des Tages nicht mehr beachtet. Seitdem war das Thema für beide abgeschlossen.

Die erste Zeit hatten sie sich gegenseitig darin bestärkt, wie fürchterlich hier das Leben, wie arrogant die magischen Nordstämme und wie grausam hier die Natur sei. Aber nach einer Weile ging ihnen der Gesprächsstoff aus und so hatten sie begonnen gemeinsam die Natur rund um die Siedlung zu erkunden und wurden dabei zu Freunde.

Seit jenem Tag, an dem er *Grille* kennengelernt hatte, war die Stimme in seinem Kopf, die ihn von morgens bis abends mit Sätzen, wie: „Ich will hier nicht sein, ich hasse die Kish, ich hasse die Nordstämme, ich werde nie mehr glücklich sein und will hier nur weg!“, gequält hatte, verstummt und er fühlte sich wohler hier am Yarasee. Er hatte sogar begonnen einige Mitglieder der Stämme, die hier mit ihnen überwinterten, zu mögen. Vielleicht nicht alle, aber immerhin einige. Als er dann auch noch *Silberhaar* vom Stamm der Schneegänse kennengelernt hatte, gab es Momente, in denen er sein Leben nicht mehr nur unerträglich fand.

“Mutter, ich habe eine Frage”

“Ja?”, fragte seine Mutter und machte währenddessen mit den Kräutern weiter.

“Ist der Yarasee wirklich so tief, wie alle sagen?”

“Ja, er ist es. Tiefer als man denken kann und mit Strömungen, die einen immer weiter in die Tiefe reißen. Man sagt, am Grunde des Sees befindet sich ein Tor zur Unterwelt und dass die Geister der Toten durch dieses Tor in die andere Welt gelangen.”

Elan hatte diese Geschichte schon oft gehört, auch dass Menschen, die ein Tabu gebrochen hatten, das Tor nicht fanden und von Wächtern des Tores gejagt wurden, wenn sie versuchten sich dem Tor zu nähern. Er dachte jedes Mal, wie fürchterlich das sein musste. Er konnte sich nicht vorstellen, wie es sein würde, bis in alle Ewigkeit im dunklen Wasser zu treiben oder von den Geistern der Toten gejagt zu werden. “Aber Mutter, ich habe noch eine Frage”

“Ja?”

“Ist es wahr, dass die Stammesglieder der Donnervögel die ersten Menschen waren, die es wagten, sich hier am Yarasee anzusiedeln und nur solange es Mitglieder aus ihrem Stamm gibt, wir alle hier sicher sind und das Tor in die Anderswelt offenbleibt?

“Ja, das ist wahr. Sie sind unsere Wächter, seit dem ersten Tag. Aber ich muss dich warnen, mein Sohn. Du solltest nicht alles glauben, was die Leute dir erzählen. Es gibt viele Geschichten und Mythen über den Yarasee und seiner Umgebung und nicht alle stimmen.”

Aber diese Geschichte hatte Elan immer fasziniert und so beschloss er, *Silberhaar* danach zu fragen. Vielleicht wusste er mehr darüber.

„Ich habe noch eine andere Frage, Mutter.“ Er wartete, bis seine Mutter ein Zeichen gab, dass sie ihm zuhörte und als sie ihm zulächelte, fuhr er fort: “Mutter, wir haben doch auch Schamanen, die unsere Kranken heilen und mit unseren Ahnen sprechen, damit die Ernte gut wird. Und bei uns können doch auch alle Mitglieder fliegen, wenn sie bei der Initiation mitgemacht haben. Was ist denn da so Besonderes daran, zu den magischen Stämmen zu gehören und zur Insel Ohne Namen zu dürfen?" Und bevor seine Mutter antworten konnte, fügte er hinzu: „und warum wurde ausgerechnet der Stamm der Spechte ausgesucht, hier bei den magischen Nordstämmen dabei zu sein?"

"Das sind zwei Fragen, mein Sohn. Aber ich will trotzdem versuchen, sie dir zu beantworten." Seine Mutter hielt kurz inne und schien nach den richtigen Worten zu suchen. Dann begann sie:

„Ja, wir vom Spechtstamm haben sehr gute Schamanen und ja, wir können genauso fliegen, wie die magischen Nordstämme, aber aus den sogenannten gewöhnlichen Stämmen, zu denen wir bis vor vier Wintern noch gehört haben, durfte niemand auf die Insel Ohne Namen und somit gibt es keine Zauberer aus dem Spechtstamm. Und ja, Elan, ich werde dir etwas über die Besonderheit von Zauberern erzählen: Ein Zauberer ist jemand, der ebenso wie ein Schamane, für die Menschen die Zeichen aus der Anderswelt übersetzt und die meisten Schamanen haben auch das Heilen gelernt. Nachdem ich nicht auf der Insel Ohne Namen war und keine Zauberin bin, kann ich dir nur sagen, was ich hier in den letzten Jahren erlebt habe und nebenbei auch du erlebt hast: Zauberer können schon im Voraus ahnen, was passiert, finden alles, was sie suchen, können ihren Körper verlassen und als Traumkörper Dinge bewirken und sie ..." In dem Moment kam sein Onkel *Himmelspforte* durch die Luke und unterbrach seine Schwester: "Willst du deinen Sohn noch trauriger machen, weil er nicht mitdarf, und bist du dir sicher, dass die Geheimnisse der Zauberei so nebenbei beim Frühstück erwähnt werden sollen?" Er warf einen raschen Blick zu Elan und Elan konnte sehen, wie er seiner Schwester einen bösen Blick zuwarf. „Ich denke, Elan wird alles, was er wissen muss, erfahren, wenn es so weit ist."

Seine Mutter sagte nichts mehr, machte nur kurz eine Grimasse, widmete sich dann wieder eingehend den Kräutern und in Richtung Elan fügte sie nur noch hinzu: „Wie du siehst, ist das mit der Zauberei ein heikles Thema. Es ist wirklich besser, wenn es dir dein", und dabei verdrehte sie die Augen, „weiser Onkel bei Nacht und Nebel in einer heiligen Grotte und viel Salbeirauch erzählt anstatt hier zwischen Maisbrot und gewöhnlicher Zeltwand." Dann murmelte sie noch leise: „Die Zeit wird zeigen, wann der Mutter Rat unnütz und heiliges Wissen nützlich ist."

Elan war es gewohnt, dass seine Mutter in Rätsel sprach und er hoffte noch kurz, dass sie nun doch noch weiterreden würde, aber als sie sich umdrehte, um weitere Kräuter mit Hilfe von *Grille* aus einem Korb zu holen, gab er auf. Elan schnaubte: „Immer diese Geheimnisse!"

Elan wusste, dass er über die Zauberei nichts mehr erfahren würde, aber er hatte noch eine Frage, die ihm schon lange unter den Fingernägeln brannte: "Onkel, wenn ich schon nichts mehr über meine eventuelle Zukunft erfahren darf, kannst du mir dann bitte etwas über unsere Vergangenheit erzählen?" Himmelspforte nickte versöhnlich und Elan schluckte schnell das letzte Stück Maisbrot hinunter, bevor er sprach: „Warum gehören ausgerechnet wir vom Specht Clan nun zu den magischen Nordstämmen? Wieso ist da ein Platz auf dem Schild frei geworden und weshalb wurden wir und nicht die Pelikane oder Tauben oder keine Ahnung welche anderen Vögel ausgesucht? Warum wir? Wir sind schließlich nur ein gewöhnlicher Stamm und Spechte sind berühmt für ihre Sturheit aber nicht unbedingt für ihre magischen Fähigkeiten, oder?"

Elan wusste, dass sein Onkel es hasste, wenn man ihn stur nannte, aber er war enttäuscht, dass sein geliebter Onkel ihn heute Morgen wieder als Kind behandelt hatte und so sah er nun mit einer gewissen Genugtuung, dass sein Onkel etwas Farbe im Gesicht bekam.

Seine Mutter sah ihn an und schüttelte kaum merklich den Kopf, aber sein Onkel lachte nur: "Jetzt hast du mich fast erwischt! Aber du hast natürlich recht. Wir, vom Specht Clan, sind fleißig, gewissenhaft, kreativ und haben ein unglaubliches Durchhaltevermögen und du fragst zurecht, was das mit Magie zu tun hat! Wenn ich es genau bedenke, ist es fast schon seltsam, dass du diese Frage nicht schon früher gestellt hast! Also gut." Sein Onkel setzte sich nun gemütlich auf ein Fell neben der Feuerstelle, holte Luft und begann zu erzählen: „Als wir vor ungefähr zwölf Wintern unsere Heimat an der Ostküste verlassen mussten - da wir ansonsten ebenso wie andere Stämme von den Kish getötet oder unterworfen worden wären - zogen wir, wie du weißt, in den Westen und siedelten uns südlich von hier an den Großen Seen an. Es war der Stamm der Möwen, der uns erlaubte bei ihnen zu leben. Dank ihnen ging es uns nicht wie anderen Stämmen, die den Osten verlassen mussten und nirgendwo mehr eine neue Heimat fanden. Und dort hat auch deine Mutter deinen Vater kennengelernt, aber das ist eine andere Geschichte. Also, weiter gehts: Und auch wenn die Seen groß und voll von Fischen und die Stammesmitglieder freundlich und großzügig waren, ging es uns dort nicht gut. Wir waren das Meer und die Wälder gewöhnt. Die waldlosen Ebenen rund um die Seen vertrugen wir nicht gut und viele unserer Kinder kamen kränklich auf die Welt. Unsere Großmütter und Großväter verließen uns früher als sonst. Und dann passierte etwas, ich würde fast sagen, magisches: "Die Mitglieder des Krähenstammes wurden aus dem Kreis der magischen Nordstämme ausgeschlossen, da sie ein Tabu gebrochen hatten. Nachdem die Nordstämme jedoch keinen weiteren Verlust an Mitgliedern mehr verkraften konnten, schlug Ama, die Schamanin der Möwen vor, dass wir vom Specht Clan die Lücke schließen könnten."

"Aber Onkel, wieso wir?"

Sein Onkel dachte kurz nach, dann sagte er: „Ama hat uns das nie gesagt. Wir alle können nur raten, warum. Du kannst dir vorstellen, dass wir uns alle gewundert haben und die anderen Stämme erst recht, aber Ama hatte eine dermaßen konkrete Nachricht von den Ahnen bekommen, dass sie den Zweifel der meisten von uns verscheuchen konnte. Nur, als dann kein einziges Mitglied unseres Stammes vor vier Jahren die Initiation geschafft hatte, wurde die Wahl wieder in Frage gestellt. Das ist ja der Grund, warum du nicht dabei bist, dieses Jahr. Wenn wir dieses Jahr auch kein einziges Stammesmitglied dabeihaben, das heil den Berg herunterkommt, dann wird wohl ein Rat einberufen werden und es kann sein, dass wir den Yarasee wieder verlassen müssen. Wir müssen es diesmal schaffen und somit treten nur die drei Kinder an, die schon vor vier Jahren ihr Glück versucht haben und leider versagten und deine Schwester *Morgentau*, da sie von deiner Großmutter *Windige Höhe* ausgewählt wurde."

Elan wusste das alles eigentlich schon und er vertraute seiner Großmutter, aber es noch einmal aus dem Mund seines Onkels zu hören, wie wichtig es war, dass diesmal zumindest ein Stammesmitglied der Spechte den Bergflug erfolgreich beendete, beruhigte ihn etwas. Aber es gab ihm auch einen leichten Stich in der Brust und obwohl er schon während er es sagte, sich auf die Zunge hätte beißen können, sagte er: „Ich würde es schaffen, und zwar eher als meine Schwester." Sein Onkel war aber nicht wütend, sondern rückte näher an Elan heran und legte seinen Arm um seine Schulter: „Elan, unterstütze deine Schwester, dann hast du schon genug getan, ja?"

Elan nickte wenig überzeugt den Kopf, sprang dann hoch und wollte einfach nur aus dem Tipi. Denn innerlich war er den Tränen nahe: wie gerne hätte er allen bewiesen, dass er nicht nur träumte, sondern auch mutig war! Wie gerne hätte er sich heldenhaft für seinen Stamm vom Berggipfel in die Tiefen gestürzt und all den anderen Stämmen gezeigt, dass der Specht

Clan zu Recht seinen Platz unter den magischen Stämmen hatte! Als Elan das Zelt verlassen hatte und die kalte Winterluft durch die Nase einzog, ging es ihm wieder besser. Und dennoch: Das ganze Jahr hatte er seine ältere Schwester vor Augen, die ihr eigenes Specht Küken durch die Gegend getragen hatte und von morgens bis abends, wie ein Baby hätschelte und fütterte. Warum hatte ausgerechnet sie die Ehre, eine der insgesamt vier Teilnehmer aus dem Stamm der Spechte beim Bergflug zu sein. Ja, sie war älter, aber unbeweglich, langsam und es war ihr gleichgültig, dass sie dabei sein durfte. In wenigen Tagen würde ihr Specht seinen Körper verlassen, und seine Schwester würde dessen Fähigkeit zu fliegen erben. Es würde ihnen zu Ehren eine Schwitzhütte gemacht, um sie von ihrer Angst zu erlösen und sie somit auf den großen Bergflug vorzubereiten. Und die acht Kinder aus allen Nordstämmen, die es schafften, als erstes bis zu einem extra dafür entfachten Feuer zu fliegen, durften am Tag danach auf die Insel Ohne Namen gehen. Da würden sie dann zu Schamanen und manche von ihnen sogar zu Zauberern ausgebildet werden. Und er - er blieb zurück mit all den kleinen Kindern! Warum hatte seine Großmutter *Morgentau* und nicht ihn ausgesucht?

Sehnsüchtig wanderten seine Augen über den tiefen Nadelwald, der sich leicht ansteigend über die ersten Anhöhen eines mächtigen Bergmassivs ausbreiteten. Er zog den Geruch von Tiefe, kühlem Moos und Rinde in sich auf. Er folgte der dunklen Linie, die den Übergang von Wald zu Schnee markierte. Hier begannen die Felsen, die Höhen, die Eisschluchten und

Höhlen, die Abhänge und für Elan, einfach nur das, was er sich so sehr wünschte: hier begann die Welt der Erwachsenen, der echten Abenteuer. Übermorgen war der zehnte Vollmond des Jahres und alle Kinder, die mehr als elf Winter überlebt hatten, durften dabei mitmachen. Selbst sein Freund *Silberhaar* aus dem Stamm der Schneegänse, ein kleiner tollpatschiger Junge, der in keinem der Spiele jemals auch nur einmal gegen ihn gewonnen hatte, durfte mitfliegen. Offensichtlich übte er mit seiner Gans heimlich, denn wenn die anderen Kandidaten schon seit ihrer Ankunft hier auf den Wiesen rund um den See täglich übten, die Mädchen mit den Flügeln ihrer Mütter und die Jungen mit denen der Väter, die sie zur Verfügung gestellt bekamen, so hatte er *Silberhaar* noch nicht unter ihnen gesehen.

Die anderen sprangen stundenlang von niedrigen Baumästen und wenn sie ein Stück weiter vom Baum landeten als zuvor, jubelten sie laut. Gehässig dachte Elan, dass sie damit ihre Schmerzschreie übertönen wollten. Abends humpelten sie dann zufrieden mit blauen Knien und zerkratzten Armen in ihre Zelte und wurden von ihren Familien lautstark und mit viel Gehabe für ihre Flugkünste gelobt. Angeleitet wurden sie von den älteren Geschwistern, die es genossen von Baum zu Baum oder hoch hinauf bis zur Waldgrenze zu steigen, um dort in großen Kreisen bis hinunter zu ihnen ins Dorf zurückzufliegen. In diesen Tagen flog seine Großmutter mit den anderen Teilnehmern aus dem Stamm der Spechte und zeigte ihnen zum Spaß, wie man einen Sturzflug aus den

Wolken machte. Am gestrigen Morgen, als sie wieder neben seiner Schwester *Morgentau* gelandet war und sich lachend die Haare richtete, war Elan von den verschiedensten Gefühlen durchzogen gewesen: er liebte und bewunderte seine Großmutter und liebte es, wenn sie lachend Dinge tat, die andere nur mit grimmigem Gesicht und schwitzend vor Anstrengung vollbrachten. Auf der anderen Seite hatte er Angst um sie. Sie war klein und jedes Jahr wurde sie durchlässiger. Was wäre, wenn sie so leicht würde, dass sie nicht mehr auf den Boden zurückkönnte, sondern wie eine Feder vom Wind weggetragen würde? - In dem Moment entdeckte er seine Schwester *Morgentau* und betrachtete aus den Augenwinkeln einerseits mit Sorge aber auch neidisch, wie sie immer und immer wieder auf den Baum kletterte und schwerfällig hinunterhopste. Sie war, im Gegensatz zu ihm, dessen Vater vom Möwen Clan war, ein eindeutiger Specht, denn ihr Vater war ebenfalls vom Specht Clan. Ihr Vater war schon im Winter nach ihrer Geburt gestorben und so hatte sie kein Andenken an ihn. Aber seine Mutter sagte immer, dass sie genau wie ihr Vater sei. Sie war klein, gedrungen und von einer kompakten Körperstatur und auch wenn alle Mitglieder aus dem Specht Clan eher klein waren, so war sie für ihr Alter dennoch zu klein. Zudem war sie nie sehr mutig gewesen. Der Ast, von dem sie sprang, war so niedrig, dass sie fast mit den Beinen den Boden berührte, wenn sie darauf saß. Aber sie war eine bedachte Lernerin. Wenn sie sich etwas in den Kopf gesetzt hatte, dann erreichte sie es so gut wie immer und sie tat es, ohne sich unnötig weh zu tun. Hier sahen ihre Erfolge lächerlich aus, aber sie verletzte sich kaum und konzentrierte sich stark auf die Technik anstatt auf imponierende Erfolge. Dennoch sah sie nicht glücklich aus. Sie bemühte sich, tat es jedoch, ohne eine gewisse Freude für das Fliegen zu zeigen. „Sie tut das genauso, als ob sie Mais zu Mehl vermahlen würde oder die Felle in der Sonne von Staub befreit“, dachte er und einen Augenblick lang war er etwas mehr versöhnt mit seiner Lage. Denn ihm ging es fast besser als seiner Schwester, die kaum von einem Kieselstein springen konnte und nur mehr zwei Tage hatte, um dann von einem Berggipfel zu fliegen! Ihr Specht, der in der Nähe von *Morgentau* auf einem Ast saß, war offensichtlich eingeschlafen und fiel in diesem Moment wie ein Stein in einen Haufen Schnee. Als er sich prustend aus dem Schnee befreite, erblickte er Elan und flog schnurstracks auf ihn zu. „Kannst du einmal aufhören, mir meinen Specht zu stehlen!“, rief ihm in dem Moment *Morgentau* wütend nach. Elan, der den Specht freudig auf seiner Hand landen ließ, drehte sich um: „Damit ihm vor Langweile das Herz stehen bleibt, weil du immer noch von morgens bis abends hüpfst, anstatt zu fliegen?“, antwortete er gehässig und es tat ihm schon während er es aussprach, leid. *Morgentau* starrte ihn noch kurz mit hochrotem Kopf an, dann wendete sie sich wieder ihrem Baum zu und kletterte an ihm hoch. Elan drehte sich um und um sein schlechtes Gewissen etwas zu lindern, flüsterte er dem Specht zu, er solle wieder zu seiner Schwester zurückfliegen und warf ihn in die Luft. Der Specht flog beleidigt auf einen naheliegenden Ast.

Andere Kinder versuchten schon den Dorfplatz zu überfliegen und landeten dabei regelmäßig auf dem Bauch oder stolperten in ein Tipi oder im Bestfall verhängten sie sich in einem Gestrüpp.

Er blickte noch einmal sehnsüchtig hinauf auf die höchste Spitze des Berges, die im Abendlicht golden glänzte, zog die kalte Luft durch die Nase ein und wollte sich in Richtung des Waldes aufmachen, als er *Grauer Schnee,* ein Mitglied des Rabenstammes, mit einem triumphierenden Grinsen im Gesicht vorbeifliegen sah. Er kannte diesen Jungen nur aus der Ferne und fand ihn arrogant und unausstehlich. Sie waren gleichaltrig. Bei allen anderen Stamms durften die Jungs schon mit zehn Jahren bei dem Bergflug mitmachen und viele schauten auf ihn herab, da er aus dem Specht Clan war. Manche hatten ihn aber auch getröstet und ihm versichert, dass er in vier Wintern den Bergflug ohne Mühen schaffen würde. ‘Und wenn sie Recht haben und wir einfach nicht fähig sind, den Bergflug zu schaffen? Was ist, wenn Ama sich schlichtweg geirrt hatte? ‘, dachte er.

Seine Mutter hatte ihm erklärt, dass die Vorstellungskraft wichtig war um das Fliegen zu lernen. Es war damals nur für die Spechtkinder schlecht ausgegangen, weil sie Schwierigkeiten hatte, sich vorzustellen, dass die kleinen Flügel eines Spechtes ihr Gewicht in der Luft halten könnten. In Wirklichkeit würden sie genauso gut fliegen, wie die anderen. Und wenn Elan an seine Großmutter dachte, wie sie ihren Sturzflug gekonnt mit einer kleinen Wendung kurz vor dem Boden abfing, musste er seiner Mutter Recht geben. Dennoch waren sie erst seit vier Wintern Teil des magischen Nordstammes und einige hier im Dorf rümpften die Nase beim Anblick von *Morgentau* und den anderen drei Teilnehmern des Specht Clans, die mit ihren kleinen Flügeln von Stein zu Stein hüpften. Vor allem der Stamm der Raben soll gegen die Teilnahme des Specht Clans beim Bergflug gestimmt haben und erst nach einigen Zugeständnissen haben sie seiner Aufnahme zugestimmt. Die echten magischen Stämme zum Beispiel durften so viele Teilnehmer beim Bergflug antreten lassen, wie es Kinder im richtigen Alter gab - jedoch jeweils nur maximal vier Teilnehmer des Specht Clans durften teilnehmen aber diese erst mit elf und nicht schon mit zehn Jahren. Die anderen Kinder seines Stammes mussten die gewöhnliche Initiation der Spechte machen, so dass sie zwar die Fähigkeit zu fliegen erwarben, aber sie durften nicht auf die Insel Ohne Namen und konnten daher nicht zu Zauberern werden.

Die Sonne schien hell durch die Bäume und warf lange Schatten auf den Boden. Elan bemerkte es nicht, als er in einen dieser Schatten trat, der nicht zu einem Baum gehörte. Dann war plötzlich nur mehr Schatten um ihn herum. Als er genauer schaute, sah er fünf Kinder aus dem Rabenstamm, die mehr oder weniger elegant vor oder neben ihm landeten, angeführt von *Grauer Schnee*. Er hörte noch den Flügelschlag, drehte sich jedoch zu langsam um und so flog ein Mädchen, ebenfalls mit Rabenflügeln auf seinem Rücken von hinten in ihn hinein. Elan flog der Länge nach in den Schnee, das Mädchen auf sich liegend. ‘Sie kommen immer in Gruppen’, dachte er verärgert, ’ ich hätte es wissen müssen!“. Schnell richtete er sich wieder auf, stieß dabei das Mädchen von seinem Rücken, dessen Rabe kreischend um ihn herumhüpfte, strich sich den Schnee aus dem Gesicht und schüttelte ihn ebenfalls von seiner Kleidung. Das Rabenmädchen, das auf ihm gelandet war, stand unglücklich neben ihm und er sah, dass es ihr sichtlich peinlich war. Es war *Morgenwind,* ein schüchternes und schweigsames Mädchen, das er nur selten zu Gesicht bekommen hatte. Die anderen fünf Kinder schüttelten sich jedoch vor Lachen. Ein schlankes Mädchen mit strubbeligem Haar kam schnell über die Wiese zu ihnen gelaufen. Offensichtlich hatte sie aus der Ferne gesehen, was passiert war. Er kannte sie. Es war Dahir, eines der Rabenmädchen, das im selben Monat geboren war, wie er und nun natürlich bei dem Flug mitmachte. Sie hielt bei den anderen Rabenkindern an und fragte, was denn los sei. *Grauer Schnee* deutete hämisch mit dem Finger auf Elan: „Das kleine Spechtchen darf dieses Jahr noch nicht fliegen und so träumte es wohl gerade wieder von seinen zukünftigen Flugkünsten. Und siehe da, es musste genau dort stehen, wo unser Landeplatz ist. Seltsam, nicht?“, und dabei blickte er in die Runde der anderen Rabenkinder, um sicherzugehen, dass alle seinen ironischen Angriff verstanden hatten. Elan blickte um sich und sah nur weiße Schneefläche. Es war offensichtlich, dass es hier keine spezifische für die Raben vorgesehene Landefläche gab.

„Wenn hier eine Landebahn für Raben wäre, müsste es hier schmutziger sein“, presste Elan hervor und fühlte sich einen Augenblick lang besser. Ein großer klobiger Junge mit seinem ebenfalls enormen Raben auf einer Schulter, dessen Ohren im Gegenlicht rot leuchteten, trat vor und baute sich vor Elan auf: „Ich glaube, du willst das zurücknehmen du unwichtiger ...”, und es war offensichtlich, dass ihm nichts einfiel, wie er den Satz beenden könnte und nun trat ein ebenso hässliches und stämmiges Mädchen hervor, das offensichtlich seine Schwester war und beendete den Satz, „... du unwichtiges Spechtkind!” Beide Geschwister funkelten ihn wütend und zufrieden damit, dass sie ihn beleidigt hatten, an. In dem Moment flog ein Junge mit eleganten Donnervogelflügeln an ihnen vorbei und zog die Aufmerksamkeit auf sich. Es war Ahiga, der jüngere Bruder des Häuptlings Hania. Über ihm kreiste hoch oben sein Donnervogel. Er war so weit entfernt, dass man die roten und schwarzen Zeichen auf seinen Federn nicht sehen konnte. Aber obwohl er seine Kreise selbst noch höher als ein Adler zog, konnte man seine enormen Schwingen und den majestätischen Flug bewundern. Dahir folgte ihm mit bewundernden Blicken, dann warf sie einen Blick auf Elan, schüttelte den Kopf und stapfte wieder in Richtung Wald. „Wollt ihr euch noch länger mit dem Specht”, und zog dabei das Wort Specht ironisch in die Länge, „auseinandersetzten oder wollt ihr fliegen lernen?” Die anderen Kinder, die inzwischen einen engen Kreis um Elan gebildet hatten, warfen ihm noch drohende Blicke zu, ließen ihn dann aber in Ruhe und folgten Dahir in den Wald. Auch *Grauer Schnee*, der noch am längsten vor Elan stehengeblieben war, drehte sich um. Er war nun schon so gut im Fliegen, dass er ein paar Meter lief und dann mit dem errungenen Schwung die paar Meter, die ihn von den anderen Rabenkindern trennte, abhob und flog.

Elan atmete tief durch. Er hatte es schon zu oft gesehen, wie Mitglieder des Rabenstammes sich auf einen Feind oder ein Opfer eingeschossen hatten und diesen unbarmherzig um ihn herum hüpfend und kreischend dorthin zwängten, wo sie ihn haben wollten. „Das ging ja noch einmal gut aus!", sagte in dem Moment *Silberhaar*, der plötzlich hinter ihm aus dem Wald aufgetaucht war. Offensichtlich nahm er nicht an den Flugübungen heute teil, sondern spazierte, gefolgt von seiner Gans in Richtung Wald. „Ich vermeide es, dort zu sein, wo die Raben sind. Sie können nicht anders als Streit suchen, mach dir nichts draus. Vor allem die Tage vor dem Vollmond sind gefährlich, da sie da voll von Energie sind und diese gerne durch das Provozieren von Konflikten ausleben." Dann marschierte er, die Gans hinter sich herlaufend, in den Wald.

Elan lächelte. *Silberhaar* hatte immer eine Erklärung parat und Elan fühlte sich gleich etwas besser. Nicht er war ein Verlierer, sondern die Rabenkinder hatten quasi eine krankhafte Notwendigkeit andere zu provozieren. Sie konnten nicht anders! Dann musste Elan sich kurz besinnen, warum er eigentlich hier auf dem Platz stand, dann fiel es ihm wieder ein. Er musste noch das Kleinholz, das er aus dem Wald geholt und am Waldrand abgelegt hatte, ins Zelt bringen und dort stapeln. Mit wackligen Knien und immer noch wütend darüber, dass ihm nichts eingefallen war, was er Dahir hätte hinterherrufen können, nahm er den Weg um das Lager herum, um niemandem begegnen zu müssen. Das Lager bestand nun im Winter aus über dreißig Tipis. Eigentlich sollten es mehr sein, aber der Falkenstamm hatte einen Botschafter geschickt, dass sie dieses Jahr nicht kämen. Elan war nicht in die Hintergründe eingeweiht, aber nachts hörte er seine Großmutter mit seinem Vater tuscheln, dass es Vorsichtsmaßnahmen seien. Der Falkenstamm habe gehört, dass dieses Jahr nur einige Mitglieder des Eiseulenstammes kommen würden, da dieser Stamm von einer Krankheit der Kish stark dezimiert sei. Jeder wusste, dass diese Krankheit von den an der Ostküste in Massen einströmenden Kish mitgebracht wurde und die unter anderem für die Ausrottung des Adlerstammes verantwortlich war. Es war ein Wunder, dass es überhaupt noch welche gab, die die Seuche überlebten. Es gab Gerüchte, dass sie nun gemeinsam mit den Kish lebten und nicht mehr dem Weg des Großen Geistes folgten. Auch sein Stamm kam aus dem Osten, aber er war damals so weit südlich angesiedelt gewesen und etwas mehr im Hinterland, sodass sie keinen Kontakt mit den Kish erleben mussten. Als sie erfuhren, dass ihr Nachbarstamm die Krankheit bekam und fast alle Mitglieder daran erkrankt waren, wurde von den *Älteren* und dem Häuptling - seinem Onkel

Himmelswurzel - entschieden, weiter in den Westen zu ziehen. Seine Kindheit verbrachte Elan dann an den großen Seen südlich des großen Gebirges, wo auch die Mitglieder des Möwenstammes lebten und wo seine Mutter seinen Vater kennengelernt hatte. Dann wurde entschieden, dass der Specht Clan Teil des magischen Nordstammes werden dürfte und sie zogen daraufhin hierher an den Yarasee. Als sie hier in den Bergen angekommen waren, wurden sie von dem Häuptling der Donnervögel, Hania, eingeladen, das ganze Jahr hindurch mit ihnen am Yarasee zu verbringen. Elan atmete tief durch. Eine weitere Frage, die ihm bisher noch niemand beantwortet hatte: Warum genoss ausgerechnet der gewöhnliche Specht Clan das Recht, gemeinsam mit den Donnervögeln - die seit jeher hier lebten und noch nie zuvor einen anderen Stamm erlaubt hatten, hier ganzjährig zu leben - hier ihr Lager aufzuschlagen. Sein Stamm konnte die Vorzüge dieses Platzes wertschätzen, aber er konnte den traurigen Unterton vernehmen, wann immer seine Familie vom Osten jenseits des Flusses sprachen. Elan konnte es ihnen nicht übelnehmen.

Er selbst kannte die Heimat seines Stammes nur aus Erzählungen, aber er hatte so oft davon erzählt bekommen, dass er das Gefühl hatte, die grünen Hügel, enormen Wälder und den Ozean, der bis an den Horizont reichte, zu kennen. Er hingegen liebte die Landschaft an den großen Seen, wo er aufgewachsen war. In Gegenwart seiner Eltern sprach er nicht davon. Zu sehr weinten sie noch manchmal über den Verlust ihrer Heimat und dem Boden ihrer Ahnen. Kurz gab es ihm einen Stich im Herzen, als er an die milden Winter seiner Kindheit dachte. Aber dann erinnerte er sich an die Erzählungen von der Seuche und wie die Zelte abends voll von trauernden Freunden und Bekannten waren, die ihre geliebten Toten beweinten. Es war notwendig, dass sie sich so weit in den Westen und vor allem in die Berge zurückgezogen hatten, wo die Kish noch nicht vorgedrungen waren. Elan blickte um sich und bewunderte die hohen, schneebedeckten Berge. Es war magisch, wie der warme See hier mitten in frostiger Höhe ein teilweise sogar grünes Paradies ermöglichte. Hier am Yarasee hatten bis vor vier Winter nur die Mitglieder des Donnervogelstammes das Recht, das ganze Jahr zu leben. Es war ihr Reich und alle anderen Stämme waren nur ihre Gäste. Wenn alle anderen Stämme wieder weg waren, wurde es hier still und ruhig, denn die Mitglieder des Donnervogelstammes bewegten sich leise, lachten und sprachen leise. Da war kein Toben, Rufen und Raufen. Für Elan war das anfangs schwierig gewesen, aber nun schätzte er auch die Stille während des Jahres. Außerdem machte sein eigener Stamm noch genug Lärm, dachte er.

Jeden Herbst kamen dann alle Nordstämme hierher, um den Winter gemeinsam zu verbringen. Seitdem der Specht Clan vor den besagten vier Wintern, nicht mehr in den Süden zurückkehrte und sein Lager mit den verbliebenen Familien hier am See aufgeschlagen hatte, war der Winter nicht mehr eine Zeit der Stille und Einsamkeit, sondern im Winterlager war immer etwas los.

Aus dem Südwesten kamen die Mitglieder des Möwenstammes, der wie jedes Mal zu spät dran war und aus dem Süden kamen die zahlreichen Mitglieder des Rabenstammes. Sie waren noch vor dem Schneefall angekommen und hatten an die sieben große, grau befleckte Tipis wahllos rund um den Dorfplatz aufgestellt. Obwohl es nur sieben Tipis waren, so lebten in jedem Tipi bis zu zehn Familienmitglieder und damit stellten sie den größten Stamm dar.

Aus dem Osten waren früher die Adler gekommen. Seit vielen Jahren waren sie jedoch nicht mehr gesehen worden. Die Schneegänse kamen aus dem Nordwesten. Ihre acht Tipis waren wie Perlen - auf selber Höhe wie das Lager der Donnervögel - dem Hang entlang sorgfältig und in regelmäßigen Abständen aufgereiht. Ihre Zelte waren schneeweiß und glitzerten in der Abendsonne. Der Eiseulenstamm, aus dem Nordosten, war ebenfalls schon seit vielen Wintern nicht mehr gekommen. - Alle zusammen waren sie einst die großen Stämme der magischen Gefiederten, die größte und mächtigste Gruppe des Nordens. Der Specht Clan war früher mit den Waldvögel Clans zusammen. Er wusste, dass die Mitglieder des Specht Clan nur deshalb bei dem Bergflug der Nordstämme ihre Kinder teilnehmen lassen konnten, weil der Nordstamm dringend mehr Teilnehmer brauchte. „Die Geschichte muss weitergehen“, hatte ihm einmal seine Großmutter gesagt. Wenn sie nicht genug Teilnehmer beim Bergflug haben, fehlt es ihnen an der Möglichkeit, den Bergflug überhaupt abzuhalten. Es braucht die

Teilnahme von allen. Wenn es weniger sind, haben die Windgeister keine Lust ihre Kinder zu tragen. Und dann findet die Große Reise der Kinder zur Insel Ohne Namen nicht mehr statt. Alles fällt in sich zusammen."

"*Träumendes Auge*", rief ihn eine Stimme, "möchtest du mit mir spielen kommen?" Elan blickte auf und sah seine kleine Schwester *Lachender Wasserfall* mit ihren im Wind wehenden schwarzen Haaren auf der Schaukel am Waldrand schwingen, die ihr *Himmelspforte* im Frühling gebaut hatte. "Bitte, bitte bitte!", sie bettelte erneut als er dort stand und versuchte, sich zu entscheiden, was er tun sollte. Die Luft war erfüllt vom Jauchzen und dem Geschrei der Kinder, dem Rufen ihrer Totemvögel und dem regen Tun auf dem Dorfplatz. Nur er grübelte schweigsam in den Schatten der Zelte über die Vergangenheit nach. Als Elan schließlich entschied, zu seiner Schwester zu gehen, tippte ihn jemand an der Schulter. Er drehte sich um und sah vor sich seine Mutter.

„Hallo Mutter!", sagte er erstaunt. „Hallo Elan, lass dich nicht aufhalten und gehe zu deiner kleinen Schwester. Und vergiss nicht", fügte sie hinzu, "dass auch eine große Schwester oder ein Freund manchmal Hilfe brauchen". Sie zwinkerte ihm noch kurz zu und eilte dann in Richtung des Familientipis. Ihre Mutter sprach oft auf eine Weise, dass er sie schlichtweg nicht verstand. „Immer diese Rätsel", sagte er zu sich. Und wollte sie etwa, dass er sich nun gemeinsam mit seiner großen Schwester vom Baum stürzen sollte, nur ohne Flügel? Elan warf einen Blick auf seine kleine Schwester. Er liebte es mit ihr zu sein. Sie war witzig und einfallsreich und die Zeit mit ihr verging wie ihm Flug. Nur in diesen Tagen, da er nicht mehr zu den Kindern gehören wollte, vermied er es mit ihr gesehen zu werden. „Ach was solls", sagte er zu sich selbst und wollte schon zu ihr eilen, als eine Stimme sagte: „Wir haben also Recht, wenn wir euch Spechte erst ein Sonnenjahr später antreten lassen. Spiel nur, Kleiner, spiel nur". Elan drehte sich um und sah einen alten hageren Mann, der auf einem Baumstamm saß, sein Gesicht runzlig und seine Kleidung verblasst und abgenutzt. Es war *Schattenjäger*, der Zauberer des Rabenstammes.

"Sobald du aufhörst mit ihnen zu spielen, werden sie langweilig!", Fügte er hinzu. Elan sah auf seine Hand hinunter, die er mit der Handfläche nach oben hielt, damit *Morgentaus* Specht darauf landen konnte. Der Vogel war ihm, seit er seine ältere Schwester gesehen hatte, doch gefolgt und Elan ließ es mit Genugtuung geschehen, dass der Specht eher ihm folgen würde als bei seiner langweiligen Schwester zu bleiben. Nun schämte er sich über seine kindische Freude und er scheuchte den Specht weg. "Was willst du von mir?", fragte er und sah aus den Augenwinkeln wie der Specht in *Morgentaus* Richtung zurückflatterte, seine kleine Schwester ihm einen enttäuschten Blick zuwarf und dann in Richtung seiner Mutter lief.

„Muss man etwas von dir wollen, wenn man mit dir spricht?", lispelte gelangweilt *Schattenjäger* zurück. Elan stand nur da und es fiel ihm nichts ein. Die Frage hinterließ kein Echo in ihm. Der einzige Gedanke, der sich in seinem Gehirn formte, war, dass er von nun an besser aufpassen würde, wenn er in der Nähe des Rabenlagers käme, damit er diesem miesmutigen Schamanen nicht begegnen musste. Hinter ihm aus der Ferne hörte er einen kurzen Schmerzensschrei von *Morgentau*, die nun offensichtlich doch einen Ast höher geklettert war, um sich von dort hinunterzuwerfen. Als seine Augen wieder zu *Schattenjäger* zurückglitten, war dieser verschwunden.

Obwohl Elan froh darüber war, dass sie den Winter in Gesellschaft der anderen Stämme verbrachten, war es auch immer eine Herausforderung für ihn. Gleich wo er sich befand, immer war irgendwo jemand, der ihn sah, beobachtete, missachtete, übersah, provozierte, aufforderte bei etwas mitzumachen oder anderes... Und wenn er in sich zurückgezogen durch die Gegend streifte, war das jedes Mal eine Art Störung für ihn. „Stimmt irgendwas nicht mit mir?“, schoss es ihm durch den Kopf. Die Mitglieder seines Stamms liebten es mit dem kleinen Volk gemeinsam im Wald nach Pilzen zu suchen, sich dabei gegenseitig zum Lachen zu bringen, Dinge zu sammeln und diese dann zu Schmuck oder Kunstwerken zu verarbeiten, die sie dann in die Bäume und Büsche hängten. Sie standen nie still, waren immer in Bewegung und so war in seinem Tipi und rundherum immer ein Singen und Lachen und reges Treiben. Es schien alles von einem unsichtbaren Gesetz harmonisch organisiert. Wenn er ein Kind tanzen sah, dann konnte er sich sicher sein, dass er auch am anderen Ende seines Lagers Mitglieder tanzend antraf. Alle bewegten sich wie Teile eines einzigen Schwarmes. Nur er war aus irgendwelchen

Gründen nicht miteinbezogen. Wenn alle in Richtung Wald strömten, ging er in Richtung des Sees. Wenn alle schliefen, war er wach, wenn niemand essen wollte, bekam er Heißhunger. Die anderen Kinder ließen ihn dann in Ruhe. Dennoch war er gerne gesehen, denn ihm fielen Dinge ein, die niemandem anderen durch den Kopf gingen. Auch war er, wenn er einmal gerne mitmachte, lustig und einfallsreich. Aber dann brauchte er wieder seine Zeit. „Elan hat wieder seinen 'Moment'!" lachten sie dann und ließen ihn in Ruhe. Immer wieder versuchte er, denselben Rhythmus wie die anderen Clanmitglieder zu leben, tat dies aber dermaßen übertrieben oder gekünstelt, dass einerseits alle anderen ihn komisch ansahen und andererseits er selbst schon nach kurzer Zeit so überanstrengt war, dass es ihn erst recht wieder in eine andere Richtung trieb. Er hatte nur selten Lust darauf, mit den anderen Kindern zu sein. Er zog es vor im Verborgenen oder am Rande zu sein, mit *Silberhaar* unter einem Baum zu sitzen und zu träumen, *Grille* zuzuschauen, wie er einen Farn frisierte, gemeinsam mit seiner Großmutter Felle zu reparieren, am Fluss zu angeln oder mit seiner kleinen Schwester Schmetterlinge zu jagen. Den anderen seines Alters war es gleichgültig, ob sie dieses Mal oder in vier Jahren den Bergflug mitmachen durften. Nichts hinderte sie daran, Spaß zu haben, sich über die Flugkünste der anderen zu freuen und es zu genießen, dass über den Winter so viele Menschen zusammenkamen.

Die Rabenkinder traten immer in Gruppen auf, waren verstörend selbstsicher und aggressiv. Sie liebten es andere Kinder zu ärgern. Er hatte inzwischen ein gutes Gespür dafür entwickelt, wann er wo auftauchen konnte - auch wenn es hier und da auch mal nicht klappte, wie vorhin - wann es Spannungen geben könnte und welche Gegenden und Anlässe er besser vermeiden sollte, wollte er nicht Zielscheibe ihrer Gemeinheiten werden. Als er erfuhr, dass die Falken nicht kämen, sank seine Laune noch tiefer, denn die Raben hatten es in erster Linie mit den Falken. Einen Specht zu verfolgen war eigentlich unter ihrer Würde und sie taten es nur, wenn kein anderes Stammmitglied, wie die Schneegänse oder eben Falken zur Verfügung stand und ihnen wirklich sehr langweilig war.

Die Mitglieder des Donnervogel Clans bekam er selten zu Gesicht. Immer waren sie damit beschäftigt die magischen Gesetze zu studieren. Wenn er einmal an einem ihrer Zelte vorbeikam, hörte er nur leises Flüstern von magischen Formeln. Oder sie verbesserten ihre Fähigkeiten im Bogenschießen oder im Nahkampf. Auch in das Lager der Schneegänse ging er nur selten. Immer hatten sie etwas an dem, was er tat, auszusetzen. Entweder ging er zu schnell oder zu langsam, hatte schmutzige Hände oder kam zum falschen Zeitpunkt. Sie studierten die Naturgesetze. Wenn *Silberhaar* mit ihm war, beobachtete er die Wolken nicht zum Spaß, sondern um ein Muster zu erkennen. Alles wurde genauestens beobachtet und in Zusammenhänge gebracht und wehe er tat etwas, was nicht gerecht wäre. Er liebte *Silberhaar*, aber dessen Gerechtigkeitssinn brachte ihn manchmal in Rage.

Einmal saß *Silberhaar* auf einem Baumstumpf und warf beiläufig Steine in den Bach unter ihm. Das Geräusch der Steine, die auf das Wasser trafen, sorgte jedes Mal für ein angenehmes kleines Plätschern. Elan wusste um diesen Platz, den *Silberhaar* gerne aufsuchte, wenn er wieder auch einmal genug von all den Gesetzes-Kreisen, Interpretationen von Zeichen und der Putzerei seiner Familie hatte und stand neben ihn auf den Stamm. *Silberhaar* war so gefangen von den verschiedenen Geräuschen, die die Steine machten, je nachdem, wo sie im Wasser aufkamen, dass er es nicht einmal bemerkte, dass Elan neben ihm stand. Nach einer Weile nahm auch Elan einen Stein in die Hand und tat es *Silberhaar* nach. *Silberhaar* regierte darauf und rutschte auf seinem Stamm etwas zur Seite, damit Elan sich setzen konnte. Schweigend warfen sie kleinere und größere Steine ins Wasser. „Schließe die Augen Elan“, sagte *Silberhaar* nach einer Weile, dann kannst du hören, was die Steine sagen, wenn sie am Boden aufkommen. Elan schloss die Augen und warf einen Stein. Er hörte nur das Aufklatschen auf der Wasseroberfläche und das laute Gurgeln des Baches aber sonst nichts. ‘Ich muss einen größeren Stein nehmen’, sagte er sich und suchte mehrere größere Steine, legte sie neben sich, schloss die Augen und warf sie in den Bach, hörte aber nichts. Als er die Augen wieder aufmachte, stand *Silberhaar* empört und pitschnass neben ihm; „Du musst schon schauen, wo du deine Steine hinwirfst“, sagte er empört. Er holte tief Luft und sagte dann zu Elan: „Dein Bereich ist oberhalb dieser Line”, dabei zeigte er mit dem Finger auf einen

Baum der ein ganzes Stück weiter weg lag und zog dann mit dem Fuß eine Linie zwischen sich und Elan,„und mein Bereich ist unterhalb dieser Linie. Wenn du einen Stein, der grösser ist, als dieser hier" - und legte einen mittelgroßen Stein zwischen sich und Elan - „nimmst, dann musst du einen Meter weiter weg gehen, weil ich sonst nass werde. Und wenn ich einen Stein werfe, musst du kurz warten. Ansonsten kann ich ja gar nicht hören, was der Stein zu den anderen Steinen sagt oder wie es sich anhört, weil dann gleich dein Stein Lärm macht. Verstanden?" Elan kannte *Silberhaar* schon zu lange, um zu wissen, dass es nicht Gemeinheit war, sondern dass er schlichtweg nicht anders konnte, als aus allem eine Regel zu machen. Und im Nachhinein betrachtet hatten *Silberhaars* Regeln oft auch einen Sinn. Wie auch diesmal. Elan tat, wie es *Silberhaar* angeordnet hatte und keiner von ihnen wurde mehr nass und man konnte in dem dadurch entstandenen Rhythmus auch besser das Geräusch der Steine hören, wenn sie im Wasser landeten. Das Problem war nur, dass es so nur wenig Spaß machte und so war Elan dann nach einer Weile aufgestanden und überließ die Steine und den Bach *Silberhaar*, der weiterhin, ohne sich umzudrehen, strategisch gleichmütig und systematisch den Gesang der Steine analysierte.

Das war eine der vielen Geschichten, die Elan erzählen könnte, in dem *Silberhaar* selbst aus einem harmlosen Spiel - wie das Werfen von Steinen ins Wasser - ein Ritual machte. Ihm selbst gefiel es einfach, nur die Steine ins Wasser zu werfen. Es beruhigte ihn. Den 'Gesang der Steine' hörte er zwar, aber er hatte keine Lust ihn zu analysieren. Er wollte auch *Silberhaar* nicht ärgern und so tat er oft so, als ob er völlig wie *Silberhaar* die Welt wahrnahm: eine Abfolge von Mustern und die Antwort der Elemente darauf, wenn man in diese Muster eingriff. Zumindest fand er es spannender als für Schmetterlinge Schaukeln zu bauen wie seine kleine Schwester oder sein Freund *Grille*.

Manchmal kam es ihm vor, als ob alle wüssten, wann sie was, wie und wo tun mussten - nur er nicht. Er fühlte sich fremd. Und jetzt noch fremder als sonst, denn er wusste nicht viel über den Bergflug. Vor vier Jahren interessierte ihn nur, den Flug zu sehen, war aber noch nicht daran interessiert, wie er funktionierte und diesmal war er eben nicht unter denen, die fliegen durften. Er wurde daher auch nicht in die Geheimnisse eingeweiht ...Elan fühlte sich ein wenig ausgeschlossen.

Das Leben im Winter war erfüllt von nächtelangem Palaver und Gesetztes Kreisen. Es wurden Hochzeiten gefeiert, Todesfälle betrauert und Reinigungszeremonien bei Vollmond gefeiert. Vor allem am Anfang des Winters, die ersten Tage, wenn sie alle nach vielen Monden wieder eintrafen, waren die Frauen wie die Männer seiner Familie so fröhlich und munter wie sonst selten das Jahr über. Sogar seine Mutter, die sonst ihrem Namen *Standhafter Specht* alle Ehre machte, weil sie für den Rest der Familie wie ein Berg war, wurde weicher und steckte sich sogar bunte Bänder ins Haar. Seine Onkel freuten sich auf ihre Freunde der anderen Stämme und seine Mutter freute sich normalerweise auf Elans Vater, der vom Möwenstamm war, besonders Elan wartete mit

Ungeduld darauf, dass der Winter kam und er ihn wieder sah. Dass bei den Gefiederten, egal ob magisch oder nicht, die Kinder im Stamm ihrer Mutter lebten und der Vater, wenn er von einem anderen Stamm war, bei seinem eigenen Mutterstamm blieb, war für ihn Teil der Naturgesetze. Dennoch vermisste er seinen Vater während der Monate, die dieser woanders verbrachte. Er mochte die Familie seines Vaters und wurde dort oft zum Essen eingeladen und als Erwachsener konnte er wählen bei welchem der beiden Stämme er dann leben wollte. Seit Tagen warteten sie auf das Eintreffen der Möwen, und in seiner Familie spürte er eine gewisse Unruhe. Der verfrühte Winter hatte sie wohl irgendwo eingeschneit, aber er war sich sicher, dass sein Vater alles tat, um den Winter hier mit ihnen zu verbringen.

In Gedanken versunken ging er um die große Gruppe Tipis des Donnervogelstammes, der im Osten des Dorfes lag. Es waren zwölf majestätische Zelte, die meisten davon schön verziert. Ihre Tipis bestanden, nicht wie die anderen aus acht, sondern aus neun Pfählen. Damit wurden ihre Zelte, die breiter als alle anderen waren, für die großen Treffen genutzt. Es herrschte eine noble Strenge in diesem Teil des Dorfes. Die Zelte waren in einer geschwungenen Linie auf einer leichten Anhöhe des Dorfes aufgestellt, ihre Eingänge gingen in Richtung Westen und somit blickten sie über die anderen Bewohner hinweg in Richtung der untergehenden Sonne. Sie waren die großen Visionäre der Geflügelten. Sie nahmen sich ihren Raum und so sah man aus der Ferne zuerst die Zelte dieses Stammes, um dann erst festzustellen, dass weiter unten, zu ihren Füßen, der Hauptteil des Dorfes lag. Aus dem Inneren hörte man gedämpftes Geplauder und Gelächter. Ihr Häuptling Hania saß, trotz seines jungen Alters, den großen Palavern vor und teilte die Jagdbeute unter den Familien auf. Pohawe, die Stammesälteste, leitete den Gesetzeskreis. Dieser Teil der Familie war trotz der vielen Zelte nicht sehr zahlreich. In jedem Zelt waren nur vier bis fünf Familienmitglieder und so täuschte die große Anzahl der Zelte.

Dann ging er einen kleinen Weg hinunter und kam an den sieben Zelten des Rabenstammes vorbei. Die Zelte waren ohne eine erkennbare Ordnung aufgestellt worden und zu Ehren ihres Stammtieres mit Ruß geschwärzt. Sie waren im Schatten des Hügels, auf dem die Zelte des Donnervogelstammes thronten, aufgeschlagen. Sie machten sich nichts daraus, ordentlich auszusehen und so lagen das Brennholz, Jagdwerkzeuge und zum Trocknen aufgehängte Wäsche scheinbar wild durcheinandergemischt um die Zelte herum. Dennoch war es kein lebendiges Bild. Das Grau der Zelte, die Unordnung, das laute, fast schon absichtlich lärmende Lachen, vertrieb die Stille nicht, die sich sofort wieder, wie ein dunkler Windhauch um die Zelte legte. Hin und wieder vernahm man das Krächzen ihrer Raben, das Elan daran erinnerte, nur ein sterblicher Mensch in der Unendlichkeit des Universums zu sein. Die Mitglieder des Rabenstamms waren berühmt dafür, wenig Humor zu haben, wenn es um ihre Rechte ging. Sie waren respektlos und hatten ihre Augen überall. Die Mitglieder dieses Stamms wurden uralt und viele von ihren *Älteren* wurden in den Heilkreisen hoch geschätzt wegen ihrer magischen Fähigkeiten. Im Gesetzeskreis jedoch brachten sie wegen ihrer Art die Regeln immer und immer wieder in Frage zu stellen, die anderen Mitglieder oft in Rage.

Elan war froh, als er bei den Zelten des Specht Clans ankam. Die Zelte waren ganz am Rande der Ebene, teilweise sogar im schützenden Wald aufgestellt worden. Sie waren lustig bunt bemalt und jedes Zelt war mit kleinen zusammengebundenen und mit blauem Mais gefüllten Nussschalen geschmückt, um das kleine Volk der Manipie anzuziehen. Das kleine Volk lebte hier im Wald schon seit uralten Zeiten und es machte sich, vom ersten Tag an, als der Specht Clans hier ankam, in den Winkeln und Nischen ihres Lagers gemütlich. Die Mitglieder des Donnervogelstammes hatten dies staunend beobachtet, denn sie wussten um die Wohltaten, die die Anwesenheit der Manipie im Lager brachten. Sie selbst achteten die Manipies für ihre Magie und als uralte Wesen aus der Vergangenheit, sind aber nie auf die Idee gekommen mit ihnen zusammenzuleben. Elan hatte einmal Hania beobachtet, wie er fast sehnsüchtig und mit hängenden Schultern eine Gruppe Manipies aus der Ferne beobachtet hatte, wie sie aus Gänseblümchen eine Schaukel bauten und lachend sich gegenseitig von dieser in einen Heuhaufen warfen. Elan konnte sich das Leben ohne sie gar nicht mehr vorstellen und war stolz darauf, dass sie ausgerechnet das Lager seines Stamms ausgesucht hatten, denn sie brachten immer gute Laune und schmückten jede Ecke mit irgendwas Hübschen. Es war für ihn einfach spannend sie zu beobachten. Auch jetzt sah er ihnen zu wie einige von ihnen schläfrig auf den Nussschalen vor sich hin wippten, dann wieder verließ einer seine Schaukel, um eine Brotkrume aufzuheben, sich an den Kleiderfransen eines Kindes festzuhalten und lachend mit dem Kind ein paar Schritte mitzuschwingen. Die Mitglieder seines Stamms hatten auch immer einen Teil ihrer Aufmerksamkeit auf den Boden gerichtet, um keinen von ihnen zu verletzen. Elan wusste, dass sein Stamm zumindest in der Vergangenheit überall gerne gesehen war. Sie waren gute Handwerker, verlässlich und praktisch veranlagt. - Nur bei ihm war diese Qualität bisher noch nicht bemerkbar. Wahrscheinlich, weil er mehr nach dem Vater gekommen war und er so wie dieser gerne mit dem Kopf in den Wolken schwebte. Wenn seine Mutter wieder einmal sah, wie er - Elan - es kaum zustande brachte seine Mokassins zu binden, schüttelte sie nur den Kopf. Elan nahm sich das nie zu Herzen, denn er wusste, dass seine Mutter die Qualitäten der Möwen schätzte, sonst wäre sie nicht mit einem Mann aus dem Möwenstamm zusammen! Bevor Elan sich nun in Richtung Wald und seinem Reisighaufen zuwandte, wanderte sein Blick über den Dorfplatz in Richtung Süden, wo über den schneeweißen und eleganten Tipis acht Schneegänse in ihrer typischen Formation eines Pfeiles flogen. Ihre Zelte waren die ordentlichsten: jedes Zelt hatte denselben Abstand zum nächsten und die Wege dazwischen waren mit Bedacht und System flachgetrampelt worden und dann noch mit

Fichtenästen glatt gefegt. „Damit, wenn alles vereist, sich niemand die Füße bricht, wenn er uns besucht", hatte ihm eine ältere Frau, die gerade den Eingang ihres Tipis in Ordnung brachte auf seinen fragenden Blick geantwortet.

Elan schlich um die Zelte herum, bis er in hundert Schritte Entfernung seinen Reisig- und Holzhaufen sah, den er hier zurückgelassen hatte. Er lud sich den Arm voll und stapfte zurück in Richtung des Tipis seiner Mutter. Hier im Wald lag der Schnee noch frisch und unberührt und so war jeder Schritt eine Anstrengung. Er war zwar sehnig und mit seinen elf Sonnenjahren noch nicht so schwer wie ein Reh, aber dennoch sank er immer wieder ein. Es machte ihm nicht viel aus, denn es war ein gutes Zeichen einzusinken. Es hieß, dass er wuchs und langsam zum Mann wurde. Im letzten Winter wippte er, wenn er den Verdacht hatte, gesehen zu werden, immer noch so unauffällig wie möglich nach, bei jedem Schritt, damit er ja einsinken möge. Dieses Jahr hatte er es nicht mehr nötig. Der Schnee war erst in den letzten Tagen gefallen und schon wieder am Schmelzen. Da sank fast jeder ein. Aber das trübte seinen Stolz darüber nicht. Bald verging es ihm über diese Probleme nachzudenken, denn der Weg vor ihm, mit beiden Armen voll mit Holz war eine Anstrengung, die ihm den Schweiß auf die Stirn trieb.

Als er in einen vom Wind aufgetürmten Schneehaufen fiel, wollte er schon fluchend wieder aufstehen, als er ein Schluchzen vernahm. Zuerst dachte er, sich geirrt zu haben und blieb stehen.

Er hielt den Atem an, um besser hören zu können und da war es wieder, irgendjemand weinte im Wald und versuchte sein Schluchzen zu ersticken. Es wird wohl jemand mit Liebeskummer sein, das kam beim Zusammentreffen der Stämme öfter mal vor, dachte er und wollte schon weitergehen. Aber dann entschied er sich doch nachzusehen. Er wollte kein schlechtes Karma aufladen und seine Neugierde siegte.

Elan richtete sich auf, ließ das Holz liegen und kroch leise in die Richtung, aus der das Schluchzen kam, das inzwischen in ein tragisches Jammern übergegangen war. Schon nach ein paar Metern sah er eine Silhouette zusammengekauert unter einem Busch. Elan hatte gute Augen und dennoch verschwand das Weißgrau der Hirschfelljacke mit dem Weiß des Schnees auf eine Weise, dass es auch einfach nur ein Schatten hätte sein können. Elan robbte noch näher und da wurde er gehört. Das Schluchzen hörte abrupt auf und nun trafen sich Elans Augen mit den Augen von *Silberhaar*. Sie waren vom Weinen gerötet und das ganze Gesicht schien verzerrt vom Schmerz. Elan vergaß all seinen Groll darüber, dass *Silberhaar* eventuell schon dieses Jahr die Zaubererschule besuchen durfte und er nicht, und näherte sich besorgt.

Er wollte schon den Mund aufmachen und ihn fragen, was denn los sei, als er sah, was *Silberhaar* in seinem Schoss hielt: seine Schneegans. Elan hielt inne und schaute mehrmals von der Gans auf *Silberhaar* und wieder zur Gans, bis ihm ein Licht aufging. In ein paar Tagen würde es das Tier in dieser Form nicht mehr geben. Er hatte das Ei mühsam ausgebrütet, indem er es warmhielt, hatte die ersten Nächte mit dem Küken im selben Bett geschlafen, hatte mit ihm den ganzen Sommer verbracht! Wie oft hatten ihn wohl die Kinder aus dem Lager damit aufgezogen eine dumme Gans zu sein und dass ihm bald ein paar Eier aus dem Hintern fallen würden, wenn sie ihn wieder mit erhobener Brust vor seiner kleinen Gans her stolzieren sahen. *Silberhaar* hatte sich damit kaum ärgern lassen, denn er wusste ja, dass dieser Spott reinem Neid entsprang. Bald hatte *Silberhaar* jedoch aufgehört über die Fortschritte in seiner Gans-Erziehung zu berichten, denn jeder Fortschritt brachte ihn näher an die Trennung von seiner Gans. Schon seit langem sprach *Silberhaar* nicht mehr über die tollen Abenteuer, die er erleben würde, wenn es ihm gelingen würde, den großen Bergflug als einer der ersten acht zu schaffen.

Elan kroch vorsichtig zu *Silberhaar* unter den Busch. Die Gans, die in der Wärme des Schosses vor sich hindöste, erschrak und schrie auf. Sie versuchte sich aus der Umarmung *Silberhaars* zu lösen und das Weite zu suchen, aber *Silberhaar* redete leise auf sie ein und streichelte sie: „Das ist nur Elan, du brauchst keine Angst zu haben, er tut dir nichts." Und bei den letzten drei Wörtern kamen ihm wieder die Tränen. Elan schluckte. Daran hatte er nicht gedacht, dass es schwer sein müsste sein Totemtier zu verlieren, auch wenn es anschließend zu einem Verbündeten wird, denn nur dann ginge der Geist des Tieres auf einen über. Er setzte sich neben *Silberhaar* auf den Boden und legte einen Arm um ihn. Es fiel ihm nichts ein, was ihn trösten könnte und so durchforstete er seinen Beutel, in dem er manchmal irgendetwas zum Essen drinnen hatte. Er fand noch einen Rest vom Maisfladen vom Vortag und mit langsamer und vorsichtiger Bewegung streckte er seine Hand aus in Richtung der Gans. „Sie heißt Mereyna", presste *Silberhaar* schluchzend heraus. Elan hielt kurz inne, war das nicht der Name von *Silberhaars* kleiner Schwester, die gestorben war? *Silberhaar* und er waren damals noch keine Freunde und nun erinnerte er sich: seine ältere Schwester hatte ihm erzählt, dass Mereyna an *Silberhaar* geklebt sei, wie Harz am Baum. Sie soll ein liebes und stilles Mädchen gewesen sein und von Geburt leicht kränklich.

Elan hatte *Silberhaars* Eltern hin und wieder gesehen. Meistens lag sein Vater schweigend im hintersten Eck des Zeltes und blickte nur teilnahmslos in die Ferne. *Silberhaars* Mutter war zu einer abgemagerten und verhärmten Greisin geworden, die kein Wort mehr sprach, seit dem Tod ihrer beider Töchter. Wann immer *Silberhaar* auftauchte, bekam er von ihr nur böse Blicke. Elan hatte es von seiner Mutter erfahren, dass sie *Silberhaar* die Schuld am Tod ihrer Tochter gaben. *Silberhaar* war, als er knapp sieben Jahre alt war, an den Fluss mit ihr gegangen, um zu spielen. Sie war noch klein und konnte kaum laufen. Sie rutschte auf einem Stein aus und wurde sofort von der Strömung des Flusses mitgerissen. *Silberhaar* sprang ihr hinterher, konnte sie aber nicht mehr finden und wäre um ein Haar selbst ertrunken, wenn er nicht an einer Flussbiegung von einem Späher gesehen und gerettet worden wäre. *Silberhaar*, der zuvor *Bunte Feder* hieß, bekam in einer Nacht die weißen Haare. Das ganze

Dorf war erschrocken, dass ein kleiner Junge vor lauter Trauer weiße Haare bekommen konnte! Von da an hatte der Vater den Verstand verloren und die Mutter ertrug seinen Anblick nicht. *Silberhaar* war daraufhin fast ausschließlich von seinen Tanten und Onkeln aufgezogen worden. Sie ließen es an nichts fehlen... außer an Liebe und Geborgenheit. Die Mitglieder der Schneegänse waren die Hüter der Regeln von Karma und Dharma. Sie wussten, dass sie sich um ihn kümmern mussten, allein schon, weil sie ansonsten Karma auf ihre Schultern laden würden und damit das Schicksal ihrer Kinder und Kindeskinder negativ beeinflussen würden. *Silberhaar* wurde also gewaschen, gepflegt und er bekam zu essen. Sie erfüllten ihre Pflicht ihm gegenüber auf jegliche Art. Was sie jedoch nicht bezwingen konnten, war die Abneigung gegen ihn. Er war anders und sein Anderssein störte sie. Sie liebten es, wenn alles regelmäßig und kontrolliert ablief. Ein Kind unter ihnen zu haben, das nicht glücklich war, das nach Süden ging, wenn alle nach Osten liefen, das stundenlang schweigend am Fluss saß, anstatt mit den anderen das Kämpfen zu üben, war ein steter Dorn in ihren Augen.

Die einzigen Momente, in denen seine Augen etwas aufleuchteten, war, wenn er bei seiner blinden Großmutter saß. Als diese dann vor zwei Wintern verstarb, sonderte er sich endgültig ab. Auch dieses Verhalten war wiederum sehr untypisch für die Schneegänse und so waren seine Verwandten fast erleichtert, wenn er täglich stundenlang im Wald verschwand, sie wollten nicht, dass er mit ihren

Kindern spielte, denn er galt als ein Unglücksrabe und so hielten sie ihn auf Abstand. Auch seinen Eltern erging es entsprechend. *Silberhaar* hatte keine leichten Jahre hinter sich. Seine Mutter wurde immer härter und ihr Mund war zu einem Strich geworden. Elan blickte auf seinen Freund und nun schossen auch Elan die Tränen in die Augen. Er wusste, dass es nicht erlaubt war seinem Totemtier einen Namen zu geben. Er hatte am Zelt gelauscht als die *Ältesten* die Initianten in die Regeln einweihten und hatte ein paar Wortfetzen mitbekommen. Es sei zu schwer sich von dem Körper eines Tieres zu lösen, wenn es einen Namen hatte und es war auch gefährlich, denn mit dem Namen verstärkte sich das Band zwischen dem Menschen und dem physischen Körper der Verbündeten. *Silberhaar* hatte sich nicht an diese Regel gehalten und nun war seine Bindung stark und voll von Liebe.

Mereyna schaute fast nebenbei auf das Fladenbrot, das Elan immer noch in der ausgestreckten Hand hielt, dann wanderte ihr Blick zu Elan und dann zu *Silberhaar*. Dieser gab mit den Augen das Einverständnis und die Gans pickte daraufhin schnell und mit offenem Schnabel das Fladenbrot aus Elans Hand. Es schauderte Elan als er sah, wie der Vogel und sein Freund sich telepathisch miteinander unterhielten. Kurz huschte ein Lächeln über *Silberhaars* Gesicht als er sah, wie sich Mereyna dann zufrieden in seinem Schoss einrollte, aber sofort wurde es wieder bleich. Die Erinnerung war wieder zurückgekommen. „Du hättest sie nicht mit einem Namen an dich binden dürfen“, konnte sich Elan nicht verkneifen zu sagen. Aber sofort bereute er es, es ausgesprochen zu haben. Denn aus *Silberhaars* Mund entströmte nun ein solch erbärmlicher Ton, dass Mereyna sich erschrocken aufrichtete und mit ihrem Kopf *Silberhaars* Wangen streichelte, dann hielt sie plötzlich inne und schaute ihrem Freund in die Augen. Sofort entschwand alle Farbe aus *Silberhaars* Gesicht. „Nein! Niemals! Gib mir nicht dein Einverständnis, ich will das nicht. Ich will dich nicht töten, ich will deine Seele nicht!" - Und Elan sah es, sah, wie eine Träne aus den Augen der Gans tropfte und auch ihm wurde klar, dass die Gans verstanden hatte und dass sie ihrem Tod zustimmte, damit *Silberhaar* fliegen konnte und sie als innere Führung zur Verfügung hatte. Es wurde Elan zu viel. Er kroch aus dem Gebüsch, stürmte dorthin, wo er das Holz fallen gelassen hatte, sammelte es rasch auf, schrammte sich dabei mit den Ästen das Gesicht auf, da ihm die Wut über diese ganze Vogelfluggeschichte Tränen in die Augen getrieben hatte und ging so rasch ihm der Schnee es erlaubte nun direkt nach Hause. Es war ihm nun egal was die anderen dachten. 'Und ich dachte, ich bin hier der Unglücksrabe', sagte er zu sich selbst. Seine Schwester fiel mit verbissenem Gesicht stundenlang vom Baum und *Silberhaar* versteckte sich weinend im Wald. Bis er endlich den Eingang des Zeltes erreicht hatte, beschimpfte er sich innerlich als den schlechtesten Menschen, den er je gesehen hätte, da er die ganze Zeit nur an sich gedacht hatte und nicht an seinen Freund, geschweige denn an seine Schwester! Er musste von seiner Mutter daran erinnert werden, dass er nicht der Nabel der Welt war! Die Selbstvorwürfe rieben an seinem Inneren wie die

Krallen eines Bären am Baum. Er war dermaßen in seinem Schmerz gefangen, dass er, als er in das Tipi eintrat, zuerst nicht bemerkte, dass es im Zelt so warm wie im Sommer war. Er sah auf das Feuer, das fast nur aus einem Berg rotglühender Kohle bestand und auf der Glut die Keule eines Hirsches grillte. Nun roch seine Nase den himmlischen Geruch nach Fleisch und er sah, dass im Zelt nicht nur seine Mutter, deren Brüder und seine Geschwister waren, sondern auch ein Gast.

Elan verengte seine Augen zu einem Schlitz und sah genauer hin. Sie überragte seine beiden Onkel um mindestens zwei Köpfe und ihre weißen Haare fielen in zwei dicken Zöpfen zu beiden Seiten schwer herab. Ihr Gesicht war trotz der weißen Haare nur von wenigen feinen Falten durchzogen, was ihm den Eindruck von einer weißhaarigen jungen Frau gab. Ihre Augen waren freundlich und neugierig auf ihn gerichtet. Er wollte ihren Blick eigentlich nicht erwidern, denn das war nur unwissenden, kleinen Kindern erlaubt - und er war ja kein kleines Kind mehr - aber er konnte nicht anders, denn anstatt der braunen, warmen Augen, die er kannte, hatte diese Frau da, wo andere Menschen ihre Augen hatten, den Himmel! Sie waren blau, tiefblau wie der Himmel nur an seltenen kalten Wintermorgen zu sehen war, und in ihrem Zentrum schimmerte es hell. Ihm erschien das Bild einer Möwe, die hoch oben in den Lüften schwebte. Unendlich und wunderschön. Ihm fielen vor lauter Staunen die Äste aus der Hand, die seine jüngere Schwester *Lachender Wasserfall*, der es wohl zuvor ähnlich ergangen sein musste wie ihm, helfend wieder aufsammelte. Offensichtlich hatte sie ihm schon wieder verziehen, dass er zuvor nicht zu ihr gegangen war, um mit ihr auf der geflochtenen Schaukel zu schwingen.

Elan schluckte mehrmals und starrte weiterhin auf diese seltsame Frau. Sie hatte ein langes, weißes Lederkleid an, das wunderschön bestickt war mit den verschiedensten Symbolen, die er noch nie gesehen hatte. Aber das, was ihn am meisten verwunderte, war nicht die Höhe ihrer Gestalt, die Himmelsaugen und das Strahlen, das von ihr ausging, sondern der Mantel, den sie um ihre Schulter hängen hatte: er war aus einem silbergrauen Wolfsfell! Es stellte ihm die Haare zu Berge und seine Blicke wanderten nun fragend zu seiner Mutter und seinen Onkeln. Warum sagten sie nichts? Warum saßen sie friedlich neben dieser Frau, die ganz offensichtlich Unglück, Krieg und Tod über ihre Familie bringen wollte? Der Wolf war tabu, alles vom Wolf war tabu! Schon allein ihn zu nennen, brachte Ärger. Und als seine Augen sich langsam an die schummrige Dunkelheit im Zelt gewöhnt hatten, sah er, dass das Fell der Frau aus einem einzigen Stück gemacht war. Keine Naht, nichts ließ darauf schließen, dass der große Mantel dieser großen Frau aus mehr als einem einzigen Fell gemacht war. Wo gab es bitte dermaßen riesige Wölfe und wer war fähig so ein Tier zu töten! Sein Lieblingsonkel, *Himmelswurzel*, stand auf und kam zu Elan herüber, legte seinen Arm um ihn und sagte mit einem beschwichtigen Ton: „Elan, das ist die Clanmutter des Nordens. Es ist unhöflich sie so lange anzustarren, anstatt sie zu begrüßen. Setz dich und du wirst verstehen. Sie hat eine lange Reise hinter sich und wir wollen zuerst zusammen essen. Dann, wenn Clanmutter möchte, wird sie dir auf deine Fragen antworten." Elan atmete tief durch und ließ sich im Schneidersitz auf den Boden fallen. Seine Kleidung war nass geworden als er mit *Silberhaar* auf dem Boden unter dem Busch gesessen hatte, es fror ihn und sein Magen knurrte. Das Feuer in der Mitte des Zeltes wärmte ihn und erhellte die Gesichter seiner Familie. Immer noch sprach niemand und es wurde ihm klar, dass sie warteten, bis er die Begrüßungsworte gesprochen hatte. Er holte tief Luft, schaute in ihre Richtung und sagte die Worte, die man wichtigen Gästen vorbehielt: „Sei gegrüßt Clanmutter des Nordens. Ich heiße Elan, *Träumendes Auge*, und freue mich darüber, gemeinsam mit dir das Zelt teilen zu dürfen; möge der Große Geist des Nordens über deinen Schlaf wachen." Clanmutter, die ihr Gesicht ihm zugewandt hatte, während er sprach, nickte freundlich mit dem Kopf und antwortete mit einer Stimme, die wie ein Windhauch in seinen Ohren klang: „Auch ich, Clanmutter des Nordens, freue mich mit dir, Elan, *Träumendes Auge*, das Zelt teilen zu dürfen. Es wird mir eine Ehre sein, deine Träume zu begleiten... und", sie schmunzelte, als sie es sagte, „es ist wohl an der Zeit ein paar deiner dringendsten Fragen zu beantworten, damit du weißt, was du träumen sollst." Ein zustimmendes und anerkennendes Raunen ging durch das Zelt. Elan blickte sich um. Seit wann hatte er das Recht auch schwierige Fragen beantwortet zu bekommen und vor allem seit wann bekam er Anerkennung für seinen

Namen? Normalerweise zogen ihn seine Geschwister damit auf, dass er ein *Träumendes Auge* war. Einmal hatte er es versucht und als seine Mutter ihm sagte, er müsse auf seine kleine Schwester aufpassen, hatte Elan es gewagt zu sagen, dass er keine Zeit habe, weil er träumen müsste. Seine Mutter hatte ihn nur kurz angesehen und ihm beim Hinausgehen noch zugerufen, dass er seiner Schwester zum Abendessen das Maisbrot aufwärmen sollte. Elans Mutter gab nun ihrem älteren Bruder das Zeichen, das Fleisch vom Feuer zu nehmen und zu verteilen. Sie selbst hatte vor sich - neben dem runden Stein, der genau die richtige Höhe und Größe hatte, um wunderbar krustiges Maisbrot darauf zu backen - einen Haufen von duftendem Brot aufgetürmt und reichte dann der Clanmutter, die zu ihrer linken saß, das erste und größte Brot. Dann begann sie zu ihrer rechten an Morgentau - die offensichtlich auch erst vor kurzem hier im Zelt angekommen war und ziemlich zerzaust und verschrammt neben seiner Mutter saß - ein Brot nach dem anderen weiterzugeben. Auf diese Weise wanderte das Brot bis zum Letzten des Kreises. *Himmelswurzel* war damit beschäftigt, mit einem scharfen Messer das Fleisch in gleiche Stücke zu schneiden und diese wiederum auf demselben Weg, den die Brote genommen hatten, zu verteilen.

Das Mittagessen verging mit ruhigem Plaudern und genüsslichem Kauen. 'Vielleicht kann mir Clanmutter sagen, warum der Falkenstamm nicht da war, ob der Eiseulenstamm doch noch kommen würde und warum man sein Tier töten musste, um fliegen zu können und warum sie ein Wolfsfell umhatte!', dachte Elan, während er genussvoll seine Finger ableckte und sich über das Maisbrot hermachte. Aber nach dem Essen ging Clanmutter mit seinen Onkeln zu den anderen Stämmen. Er verbrachte den Nachmittag in der Nähe des Tipis, um ja nicht die Rückkehr von Clanmutter zu verpassen und spielte mit seiner kleinen Schwester, die genau wusste, warum er plötzlich so viel Zeit für sie hatte. Als es endlich dunkel wurde und alle sich wieder um das Feuer im Tipi niedergelassen und gegessen hatten, war Elan so voll mit Fragen, dass er schon Bauchweh vor Aufregung hatte. Bisher hatte man ihn immer auf irgendwann vertröstet, wenn er Fragen hatte und nun kam diese Frau und sagte vor allen, dass es wichtig sei, dass er seine Fragen beantwortet bekäme!

Er wollte unbedingt wach bleiben, bis er seine Fragen stellen konnte. Seine Geschwister hatten sich nach dem Essen in ihre weichen Felle gewickelt und seine Großmutter begann eine der alten Geschichten zu erzählen:

„In dem Land, in dem die Erinnerung Teil einer größeren Wahrheit ist, werden viele Geschichten erzählt. Eine solche Geschichte beginnt mit zwei Schwestern, die beide von den Sternen stammten und von dort ihre Sternenmagie mitbrachten. Die beiden Schwestern waren so unterschiedlich wie Tag und Nacht: Die Ältere entschied sich, in einem kleinen Dorf unter den Menschen zu leben, während die Jüngere es vorzog, unter ihrer Art in der Welt der Zauber und Wünsche zu leben. Jahrhunderte lang lebten sie glücklich in ihren Parallelwelten, besuchten sich immer wieder und freuten sich ihres Lebens, bis eines Tages ein böser Zauberer in das Dorf kam und den Tod wie Gift auf seiner Zunge trug. Er tötete den größten Teil der Dorfbewohner, bevor er von den Zaubersprüchen der älteren Schwester gestoppt wurde, aber nicht bevor er drei tiefe Wunden hinterließ, die niemals heilen konnten, denn sie hatte keine Macht über diesen Zauber. Die jüngere Schwester - die gerne ihre Schwester bei sich gehabt hätte und deren Entscheidung mit den Menschen zu leben immer schon als dumm und unverantwortlich angesehen hatte - forderte ihre ältere Schwester auf, zu ihr in das Land der Magier und Zauberer zu kommen, ihr sterbliches Leben unter den Menschen aufzugeben, damit sie heilen und als unsterbliche Zauberin weiterleben könne. Die ältere Schwester lehnte es ab, weil sie es zu sehr liebte, mit den Menschen zu leben. Sie wusste jedoch, dass diese Wunden ihr Ende herbeibringen würden und war besorgt um die Menschen. Somit fragte sie ihre jüngere Schwester, ob sie nach ihrem Tod ihren Platz als Beschützerin des Dorfes einnehmen könne, aber diese sagte „Nein", weil dies bedeuten würde, all diese große Macht loszulassen, und sie nie wieder so wie sie es gewohnt war einsetzen zu können. Denn sie hatte beobachtet, wie es anderen Magierinnen erging, die sich von dem Leben unter Menschen haben betören lassen und unter ihnen lebten: anfänglich waren sie noch stark, mächtig und unsterblich. Mit den Jahren jedoch wurden sie immer menschlicher, verletzlicher, schwächer. Manch eine ehemalige mächtige Zaubrerin vermischte sich sogar mit einem Menschen und deren Kinder und Kindeskinder verloren allmählich die Erinnerung daran, dass sie frei und stark waren, dass sie die Form wählen konnten, die sie wollten und der Tod ihnen nichts anhaben konnte. Als die ältere Schwester an das Ende ihrer Tage kam, rief sie ihre Schwester an das Todesbett und bat sie darum, ihre Seele nach ihrem Tod einzufangen und in den alten Wald zwischen den heißen Quellen und dem gelben Berg einzugraben, auf dass sie ihrem Volk weiterhin beschützend beiseite stehen konnte. Ihre jüngere Schwester, die die Liebe ihrer Schwester zu den Menschen zwar nie verstanden hatte, jedoch nun am Todesbett den Wunsch respektieren musste, stimmte schweren Herzens zu. Sie verknüpfte ihr Versprechen jedoch ihrerseits an eine Bedingung, nämlich, dass in dem Moment, indem die Menschen den alten Weg nicht mehr folgten und die Erde nicht mehr mit Liebe und Respekt behandelten, dass sie sie aus der Erde holen und freigeben würde. Die ältere Schwester war einverstanden und als sie nicht lange danach an den Wunden starb und ihre Seele in das Reich der Toten übergehen wollte, stand ihre jüngere Schwester an der tiefsten Stelle des Yarasees - am Übergang in das Seelenreich - und fing die Seele ein. Dann verband sie sich mit den Erd- und Waldgeistern, damit diese einen Spalt in der Erde schufen in den sie dann die Seele ihrer geliebten Schwester in die Tiefe sinken ließ. Der Spalt schloss sich und die Seele breitete sich unter der Erde von Wurzel zu Wurzel, von Stein zu Stein über das Land aus. Das Volk war weiterhin geschützt und holte sich bei ihr Rat: jeder Baum, jeder Stein, jedes Tier atmete die Weisheit und Liebe der Schwester aus und so war es den Menschen einfach, in Glück und Harmonie zu leben. Die jüngere Schwester stattete dem Land immer wieder einen Besuch ab, um ihre Schwester zu treffen und sich mit ihr auszutauschen. Sie fühlte sich wohl in dem von der Liebe ihrer Schwester gesegneten Land und so kam sie immer öfter und aus den Stunden wurden Tage und aus den Tagen wurden Monde und aus den Monden wurden Sonnenjahre. Und so kam es, dass auch sie ein Freund der Menschen wurde." Als seine Großmutter die letzten Worte flüsternd beendet hatte, schliefen seine Geschwister schon. Diese Geschichte der zwei Schwestern erzählte Großmutter oft und änderte dabei immer wieder nur kleine Nebensächlichkeiten und so konnte Elan die Geschichte auswendig. Dennoch liebte er es, in das warme Fell eingekuschelt zu liegen und gemeinsam mit seiner Familie dem Prasseln des herunterbrennenden Feuers und der feinen Stimme seiner Großmutter zuzuhören.

Am Schluss waren nur mehr Clanmutter, *Himmelswurzel*, seine Großmutter, seine Mutter und er wach. Er hörte ihnen zu wie sie über die Ernte, den Schnee, die Jagd sprachen und als sie begannen über den Gesundheitszustand aller Verwandter zu sprechen, schlich sich ihm der Gedanke ein, dass sie absichtlich die langweiligsten Themen der Welt besprachen, um ihn zum Schlafen zu bringen. Kurz war er noch im Widerstand aber noch während er daran dachte, dass sie ihn so nicht davon abhalten könnten, seine Fragen zu stellen, war er schon eingeschlafen.

Und während die Dorfbewohner ihre müden Knochen unter den Fellen ausstreckten, die Vorausdenkenden und Verfrorenen noch ein letztes Stück Holz ins Feuer warfen und die Kundschafter im Schutz des Waldes ihre Runden drehten um für die Sicherheit ihres Stammes zu sorgen, zog das dunkel gegen den Himmel aufgetürmte Khimmangebirge sich wieder in sich zusammen. Wie eine Mutter, die ihren Kindern am späten Nachmittag das Ende der Spielzeit ankündigt - und sie mit unbeugsamer Autorität zu sich ruft - so schien auch der Berg der geringsten Lust am Fließen, jeglicher Bewegung und Biegsamkeit seinen Willen aufzudrücken und alles was auch nur einen Funken Leben in sich bargt nach Hause zu rufen. Nach Hause ins Innere, in die Stille, in die Kälte. Von hoch oben drang das Dröhnen und Knirschen der Gesteinswelten. Tagsüber drangen die Sonnenstrahlen in Ritzen und Poren, schattige Mulden und unzugängliche Schluchten und brachte das Eis an der Oberfläche zum Schmelzen. Abends dann, wenn Nebelschwaden über seine Gipfel ins Landesinnere strömten und die Welt in seine feuchte Umarmung zwang, nahm der Berg in alter Gewohnheit jede Lebenswärme wieder in sich auf, sog sie aus jedem Tropfen, aus jeder Schneeflocke aus jedem Lebewesen gierig und ohne Gnade in sich auf. Wo immer Wasser war, entstand Eis und so hinterließ der Nebel auf seinem Weg ins Tal eine dünne glitzernde Decke über allem, was ihm begegnete und bedeckte Geschichten und deren Spuren unter Milliarden von Kristallen.

Tod eines Raben

Pech hat, wer im falschen Moment am falschen Ort ist

Elan spürte die Kälte, aber sie war eher wie ein Freund als eine Bedrohung. 'Seltsam', dachte er noch, aber dann wurde seine Aufmerksamkeit von einer Zeichnung an der Wand geweckt. ‘Ich träume, aber ich kann denken’, dachte er in dem Moment. Der Gedanke war seltsam, aber er hatte jetzt keine Lust sich damit auseinanderzusetzen und ging auf die Zeichnung zu. Die Höhle, in der er sich befand, war nicht sehr hoch und so musste er sich bücken, um die Zeichnung genauer studieren zu können. Unter seinen Füssen spürte er den Sand. ‘Hoffentlich leben da keine giftigen Tiere’, schoss es ihm durch den Kopf. Kurz drang es ihn danach, sich umzudrehen, um zu verstehen, wie er in diese Höhle gekommen war, aber die Zeichnung an der Wand begann zu verblassen und er wollte unbedingt wissen, was es mit dieser auf sich hatte, bevor sie völlig verschwand. Er wusste, dass diese Zeichnung ihm etwas erklären würde. Er stand nun unmittelbar davor: es war ein Delphin, der mit dem halben Körper aus dem Wasser ragte und Elan schien es, dass er ihm direkt in die Augen schaute. Die Augen waren tiefblau mit etwas Weißem in der Mitte. ‘Wo habe ich das schon einmal gesehen?’, fragte er sich und dann erinnerte er sich. Es waren die Augen von Clanmutter! Er war so erschrocken darüber, dass er einen Schritt nach hinten tat und aufwachte.

Es war immer noch Nacht, alle schliefen und Elan machte seine Augen sofort wieder zu. Clanmutter war ihm im Traum erschienen und er hätte seine Fragen stellen können, aber anstatt dessen war er wie ein kleines Kind erschrocken und aufgewacht! Verärgert konzentrierte er sich auf den Atem und hielt vor seinem inneren Auge das Bild des Delphins fest. Nach einer Weile war er wieder eingeschlafen, aber diesmal war er in der Luft.

Elan versuchte direkt in die Sonne zu schauen, aber seine Augen brannten und er musste seinen Blick abwenden. 'Warum kann man nicht direkt in die Sonne schauen?', fragte er sich. Er war allein und genoss es bewegungslos zu schweben. Er schloss die Augen und zog den Geruch von Salz, Algen und Meer in sich auf. Er vernahm Rufe von unten, er konnte die Worte nicht genau verstehen daher entschied er, dass sie unwichtig für ihn waren. Es gab ja nichts zu tun, außer zu segeln, bei einer Windböe entspannt mitzufliegen und diese für sich zu nutzten, um noch höher zu fliegen, immer höher hinauf. Bald konnte er die Stimmen unter sich gar nicht mehr vernehmen und so hörte er nur mehr den Wind. - Es gab nichts mehr außer ihm und dem Wind. Aber etwas stimmte nicht. 'Was soll schon sein?', fragte er sich aber zur Sicherheit öffnete er im Traum die Augen und sah, wie sich in kürzester Zeit die Welt verdunkelte. Zuerst dachte er, eine besonders dunkle Regenwolke habe sich zwischen ihn und die Sonne gedrängt und so schaute er nach oben. Und was er sah brachte ihn kurz aus dem Gleichgewicht. In dem Moment erfasste ihn eine Böe und er kam ins Trudeln. Er versuchte mit ein paar starken Flügelschlägen wieder einen stabilen Flug zu gelangen aber der Wind hatte zugenommen. Warum hatte er das nicht schon früher bemerkt? Inzwischen war es so dunkel geworden, dass er unter sich das Land nur mehr schemenhaft wahrnahm. Wo waren die anderen? Und nun hörte er sie so klar, als ob man ihm von einem Moment auf den anderen die Ohren geöffnet hätte. Unter ihm drangen Schreie des Entsetzens und Angst nach oben. Elan riss sich nun zusammen, breitete die Flügel noch mehr aus und stemmte sich mit aller Kraft gegen die Schwerkraft, doch schon nach kürzester Zeit wirbelte ihn der Wind durch die Gegend, zerfetzte seine Federn, machte ihn zum Spielball von Wirbeln und Windstößen. Eine Zeit lang kämpfte er gegen das unabwendbare, doch egal in welche Richtung er versuchte sich zu wenden, welche Manöver er auch machte, der Wind und die Schwerkraft arbeiteten mit kaltem Kalkül zusammen. Es war scheinbar entschieden. Kraftlos übergab er sich dem Schicksal und ließ sich fallen. Etwas in seinem Hals zog sich zusammen und er griff sich an die Kehle. Rasend schnell ging es bergab, manchmal schleuderte ihn der Wind wütend wieder nach oben um ihn dann erst recht wie einen schweren Stein der Schwerkraft zu überlassen, die ihn nach unten zog. Die Welt um ihn wurde schwarz. Nur in der Ferne flammte etwas gelb auf und erlosch wieder. 'Warum gelb?', fragte es in ihm. Ein Rabe krächzte irgendwo aus der Ferne, dann verlor er das Bewusstsein.

Elan wachte auf und sah sich verwirrt um. Es war dunkel wie im Traum, er lag im Familientipi. Es war ruhig und alle schliefen noch. Nur Clanmutter war nicht mehr da. 'Weshalb sagt sie, dass sie mir alle Fragen beantwortet und dann verschwindet sie einfach?', fragte sich Elan und Ärger stieg in ihm auf, 'oder beantwortet sie Fragen nur im Traum?'- Elan war zu müde, um der Frage auf den Grund zu gehen und wollte sich schon umdrehen, um noch einmal eine Runde zu schlafen, aber kaum schloss er die Augen, kam das Gefühl des Fallens unmittelbar zurück und sein Herz raste. Mit einem Seufzen setzte er sich auf und wartete ab, dass das beklemmende Gefühl, das dieser Traum in ihm ausgelöste hatte, wieder verging. Aber es verging nicht. Entnervt warf er sich wieder in das Fell. 'Irgendwann wird es schon weggehen', dachte er. Aber es ging nicht weg. Es war, als ob er zwar nicht mehr im Traum wäre aber das Gefühl, in kürzester Zeit am Boden zerschmettert zu werden, verließ ihn nicht. Elan seufzte auf vor Verdruss, drehte sich um und genau in dem Moment erweckte etwas außerhalb des Zeltes seine Aufmerksamkeit. Sofort spitzte er Augen und Ohren. Da war nichts und dennoch bekam er das Gefühl nicht los, dass etwas um das Zelt schlich. Nun war er wach. Er überlegte sich, ob er die anderen wecken sollte, nahm dann aber all seinen Mut zusammen und öffnete die Luke des Tipis. Er blickte um sich, es schien alles ruhig und so schrieb er sein Gefühl noch seinem Albtraum und dessen Nachhall zu. 'Du träumst selbst, wenn du nicht schläfst', sagt er sich. Er schlüpfte vorsichtig in seine Mokassins, stieg entschieden durch die Luke und verschloss sie sorgfältig hinter sich, damit die Kälte nicht eindrang. Und als er nichts Beunruhigendes sah oder hörte, machte er noch ein paar Schritte in den Wald. Er bibberte vor Kälte und leider auch vor Angst. 'Du bist ein Angsthase, so wie alle sagen, du traust dich noch nicht einmal zwei Schritte vom Tipi weg ohne, dass deine Mutter dich an der Hand hält!' Diese Stimme, die ihn begleitete, seitdem ihm diesen Satz vor vielen Jahren eine Cousine gehässig zugeworfen hatte, ließ ihm wie immer, wenn er sich daran erinnerte, das Blut siedend heiß die Wirbelsäule hinaufsausen. ‘Ich bin kein Angsthase!’, sagte er sich leise und ging weiter in den Wald hinein. Nach weiteren zehn Schritten hielt er an. Er bereute es schon bevor er es spürte. Aber als er das Gefühl wahrnahm, dass ihn etwas beobachtete, war es zu spät zur Reue. Zum Tipi waren es fast zwanzig Schritte. Der Baum vor ihm war eine Eiche und aus den Augenwinkeln sah er den tiefhängenden Ast. Ohne weiter nachzudenken, sprang er hoch, bekam den Ast zu fassen und wollte sich hochziehen. Es gelang ihm mit einem Schwung ein Bein und dann das andere um den Ast zu schlingen und sich mit den Händen festzuhalten, aber der Ast war von einer Eisschicht bedeckt und so rutschten seine Hände wieder ab. Er hing nun wie eine Fledermaus mit dem Kopf nach unten an dem Ast. Mit Entsetzen sah er nur wenige Schritte vor sich direkt in die gelben Augen eines Tieres. Es war im Gebüsch und er konnte die Umrisse nur erahnen, aber es schien ihm der Schatten eines Wolfes. Die Panik trieb ihm das Adrenalin in die Adern und er zog sich mit einem Ruck noch einmal hoch, krallte die Fingernägel ins Eis, bis sie abbrachen und hievte sich nach oben.

Kurz holte er Luft, dann stand er auf und betend, dass er auf der glitschigen Rinde nicht abrutschte, hielt er sich am Baumstamm fest. Er hatte Angst noch einmal nach unten zu sehen und atmete zuerst ein paar Mal ganz leise durch, bevor er es tat. Aber insgeheim spürte er, dass da nichts mehr war. Er wusste nicht, wie lange er so innehielt aber ein kurzes Krächzen eines Raben in der Nähe, gefolgt von erschrecktem Vogelgezwitscher, weckte ihn aus seiner Trance und als er seine Augen wieder öffnete, wurde es im Osten heller. Er atmete tief durch. Im Westen wurden die Bergwipfel schon unter einem grauen Himmel rosa getüncht und die schwarzen Schatten verfärbten sich in Grau- und Blautöne.

Langsam begann nun das Leben. In der Ferne waren einzelne, vorsichtige und schüchterne Vogelgesänge zu hören und im Unterholz raschelte es. Auch aus dem Dorf hörte er die ersten Zeichen, dass ein neuer Tag begann. Er durchforstete mit seinen Augen noch einmal die Umgebung und als er sich sicher war, dass da kein Wolf oder sonst ein böser Geist mehr war, ließ er sich vorsichtig vom Ast auf den Boden fallen. Der Ast hing doch höher als er gedacht hatte und so fiel er zwar zuerst auf die Füße, kippte dann aber durch den harten Aufprall nach vorne. Als er sich aufrichten wollte, sah er vor sich die Mokassins eines Kundschafters. Dann streckte ihm dieser eine Hand entgegen und zog ihn wieder hoch. „Nah Elan, schon so frühmorgens auf den Beinen?“ - Es war *Mitternachtsluchs*, einer der jüngeren Männer seines Stammes, der diesen Winter zum ersten Mal als Kundschafter allein durch die Wälder zog, um das Dorf zu bewachen. „Danke“, sagte Elan,” ich dachte nur, dass ich etwas gehört hätte”, murmelte er, nickte dem Kundschafter kurz zu und versuchte so gelangweilt und verschlafen wie möglich in Richtung Zelt zu schlendern, was ihm nur schlecht gelang, da es ihn vor Kälte schüttelte. Er wollte sich nicht erneut zum Gespött aller machen, indem er von einem Riesenwolf erzählte, und er war sich auch nicht ganz sicher was von dieser Nacht er selbst glauben konnte oder nicht. Somit beschloss er, nichts zu sagen. Aber er machte sich wenig Illusionen darüber, dass der Kundschafter, der jahrelang darauf getrimmt war Zeichen und Bewegungen zu deuten, sich von ihm überzeugen ließ. Elan drehte sich um und sah noch, wie der Kundschafter dem Baum und dem Ort eine Zeitlang mehr als nötig seine Aufmerksamkeit widmete. Im Zelt war es dunkel und bis auf seine Mutter lagen alle noch in ihren Bettlagern. Elan nickte ihr kurz zu, huschte in sein Fell und das kleine bisschen Wärme, die darin noch gefangen war, ließ ihn in einen kurzen und traumlosen Schlaf fallen. Als er aufwachte, klopfte *Morgentaus* Specht auf seiner Brust gegen die Venusmuscheln, die sein Hemd verzierte. Elan musste grinsen. Er mochte den Specht. Er war sehr neugierig und genoss es, Elan zu ärgern. Elan blickte sich um.

Im Zelt war nur mehr seine Schwester *Morgentau*, die die Feuerstelle reinigte; ansonsten waren schon alle unterwegs. Elan atmete befreit auf. Nach dieser Nacht war er froh niemanden zu sehen, der ihn eventuell mit Fragen bombardierte. *Morgentau* kannte ihn gut genug, um zu erkennen, dass er nicht gestört werden wollte und ließ ihn in Ruhe. Ihr taten offensichtlich alle Knochen weh, denn sie bewegte sich langsamer und stockender als sonst. Auch sie schien ihren Gedanken nachzugehen und zeigte keinerlei Interesse, mit Elan zu sprechen. Er streckte sich genüsslich und wollte langsam aufstehen, als er den Lärm vernahm. Irgendjemand schrie aufgeregt auf dem Platz. Der Schrei erinnerte ihn wieder an seinen Traum, an den Wolf und das beklemmende Gefühl von Gefahr, welches er gerade dachte los geworden zu sein, stellte sich sofort wieder ein. Er sprang aus dem Bett, zog Mokassins und seine Felljacke an und stürmte hinaus. Der Specht hatte schon beim ersten Schrei das Weite gesucht und saß nun auf Spitze des Tipis, um aufmerksam die Szene auf dem Dorfplatz zu beobachten. Elan rieb sich die Augen. Es war ein sonniger, aber kalter Tag und rund um ihn herum spiegelte sich das kalte Winterlicht in Milliarden von Kristallen, die die Nebelschwaden als Morgengabe hinterlassen hatten und das ganze Land überzogen. Die Schönheit des Tages fand jedoch nur seine oberflächliche und flüchtige Bewunderung, denn so gut wie alle Dorfbewohner hatten sich auf dem Dorfplatz eingefunden und umringten etwas oder jemanden. Elan eilte in deren Richtung, um zu erfahren, was da vor sich ging. Er drängte sich durch die Menge und als er endlich in der vordersten Reihe des Kreises angekommen war, sah er Dahir, das Mädchen des Rabenstamms, wie sie vor Wut weinend vor einer toten schwarzen Masse stand. „Hast du gesehen, wer es war?“, fragte ihn ein Mann, der wohl einer ihrer Onkel sein musste, denn er war ebenfalls dunkel angezogen und hatte eine Rabenfeder im Haar. „Nein, als ich hinkam, war er schon weg. Wenn ich erfahre, wer es war, werde ich ihm genauso den Kopf abreißen, wie er es meinem Raben angetan hatte!” Elan glaubte ihr aufs

Wort. Dahir blickte dabei angriffslustig im Kreis herum, als ob sie auf diese Weise herausbekommen könnte, wer es war, der ihr, beziehungsweise ihrem Raben das angetan hatte.

In Elan gingen nun seltsame Dinge vor. Denn irgendwie gefiel sie ihm. Sie war klein und drahtig und war bei jedem Abenteuer, bei jedem Spaß sofort dabei. Auf der anderen Seite musste er nur eine Sekunde lang an den gestrigen Nachmittag denken und ihm wurde siedend heiß bei dem Gedanken, wie sie ihn mit nur einem Satz abgekanzelt hatte. Einmal hatte sie ihren älteren Bruder nur wegen einer Kleinigkeit dermaßen verprügelt, dass dieser für ein paar Tage außer Gefecht war. In dem Moment fielen ihre Augen auf Elan und ihre Augen zogen sich zu zwei schmalen, schwarzen Schlitzen zusammen. Irgendetwas an ihm hatte ihre Aufmerksamkeit auf sich gezogen.

Ihre Augen funkelten und er las in ihnen, was sie dachte, dass nämlich er - nachdem er nicht dabei sein durfte und gestern noch mit ihr Streit gesucht hatte - es gewesen war. Sie glaubte, er habe ihren Raben getötet! Elan schüttelte nur den Kopf und sagte, ohne dass er sich bewusst war, dass er es laut sagte: „Ich war es nicht, wirklich nicht!".

Die Köpfe drehten sich nach ihm um. Ein böses Lächeln umspielte Dahirs Mund. Dann hob sie langsam ihre Hand und zeigte auf ihn: „Du warst es, oder, kleines träumendes, neidisches Auge? Du warst es und deshalb kommst du erst jetzt, weil du erst den Kopf meines Rabens vergraben musstest, richtig? Und deshalb schaust du so besonders unschuldig drein!", ihre letzten Worte waren in Wut erstickt und sie warf sich brüllend auf Elan. Dieser war so überrascht, dass er sich nicht von der Stelle rührte und so traf ihn die Wucht des Angriffs frontal. Er wäre nach hinten umgefallen, wenn ihn nicht jemand aufgefangen und einfach in die Luft geworfen hätte. Als Elan wieder nach unten fiel, wurde er wiederum von diesen riesigen Händen gepackt und auf den Boden gestellt, wo er sich gegenüber Dahir wiederfand, die ebenfalls festgehalten wurde. Dahir biss diesem in die Hände, strampelte wild kreischend, wie eine Verrückte und auch Elan versuchte dem Griff zu entkommen, bis sie ein Dröhnen hörten. Der Mann, der sie beide festhielt, sagte mit einer Stimme, die wie aus dem Inneren einer Höhle klang, dass es nun genug sei. Elan wurde in dem Moment bewusst, dass der Mensch, der sie festhielt, anders war, größer, viel größer als selbst die Männer vom Donnervogel Clan. Er blickte nach oben und sah in eine graue Wolke. Eine dichte graue Wollmasse umwand einen kugelrunden Kopf und bedeckte sein Gesicht. Der Bart war so mächtig und dicht, dass nur die Augen frei lagen. Die Augenbrauen über den runden blauen Augen waren weich gewellt wie die eines Lammes und gaben dem sowieso schon runden Gesicht etwas Kindliches, Harmloses. Im Kreis war es still geworden und Elan sah, wie eine hohe Gestalt sich durch die Menge nach vorne kämpfte. Es war Clanmutter und Elan begann etwas Hoffnung in sich zu fühlen. Der Riese ließ Dahir und ihn nicht los, sondern hielt sie weiterhin an ihren Kragen fest. Clanmutter ging auf sie zu und fragte den Riesen, den sie Gorrit nannte, was passiert sei. „Jemand hat dem Raben dieses Mädchens, das beim großen Bergflug dabei sein sollte, den Kopf abgerissen und sie ist der Meinung es sei dieser Junge hier gewesen." - „Ich denke das nicht, sondern es ist so. Natürlich warst du es, du Feigling! Der Geist der Raben wird dich genauso bestrafen, wie er jeden bestraft, der einen seiner kostbaren Kinder tötet. In der Dunkelheit der Ewigkeit wirst du schmoren - allein für immer ohne Essen oder Trinken, um deinen Durst zu stillen und...!"

„Es ist nun genug Dahir", unterbrach die Clanmutter bestimmt. „Wir werden den Schuldigen finden, aber du musst dich nun beruhigen, damit wir das auch tun können. Wenn Gorrit euch loslässt, können wir darauf zählen, dass ihr euch wie normale und vernünftige Menschen aufführt?" - Clanmutter wartete bis Elan und nach sichtbarer Überwindung auch Dahir zustimmend nickten, dann ließ Gorrit zuerst ihn und dann sie los. „Gut, danke Gorrit, danke Elan und Dahir", sagte Clanmutter und dabei lächelte sie.

„Wieso kommst du auf die Idee, dass es *Träumendes Auge* war?", fragte sie Dahir.

„Weil er der Einzige ist, der vor Neid grün geworden ist in diesen Tagen, frag doch alle die am Bergflug mitmachen, wie Elan sich verhält. Er schleicht durch die Gegend, taucht hier auf und da und sagt jedem, dass die Entscheidung, dass er nicht mitmachen darf, falsch sei!" Clanmutter blickte um sich und sah, wie einige Köpfe zustimmend nickten. „Und", fuhr Dahir fort, „er hat als Einziger Blut an den Händen!", fügte sie mit der sicheren Stimme desjenigen hinzu, der gerade ein wichtiges und bedeutendes Beweismittel entdeckt hatte. Die Augen aller fielen nun auf die Hände von Elan. Auch Elans Blick wanderte zu seinen Fingerspitzen. Manche waren abgebrochen, alle Fingerkuppen waren aufgekratzt und die Handflächen waren voll von Schrammen und blutigen Kratzern. Warum war ihm das noch nicht aufgefallen? Das kam vom Baumklettern, aber wer glaubte ihm das schon! Nun schoss ihm das Blut ins Gesicht und er war sich bewusst, dass auch das zu seinen Ungunsten ausgelegt wurde. Ein Raunen ging durch die Menge. In der Gruppe des Rabenstamms, der den Großteil der Menge ausmachte, kam Bewegung ins Spiel. Drohend kamen einige von ihnen näher. Rufe nach Rache und Strafe wurden lauter. Clanmutter drehte sich lächelnd um und nickte: „Ja, wenn er es gewesen ist, dann ist das eine schwerwiegende Sache, aber wir sind uns doch alle einig, dass wir Gewissheit brauchen, bevor wir handeln, ja?", und dabei sah sie zwar einerseits generell in die Runde aber etwas länger verharrten ihre Blicke auf dem Rabenstamm liegen.

Als es wieder ruhiger wurde, wollte Clanmutter nun wissen, wie es denn passiert sei und wo. Zitternd vor Wut und immer wieder gegen die Tränen ankämpfend begann Dahir zu erzählen:

"Wie alle wissen, müssen unsere Raben diese letzten Tage vor dem Bergflug außerhalb des Tipis schlafen, damit wir uns daran gewöhnen, ohne sie zu leben. Und so schlief mein Rabe auf der Eiche hinter dem Tipi meiner Familie. Dann, kurz vor dem Morgengrauen wachte ich heute auf, weil ich etwas gehört habe und dachte, mein Rabe sei aufgewacht und habe Hunger. Ich nahm also ein paar Körner Mais und ging hinaus. Es war noch dunkel und so dauerte es eine Weile, bis ich meinen Raben sah. Er saß auf dem untersten Ast und war offensichtlich wach."

„Was ist so ungewöhnlich daran, dass dein Rabe morgens wach ist und auf dem untersten Ast sitzt, Dahir?", fragte Clanmutter freundlich. Dahir dachte kurz nach, bevor sie antwortete: "Er schlief normalerweise auf dem obersten Ast und kam nur herunter, wenn der Tag begann. Aber es war ja noch viel zu früh und so fand ich es seltsam, dass er schon auf mich wartete und krächzte. Nachdem aber rundherum noch alles still war, warf ich ihm ein paar Maiskörner auf den Boden und ging zurück ins Zelt." „Und was geschah dann, Dahir?"

Dahir schaute in die Runde. Die Fragen von Clanmutter waren einfach und freundlich gestellt, aber irgendwie wurde es Dahir ungemütlich, so ausgefragt zu werden und so antwortete sie auf diese Frage mit einem deutlich verärgerten Unterton: „Ich ging zurück ins Tipi, deckte mich mit meinen Fellen zu und versuchte zu schlafen, denn was sollte ich sonst tun. Mich unter den Baum setzten und meinem Raben ein Einschlaflied vorsingen?" Mehrere Mitglieder ihres Stammes lachten laut auf und stimmten ihr zu: „Sie ist ja kein Babysitter für ihren Raben!" Clanmutter ließ sich nicht beirren und schaute weiterhin fragend in Richtung Dahir. Diese, von der Zustimmung aus ihrem Stamm ermutigt, schaute Clanmutter nun direkt in die Augen: „Als ich dann morgens aufwachte, ging ich vor das Zelt und mein Rabe war nicht da, dafür habe ich eine Blutspur auf dem Boden entdeckt, die bis vor einen Baum beim Lager der Spechte führte." Dahir schluckte, holte tief Luft und richtete ihre Stimme in Richtung Elan: "Dort fand ich die Leiche meines Raben ohne Kopf!"

Die wütenden Stimmen brachen sich erneut ihre Bahn durch die Menge und diesmal kamen sie nicht nur aus dem Rabenstamm, sondern auch aus dem Schneegansstamm. Clanmutter erhob die Hand und als alle wieder verstummten, richtete sie sich mit ruhiger Stimme an Elan: „Elan, du wirst hier von Dahir verdächtigt, ihren Raben getötet zu haben." Nach einem kurzen Schweigen, fuhr sie fort: „Warst du heute frühmorgens draußen im Wald?" Elan seufzte tief und nickte nur mit dem Kopf. Ein Raunen ging durch die Menge und man hörte Sätze wie dass es unglaublich sei, was Neid alles bewirken könne und dass der Specht Clan in Zukunft vom Bergflug ausgeschlossen werden sollte. Clanmutter blickte auf Elan und mit ernster Stimme fragte sie nun: „Warst du es, der den Raben von Dahir enthauptet hat?" - "Nein!", kam aus Elans Mund, so ausgesprochen als würde er seine Antwort selbst in Frage stellen. Alles sprach gegen ihn, und sogar er selbst war so gehemmt von all der Energie, die ihm entgegenschlug, dass er nur mehr auf den Boden starrte.

Als er hochblickte, traf er den Blick seiner Mutter, die ihn mit zusammengezogenen Augenbrauen und ungläubig anstarrte. Nun entwich ihm das Blut wieder. Sie hatte ihn gesehen, wie er kurz vor Morgengrauen zurück ins Zelt geschlichen war! Seine Knie wurden weich und er wäre um ein Haar umgefallen, Tränen schossen ihm in die Augen: seine eigene Mutter war sich nicht sicher, ob er dazu fähig war einem Raben den Kopf abzureißen!?

Die Stimme von Clanmutter holte ihn wieder zurück in die Wirklichkeit. „Wenn du nicht den Raben getötet hast, warum warst du draußen und wo warst du heute früh, Elan?“ Und bevor er seinen Mund aufmachen konnte, hörte er hinter sich die Stimme von *Mitternachtsluchs*, der sagte: „Ich habe Elan heute früh auf einem Baum vor seinem Zelt gefunden. Da war er wohl schon länger oben. Was er auf dem Baum getan hatte, hat er mir nicht erzählt. Dennoch musste der Rabe, bevor Elan gekommen war, dort gestorben sein. Denn unter dem Baum war das Blut des Raben schon gefroren, als Elan kam.“

Wiederum ging ein Raunen durch die Menge, und Clanmutter musste all ihre Autorität aufbringen, um Ruhe herzustellen. *Mitternachtsluchs* fuhr fort: „Die Spuren seiner Mokassins sind eindeutig nachher gemacht worden. Es muss sich jedoch um wenige Minuten gehandelt haben. Wer auch immer den Raben getötet hat, wurde wahrscheinlich von Elan gestört und so ließ er den Rabenkadaver einfach liegen.”

Clanmutter nickte und fragte mit lauter Stimme: „*Mitternachtsluchs*, du sagst uns nun, dass es unmöglich sei, dass Elan den Raben getötet haben kann, da das Blut schon dort war, als Elan unbewusst hineingetreten war? Wie kannst du das erkennen?”

„Zur Morgenstunde gefriert jeder Fußabdruck, jeder Bluttropfen sofort und man kann die Reihenfolge der Geschehnisse anhand des Gefriergrades feststellen. Wenn Elan den Raben getötet hätte und aus Versehen in sein Blut getreten wäre, wäre das Blut mit dem Fußabdruck zur selben Zeit gefroren. Als ich jedoch durch den Schrei von Dahir sofort zu der Stelle, an der sie den Raben gefunden hatte, geeilt gekommen war, waren die Stellen, wo das Blut war, schon länger gefroren als die Fußabdrücke von Elan hinzukamen. Ohne nun Elans Kraft zu sehr in Frage zu stellen, möchte ich darauf hinweisen, dass selbst ein erwachsener, starker Mann es kaum schaffen würde, mit bloßen Händen den Kopf eines Raben abzureißen und außerdem habe ich neben dem Kadaver große und eindeutige Wolfsspuren gefunden. Die ganze Nacht hatte ich das Gefühl, dass ein Wolf in der Nähe sei aber erst am Morgen habe ich seine Spuren im Schnee entdeckt. Ich bin mir sicher, dass der Wolf den Raben, der sonderbarerweise zu dieser Stunde die Sicherheit der Bäume verlassen hat und am Boden gewesen sein musste, getötet habe und ihn bis zu der Stelle ins Gebüsch gezerrt hatte, wo anschließend Elan auf den Baum kletterte. Wahrscheinlich ließ der Wolf den Raben nur deshalb zurück, weil Elan ihn beim Fressen gestört hätte."

Dieser Geschichte folgte eine längere Pause. Manche flüsterten miteinander, andere nickten zustimmend mit dem Kopf. Weitere verließen die Runde und gingen schon in Richtung ihres Lagers, um sich wieder ihren üblichen Beschäftigungen zuzuwenden. „Was?

Und das soll ein Beweis sein?“, schrie hier Dahir. „*Mitternachtsluchs* ist erst seit kurzem Kundschafter, das weiß jeder, dass er noch keine große Erfahrung hat!“

„Jetzt ist es genug!”, sagte Clanmutter in einem Tonfall, der nur eine Nuance lauter war als sonst aber mit einer Macht, die nicht anzuzweifeln war. „Du willst nun ein weiteres Stammesmitglied einen Lügner nennen? Es ist hart für dich, der Wahrheit ins Auge zu schauen, aber dennoch musst du Verantwortung übernehmen für dein Tun. Der Rabe wurde vom Wolf getötet, weil du ihm die Maiskörner auf den Boden geworfen hast in der Nacht und er so nicht auf dem sicheren Baum war! Zudem hast du seine Warnung vor dem Wolf nicht wahrgenommen, was deine Befähigung, die Ausbildung als Zauberer anzutreten - falls du beim Bergflug unter den ersten acht sein solltest - in Frage stellt. Es tut mir leid, dass dein Rabe getötet worden ist. Wenn ein Verbündeter vor dem Bergflug durch Gewalt oder Krankheit stirbt, hat das unmittelbare Auswirkungen. Und zwar nicht nur auf den Hüter des Verbündeten, sondern auf den gesamten Stamm.” Der Rabenstamm, aus dessen Runden bisher vor allem Wutgeschrei und Anschuldigungen zu hören war, wurde nun still. Erschrockene Aufschreie wurden laut und nun wandten sich anklagende Blicke in Richtung Dahir, die immer kleinlauter geworden war. Clanmutter fuhr fort in Richtung des Raben Clans gewandt: „Es wird zu sehen sein, welche Zeichen wir heute bekommen. Die Mitglieder des Raben Clans werden bis morgen früh kein Essen zu sich nehmen, um Raum für die Zeichen ihres Totems zu haben.

Bei Sonnenuntergang wird der Rat einberufen. Es ist wohl unnötig, hier noch hinzuzufügen, dass schon genug Leid entstanden ist und Dahir zwar einen Fehler gemacht hat aber immer noch ein Kind ist. Somit ist der gesamte Clan und vor allem euer Zauberer verantwortlich dafür, dass so etwas möglich war." Der Raben Clan fiel nun in ein lautes Gezeter. Clanmutter hörte nicht mehr zu, beugte sich zu Dahir hinunter und sagte rasch zu Dahir: „*Schattenjäger* kümmert sich um deinen Raben. Du gehst jetzt in das Tipi deiner Familie. Später werden wir sehen, wie es weitergehen soll."

Elan schluckte. Die Sache mit dem Mais hatte er noch nicht bedacht gehabt. Er sah, wie Dahir zuerst versuchte diese ungünstige und dramatische Kehrtwende der Geschichte zu verarbeiten. Mit hängenden Schultern stand sie da und schüttelte nur ihren Kopf. Ihr Gesicht wurde noch spitzer als sonst und die schwarze Farbe ihrer Haare und Augen ließen ihr Gesicht weißer als den Schnee aussehen. Dann durchzog sie ein Schauern, das Menschliche bekam Oberhand und sie begann zu schluchzen, während sie begleitet von ihren Verwandten in Richtung ihres Lagers gebracht wurde. *Schattenjäger* besaß als Zauberer des Stammes seinen eigenen Raben. Dieser flog nun laut krächzend auf den Boden und hüpfte mit gespreizten Flügeln um den toten Raben. „Ist gut, ist ja gut, wir werden ihn sühnen, keine Sorge", murmelte *Schattenjäger*, hob den enthaupteten Raben auf, wickelte ihn in ein Geflecht aus Gras und Kräutern und trug ihn unter Gemurmel in Richtung seines Tipis. Elan wollte sich nun auch verkrümeln, als er ein klares: „Halt“, hörte. Warum hatte er es nur geahnt, dass er so nicht davonkäme. Er drehte sich um und sah Clanmutter, seine Mutter, seine Großmutter, den Riesen Gorrit, seine beiden Onkel sowie den Häuptling des Donnervogelstammes, Hania die ihn in ihre Mitte nahmen. „Wir müssen sprechen”, sagte die Mutter nur und wendete sich in Richtung ihres Zeltes. Elan ging mit einem schlechten Gefühl im Magen hinter ihr her, gefolgt von den anderen. Im Zelt angekommen setzten sie sich schweigend um den schwarzen, kalten und nach Kohle stinkenden Feuerplatz. Als seine Schwestern eintreten wollten, wurden sie wieder hinausgeschickt mit dem Hinweis nicht in den Wald zu gehen so lange nicht klar war, ob der Wolf noch in der Nähe sei oder nicht.

„Gut“, sprach nun Clanmutter und schaute Elan freundlich an: „Du hast also ein Problem mit dem Neid, ja?” Elan presste die Lippen zusammen. Neid war bei ihnen eine der schlimmsten Eigenschaften, die es gab. Mädchen waren eifersüchtig oder neidisch aber kein Junge, der eigentlich schon erwachsen sein wollte, sollte noch sowas wie Neid ausleben. Innerlich krümmte er sich vor Scham und Wut, denn war es nicht normal, dass er auch beim Bergflug dabei sein wollte? Er hatte das richtige Alter und er war sich sicher, dass er genauso reif wie die anderen Kinder seines Alters war. „Du musst dich nicht schämen”, sagte Clanmutter. „Wir sitzen hier auch nicht Gericht über dich. Es scheint nur schon so öffentlich zu sein, dass du neidisch bist, dass du angreifbar bist. Ein Zauberer darf nicht angreifbar sein. Das könnte sein Tod sein.”... Die Pause, die nun folgte, war von Staunen erfüllt.

„Zauberer? Ich? Ich bin kein Zauberer und werde wohl auch nie einer werden!”

„Wenn du das sagst. Soll ich das glauben?” Nun war Elan endgültig verwirrt und schaute Clanmutter einfach nur fragend und auch misstrauisch an. Wollte sie sich lustig über ihn machen. Verspottete sie ihn?

„Du wirst eines Tages so wie Dahir und deine große Schwester, so wie *Silberhaar* und die anderen Kinder, diese Initiation mitmachen und du wirst sie wahrscheinlich bestehen. Denn dein Neid erzählt auch davon, dass du innerlich brennst, dich mit den magischen Gefiederten zu verbünden und die Ausbildung zum Zauberer anzutreten. Du brauchst nur Geduld und darfst deine Kraft nicht über ungünstige Wege fließen lassen, die diese Energie dich selbst verzehren lassen oder dein Verderben hervorrufen können.“ Und damit hatte Clanmutter für den Moment dieses Thema offensichtlich abgehakt.

„Was hast du auf dem Baum mitten in der Nacht getan?“, fragte ihn Hania. Elan blickte zu dem Mann, den er bisher nur aus der Ferne gesehen hatte. Er war jünger als sein Onkel *Himmelswurzel* und hatte so wie alle aus dem Donnervogelstamm, glattes, langes Haar, das ihm schwarzglänzend und offen bis zu den Hüften fiel. Er hatte eine aufrechte Haltung und sein Kinn zeigte leicht nach oben, während er mit Elan sprach. Auf diese Weise erweckte er einen leicht arroganten Anschein. Die Donnervögelmitglieder waren stolz auf ihre Vorfahren, von denen unzählige bekannt waren für ihre Taten, für ihre Fähigkeit im Kampf und ihren Mut. Auch Hania hatte schon jetzt in jungen Jahren den Ruf eines großen Häuptlings und Elan fragte sich, was er getan hatte, das ihm nun diese Runde hier eingebrockt hatte. „Ich hörte heute Nacht ein Geräusch und dann sah ich in die Augen eines Wolfes!“, sagte Elan. Kurz wartete er die Reaktion der anderen ab, als diese jedoch immer noch nur schweigend auf ihn schauten und keiner von ihnen durchblicken ließ, was die Tatsache, dass ein Wolf in der Nähe war, bedeutete, fuhr Elan fort: „Ich kletterte auf den Baum, um mich in Sicherheit zu bringen.” Elan sah, wie seine Mutter nun doch nervös wurde.

„Du bist dir sicher, dass es ein Wolf war?”, fragte sie.

„Ja, und dazu noch ein ziemlich großer.” Seine Mutter, die offensichtlich damit zu ringen hatte, ruhig zu sprechen, sagte: „Elan, das ist nicht der Moment, um aufzuschneiden. Bitte sag, ist das wirklich die Wahrheit?”

„Das ist die Wahrheit, Mutter! Frag doch *Mitternachtsluchs*“. Clanmutter und Gorrit sahen sich flüchtig an, dann fragte Hania: „Und warum bist du so weit in den Wald hineingegangen? Der Wald ist immer voll von Geräuschen und du gehst nicht jedes Mal mitten in der Nacht einfach so in den Wald. Kindern ist das verboten, sie sollten sich nachts nicht weiter als nötig vom Zelt entfernen.” Elan war zusammengezuckt bei dem Wort Kind. Er hätte gerne Hania darauf hingewiesen, dass er kein Kind mehr war, aber er wollte nicht noch mehr Ärger auf sich ziehen und so antwortete er einfach: „Ich wollte mir beweisen, dass ich keine Angst habe". Hania lächelte und Elan schien es, als ob es ein Lächeln des Mitleides sei. 'Wahrscheinlich ist er es leid seine Zeit diesem kleinen, neidischen Angsthasen zu widmen', dachte Elan verärgert. Er sah wie Clanmutter und Gorrit sich unmerkbar anblickten. Und noch einmal richtete Clanmutter ihr Wort an ihn: „Elan, gibt es noch einen anderen Grund, warum du nicht schlafen konntest, sondern mitten in der Nacht in den Wald gegangen bist?" Elan dachte nach. Was sollte er sagen? Sollte er seinen Traum erzählen?

„Keine Sorge, Elan, was immer du erzählst, ist richtig", beruhigte ihn Clanmutter, die gemerkt haben musste, dass Elan zögerte. Und so erzählte Elan ihnen seinen Traum. Er entschied über den ersten Traum vom Delphin, der dieselben Augen wie Clanmutter hatte, zu schweigen und stattdessen den zweiten Traum zu erzählen; den Traum von der Sonne, die dunkel wurde und von seinem Sturz, dem Schreien der anderen unter ihm und dass er aufgewacht war, weil im Traum ein Rabe krächzte. Und von dem Gelb. Alle hörten aufmerksam zu. Als er die Geschichte fertig erzählt hatte, sah er die Besorgnis in den Gesichtern der Umhersitzenden. Nur Hania saß weiterhin mit unverändert unbeteiligter oder sogar leicht gelangweilter Miene aufrecht neben *Himmelspforte* und schien einfach nur in die Weite zu schauen. Clanmutter wandte sich an Elan: „Wir danken dir für deine Aufrichtigkeit Elan. Das, was du uns hier erzählt hast, ist äußerst wichtig für uns. Wie du weißt, sind manche Träume keine Träume, sondern

Wegweiser und wichtige Anhaltspunkte. Du kannst gleich gehen. Nur eines noch: erzähle diesen Traum bitte niemandem und damit dein Neid geheilt wird, wirst du die nächsten Vormittage bis zum Bergflug im Rabenstamm verbringen, der *Ältesten* helfen und dich generell in Bezug auf den Bergflug als nützlich erweisen.

Elan war zu verwirrt, um zu antworten und so nickte er nur und ging hinaus. Diese Bestrafung war für ihn unerwartet und völlig ungerecht. Schnaubend vor Verdruss und Wut schloss er hinter sich die Eingangsluke. Draußen angekommen wurde er von warmen Armen begrüßt. Seine Tante *Willkommendes Lachen* hatte mit Sorge vor dem Zelt gewartet: „Komm Elan, ist alles halb so schlimm. Ich habe etwas Fladenbrot gebraten und die Wärme des Feuers wird dir guttun. Du bist ganz erfroren." Diese Worte, die Wärme und das Mitgefühl seiner Tante waren wie ein Dammbrecher. Jetzt begann er erst zu spüren, wie ihn der Traum, der Wolf, die Anklage und nun das Gericht mitgenommen hatten. Er nahm die Einladung nur zu gerne an und kroch ins warme Zelt seiner Tante. Hier war das erste, was ihn begrüßte, der Specht seiner Schwester. Er flog sofort auf Elans Kopf und klopfte darauf. Daraufhin erscholl ein lautes Lachen im Zelt. Seine Cousinen und Cousins und auch seine Schwestern waren hier versammelt und brannten vor Neugierde darauf zu erfahren, was nun wirklich vorgefallen war und warum Hania und die Riesen sich für ihn so interessierten! Elan nahm gutmütig den Specht auf einen Finger und setzte sich dann.

Früher hätte ihm *Morgentau* sofort wichtigtuerisch den Specht wieder abgenommen aber in letzter Zeit schien es ihr fast schon egal zu sein, wenn der Specht aus Elans Schüssel die Reste herauspickte, über seinem Bett schlief und ihn sofort begrüßte, wo immer er ihn traf. Aber das war nun wirklich das letzte Problem, um das er sich kümmern wollte. In dem Moment kam auch *Grille* von draußen herein und setzte sich auf Elans Schulter. Elan sah ihn fragend an: „Wo warst du denn eigentlich die ganze Zeit?" *Grille* hatte eine krebsrote Nase vor Kälte und seine Kleidung war pitschnass. „Anstatt deinen Freund mit Vorwürfen zu quälen, würde ich ihn erst einmal ans Feuer setzten", bekam er freundlich den Hinweis von *Lachender Wasserfall*, und nahm *Grille* in ihre Hände und setzte ihn auf ein Fell beim Feuer. „Ist schon gut", sagte *Grille*. „Wir hatten nur alle Hände voll zu tun, um das vereiste Blut zum Schmelzen zu bringen, damit es in die Erde sinken konnte und anschließend Moose zu bitten, dass wir sie versetzen durften um dort, wo der Rabe gestorben war, die Erde zu beruhigen." *Grille* nieste immer wieder und hielt seine Hände ans Feuer. Elans Tante nickte und *Lachender Wasserfall* legte etwas warmes Maisbrot vor ihn auf ein Stück Rinde. „Zum Glück gibt es euch!", beteiligte sich nun auch *Morgentau* am Gespräch und Elan hatte das Gefühl, als ob sie es mit einem Seitenblick zu ihm aussprach.

Elan erzählte, was geschehen war und schmückte dabei vor allem den Teil, als der vermeintliche Wolf unter ihm im Gebüsch lag, aus. Und auch wenn alle einfach nur Interesse daran zeigten, wie er dem Wolf entkommen war, bekam Elan das Gefühl nicht los, dass sie vor allem beim zeitlichen Ablauf Fragen stellten und er keine Geschichte erzählte, sondern sich rechtfertigte oder sogar verteidigte. Denn immerhin wurde er von Clanmutter bestraft. Wenn er daran dachte, dass sie ihn als neidisch bezeichnete, wurde er jedes Mal tiefrot vor Wut und Scham. Er wusste, dass er nicht umhin kam, es den anderen zu erzählen und so fügte er - so unbeeindruckt wie möglich - hinzuzufügen, dass er bis zum Bergflug tagsüber im Rabenstamm mithelfen und generell die Teilnehmer am Bergflug unterstützen sollte. Seine Tante nickte nur mitfühlend: „Ja, Clanmutter hat immer gute Ideen, um uns an unsere eigene Nase zu fassen". *Morgentau* fügte trocken hinzu: „Wenn du mit den Raben fertig bist, kannst du mir von nun an helfen das Zelt vom Kot des Spechts zu befreien und ihm Würmer im Wald suchen. Dann kannst du mir die Mokassins ausbessern, damit ich sie beim Flug oder der Landung nicht verliere und mir Schrammen hole!" Elan war sich nicht sicher, ob sie es ernst meinte oder ihn nur ärgern wollte. Seine kleine Schwester lachte über diesen Vorschlag und tat so, als ob sie Elan, der Sklave sei und unterwürfig nach Würmern suchte.

Der Specht flog daraufhin neben sie und pickte wie sie auf dem Boden. Alle lachten und nun begannen seine Cousinen die Mokassins von *Willkommenes Lachen* übertrieben unterwürfig auszuziehen und zu putzen. Für ein paar Minuten vergaß Elan, was auf ihn zukam und genoss es in dem warmen Zelt alles andere erst einmal zu vergessen. Aber der Gedanke, zu den

Raben gehen zu müssen und dort auch noch zu arbeiten, schlug ihm schwer auf den Magen und so klang sein Lachen mehr wie ein künstliches Husten, aber alle taten, als ob sie das nicht bemerkten und er war ihnen dankbar dafür. Mitleid war das letzte, was er brauchte. 'Ich werde mich einfach so dumm anstellen, dass sie froh sind, wenn sie mich los sind', sagte er sich. Und dieser Gedanke beruhigte ihn etwas.

Das Leben ist ein Traum

Elan

Genüsslich wälzte sich Elan unter seinem warmen Fell. Mit einem Auge überblickte er den Raum. Das Feuer war schon von seiner Mutter neu angefacht geworden und auf dem großen Stein am Feuer lagen mehrere dampfende Maisfladen. Das Tipi wurde von den verschiedensten Gerüchen durchzogen. Die fette Erde, die um das Feuer auftaute, der harzige Geruch der Eichenpfähle, die das Zelt stützten, der derbe Geruch der Felle, der würzige Duft des Feuerholzes, der süße Geruch der Maisfladen, all das gepaart mit den noch anwesenden Energien der Nacht. Mit einem Lächeln wollte sich Elan schon wieder umdrehen, um sich noch eine Runde Schlaf zu gönnen, als ihn die Erinnerung schlagartig einholte: er musste doch ab heute zu dem Rabenstamm und dort zu Diensten sein! Sofort schlug die zuerst gute Stimmung um: ‘Und wenn ich einfach nicht hingehe? ’ In dem Moment landete der Specht seiner Schwester auf seinem Kopf und begann mit morgendlichem Eifer seinen Kopf abzuklopfen. „Wie immer bist du sein bevorzugter Aufenthaltsort mit deinem hohlen Kopf und den Haaren voller Ungeziefer“, zischte ihm seine Schwester ins Ohr. „Du bist ja nur eifersüchtig, weil er mich lieber mag als dich”, erwiderte Elan unwirsch. Er schüttelte heftig den Kopf, was normalerweise den Specht dazu brachte sich ein anderes Opfer zu suchen. Aber heute war er hartnäckig und klammerte sich mit den Krallen an den Haaren fest. „Au, du tust mir weh!”, rief Elan und wollte ihn mit der Hand wegschubsen, was den Specht aber nur noch mehr darin bestärkte, auf dessen Kopf zu bleiben und - sich wehrend - auf die Hand Elans klopfte. Diesmal aber nicht wie sonst sanft und spielerisch, sondern so heftig, dass es kein Klopfen, sondern ein Picken war. Aus dem Hintergrund hörte er seine kleine Schwester lachen und so wollte Elan dem Spiel ein Ende setzen. Er griff mit beiden Händen nach dem Specht und hielt ihn fest. Dann setzte er sich mühsam, ohne sich auf die Hände abstützen zu können, auf und begann den Specht langsam und vorsichtig vom Kopf und von den an dieser Stelle verknoteten Haaren zu lösen. Als er den Specht vor seinen Augen hatte, schmolz sein Ärger sofort. Denn der Specht sah ihm in die Augen und Elan wurde klar, sein kleiner Freund wollte ihm nur mitteilen, dass er eine schwierige Aufgabe vor sich hätte. „Ich weiß", sagte Elan, "aber Clanmutter hat es entschieden und ich will meiner Familie keinen Ärger bereiten. Du brauchst dir keine Sorgen machen, ok?" Dann senkte der Specht seinen Kopf, was eine Einladung war, seine Gedanken zu lesen. Sanft legte Elan die Fingerspitzen auf die Stirn des Spechts: 'Lerne von den Raben. Du wirst es noch brauchen!'

Dann pickte er ihm noch ein paar Mal auf die Hand und flog auf einen Balken, um diesen lauthals zu traktieren. „Er hat mit dir gesprochen?", fragte da *Morgentau* ungläubig und mit einem misstrauischen Unterton in der Stimme. „Ja, er gab mir den Rat von den Raben zu lernen." - „Aha" erwiderte sie nur und fuhr fort ruppig ihre Zöpfe zu flechten. Nun hangelte sich *Grille* von oben herab, rieb sich die Augen, begrüßte *Morgentau* höflich und trippelte dann zu Elan: „Ich komme mit, Elan." Dann setzte er sich ebenfalls ans Feuer und sammelte Maiskrümel rund um Elan auf. Elans Mutter, die im hinteren Bereich des Zeltes die Felle über einen Querbalken hängte, damit sie tagsüber belüftet würden, kam nun an die Feuerstelle: „Leider darfst du Elan nicht begleiten, *Grille*. Clanmutter hat Elan hingeschickt und nur ihn. Zudem weißt du, dass der Raben Clan anders ist. Es würde dich zu viel

Kraft kosten und wir brauchen momentan all deine Kraft, um die Harmonie bei uns aufrecht zu erhalten. *Morgentau* hat eine große Aufgabe vor sich und braucht all unsere Unterstützung. Elan schafft das schon heute, nicht wahr, Elan?“ Elan, der mehr als nur erleichtert gewesen war, als *Grille* angeboten hatte mitzukommen, versuchte seine Enttäuschung zu verbergen und nickte nur.

„Gut, dann wäre das auch geklärt und ach ja Elan, ich soll dir von Clanmutter ausrichten, dass du nur bis Mittag im Rabenstamm sein musst!“, sagte seine Mutter und widmete ihre Aufmerksamkeit wieder den Fellen. *Grille* lugte aus den Augenwinkeln zu Elan: „Naja, deine Mutter hat Recht. Wenn ich bedenke, wie schmutzig und wahrscheinlich schlechtgelaunt du heute zurückkommen wirst, ist es wohl besser, ich bleibe hier, damit ich dann deine Kleidung putzen kann.“, sagte er so gutgelaunt wie möglich.

Als Elan gefrühstückt und sich mit Schnee Gesicht und Hände gesäubert hatte, stapfte er in Richtung der Zelte des Rabenstamms. Er ging an den fröhlichen und bunt geschmückten Zelten seines Stamms vorbei. Manche Zeltluken waren geöffnet und man rief ihm aufmunternde Worte zu. Aus den Zelten drang Gelächter und fröhliche Stimmen. Die Wege waren sauber und überall waren Mitglieder des kleinen Volkes und halfen Dinge zu reparieren, besserten mit großem Eifer die Malereien auf den Zeltwänden aus, frisierten die Fransen an den Röcken der Frauen, klammerten sich an Werkzeugen fest mit denen hantiert wurden, wippten in den Zeltwipfeln oder lagen auf gestapelten

Moosburgen und genossen den Morgen. Als Elan das letzte Zelt hinter sich gelassen hatte blieb er stehen und mit Schaudern überblickte er vor sich die Welt der Raben. Nicht nur die Zelte waren mit Kohle geschwärzt, auch die Wege dazwischen waren grau und schwarz. Kein Schmuck, keine Ordnung. Zwischen den Zelten lagen Abfall und Reisig wild durcheinander. Man sah keine einzelnen Menschen, dafür saßen sie gruppenweise zusammen. Elan holte tief Luft und suchte nach einem Zelt, das irgendwie verraten würde, dass es der *Ältesten* gehörte. Aber sie sahen alle gleich aus. In dem Moment traf ihn ein Schneeball von der Seite. Und dann noch einer. „He!", rief Elan und drehte sich um. Aber da war niemand. Elan machte einen Schritt in Richtung der Zelte, als ihn wiederum eine Salve an Schneebällen traf. Die Bälle waren gut und fest geknetet worden und zerfielen dementsprechend kaum beim Aufprall auf seinem Rücken, seinem Nacken oder seinem Arm. Als sich Elan wieder umdrehte, konnte er gerade noch sehen, wie ein Haarschopf in der Luke eines Zeltes verschwand. Elan rannte darauf zu, riss mit einer Hand die Luke auf und schrie in das Zelt: „He du Feigling, anstatt dich hier zu verstecken, zeig dich!" Er machte sich darauf gefasst, dass gleich wieder ein Schneeball auf ihn zugeschossen käme, aber anstatt dessen traf ihn nur eine Dunkelheit und ein Schweigen. Es war kein Feuer in dem Zelt und nachdem die Zelte in einer Mulde unterhalb der Ebene, auf der der Stamm der Donnervögel ihr Zeltlager errichtet hatten, lag alles noch im Schatten. Elan blieb ratlos und auch langsam besorgt am Eingang stehen als er von hinten einen Schlag bekam und er in das Zelt hineinfiel. Sofort rappelte er sich wieder auf, drehte sich um, damit er dem hinterhältigen Angreifer nachrennen konnte und rammte einen Körper. Schnell trat er einen Schritt zurück und als er vor sich eine schmale dunkle Gestalt wahrnahm, wurde ihm siedend heiß. „Was tust du in meinem Zelt?", fragte die Stimme tonlos und dennoch schneidend. Elan war sich nicht sicher, ob es die Stimme einer Frau oder eines Mannes war. Die Silhouette stand immer noch im Eingang und er konnte im schwachen Gegenlicht nichts erkennen. Nach einer zu langen Pause versuchte er sich zu erklären, konnte nur stammeln und seine Begründung von Schneebällen und einem Stoß in den Rücken klang sogar in seinen eigenen Ohren lächerlich. Am Schluss gab er auf: „Es tut mir leid, es war ein Irrtum, dass ich in diesem Zelt gelandet bin. Ich suche eigentlich das Zelt der *Ältesten*, um meine Dienste anzubieten"

„So, so, das Zelt der *Ältesten* suchst du." Hier entstand erneut eine Pause, die so lange dauerte, dass Elan schon wieder anfangen wollte zu sprechen, als die Stimme abfällig fortfuhr: „Du bist der Spechtjunge, der verdächtigt wird, aus Neid einen Raben enthauptet zu haben, richtig?" Elan wollte schon sagen, dass das so überhaupt nicht richtig sei, hielt aber angesichts der schon bedrückenden Stimmung lieber den Mund. „Na gut, obwohl du ein verstockter und offensichtlich verwirrter und dazu noch ein gewalttätiger und respektloser Junge aus einem ... sehr gewöhnlichen Clan bist, akzeptiere ich deine Dienste. Und mit einem Unterton, der vor Gift nur so sprühte, fügte sie mit gedehnter Stimme hinzu: „Wenn Clanmutter befiehlt, müssen wir wohl gehorchen, nicht wahr?" Auch wenn ihr Satz wie eine Frage klang, war es Elan klar, dass sie keine Antwort von ihm erwartete. Und so war es auch, denn nun kam irgendwo aus der Dunkelheit ein trockener Befehl: „Du kannst gleich beginnen die Feuerstelle zu säubern." In dem Moment beugte sich die Gestalt langsam zu ihm hinab und pechschwarze wimpernlose Augen blickten ihm ins Gesicht, während lange, schmutzige und kalte Finger ihm flüchtig über die Wangen streiften, um kurz auf seiner Stirn zu verbleiben. Elan fror es innerlich, dann wandte er die Augen ab und starrte auf den Boden. Die kalten Klauen blieben noch eine Weile auf der Stirn um dann besitzergreifend unter sein Kinn zu wandern, dieses langsam, aber bestimmt anzuheben und ihn zwangen noch einmal in diese Augen zu blicken. Es war eine Frau, die das tat. Eine alterslose Frau. Nicht schön, nicht hässlich, nicht alt nicht jung. Einfach nur furchteinflößend in ihrer Sicherheit, mit ihm machen zu können was sie wollte. In dem Moment schien es Elan, ein zufriedenes Lächeln in dem Gesicht wahrzunehmen. Dann nahm sie seine linke Hand und führte sie zu ihrer Stirn. „Und wenn du etwas angreifst, was nicht dein, etwas mitnimmst, was nicht dein, etwas ausplauderst was nicht dein ist, dann hacke ich dir die Augen aus", hallte es leer in seinen Ohren. Er schloss die Augen. Und als er sie wieder öffnete war die Frau im hinteren Teil des Zeltes verschwunden und hantierte da mit Gegenständen. Elan blieb noch kurz stehen, um sich zu fassen und fragte sich, ob das nun wirklich wahr sein konnte und ob er nicht einfach die Zeltluke aufmachen sollte, um zu verschwinden. Aber als die Frau - kaum hatte er diesen Gedanken fertiggedacht - innehielt und in seine Richtung schaute, nahm er tief Luft und blickte sich um. In seinem Clan waren es vor allem die Frauen, die das Tipi sauber hielten und so war er einerseits schlichtweg ungeübt zu putzen und andererseits hatte er auch wenig Lust dazu. Er blickte sich um und konnte im Halbschatten nur ein großes Durcheinander an Fellen und Gegenständen erkennen. „Säubere die Feuerstelle. Das kann auch ein Junge!", brannte es in seinem Kopf. Sie konnte jeden einzelnen seiner Gedanken lesen! Elan bewegte sich in Richtung der Zeltmitte. Er hatte schon hundertmal seinen Schwestern zugeschaut, wie sie es machten und so war er sich sicher, dass er zumindest dieser ersten Aufgabe gewachsen sei.

Der Vormittag verlief langweilig und eintönig. Er putzte die Feuerstelle, holte Holz aus dem Wald, machte Feuer und für den Rest des Vormittags half er, getrocknete Kräuter zu sortieren, trockene Wurzeln zu Mehl zu mahlen und Gefäße zu reinigen. Und wenn er dabei aus dem Zelt musste, wurde er augenblicklich von Rabenkindern angerempelt, mit Schneebällen beworfen oder ihm wurde der Weg versperrt. Die älteren Raben schauten ihn nur abfällig oder misstrauisch an und wenn sie seinen Weg kreuzten, blieben sie absichtlich stehen, stellten zufällig ihr Holz, ihre Pfeile oder sonstigen Geräte genau vor ihm ab und lachten sich schief, wenn er sich mühselig einen Weg herum suchen musste. Jeder Weg in den

Wald oder zum Fluss war ein Spießrutenlauf und er kam völlig verschwitzt und außer Atem wieder im Zelt an. Die *Älteste* tat so, als ob sie es nicht bemerke. Als die Sonne hoch am Himmel stand wagte Elan es, sich an sie zu wenden: „Also ich gehe jetzt, es ist ja ausgemacht, dass ich täglich bis Mittag helfe". Die Älteste unterbrach in keiner Weise ihre Tätigkeit und zeigte auch auf keine Weise, dass sie verstanden hätte und so wandte sich Elan in Richtung Ausgang und verließ grußlos und leise das Tipi. Diesmal waren die Wege zum Glück weniger bevölkert, da in den Zelten gegessen wurde und Elan konnte unbehelligt in sein Lager gelangen. Als er auf der Höhe des ersten Zeltes war, hüpfte Sanfte Grille mit zwei weiteren Manipies auf seine Schuhe und hangelten sich nach oben hoch. „Hallo Elan! so bleib doch stehen, erzähle wie es war!", riefen sie ihm aufmunternd zu. Die freundlichen Worte dieser kleinen Wesen waren wie Balsam für ihn. „Es tut mir leid, ich bin müde und will so schnell wie möglich nach Hause, aber da werde ich erzählen, wie es war und ihr könnt zuhören, aber eigentlich gibt es nichts Interessantes zu erzählen."

Nachdem er die Zelt Luke geöffnet hatte, sah er, dass alle versammelt um das warme Feuer saßen und Maisfladen und Fisch aßen. Offensichtlich waren sie morgens am Fluss gewesen und der Fang war gut verlaufen. Elan blieb am Eingang stehen und alle riefen ihm zu, sich zu setzen. Seine Mutter hatte ihm einen Platz neben sich frei gelassen und Elan ließ sich auf das weiche Fell niedersinken, nahm dankbar das Maisbrot und den Fisch. Er hatte richtig Hunger, merkte er jetzt.

„Na, hat es Spaß gemacht endlich mal nützlich zu sein?“, fragte ihn sofort seine große Schwester. Doch sie wurde sofort mit einem Blick seines Onkels zum Schweigen gebracht: „Elan hat heute keine leichte Aufgabe gehabt. Zur Wiedergutmachung bei den Raben zu dienen ist eine schwierige Sache.“ Und Elan sah ihm an, dass er es auch so meinte. Kurz unterbrach ein betretenes Schweigen die ausgelassene Stimmung, aber gleich erzählte seine kleine Schwester wie es ihr ergangen war, da sie heute zum ersten Mal beim Fischfangen hatte dabei sein dürfen und niemand kümmerte sich mehr um Elan. Auch weil sie sahen, dass er müde und hungrig war und einfach verstockt auf seinem Platz saß.

Nach dem Essen wusste er nicht so recht wohin und als ihn sein Onkel *Himmelswurzel* fragte ob er Lust hätte mit ihm in den Wald zu gehen, um die Fallen zu überprüfen, sagte er sofort zu. Sie waren schon eine Weile durch den Schnee gestapft, als sie bemerkten, dass die Vögel aufgehört hatten zu singen. Beide lauschten in den Wald hinein, als sie von der Seite ein Klopfen hörten. Das Zeichen der Kundschafter, dass sich jemand dem Lager näherte. „Du bleibst hier und bist still. Spiel keinen Helden. Sollte ich nicht zurückkommen, warne den Clan“. Elan konnte so schnell nichts erwidern, sah aus dem Augenwinkel wie sein Onkel und ein Kundschafter, der sich aus dem Schatten eines Baumes löste, bergabwärts verschwanden. Dann passierte eine Weile nichts mehr. Es schien ihm eine Ewigkeit und er überlegte schon ob er nicht einfach zum Dorf zurücklaufen sollte, als er in der Ferne drei Gestalten sich nähern sah. Er hielt den Atem an, denn sie kamen genau auf ihn zu. Aber dann erkannte er den Kundschafter und seinen Onkel wieder. Und dazwischen schritt eine schmale Gestalt. Es war eine junge Frau, die mit einem schweren, herrlich rötlich schimmernden Pelz um die Schultern dahinschritt. Als sie fast auf seiner Höhe waren, kroch Elan aus dem Gebüsch hervor. Schnell griff sie nach hinten, um einen Pfeil aus dem Köcher zu ziehen, aber der Kundschafter hielt sie fest: „Das ist Elan, er ist von unserem Dorf". Elan starrte sie an. War das nicht Minaha vom Falken Clan? Sie nickt ihm nur kurz zu und dann gingen sie weiter. Elan lief hinter ihnen her und als sie auf die helle Lichtung vor dem Dorf ankamen, sah er, dass das Rot, das er zuerst noch so bewundert hatte, vertrocknetes Blut war. Ihre Haare waren ebenso voll von verkrustetem Blut und auch im Gesicht und am Hals bröckelte vertrocknetes Blut von ihr ab.

Minaha war es gewöhnt, dass man sich nach ihr umdrehte, wenn sie auftauchte. Sie war für jemanden aus dem Falken Clan sehr groß und von ihrem Vater hatte sie das Helle, Leuchtende, das alle Möwen an sich hatten. Ihre Haare waren nicht wie die ihrer Falkenverwandten aschgrau mit brauner Mauserung, sondern sie waren weiß wie das Gefieder der Möwen mit einem leichten Blauschimmer. Nur die Augen waren die ihrer Mutter: stechend, grau mit bernsteinfarbener Pupille. Als sie nun den Platz betraten, hatten sich schon alle Clanmitglieder der Raben eingefunden. Die Kunde, dass eine einzelne Frau mit rotem Fell kommen würde, hatte sich unter ihnen schnell verbreitet. Wie immer waren sie die ersten, die Bescheid wussten. ‘Wie sie das nur machen, immer schon im Voraus alles zu wissen?’, fragte sich Elan. Er war noch so mit seiner Abscheu gegenüber dem Raben Clan beschäftigt, dass er fast in seinen Onkel hineinstolperte, als dieser Halt machte und sich vor der geschlossenen, schwarzen und lärmenden Front wiederfand. „Ist meine Mutter noch nicht da?“, fragte Minaha seinen Onkel. *Himmelspforte* wandte sich Minaha zu und antwortete leise: „Nein, wir haben die Nachricht bekommen, dass der Falkenstamm diesmal nicht den Winter mit uns verbringt.”

„Warum nicht?“, fragte Minaha entsetzt. „Sie dachten, dass Mitglieder des Eiseulenstammes kommen würden und sie hatten Sorge, dass diese die Seuche der Kish mitbringen könnten” antwortete *Himmelspforte* und Elan dachte, einen Unterton der Verachtung aus den Worten seines Onkels zu herauszuhören.

„Aber du brauchst keine Sorge zu haben, du kannst den Winter bei uns verbringen.“ Elan beobachtete, wie Minaha zusammenzuckte, als jemand aus dem Schneegans Clan laut rief: „Es ist Minaha aus dem Falken Clan!”

Der Platz hatte sich inzwischen auch mit Mitgliedern der anderen Stämme gefüllt. Gleich hinter den Raben teilten sich die Schneegänse diszipliniert und in zwei Linien aufgereiht mit den Donnervögeln den Platz und am linken Rande war ein buntes und fröhliches Gewirr des Specht Clans. Elan musste lächeln, als er sah, wie keine einzige Feder, kein Haupt ohne ein Mitglied des kleinen Volkes war. Alles war bunt und strahlte

Lebensfreude aus. Ansonsten herrschte auf dem Platz immer eine angespannte Stimmung.

In dem Moment trat durch die Menge Hania. Er überragte alle anderen, und zwar nicht nur die seines Clans.

Seine seidenglatten pechschwarzen Haare fielen ihm bis zu den Hüften. Das Gesicht war hell und schien Elan wie aus einer anderen Welt. Seine Mutter hatte ihm erzählt, dass Hania so jung Häuptling geworden sei, weil sein Vater unerwartet vor fünf Wintern an einer seltenen Krankheit gestorben war. Auffallend war, dass seine Arme mit dunklem Leder eingebunden waren. Ansonsten war seine fast weiße Kleidung mit roten und schwarzen Symbolen bemalt, dessen Bedeutung Elan nicht kannte.

In dem Moment war Hania bei Minaha angekommen und mit ruhiger Stimme begrüßte er sie: „Minaha, schön, dass du hier bist. Nur scheint es so, als ob du allein gekommen bist? Wir warten schon seit Tagen auf den Clan deines Vaters. Ist etwas passiert?“ Und als er diese Frage ausgesprochen hatte, rückte der Kreis noch näher. In dem Moment drang aus dem Westen der letzte Sonnenstrahl zwischen den Baumstämmen durch das Gebüsch und beleuchtet die Gestalt Minahas.

Ein Wispern und Getuschel hatten die Menge erfasst, als sie rot erleuchtet vor ihnen stand. „Blut, das ist Blut an ihrem Kleid!", rief Dahir, die sich in die erste Reihe vorgekämpft hatte. Manche Rabenkinder konnten es sich nicht verkneifen und näherten sich Minaha, zupften an ihrem Rock, betasteten ihre Mokassins und ein Kind machte sich an dem Fell zu schaffen. Minaha drehte sich um, um das Kind in Schranken zu weisen und so sahen alle, dass das gesamte Fell und ihre ansonsten weißen Haare rotgefärbt waren von Blut.

Ein unruhiges Raunen ging durch die Menge. Mütter zogen ihre Kinder weg und starrten finster Minaha an. Nur Dahir war zäh genug, um noch schnell die Hand in ihre Tasche zu stecken und obwohl ihre Mutter sie schon vehement in eine andere Richtung zog, klammerte sie sich an die Tasche und schrie wütend „Da ist etwas in der Tasche! Ich will sehen, was es ist!" Es trat eine erwartungsvolle Stille ein. Alle Augen blickten auf die Tasche. Elan, der dicht hinter Minaha stand, konnte sehen, wie sich Schweißperlen auf ihrer Stirn bildeten.

Sie atmete tief durch und ihre Augen trafen auf die von Hania, der sie scheinbar ruhig beobachtet. Nur die Augenbrauen hatte er kurz bewegt, dann herrschte auf seinem Gesicht wieder die würdevolle Neugierde eines Häuptlings.

Dahir hatte den Moment genützt und das Wollknäuel aus der Tasche gezogen. „Es ist ein kleines Tier!", rief sie erstaunt und hielt es in die Höhe. Die Menge, die inzwischen begonnen hatte zu raten, was es sein könnte, verstummte augenblicklich als sie erkannten, dass es ein kleines weißes Wolfsbaby war, das Dahir hochhielt. Schnell eilte ihre Mutter herbei, riss das aufjaulende Wolfsbaby aus ihren Händen und warf es vor die Füße Minahas, um dann - Dahir hinter sich herzerrend - in der Menge zu verschwinden. Minaha hob es sofort wieder auf und presste es beschützend an sich. Ein Sonnenstrahl beleuchtete im letzten Aufbäumen gegen die Dunkelheit gold-orange Minaha in ihrem blutverschmierten roten Gewand, dem bläulich schimmernden weißen Haar und das weiße Wolfsbaby. Es war ein Anblick, der so umwerfend war, dass manch einer über die Erhabenheit des Bildes aufstöhnte. Andere wiederum stöhnten, weil sie es als Omen sahen. Ein Tabu war gebrochen worden und Tabubrüche hatten Folgen, schwere Folgen. Erst hatte ein Wolf einen ihrer Raben getötet und nun erschien ein Wolf, mitgebracht von einem Mitglied der Nordstämme, in ihrer Mitte.

In dem Moment legte sich ein Arm um Minahas Schultern. „So, genug gestaunt! Begrüßt man so ein Clanmitglied?", fragte Clanmutter vorwurfsvoll in Richtung des Dorfplatzes. „Alles, was gerichtet werden muss, wird gerichtet!", fügte sie mit einem scharfen Unterton hinzu. Und zu Minaha gerichtet: „Für den Moment sorgen wir dafür, dass man sich um dich kümmert! Du bist durchgefroren und schaust aus, als ob du etwas erlebt hättest, stimmts? Gib den Welpen Elan, er kann ihn für dich tragen." Und dabei lächelte sie Minaha aufmunternde zu, nahm ihr den Welpen ab und reichte ihn dem verdutzten Elan. „Minaha wird die Zeit, bis ihr Clan eintrifft, bei uns wohnen", sagte *Himmelspforte*, nahm Minaha am Arm und ohne sie zu fragen, wollte er sie in die Richtung des Lagers der Spechte bringen. „Na, dann wäre ja alles geklärt!", sagte Clanmutter fröhlich. In dem Moment trat *Geflochtene Zöpfe* hervor: „Clanmutter, ich schätze deinen Willen, Minaha zu schützen, dennoch muss ich darauf bestehen, dass wir noch heute darüber im großen Zelt Rat abhalten, und daher muss Minaha uns zuerst erzählen, was genau vorgefallen ist." Nach einer kurzen Pause fügte sie hinzu: „Anschließend kann sie sich so lange ausruhen, wie sie will." Clanmutter hörte *Geflochtene Zöpfe* aufmerksam zu. Dann nickte sie nur mit dem Kopf: „Gut, dann sei dem so." Sie lächelte *Geflochtene Zöpfe* noch kurz zu und wandte sich - ohne weiter darauf einzugehen - an *Himmelspforte*: „Wir treffen uns alle gleich im Ratszelt." - Und an Minaha gewendet: „Es wird nicht lange dauern, aber *Geflochtene Zöpfe* hat recht. Je früher wir hier für Ordnung und Ruhe sorgen, desto besser." Dann drehte sie sich zu Gorrit um: „Gorrit, begleite mich doch bitte ein paar Schritte...Ich denke, wir müssen etwas besprechen.", fügte sie beiläufig hinzu und wandte sich in Richtung des Ratszeltes der Donnervögel.

Hania hatte sich in Gedanken versunken wieder umgedreht. Auch er ging in Richtung des Ratszeltes, nahm jedoch einen anderen Weg als Clanmutter und Gorrit. Der Platz begann sich raunend zu leeren. „Komm Elan, es ist besser, wenn du schnell im Tipi mit dem Welpen bist, die Stimmung ist hier nicht unbedingt so gut." *Silberhaar* war neben ihn getreten und gemeinsam gingen sie in Richtung des Spechtlagers. Überall standen noch Gruppen von Männern und Frauen herum und besprachen die Auswirkungen eines Tabubruches. „Hast du das gesehen?“, fragte Elan. „Die haben auf den Boden gespukt, als sie uns gesehen haben!” Anklagende und vorwurfsvolle Blicke begegnetem ihm, und Elan versteckte den Welpen unter seiner Felljacke, damit man ihn nicht sehen konnte. Hania hatte denselben Weg wie er und *Silberhaar* genommen. Wahrscheinlich wollte auch er das Durchqueren des Dorfes vermeiden. Schweigend überholte er sie und als er in den Wald abbiegen wollte, versperrte ihm eine ältere Frau den Durchgang und baute sich vor ihm auf: „Was wirst du jetzt tun? Sie hat gegen eine der wichtigsten Regeln verstoßen, die wir haben. Ein Wolfswelpen in unsere Mitte zu bringen, ist ein schweres Vergehen. Ich denke nicht, dass dir klar ist, wie schwerwiegend so ein Tabubruch ist. Wir vom Clan der Schneegänse denken, dass du Hilfe brauchst, und wir wollen dir helfen.“ Es war schon fast dunkel und so konnte Elan die Frau nicht erkennen, aber die Stimme war ihm bekannt. Es war die Stimme von *Geflochtene Zöpfe* aus dem Schneegans Clan. „Ich danke dir und deinem Clan für eure Fürsorge und das Angebot.“, antworte Hania müde. „Hania, nur weil du aus dem Donnervogel Clan stammst, heißt da nicht, dass du nicht manchmal Hilfe brauchst. Es ist keine Schande, Hilfe anzunehmen.” Elan hätte noch gerne weiter zugehört, aber *Silberhaar* zog an seinem Ärmel. „Komm Elan, lass uns endlich gehen, das geht uns nichts an.“ Flüsterte *Silberhaar* und zog Elan schnell hinter ein Tipi. „Was glaubst du, was sie mit Minaha machen?“, fragte Elan.

„Nun, sie hat die Harmonie gestört und jetzt müssten alle aus dem Clan ihrer Mutter und ebenfalls dem ihres Vaters dafür sühnen. Nachdem diese nicht da sind, liegt es an uns allen, hier wieder für Ordnung zu sorgen. *Geflochtene Zöpfe* hat schon recht. Sollte Häuptling Hania hier nicht richtig handeln, kann das schlechtes Karma für alle Nordstämme bringen.“ Elan seufzte. Warum hatte er nur gefragt.

Hania war in Richtung Wald losgegangen und hatte *Geflochtene Zöpfe* einfach stehen gelassen. „Lass uns gehen“, flüsterte Elan *Silberhaar* zu und ging - *Geflochtene Zöpfe* geflissentlich ignorierend - in Richtung des Tipis seiner Familie. Am Eingang angekommen, hielt er jedoch nicht an, sondern beschleunigte noch seinen Schritt. „Was machst du“, fragte *Silberhaar* keuchend, “,ich dachte, du willst nach Hause gehen?” „Will ich auch, aber zuerst will ich hören, was im Ratszelt entschieden wird. Am liebsten würde ich sogar selber dabei sei, aber bestimmt lassen sie mich mit dem Wolfsbaby nicht hinein. Vielleicht wäre mein Erscheinen dort schon wieder der nächste Tabubruch? Also lass uns lauschen!” *Silberhaar* blieb kurz stehen, holte dann aber mit ein paar Schritte Elan wieder ein. „Wie willst du das denn machen, dass uns niemand sieht? Hier ist zwischen jedem Zelt so viel Abstand, dass man sich nirgendwo verstecken kann!“ „Irgendwie wird das schon gehen.”, flüsterte Elan und blickte sich um. Sie waren inzwischen im Lager der Donnervögel angekommen und *Silberhaar* hatte recht: die großen Tipis standen in erheblichem Abstand zueinander da. Kein Busch, kein Baum oder Reisighaufen, wie in seinem Lager oder gar dem der Raben, waren zu sehen. Da sah er eine leichte Mulde im Schnee an der Rückwand des Ratszeltes. „Komm!“, flüsterte er *Silberhaar* zu und zog ihn hinter sich her. In dem Moment kamen Clanmutter und Gorrit um die Ecke. „Gorrit, ich wollte eigentlich mit dir kommen, aber ich muss noch eine Weile hierbleiben, wie du siehst. Zweimal hatte der Nord Clan nun innerhalb eines Tages eine Begegnung mit einem Wolf. Es spitzt sich etwas zu und es ist wichtig, dass ich mich darum kümmere. Aber es gibt eine Aufgabe, die du leider allein übernehmen musst. Es ist an der Zeit, die letzten Mitglieder des Adler Clans zu finden und zu uns zu bringen !”

Elan duckte sich so tief er konnte in die Mulde. Es war inzwischen so dunkel, dass er nur wenig sehen konnte, aber Clanmutter wusste und sah oft Dinge, die sie nicht wissen konnte und so war seine Hoffnung, dass sie ihn und *Silberhaar* nicht schon längst gesehen hatte, gering. In dem Moment antwortete Gorrit: „Clanmutter, Ich habe den gesamten Osten schon mehrmals von Norden nach Süden nach ihnen durchkämmt und habe keine Spur gefunden. Ich denke, dass es keine Nachkommen gibt.“ „Gorrit, du weißt, dass das Ende des Adler Clans - laut der Prophezeiung - das Ende aller Nordstämme bedeutet.” Es entstand eine lange Pause, bevor Gorrit antwortete: „Ich kann es noch einmal versuchen, Clanmutter, aber allein komme ich nicht weit und so hoffte ich, zwei, drei Kundschafter mitnehmen zu können." „Ich will niemanden allarmieren, Gorrit, das weißt du. Außer dir kennt niemand die Prophezeiung und so muss es auch bleiben, denn wenn einmal die Hoffnung gestorben ist, kommt das Ende schneller herbei. Es tut mir leid alter Freund, aber wir können niemanden darin einweihen, warum der Adler Clan so wichtig ist. Und wir müssen ein Mitglied des Adler Clans noch vor dem nächsten Winter finden, dann sind sieben Jahre vorbei. Gorrit, wenn jemand fähig ist eine Nadel im Heuhaufen zu finden, dann bist du das. Brich noch heute Nacht auf. Viel Glück!" Elan beobachtete, wie Gorrit im Wald verschwand und Clanmutter ihm nachschaute um anschließend in Richtung des Ratszeltes zu gehen.

Hania war in Gedanken versunken rund um das Lager gegangen. Er war gerne allein und brauchte das, um in sich zu gehen und um sich für das Treffen vorzubereiten. Die großen Entscheidungen wurden im Gesetzeskreis gemacht. Die Häuptlinge der jeweiligen Stämme hatten normalerweise keinen Zugang zu den Gesprächen, mussten aber die Entscheidungen des Gesetzeskreises respektieren. Die Kreise fanden selten statt, da es Zeit und Kraft kostete und somit wurden nur fundamentale Dinge im Kreis besprochen. Die kleineren Entscheidungen trafen sie in formloseren Kreisen. Sie rauchten die Pfeife und sprachen so lange miteinander, bis sie sich einigten. Ein Tabubruch war eigentlich ein Thema, das die Häuptlinge gemeinsam besprechen könnten. Dass *Geflochtene Zöpfe* hier auf einen Gesetzeskreis pochte war in seinen Augen eine Provokation. Sie sah in ihm nur den jungen, unerfahrenen und unfähigen Mann. Sie traute ihm nicht zu, als Vorsitzender des Häuptlingkreises - dem sogenannten kleinen Kreis - eine sinnvolle Entscheidung herbeizuführen.

Er hatte sichtlich Schwierigkeiten damit, dass einfache Mitglieder, nur weil sie weißes Haar hatten, Entscheidungen treffen konnten, die er - als Häuptling der Donnervögel und als Vorsitzender der Gefiederten des Nordens - dann durchsetzen musste.

Er hatte also keine Lust mit *Geflochtene Zöpfe* zu sprechen. Dann hörte er aber Schritte hinter sich. Als er sich umdrehte, sah er, wie *Geflochtene Zöpfe* ihm einen bitteren Blick zuwarf, weil er sie einfach stehen gelassen hatte. Er hielt an und wartete auf sie. Er war sich bewusst, dass er in dem Moment arrogant wirkte, hatte jedoch keine Ahnung, wie er das ändern konnte und so sagte er nur hölzern: „Gibt es noch etwas zu besprechen?“ Und um irgendwie noch Herr der Situation zu sein, wollte er etwas Freundliches hinzufügen, aber sie kam ihm zuvor: „Hania, ich weiß, dass es dir manchmal schwerfällt, Entscheidungen zu treffen, aber davonlaufen, wie dein Vater es früher ebenfalls tat, ist nicht die Lösung und ich habe dir nur sagen wollen, dass du nicht allein bist und ich dich gerne berate und unterstütze.” *Geflochtene Zöpfe* sprach mit einer Stimme die Freundlichkeit und Hilfe wiedergeben sollte, aber Hania kannte sie inzwischen gut genug, um nicht die unterschwellige Kritik herauszuhören.

Wut stieg in ihm auf. Er hatte nicht vorgehabt, davonzulaufen, sondern einfach nur in der Stille des

Waldes zu sich zu kommen. Aber nun wollte er nicht mehr darüber nachdenken. Und irgendwie war er auch froh, dass sie da war. Denn zumindest in dem Moment war er nur verwirrt und auch wenn er natürlich wusste, dass sie mit den Wölfen ein Problem hatten, konnte er sich nicht genau daran erinnern. 'Sollen sich die alten Frauen und Männer aus dem Gesetzteskreis damit herumschlagen', dachte er grimmig, aber insgeheim war er in Sorge, dass der Ausschluss Minahas aus dem Nord Clan beschlossen werden könnte. 'Ich muss mich erinnern', sagte er sich, ' damit ich heute nicht nur wie ein junger unwissender Grünschnabel da stehe, sondern eventuell sogar irgendetwas für Minaha tun kann'.

Seine Mutter hatte ihm früher alle möglichen Geschichten abends erzählt. Geschichten darüber, wie die Welt entstanden war, über die wichtige Aufgabe des kleinen Volkes, das die Erde vorbereitet hatte, damit die Menschen darauf leben könnten und die Geschichten eines Clans. Aber es war lange her und an viele Geschichten konnte er sich nicht mehr erinnern.

Manchmal erzählte ihm und seinem Bruder auch sein Vater Geschichten. Sie handelten von der Jagd, vom Kampf mit Bären, von Hungersnöten, von Flussströmungen, von Kriegen mit anderen Stämmen. Jetzt, wenn er darüber nachdachte, gab es nur eine Geschichte, die sowohl sein Vater als auch seine Mutter ihm, seinen beiden älteren Schwestern und seinem kleinen Bruder erzählten, nämlich die: Wenn man selbst Geschichten erleben wollte, dann musste man wach sein beim Einschlafen. Das bewusste Einschlafen war wichtig, damit man im Traum wach war, sagte sein Vater immer und immer wieder. Aber es war seine Mutter, die ihm abends über seine Augen strich, während sie immer dasselbe Lied sang:

“Schlaf, mein Sohn, schlaf, das Leben ist ein Traum.
Träume, träume, der Traum ist das Leben.
Schlaf mein Sohn schlaf, Schließe die Augen, wach auf.
Atme Leben ein, lass dir die Seele nicht rauben
lass die Schleier des Vergessens und lauf
Folge den dunklen Wegen des Traums, wach auf
Schlaf mein Sohn, schlaf, lass gehen den Tag, sieh mit klaren Augen
Die Erde ist ein flüchtiger Schatten. Glaube kein Wort
Schlaf mein Sohn, schlaf, das Leben ist ein Traum und kein Ort”

Sein ganzes Leben lang hatte er dieses Lied im Kopf und es war mit ihm jeden Abend, wenn er die Augen schloss. Er hatte diesen Satz, dass man wach einschlafen und schlafend aufwachen müsste, nie vergessen. Zuerst versuchte er mit offenen Augen einzuschlafen, was ihm jedoch nur tränende Augen und Wut einbrachte. Er dachte an die Worte seiner Mutter und ihre Warnungen, dass er nie zulassen sollte, dass ihm jemand im Schlaf die Augen öffnete, weil sie vielleicht nicht wüssten, wann es Zeit für ihn sei, wieder aufzuwachen. Solange sie lebte, hatte sie immer dafür gesorgt, dass niemand ihn wecken würde. Er konnte sich auch nicht erinnern, ob sie auch seinen Geschwistern abends die Hände auf die Augen legte. Sie verknotete abends die Bänder der

Eingangsluke, damit niemand eintreten konnte und hatte seine Schlafnische im hintersten Eck des Zeltes angelegt. Morgens ließen sie ihn so lange schlafen, wie er wollte. Keiner weckte ihn jemals. Später bei seinen Verwandten, hatten er und sein Bruder auch dort die Schlafecke in einem versteckten Winkel bekommen. Hania fragte sich in diesem Moment, ob seine Verwandten so dachten wie seine Mutter, nämlich dass vor allem er nicht geweckt werden durfte oder ob es auch für seinen Bruder galt oder es einfach aus Versehen passiert sei. Oder durfte niemand aus seinem Clan im Schlaf aufwachen? Er konnte sich nicht erinnern ob jemals jemand in seinem Clan geweckt worden war. Abends hatten sie immer den folgenden Tag besprochen, dann ging er schlafen und alle waren morgens wach. Das gemeinsame Aufwachen war für ihn so selbstverständlich wie das Atmen. 'Ich werde Tante Onawa fragen, was es damit auf sich hat', dachte er.

Seine Mutter starb, als er noch klein war. Einige flüsterten, dass ein böser Traum wahr geworden war und andere bestanden darauf, dass sie einen gewöhnlichen Tod durch einen unversöhnlichen Winter erfuhr. Nach ihrem Tod kamen Jahre, an die er sich nicht erinnerte. Er und seine Geschwister waren in das Zelt seiner Tante Onawa gezogen und wuchsen dort auf. Sein Vater war für eine Zeit lang nach ihrem Tod in sich versunken, ein Nebel hatte sich über ihn gelegt. Zuerst für wenige Stunden und Tage, dann jedoch immer länger war er im Wald unterwegs. Hania hatte tagelang auf einem Felsen in der Nähe des Dorfes auf ihn gewartet. Seine Tante schickte jeden Abend seinen kleinen Bruder, um ihn zu holen. Wenn sein Vater zurückkam, nahm er ihn in seine Arme und schweigend standen sie oft einfach da. Er sei jagen gegangen, hatte er bei seiner Rückkehr immer gesagt. Und anfangs brachte er auch immer Fasane, Truthähne, Hasen oder sogar größeres Wild mit. Aber mit der Zeit wurden seine Aufenthalte im Wald immer länger und er brachte nur mehr hin und wieder Fleisch nach Hause. Als der Sommer in den Herbst überging und der erste Schnee den Wald unter sich begrub, war er eines Tages nicht mehr von der Jagd zurückgekommen. Hania ging noch jeden Abend zu dem Felsen, um auf seinen Vater zu warten, aber er war nicht wiedergekommen. Es war schwer, ohne eine Mutter aufzuwachsen, aber einen Vater zu haben, der seine Kinder verließ, war etwas, was sich in sein Herz gefressen hatte und ihn dort, wie eine schwelende Wunde, nicht zu Ruhe kommen ließ.

Wie oft hatte er von seiner Mutter geträumt, als sie noch lebte und als sein Vater noch mit ihnen im Clan lebte. Der Traum, der ihn seit seiner Kindheit verfolgte, war inzwischen Teil von ihm, half ihm an die Oberfläche, wenn er morgens aufwachte. Immer und immer wieder träumte er es: Das Glitzern des Schnees, als er durch den Wald ging. Es war ein langer und bitterer Winter gewesen, aber seine Mutter sagte immer, wenn der Frühling käme, würden sie zu Hause sein. Als er weitertrottete, konnte er sie dort gemeinsam mit seinem Vater am Ende des Weges stehen sehen, während sie auf ihn warteten. Der Schnee um sie herum schmolz, als wäre an diesem Tag endlich der Frühling gekommen, nur um ihn zu begrüßen. Er rannte, um sie beide zu umarmen. Während ihre Wärme in seine Knochen sickerte, verschwand die Kälte wie von Zauberhand. Hania atmete tief durch. Er hatte Menschen in seiner Nähe, die ihn liebten, aber sie konnten nicht verstehen, was es bedeutete, seine Mutter so früh zu verlieren und seinen Vater die Weiten der Wälder durchstreifend wissend, bis auch dieser den Weg nicht mehr zu ihm zurückkam. Bei dem Gedanken an seine Aufgabe als Häuptling die Frage des Tabubruchs zu klären und dabei Minaha zu schützen, kehrte er wieder in die Realität zurück. *Geflochtene Zöpfe* wusste sicher die genaue Vorgehensweise bei einem solchen Tabubruch und so siegte zuletzt sein Verantwortungsbewusstsein und Neugierde über den Stolz. Seine Güte für sich, das Volk und die zu bewältigende Aufgabe kamen zum Zuge. Er konnte, als sie beim Ratszelt angekommen waren, schon wieder ruhig und ehrlich bezeugen, dass er gerne die ganze Geschichte rund um die Wölfe hören wollte.

Er sah Clanmutter am Eingang und hinter ihr dachte er, etwas sich im Schnee bewegen zu sehen. Hania kniff seine Augen zusammen und konnte zwei Haarschöpfe erkennen: einer war weiß und der andere schwarz. Er musste nicht lange überlegen, um zu wissen um wen es sich handelte. „Geht ihr schon voran, ich komme gleich", sagte er gleichmütig zu Clanmutter und *Geflochtene Zöpfe*. Als sich hinter ihnen die Luke wieder schloss, wollte er gerade auf Elan und *Silberhaar* zugehen, als der Häuptling des Raben Clans, *Scharfes Auge* mit seiner Frau *Törichtes Schicksal*, aus dem Nichts auftauchten und fast über die beiden Jungen stolperten. „Na, wen haben wir denn da!“ rief *Törichtes Schicksal*, freudig über ihren Fund. *Scharfes Auge* wollte sich schon bücken und die beiden am Kragen aus der Vertiefung fischen, als diese schnell aufsprangen. „Ach da seid ihr ja!“, rief nun Hania, “ich habe auf euch gewartet, warum liegt ihr im Schnee?” Hania eilte ihnen entgegen. *Scharfes Auge* und *Törichtes Schicksal* sahen ihn misstrauisch an, aber Hania entschied, darauf nicht einzugehen und schubste Elan und *Silberhaar* vor sich her ins Zelt. Er drehte sich nur kurz um und fügte hinzu: „Elan muss als Zeuge dabei sein, immerhin hatte er erst heute Morgen Kontakt mit einem Wolf oder eben einem Shung.“

Das Ratszelt war eigentlich kein Zelt, sondern eine richtige Lodge. Die wichtigsten Versammlungen, Hochzeiten, Jahreszeiten-Zeremonien, Feierlichkeiten generell und die Gesetzeskreise wurden hier abgehalten. Die Zeltwände der Seiten konnten angehoben und mit Ästen gestützt werden, um bei schlechtem Wetter mit Fellen bedeckte Ausbuchtungen zu kreieren. Somit wurde mehr Raum geschaffen, wenn, wie vor allem bei großen Festen, alle

Clanmitglieder Platz suchten. Aber heute waren wenige gekommen. Sie hatten Angst, mit Minhana im selben Zelt zu sitzen und dabei eventuell die Wut der Ahnen und des großen Geistes auf sich zu ziehen. Gleich neben der Tür saß seine Großmutter, Pohawe und sein Bruder Ahiga. Daneben Minaha, Clanmutter, *Himmelswurzel*, dessen Mutter, die Zauberin *Windige Höhe* und seine eigenen beiden Schwestern hatten es sich auch nicht nehmen lassen dabei zu sein. Hinter *Himmelswurzel* konnte er zwei, drei Mitglieder des Specht Clans sehen, bunt gekleidet und begleitet von mehreren Mitgliedern des Kleinen Volkes, die auf einem Ohrschmuck wippten oder Zopfbänder neu knoteten. Geschäftigkeit, Zufriedenheit und Arbeitswille strahlte die kleine Gruppe und die der Spechte aus. In sicherem Abstand hatte sich der Häuptling der Schneegänse, Kaga, aufgebaut. Er war der Älteste im Raum und dennoch konnte es keiner mit ihm in Punkto Haltung oder Konzentration aufnehmen. Der Blick seiner graublauen Augen ließ keinen Zweifel aufkommen, dass er sah. Er sah nicht nur die Bewegungen, die Menschen, die Geschichten. Er sah auch in den Menschen hinein und manchmal darüber hinaus. Er wurde nicht allzu gerne zu geselligen Essen eingeladen, denn er war kein angenehmer Gast wegen seines alldurchdringenden Wesens, aber wenn es darum ging wichtige Entscheidungen zu treffen, war es undenkbar, das ohne ihn zu tun. Seine Entscheidungen für seinen Clan basierten auf Logik, Erfahrung und einem überlegenen Geist. Seine Frau *Geflochtene Zöpfe*, die als Älteste den Gesetzeskreis leitete, war ihm kein Gegenpol, sondern eine Verstärkung. Sein Geist war wie ein Blitz und sie verstand es, ihn in Zusammenhang mit der Vergangenheit, der Gegenwart und der Zukunft zu bringen. Nicht, dass sie seine Regeln damit aufweichen würde, nein, sie brachte diese in eine Verbindung, verknüpfte sie mit den Mythen nicht nur des Schneegans Clans, sondern mit denen aller anderen Stämme.

Nichts entging ihr, nichts vergaß sie, nichts wurde toleriert oder verziehen. Gemeinsam waren sie unbesiegbar, denn gegen Logik, Gedächtnis und tiefe Weisheit kam kaum jemand an. Die Mitglieder ihres Clans achteten und fürchteten sie zugleich. Der Clan gedieh, hielt sich aus unsinnigen Streitigkeiten heraus, war immer vorbereitet auf jede Jahreszeit, jede Situation. Sie liebten die Jahreszyklen, achteten die Rituale mit Respekt und Liebe und luden, wenn sie zusammen waren, mindestens einmal das ganze Dorf zu einem Festessen ein. Zu diesem kamen auch alle brav und gesittet, hatten sorgfältig zurecht gemachte Kleidung an, fehlerfrei angelegten Schmuck und jedes einzelne Haar war an seinem Platz wie sonst das ganze Jahr über nicht. Alle bemühten sich freundlich und dankbar zu sein, machten Komplemente über die Sorgsamkeit und Fülle und dennoch brauchte es immer einen Schluck Wasser, um das gute Essen durch die verengten Kehlen zu pressen ob der Stimmung, die herrschte.

Die Mitglieder dieses Clans hatten immer genügend Vorräte, um auch längere Hungersnöte zu überwinden.

Aber kaum jemand wandte sich an sie, um nach Hilfe zu bitten, denn diese wurde zwar immer angehört und erörtert, aber selten auch bewilligt. Und sollte man das Glück gehabt haben, Hilfe zu bekommen, musste man diese schwer bezahlen. Entweder durch mühselige, langwierige Arbeit und das ganze unter Augen, die jeden Schritt und jede Bewegung ausdruckslos kontrollierten oder in dem man es doppelt und dreifach zurückzahlen musste. Daher ließ sich kaum jemals jemand darauf ein - solange es nicht von absoluter Not war - sich an sie zu wenden. Überhaupt blieben sie - abgesehen von den jährlich organisierten, wohltätigen Einladungen - meist einfach unter sich, denn alles was über das Handeln, das Rechnen, das Wirtschaften, das Organisieren des Alltagslebens oder das Einhalten der Gesetze hinausging, wurde als minderwertig, als chaotisch oder sogar als gefährlich eingestuft. Zum Glück waren sie zu sehr damit beschäftigt, jede Regel in seine Einzelheiten zu zerlegen und zu beleuchten, die Zeltwände auszubessern, wo nichts zum Ausbessern war, die Vorräte immer wieder zu ergänzen und zu ersetzen und über die Fehler der anderen Stämme ausgiebig und gut argumentiert herzuziehen, als dass sie bemerkt hätten, dass nur selten Vögel über ihre Köpfe flogen, auf ihrem Boden nur die schrulligsten oder selbst unsympathischsten Außenseiter des kleinen Volkes ihre Füße setzten und die Kinder der anderen Clans einen großen Bogen um sie machten. Ordnungsliebe und Ernsthaftigkeit waren hier nicht Ziel, sondern Alltag und durchdrang jede Faser jedes Zeltes. Natürlich lachten auch die Schneegänse hin und wieder, auch sie saßen zusammen und kicherten darüber, dass sich einer von ihnen beim Zählen der Jahrestage vertan hatte oder eine Tochter das Ornament in Ocker anstatt in Rot gestickt hatte, erzählten sich Geschichten, aber sie taten das auf ihre Art, nach ihren Gesetzen und hatten kein Verständnis dafür, wenn sich jemand nicht an diese ungeschriebenen und dennoch unumstößlichen Gesetze richtete.

Auch hier in der Lodge war der Anblick der beiden Schneegänse einerseits erhaben und das Geordnete und Korrekte sollte einen erfreuen, aber dem war nicht so. Die Luft um sie war zu kalt, zu starr, zu unmenschlich, als dass man Freude hätte empfinden können. Die Ornamente auf den ordentlichen Kleidern waren zu präzise, zu strategisch abgestimmt, zu eindeutig kalkuliert, die Federn auf den Häuptern zu mathematisch aufgereiht. Der Anblick war schön, aber es war nicht ergreifend: er öffnete nicht, sondern legte einen Ring ums Herz. Man musste sich selbst daran erinnern zu atmen und dass das Leben einem wohlwollend gegenüber war, um nicht der Verzweiflung anheim zu fallen, dass alles nur ein großer Plan sei, dem man mit seinem Leben nichts als ein weiteres kleines, reguliertes aber sinnloses Teilchen hinzufügte.

Die Mitglieder des Raben Clans kauerten in Grüppchen der Zeltwand entlang. Sie waren neben dem Donnervogel Clan die zahlreichsten. In der Dunkelheit konnte man sie kaum auseinanderhalten, nur der Häuptling *Scharfes Auge* und *Zwielicht*, die *Älteste* saßen vorne neben dem Feuer. Auch *Schattenjäger*, der Zauberer des RabenClans war anwesend. Normalerweise hielten Zauberer sich fern von den Dingen des Alltags aber das Thema der Wölfe und der Verdacht, dass es sich nicht um gewöhnliche Wölfe, sondern um Shungs handelte, war offensichtlich wichtig genug, um sogar den Zauberer der Raben herbeizulocken. Und auch wenn die Raben sich grundsätzlich an keine verständlichen Regeln hielten, war es etwas Außergewöhnliches, dass er Zauberer anwesend war.

Er saß auch nicht, im Schneidersitz auf einem Fell wie die anderen, sondern lag, der Länge nach hingestreckt quer durch die Mitte des Raumes, den Rücken der Menge hinter ihm zugewandt, den Kopf in Richtung Ausgang, gerade weit genug vom Feuer entfernt, um nicht angesengt zu werden. Die ganze Versammlung hindurch bewegte er sich nicht. Er lag da jedoch nicht entspannt, sondern steif wie ein Stock. Wie immer war er behängt von Taschen und Beuteln, den Kopf verdeckt von einer Holzmaske, die schwarz gefärbt und mit Federn geschmückt den Kopf eines Raben darstellte. Auch Finger und Füße waren mit Krallen besetzt und so lag er dort in der Mitte des Raumes langgestreckt wie ein im Winter steif gefrorenes Tier, das man neben das Feuer legte, um es anzutauen und danach zerteilen und verspeisen zu können.

Der Häuptling schien die absurde Position des Zauberers hinzunehmen saß entspannt neben *Zwielicht*, seine nackten Füße in den Rücken des

Zauberers gestemmt und blickte neugierig und ausgiebig in die Gesichter der Anwesenden. Dass er den Namen *Scharfes Auge* trug, war immer wieder Thema langer Winternächte. Denn in Wirklichkeit war er fast blind. Sein linkes Auge schaute dich zwar trübe an, das rechte hingegen hing wackelig und unruhig am unteren rechten Augenrand und es schien so, als ob dieses irgendwohin und nirgendwohin blickte. Zudem verschwand diese schwarze Pupille einfach hin und wieder. Man versuchte herauszufinden, wann dies geschah und wohin dieses Auge denn im Augeninneren blicken konnte! Aber er gab keine Erklärungen dazu ab und auch seine Frau *Törichtes Schicksal*, die ansonsten sehr gerne und viel sprach, hielt dazu ihren Mund. Und dennoch machte man sich nicht lustig über *Scharfes Auge*, denn etwas sah dieses Auge und meistens sah es Dinge und Geschehnisse, die von Bedeutung waren. Wenn sein rechtes Auge wieder einmal auf Wanderschaft war - wie andere es hinter vorgehaltener Hand tuschelten - kam es nicht selten mit Meldungen aus dem Totenreich zurück: Menschen, denen man verzeihen soll, Gräber, die nicht geehrt wurden, Totemtiere, die nach Zeremonien verlangten, Ahnen, die sich nach Rache sehnten. Aber auch Geburten, die bevorstanden, Ehen, die geschlossen werden wollten und Kriege, die vermieden werden konnten. Wenn *Scharfes Auge* sprach, machte es oft keinen Sinn, man verlor den Faden und auch wenn man versuchte Zusammenhänge zu erkennen, verlor man sich in Winkeln, Schluchten und dubiosen Höhen seiner Geschichten. Am Schluss, wenn er fertig gesprochen hatte und sich mit seinen – im Bestfall – beiden Augen erwartungsvoll oder pathetisch wichtig umblickte, traf er auf eine Masse an Verwirrung oder Unmut. Manchmal war da auch einfach niemand mehr. Und so hatte er im Laufe der Zeit begonnen mit sich allein zu sprechen, denn zumindest er selbst konnte sich verstehen und also auch antworten.

Zu *Zwielicht* kann man nicht viel sagen. Sie war wie ein zugespitzter Schatten, der dort zuhause war, wo sonst niemand freiwillig einen Fuß setzen würde. Sie hielt nie still, schlich dahin und hierhin, holte, brachte, übergab, putzte, braute und schwieg. Jeder Akt ein wichtiger Akt. Nichts aus Versehen und dennoch von außen betrachtet unverständlich. Sie konnte Gedanken lesen und man wusste nicht, ob man das wollte. Denn von der Ferne machte sie Angst, in ihrer Nähe wollte man mehr davon, von diesem Meer an Weisheit, an Tiefsinn und Unabwehrbarem. Dann wieder schüttelte man sich und es graute einem, aber dann war es meist zu spät. Im Dorf tuschelte man, dass der Zauberer ihr Geliebter sei und dass er eigentlich nur über sie Kontakt mit der Geisterwelt hätte. Das sei auch der Grund, warum das Auge des Häuptlings manchmal so entrüstet von seinen Reisen zurückkäme. Einmal soll es gesehen haben, wie *Zwielicht* dem Zauberer geholfen habe wieder in das Land der Menschen zurückzukommen, als dieser zu viel Pilzstaub in seinen Tabak gemischt hatte.

Den Rest der Lodge füllten die Mitglieder des Donnervogel Clans aus. Nachdem die Lodge zu ihrem Clan gehörte, in ihrem Gebiet stand und sie zudem generell die Rolle der Entscheidungsträger der

Nordstämme innehatten, ließ es sich keiner von ihnen entgehen, dabei zu sein. Sie waren auch die Einzigen, die das von Seiten der anderen Stämme selten genützte Privileg, die Kinder mit zu Versammlungen mitzunehmen, ohne auch nur zu fragen, in Anspruch nahmen. Nur ihr Zauberer, der greise Otetiani, war nicht anwesend.

„Wir Menschen haben den freien Willen!", Clanmutter wartete eine Sekunde, um auch noch das letzte Rascheln in den Ecken verstummen zu lassen. Sie blickte in die Runde und ihre Augen blieben an Mitgliedern des Donnervogel Clans hängen, wie jedes Mal mehr irritiert als verwundert, wie etherisch und seltsam die Mitglieder dieses Stamms waren. Normalerweise überragte sie alle Menschen um mindestens zwei Köpfe, aber vor allem die Donnervogelmänner reichten ihr fast bis zur Augenhöhe. Vielleicht war es diese Tatsache - dass sie ihr in die Augen blicken konnten - dass sie auch sonst weniger Respekt und Ehrfurcht ihr gegenüber an den Tag legten. 'Wie die Größe eines Menschen auch seine innere Haltung beeinflussen kann', dachte sie gerade, als neben ihr ein Atem auffiel, der aus der Reihe viel. Es war *Himmelswurzel*, der neben Minaha saß und offensichtlich damit zu kämpfen hatte, seine Position des Beschützers einer wunderschönen Tabubrecherin mit entsprechender Würde auszufüllen, wohlwissend, dass die Aufmerksamkeit der Anwesenden sich auf Clanmutter und Minaha verteilte. Er hatte als Häuptling des Specht Clans den niedersten Rang unter den Häuptlingen dieser Zusammenkunft.

Die Mitglieder der anderen Stämme sprachen normalerweise nur sehr selten mit einem Specht, nur der Stamm der Donnervögel hatte aus unerfindlichen Gründen kein Problem mit den Mitgliedern des Specht Clans. Und nun hatte Clanmutter ihn und nicht Hania gefragt, Minaha in das Ratszelt zu führen. Für Hania war das sicherlich kein Problem, oder zumindest keines, das ihm den Schlaf rauben würde. Sie sah wie Hania mit geradem Rücken da saß und mit undurchschaubarer Miene darauf wartete, dass sie beginne. Kurz lächelte sie ihm zu, dann fuhr sie fort: „Den freien Willen besitzt auf diesem Planeten nur der Mensch. Alles andere hat Geist, lebt, ist ein Bruder, eine Schwester, hat aber keinen freien Willen. Ein Fuchs kann nicht entscheiden, ob er eine Ameise oder ein Adler sein will. Er lebt in Harmonie mit der Welt, kann auch schlau sein, wie ein Rabe, aber er kann nicht denken wie ein Mensch, er kann nicht frei entscheiden. Wir Sternenvölker und ihr Menschen, wir können das! Als meine Vorfahren vor hunderten von Jahren entschieden hatten, den damals noch sehr primitiven Zweibeinern, die auf diesem wunderschönen Planeten lebten, den Weg zu bereiten und uns mit ihnen zu vermischen, haben die Nachkommen all unsere Fähigkeiten vererbt bekommen. ‘Hatten die Zweibeiner keinen freien Willen?’, könnte man fragen. ‘Die Antwort ist: Nein!’ Sie waren noch Tiere. Nur ein sehr gut entwickeltes Tier auf zwei Beinen. Dieses Menschen-Tier beziehungsweise dieser Zweibeiner konnte schon Werkzeuge erstellen, um sein Leben zu erleichtern, wie der Affe oder manche Raben, aber das war es auch schon. Er war noch nicht fähig sich aus freien Stücken heraus zu entscheiden und in den Kreis von Karma und Dharma einzutreten. Aber ich will auf den Punkt kommen. Denn eigentlich wollten wir ja von den Wölfen sprechen. Also, der Mensch kann entscheiden und diese Fähigkeit kann Segen bringen und Verderben. Denn alle anderen Bewohner dieser Erde, Tiere, Pflanzen, Steine, das Meer, die Luft und das Feuer müssen nicht entscheiden. Alles bildet eine in Millionen von Jahren entwickelte Harmonie. Sie stärken sich gegenseitig und bilden mit der Erde eine Einheit. Wir und ihr jedoch wir müssen lernen, mit uns und der Welt in Harmonie zu leben. Es ist uns nicht in den Schoss gelegt. Denn unser tierischer Anteil will überleben. Dieser Anteil kann keine Schwächen zugeben, denn im Tierreich wird man dafür sofort als letztes Glied der Futterkette eingereiht, als nicht wichtig für das Überleben der Art. Wie oft seht ihr im Frühling, wie ein Vogeljunges, das nicht gleich am Anfang - kaum aus dem Ei geschlüpft - einen Vorteil gegenüber seinen Geschwistern erkämpft hat, nach ein paar Tagen oder Wochen als verhungertes Gerippe aus dem Nest befördert wird. Da wird nicht diskutiert und nachgedacht wer, wie und ob es einen Wurm bekommt. Es geht um das nackte Überleben. Tiere haben auch Mitgefühl, kennen auch Freundschaft, Liebe und Trauer, aber dem Gesetz des Lebens entkommen sie nicht. Wir Menschen haben eine Sonderstellung. Wir haben ausgeprägte Eigenschaften wie Mitgefühl, Verständnis, Humor, Ironie. Wir haben ein Sinn für Gerechtigkeit und Schönheit. Aber wir haben eben auch Neid, Missgunst, Gier, Hass, Schuldgefühle oder Wut. Wir leiden an der Welt, fühlen uns ausgeschlossen, missachtet, nicht anerkannt und so weiter. Ihr wisst, wovon ich spreche, richtig?" - Sie sah in die Runde. Doch weiterhin hatte sie einen Kreis von ungefähr dreißig schweigenden Männern und Frauen und dazwischen ein paar Kindern, die keinen Mucks von sich gaben, um sich geschart. Und auch wenn es so schien, als ob ihr alle ihre Aufmerksamkeit schenken würden, war in dem Eck der Donnervögel eine Überheblichkeit zu spüren, die schon fast greifbar war: manche Augenbrauen waren zu sehr gewölbt, manche Mundwinkel standen im radikalen Gegensatz zu den Augen, die Interesse heuchelten. Die Raben hingegen wurden unruhig, manch einer gähnte ausgiebig und begann sich zu kratzen und heimste sich dafür einen bösen Blick einer Schneegans ein. 'Ich befürchte, ich bin langweilig geworden. Ich werde in Zukunft weniger predigen', dachte Clanmutter.

Sie unterdrückte den Wunsch tief durchzuatmen und fuhr entschlossen fort: "Es ist dieser Anteil, dieser...nennen wir es menschliche Anteil, der uns so oft den anderen als Feind betrachten lässt, unsere Geschwister als Konkurrenz, die anderen Stämme als weniger ebenbürtig ... " - sie ließ hier absichtlich kurz eine Pause entstehen - "...betrachten oder sie als falsch, hässlich, unwürdig zu bezeichnen. Der Mensch ist ein Wunder seiner Schöpfung und eigentlich eins mit allem und jedem. Aber all das wisst ihr sowieso schon und so will ich nun endlich zu dem Wolf kommen. Alle Mitglieder aller Stämme können sich in das Totemtier des Clans verwandeln und nun kommt der wichtige Punkt: sie können sich auch wieder zurückverwandeln!" Im Raum wurden Füße bewegt, eine leichte Brise bewegte den Vorhang aus Arroganz und Abneigung bei den Donnervögeln und die zur Schau gestellte Langeweile der Raben wich einem gewissen Interesse. Blicke wurden getauscht. Clanmutter, froh über das erwachte Interesse, fuhr fort: „Vor vielen, vielen Jahren nun verliebte sich ein Zauberer des Wolfs Clan in eine Frau. In die Frau eines anderen. In eine Frau aus dem Adler Clan, die einen Mann aus dem Wolfs Clan geheiratet hatte. Der Zauberer betete, er zog sich zurück, er sprach mit den Ahnen. Kurz, er tat alles um diese Liebe, diese Leidenschaft in sich zu töten. Aber sie zerfraß ihn. Er konnte keine Zeremonie ausführen, keine Heilung vollbringen, denn seine Energie war pures Feuer. Er verbrannte sich mit seiner Lust. Jeden Abend schlich er zu ihrem Zelt und lauschte durch die Zeltwand, wenn sie mit ihrem Mann lachend beim Feuer saß. Wenn er sie tagsüber zufällig traf, grüßte sie ihn nur flüchtig. Es war, als ob sie ihn nicht sehen könnte. Einmal machte er ihr ein Geschenk, einen seltenen Kristall, den er von einem Zauberer des Südens bekommen hatte. Sie kam zu ihm, weil sie Kräuter für ihren Mann brauchte, und er gab ihr die Kräuter und den Kristall. Sie nahm den Kristall in die Hand, sah den Zauberer an, sah wie er zitterte und ihr kaum in die Augen schauen konnte. Als sie sich umwandte und gehen wollte, hielt er kurz ihre Hand fest und kniete sich, die Augen nicht von ihr lassend, vor sie hin. Als später eine Frau und noch später ein Junge bei ihm Hilfe suchen wollten, war er nicht ansprechbar, dafür immer noch kniend am Boden, die Hand, die sie berührt hatte an sein Gesicht geschmiegt, vorgefunden worden.

Im Dorf begann man zu tuscheln, es kam weder am nächsten noch am übernächsten Tag jemand zu ihm um eine Medizin, eine Vermittlung mit der Anderswelt zu erbitten. Aber er merkte es nicht einmal. Zwei Tage später fand er den Kristall im Eingang seines Tipis wieder. Sie hatte verstanden und abgelehnt. Die ganze Nacht brütete er vor dem Kristall, roch an ihm, leckte ihn ab, legte ihn an seine Wangen, sog den Gedanken, dass sie ihn in ihren Händen getragen hatte und vielleicht sogar mit in den Schlaf nahm, in sich auf. Er hatte die ganze Nacht nicht geschlafen, Tränen rannen ihm über sein altes Gesicht, ein tiefes gemartertes Seufzen begleite jeden Atemzug und wiederum brannte seine Seele vor Schmerz. Die Nacht war fast zu Ende und im Osten verlor der Himmel an Substanz, als er es nicht mehr aushielt und fiebernd in den Wald taumelte, um sich an der frischen Luft die Nachtgespenster auszutreiben.

Der Vollmond stand noch am Himmel und es begannen Moose und Farne im ersten Morgengrau zu erwachen, es roch harzig und tief. Noch war jedes Wesen prall voll, von der Dunkelheit der Nacht und wartete still und geduldig auf den Tag. Und da hörte er es. Erst leise, dann nahm es Form und Klarheit an. Ihm wurde kalt. Es war ein Flüstern. Er hielt den Atem an und schlich sich leise in Richtung des Geräuschs.

Es war das Liebesgesäusel eines Paares. Er kam näher und sah, wie die Frau, die ihm, seit vielen Monden den Schlaf raubte, wenige Meter entfernt zwischen den Farnen von einem Mann umarmt wurde. Als er genauer hinsah, sah er, dass es nicht ihr Ehemann war, sondern ein anderer, jüngerer Mann: Er kannte ihn: es war der Geschichtenerzähler des Wolfs Clans. Sie hatte einen Geliebten!

In dem Moment atmete er ein und beim Ausatmen verließ ihn der letzte Rest an Menschlichkeit. Er verwandelte sich in einen Wolf, sprang auf das Paar zu, verbiss sich in das Bein des Mannes, schleuderte ihn von ihr weg, sprang zu ihm und stellte sich über ihn. Er war in Rage und hörte nicht den Schrei der Frau, sah nicht, wie sie davonlief. Er war der Tod. Er biss in die Brust des Mannes, riss das Herz heraus und fraß es. Kein anderes Herz durfte die Liebe dieser Frau spüren! Alles was die Frau berührt hatte, musste von der Erdoberfläche verschwinden. Im Blutrausch wollte er den Mann verschlingen, als er aus dem Dorf Geschrei hörte und verschwinden musste. Als am Ende dieses mit Weinen und Klagen verbrachten Tages, die Mitglieder des Clans sich in ihre Felle legten, war es das letzte Mal, dass sie dies als Menschen taten. Am nächsten Morgen wachten sie als Wölfe auf. Der ganze

Clan musste für die Tat des Zauberers büßen und mit dem Tod des Geschichtenerzählers hatten sie die Möglichkeit, sich zu erinnern, verloren. Sie ließen das Lager hinter sich und stürmten in die Wälder. Seitdem gibt es keine Menschen des Wolfs Clans mehr. Sie leben als Wölfe, große Wölfe, die wir Shung nennen, in der Wildnis und ziehen durch die Wälder als todbringende Schattenwesen."

Ein Schweigen hatte sich schon seit längerem in dem Zelt ausgebreitet. Kaga öffnete nun den Mund, blickte anklagend in Richtung Hania und Minaha und fuhr mit drohender Stimme fort: „Seitdem vermeiden alle Stämme von Norden bis Süden sowie von Westen bis Osten, die Wölfe. Wir gehen ihnen aus dem Weg, wollen nichts mit ihnen zu tun haben. Denn auch wenn die Shungs größer als die gewöhnlichen Wölfe sind, kann man, wenn man meint, einen gewöhnlichen Wolf vor sich zu haben, nicht sicher sein, dass man einfach einen Wolf vor sich hat. Somit sind sie eines der größten Tabus unter uns. Denn wenn du einen Wolf tötest, woher weißt du, dass du keine alte Frau, kein Kind, keine Mutter, keinen Krieger getötet hast? Schweres Karma lastet auf ihnen. Schauen wir uns zum Beispiel an, was mit der Frau, die all das Elend verursacht hatte, geworden ist. Clanmutter, du weißt, was ich meine: Sie war aus dem Adler Clan und wo steht dieser heute?" Ein Raunen ging durch die Reihen. „Genau", fuhr Kaga fort, "es gibt ihn nicht mehr. Seit vielen Wintern ist kein einziges Mitglied aus dem einst so mächtigen Clan mehr gesichtet worden. Und warum? Nur weil eines ihrer Mitglieder einen

Geliebten hatte, einen Zauberer missachtete und Teil eines Tabubruches war!" Kagas Stimme zitterte vor Wut und im Zelt wurden wütende Rufe laut, dass es ihnen allen so ergehen würde, wenn sie nun keine kluge und klare Entscheidung treffen würden. Kaga blickte herausfordernd in Richtung Hania. Er ließ sich Zeit, um die nächste Frage zu stellen. Erst als wieder Stille eingekehrt war, fuhr er fort: „Die Frage ist nun, wie wird der Vorstand unserer Stämme, damit umgehen?" Die letzten Worte kamen mit deutlicher Verachtung und langsam richtete er seinen Zeigefinger auf Hania.

Alle Augen wanderten augenblicklich zu Hania, Minaha und Elan, der den Welpen in seinen Schoss gelegt hatte und versuchte so unscheinbar wie möglich neben Minaha zu sitzen. Ein Murren machte sich breit und der leise Unmut begann sich zu einem Berg aufzubauen. Hania richtete sich auf und seine leise Stimme konnte anfänglich den Lärm nicht übertönen, aber er fuhr unbeirrt fort: „Ich danke dir Clanmutter, uns an diese alte Geschichte erinnert zu haben und Kaga, ehrwürdiger Häuptling, uns die eventuellen Konsequenzen vor Augen zu halten, auch wenn ich das Verschwinden des Adler Clans nicht in unmittelbare Verbindung mit dieser missglückten Liebesgeschichte bringen würde", sagte er leise und beobachtete aus den Augenwinkeln, wie manch einer im Raben Clan die Augen verdrehte. Er ließ sich jedoch nicht verunsichern und fuhr fort: „Wir kennen Minaha. Sie ist keine Fremde. Sie ist die Tochter von Raku, einer hochangesehenen Schwester des Falken Clans, ..." „Der wie immer seine Interessen über das der anderen stellt und sich daher diesmal lieber nicht unter das gemeine Volk mischt, um sich keinen Schnupfen zu holen!", fügte *Törichtes Schicksal* laut genug hinzu, dass nicht nur ihr Mann es hören konnte. Hania fuhr unbeirrt fort. Jetzt, da er angefangen hatte zu sprechen, kam seine Sicherheit wieder zurück. „ ..ihr Vater vom Möwen Clan ..." „der seltsamerweise auch nicht hier ist.", fügte wiederum *Törichtes Schicksal* mit rollenden Augen hinzu. „... hatte vor wenigen Wintern sein Leben für uns gegeben, falls ihr euch noch erinnert und es ist weder der Tag noch der Moment, um über den Clan der Möwen oder Falken zu urteilen!", sagte er nun doch mit einem gereizten statt geduldigen Untertons. Er hielt kurz inne, um allen die Möglichkeit zu geben, sich zu beruhigen. Er sah, wie Minaha das Wolfswelpe aus Elans Schoss nahm, es zitternd in ihre Tasche schubste und sich ihre blutverkrusteten Hände unter das Fell auf ihren Bauch legte. Es ging ihr offensichtlich nicht gut und sein Herz zog sich zusammen bei dem Gedanken, in welchem Zustand sie sich wohl befinden musste. „Wir vertrauen unseren Brüdern und Schwestern und wollen zuerst hören, was sie sagen, bevor wir Entscheidungen treffen, die uns später leidtun." „Sie soll Rechenschaft ablegen, warum sie allein hierherkommt, voll mit Blut und einem Wolfswelpen. Und sie muss wie jedes andere Mitglied, für den Tabubruch, einen Wolf in unsere Mitte gebracht zu haben, sühnen", sagte nun Häuptling Kaga. „Was sie tut, geht uns alle und nicht nur ihren Clan an." Ein zustimmendes Raunen und Kopfnicken gingen durch den Raum. In dem Moment stand

Windige Höhe auf. „Seht ihr nicht, dass es dem Mädchen nicht gut geht? Sie hat offensichtlich schlimmes hinter sich und anstatt ihr etwas zu essen anzubieten und sich um ihre Wunden zu kümmern, denken wir schon an Strafe und Sühne! Ich schlage vor, ich nehme sie nun mit in mein Zelt und versorge sie erst einmal. Dann kann man immer noch über all die Tabubrüche und Strafen aller Zeiten reden." „Du hast leicht reden" kam es nun wieder von Kaga, „Euer Clan ist nicht so unmittelbar betroffen wie wir, denn ihr gehört eigentlich nicht zu den großen Gefiederten. Und der Hass der Shungs gilt uns, den Nordstämmen, da die Frau aus dem Adler Clan stammte. Da ist es leicht so unbedarft zu sprechen."

Er sagte es mit seiner üblichen monotonen Stimme. Hania konnte jedoch deutlich den scharfen Unterton heraushören und er wusste, dass auch seine Clanmitglieder diese Meinung teilten. Sie erwarteten von ihm ein hartes Durchgreifen. Da warf Clanmutter mit bestimmter Stimme ein, dass das ja genau der Grund war, warum es der Clan der Spechte war, der Minaha bei sich aufnehme. Es sei ein Vorschlag des Kleinen Volkes gewesen, den Specht clan mit der Beherbergung des Shungs und Minahas zu übernehmen, damit die anderen Stämme beruhigt sein konnten. Diese letzten Worte von Clanmutter brachten etwas Beruhigung in das Zelt und Elan konnte sehen, wie einige von ihnen sogar mit einer leichten Hochachtung zu *Himmelspforte* und *Windige Höhe* schauten.Noch bevor irgendwelchen weiteren Abfolgen, Einwände oder

Sonstiges sich ergeben konnten, begann Minaha ohne Ankündigung ihre Geschichte zu erzählen „Ich wollte, dass mein Kind hier am Yarasee, unter dem Schutz meiner Mutter, das Licht der Welt erblickt." Im Zelt wurde es augenblicklich still. Dieses abrupte Unterbrechen all des Vorhergegangenen ließ alles und jeden verstummen und alle hörten gebannt vor Überraschung aufmerksam zu. Minaha hatte die Augen geschlossen und Tränen rannen über ihr Gesicht. Immer wieder verstummte sie, beruhigte ihren Atem und mit leiser Stimme erzählte sie, wie die Wölfe sie verfolgten, wie sie den Fluss durchquert hatten und wie der Shiks vor ihr stand mit einem Gewehr und sie erst wieder unter den toten Wölfen zu Bewusstsein kam. Und wie, als sie sich unter dem Berg von Tieren hervorgekämpft hatte, weder von ihrem Baby noch von Achak ein Lebenszeichen zu finden war. Sie erzählte, wie sie die beiden Wolfswelpen gefunden hatte, von ihrem Überlebenskampf während all dem und von der brennende Hütte. Bis zu dem Morgen an dem eines der Welpen zu den Shungs – und sie war sich sicher, dass es Shungs und nicht Wölfe waren – zurückkehrte und eines hingegen bei ihr bleiben wollte. Der Welpe - und sie griff dabei an die Tasche, wo er vor sich hin wimmerte – habe ihr Leben gerettet. Kein Wolf, kein Shung habe sie mehr verfolgt, als sie heute hierherkam. „Und warum glaubst du, dass die Shungs dich verschonten?", fragte Kaga scharf: „Weil ich zwei ihrer Kinder gerettet habe. Sie sind mir dafür dankbar.", ergänzte sie kleinlaut hinzu. „Was für ein ausgemachter Blödsinn!", rief *Geflochtene Zöpfe.*

Du hast doch nichts für den Welpen getan! Nur dass du es in der Hütte mit dir hast übernachten lassen. Dafür ist man doch nicht dankbar. Im Gegenteil, es hätte auch so von den Wölfen interpretiert werden können, dass du die Welpen stehlen und wegbringen wolltest!“, fügte sie hinzu. Minaha sagte nichts mehr. Sie wollte nicht preisgeben, dass sie die Welpen mit ihrer eigenen Milch gefüttert hatte. Clanmutter stand nun rasch auf und mit einem milden Lächeln wandte sie sich in die Runde: „Gut, dann ist das ja geklärt. *Windige Höhe* und *Himmelswurzel* werden Minaha in ihr Zelt führen und sich um sie kümmern. Ich werde mir Minahas Geschichte im Detail noch einmal anhören und morgen in der Ratsversammlung – sollten noch Unstimmigkeiten auftauchen - mit euch teilen. Dann werden wir darüber abstimmen, was getan werden muss, um das Wohl aller zu erhalten. Sie zeigte *Himmelswurzel* mit einem Kopfnicken, dass sie nun gehen sollten. Minaha erhob sich und ein Stöhnen entwich ihr dabei. Elan, der ebenfalls aufgestanden war und sich so schnell wie möglich dem Ausgang näherte, konnte sehen, wie die Augen einiger Frauen weicher wurden und einige von ihnen sich fragende Blicke zuwarfen. Clanmutter fuhr noch fort: „Für heute wünsche ich uns allen eine gute Nacht. Möge der Große Geist mit uns sein!“, sie verneigte sich kurz und wandte sich in Richtung Ausgang. Als sie schon durch die Luke gegangen war, drehte sie sich noch einmal um: „Hania, es wäre schön, wenn du mich begleiten könntest. Ich müsste noch zwei drei Dinge mit dir besprechen.” Hania sprang sofort auf und verließ das

Zelt. Er war froh, nicht im Zelt bleiben zu müssen und all die verschiedenen Meinungen und Forderungen der verbliebenen Mitglieder anhören oder beantworten zu müssen.

Elan, *Windige Höhe*, Clanmutter, Hania, Minaha und *Himmelswurze*l schritten, ohne ein Wort zu tauschen, zum Tipi von Elans Familie. Elan war ebenfalls aufgesprungen und aus dem Zelt geeilt. *Silberhaar* war jedoch von *Geflochtene Zöpfe* aufgefordert worden, mit ihnen in das Lager der Schneegänse zurückzukehren. Auf dem Weg zum Zelt wurde Minaha von einem Zug ernstblickender Manipis verfolgt. Manch einer ritt einen Schuh von *Himmelswurzel*, aber sie ließen Minaha in Ruhe. Nur einer war so vorwitzig sich von einem Ast auf ihre Schultern zu schwingen, seine Nase in das Fell zu stecken, um dann hurtig über den Rücken wieder hinunterzurutschen und den anderen zuzuflüstern, dass es tatsächlich Blut sei. „Menschenblut? Fragte einer. „Nein, Wolfsblut!" Tränen rannen nun aus seinen Augen und wurden sorgfältig und liebevoll auf Minahas Haar gestrichen. „Heile, heile Erdin, die Zeit ist hier mit uns ...", murmelte der kleine Manipie und begann leise ein altes Lied der Versöhnung zu singen. Sofort stimmten die anderen, die in der Nähe waren in das Lied ein und folgten, den Fußspuren Minahas.

Vor dem Zelt angekommen legte Clanmutter ihre Hände auf Minahas Schulter und beugte sich zu *Himmelswurzel* hinunter: „Du hast eine große Verantwortung übernommen und hast gezeigt, dass du mutig bist. Heute Nacht werden alle ruhig bleiben. Dennoch werde ich einen der Kundschafter vor eurem Zelt positionieren. Angst macht aus Menschen unberechenbare Wesen.“ Dann blickte sie warm zu Minaha: „Ruhe dich aus. Du bist hier in Sicherheit. Es wird dir nichts geschehen. Ich muss noch etwas mit Hania besprechen. Schlafe und morgen früh komme ich wieder...” Als Minaha, *Windige Höhe,* Elan und *Himmelswurzel* im Zelt verschwunden waren, wandte sich Clanmutter an Hania:

„Lass uns gemeinsam ein paar Schritte gehen.“ Schweigend gingen sie in Richtung des Sees, außerhalb des Dorfes. Der Schnee knirschte unter ihren Füssen. Es war inzwischen dunkel geworden. Kalt und ruhig lag die Schneefläche vor ihnen. In der Ferne spiegelte sich das Mondlicht im See und brach sich Bahn zwischen den Ästen der Bäume.

Der Tag war lang und kalt gewesen. Hania liebte den Winter - irgendwie fühlte er sich dann freier als sonst. Wenn der Schnee alles unter sich begrub und das Leben den Atem anhielt, konnte er atmen. Der winterliche Überlebenskampf aller ließ ihn sich nicht mehr so als Außenseiter empfinden. Die Kälte, die Dunkelheit, die Stille und die Gefahr des Verhungerns waren ihm vertraut besonders im Herzen. Im Frühling, wenn es schmolz, damit alles wuchs und blühte, blieb er zurück in dem Gefühl des Winters und seine

Familienmitglieder begannen ihn zu meiden. Aber an Tagen wie diesen, wenn nicht nur er allein die Unerbittlichkeit und Gefahr des Lebens erlebte, fühlte er sich mehr als Mensch, mehr unter seinesgleichen als sonst. Er ließ seinen Blick schweifen. Der Schnee war an einigen Stellen schon wieder geschmolzen, aber wo er noch lag, bedeckte er alles mit seiner weichen, weißen Schicht, die matt vom Himmel über den Boden bis zu den Zelten und Bäumen schimmerte. Es war aber nicht nur schön; überall gab es Geräusche - das Knirschen im Eis, das Knarren von Ästen, die unter der Last des Schnees und der Unbarmherzigkeit des Eises sich wanden. - Und dann gab es diese Momente, in denen er in die Stille lauschte: wenn er nur den eigenen Atem und das Klopfen des Herzens gegen die Brust hörte und sonst nichts um ihn herum, konnte er für einen Moment unendlichen Frieden empfinden.

Sie kamen zu dem alten Baum, dessen Äste dunkel den Himmel umarmten. Clanmutter blieb stehen und legte liebevolle eine Hand auf die Rinde: „Dieser Baum ist alt und er hatte die Zeit, um seine Wurzeln tief in die Mutter Erde zu graben. Er hat viele Jahreszeiten kommen und gehen gesehen, weiß wie man lange Winter und Trockenheit überlebt, weiß, dass immer der Frühling wiederkehrt. Er muss nichts tun, damit er wieder in Blüte steht und die Vögel Schutz und Nahrung in ihm finden. Er muss nur das tun, wofür er da ist: sich nähren, da sein, ausatmen und einatmen." Clanmutter blickte zu Hania. "Verstehst du, was ich meine?" Hania konnte den Gesichtsausdruck von Clanmutter nicht sehen, da sie den Mond in ihrem Rücken hatte. Er nickte und so fuhr Clanmutter fort: „Es sind nur wenige Winter vergangen, als wir diesen Ort besucht haben und du die Position des Häuptlings übernommen hast. Du hattest damals Angst zu versagen, dennoch bist du heute hier und was ich sehen kann, hast du bisher deine Aufgabe gut gemacht. Ist es nicht so?" Nach einem kurzen Schweigen sagte er: „In den letzten Jahren ist nicht viel passiert, die Sommer waren lange und die Winter verließen uns meist im Krähenmond. Er wollte nicht darüber sprechen, dass er oft das Gefühl hatte, dass man hinter seinem Rücken Grimassen zog, dass die Ältesten sich in seinen Augen öfter zur Beratung trafen früher und er bei den Entscheidungen eigentlich nur den sogenannten Rat des Gesetzeskreises absegnete und ansonsten nichts zu tun hatte. In dem Moment legte Clanmutter ihre Hand auf seine Stirn und augenblicklich wurden sie beide in eine andere Welt gezogen, zu dem Moment, als sie wie jetzt hier waren.

Ein Hauch in der Luft ließ seine Muskeln sich anspannen; er erlebte den Moment, als Clanmutter ihn zum ersten Mal hier zu der alten Eiche geführt hatte. Es war wie jetzt, im Mond des fallenden Blattes gewesen, nur dass damals noch kein Schnee lag. Er war Häuptling seines Clans und damit Vorsitzender aller magischen Nordstämme geworden, obwohl er es nicht wollte. Er wollte die Verantwortung nicht für das Volk, die Beschwerden über Ungerechtigkeiten, die Streitigkeiten mit anderen Stämmen, die Entscheidung über den Lagerplatz. Natürlich konnte er auf den Rat der *Ältesten* zählen, dennoch, wenn einmal die

Entscheidung gefallen war, war er es, der zustimmen musste. Er liebte es als Donnervogel hoch oben, weit weg von allem, seine Kreise zu ziehen. Manchmal hatte er einen Adler, der es wagte, sich mit ihm messen zu wollen, getroffen. Aber in den letzten Jahren kamen die Mitglieder des Adler Clans nicht mehr, daher konnte er sich nicht mehr wie in seiner Kindheit mit einem Mitglied aus dem Adler Clan messen.

In seinem Clan waren sie nur zu dritt, die den Bergflug bestanden hatten und die noch lebten. Und nur einer von ihnen war zur Insel Ohne Namen gegangen, um die Ausbildung zu machen. Es waren nun mehr als zehn Winter vergangen und er war nicht mehr zurückgekehrt. Manche dachten, dass er in die Anderswelt gewechselt war. Andere hingegen waren sich sicher, dass er nun ein mächtiger Zauberer war und einfach nicht mehr zurück an den Yarasee wollten. Tatsache war, dass ihnen ein würdiger Nachfolger für Otetiani fehlte.

Und als alle Mitglieder seines Clans ihn, als einer dieser drei, mit einer Pfeifenzeremonie als Häuptling gewürdigt hatten, war er in einen Abgrund gefallen, aus dem er seither nicht mehr herausgekommen war. Clanmutter hatte ihn damals getröstet. Sie verstand, was in ihm vorgegangen war. Clanmutter räusperte sich und holte ihn zurück in die Gegenwart: „Ja Hania, es gibt Zeiten der Ruhe und Zeiten, in denen man handeln muss.“ Nach einer Weile fuhr sie fort: „Jetzt ist der Moment des Handelns gekommen und damit die Möglichkeit, dass du dich beweisen kannst.”

„Wir hatten noch nie Probleme mit den Wölfen“, sagte Hania. „Und das ist genau der Punkt, Hania. Warum sind sie nun da? Ich habe mit dem Kundschafter gesprochen und die Spuren, dort, wo der Rabe getötet wurde, sind eindeutig von einem Shung.”

„Kann es sein, dass es nur ein einzelner Shung war, der sich verirrt hatte?“ Hania war sich bewusst, dass die Idee, dass sich ein Shung aus Versehen dem Dorf genähert hätte, abwegig war, dennoch wollte er jeglichen Zweifel ausschalten, denn wenn die Shung keine Angst mehr hätten, sich in die Nähe der Dörfer zu wagen, was dann?” „Sie sind nun schon so lange nur in ihrer Wolfsform, dass sie beginnen zu vergessen, dass sie Menschen sind. Ihre Wolfsnatur beginnt Überhand zu bekommen.” „Wäre das so schlimm?”, frage Hania. „Ja, das wäre schlimm, denn sie haben immer noch die Fähigkeit der Menschen, zu denken... und strategisch zu planen.” Sie würden zu Wesen werden, die fühlen wie Wölfe und denken wie Menschen. Nichts würde sie daran hindern, uns einfach als Fleisch zu betrachten, genauso wie es Raubtiere tun.” „In Wirklichkeit möchtest du mir sagen, dass dem schon so ist, denn sie sind schon so oder gibt es die Möglichkeit, dass sie noch Menschliches in sich haben, sich an Tabus halten oder uns Menschen als ihresgleichen erkennen können?” - Clanmutter schwieg eine Weile. „Wir müssten ihnen helfen, sich zu erinnern.” In dem Moment begann aus der Richtung des Sees ein Wolfsgeheul, dem zuerst nur einige, dann immer mehr Stimmen sich hinzufügten. Hania stellte es die Haare im Nacken auf, denn das Geheule kam nun aus allen acht Himmelsrichtungen und einige kamen aus dem Wald in ihrer Nähe. Er zählte anhand der Töne an die fünfzig Wölfe. Ein normales Wolfsrudel zählte normalerweise an die zehn Tiere. Das hieß, dass mehrere Rudel sich zusammengetan hatten oder die Shung sich zu einem großen Rudel entwickelt hatten und sich nicht wie normale Wölfe in kleinere Rudel aufteilten. Als das Wolfsgeheul wieder verklungen war, sagte Clanmutter: „Es ist wohl besser, wenn wir wieder in das Dorf zurückkehren und Hania, du musst Wachen aufstellen, und zwar sofort. Ich werde morgen zu Minaha gehen und hören, was sie zu erzählen hat, vielleicht hilft uns das. Komm, wir gehen zurück ins Dorf. Du weißt, wo du mich finden kannst, falls du Hilfe brauchst." Mit großen Schritten gingen sie ins Dorf zurück, jederzeit damit rechnend, einem Shung zu begegnen.

Als sich Clanmutter von Hania getrennt hatte, fing er an zu laufen, schritt jedoch nicht zu schnell aus, um keine Energie zu verschwenden und auch keine Kraft. Das Dorf war von einem großen Rudel Shung umzingelt und wie immer waren nur zwei Kundschafter aufgestellt. Es war wichtig, dass er jetzt richtig handelte. Seine Ausbildung zum Krieger und das ständige Training hatten es ihm erlaubt schnell

Entscheidungen zu treffen. Aber bisher hatte er nur im Zweikampf oder bei der Jagd entscheiden müssen. Nun ging es um das Leben nicht nur seines Clans, sondern um alle hier anwesenden Stämme.

Er lauschte in die Stille. Der Wind hatte aufgehört, und es gab nichts als ein gleichmäßiges Geräusch zwischen seinen Atemzügen, das die ganze Welt auszufüllen schien. Es war eine Art Flüstern von Leben in den Ästen um ihn herum, eine plötzliche Brise, die durch die Wipfel der Bäume wehte, als würde sie ihn mit ihrem Atem zum Weitergehen auffordern - fast eine Stimme, die aus dem Nichts auftauchte und ihn aufforderte. Aber wozu aufforderte? Er hatte keine Zeit zu Zweifeln. Er hatte keine Zeit für die Dämonen seiner Vergangenheit. Er konnte nicht daran denken was passieren würde, wenn er scheiterte. Es gab keine Zeit für Angst. Und es gab auch keine Zeit, um zu verstehen, warum die Stämme gerade jetzt angegriffen wurden und wer es überhaupt war. Er musste jetzt handeln. Und so ging er, ohne auch nur den Kopf zu wenden, weiter.

Elan wachte diesmal nicht auf, weil rundherum alle zu viel Lärm machten, sondern weil es zu still war. Aber die Stille war nicht voll von Ruhe und genüsslichem Schnarchen, sondern ließ Raum für flaches Flüstern und gekünstelte Normalität. Er machte die Augen auf, um zu verstehen, warum an diesem Morgen sogar das Feuer im Zentrum des Zeltes versuchte, nur ganz leise zu brennen. Aber er konnte nichts erkennen. Seine Mutter saß mit Großmutter und den Schwestern am Feuer, seine beiden Onkel *Launischer Flug* und Anuj waren schon aufgebrochen und wohl auf der Jagd, und *Himmelswurzel* reparierte seine Pfeife. Elan wollte sich schon wieder im warmen Fell einmummeln als er aus den Augenwinkeln eine Bewegung sah. Es war das Weiß im Auge des Spechts. Er wippte auf einem ledernen Schild zu seinen Füssen und blickte über ihn hinweg in die Dunkelheit. Das schien etwas ganz Normales zu sein: der Specht schaute immer hierhin und da hin und so seufzte Elan nur kurz, warf sich auf den Bauch und zwang sich ruhig zu liegen. Aber schon nach ein paar Augenblicken warf er fluchend das Fell zur Seite und sprang auf die Füße. Dann drehte er sich in Richtung Specht: er wippte immer noch und Elan hätte schwören können, dass er vorwurfsvoll dreinsah. Elan drehte sich um und schaute angestrengt in die Dunkelheit, um zu erkennen, was die Aufmerksamkeit des Spechts so fesseln konnte, dass dieser sogar auf das Morgenritual, nämlich Elan zu ärgern, verzichtete. Er sah nichts. „Dummer Specht“, schimpfte er vor sich hin, dann stand er auf und quetschte sich, ohne auf das Zetern seiner Schwester einzugehen, zwischen *Morgentau* und seine Mutter. Der Duft nach warmem Maisbrei und Bohnenpaste wollte ihn schon wieder beruhigen, als er nun auf die Finger seiner Mutter blickte, die frische Leber in schmale Streifen schnitt und auf den fast glühenden Stein vor ihr legte. „Leber?", stammelte er fragend in Richtung seiner Mutter. Frische Leber aßen sie nur, wenn die Männer so viel Fleisch von der Jagd mitgebracht hatten, dass nicht nur die Jäger sich an der rohen Leber satt essen konnten, sondern dass sie auch noch welche mit nach Hause bringen konnten. Und die Jagd durfte nicht zu weit weg stattfinden, denn die Leber war ansonsten - wie überhaupt alle Eingeweide - nicht mehr genießbar. Das kam aber so selten vor, dass er sich kaum mehr daran erinnern konnte, wann er das letzte Mal welche gegessen hatte. Seine Mutter schnitt ruhig und so als ob sie das täglich tat, weiter. Aber er bemerkte um ihre Mundwinkel ein leichtes Zucken. 'Aha', dachte Elan, 'also kein Festessen, sondern ich hatte recht, irgendetwas stimmt nicht'. In dem Moment bewegte sich jemand im hinteren Bereich des Zeltes. Der Specht drehte sich auf seinem Schild um, blickte nun in Richtung Zeltwand und tat so, als ob diese das interessantes sei, was es auf der Welt gäbe. Unter normalen Umständen hätte er versucht etwas von der Leber zu erwischen oder zumindest vom Maisbrot, aber heute war er offensichtlich anderwärtig interessiert. Elan schaute auf die Silhouette im Hintergrund. Dann erinnerte er sich, es war natürlich Minaha! Sie saß schon die ganze Zeit im Zelt, nur hatte sich ihre schmale Figur mit den Schatten der Zeltwand so verbunden, dass er sie nicht gesehen hatte. Nun jedoch leuchteten ihre weißblauen Haare wie Schnee in der Sonne, die sich gerade den Weg ins Zelt bahnte und als sie sich ans Feuer setzte, sah sie nicht mehr jung und schön und magisch aus, sondern uralt und krank. Das Blut war Großteils abgebröckelt, nur an den Ohren, den Augenbrauen und um die Mundwinkel sah er noch ein paar Krusten. Ihre Finger waren Großteils sauber. In dem Moment bekam er einen Klaps von hinten. Er wollte sich schon aufregen, aber da reichte ihm eine Hand eine Flade Mais. „Iss", sagte da seine Großmutter und schaute ihm vielsagend und fast drohend in die Augen.

In dem Moment drehte sich der Specht wieder um und flog auf seine Schulter. Der Geruch der brutzelnden Leber war so himmlisch, dass er das ganze Denken Elans ausfüllte. Einen kurzen Moment lang füllte der Genuss der Vorfreude alles auf, dann jedoch blickte Elan in die Runde und bemerkte, dass keiner wirklich sprach. *Himmelspforte* versuchte mit aufmunternden Worten und belanglosen Sätzen die Stimmung etwas aufzulockern. Aber es gelang ihm nicht. Und so hörte man für eine Weile nur das Knistern des Feuers und das Kauen Elans und *Lachenden Wasserfalls.* Alle anderen hatten offensichtlich schon gegessen. Als seine Mutter ihm dann endlich zwei Streifen Leber auf sein Maisbrot legte, biss Elan ein Stückchen ab und hielt es vor den Schnabel des Spechts. Dieser schluckte kurz, schloss die Augen und drehte dann den Kopf auf die Seite. „Na, dann halt nicht", sagte Elan und wollte es so unberührt wie möglich sagen. Aber in Wirklichkeit begann ihm langsam eine Gänsehaut auf seinem Rücken rauf und wieder hinunterzurasen. Er legte die Leber wieder auf das Brot, legte dieses vor sich hin und richtete sich an Minaha: „Und Minaha, wie lange willst du bei uns bleiben?, *Himmelswurzel* hielt inne und hörte auf, seine Pfeife einzufetten. Schnell antwortete er: „Minaha, entschuldige diese unhöfliche Frage von *Träumendem Auge*. Er ist nur ein kleiner dummer Junge und wollte dich sicherlich nicht beleidigen mit dieser Frage." Minaha bemühte sich gar nicht *Himmelswurzel* zu beruhigen. Ruhig blickte sie zu Elan und schaute ihn mit neuem Interesse an. „Warum fragst du mich das?", Elan hatte schon längst bereut sich nicht weiterhin dem Frühstück gewidmet zu haben, wollte aber auch nicht den dummen Jungen auf sich sitzen lassen und so fasste er den ganzen Mut zusammen. „Weder der Clan deiner Mutter noch der deines Vaters sind hier und du bist hier bei den Nordstämmen offensichtlich nicht willkommen, weil du einen Wolfswelpen mitgebracht hast". Das nun folgende Schweigen war nicht mehr schwer, sondern erschlug ihn fast. Kein Kauen mehr und kein Hüsteln und der Specht hatte inzwischen die Augen so weit nach oben gedreht, dass man nur mehr das Weiße sah. „Elan ist neugierig und spricht aus, was viele denken", sprang ihm in diesem Moment seine Großmutter zur Seite. Zu Elan gewandt, sagte sie in betont unbeteiligter Weise, dass es nun an der Zeit sei zu den Raben zu gehen. Zeit sei offensichtlich ein wichtiger Faktor auch im Leben von Elan und Großmutter zwinkerte ihm dabei freundlich zu und so sei sie sich sicher, dass er nicht zu spät kommen wolle.

Elan blickte zu Minaha. Diese schaute ihn ernst an. Nur in dem blaugrauen Meer ihrer Augen, dachte er ein kurzes freundliches Aufblitzen gesehen zu haben. Elan schluckte den letzten Bissen hinunter, erhob sich, zog seine Mokassins und die warme Felljacke an und trat ins Freie. Die Sonne hatte noch nicht die Kraft, Wärme abzugeben. Nur die Baumspitzen bekamen schon das goldene Morgenlicht lange genug zu spüren. Darunter lag alles eingekerkert im kalten Frost. Elan schüttelte es und er wollte sich gerade aufmachen, widerwillig ins Rabenlager zu schlurfen, als er unter einer Fichte eine Ansammlung von Manipies bemerkte. Nicht wie sonst räkelten sie sich im Moos, rutschten über Wurzeln oder ereiferten sich so schnell wie möglich eine seiner Fransen zu ergattern, um sich dann von ihm durch die Gegend schaukeln zu lassen. Sie sahen so aus, als ob sie die ganze Nacht nicht geschlafen hätten und eine gewisse Ernsthaftigkeit lag über der ganzen Szene. Einige kamen gerade mit betont gewichtigem Schritt und heiligem Gesichtsausdruck aus dem Wald und wrangen nasses Moos über einem Gefäß aus, das vor *Wurzelfreund*, dem Vorstand des kleinen Volkes, aufgestellt war. Der alte Mann murmelte in einer Arte Singsang auf das Wasser ein, schloss hin und wieder die Augen, hielt seine Hände segnend über dem Topf. Und während die letzten aus dem Wald kamen, kauerten die anderen mehr oder weniger geduldig im Kreis und beobachteten gemeinsam mit *Wurzelfreund* den Topf, der sich langsam mit Wasser füllte. Dieser sah irgendwie besorgt aus. Er starrte in das Wasser, bewegte den Topf, roch an dem Wasser, schloss die Augen und es schien, als ob er das Wasser lauschen und fühlen würde. Aber seine Gesichtszüge waren dabei angespannt und fast schon ärgerlich. Elan sah sich *Wurzelfreund*, den er seitdem er an den Yarasee gekommen war, kannte, genauer an. Denn er hatte ihn zwar immer wieder gesehen, aber eigentlich hatte er noch nie ein Wort mit ihm gewechselt.

Mit wachsender Verwunderung nahm er den alten Mann, dessen weißer Bart so lang war, dass zwei rundliche Manipies sein Ende trugen und den Bart bei jeder Bewegung des Alten aus dem Weg räumen mussten, in Augenschein. Wenn der Alte sich umdrehte, um etwas aus seiner Rückentasche zu holen und er diese Bewegung zu schnell ausführte, flogen einige der kleinen Kerlchen durch die Luft und lachten dabei leise. Elan lächelte, denn auch wenn es klar war, dass das kleine Volk heute nicht so fröhlich wie sonst war und etwas für sie Wichtiges vorhatte, war es ihnen sogar in dieser rituellen Situation fast unmöglich ernst zu bleiben.

Elan bückte sich hinunter und sprach *Wurzelfreund* an: „Guten Morgen *Wurzelfreund*, darf ich fragen, was ihr da tut?“ „Wir tun das, was zu tun ist...”, und nach einer kurzen Pause „Wir beschützen euch mit diesem heiligen Wasser vor den Folgen eures Tuns”. Seine Augen behielten weiterhin das Kommen und Gehen vor seinem Topf im Auge. Elan schaute auf den Topf, der seiner Meinung nach mit normalem, wenn nicht sogar etwas verschmutztem Schmelz- und Tauwasser gefüllt war. Er war schwer im Zweifel, ob dieses Wasser irgendetwas putzen, reinigen oder gar schützen könnte, entschied sich aber dazu nichts zu sagen. Rund um *Wurzelfreund* saßen nun alle Mitglieder des kleinen Volkes auf Wurzeln und Steinen und versuchten ebenfalls ernst und gewichtig zu wirken. Es musste ihnen wirklich ernst sein damit, denn obwohl manche von ihnen vor Kälte zitterten und einige Mägen vor Hunger knurrten, stöhnten sie nur hinter vorgehaltener Hand und verdrehten ihre Augen mit gesenktem Kopf, sodass *Wurzelfreund* es nicht sehen konnte.

Inzwischen war *Grille*, an ihm hochgeklettert und flüsterte ihm ins Ohr: „Das Mädchen...es bringt Unglück ...es..." - „Nein, das tut es nicht", stoppte ihn *Wurzelfreund* ungehalten und bestimmt, der offenbar gute Ohren hatte, mit einer Stimme, die einem Riesen Ehre machen könntet. Er sprang so schnell auf, dass einer der Bartträger, der es sich gerade gemütlich gemacht hatte mit dem Bartende in der einen Hand und dem Kraulen der Haare seiner etwas fülligen Frau mit der anderen Hand, nicht schnell genug die Hand aus den Haaren seiner Frau nehmen konnte. Dadurch war es so schwer, dass - als *Wurzelfreund* aufsprang und sich an Elan wandte - der Bart in zwei Teile gerissen wurde. Der zweite Bartträger, der brav dagestanden und gewartet hatte, bis *Wurzelfreund* sich wieder bewegen würde, flog in die eine Richtung, währenddessen der andere Manipi gemeinsam mit seiner Frau auf der anderen Seite blieb. Ein unterdrücktes Kreischen und Kichern durchdrangen nun all die Heiligkeit. Aber scharfe und wichtige Zischlaute brachte die kurz durchgewirbelte Gruppe wieder zum Verstummen. *Wurzelfreund* wartete noch kurz, dann fuhr er fort, so als ob sein zweigeteilter Bart kein Problem wäre. „Es sind wir, die mit unseren Gedanken und unserer Ignoranz das Unglück herbeirufen. Das hat nichts bis wenig mit der Unaussprechlichen zu tun. Sprich, wenn wir nun auf unsere Weise versuchen, euer und unser Karma nicht zu belasten, indem wir heiliges Wasser herstellen, dann tun wir das einerseits, weil durch die Ankunft der Unaussprechlichen ein wichtiges Tabu gebrochen wurde, aber wir tun es auch weil eure Gedanken und Ängste die Luft zum Atmen verdrecken." Ein Raunen ging durch die Gruppe. „Man darf ihren Namen nicht mehr aussprechen", flüsterte *Sanfte Grille* Elan ins Ohr. Kurz ging wieder ein grimmiges Zucken über *Wurzelfreunds* Gesicht, dann entschied er sich, *Sanfte Grille* diesmal nicht zurecht zu weisen. Zu seinen Füßen versuchten die beiden Bartträger inzwischen mit wenig Erfolg die Barthaare wieder miteinander zu verbinden und machten das so vor Hastigkeit leider völlig ungeschickt und so verzweifelt, dass sie sich am Schluss dermaßen ineinander verknotet hatten, dass der kleinere der Bartträger bis auf Füße und Gesicht völlig im Bart verschwunden war. In der Runde waren die Kinder inzwischen so rot angelaufen vor lauter Anstrengung nicht zu lachen, dass deren Eltern begannen sich Sorgen zu machen. Als einem Kind begannen, die Tränen über das Gesicht zu laufen vor Lachen, kam *Wurzelfreund* zu sinnen. Wie ein Mensch, der geschlafen hatte, ohne es zu bemerken und mit frischen Augen um sich blickte, sah er, wie sein Volk darunter litt, dass er ihnen diese ganze Strenge aufbürdete und er, der eigentlich ihr Vorbild und Halt sein sollte, nun zu ihrem Problem geworden war.

Ein tiefes Seufzen durchfuhr ihn und seine ganze steife und verkrampfte Haltung fiel von ihm ab. Dann bückte er sich zu den beiden Bartträgern und begann kichernd das Wirrwarr noch mehr zu verwirrwarren. Zuerst verstanden es seine Brüder und Schwestern nicht, dass das eine Einladung war, diese gekünstelte zeremonielle Haltung aufzugeben, die nichts als ungewohnte Starrheit und Ernst gebracht hatte. Aber als ein Kind in einem Lachkrampf sich auf den Boden schmiss, als der rundere Bartträger niesen musste und dabei *Wurzelfeld* umwarf und die Mutter des lachenden Kindes es wieder mit einem Ruck zu Sinnen bringen wollte, zwinkerte er ihr liebevoll und um Verzeihung bittend zu. Die, die es gesehen hatten, blickten zuerst ungläubig, dann entspannten sie sich und ein warmes Lächeln huschte über ihre Gesichter. Einer drehte den Kopf zum anderen, hier und da wurde ein weiteres Kichern laut und als selbst die humorloseste aller Humorlosen, nämlich *Sparsame Biene*, begann sich die Tränen vor lauter unterdrücktem Lachen zu wischen und eine Arte zischendes Heulen aus ihrem geschlossenen Mund kam, barst es aus allen hervor. Sie schlugen sich auf die Schenkel, klopften sich gegenseitig auf die Schultern, sprangen wie verrückt umher, schmissen sich auf den Boden und lachten, wie sie schon lange nicht mehr gelacht hatten. Dann begann *Kichernder Floh*, ein kleiner drahtiger Manipi mit einem Wust an roten zottigen Haaren, zuerst noch vorsichtig, dann mit immer mehr Mut *Wurzelfreund* nachzumachen. Sofort griffen das zwei kleine Kinder auf und hängten sich an seinen kurzen

Bart. Und sie machten *Wurzelfreund* nach, wie er den Zeremonienmeister spielte und sein Bart in zwei Teile geteilt wurde. Elan hatte sich inzwischen hingesetzt und seine kleinen Freunde ließen keinen Versuch aus auch ihn in das Treiben heitere mit einzubeziehen. Sie zupften an seinen Haaren, machten ihn nach, wie er trübselig zu den Raben ging, wie er dort putzte und ausgelacht wurde und wie er mittags wieder trübselig zurück ging. Wie er mit Dahir stritt und sie machten ihn auch nach, wie er genauso wie *Wurzelfreund* versuchte Würde in unwürdigen Momenten zu bewahren. Am Schluss gab er auf und wälzte sich mit ihnen im Moos vor Lachen. Nach einer Weile, als sie sich wieder beruhigt hatten, setzten sie sich wieder rund um *Wurzelfreund* und dem Topf. In diesem war inzwischen eine Wandlung vonstattengegangen: das Wasser hatte seine Trübheit verloren und war glasklar. Die Sonne, die ihre Strahlen nun auch durch das dichte Gebüsch bis in die verstocktesten Nischen und Windungen sendete, spiegelte sich golden in dem Wasser. Ein ungläubiges Staunen erschien auf den Gesichtern. Hin und wieder nickte ein älterer Manipi, sich erinnernd, dass es nicht die Worte, die Absicht waren, die ein Wasser heilig machten, sondern ihre Energie. Das kleine Volk, die Beschützer aller Pflanzen und allem was auf und unter der Erde lebte, war berühmt für seine gute Laune, seine Freude an den kleinen Dingen. Das war ihre Kraft die sie immer und überall schützend und pflegend um sich herum hatten, eine zarte und dennoch starke Energie die alles heilend durchdringen konnte...

Nach einer Weile klatsche *Wurzelfreund* in die Hände: genug Müßigkeit, ab an die Arbeit! Und hurtig sprang einer nach dem anderen auf die Beine um Blumen, Farne und Gräser zu pflücken. Diese tauchten sie dann in das heilige Wasser und huschten fröhlich in das Dorf, streichelten damit die Zeichnungen auf den Zelten, kitzelten den Totempfahl vor dem Eingang, wischten über Eingänge und Schwellen. Elan beobachtete noch kurz das Treiben, dann, als die meisten von ihnen in den Tipis ihre Arbeit weiterführten, drehte er sich lustlos um und mit einem lauen Gefühl im Magen trottete er in Richtung des Rabenlagers. Als der Schnee schmutziger wurde, nahm er *Grille*, der entschieden hatte diesmal bei ihm zu bleiben, von der Schulter und setzte ihn auf den Boden: „Hilf lieber den anderen das Karma zu reinigen. Ich schaffe das hier auch allein. Aber danke, dass du mitgekommen bist." Auf der einen Seite entließ er *Grille* tatsächlich aus noblen Gründen, denn das kleine Volk ertrug die Stimmung bei den Raben noch schlechter als er. Auf der anderen Seite wollte er auch keine Zeugen bei seiner heutigen Demütigung dabeihaben.

Es war ihm völlig klar, dass er zu spät war und dass *Zwielicht* ihm das nicht so einfach durchgehen lassen würde. War der gestrige Tag schon von der langweiligen Routine von Tätigkeiten - die normalerweise Mädchen und Frauen machten - schwer gemacht worden, so wollte er sich gar nicht vorstellen, was er zur Bestrafung seiner Verspätung heute machen musste. Er war dermaßen in seinen Gedanken versunken, dass er, kaum war er beim Eingang des Tipis von *Zwielicht* angekommen, gar nicht bemerkte, dass Dahir neben dem Eingang kauerte. Erst als er sich aufmachte, die Eingangsluke zu öffnen, sah er den kleinen schwarzen Haufen neben sich. Sie war so schmutzig und schwarz verschmiert wie die Zeltwand und hob sich daher nur wenig davon ab. Da wie gesagt selbst der Schnee auf den Wegen mit Asche bestäubt war, verhinderte es der Gesamtton von Grau und Schwarz zu erkennen, ob es nur ein Schatten war, der vor ihm stand oder ein Mensch. In dem Moment verstand er, warum der Raben Clan sich die Mühe machte, ihr gesamtes Lager grauschwarz zu färben. Es war die beste Deckung.

„Du bist zu spät", sagte sie nur trocken. „Hast du noch zuvor ein bisschen mit deinen kleinen Freunden spielen müssen, bevor du deine Strafe antrittst, kleines ängstliches Auge?", fragte sie spöttisch. Elan schoss das Blut ins Gesicht. Er hatte sich innerlich auf einen Angriff von *Zwielicht* vorbereitet, aber dass Dahir ihn nun zurechtwies, ärgerte ihn beträchtlich. Und woher wusste sie von seinem kleinen Zwischenfall mit den Manipies? Er entschied sich dazu, nicht zu antworten. So standen sie sich kurz schweigend gegenüber. Elan war zwar grösser als die meisten aus seinem Clan, da er nach seinem Vater geriet, aber Dahir überragte ihn dennoch etwas und diese Zentimeter genoss sie. „Du sollst mit mir mitkommen. *Zwielicht* ist heute beim Gesetzeskreis und somit wirst du mit uns sein". Dann drehte sie sich um und ging in Richtung Wald. Elan folgte ihr unwillig. Im Wald gingen sie schweigsam hintereinander her. Hier war die Natur schon erwacht und die Sonnenstrahlen machten den Schnee auf den Ästen der Fichten und Zedern schwer, lösten Nadeln und Rinde von seiner Umklammerung bis er schließlich hier und da plump auf den Boden klatschte. Noch war es früher Morgen und so donnerte es nur selten im Wald vom abfallenden Schnee und normalerweise meist weiter oben, wo die Sonne schon länger ihre schmelzende Wärme ergoss. Dahir ließ sich nicht davon abbringen, so schnell sie konnte durch den Schnee, durch Gebüsch und über große Felsbrocken hinweg zu eilen. Elan war in seinem Clan einer der schnellsten und so machte es ihm fast Spaß dicht an den Fersen Dahirs zu kleben, um ihr ja nicht auch nur eine Sekunde hinterherzuhinken. Als sie beide keuchend ein Plateau erreichten und auch Dahir es nicht verhindern konnte, dass es ihr anzusehen war, dass der steile Aufstieg ihr das Blut in die blassen Wangen getrieben hatte, setzte sie sich kurzerhand auf den Boden. Elan wartete kurz, dann ließ auch er sich, froh über diese unerwartete Pause, neben sie auf das nasse Gras nieder. Hier oben war der Wald lichter und die Bäume kleiner, gedrungener und die meisten von den Winden verbogen. Die Sonne hatte ein leichtes Spiel mit dem Schnee, der schon von den Winden über die Kanten hinweg geblasen worden war und die Reste in Mulden und unter Felsvorsprünge gejagt hatte. Elan blickte sich um: die Aussicht nahm ihm fast den Atem. Unter ihnen lag das Lager, ebenfalls auf einer größeren Ebene, die sich den Berg entlang schmiegte und zu deren Füssen der klare tiefblaue See sich in das Tal ausbreitete. Morgens lag der See unter einer dicken Nebelschicht, der sich jedoch schnell lichtete.

Nur ein paar hundert Meter nördlich des Dorfes überdeckte noch eine dichte Nebeldecke eine große verschneite Wiese. An manchen Stellen sprudelte das Wasser dort dampfend aus der Erde, um nur wenige Meter unterhalb und weiter östlich wieder unter der Erde zu verschwinden, um schließlich hoch über dem See als dampfender, gelblich glitzernder, aus dem Berg zischender Strahl über die Kante eines Felsvorsprungs zu springen und als tosender Wasserfall dem See seine Besonderheit gab: hier, wo das heiße Wasser in den See fiel, fror dieser auch im Winter nicht zu.

Die magischen Stämme des Nordens sammelten sich hier jedes Jahr, weil die heißen Quellen den Schnee sich nicht meterhoch aufschichten ließ und ihnen den Zugang zum See den ganzen Winter über ermöglichte. So hatten sie die kalte Jahreszeit über genügend Fisch, um zu überleben. Zudem zog dieser Umstand auch viele Tiere an, um am See zu trinken und das Gras an den Ufern zu fressen. Das wiederum erleichterte die Jagd, die ansonsten im tiefen Schnee das Leben der Jäger schwer machte. All diese Vorzüge kamen auch allen anderen Stämmen zugute, die aus dem ganzen Land kamen und wochenlange Wanderschaft in Kauf nahmen, um sich hier zusammen zu finden.

Plötzlich sprang Dahir wieder auf und sprintete ohne Ankündigung auf die Bergwand zu. Elan erhob sich ebenfalls und schoss ihr hinterher. Er war sich sicher, dass sie ihn nun abhängen wollte, um dann irgendwo hinter einem Baum vorzuspringen und ihn zu erschrecken. Er wollte ihr keinesfalls diese Chance geben und beschleunigte noch mehr, um sie einzuholen. Als er sie knapp aufgeholt hatte, waren sie nur mehr wenige Meter von der Felswand entfernt und er dachte schon, sie würde nun gleich vor dem Felsen halt machen, aber plötzlich verschwand sie vor seinen Augen in den Tiefen. Er wollte noch abbremsen, rutschte jedoch aus, stürzte ebenfalls in diesen Abgrund und landete unsanft auf einem harten Schneehaufen. Prustend stand er auf und schüttelte den Schnee ab. Als er auch sein Gesicht davon befreit hatte, sah er, dass er an einem äußerst unwirtlichen Ort gelandet war und von sieben lärmenden Rabenkindern und ihren kreischenden Raben eingekreist war. Er befand sich in einer Art größerer Mulde, die dadurch, dass sie völlig im Schatten des Berges und von großen Bäumen umrundet lag, schon völlig bedeckt war von Schnee. Die Kinder des Raben Clans mussten hier schon öfters gewesen sein, denn der Boden war zerfurcht von Spuren, Löchern und Häufungen von Schnee, der wohl schon mehrmals aufgetaut und nun wieder gefroren war. Zudem hatte sich auch schon einiger Dreck darunter gemengt und schimmerte gräulich. Aber er hatte keine Zeit, um diesen Ort noch genauer in Augenschein zu nehmen, denn er wurde gerade ganz offensichtlich ausgelacht und die Raben, die auf jeweils einer Schulter der Kinder saßen, stimmten krächzend in den Lärm ein.

Nur Dahir war ohne Raben, was sie aber nicht daran hinderte, ihn genauso wie die anderen mit Hohn und Schneebällen zu bewerfen. Elan versuchte den Schneehagel mit seinen Armen abzuwehren und begann unsäglich zu fluchen, aber sie hörten nicht auf. „Na, du feiger Rabentöter? Jetzt sieht man, was du bist: ein Feigling, nichts weiter als ein lausiger kleiner Specht!“ - Alle lachten und eine piepsende Mädchenstimme fing an zu piepsen, sich wie ein Specht zu bewegen und schlug mit den Ärmchen wie ein kleiner aufgeregter Specht. Als ob dem nicht genug wäre und angefeuert von dem Lachen der anderen, legte sie noch eins drauf und begann sich mit einer Hand flach auf die Stirn zu schlagen: „Piep, piep, piep!!!” *Grauer Schnee* bog sich vor Lachen und nun begann auch er sich die Hand an die Stirn zu schlagen und piepsend um Elan herum zu hüpfen: „Gib mir ein Würmchen, gib mir ein Würmchen. Piep piep...!!!“, hänselte er Elan und prustete dabei vor Lachen. Dazwischen knetete er mit flinken Händen kleine harte Bälle und piepsend schoss er diese gezielt auf Kopf und Brust von Elan. Ein stämmigeres Mädchen und ein großer starker Junge hingegen lachten nicht, kneteten und schossen dafür umso verbissener ihre Bälle. Sie ließen sich vom Übermut der anderen nicht ablenken und warfen auch nicht aus Spaß.

Langsam begann Elan wütend zu werden und so bückte er sich und begann ebenfalls mit Schneebällen, um sich zu werfen. Aber sie waren siebenmal mehr und so konnte er werfen, wohin er wollte, sie kamen nicht einmal an, wo sie sollten, sondern zerschellten bei all dem was ihm entgegenkam, schon in der Luft. Er sah auch kaum etwas, denn kaum nahm er einen der Rabenkinder ins Visier, zielten alle anderen direkt auf sein Gesicht, um ihn daran zu hindern. Nach einer Weile hockte er sich, die Arme schützend über seinen Kopf haltend nieder: „Hört auf ihr Idioten, verdammt noch mal, hört endlich auf!“ Aber seine Worte feuerten die Rabenkinder nur noch mehr an. Er nahm somit einen Arm vom Kopf und begann unter sich mit der verbleibenden Hand eine Kuhle zu graben. Die Bälle trafen nur mehr seinen Rücken und den Hinterkopf. In der Wölbung unter sich formte er fluchend und hasserfüllt aus einem Gemisch von Schnee, Eis und Schotter acht harte Bälle. Dazwischen nahm er immer wieder eine Hand voll Schnee und warf diese ziellos gegen die Rabenkinder und begann sie erneut anzuflehen, ihn in Ruhe zu lassen. Ausgelassen und ihres Sieges sicher schossen diese weiter auf ihn ein. Plötzlich rief Dahir: „Hey, hört mal auf, ich glaube, er hat was vor!” Aber es war zu spät. Elan hatte seine Bälle geformt: Sieben davon waren klein und hart. Den achten hingegen hatte er doppelt so groß und steinhart gepresst.

Nun sprang er schnell auf mit zwei Bällen in der Hand. Durch den Ausruf Dahirs und die kurze Irritation, dass doch noch Gegenwehr entstand, ergab sich eine kleine Lücke, die den Weg frei machte für Elans Vorhaben. Den ersten schoss er auf den Raben des mürrischen, klobigen Jungen direkt vor sich. Der Rabe flog plumpsend ein, zwei Meter hinter dem Jungen krächzend in den Schnee. Der Junge wollte sich sofort auf Elan werfen, wandte sich jedoch um, um sich seinem Raben zu widmen. Elan achtete nicht darauf, sondern schoss den zweiten Ball sofort auf den Raben des großen, dicken Mädchens daneben. Diesen Raben traf er sogar direkt in den weit geöffneten Schnabel und brachte ihn damit zum Schweigen. Der Rabe gab keinen Ton von sich sondern fiel nur schweigen in den Schnee und auch diesmal ließ sich Elan vom Aufschrei des Mädchens nicht ablenken, sondern griff nach den nächsten zwei Bällen und zielte auf den Raben von *Morgenwind*, die mehr ängstlich als wütend nach ihm warf. Den Raben traf er absichtlich nur an den Füßen. Er wollte die Raben eigentlich nicht verletzen, sondern nur erschrecken, damit er Zeit gewinnen konnte. Hastig griff er nach dem nächsten Ball und bewarf den vierten Raben, der sich jedoch schon aufgemacht hatte davonzufliegen und sich von den Schultern von *Grauer Schnee* abstieß, um das Weite zu suchen. Elan traf ihn nur mehr von hinten im Flug: Der Rabe schwankte, verlor das Gleichgewicht und verfing sich in einem Gebüsch. Die anderen zwei Raben warteten nicht darauf, getroffen zu werden und suchten eilig den Schutz der Bäume. Die Kinder, deren Raben getroffen worden waren, kümmerten sich um ihre gefiederten Freunde und flüchteten gemeinsam mit ihnen ebenfalls hinter die nächsten Felsvorsprünge, Büsche und Bäume. Aber Dahir warf sich wütend auf ihn und rief dabei über die Schulter: „*Grauer Schnee, Flinker Rabe*, steht nicht wie alte Bäume herum, sondern helft mir!"

Grauer Schnee ließ sich das nicht zweimal sagen. Er schien jedoch nicht wütend zu sein, sondern eher angewidert und schaute auf Elan wie auf etwas, das einem Ekel einflößt, während er sich auf ihn stürzte. Elan wusste nicht auf wen er sich konzentrieren sollte, denn aus den Augenwinkeln beobachtete er wie der andere Junge, der ihm schon wegen seiner Schnelligkeit aufgefallen war, ebenfalls attackieren wollte. Schnell schoss er noch seine letzten Bälle in seine Richtung und konnte damit etwas Zeit gewinnen, rieb sich den Schnee aus dem Gesicht und holte tief Luft. Vor allem den größten Ball schoss er mit aller Gewalt auf *Grauer Schnee.* Der Ansturm der drei Rabenkinder, die alle drei grösser und stämmiger als er waren, war heftig und er wich immer weiter nach hinten, bis er mit dem Rücken zur Wand stand. Elan hatte kraftmäßig keine Chance. Er wurde mit Fußtritten und Fäusten bearbeitet. Dahir stand in Punkto Gewalt den anderen nicht nach und traktierte ihn genauso wie die zwei Jungs. Elan versuchte mit Schlägen und Fausthieben sich zu wehren, wurde aber von einem Tritt in den Magen in die Knie gezwungen. Daraufhin warfen sich alle drei erneut über ihn und er begann ernsthaft in Erwägung zu ziehen, dass sie ihn unter sich ersticken wollten. Hinzu kam nun, dass die zwei Raben, die noch davonfliegen konnten, bevor er sie mit einem Schneeball treffen konnte, sich ebenfalls in die Schlacht einmischen wollten und mit ihren Schnäbeln in die Körperteile, die unter dem Haufen heraus schauten zu hacken. Elan schrie auf vor Schmerz. Aber sein Aufschrei ging in einem anderen Schrei unter. Dann wandten sich Dahir und die zwei Jungs ebenfalls vor Schmerz schreiend von ihm ab. Elan konnte nicht sehen, was geschah, denn das Blut rann ihm in die Augen aber Raben und Rabenkinder waren verschwunden. Er nahm nur aus der Ferne das

Weinen von Dahir und das Wehklagen der anderen beiden Jungs wahr.

Elan, froh darüber, dass die Rabenbande von ihm abgelassen hatte, sah jedoch erneut alarmiert, wie ein Schatten über ihn kam und jemand ihn unwirsch an den Armen auf die Füße zog. Schwankend stand Elan auf seinen zittrigen Beinen, wischte sich mit den Fingern das Blut aus den Augen und nahm vor sich verschwommen eine Mischung aus Menschen und Raben wahr. Als Elan seine Augen noch einmal vom Blut befreite und sie mit seinem Ärmel abwischte, hatte sich das Bild vor ihm verändert und er erkannte, dass es der Zauberer der Raben war, der ihn ausdruckslos mit seinen kohlrabenschwarzen Augen von oben bis unten mitleidlos musterte.

Offensichtlich war er zufrieden mit dem, was er sah, denn er wandte sich von ihm ab, setzte sich auf einen glatten Stein etwas oberhalb der Mulde und wartete bis sich alle sieben Rabenkinder mit ihren sechs Raben wieder im Kreis um ihn herum auf ihre Plätze gesetzt hatte. Elan stand noch immer mittendrin und wusste nicht, was zu tun war. Als alle anderen sich beruhigt hatten und eine neue Stille eingetreten war, die nur hin und wieder von einem Flügelschlag, einem leisen Krächzen oder dem Herabfallen von schmelzendem Schnee unterbrochen wurde, wandte sich der Zauberer an ihn und deutete mit einer Bewegung des Kopfes an, dass auch Elan sich in den Kreis einreihen sollte. Der einzige Platz, der noch frei war, war zwischen dem dumpf dreinschauenden Jungen, dessen Rabe Elan als erstes getroffen hatte und Dahir. Mit wackligen Knie und einem Schmerz zwischen den Rippen, der bei jedem Schritt aufflammte, ging er auf den leeren Platz zu. Er war fast angekommen, als er von der Seite eine Bewegung wahrnahm. Elan drehte sich um und sah, wie der schnelle Junge hochgeschnellt war und sich dann genau dort niederließ, wo Elan sich setzen wollte. Ein gehässiges Gelächter ging durch die Runde. „Bravo *Flink*!", riefen ihm die anderen zu. Elan blieb stehen, drehte sich um und humpelte nun auf den Platz zu, den der Junge gerade verlassen hatte. Kurz bevor er sich dort niederlassen wollte, rollte das große Mädchen, das daneben saß, auf diesen Platz. Rund um ihn wurde wieder ein Krächzen und hämisches Gelächter laut, das aber sofort wieder verstummte. Denn plötzlich stießen die Raben einen schmerzerfüllten Laut aus und flogen fluchtartig in den Wald. Der Zauberer schaute das Mädchen an und ohne etwas sagen zu müssen, stand dieses auf und ging auf ihren Platz zurück. Elan zögerte noch eine Sekunde, dann setzte er sich hin. Nach einer Weile kam es leise krächzend aus dem Mund des Zauberers: „Lasst uns mit unserer heutigen Lektion beginnen".

„Ihr müsst lernen, eure Aufmerksamkeit zu lenken und zu halten. Ansonsten kann euch alles ablenken. Im Kampf und wie im Leben allgemein, bringt mangelnde Aufmerksamkeit Zeitverschwendung oder sogar den Tod mit sich." Nach diesen ersten Worten blickte er in die Runde. „Was war deine Aufgabe heute Dahir?", fragte er ruhig das Mädchen. „Den Specht-Jungen hierherbringen", sagte sie mit einem trotzigen Unterton. „Habe ich dir gesagt, du sollst ihn hierherbringen und einen Streit anfangen?", fragte er. Dahirs Mund zuckte: „Nein, aber ..." Sofort wurde sie von dem Zauberer mit der immer gleichbleibenden monotonen Stimme unterbrochen: „Aber, aber ... ja, ja, das sind die Lieblingsworte kleiner Mädchen, wenn sie nicht geschafft haben, ihre Aufgabe zu erfüllen." Dahir war bei diesen Worten hochrot geworden und wütend aufgesprungen: „Er hat meinen Raben getötet!", kam es gepresst aus ihr heraus.

„So, hat er das? Möchtest du ihm wirklich die Macht zuschreiben, einen Raben töten zu können? Willst du das wirklich?" *Grauer Schnee* fasste sie am Arm und zog sie auf ihren Platz. „Auch wenn du keinen Raben mehr hast, den er quälen kann, lass es bleiben“ flüsterte er ihr zu. „Lass mich in Ruhe *Grauer Schnee*“, zischte sie ihm, ohne ihn auch nur eines Blickes zu würdigen, zu.

„Warum darf der Specht bei unserem Training dabei sein? Ich dachte, dieses Training ist nur für uns aus dem Raben Clan?“, fragte nun der sonst meistens schweigende Junge. „*Zwei Formen*, du müsstest das am besten wissen und so stelle ich dir eine Frage: warum machst du das Training?“ Der Junge, den der Schamane als *Zwei Formen* bezeichnete, wurde noch bleicher als er sowieso schon war, dann antwortete er: „damit ich meine Möglichkeit, ein Zauberer zu werden, erhöhe.“ „Richtig!", sagte Schattenjäger. „Und warum glaubst du, dass die Ältesten unseres Clans das Training ermöglichen? Warum musst du heute nicht Holz schleppen oder für deinen Clan Fische fangen und kannst statt dessen hier lernen, wie du erfolgreicher und mächtiger wirst?" *Zwei Formen* dachte einen Moment nach, dann sagte er: „Weil unser Clan stärker und mächtiger wird, wenn seine Clanmitglieder stärker und mächtiger werden." Schattenjäger nickte bedächtig mit dem Kopf. Offensichtlich gefiel ihm die Antwort. „Und nun eine weitere Frage an dich, *Strampelnder Fels*", und der Schamane richtete sich an den klotzig wirkenden Jungen, "warum erlauben wir heute ausnahmsweise einem Spechtkindchen, hier dabei zu sein?" - *Strampelnder Fels* blickte zu Elan, dann sagte er: „Damit wir ihn fertig machen können!", *Strampelnder Fels* schaute lachend in die Runde, aber niemand außer seiner Schwester fiel in das Lachen ein, denn den anderen war bewusst, dass diese Antwort definitiv nicht die richtige war. *Zwei Formen* antwortete: „Dieser eine Tag wird Elan nicht zu einer Konkurrenz von uns machen, aber er wird kapieren, dass er nicht die Fähigkeit hat, das zu vollbringen, was wir vom Raben Clan seit jeher schaffen." „Damit ist das doch die völlige Zeitverschwendung!", rief in dem Moment *Grauer Schnee*. Wir verlieren Zeit und er wird sowieso nichts verstehen!" *Schattenjäger* kicherte: „Ja, *Grauer Schnee*, da ist etwas Wahres daran, aber", und er seufzte übertrieben, „Clanmutter hat erkannt, dass wir nur so stark sind, wie jeder Einzelne von uns ist, daher ist ihr ausdrücklicher Wille - den wir natürlich von Herzen mit ihr teilen - dass alle Stämme und deren Mitglieder Stärke erfahren. Aus irgendwelchen Gründen, liegt ihr das Überleben des Specht Clans sehr am Herzen. Also: auch uns liegt das Wohl der kleinen Vögel am Herzen, nicht wahr und so werden wir heute ganz gehorsam das tun, was Clanmutter sagt. Verstanden?" -

Elan war sich nicht sicher, ob der Schamane nun alle aufgefordert hatte, ihn erst recht den ganzen Tag zu quälen, oder ob er es ernst damit meinte, dass sie ihn heute mitmachen ließen, weil nur das Überleben des Einzelnen das Überleben aller sicherte.

„So, das wäre also geklärt?", hakte der Schamane in Richtung Dahir nach. Das grobschlächtige Mädchen schaute sie ungeduldig an: „Jetzt komm schon Dahir, höre auf hier Zeit zu vergeuden. Wir wollen mit dem Unterricht anfangen, nicht?" Dabei warf sie einen Zustimmung heischenden Blick auf den Schamanen und in die Runde. „Ach ja, *stehender Rabe*, als ob du bisher deine übergroße Lust am Lernen gezeigt hättest", fauchte sie Dahir an.

„Na gut, dann halt nicht".

„Also, Dahir, zum letzten Mal für heute, damit wir dieses leidige Thema hinter uns bringen: sag uns, glaubst du wirklich, dass ein Specht", und er sagte das Wort betont abfällig, „die Fähigkeiten, die Kraft und die Macht besitzt, um einen Raben zu töten, ungeschoren davonzukommen und dass wir dann auch noch so dumm sind, ihn zu unserem Training einzuladen?"

„Lächerlich", sagte *Flinker Junge*. „Natürlich nicht", sagte *Grauer Schnee*. „Undenkbar", grölte *Stehender Rabe*. „Genau. Ein Specht ist völlig unfähig einem Raben auch nur eine Feder zu krümmen, und zwar, weil ihm die Magie fehlt!", schloss der Zauberer. „Sind wir uns da alle einig?" Alle außer Dahir nickten zustimmend. „Und warum sind die Spechte dann überhaupt hier? Nur weil Clanmutter es will", fragte sie wütend. Der Zauberer schaute sie eine Weile lang an, dann antwortete er:

„Wenn wir nicht mindestens 144 Mitglieder aus dem Reich der Gefiederten haben, fehlt uns die Kraft, um zu fliegen. „Und warum haben wir dann nicht Mitglieder aus dem Kranich- oder dem Tauben Clan eingeladen?", insistierte Dahir. „Weil der Specht Clan gefragt hat. Wir können keine Entscheidung einfach so machen, sondern der Große Geist gibt uns Zeichen und auch wenn ich der letzte bin, der glücklich darüber ist, dass dieser lächerliche Haufen an kindischen Sturköpfen die Winter mit uns verbringt und nun sogar am Bergflug mitmachen darf, hat der Gesetzeskreis so entschieden." „Es genügt also einfach zu fragen und schon kann ein Nichts von einem lärmenden Clan plötzlich Magie?" - „Jeder Clan hat seine eigene Magie, auch ein Schwalben- oder sogar Spatzen Clan, nur dass die Magie nicht so mächtig ist, wie unsere!", sagte der Zauberer und schaute dabei erhaben in die Runde. „Und diese kleine Magie schwächt uns nicht?", fragte nun *Grauer Schnee* und schaute dabei abschätzend in Richtung Elan. „Wenn wir uns mit Stämmen wie dem Specht Clan vermischen, ist es sicher, dass das unsere Kraft verstärkt? Hat man das geprüft oder riskieren wir beim Bergflug alle abzustürzen, weil wir die Schwester dieses Stöpsels und weitere zwei Spechte zugelassen haben?" „Vielleicht bringen sie uns ja nur Unglück! Beim letzten Mal hat kein einziger aus dem Clan der Spechte den Bergflug geschafft und wir haben nichts von den Kindern, die auf die Reise zur Insel Ohne Namen geschickt wurden, jemals wieder etwa gehört! Vielleicht werden wir ja dafür bestraft, dass wir einen gewöhnlichen Clan unter uns aufgenommen haben. Sind wir uns sicher, dass das eine gute Idee ist, den Fehler von vor vier Jahre zu wiederholen?" „Das ist eine gute Frage *Grauer Schnee* und ich würde gerne sagen, dass wir sicher sind, dass euch die Winde beim Bergflug tragen werden und wir genug Magie gemeinsam erwirken, um euch sicher wieder im Tal ankommen zu lassen. Wenn man auf mich hören würde, würde ich sicherlich niemanden aus den gewöhnlichen Gefiederten teilnehmen lassen." Alle Augen richteten sich auf Elan. Bis zu diesem Moment dachte er, die Stimmung könne nicht noch schlechter werden, aber jetzt war die Temperatur weit unter den Gefrierpunkt gesunken. „Und warum darf er dann noch einmal bei uns beim Training mitmachen?", fragte Dahir und schaute grimmig in Richtung Elan. „Weil es nun einmal so entschieden wurde, dass der Specht Clan von nun an zu uns gehört." Der Zauberer schaute in die Runde, ließ einen unwirschen Ton von sich und fuhr fort: „Gut, nachdem wir nun schon dank eurer noch unzureichenden Fähigkeit, euch zu fokussieren kostbare Zeit verloren haben, werdet ihr heute bis zum Abend - ohne Mittagessen - folgende Aufmerksamkeitsübung machen: Ihr werdet lernen nur das zu tun, was ihr vorhabt. Nichts wird euch davon abhalten: keine Gefühle, kein Hunger, kein Durst, keine Kälte, kein Mensch, kein Tier, kein Gedanke, kein gar nichts. Die Übung ist folgende: jeder von euch geht in den Wald, holt jeweils nur ein Stück Holz und bringt es hierher", und dabei deutete er auf eine Stelle in der Mitte der Mulde. „Hier schichtet ihr das Holz auf. Das Stück Holz kann jegliche Größe haben, aber es muss alt sein, so dass es brennt. Die Aufgabe ist, diese Arbeit so zu tun, wie ich es euch sage: jede Tat - egal ob es Nase putzen oder Rücken kratzen oder den Himmel anschauen ist - wird vor der Ausführung angekündigt. Ihr werdet in Zweiergruppen arbeiten. Das Paar, das am meisten Holz bis heute Abend zusammentragen konnte, ohne die Regeln zu brechen, ist der heutige Sieger. Specht, komm her. Elan erhob sich und ging zu dem Schamanen. Nur dass der Stein, auf dem dieser saß oberhalb einer steilen Stelle lag und somit Elan nur bis ein, zwei Meter Abstand zu ihm gelangte und zudem mit dem Gesicht in der Höhe dessen Füße stand. „Ich werde jetzt die Stimme sein und du die Handlung. Dann wirst du es mir gleichtun und selbst die Stimme, sein, die entscheidet und du wirst selbst handeln. Aber damit du...und wir alle es wirklich verstehen, will ich zuerst dein Wille sein". Ein leicht höhnisches Grinsen überkam die Gesichter der anderen. „Hast du verstanden?", fragte ihn der Zauberer auf eine Art wie man nur kleine oder dumme Kinder fragt. Elan nickte, auch diese Situation über sich ergehen lassend.

„Gut, dann fangen wir an: bücke dich", Elan bückte sich. „Bücke dich tiefer!", Elan bückte sich tiefer. „Bücke dich in meine Richtung!", Elan wendete sich leicht und bückte sich in seine Richtung. „Nimm etwas Schnee in die Hand!", hier war der Schnee hart und vereist und Elan kratzte ausdruckslos mit den Fingernägeln Schnee zusammen. „Reibe dir damit das Gesicht ein!" Elan hörte, wie die anderen kicherten und den Befehl des Zauberers hämisch leise wiederholten: „Ja, kleiner Specht, reib dein Gesicht ein!" „Psst!", zischte der Zauberer in die Richtung des Kreises. Sofort verstummten alle. Elan kochte vor Wut, wollte aber weder dem Zauberer noch den anderen die Genugtuung schenken, dass sie es bemerkten. Und so rieb er sich ausdruckslos das Gesicht mit dem Eis ein. Die Kruste der Wunde, die er an der Stirn hatte, platzte wieder auf und vermischte sich mit dem Eiswasser, rann ihm in die Augen über die Lippen. Elan leckte sich die Lippen, schluckte das Blut, als ob es Wasser wäre. „Fehler!", rief der Zauberer, „du darfst dir die Lippen nur lecken, wenn ich es dir sage!" Und in die Runde sagte er genüsslich: „Und DAS ist der Unterschied zwischen jemandem, der weiß was er tut und wie ein magisches Mitglied des Nord Clans nur das tut, was er vorhat, oder eben jemandem, der einfach etwas tut, was ihm gerade einfällt und wichtig erscheint." Dann wendete er sich wieder Elan zu: „Klettere zu mir hoch". Elan schwitzte inzwischen vor Wut, aber er wollte ihnen nicht noch einmal die Freude bereiten, etwas zu tun, was der Zauberer nicht ansagte, und so versuchte er zu dem Stein hochzuklettern. Das Eis war aber dermaßen glatt vom mehrmaligen Auftauen und Einfrieren, dass er immer wieder nach unten rutschte. Inzwischen waren die Wunden seiner Fingerkuppen wiederum aufgeschürft und der Schmerz trieb Elan Tränen in die Augen. „Hast du den Befehl nicht verstanden, Specht?", fragte ihn betont ruhig der Zauberer. Elan hielt schnaufend inne: „Es geht nicht, es ist zu eisig", stieß er keuchend hervor. „Habe ich gesagt, du sollst reden, kleiner Specht?" Und wiederum lachten alle. „Falsch, falsch, kleiner Specht. Ich habe nicht gesagt, dass du reden sollst. Seht ihr?", und er wendete sich dabei zu den anderen, „genau das sollt ihr nicht tun. Nämlich etwas tun, was euer Wille, eure Stimme nicht zuvor angesagt hat. Und momentan bin ich sein Wille. Nehmt euch ein Beispiel an Elan, wie man es ...nicht tun soll. Also Elan, ich sage dir noch einmal, hier hoch zu klettern!". Elan blickte hoch und stieß auf unbeteiligt, arrogant wirkende kalte Augen. Dann bekam er eine Eingebung. Er machte zwei Schritte nach hinten, rannte nun auf den Hang zu, fasste schnell ein Bein des Schamanen und zog sich mit einem Ruck hoch. Der Schamane, der damit nicht gerechnet hatte, rutschte von dem Stein und flog - sich einmal überschlagend - hinunter. Elan hingegen hatte sich mit der zweiten Hand an der Kante des Steines festhalten können und stemmte sich nun auf den Platz, auf dem zuvor der Zauberer gesessen hatte. Schweiß lag ihm auf der Stirn vor Anstrengung, vor Wut und Genugtuung. Der Zauberer hatte sich inzwischen wiederaufgerichtet und stand nun unbeweglich unter ihm. Im Kreis war eine Totenstille eingetreten. Aber der Moment hielt nicht lange an, denn plötzlich durchfuhr Elan ein greller Schmerz, der am Hinterkopf eindrang und quer durch sein Gehirn bis zu den Augen drang. Er fiel kopfüber nach vorne und als er wieder zu sich kam, war der Zauberer verschwunden und die Rabenkinder hatten begonnen sich selbst Befehle zu geben und diese dann auszuführen.

Als er sich aufgerichtet hatte, sah er, dass *Grauer Schnee*, der ihn bisher nur mit Abscheu betrachtet hatte, neben ihm stand. Er hörte ihn sagen: „Ich werde nun dem Specht erklären, wie die Regeln sind". Dann ging er auf Elan zu, klärte ihn darüber auf, dass er heute sein Trainigspartner sei. Immer wenn einer von ihnen nicht zuvor gesagt hätte, was er als nächstes tun würde, hätte der andere die Berechtigung, ihm anschließend einen Befehl zu geben.

„Ich werde nun in den Wald gehen und Holz holen", sagte Elan und stapfte in die entgegengesetzte Richtung, von wo er die Stimmen der anderen hörte. „Ich gehe nun hinter Elan her und sage ihm, in welche Richtung wir gehen", hörte er *Grauer Schnee* hinter sich - verärgert darüber, dass Elan ohne ihn zu fragen eine Richtung eingeschlagen hatte. „Ich beschleunige nun den Schritt, um so viel Holz wie möglich zu sammeln", sagte Elan eilig und verdoppelte das Tempo. „Ich werde den Specht einholen und ihn stoppen", keuchte hinter ihm *Grauer Schnee*. Elan hatte die Richtung gewählt, die in Richtung Tal ging. Vor ihm lag ein steiler Abhang, der offensichtlich das Produkt einer ehemaligen Steinlawine und voll von Geröll war.

Elan, klein und wendig, nahm absichtlich die schwierigsten Wege, kletterte, sprang und kroch behände über Schotter, Steine und Felsen und konnte sich somit den langsameren Jungen, der versuchte ihn einzuholen, vom Hals halten. Dann, nach einer Weile, verlangsamte er unmerklich den Schritt und ließ zu, dass *Grauer Schnee* knapp hinter ihm ankam und ihn fast erreichte. „Ich halte an", sagte Elan schnell. Und er hielt so schnell an, dass *Grauer Schnee* in ihn hineinrannte. „Ich hebe nun das Stück Holz auf und trage es dorthin, wo der Zauberer es uns aufgetragen hatte“, sagte Elan laut, drehte sich um und blickte dabei provokant in die Augen von *Grauer Schnee*. Dann bückte er sich vor dem keuchenden Jungen, hob ein winzig kleines Stück trockenen Holzes auf, das er zuvor entdeckt hatte, drehte sich auf den Fersen um, wand sich auf dem schmalen Weg an *Grauer Schnee* vorbei und trug es langsam zurück zu dem Haufen. „Ich interessiere mich nun nicht mehr für den Specht, suche ein Stück trockenen Holzes und bringe es zurück zu dem Haufen in der Mulde“, presste *Grauer Schnee* hervor, blickte suchend um sich und als er nur einige Meter oberhalb eine vom Blitz gespaltene Fichte sah, deren eine Hälfte noch grün, die andere jedoch grauschwarz und tot daneben lag, ging er, immer seine Handlungen zuerst benennend, auf sie zu. Der halbe Baum war kurz über der Erde abgebrochen und nur einige Meter lang. *Grauer Schnee* befreite ihn mit einem Ruck von Eis und Schnee und zog ihn hinter sich her. Der Baum war zwar trocken aber hatte immer noch so viel Gewicht, *dass Grauer Schnee* alle Kraft zusammennehmen musste, um ihn zu transportieren.

Immer wieder musste er anhalten und ausruhen. Denn zurück zur Mulde ging es unwegsam steil aufwärts. „Das wird mir der Specht noch büßen“, sagte er und versuchte, sitzend und die Füße in den Boden gerammt, den Ast mit beiden Händen über einen Felsen zu ziehen. In dem Moment kam Elan wieder zurück und hielt hinter *Grauem Schnee* an. Er war innerlich zwiegespalten. Denn einerseits genoss er es *Grauen Schnee* so mit dem Baumstamm kämpfen zu sehen, auf der anderen Seite musste er gegen den Impuls ankämpfen, ihm nicht einfach unter die Arme zu greifen. „Ich werde nun *Grauen Schnee* fragen, ob ich ihm helfen soll", kam es schließlich aus ihm heraus. *Grauer Schnee*, der mit sich und dem Baum beschäftigt war, hatte ihn kommen gehört und wollte sich schon zu Elan umdrehen. Er musste jedoch alle Kraft aufwenden, damit der Baum nicht wieder über das Geröll hinunterrutschen würde und beschloss schließlich, sich weiterhin dem Clan zuzuwenden. „Ich ändere nun meinen Befehl und sage, *Grauer Schnee* sollte mich nicht davon abhalten, ihm helfen zu lassen", sagte nun Elan laut und deutlich, rutschte zu *Grauem Schnee*, erfasste einen Seitenast und zog ihn nun, ohne aufzublicken gemeinsam mit *Grauem Schnee* hoch. *Grauer Schnee* zögerte nur kurz, dann, ohne Elan eines Blickes zu würdigen, konzentrierte auch er sich darauf, den Baum gemeinsam mit Elan zum Lager zu schleppen. Im Lager angekommen, warfen sie den halben Baum auf das kleine Holzstück, das Elan in eine Ecke gelegt hatte. Mit diesem Baum waren sie eindeutig im Vorteil für den Rest des Tages. Die anderen Paare hatten bisher noch jeweils nur ein Stück Holz vor sich liegen.

Dahir starrte wütend auf Elan. Neben ihr standen *Flinker Rabe* und das Geschwisterpaar in einem Streit verwickelt. „Ich hatte angekündigt, dass wir den Ast gemeinsam auf Kommando auf den Haufen werden sollten", schrie in diesem Moment *Stehender Rabe* empört in Richtung *Flinker Rabe*. „Ja, aber da hattest du mir noch nicht den Ast ins Auge gespießt", antwortete dieser wutentbrannt. „Das ist doch gar nicht wahr! Du hast dich genau dann gebückt, als ich das Kommando gegeben hatte!" „Ja, aber ich war nicht einverstanden damit, dass du das Kommando gibst, und so war ich gerade dabei zu formulieren, dass wir erst entscheiden müssten, wer das Kommando gibt, du blöde Gans!"

Nun mischte sich ihr Bruder *Strampelnder Fels* ein und gab *Flinkem Raben* einen Stoß vor die Brust: „Hey, du nennst meine Schwester sicherlich nicht 'blöde Gans', sonst bekommst du es mit mir zu tun!" In dem Moment ließ Dahir einen Brüller los und warf sich zwischen die drei Streitenden: „Hört sofort auf mit dem Gezeter! Bald wird *Schattenjäger* kommen und wenn er sieht, dass wir weder Holz gesammelt noch die Übung richtig gemacht haben, lässt er uns diese alberne Übung noch hundert Mal wiederholen."

Flinker Rabe, Strampelnder Fels und *Stehender Rabe* sahen sich noch wutschnaubend an, dann sagte *Flinker Rabe*: „Ich gehe nun so langsam in den Wald, dass auch *Stehender Rabe* Schritt halten kann." Er wartete kurz und begann betont langsam in Richtung Wald zu gehen. *Stehender Rabe* folgte ihm schnaubend und mit ihrem Bruder Blicke tauschend. „Wir gehen in die andere Richtung" ,sagte *Strampelnder Fels* herrisch, „sage ich nun Dahir", fügte er schnell hinzu, drehte sich um und ging los. „Ich folge nicht den Befehlen eines Idioten und gehe nun allein in den Wald", sagte Dahir, warf zuvor noch einen erstaunten Blick auf Elan und *Grauer Schnee*, die immer noch vor ihrem Haufen ausruhten und ging in Richtung Wald, wo sie jedoch hinter einen Baum ging und in Richtung Lager blickte.

„Ich entscheide nun zu beobachten, wie diese beiden das Problem mit dem Kommando lösen“, sagte Dahir leise.

Elan und *Grauer Schnee*, die den Streit gehört hatten, ruhten sich kurz aus, dann wollten sie losgehen, aber keiner wollte den anderen bitten ihm zu folgen und gleichzeitig wollten sie nicht wie Dahir und *Strampelnder Fels* enden und sich trennen. „Ich schlage vor, dass wir es so machen: die erste Runde entscheidest du die Richtung, das Tempo und welches Holz wir wo holen und wie wir es zurücktragen und die nächste Runde entscheide ich, ist das ok für dich?“, Elan blickte *Grauen Schnee* betont unbeteiligt an. Dieser dachte kurz nach, dann sagte er: „Ich werde nun dem Spechtjungen antworten, dass ich einverstanden bin mit seinem Vorschlag: ‘Ja, ich bin einverstanden!’“ „Ich nicke nun mit dem Kopf als Zustimmung”, sagte *Grauer Schnee*, dann nickte er mit dem Kopf.

Dahir verzog hinter dem Baum den Mund: sie hasste es, Elan in Einklang mit einem von ihrem Clan zu sehen. In dem Moment kamen *Zwei Formen* und *Morgenwind* aus dem Wald. Jeder von ihnen hatte ein Stück Holz in der Hand und vor jedem Schritt sagte jeder von ihnen an, dass sie nun einen weiteren Schritt in Richtung Lager machen würden. Die zwei brachten das erste Mal etwas zu ihrem Haufen. *Zwei Formen* war kreidebleich und es schien so, als ob er kurz vor einer Ohnmacht wäre. *Morgenwind* hingegen hatte irgendwie Oberwasser und in einer Art Singsang schien sie einen unglaublichen Spaß daran zu haben jede auch noch so kleine Bewegung zuerst anzusagen. Als Dahir genug gesehen hatte, gab sie sich den Befehl nun ein weiteres Stück Holz zu holen und verschwand im Wald.

Der Nachmittag verging langsam und die Zeit zog sich endlos in die Länge. Die Lösung, die *Grauer Schnee* und Elan gefunden hatten, hatte ihr Problem Großteils gelöst. Sie sprachen nur miteinander, wenn es ein Problem zu lösen gab und so brachten sie im Vergleich zu den anderen am meisten Äste zu ihrem Haufen. Als sie gerade dabei waren, sich wie gehabt kurz bei dem stetig wachsenden Holzhaufen auszuruhen, hörten sie, wie die Raben sich krächzend aus dem Wald, wo sie offensichtlich den Tag schweigend verbracht hatten, erhoben und ohne sich umzudrehen oder auf ihre Besitzer zu warten in Richtung Tal flogen.

Grauer Schnee und Elan schauten sich an. „Ich schlage vor, wir warten, bis die anderen aus dem Wald kommen und schlage ihnen dann vor, dass auch wir uns in Richtung Tal aufmachen.“ „Ich stimme dem zu und setze mich auf diesen Stein”, sagte daraufhin Elan. „Ich setze mich ebenfalls”, antwortet *Grauer Schnee* und setzte sich, ohne mit der Wimper zu zucken in den Schnee. Elan war hungrig und durstig und hatte die Nase gestrichen voll von den Raben und der Übung. Am liebsten wäre er einfach aufgestanden und ins Tal gelaufen. Er gab sich den Befehl, nun eine

Handvoll Schnee aufzuheben und daran zu lecken, damit wenigstens der Durst weniger würde. Die Sonne stand schon tief und die Kälte nahm zu. Als alle anderen auch müde und, bis auf *Morgenwind*, mürrisch daherkamen, sagte *Grauer Schnee*: „Unsere Verbündeten sind ins Tal geflogen, ich denke, es ist Zeit, dass auch wir nach Hause gehen." Alle nickten. Elan dachte, dass sie nun einfach den Berg hinabsteigen würden aber *Flinker Rabe*, der seinen Blicken in Richtung Tal gefolgt war, klärte ihn auf: „Das würde ich nicht probieren kleiner Specht... oder vielleicht doch?", und dabei grinste er auf eine Weise, dass Elan klar war, dass er diesen Weg ganz sicher nicht mehr in Betracht ziehen würde.

Elan kam gar nicht dazu, darüber nachzudenken, welchen Weg sie sonst nehmen sollten, als er sah, dass *Morgenwind* und Dahir schon begonnen hatten den Felsen hochzuklettern, über dessen Kante er am Morgen in die Mulde geflogen war. Die Wand richtete sich dunkel und mindestens fünfzehn Fuß hoch vor und über ihm auf. Er war gut im Klettern und dennoch fragte er sich, wie sie das vorhängende letzte Stück schaffen sollten, vor allem jetzt, da die Wand eisig und glatt den Fingern keine Möglichkeit gab, sich festzuhalten. Gebannt sah er zu, wie Dahir, *Grauer Schnee* und *Morgenwind* dicht gefolgt von *Strampelnder Fels* sich mit gekonnten Griffen hochangelten. Als sie fast oben angekommen waren, sah er wie Dahir und *Grauer Schnee* sich auf einen kleinen Vorsprung kauerten. Knapp hinter ihnen war *Strampelnder Fels*, der sich etwas unter dem Vorsprung zu den beiden hochlehnte, ein Bein von *Morgenwind* erfasste und mit beiden Händen festhielt. Die Wand war inzwischen von langen Schatten des Waldes überzogen und Elan musste die Augen zusammenkneifen, um überhaupt noch etwas zu erkennen. Zudem waren die drei grauschwarz angezogen und hoben sich nur dort vom Felsen ab, wo auf Vorsprüngen und in den Ritzen glitzerndes Eis oder Schnee lag. Dann ließ er einen Schrei los: *Morgenwind* ließ sich mit dem Kopf voraus, Gesicht in Richtung Wand, nach unten hängen, die Hände weit von sich gestreckt, damit sie sich damit von der Wand abstemmen konnte. Das eine Bein hatte *Grauer Schnee* in seinen Händen und das andere Bein Dahir. Dann kam Bewegung ins Spiel: *Morgenwind* wurde von den beiden von rechts nach links geschaukelt. Selbst hier unten konnte er noch ihr Stöhnen hören. „Schneller ihre langsamen Kröten!“ Noch dreimal schwenkten sie sie immer mehr Schwung holend hin und her, dann ließen sie sie los. Das Mädchen fiel nach unten, baumelte eine Weile, nochmal sichtbar mit den Füssen und verschwand in der Wand. Elan blieb die Luft weg. War es nur eine optische Täuschung oder war sie tatsächlich verschwunden? Er drehte sich zu den anderen um, aber sie waren nun alle schon am Hochklettern. Elan sah hoch und erkannte verschwommen einen Schatten über dem Abgrund, dann vernahm er die piepsende Stimme von *Morgenwind*, die etwas nach unten warf, wo Dahir und *StrampelnderFels* standen. Es war ganz offensichtlich ein Seil, das *Strampelnder Fels* festhielt und an dem Dahir sich, mit den Füssen gegen den

Felsen gestemmt über den Vorsprung nach oben hochhangelte. Nach ihr kam *Grauer Schnee.* Als *Stehender Rabe* die Plattform erreicht hatte, folgte auch *Flinker Rabe.* Und kaum hatte *Stehender Rabe* die Plattform verlassen und sich ins Seil gehängt, half *Flinker Rabe* deren Bruder das Seil festzuhalten. *Stehender Rabe* war groß und schwer und dazu nicht sehr stark. Sie hatte schwer zu kämpfen, bis sie oben war und das letzte Stück halfen ihr *Morgenwind,* Dahir und *Grauer Schnee* und zogen sie mit gemeinsamen Kräften über die Kante. Elan hatte aufgehört die Szene zu beobachten und begann nun selbst den Aufstieg. Die Wand war glatt und kalt. Er konnte kaum mehr ausmachen, wo ein Vorsprung war, und musste einmal sogar wieder zurück, weil er in einer Sackgasse gelandet war. Es dauerte eine Ewigkeit, bis er auch nur die Hälfte der Strecke hinter sich hatte. Er schwitzte und der Schweiß bildete sofort eine salzige kalte Schicht auf seiner Haut. Die Fingerkuppen waren immer noch blutig und nun auch noch blaugefroren. Es war inzwischen so dunkel geworden, dass er die anderen nicht mehr sah. In dem Moment hörte er die sanfte und ruhige Stimme von *Zwei Formen*: „Halte dich da fest, wo meine Füße sind.“ Elan griff nach oben und folgte nun, ohne nachzudenken den Füssen des Jungen. Es war offensichtlich, dass *Zwei Formen* den Weg auch im Schlaf klettern konnte, da sie wohl seit Wochen hier oben trainierten und schon nach kurzer Zeit waren sie oben. „Na endlich“, hörte er *Strampelnder Fels* murren, der zusammengekrümmt auf der schmalen und niedrigen Stelle kauerte. *Zwei Formen* war etwas unterhalb der Plattform geblieben und richtete sich nun an Elan: „Du musst nun an *Strampelndem Fels* vorbei und dich am äußersten Ende hinsetzen, dass du deine Füße beim Ausstrecken so in die Kante stemmen kannst, dass du das Seil halten kannst, ohne hinunterzufallen. Elan nickte, auch wenn man das im dunklen nicht sehen konnte. Die anderen waren alle oben und es waren nur mehr sie drei hier unten. Den Nachmittag hatte er ganz gut überlebt, aber diese Geschichte im Dunkeln und mit Rabenkinder, die ihm nicht gut gesonnen waren, hatte ihm den Magen zum wiederholten Male an diesem Tag verknotet. Und wenn sie ihn einfach loshaben wollten? Nichts wäre einfacher als das. So ein dummer, kleiner Specht kann schnell einmal ausrutschen. Elan riss sich zusammen und zog sich ächzend dem Seil entlang nach oben. Die Fläche war so schmal, dass er zögerte sich an dem großen, breiten Jungen, der ihm zudem so unsympathisch war, vorbeizuklettern. In dem Moment packte ihn *Strampelnder Fels* mit nur einem Arm um seine Taille und wuchtete ihn kurzerhand über sich. Eine Sekunde lang schwebte Elan in der Luft, als *Strampelnder Fels* mit einem Ruck nach links rutschte und Elan rechts neben sich unsanft auf den Felsen plumpsen ließ. Elan sah kaum mehr etwas, alles war glatt und glitschig und weit unter sich schimmerte leicht das Weiß des Schnees. Er versuchte mit den Fingern Halt zu finden, aber die rutschige Fläche gab ihm keinen; keine Kante, kein nichts, woran er sich festkrallen hätte können. Als er sich schon sicher war, dass er schlichtweg nach unten über den Abhang rutschen würde, ertasteten seine Füssen einen Vorsprung. Schnell stemmte er sich dagegen und fühlte sich zum ersten Mal seitdem er den Aufstieg begonnen hatte, halbwegs sicher. „Wir müssen schnell machen“, hörte er *Zwei Formen* sagen. *Strampelnder Fels* lehnte sich vorsichtig nach vorne und griff gezielt in die Dunkelheit, bis er das Seil in der Hand hielt, dann reichte er es Elan. „Du darfst es nicht loslassen, solange ich mich daran hochangle, hast du gehört?“ Dann rief er nach oben: „Langsamer Specht ist nun auch endlich angekommen. Ich komme jetzt hoch!” „Wurde auch langsam Zeit!”, hörte er von oben Dahir schlecht gelaunt antworten. Elan hielt das Seil nun in beiden Händen und stemmte sich stark mit den Füssen gegen den Felsvorsprung. Er hatte seine Zweifel, ob er die Kraft hatte, das Seil fest genug zu halten, wenn *Strampelnder Fels* sich hineinhängen würde. Dieser schien seine Gedanken zu lesen: „Du musst nur genau drei Atemzüge durchhalten, dann kommt *Zwei Formen* und tut das, wofür du sowieso nicht imstande bist.“ Normalerweise hätte eine solche Beleidigung Elan zur Hochform angespornt. Aber innerlich gab er ihm recht und so konzentrierte er sich auf die Idee, dass er das schon drei Atemzüge lang schaffen würde. ‘Es sind nur drei Atemzüge’, wiederholte er innerlich. „Seid ihr bereit?”, rief er nach oben und seine Stimme klang fast so piepsig wie die von *Morgenwind*. „Ja! Schon seit Stunden!“, riefen sie alle nach unten. Dann drehte sich *Strampelnder Fels* um und lehnte sich mit dem Rücken nach außen an das Seil, das auf der Stelle aus den Händen von Elan zu rutschen begann. Kurz bevor er das unterste Stück des Seils verloren hätte, hechtete *Zwei Formen* auf die Plattform und riss ihm das Seil aus der Hand. Er zog nun – mit Elans Hilfe – *Strampelnden Felsen,* der fluchend im Seil hing und versuchte mit den Füssen auf der Plattform Fuß zu fassen, in ihre Richtung. Mehrmals rutschte *Strampelnder Fels* an der Kante aus bis *Zwei Formen* und Elan das Seil so straff zu sich zogen, dass der Abstand zu *Strampelnder Fels* gering genug war, um es ihm zu ermöglichen, sich wieder mit den Beinen und fast völlig aufgerichtet an der Kante kurz auszuruhen. Keiner sprach, denn sie waren alle drei keuchend damit beschäftigt, dass keinem das Seil entglitt. Als *Strampelnder Fels* sich etwas erholt hatte, rief er nach oben: „Es kann los gehen. Zieht mich hoch!“ Und zu Elan und *Zwei Formen* gerichtet befahl er, diesmal das Seil nicht loszulassen, weil er ihnen ansonsten später den Kopf abhacken würde. Dieser Drohung hätte es nicht bedurft, denn die beiden Jungs waren sich völlig im Klaren, dass sie das Seil nicht loslassen dürften. *Strampelnder Fels* stemmte nun die Füße gegen die Kante am Rand des Vorsprungs und griff mit der einen Hand etwas oberhalb in das Seil. Das wiederholte er, bis er mit den Händen oberhalb des Vorsprungs war. Nun begannen sie oben zu ziehen und so verschwand *Strampelnder Fels* rasch über ihnen. Elan konzentrierte sich nur darauf mit den Füssen nicht den Halt zu verlieren und das Seil nicht aus den Händen zu lassen. Nach einer Weile wurde der Druck auf das Seil geringer. Von oben hörte er nun wie die anderen ihn keuchend und fluchend hochzogen. Dann plötzlich war der Druck weg. Nach einer kurzen Verschnaufpause hörte er von oben rufen, dass er nun dran wäre und sich beeilen solle.

„Du machst es genauso wie *Strampelnder Fels*, verstanden?“ Elan atmete tief durch, hängte sich in das Seil und schob sich mit den Füssen am Seil nach oben, griff nach, kam mit den Füssen hinterher und nachdem er gesehen hatte, wie schwerfällig und mühsam sich *Strampelnder Fels* bewegt hatte, war er verwundert, wie einfach es ihm fiel. Schon nach wenigen Klimmzügen war er über der Plattform und hangelte sich leicht und schnell bis zu den anderen hoch. Oben angelangt war er fast enttäuscht, dass es schon vorbei war. Keiner sagte etwas. Nach einer kurzen Pause rief Dahir nach unten, dass *Zwei Formen* nun hochkommen könne.

Elan setzte sich etwas entfernt hin und sah nun, dass das Seil an einem Baum festgemacht war, und so wurde seine innere Frage, wie *Morgenwind* das geschafft hatte den ersten Jungen hochzuziehen, von selbst beantwortet.

Zwei Formen kam zügig nach oben, und zwar mit derselben Technik wie Elan. Für ihn hielt niemand das Seil, aber es waren inzwischen genug Helfer hier oben, dass sie rasch und gemeinsam das Seil und damit ihn hochziehen konnten. *Grauer Schnee* und *Strampelnder Fels* rollten das Seil ein, lösten es vom Baum und versteckten es in einer Felsnische. Elan fragte sich wie sie nun in der Dunkelheit den Abstieg schaffen sollten, aber mit dieser Sorge schien er allein dazustehen, denn die anderen machten sich sofort auf und kletterten quer hangaufwärts auf einen Abgrund zu, der noch dunkler als das vom Schnee und vom nun am Himmel aufgetauchten Mond erleuchtete Feld, das Ende der Welt zu sein schien. Nach nur wenigen Minuten waren sie am Abgrund angekommen. Sie standen hintereinander da. „Was tun wir da?“, fragte er *Zwei Formen*, der vor ihm stand. „Es ist eine Schneerinne, die uns bis fast zum Dorf bringt. Du musst nur hineinspringen und darauf achten, dass du auch in den Kurven in der Spur bleibst. Du darfst einfach nicht zu schnell werden, dann kann nichts passieren“, nach einer kurzen Pause fügte er hinzu, „auf keinen Fall Kopf voraus!”. Elan, der nach diesem ersten Beschulungstag nicht mehr sicher war, ob er dasselbe Gefühl für Sicherheit hatte, wie die Rabenkinder, nickte im Dunkeln, aber gleichzeitig lief ihm eine Gänsehaut über den Rücken.

Vor ihm hörte er Aufschreie und Jauchzer. Als *Zwei Formen* gesprungen war, kam er an den Abgrund und sah nicht weit unter sich wage die weiße Rinne. Warum klettere ich nicht einfach hinunter, fragte er sich. Warum schon wieder springen? Es taten ihm sowieso schon alle Knochen weh. Auf der anderen Seite hatte sich das Blut an seinen Fingern inzwischen begonnen zu gerinnen und er wollte sie nicht schon wieder aufreißen. Die anderen entfernten sich in Windeseile und es wurde still um ihn. Zudem hatte er das Gefühl, dass ihn etwas beobachtete. Ein Windhauch bewegte nun einzelne Äste im Wald. Ansonsten herrschte bis auf die verhallenden Stimmen der anderen, Totenstille. Die Luft war nun klar und still und roch nach Eis. Nichts wie weg hier, der Gedanke kam schnell und er setzte ihn um, holte tief Luft, sprang und machte sich gefasst hart auf seinem Hintern aufzuprallen. Er hatte jedoch den Abstand und das Gefälle schlecht eingeschätzt und landete somit auf seinen Füßen. Es überschlug ihn auf der Stelle mehrmals und er raste Kopf voran in einem Wahnsinns Tempo den Berg hinab. Schnee und Blut vermischten sich zum x-ten Mal an diesem Tag in seinen Augen und er verlor den Orientierungssinn. Bei der ersten Kurve schleuderte es ihn aus der Bahn und er krachte mit Gesicht und Bauch über die vom Wind freigelegte und trockene Winterwiese, bis er auf einem rauen flachen Felsen keuchend und mit geschlossenen Augen liegen blieb. Als er die Augen wieder aufmachte, sah er einen kleinen hellen Fleck. Zuerst verstand er nicht, was es war und er wollte sich aufrichten, um besser zu sehen, rutschte aber aus und hörte, wie unter ihm Steine losbrachen und nach einer Ewigkeit tief unter ihm wie Donner in der Stille aufschlugen. Der kleine, helle Fleck, war ein sich im Tal befindender Schneefleck. Er war am Rand eines Abgrundes! Aber er musste gar nicht lange darüber nachdenken, denn der Stein, an dem er sich festgehalten hatte, löste sich vom Untergrund und sofort sog ihn die Rinne wieder in die Tiefe. Diesmal bäuchlings und Füße voraus. Die Schneerinne bestand aus geschmolzenem und wiedergefrorenem Eis. Selbst bei einer schwachen Neigung rutschte man sofort und schnell dem Tal zu und hier war von einer schwachen Neigung nicht zu reden. Mit dem flachen glatten und von seiner Brust bedeckenden Stein war er wie ein Geschoss und konnte sich drehen und wenden, wie er wollte. Schnell verlegte er das Gewicht so, dass er doch wieder Kopf voraus ins Tal sauste. Er nahm an Geschwindigkeit zu und musste die Augen zu einem Schlitz verengen. Die kalte Luft trieb ihm Tränen in die Augen. Krampfhaft versuchte er zu sehen, wohin die Fahrt ging, und machte vor sich eine Kurve aus. Ich bin zu schnell! Dachte er. Ich muss mich von dem Stein befreien. Mit einem Ruck warf er sich auf die Seite. Der Stein sauste davon, Elan jedoch brachte es wiederum ins Schleudern, da der Stoff seiner Kleidung eine plötzliche Verlangsamung verursachte. Nach einer Ewigkeit hatte er es geschafft sich auf den Rücken zu wenden und mit den angewinkelten Beinen und Füssen in der Luft, talwärts zu rutschen. Angestrengt starrte er vor sich auf die weiß schimmernde Bahn. 'Wann hört die Rinne denn endlich auf!', war sein Gedanke. Die Bauchmuskeln begannen ihm in Stich zu lassen und sein Rücken und Hintern schmerzten, da immer wieder Löcher, Mulden, Risse und kleine Erhebungen die Rutschbahn übersäten.

Er konzentrierte sich darauf, in den Kurven nicht aus der Bahn geschleudert zu werden. Zudem begann er innerhalb der Bahn mit seinem Gewicht von einer Seite zur anderen zu lenken, um so wenig wie möglich in der steilen und eisigen Mitte zu sein und reduzierte auf diese Weise etwas die Geschwindigkeit.

Der Preis dafür war, dass die Ränder mehr scharfe und raue Stellen aufwiesen und ihm den Rücken aufrissen, also hörte er schließlich auch mit dieser schmerzhaften Verlangsamungstechnik auf und gab sich der Schwerkraft in der Mitte der Rinne hin.

Elan begann schon Spaß an der Fahrt zu bekommen, als er in der Ferne mehrere Punkte auf der Bahn wahrnahm, die schnell grösser wurden. Er versuchte die Fersen in das Eis zu stemmen, was jedoch dazu führte, dass es ihn auf die Beine stellte und dann flach auf den Bauch schlug. Diesmal hatte er es eilig wieder in die Rückenposition zu kommen, um zu sehen, auf was er da zuschoss. Was immer diese Punkte sind, ich bin froh, da schnell vorbeizukommen, dachte Elan. Nach kurzem Überlegen hob Elan die Beine noch mehr an, um die Reibung mit dem Eis zu verringern. Er steuerte in die Mitte der Rinne, wo das Eis am glattesten war, und gewann sofort zusätzlich an Geschwindigkeit. Die Tränen, die ihm den eiskalten Wind in die Augen getrieben hatte, waren inzwischen vereist. Er sah nur mehr aus einem schmalen Schlitz und die Sicht war von Eiskristallen überdeckt. Darauf bedacht jetzt nicht das Gleichgewicht und an Geschwindigkeit zu verlieren, rieb er sich schnell mit beiden Händen die Augen und als dann noch kurz die Wolken den Mond freigaben, sah er klar und deutlich, dass es drei Wölfe waren, die ihm den Weg versperrten. Sie waren dunkel und einer davon deutlich größer als die anderen. Dieser große stand geduckt und sprungbereit genau in der Mitte der Bahn. Ihre Haltung ließ keinen Zweifel über, dass sie da nicht aus Versehen standen. Nein, sie warteten ganz offensichtlich auf ihn!Es geschah so viel so schnell auf einmal, und doch fühlte es sich an wie in Zeitlupe. Es war alles wirr wie in einem Traum, aber trotzdem wahr.

Es wurde Elan augenblicklich siedend heiß und seine Kehle verengte sich. Er schloss die Augen und gab sich den Befehl: 'Ich rutsche nun einfach an den Wölfen vorbei'. Kurz schien es ihm, als ob rund um ihn die Geräusche weg waren oder ihm etwas die Ohren verstopfte. Dann spürte er wie sich Zähne in seinen rechten Unterarm bohrten und er mit einem Ruck langsamer wurde. Elan schrie vor Schmerz auf und öffnete die Augen. Ein Wolf hatte sich in seinen Unterarm verbissen und es hatte sie beide an den Rand der Schneise getrieben, wo sie nun so langsam waren, dass der Wolf sogar wieder auf die Beine kam, Elans Arm losließ und mit einem Sprung auf seiner Brust landete. Das hatte jedoch als Folge, dass sie gemeinsam so schwer wurden, dass sie wieder Fahrt aufnahmen. Elan blickte in die zwei dunklen Löcher, wo seine Augen sein sollten und als der Wolf ihm an die Kehle wollte, wich ihm Elan gerade noch aus. In dem Moment riss die Kante eines Felsvorsprungs die Seite des Wolfes auf, der kurz und wütend aufjaulte, aber seine Position auf Elans Brust nicht aufgab. Elan nützte jedoch diesen Moment und steckte seinen Kopf unter den Bauch des Wolfes. Er wusste nicht genau, was er vorhatte, aber eines wusste er, nämlich dass er nicht mehr auf dem Rücken unter dem Wolf zum Liegen kommen durfte. Zusammengeklappt unter dem Wolf hob er seinen Kopf und der Wolf rutschte nun hinter ihm auf das Eis. Elan konzentrierte sich darauf Fahrt zu gewinnen, hörte aber wie der Wolf sich hinter ihm mehrmals überschlug und schließlich hatte er dessen buschigen Schwanz im Gesicht. Elan rundete nun den Rücken so stark, dass die Berührung mit dem Eis minimal war, damit er an Geschwindigkeit zulegen konnte. Der Wolf hatte es jedoch inzwischen geschafft sich umzudrehen und nun auch bäuchlings und Kopf voraus auf ihn zu schlitterte. Der Wolf war gleichschnell wie Elan und blieb nur wenige Handflächen hinter ihm. Elan hatte nun eine andere Sorge: und wenn der Weg nun zu Ende war? Dann würde er dem Wolf nicht mehr entkommen können. In dem Moment sah er, dass sich der Weg vor ihm gabelte. Rechts vor ihm baute sich am Ende des Hanges eine dunkle Wand auf. Hier endet der Weg im Wald, wurde es Elan klar. Allein der Gedanke gleich allein mit dem Wolf in dem Wald zu sein, ließ ihn, ohne lange zu überlegen die Entscheidung treffen. Er verlegte seine Schwerkraft so, dass es ihn nach links trieb. Was auch immer am Ende dieses Weges war, es konnte nur besser sein. Er wartete bis auf den letzten Moment, damit der Wolf eventuell nicht mitbekam, was er vorhatte und mit knapper Mühe konnte er verhindern, dass es ihn nicht einfach an den Felsen in der Mitte klatschte. Elan schwang sich im letzten Moment in den linken Weg hinein. Kurz blickte er zurück in der Hoffnung, dass der Wolf geradeaus weiter geschlittert sei, aber dem war nicht so. Es hatte den Wolf an den Rand der Gabelung getrieben, wo er sich mit seinen Krallen im Eis verhakt hatte. Mit einer unheimlichen Behändigkeit und Schnelle war er wieder auf die Beine gekommen und spurtete nun auf

Elan zu. Dazu kam, dass diese Spur holprig und rau war, so dass es Elan dermaßen abgebremst hatte, dass er schon befürchtete, dass es ihn endgültig zum Stehen brachte. Elan trieb es den Schweiß in die Poren. Er blickte vor sich und sah, dass nur wenige Meter weiter es wieder steil bergab ging. Schnell wollte er aufstehen, aber seine Beine wollten nicht mitmachen und sackten wieder unter ihm weg. Also drehte er sich auf den Bauch und stieß sich mit den Armen ab, um schneller vorwärtszukommen. Er spürte, wie es unter ihm steiler wurde und wie er wieder an Geschwindigkeit zunahm aber der Wolf hatte inzwischen aufgeholt und mit einem Satz war er auf seinem Rücken und verbiss sich in das Leder Elans rechter Schulter. Elan schrie laut auf vor Schmerz und wollte sich automatisch umdrehen, um sich dem Gegner zu stellen. Doch durch diesen Stoß wurde Elan mit dem Wolf auf seinem Rücken mit einem Ruck nach vorwärts in die Schneise gestoßen, die sich plötzlich fast senkrecht unter ihnen aufmachte. Der Wolf lockerte seinen Biss. Fast schien es so, als ob unter ihnen kein Boden mehr war. Elan und der Wolf blickten nun beide nach vorne und sahen, dass in wenigen Metern die Schneise einfach im nichts aufhörte. Und nach wenigen Schrecksekunden hörte Elan es auch: ein lautes Donnern, das schnell näherkam. ‘Der Wasserfall!’, schoss es Elan durch den Kopf. Sie waren fast im Tal angekommen und unter ihnen schoss das Wasser unterirdisch bis zum Ausgang und fiel über einer Felswand in den See. Der Wolf war nicht mehr daran interessiert seine Zähne in Elan zu verbeißen. Er krallte nun seine langen Nägel in das Fleisch von Elan und stieß sich dann schnell ab. Er landete zwar kurz auf seinen vier Pfoten aber die Schwerkraft und die Geschwindigkeit ließen ihn sich mehrfach überschlagen. Elan hörte mehrere kurze Schmerzensschreie des Wolfes neben sich, bevor er in das Dunkle der Nacht geschleudert wurde. 'Das war's dann',dachte Elan, er sah nur schwarz um sich und er fiel in die Tiefe. Er hatte wohl kurz das Bewusstsein verloren, denn als er wieder zu sich kam, war er immer noch in der Luft, nun aber umgeben von fallendem heißem Wasser, das ihn wie Fausthiebe nach unten trieb. Und obwohl der Fluss im Winter weniger Wasser führte als während des Restes des Jahres, war es genug, um einen Menschen in die Tiefe zu ziehen. Elan konnte sich nicht dagegen wehren und riss die Augen auf. Etwas in ihm hatte noch nicht aufgegeben, wollte sehen, wollte leben und so sah er unter sich eine brodelnde weiße Gischt. Er hatte gerade noch rechtzeitig tief Luft geholt, dann umschloss ihn der See. Die von oben herunterdonnernden Wassermassen trieben ihn unbarmherzig immer weiter nach unten, bis er am Boden aufkam. Der See war hier nicht tief und als Elan am Boden ankam, bückte er sich, krallte sich an den Felsen fest und zog sich aus dem Sog des Wasserfalles. Schon nach wenigen Metern konnte er sich freier bewegen, die fallenden Wassermassen verloren an Kraft. Er hangelte sich entlang einer Felskante und kämpfte mit dem Drang einfach nur so schnell wie möglich wieder nach oben zu kommen und Luft zu holen.

Denn Elan durfte erst einige Meter weiter flussabwärts auftauchen, damit er nicht von den Wassermassen erschlagen würde. Der Drang einzuatmen, wurde schließlich unerträglich und mit wenigen Zügen schwamm er an die Oberfläche. Kalte Luft füllte seine Lungen. Das angenehm warme Wasser begann sich langsam mit dem kalten Wasser des Sees zu mischen. Elan versuchte sich zu orientieren. Er war umgeben von undurchdringlichem Nebel, der sich jedoch vor ihm und seitwärts etwas lichtete. Hinter ihm verlor sich rasch das Rauschen des Wasserfalles und war bald nur mehr als dumpfes Dröhnen zu hören. Auf beiden Seiten erstreckte sich für mehrere hundert Meter der See und vor ihm konnte er nur ein Glitzern in der Ferne ausmachen. Elan schloss seine Augen zu einem schmalen Schlitz und spähte an den sich rasch nähernden Horizont. ‘Das ist die Eisfläche!’, kam es ihm in den Sinn. Er starrte auf die sich rasch nähernde, weiß glitzernde Eisfläche. ‘Wenn ich es schaffe auf das Eis zu kommen, kann ich über das Eis zum Ufer gelangen’, dachte Elan. Gleichzeitig spürte er den starken Sog des Wassers nach vorne. ‘Ich darf auf keinen Fall unter das Eis rutschen!’, sagte er sich in aufkeimender Panik und so konzentrierte er sich auf die Eiskante vor sich. Er erhöhte seine Geschwindigkeit noch durch schnelle und kräftige Schwimmzüge und als die Kante an seine Brust schlug, warf er seine Arme auf das Eis, strampelte mit den Füssen, bis er mit dem gesamten Oberkörper auf dem Eis lag. Der Schlag auf die Brust hatte ihm kurz den Atem genommen aber die eisige Nachtluft und das Eis unter ihm machten ein Ausruhen unmöglich. ‘Nur noch einen Atemzug lang liegen bleiben, nur einen einzigen Moment noch', sagte sich Elan. Aber etwas stimmte nicht. Er hatte erwartet, dass das Eis hart und still daliegen würde. Aber dem war nicht so. Nicht nur, dass es unter ihm schaukelte, sondern er nahm auch in der Dunkelheit wahr, wie das Land gemächlich an ihm vorbeizog. Auch begann sein Körper langsam wieder nach hinten in das Wasser abzugleiten. Schnell robbte er vorwärts aber das Gefälle unter ihm nahm rasch zu. 'Es ist nur eine Eisscholle', schoss es Elan in den Kopf. Er hielt sich so gut er irgend konnte und schob sich noch weiter nach vorne. Aber offensichtlich war er nun zu weit nach vorne gekommen, denn nun glitt er kopfüber nach unten und sein Kopf tauchte in das eisige Wasser. Mit letzter Kraft krallte er seine Finger ins Eis und zog sich vorsichtig wieder nach hinten, bis er in eine ausgewogene Position in der Mitte der Eisscholle ankam.

Er blickte nun auf und sah, wie am Horizont eine weiße Linie langsam näherkam. Zwischen ihm und der Linie wechselten sich Eisschollen und schwarzes Wasser ab. - Elan entschied sich einfach liegen zu bleiben, bis er das Eis erreichte. Kurz überlegte er, ob er zwischen den Eisschollen an das rechte Ufer schwimmen sollte, verwarf diesen Gedanken jedoch schnell, da er einfach die Kraft nicht mehr hatte und auch die Gefahr fürchtete, von einer der auf dem Wasser treibenden Eisscholle erschlagen zu werden.

In dem Moment vernahm er ein kratzendes Geräusch neben sich. Dann sah er wie eine dunkle Pfote sich in das Eis neben sich krallte, keinen Halt fand und im

Wasser verschwand. Elan wartete einen Moment aber die Kralle kam nicht wieder. Er verschob sein Gewicht leicht nach rechts und sah, wie der Wolf bewegungslos neben ihm hertrieb. Es war totenstill herum. Es war windstill und kalt. Nebelfetzen hingen in der Luft. Nur aus dem Wald wehte hin und wieder der Ruf eines Nachtvogels zu ihm und vor ihm hörte er eine Art Donner. Elan schloss die Augen. Er wollte den Wolf nicht sehen und das Donnern nicht hören. Unter ihm schwappte das Wasser gemächlich und wenn nicht das leichte Gekräusel des Wassers neben ihm etwas anderes erzählte, hätte er glauben können, gemütlich auf dem See zu schunkeln. Aber das Donnern kam näher und hinzu kam eine Art Knirschen und Schaben. Die Kälte drang nun immer unerbittlicher in ihn ein. Elan öffnete wieder die Augen. Und sah direkt in die Augen des Wolfes. Er hatte wohl noch einmal alle Kraft zusammengenommen und es geschafft beide Pfoten auf seine Scholle zu bekommen. Er hatte jedoch nicht mehr die Kraft sich nach oben zu ziehen und hing nun schlapp an der Kante. Elan und der Wolf trieben auf diese Weise schweigend vor sich hin. Elans Gesicht war nur wenige Handbreiten von dem Wolf entfernt. Manchmal öffnete er die Augen und sah in das Gesicht des Wolfes, der die Augen geschlossen hielt, diese aber öffnete, wenn er den Blick Elans spürte. Zuerst schloss Elan sofort wieder seine Augen, denn der Blick des Wolfes war zu intim, zu persönlich. Zu menschlich, ging es Elan durch den Kopf. Viel zu menschlich. Dem Wolf schien es ähnlich zu gehen. Denn er drehte seinen Kopf nach vorne. Dann blickte er wieder auf Elan und Elan fand in diesem Moment, dass sie wie Verbündete und Verdammte ihrem Ende zutrieben. Als der Wolf wiederum die Augen schloss, fühlte es sich für Elan an, als ob er das einzige lebende Wesen in dieser eisigen Ödnis verlieren würde. “Nicht sterben!”, flüsterte Elan dem Wolf zu, “ nicht sterben, einverstanden? Dann hörte Elan vor sich einen Knall. Die Scholle vor ihm war offensichtlich an die Eiskante geknallt, dann knirschte es und sie verschwand langsam darunter. ‘Die Eisschollen werden also nicht von der Eisfläche gestoppt, sondern sie gleiten unter das Eis!’, fuhr es Elan durch den Kopf. Vor sich beobachtete er wie die schwarze Fläche, die ihn von dem Eis trennte, schmaler und schmaler wurde und es trennten Elan nur mehr wenige Fuß von der Kante. ‘Ich muss springen!’, schoss es Elan durch den Kopf. Auch der Wolf hatte ein Auge wieder geöffnet und starrte kurz nach vorne. Aber er war zu erschöpft, um den Kopf noch einmal zu bewegen und das Augenlied sank wieder schwer über das Auge. Starr blickte das nun halb geöffnete Auge vor sich hin. ‘Vielleicht ist er tot’, sagte sich Elan und eine unerwartete Trauer durchfuhr ihn. Elan versuchte, auf die Beine zu kommen. Doch das Gewicht des Wolfes auf der rechten Seite hatte die Schieflage der Scholle verstärkt. ‘Entweder wir sterben beide oder ich muss den Wolf von der Scholle lösen’, . Elan zögerte. Wenn der Wolf sich nicht mehr an der Scholle festhalten konnte, wäre das sein sicherer Tod. Vorsichtig berührte er mit einem Finger eine Tatze. Sie war kalt. Spürte er ein Zittern, eine noch vorhandene Wärme? Elan zögerte, dann zog er eine Kralle nach der anderen aus dem Eis. Nachdem er die letzte Kralle der einen Pfote entfernt hatte, rutschte die Pfote leblos seitwärts weg. Auch der Kopf rutschte das Eis entlang nach unten. Nur mehr fünf Krallen der linken Pfote waren blutig im Eis eingeharkt. Elan sah kurz auf und was er vor sich sah ließ ihm das Blut in den Adern gefrieren: Alles was sich der Kante nähert wurde unter ihr vergraben. Das Wasser war nun nicht mehr still um ihn herum. Wie eine wild gewordene Büffelherde rasten krachend und brüllend die Eisschollen auf das Eis zu. Seine Eisscholle stieß nun mit einer anderen vor ihm zusammen und türmte sich rasch auf. Elan konnte sich mit der einen Hand an der Kante festhalten, um nicht nach hinten in das Wasser zu rutschen. In dem Moment öffnete der Wolf wieder sein Auge und sah Elan direkt und unverwandt an. 'Hilf mir Bruder!", nichts im Gesicht des Wolfes hatte sich bewegt und dennoch war die Stimme laut und deutlich in Elans Kopf. In dem Moment klatschte die Scholle wieder auf das Wasser, da die Scholle vor ihnen schweigend unter der Eisfläche verschwunden war. Es waren nun nur mehr wenige Sekunden bis zum Aufprall. Elan dachte nicht lange nach. Als der Aufprall kam, warf er sich auf den halb im Wasser liegenden Wolf, umfasste ihn mit beiden Armen, während es ihn nach vorne schleuderte. Schnell drehte er sich mit Wucht in der Luft auf den Rücken und mit dem Wolf fest an sich gepresst knallte er auf den Rücken. Der Atem blieb ihm weg und der Wolf löste sich aus seinen Armen. Elan selbst verlor dabei das Bewusstsein. Als er nur für einen Moment nochmal zu sich kam, war der Wolf verschwunden und im Osten waren die ersten Sonnenstrahlen zu sehen.

Es war eine Erleichterung, als er die fünf Silhouetten vor seinem Zelt stehen sah, die Bögen gespannt und die restlichen Pfeile in den Köchern, die wie seltsame einzelne Flügel von ihren Rücken hingen. Natürlich wussten sie schon lange, dass die Shungs da waren und hatten nur auf seinen Befehl gewartet. Sie waren Jäger und Krieger wie er.

Er richtete sich an einen alten, mageren Mann. Er war ihr bester Kundschafter und Hania vertraute ihm blind: "*Silbernes Blatt*, wir brauchen rund um das Dorf Wachen. Hole Hilfe bei den anderen Stämmen, aber suche zuerst *Himmelspforte*. Sie müssen vorsichtig sein, müssen nahe am Dorf bleiben, und immer zu zweit sein!", sagte er leise, aber bestimmt, als wäre dies nur eine weitere Jagd - nur eine weitere Entscheidung, die er aus eigenem Antrieb getroffen hatte, ohne mehr darüber zu wissen als jeder andere. „Wir greifen nicht an, sondern warten ab."

Der alte Mann nickte nur kurz und verschwand in der Dunkelheit. „Ich werde den Norden und Westen übernehmen", hörte er in dem Moment eine vertraute Stimme. Es war Ahiga, sein kleiner Bruder, dessen Gestalt sich aus dem Schatten eines Baumes löste.

Hania wollte etwas sagen, als Ahiga ihm zuvorkam: „Hania, lass es bleiben. Du wolltest nicht, dass ich beim Bergflug mitmache, du willst nicht, dass ich mich in Gefahr begebe und du willst auch heute nicht, dass ich das Dorf gegen die Shungs verteidige. Es tut mir leid großer Bruder, aber du wirst nichts dagegen tun können. Wir sind wenige und jeder Einzelne zählt. Wenn du mir verbietest, heute zu helfen, schadest du deinem Clan nur weil du deinen kleinen Bruder beschützten willst. Sie werden dich als Häuptling in Frage stellen", nach einer kurzen Pause fügte er hinzu, „und das kannst du dir momentan nicht leisten. Also, lieber Bruder: ich werde den Norden und den Westen übernehmen." Hania konnte im Dunklen den Ausdruck in Ahigas Gesicht nicht sehen, aber es war eindeutig, dass sein kleiner Bruder sich heute nicht davon abhalten ließ und so unterdrückte er nur einen Seufzer und sagte: „Gut, Ahiga, *Silbernes Blatt* wird mit seinen Männern das Dorf bewachen. Wir werden jedoch in den Wald gehen. Du kannst den Norden und Westen durchforsten. Aber gehe nicht allein, sondern nimm Hakan und *Sturzflug* mit. Kenai und Valea, ihr kommt mit mir. Wir decken den Süden und Osten ab." Nach einer Weile fügte er hinzu: „Wir sehen uns im Morgengrauen genau hier wieder. Tagsüber werden sie nicht angreifen."

Die Sonne ging unter und die Schatten liefen übers Tal wie verschüttete Tinte. Ahiga nickte ihm zu und verschwand gemeinsam mit den zwei Spähern im Dunklen. Sein kleiner Bruder war ein guter Kämpfer und er konnte sich auf ihn verlassen. Dennoch war

Hania besorg: Ahiga war erst dreizehn Winter alt. Hania konnte in diesem Moment den Gedanken, dass seinem Bruder etwas passieren könnte, nicht zulassen. Wenn sie es irgendwie schaffen würden, die Shungs in dieser Nacht davon abzuhalten, anzugreifen, hätten sie gewonnen, denn bei Tagesanbruch verblasste die magische Kraft der Shungs wie das Mondlicht bei Sonnenaufgang und tagsüber würden sie sich dann auf die Jagd nach den Shungs begeben. Denn tagsüber würde er - genau wie die anderen Mitglieder der Gefiederten Nord Clans - in seiner Vogelform wieder die scharfen Augen der Vögel bekommen. Nachts hatten sie nur die Fähigkeit der Menschen und waren damit den Wölfen bei weitem unterlegen.

Ohne ein weiteres Wort ging er, gefolgt von Kenai und Valea in den Wald. Eine eisige Stille lag über allem als er plötzlich das Gefühl hatte, beobachtet zu werden. Schnell griff er nach seinem Bogen, aber er konnte im Dunkeln nichts sehen. Auch Kenai und Valea hatten ihre Bögen gespannt und starrten in den Wald. Dann hörten sie es. Überall im Wald wurde Wolfsgeheul laut, das durch jede Ecke des Waldes und dann auch durch sie hindurchhallte; ohne nachzudenken rannte Hania, gefolgt von Kenai und Valea in die Richtung, aus der die langgezogenen, weithin hörbaren Töne kamen. Wolken hatten sich vor den Mond geschoben und nur, wo noch die letzten Schneeflecken hell leuchteten, konnten sie den Boden erkennen. Hania lief in die Richtung, in der er den letzten Ruf vernommen hatte und dachte, eine Bewegung wahrgenommen zu haben. Leise atmend und vorsichtig näherte er sich der Stelle.

Zuerst dachte er, sich getäuscht zu haben, dann jedoch konnte er einen Schatten sich entfernen sehen. Er wollte schon hinterherjagen, als er hinter sich einen Schrei hörte. Er drehte sich um und konnte in einem kurzen Moment, da der Mond wieder hell durch die Baumwipfel schien, nur wenig entfernt hinter sich einen Shung mit jemandem kämpfen sehen.

Der Wolf war riesig, doppelt so groß wie gewöhnliche Wölfe. Er konnte seine Zähne in dem wenigen Licht, das durch die Bäume schien, aufblitzen sehen und hörte ihn knurren. Hania blieb wie erstarrt stehen, dann zog er sein Jagdmesser, rannte auf den Wolf zu, warf sich ohne weiteres Nachdenken auf den Rücken des Wolfes und klammerte sich mit seinen Beinen so fest, dass er nicht mehr abzuwerfen war. Der Wolf ließ augenblicklich sein Opfer los, versuchte nach ihm zu schnappen und konnte Hania an seinem Bein mit seinen langen Fangzähnen erwischen. Hania ließ einen Schrei von sich, ließ sich davon jedoch nicht abschrecken, sondern warf sich nach vorne und es gelang ihm mit dem Messer die Kehle des Wolfes durchzuschneiden. Der Wolf fiel augenblicklich auf die Seite und begrub Hania unter sich. Hania blieb für einen Augenblick liegen, das Gewicht des Wolfes nahm ihm den Atem. Er wusste, dass er sofort handeln musste, wenn er nicht das Bewusstsein verlieren wollte, und mit einem kräftigen Ruck befreite er sich von dessen Gewicht und stand keuchen auf. Dunkelheit und Stille hüllten ihn ein. Nichts war zu hören als das Pochen seines Herzens. Dann hörte er aus der Ferne den Kampfruf der Kundschafter. Die Wölfe hatten das

Dorf angegriffen. Ihm wurde siedend heiß und wollte schon in Richtung des Dorfes davonstürmen als er ein Stöhne hörte: „Kenai, Valea, seid ihre das?“, rief er, dann lauschte er. Aus dem Dorf kamen Schreie und Wolfsgeheul aber hier im Wald gab es kein anderes Geräusch als das einer sanften Brise, die durch die Baumkronen wehte. Schnell ging er in die Richtung, aus der das Stöhnen kam, und fand Valea auf dem Boden liegen.

“Es hat mich erwischt”, flüsterte Valea ihm leise zu, als er sich neben ihr hinkniete. “Mein Arm.” Er versuchte im Dunkeln etwas zu erkennen und sah, dass ihr Arm in einem unnatürlichen Winkel von dem Schultergelenk herabhing. „Mir geht es ansonsten gut, geh zu Kenai”, sagte sie und blickte in die Richtung, aus der sie gekommen waren und da sah er einen Umriss am Boden liegen. Rasch erhob er sich und als er sich über Kenai beugte, verstand er zuerst nicht, dann sah er mit Entsetzten, dass dessen Kopf fehlte. Rasch drehte er sich um und eilte zu Valea: „Wir müssen hier weg”, flüsterte er. Im Wald war es wieder totenstill. Auch aus dem Dorf drangen keine Geräusche mehr zu ihnen. Keine Schreie mehr, kein Knurren. Hania half Valea auf und vorsichtig schlichen sie in Richtung des Dorfes. Es waren nur wenige hundert Meter und sie begegneten niemandem. Sie gingen mit Bangen zum Gemeinschaftszelt der Donnervögel, aus dem Licht und lautes Stöhnen drangen. Als er, gefolgt von Valea, in das Zelt trat, blieb er erschrocken am Eingang stehen: das Zelt war gefüllt mit mehreren toten oder verletzten Kundschaftern. Mit Bangen ging er zu seiner Tante Onawa, die gemeinsam mit seinen beiden Schwestern Olathe und Pelipa, angeleitet von seiner Großmutter Pohawe, als Heilerinnen sich um die Verletzten kümmerten. „Tante, ist unter den Verletzten Ahiga?" Pohawe, die gerade begonnen hatte, über dem Feuer Wasser für Tinkturen und Tees zu kochen, richtete sich nicht auf, um ihm zu antworten: „Nein, dein Bruder ist nicht unter den Verletzten", sagte sie und wischte gewissenhaft ein Gefäß aus. Hania hätte eigentlich beruhigt sein sollen aber etwas in der Stimme seiner Tante stimmte nicht. „Tante, weißt du etwas von Hakan oder *Sturzflug*?" - Nun hielt seine Tante augenblicklich inne und starrte ihn fragend an. „Sie waren mit Ahiga unterwegs", sagte Hania beunruhigt. Seine Tante legte das Gefäß auf die Seite und setzte sich auf den Boden. Nach mehreren tiefen Atemzügen blickte sie wieder zu Hania: „Hakan wurde tot westlich des Dorfes gefunden und *Sturzflug* liegt mit schweren Bisswunden im Zelt des Specht Clans. Er hatte so viel Blut verloren, dass man ihn lieber dort in das nächstbeste Zelt legte, anstatt ihn bis hierher zu tragen. „War sonst noch jemand bei Ahiga?", fragte sie und Hania spürte ihre aufkeimende Angst. „Nein", sagte er. „Nun, dann weißt du ja, was zu tun ist", sagte sie leise und begann wieder das Gefäß auszuwischen. Hanias Augen hatten sich inzwischen an die Dunkelheit im Zelt gewöhnt und so durchforstete er das Zelt mit seinen Blicken nach weiteren Opfern, die ihm eventuell hätten etwas über Ahiga sagen können. Aber er sah nur seinen Urgroßvater Otetiani, der am Feuer saß und Heilungsgebete vor sich hin sang oder seine Pfeife rauchte um die Kräfte der acht Himmelsrichtungen um Hilfe zu bitten. In dem Moment kamen Clanmutter und *Himmelspforte* durch den Eingang geeilt. Als Clanmutter Hania erblickte, tasteten ihre Augen ihn nach Verletzungen ab. „Es geht mir gut, Clanmutter, keine Sorge“, sagte Hania, „nur eine leichte Fleischwunde am Bein.” Clanmutter atmete erleichtert auf, dann deutete sie mit einer Kopfbewegung an, dass sie sich vor dem Zelt besprechen sollten. Hania nickte Valea kurz zu. „Lass deine Schulter einrenken und deine Wunden behandeln. Es ist wichtig, dass du morgen wieder bei Kräften bist.”

Vor dem Tipi lauschte Hania in die Stille. Es war immer noch windstill, und es gab nichts als ein gleichmäßiges Geräusch zwischen ihren Atemzügen, welches die ganze Welt auszufüllen schien. Sofort sprach sie aus, was in der Luft lag. „Dein Bruder ist noch im Wald?“, fragte sie, und Hania nickte. In dem Moment trat *Himmelspforte* aus dem Zelt und legte nach einem kurzen Zögern eine Hand auf Hanias Schulter. *Himmelspforte* war um einiges kleiner als Hania, aber er war stämmig und obwohl Hania unerwartete Berührungen nicht schätzte, nahm er die Wärme und das Mitgefühl wahr, die in *Himmelspfortes*

Geste lagen. Er wollte schon etwas sagen, als er es spürte: ein Flüstern von Leben im Wald neben ihnen, gefolgt von einem weiteren direkt vor ihnen; eine plötzliche Brise, die durch die Äste wehte, als würde sie sie mit ihrem Atem zum Handeln auffordern - fast eine Stimme, die aus dem Nichts auftauchte und sie aufforderte. Hania wusste, dass der Große Geist durch die Natur mit ihm sprach. Aber wie so oft konnte er die Zeichen nicht verstehen und so wollte Hania schon anfangen zu sprechen, als seine Schwester Pelipa aus dem Zelt kam und sich vor Hania aufbaute: „Warum bist du immer noch hier? Ich habe von Valea gehört, dass Ahiga noch im Wald ist? Wir müssen ihn sofort suchen gehen! Wo hast du ihn hingeschickt?“ Hania zögerte, wenn er ihr die Himmelsrichtung sagen würde, würde sie im selben Moment losstürmen. „Nordwesten”, richtig? “Er ist natürlich nach Nordwesten gegangen, dieser verfluchte Sturkopf!” Seine Schwester war genauso groß wie er, eine gute Bogenschützin und hatte keinerlei Probleme, sich ihm und seinen Entscheidungen entgegenzustellen. Und sie war klug. Auch jetzt war sie darauf gekommen, dass Ahiga die Himmelsrichtung gewählt hatte, in die einst ihr Vater verschwunden war. Er hatte nicht daran gedacht, als Ahiga sagte, er würde den Norden und Westen übernehmen. Aber jetzt, da Pelipa es so schonungslos annahm, wurde auch er wieder einmal daran erinnert, wie sehr sein kleiner Bruder unter dem Verschwinden ihres Vaters litt. Hania holte tief Luft. Er wollte nicht noch ein Geschwister in Gefahr bringen in dieser Nacht und ganz sicher nicht im Nordwesten! Er wollte sie wieder zurück ins Zelt zu schicken, als er sie schon auf den Wald zugehen sah. Er war in dem Moment einerseits stolz auf sie, wie sie da leise und allein in der Dunkelheit ohne Zögern in Richtung Wald ging und gleichzeitig schnürte sich seine Kehle zu, bei dem Gedanken, was schon in wenigen Atemzügen passieren konnte. „Sie ist der Gefahr gewachsen, Hania", sagte in dem Moment Clanmutter in die Stille hinein. Hania wollte schon antworten, als sich zwei weitere Silhouetten aus dem Schatten eines Zeltes lösten. Es waren zwei Krieger des Raben Clans und sie hatten drei Hunde dabei. Es war ein Tabu, Hunde im Kampf einzusetzen und Hania konnte eine unwirsche Kopfbewegung der Clanmutter wahrnehmen. Aber ihm selbst entfuhr ein erleichtertes Stöhnen, denn die Hunde würden seinen kleinen Bruder finden. Ohne weiter Zeit zu verlieren, eilte er, gefolgt von *Himmelspforte* und den beiden Kriegern mit den Hunden Pelipas Spuren.

Der Wald war tief, dunkel und erfüllt von angespannter Stille, aber Hania kannte sich in diesen Wäldern aus. Schon als Kind liebte er es, durch die Wälder zu streifen, nicht nur um zu jagen, sondern um fern vom Dorf und der Kälte zu sein, die ihn ummantelte, wenn er unter Menschen war. Sein Gedächtnis hatte jeden Stein, jede Erhebung, jede Lichtung gespeichert ... und jetzt erinnert er sich daran, wie diese Gegend sowohl mit Bäumen als auch ohne Bäume aussah. Wie Rehe friedlich am Waldrand grasten; wenn Elche frei durch das Tal streiften, anstatt wie jetzt, nachts schnell die Lichtung zu durchqueren; als man Otter im Bach herumtollen sehen und Wasservögel aus den Nestern auf jedem Ast schreien hören konnte.

Er dachte daran, wie es noch gestern so war, dass sich die Tiere danach sehnten, aus dem Schatten zu treten. Sie hatten keine Angst vor ihm, denn sie wussten, wann er wie ein weiteres Tier einfach das Leben im Wald in jede Pore seines Seins einzog und wann er hingegen das Leben - ihr Leben - nahm, um das Leben seinesgleichen zu ermöglichen. Aber jetzt waren sie weg. Hania blieb stehen und sah sich um, als er auf eine Lichtung kam, auf der er in alle Richtungen sehen konnte. Und wiederum stellte er bedrückt fest, wie wenig Leben es hier gab – kein kleines Tier, das über seinen Weg huschte, oder Eulen, die still und elegant ihre Beute jagten; nicht einmal ein Insekt, das in der Nähe seines Ohrs summte! Die Bäume standen hoch und stumm wie Soldaten, die ihr Territorium bewachten, ... und das aus gutem Grund: Hier gab es nun neue Herren, die bestimmten wer, wann und wo sich bewegen durfte. Im Wald, der einst so voller Leben war, herrschte nun ein vor Hass und Rachsucht durchtränktes Wesen, das nicht Tier und nicht Mensch war, aber die Macht und Magie beider besaß.

Hania kniete nieder, legt beide Hände auf den Boden und schloss die Augen, um zu lauschen. Aber er war zu aufgeregt, als dass er sich auf die langsame Schwingung der Erde und deren Wissen einstellen konnte. Der Druck, wissen zu müssen, was zu tun war, brachte ihn immer wieder dazu, nichts mehr zu spüren und nur mehr so zu tun, als ob er ein Mann wäre, der weiß was er tat. Aber sein Verstand war umnebelt und er hatte in diesem Moment keine Ahnung, wo er suchen sollte und wie er es verhindern konnte, dass die Shungs sie nicht einfach alle zusammen in einem einzigen Moment zerfetzten würden.

Die Hunde fingen an zu knurren und er wurde aus seinen Gedanken gerissen. Sofort stellten sich Pelipa, *Himmelspforte* und Hania Rücken an Rücken auf. Die beiden Krieger starrten in die Richtung, in die ihre Hunde knurrten und spannten mit langsamen und vorsichtigen Bewegungen ihre Bögen. Die Hunde waren nicht angebunden und dennoch liefen sie nicht in den Wald, sondern blieben bei ihren Herren. Sie begannen sich im Kreis zu drehen und in alle Richtungen zu knurren. Ihr Nackenfell war aufgestellt und man konnte das Fletschen der Zähne unter ihren Lefzen hören. Hania konnte ihre Furcht spüren.

Mit wachsender Unruhe beobachteten sie, wie zwischen den Bäumen gelb schimmernde Augenpaare auftauchten. Es kam ihm wie eine Ewigkeit vor, wie sie da mitten in der Lichtung standen. Sie hatten bis zu diesem Moment kein Wort gesprochen. Und so klangen die Worte Pelipas zu laut, als sie trocken vermerkte, dass es zu erwarten war, dass die Shungs sie umzingeln würden. Sie sei bereit, um auch die Kinder und Enkelkinder der Shungs ins Jenseits zu befördern. Hania war immer wieder mit Pelipa auf der Jagd gewesen. Sie war schnell und mutig aber eben auch hitzköpfig und so zischte er ihr so leise wie möglich zu: „Warte Pelipa, warte."

„Wir müssen mit ihnen verhandeln“, flüsterte Hania. Keiner antwortete und auch ihm war klar, dass die Shungs nicht hierhergekommen waren, um zu verhandeln. Pelipa antwortete nur mit einem angewiderten Stöhnen. Sie kannte ihren Bruder und seine Tendenz abzuwarten, auszuharren und eventuelle Streitigkeiten gütlich zu lösen. Hania wandte vorsichtig den Kopf, um zu zählen, wie viele Shungs es waren aber auch ohne es genau zu wissen, war es eindeutig, dass es über zwanzig waren. Die Shungs hatten jedoch offensichtlich nicht vor sofort anzugreifen. Sie standen ruhig im Dickicht am Waldrand und beobachteten sie lautlos. „Was haben sie vor?”, fragte Pelipa leise. „Sie warten ab, bis wir einschlafen.” - „Oder verhungern oder erfrieren”, fügte *Himmelspforte* sarkastisch hinzu. „Aber sie wissen, dass wir tagsüber stärker sind, besser sehen und kämpfen und sie verlieren ihren Vorteil. Ich bin mir sicher, dass sie vor Morgengrauen angreifen. Worauf warten sie dann?“, fragte Pelipa und in ihrer Stimme schwang Ungeduld mit. „Sie warten darauf, dass der Mond hinter den Wolken verschwindet”, sagte Hania und alle blickten nun in Richtung Himmel. Noch war der Himmel über ihnen sternenklar aber jenseits der Baumwipfel waren die Berge in einer schwarzen, undurchdringlichen Schwärze verschwunden. In diesem Moment wehte eine frische Brise durch die Dunkelheit und in der Ferne war gedämpftes Donnergrollen zu hören. „Ein Gewitter zieht auf. Der Mond wird bald kaum noch zu sehen sein", stellte *Himmelspforte* fest und nickte in Richtung der Berge.

Unruhe entstand unter der Meute. Einige jüngere Shungs begannen nervös hin und her zu laufen und trotz des aufkommenden Windes konnte man ihr Knurren hören, das allmählich an Lautstärke zunahm. „Sie werden angreifen", *Himmelspforte*s Rücken straffte sich und er blickte in Richtung der angespannt wartenden Wölfe. „Machen wir ihnen keine leichte Beute", er schwang seine Axt und nahm eine kampfbereite Haltung ein.

Pelipa und Hania hatten ihre Bögen gespannt und Pelipa machte einen Schritt in Richtung Wald. „Dann lass uns beginnen", sagte sie ruhig und Hania spürte ihre Lust, endlich das Warten aufzugeben und zu kämpfen. War er der Einzige, der den Kampf lieber verhindert hätte, der keinen Kampfgeist verspürte? Er spähte in die Dunkelheit, aus der nun deutlich das Knurren näherkam.

Die Wolken verdunkelten die Nacht immer mehr. Das Mondlicht, welches die Lichtung beleuchtet hatte, wurde schwächer und wandelte sich von silbrigem Weiß zu Aschgrau, bis es schließlich ganz verschwand. Hania spürte plötzlich die Anwesenheit eines anderen Wesens. Es war düster und drohend und es kam direkt auf sie zu, blieb aber immer wieder stehen als wolle es ihnen eine Chance geben nachzudenken. Hania versuchte angestrengt das Schwarz mit seinen Augen zu durchbohren. Dann sah er ihn: Er trug kein Fell mehr, sein Körper glänzte in dem Abendlicht, obwohl Hania keinen Hinweis fand, woher dieses

Licht kommen mochte. Fahl schimmernde Augen starrten sie an und Hania spürte seine Lust auf Kampf und Rache und dass er nur darauf wartete, endlich anzugreifen. Der nackte Shung stand für einen kurzen Augenblick im vollen Licht des Mondes, der flüchtig durch die schwarzen Sturmwolken durchschien und Hania sah abgrundtiefe Dunkelheit in seinen Augen. Die Wölfe waren aus dem Wald hervorgetreten und hatten unmerklich den Abstand noch mehr verringert. Doch obwohl es fast so aussah als warteten die Wölfe auf ein Zeichen von dem Wolf in der Mitte bewegten sie sich vorsichtig vorwärts. „Wartet!", flüsterte Hania zu den anderen.

„Jetzt, meine Freunde, jetzt", kam es plötzlich aus der Richtung in der Hania noch wenige Atemzüge zuvor den Wolf in seiner Menschenform dachte gesehen zu haben. Die Stimme erklang im Takt eines uralten Rhythmus und Hania spürte, dass die Erde selbst diesen Klängen lauschte.

Hania hörte einen Aufschrei: Pelipa hatte auf den Menschenwolf geschossen und rannte nun auf ihn zu. Hania dachte nicht lange nach und folgte ihr, oder mehr dem, was er dachte, dass sie war. Sein verletztes Bein schmerzte und ließ ihn so abrupt nur hinkend vorwärtskommen. Pelipas weißes Lederkleid fing den Rest des Mondlichts ein und so konnte er ihre Bewegungen wahrnehmen. Aber schon nach wenigen Schritten wurde er selbst angegriffen. Er war einer der besten Bogenschützen seines Clans und auch ohne zu sehen, konnte er Bewegungen und die Energien um sich wahrnehmen. Es gelang ihm noch während er

Pelipa gefolgt war, mehrere Pfeile abzuschießen und war sich sicher, dass er getroffen hatte, als ihn ein Wolf von hinten anfiel und seine Zähne in seinem Arm verbiss. Hania zog sein Messer und stach mehrmals zu. Der Wolf ließ nicht los und Hania hörte, wie Knochen splitterten. Waren es seine oder die des Wolfes? In dem Moment sprang ein Hund auf den Rücken des Wolfes und lenkte ihn von Hania ab. Was dann geschah, war ein Ablauf von Angriffen und als mehrere Wölfe sich auf ihn warfen, stach er nur mehr zu. Aber egal wie oft er sein Messer in das Fleisch eines Wolfes stach, der Effekt war minimal und er selbst bekam keine Luft mehr. Dann geschah es: eine Energie durchschoss ihn und er hatte den Eindruck, etwas an seiner Schädeldecke hätte sich geöffnet und dann verließ er durch dieses Loch seinen eigenen Körper. Er fand sich am Rande der Lichtung wieder und konnte beobachten, wie er mit drei alten Männern kämpfte, wie Pelipa auf eine Greisin einstach und die Hunde einen Jungen attackierten. Er sah, wie eine Mutter sich von ihren Schwestern losriss, um ihrem Kind beizustehen und er sah, wie drei junge Frauen versuchten den Hieben *Himmelspfortes* auszuweichen. Neben ihm stand noch ein Mann, der alles beobachtete und sich dann an ihn wandte: „Du bist der Einzige, der ihnen jetzt noch helfen kann". „Wer bist Du?" „Ich bin das Atmen in den Wolken oder die Seele des Feuers oder eine leise Stimme in deinem Kopf, wenn du schlafen willst", antwortete die Stimme. „Woher kennst Du mich?" "Ich habe dich in meinem Traum gesehen. Aber dies ist nicht der Moment, um Geschichten zu erzählen. Mein

Volk hat seine Verbindung zum Großen Geist verloren. Es ist verblendet vor Hass und Rachsucht. Erinnere sie daran, wer sie sind Hania. Dann erinnerst auch du dich wieder, wer du bist." Dann verschwand die Gestalt und Hania fand sich wieder in seinem schmerzenden Körper wieder. Aber nun sah er, dass es Greise waren, die ihn bissen und er wusste, er musste dem ganzen hier ein Ende bereiten. Hania war schnell und wendig und mit einem Ruck konnte er sich befreien, doch sofort wurde er wieder von mehreren Shungs angegriffen. Er verdoppelte die Anstrengung und nachdem er die Gestalt der Menschen sah, wusste er, wo er sie treffen könnte, ohne sie zu töten. Er schlug auf die Nasen, den Bauch und die Nieren und er sah das Erstaunen in den Augen der Männer und Frauen. Er nutzte diesen kurzen Moment des Zögerns und es gelang ihm kurz einen Abstand zwischen sich und der Meute zu schaffen.

Dann sprang eine Frau vor und packte ihn mit dem Maul, um ihm die Kehle aufzureißen, aber kurz bevor ihre Zähne sich in Hanias Fleisch bohrten, schoss eine andere Hand hervor und riss das Tier von ihm weg. Der Kiefer des Tieres öffnete sich mit einem letzten Knirschen des Gebisses. Kinn und Unterkiefer lösten sich aus den Gelenken und er hörte, wie die Frau aufheulte. Er dachte, seinen kleinen Bruder Ahiga gesehen zu haben. Dann wurde seine Aufmerksamkeit von einer auf ihn zustürmende Figur gelenkt: es war Pelipa, die einen bewusstlosen Mann hinter sich herschleppte. Sie ließ ihn vor ihm auf den Boden. "Er ist der Leitwolf und wird uns die notwendige Zeit schenken!", keuchte sie. Hania verstand. Sie sah nur den Wolf und nicht den Menschen! Der Wolfs-Mann lebte noch, hatte jedoch mehrere schwere Verletzungen und hatte nicht mehr die Kraft sich zu wehren. Nur hin und wieder schnappte er geifernd nach Luft. Hania nahm seinen Gürtel und band damit schnell dessen Hände mit den Füssen zusammen. Pelipa stellte einen Fuß auf den Kopf des Mannes und zielte mit einem Pfeil auf dessen Kopf. Hania blickte in die Augen des Mannes und der Mann blickte ihn an. Der Blick war blutrünstig und der eines verletzten Tieres. Hania blickte nicht um sich, es war auch zu dunkel, um zu erkennen, was genau passierte, aber die Geräusche bewiesen ihm, dass *Himmelspforte*, die Späher und eine dritte Person, die nur sein kleiner Bruder sein konnte, einen Schutzring um sie gebildet hatten. Er vernahm das drohende Knurren zweier Hunde. Der dritte war vermutlich tot. Er spürte, wie der Geruch von Blut an den Wölfen zerrte wie ein unbändiger Hund auf der Suche nach Futter und dennoch hielten sie sich zurück. Sie würden nicht das Leben ihres Anführers in Gefahr bringen. Hania holte tief Luft und rief in die Dunkelheit: „Wir werden euren Anführer mitnehmen und wir werden ihm nichts tun, solange ihr uns in Ruhe lasst! Im Gegenteil, wir werden ihn wieder gesund pflegen!".

Hania atmete tief ein und aus und versuchte im Dunkeln zu erkennen, was vor sich ging. Er spürte eine aufbäumende Energie durch den Körper des Wolf-Mannes fließen, dennoch war er zu schwach, um sich wehren zu können. Dann bewegte sich etwas vor ihm. Pelipa richtete ihren Pfeil in die Richtung und in dem Wolfsrudel um sie entstand augenblicklich Unruhe. “Tut nichts”, zischte Hania Pelipa zu und Pelipa ließ ihren Bogen sinken. Ein heller Schatten kam auf sie zu und blieb in wenig Abstand zu ihnen stehen. Eine Wolfs-Frau kam vorsichtig näher, zeigte jedoch keinerlei Feindseligkeit. Als Hania seine Augen hob, sah er, dass die anderen Wölfe sich zum Waldrand zurückgezogen hatten und dort warteten. Als der Blick des Wolfs-Mannes auf die Gestalt der Wolfs-Frau fiel, veränderte sich sein Blick. Er war voll von Liebe und Angst. In Richtung Hania flüsterte er unter Schmerzen: ‘Sie will mich begleiten. Sie wird euch nichts tun und wenn ihr mich heilt und uns leben lasst, werden wir euch diesen Winter verschonen. Du hast mein Wort!’ Hania wusste, dass nur er diese Stimme gehört hatte, denn Pelipa presste weiterhin ihren Fuß auf sein Gesicht. ‘Und nächsten Winter und übernächsten Winter und überübernächsten?’, fragte ihn Hania in Gedanken. ‘Hania, wir hassen euch alle. Wir leben im Dreck, in der Kälte, wir werden von den Kish gejagt und von den Tieren gemieden. Und das alles, weil eine eurer arroganten Frauen unseren Schamanen in den Wahnsinn getrieben hat!’ Die Stimme des Wolfes wurde wieder wütender und Pelipa presste fester ihren Fuß auf seinen Kopf. Hania blicke in seine Augen: ‘Wird das nie aufhören?’ - ‘Nein, solange wir verdammt sind und die Tat nicht gesühnt wird, solange wird unser Hass auf euch dauern.’ Hania schloss die Augen. Der Schmerz, die Verzweiflung und der pure Hass des Wolfes gingen direkt in seine Eingeweide.

Ein Schweigen lag nun wie eine kratzige Decke über ihnen. Hania konnte den Ausdruck der anderen nicht erkennen, aber sie warteten offensichtlich auf seinen Befehl.

Er atmete durch und entschlossen sagte er: "Sie ist seine Gefährtin. Lasst sie mitgehen. Sie ist keine Gefahr." Er wusste, dass Pelipa ihn nun fragend anschaute, aber er hatte keine Zeit ihr jetzt zu erklären, dass er die Menschen sehen und verstehen konnte und keine Wölfe mehr sah. Er wandte sich den Spähern zu und befahl ihnen, den verletzten Wolfs-Mann in das Gemeinschaftszelt zu bringen, dann erinnerte er sich, dass da die getöteten und verletzten Kundschafter lagen. Er musste den Wolfs-Mann an einem anderen Ort unterbringen, um nicht augenblicklich einen Konflikt mit seinen Clanmitgliedern zu haben. Sie würden die Anwesenheit eines Wolfes kaum gutheißen. "Nicht nur unser Stamm hat etwas gegen Wölfe", sagte in dem Moment Pelipa. Manchmal dachte er, sie könne seine Gedanken lesen. Aber nach dem Gesichtsausdruck von *Himmelspforte* konnte er erkennen, dass auch dieser denselben Gedanken hegte. Dann sah er Ahiga, wie er mit dem Fuß einen Wolf trat um sicher zu sein, dass dieser tot sei. „Ahiga, kleiner Bruder, du hast uns allen wirklich einen ordentlichen Schrecken eingejagt." Sein Tonfall hätte väterlich klingen sollen aber an stattdessen klang es vorwurfsvoll. „Ja ja, großer Bruder, dafür, dass ich dir gerade das Leben gerettet habe, solltest du eigentlich dankbar sein." Und mit einem gutmütigen Unterton, fügte er hinzu, dass er ihm wohl sein Leben lang beschützen müsse. Hania liebte Ahiga und wollte ihn erleichtert umarmen, aber Ahiga stank so nach Kot, dass Hania angewidert zurücktrat: „Was ist das denn für ein Gestank? Wie hast du überlebt? Alle anderen Kundschafter sind tot oder verletzt". Mit betont gelassener Stimme antwortete Ahiga, dass er sich mit Hundekot eingeschmiert hätte und sich in einem Graben mit Erde und Moos bedeckt habe. Und lachend fügte er hinzu, dass damit leider jeder Wolf, der zufällig vorbeikam, ihn angepisst hätte!" Hania schüttele nur den Kopf. Ahiga war einfallsreich und schlau und es beruhigte ihn, zu wissen, dass er immer einen Weg fand aus aussichtslosen Situationen zu entkommen. Dann wandte er sich wieder *Himmelspforte* zu: "*Himmelspforte*, hast du eine Idee, wo wir den Wolf gefangen halten können ohne, dass ihn jemand findet?"

Himmelspforte musste nicht lange nachdenken: „Es gib am Fluss eine Höhle. Sie liegt versteckt hinter dichtem Gebüsch und ist nicht weit vom Dorf entfernt und ist dennoch kein Ort, an dem Kinder spielen. "Gut, gehe gemeinsam mit den beiden Kriegern sofort dorthin. Kümmere du dich um die zwei Wölfe. Und auch wenn du es jetzt nicht verstehst, bringe heimlich Minaha und dem Welpen zu ihm. Sie kann ihn heilen, verstehst du?" Hania hörte, wie *Himmelspforte* laut durch die Nase ausatmete, aber dann nickte und so fügte Hania nur kurz hinzu: „Wir treffen uns später in meinem Zelt." Er nickte in Richtung der beiden Krieger und diese machten sich sofort auf den Weg. Einer von ihnen hatte sich inzwischen den toten Hund über die Schulter gehievt und den Wolf mit den gebundenen Beinen an einem dicken Ast hängend zwischen ihnen auf ihre Schultern gehängt. Dann wandte er sich noch einmal an *Himmelspforte*: „Es ist wichtig, dass diesen beiden Wölfen nichts passiert, hörst du?“ Im trüben Licht des Morgens konnte er sehen, wie *Himmelspforte* eine unwillige kleine Bewegung mit dem Kopf machte, ihm dann aber zunickte. Als sie in Richtung der Höhle losgingen, folgte ihnen die Wölfin wie ein Hund. Er konnte ihre Sorge spüren und auch er war sich nicht sicher ob nicht ein Clanmitglied, das jemanden durch den Wolfsangriff verloren hatte, diese beiden Wölfe nicht töten würde. „Pelipa, Ahiga und Hania standen auf der Lichtung und warteten. Auch Pelipa war verletzt, aber nicht so schlimm wie er. Sie hatte ein Mokassin verloren und an der Hüfte hatte sie eine Bisswunde. Ihre Arme waren blutverschmiert und die Haare hingen wild und blutverklebt im Gesicht. „Alles in Ordnung?“, fragte er sie und war sich an diesem Morgen erstmals bewusst, was sie gerade gemeinsam überlebt hatten. Sie war seine große Schwester, aber bisher waren sie nur gemeinsam jagen gegangen. Er hatte noch nie gemeinsam mit ihr um ihr Überleben gekämpft. Er wusste, dass sie normalerweise nur auf einem Pferd in die Wildnis ritt und kannte ihre Fähigkeit in jedem Moment prompt zu handeln. Wie oft hatte er sich gewünscht, wie sie zu sein: selbstsicher, stolz und mit beiden Füssen im Leben stehend. Er bewunderte sie und als er noch klein war, war er neidisch, weil sie immer eine Antwort auf alles hatte. Heute war er froh, dass er sie an seiner Seite hatte, und nach dieser Nacht würde er sie anders sehen. Sie schaute ihn nur kurz an, dann lachte sie. „Da braucht es schon mehr, um mich zu erschrecken als so ein paar größere Köter, kleiner Bruder!" Hania schüttelte lächelnd den Kopf. "Worauf warten wir eigentlich?", fragte sie nun. Sie blickten auf die Lichtung. Die ersten Sonnenstrahlen drangen durch den Wald. Der Wald hatte wieder angefangen zu leben, die Vögel zwitscherten und Krähen kreisten über ihnen. „Bald werden die Geier kommen und sich an den Leichen gütlich tun", sagte Hania leise. „Ja und?", fragte Pelipa. Willst du jetzt auch noch die Leichen unserer Feinde begraben?" „Es sind unsere Geschwister. Es sind Menschen." „Es waren vielleicht einmal Menschen,"sagte Pelipa immer noch verwundert und ein bisschen ungläubig," aber jetzt sind es nur Wölfe. Wölfe, die uns, ohne mit der Wimper zu zucken in hundert Stücke gerissen hätten." sagte Pelipa. Noch vor wenigen Augenblicken hatte sich Hania ihr nahe gefühlt, hatte es genossen mit seiner Schwester zusammen zu sein aber nun, bei Tageslicht grub jedes ihrer Worte wieder einen Abgrund zwischen ihnen. Sie war an der Macht, am Offensichtlichen interessiert. Sie war stolz auf ihre außergewöhnliche Wendigkeit und kämpferischer Natur. Sie hatte in dieser Nacht keinen Moment daran gezweifelt, dass sie siegen würden, und dann ging sie strategisch vor, um diesen Sieg herbeizuführen. Für Hania hingegen war diese Nacht voll von Grauen, Schmerz und Trauer.

Das Blut leidenden Menschen klebte an seiner Haut und er konnte den Sieg nicht genießen. In dem Moment ging die Sonne über den Berggipfeln auf und tauchte den Platz in ein strahlend helles Licht. Die Morgennebel hoben sich und ließen den Blick auf sieben Körper frei. Er betrachtete sie, wie sie seltsam verbogen und unschuldig dalagen. Das Blut aus den Wunden war eingetrocknet und ihre Haut spannte sich über den Wangenknochen. Hania wusste, dass die Shungs noch da waren und sie beobachteten. Sie würden ihnen nichts mehr tun und dennoch umarmte ihre Anwesenheit die Lichtung mit einer eisigen Stille. Der süßlich morbide Geruch nach Blut, Schweiß und Leid entstieg dem Boden, wärmte sich durch die steigende Temperatur auf und drang in seine Augen, seine Ohren, seine Lunge und sein Herz.

Er wurde durch diese Schwere fast zu Boden gedrückt und hatte nicht die Kraft sich zu bewegen. Er versuchte es noch einmal und presste sich angestrengt gegen diese Ansammlung von Tod in seinem Inneren. Es war ihm jedoch keine Bewegung möglich. Sein Atem stand als Wolke über seinem Haupt und er blieb stehen wie eine Steinsäule in einem Traum. Hania blickte auf seine Hände. Unter den Fingernägeln bildeten sich salzige Wundränder. Er musste nur eine kleine Bewegung zulassen und er würde aus seiner Erstarrung gelöst werden. Die Wundränder brannten und er bewegte zitternd seine Finger. Wieder spürte er die Kälte der verschwindenden Nacht und diesmal wollte er diese Kälte, hielt sich daran fest, um nicht aufgelöst zu werden, in der Trauer, die ihn umgab. Aber diesmal war es kein Traum, sondern die Wahrheit. Es war also wahr, dass diese Wölfe Menschen waren und durch ein Unglück ihr Leben wie Tiere beenden mussten. Es war nicht seine Geschichte, und dennoch hatte er Mühe, sie auf Abstand zu halten. Denn sie erfüllte seinen ganzen Geist, jede Zelle und eine Zuneigung zu den Toten trieb ihm die Tränen in die Augen. Langsam schritt er durch die Nebel zu dem ersten Toten. Es war ein alter Mann, der offensichtlich schon viele Winter überlebt hatte. Sein Körper war zerschunden und runzlig. Hania schloss ihm die Augen. Sie hatten mit Greisen gekämpft. Die anderen sechs Leichen waren drei weitere Männer, zwei Frauen und dann sah er den Jungen. Schnell eilte er auf ihn zu und als er sah, dass er nur ohne Bewusstsein war aber lebte. Ein Pfeil hatte sich durch einen Arm gebohrt, er hatte mehrere Bisswunden von einem Hund und das Gesicht war blutverschmiert. Aber er lebte. Vorsichtig zog er den Pfeil aus der Wunde. Ein Stöhnen durchfuhr den kleinen Körper und zwei Wölfinnen kamen aus dem Wald auf ihn zugeschossen. „Ich tue ihm nichts!", rief er ihnen zu und sie blieben knurrend wie angewurzelt stehen. Hinter ihm hatten Ahiga und Pelipa ihre Bögen gespannt und Hania rief ihnen zu, dass alles gut sei und rief Pelipa herbei: „Wir müssen diese Wunde verbinden, kannst du mir helfen?" Pelipa krauste die Stirn, ging dann aber los und holte mehrere große Blätter der Klettenwurzel, die geschützt unter einem Felsvorsprung den ersten Schnee überlebt hatte. Hania schnitt sich mit dem Messer ein Stück Leder ab und band oberhalb der Wunde den Arm ab, dann bohrte er aus dem Boden mit seinem Messer etwas Lehm und Erde und packte diese auf die Wunde. Anschließend drückte er die Blätter auf die Stelle. Pelipa schnaubte kurz ärgerlich, dann holte sie aus ihrem Beutel ein Tuch und wickelte das Ganze fest. Die beiden Wölfinnen beobachteten jede ihrer Bewegungen. Als Hania und Pelipa sich einige Schritte von dem Jungen entfernt hatten, eilten sie auf den Jungen zu und vorsichtig zogen sie ihn mit ihren Zähnen in die Sicherheit des Walds.

Hania blickte um sich. Der Geruch von gerinnendem Blut, von Leid, von sinnlosem Sterben legte sich wie eine zweite Haut um ihn. Er gab sich einen Ruck und ging von Leiche zu Leiche und schloss ihnen die Augen. Es war jedoch nicht so, dass er dankbar war, dafür, dass er überlebt hatte. Im Gegenteil: Er betrachtete die reglosen Körper und dachte nur, dass sie nun in Frieden seien. Kein Kampf ums Überleben, keine Schmerzen, keine Zukunft mehr. Es durchfuhr ihn schmerzhaft: Er wollte da liegen, er wollte endlich den Schmerz eingefroren haben in der Totenstarre! Er wollte nicht mehr darüber nachdenken, wie man lebt, wie man jeden Tag von neuem atmet, und wie man das Leid aus seiner Kindheit trägt und all der Verantwortung für so viele Menschen, derer er gerecht werden muss.

Pelipa, die hinter ihm hergegangen war, schluckte. Ihr Bruder lebte vom ersten Moment seines Lebens in den Zwischenwelten. Wie oft war sie als Kind morgens aufgewacht und ihre Blicke waren sofort zu Hania gewandert: lebte er noch? Nicht, dass er schwach oder krank gewesen wäre, aber auf ihm lag ein Schleier von Trauer und Kälte, die ihn nur flach atmen ließen. Sie legte eine Hand auf Hanias Schulter und holte ihn damit wieder in das Reich der Lebenden. Hania musste mehrmals tief durchatmen, bis er wieder Herr über seinen Körper war. Pelipa wartete geduldig. Sie liebte ihn dafür, wie er war und wie er, ohne jemals darüber zu sprechen, darum kämpfte, das Leben zu lieben. „Wir werden sie wie Menschen in das Totenreich führen", sagte Hania ruhig. Ahiga und Pelipa verstanden nicht, warum er diese Wölfe wie Menschen behandelte, aber er war von den Clanältesten zu ihrem Anführer gewählt worden und so tat sie, nach kurzem Zögern, was er wollte. Sie trugen gemeinsam die Wolfsleichen in die Mitte der Lichtung. Dort schichteten sie trockenes Wintergras, Reisig und was sie an Holz fanden auf und betteten die Toten darauf. Dann schabten sie die Rinde von Pappeln und Ulmen und trugen Moos zusammen, das sie gemeinsam mit Büscheln von Gras auf den Körpern der Wölfe verteilten. Sie bewegten sich schweigend über die Lichtung, wie huschende Geister. In den Schatten der Bäume standen die Wölfe und sahen zu. Manchmal stellte Hania sich vor, dass die Toten mit offenen Augen dalagen und ihn beobachteten. Dann wiederum war er es, der da lag und sich selbst beobachtete. Pelipa legte einige der Kiefernzapfen unter die Leichen damit sie im Jenseits sich an die Wärme der Sonne erinnern konnten und mit Steinen bildeten sie einen Steinkreis um die Toten, damit sie geschützt waren vor bösen Energien.

Nichts erinnerte daran, dass diese Wölfe einst Menschen gewesen waren. Sie hatten ihr Recht auf das Menschsein verloren und Hania fragte sich, ob sie noch eine Seele hatten. Und ob er ihnen durch das Ritual einen Teil ihrer Menschlichkeit zumindest mit ins Totenreich geben konnte, er wollte es zumindest versuchen. Pelipa hatte begonnen mit einem Lied und brennendem Salbei den Platz, die Steine und die Toten von altem Leid zu reinigen. Alte Formeln, die seit Urzeiten in den Geist der Menschen eingeprägt waren, hüllten mit der Stimme Pelipas die Toten mit dem Schutz der Menschen ein. Langsam traten die Wölfe noch näher heran und sahen nun aus der Nähe zu, wie Hania zwei Feuersteine gegeneinanderschlug. Die Funken fielen auf das trockene Gras und hungrig fraßen sie sich einen Weg durch den Totenhügel. Es entstand dichter beißender Rauch, dann stoben Funken hoch in den Himmel, als ob auch sie nicht mehr auf der Erde weilen wollten. Als die Flammen begannen hoch aufzulodern, heulte ein Wolf laut auf. Die anderen Wölfe fielen augenblicklich ein und stimmten ein heulendes Klagelied an. Es waren ihre Toten und Hania, Pelipa und Ahiga verließen den Platz. Als das Dunkel des Waldes sie erfasst hatte, veränderte sich etwas.

Das Geheul der Wölfe verwandelte sich in eine Art Gesang. Alle drei blieben stehen und lauschten. Einzelne Stimmen waren zu unterscheiden, heulende Stimmen wurden immer lauter, bis sie zu einer klagenden Melodie wurden. Sie lauschten angestrengt und vermehrt waren dunkel Wörter zu vernehmen, bis sie zu einer einzigen klagenden Melodie wurden, diese Mischung aus Menschlichem und Tierischem Gesang klang wie eine Art barbarischer Grabgesang.

Sie drehten sich um und zwischen den Baumstämmen sahen sie auf die Lichtung. „Menschen.

Es sind Menschen“ sagte Ahiga verstört. Hania blickte nun ebenfalls auf die Lichtung und dann zu Ahiga und Pelipe: „Ihr könnt sehen, dass es Menschen sind?”, fragte er begierig. „Ja. Warum. Kannst du es nicht sehen?”, fragte Pelipa erstaunt. „Doch, doch. Ich kann es auch sehen”, antwortete Hania. Er war einerseits erlöst, dass nun auch sein Bruder und seine Schwester das sehen konnten, was er schon die ganze Zeit gesehen hatte. Andererseits wurde ihm nun noch bewusster, dass er der Einzige war, der sie schon als Menschen wahrgenommen hatte, als sie nur Wölfe sehen konnten.

Sie sahen schweigend zu, wie sie sich aufrichteten und nicht mehr wie Tiere auf ihren Hinterbeinen saßen oder vor Angst zusammengepresst nebeneinander kauerten. Und vor ihren Augen wurde aus der Trauerfeier ein Moment der Erlösung und der Freude: Gebete zum Großen Geist, vermischt mit dem Schluchzen um die Toten, schwebten durch die Baumwipfel, wurden vom Wind getragen und erfüllten die Luft. Dann konnte er es sehen: ein Licht entglitt der Brust der Toten, strich noch eine Weile über dem Körper herum und bewegte sich dann in Richtung Himmel. Er beobachtete, wie ihre Seelen aufstiegen und sich im Blau des Himmels verloren.

All diese Jahre lebten sie wie Wölfe und dennoch dachten und erlebten sie alles wie Menschen. Hania schloss die Augen und nun erinnerte er sich. Bilder entstanden in seinem Kopf von Zeiten, in denen Menschen und Wölfe in Frieden miteinander lebten. Als er das unruhige Räuspern von Ahiga hörte, lächelte er. Am Waldrand warfen sie einen letzten Blick auf die Lichtung, das Feuer, den Rauch und die aufrechten Körper, wie sie tanzend, singend und weinend nach einer langen Zeit das Leben als Menschen wieder begannen. Dann wandten sie sich dem Weg in Richtung des Dorfes zu. Diese Nacht und das Ritual was die Geschwister gemeinsam vollzogen hatten, würde sie immer auf eine besondere Art miteinander verbinden. Und er hoffte das es auch für die Menschen des Wolfs Clan und somit für alle anderen eine Wende bringen würde.

Elan wunderte sich, dass ihm nicht kälter war. Nur seine Arme und Beine waren halb erfroren, aber ansonsten fühlte er sich lebendig. Er sah an sich herab. War es möglich, dass ihn der Wolf nachts mit seinem Körper vor der Kälte beschützt hatte? Warum? Schoss es durch seinen Kopf. Aber er war zu schwach, um dieser Frage auf den Grund zu gehen.

‘Ich bleibe einfach liegen, bis mich jemand findet’, dachte Elan. Aber da vernahm er deutlich eine Stimme: „Gehe an Land. Die Sonne ist nicht dein Freund auf dem Eis“. Elan drehte sich um, konnte aber nur in der Ferne einen Schatten sich entfernen sehen. Er versuchte im Eis die Spuren eines Wolfes zu erkennen und verwundert erkannte er hingegen, dass es menschliche Fußspuren gab, die von ihm wegführten. Er konnte sich keinen Reim daraus machen. In dem Moment hörte er, wie das Eis unter ihm in Bewegung kam. Die Sonne tat ihr Werk und als sich nicht weit weg von ihm ein Spalt im Eis bildete, erhob er sich mit schmerzenden Gliedern. Die Schulter blutete und der rechte Knöchel war dick angeschwollen und die Wunden auf seinem Rücken rissen nun wieder auf, als er sich bewegte. Humpelnd machte er sich auf zum nördlich gelegenen Ufer. Unter seinen Schritten knackte das Eis und er befürchtete schon, jeden Moment in die kalte Tiefe zu stürzen. Aber das Eis hielt und so gelangte er an Land.

Als Elan müde und abgeschlagen am Ufer angekommen war und in der Ferne das Dorf sah, blieb er stehen. Die Tatsache, dass er keine Schmerzen hatte, beruhigte ihn nicht. Wahrscheinlich ist einfach mein Arm abgefroren und deshalb spüre ich nichts, dachte er müde. Er schlotterte vor Kälte am ganzen Körper. In dem Moment sah er wie jemand auf ihn zukam und kurz zögerte, als sie ihn sah. Elan kniff die Augen zusammen und erkannte *Silberhaar*. *Silberhaar* hatte ihn wohl nicht erkannt, denn er verlangsamte sogar seinen sowieso nicht schnellen Gang und kurz kam es Elan so vor, als ob *Silberhaar* sich nach einem anderen Weg umschaute. Elan war zu müde, um darüber nachzudenken und so schlurfte er zähneklappernd weiter in Richtung des Dorfes und *Silberhaar*. Als er nahe genug herangekommen war, sah er, dass *Silberhaar* seine Gans mit sich trug. Er hatte einen angestrengten Gesichtsausdruck und es war offensichtlich, dass das, was er vorhatte, ihn einiges an

Kraft kostete. „Ich lasse sie frei!“, sagte er leise als er auf derselben Höhe wie Elan war und auch wenn sein Freund ganz offensichtlich mit sich beschäftigt war, musterte er Elan eingehend: „Du schaust nebenbei aus wie jemand, der auch einiges hinter sich hat. Weißt du eigentlich, dass wir dich die ganze Nacht gesucht haben und deine Mutter Schattenjäger gedroht hatte, ihn zu Hackfleisch zu verarbeiten, wenn du nicht unversehrt zurückkommst?”

Elan konnte kaum sprechen, aber er musste lächeln beim Gedanken an seine Mutter. Wenn sie wütend war, dann war sie kaum zu bremsen. „An deiner Stelle, würde ich mich so schnell wie möglich behandeln lassen. Heute ist doch der große Tag und im Dorf herrscht jetzt schon ein ordentliches Durcheinander, aber ich muss jetzt gehen, bevor noch jemand versucht mich aufzuhalten. Bis nachher!“ Elan hatte völlig vergessen, dass heute der große Tag war, an dem die meisten seines Alters beim Bergflug mitmachen würden. „Er schaute auf *Silberhaar* und seine Schneegans und es schauerte ihn bei dem Gedanken, dass heute auch seine Schwester ihren Specht verlieren würde. Immer und immer wieder hatte man ihnen erklärt, dass die Vögel nur in dieser Dimension sterben würden und dass sie ihr Einverständnis gegeben hätten. Sie würden dann durch ihre Besitzer weiterleben und zu starken Verbündeten werden. Damit wäre das kein Sterben, sondern ein Privileg für die Tiere. Elan blickte auf seinen Freund und die Gans, die noch ganz verschlafen in dessen Armen lag und fragte sich, ob dem wirklich so wäre.

Aber es war ihm zu kalt, um darüber nachzudenken und *Silberhaar* war in Eile und so schaffte Elan gerade noch „Du musst dich beeilen", zwischen den Zähnen herauszupressen und blickte in Richtung des Dorfes. *Silberhaar* schluckte und wandte sich wieder seiner Gans zu. Er umarmte sie das letzte Mal und setzte sie dann vorsichtig auf den Boden. Zuerst setzte sich die Gans einfach nur hin. Dann nahm *Silberhaar* eine Handvoll Körner aus seiner Tasche und streute diese auf den Boden in Richtung See. Die Gans schüttelte sich und begann die Körner aufzupicken. *Silberhaar* war kreidebleich und Tränen rannen ihm über die Wangen, während er vorsichtig rückwärts in Richtung des Dorfes ging. Die Gans war noch völlig mit dem Aufpicken der Körner beschäftigt, blickte sich jedoch immer wieder zu *Silberhaar* um, der jedoch nur Augen für den Himmel hatte und suchend den Horizont anstarrte. Dann hörte es auch Elan: aus der Ferne erschall der Ruf der Schneegänse. Elan und *Silberhaar* konnten sie mit den Augen noch nicht ausmachen denn über den Bergwipfeln ergoss sich gleißend helles Licht über allem, aber dann sahen sie sie: eine riesige Schar von über hundert weißglänzenden Gänsen nahm mit einem Mal den ganzen Himmel ein und segelte über sie hinweg. *Silberhaar* blieb stehen, wischte sich die Tränen aus dem Gesicht und flüsterte vor sich hin: „Hopp, flieg, nun flieg schon!" Seine Gans hatte abrupt aufgehört die Körner aufzupicken und stand nur still da. Sie blickte zu *Silberhaar* und machte ein paar Schritte auf ihn zu, da erklang nochmals der Ruf und die Schaar der Schneegänse begann über ihnen laut krächzend zu kreisen.

„Geh, flieg mit ihnen, bitte, flieg schon endlich!“, rief *Silberhaar* ihr zu und Elan war sich sicher, dass sie ihn verstand, denn sie stand nun aufrecht da und ließ den Hals wie in einer Art Verbeugung hängen. Dann entstand kurz eine Stille. Die Gänseschar über ihnen hatten sich wieder zu einem Pfeil formiert und zog über den See in Richtung Süden. *Silberhaar* und die Gans waren still und Elan wusste, dass sie sich nun telepathisch verständigten. *Silberhaar* hatte aufgehört zu weinen und seine ganze Konzentration galt der Gans. Er ging in die Knie und legte seinen Kopf auf den Boden, genau wie sie es tat. Dann hob er den Kopf und nickte und nun sah Elan, wie Bewegung in die Gans kam. Sie erhob sich schnell, machte ein paar Flügelschläge und rannte dann mit offenen Flügeln in Richtung des zugefrorenen Sees, wo sie nach nur wenigen Metern abhob. Elan hatte schon öfters Schneegänse sich in die Lüfte heben sehen, aber diesmal war es etwas anderes. *Silberhaar* war ihre Familie gewesen und sie hätte sich heute von ihm töten gelassen. Aber er hatte sie freigegeben und der Schrei der Gänse in der Luft half ihr, sich an das Leben ihrer Vorfahren zu erinnern, wie es war, frei zu sein. Sie war schon kaum mehr zu sehen und *Silberhaar* löste seine Augen vom Himmel, als sie noch einmal zurückkam und über ihm einen Kreis zog. Elan hatte die Nacht, die Schmerzen, die Kälte vergessen und legte seinen Arm um seinen Freund: „Sie wird nun glücklich sein und eine Familie gründen können. Du hast ihr das Leben geschenkt *Silberhaar*!“, sagte er schlotternd. *Silberhaar* wurde noch ein paar Mal von tiefen Seufzern geschüttelt, dann beruhigte er sich wieder und Elan ließ ihn langsam los. Sie sahen nach oben: die Gans flog weiter in Richtung Süden, wo man aus der Ferne noch den verhallenden Schrei der Gänseschar hörte. Als der letzte Klang im Wind verhallt war, zog *Silberhaar* seinen Mantel aus und legte ihn Elan um die Schultern.

Weder Elan noch *Silberhaar* hatten Lust zu sprechen. Eine plötzliche Müdigkeit überkam Elan und *Silberhaar* war ebenfalls ganz in sich verschlossen. Gemeinsam trotteten sie in Richtung des Dorfes. Und obwohl Elan vor Hunger und Kälte kurz vor der Ohnmacht stand, konnte er nicht umhin, die Schönheit und Eleganz des Lagers vor sich bewundern. Alles glitzerte in der Morgensonne und die Zelte der Schneegänse und Donnervögel lagen ruhig und ordentlich weiß schimmernd vor ihm. Sogar das graue Lager der Raben konnte dem harmonischen Bild auf die Entfernung heute nichts anhaben. Am Waldrand standen die lustig bemalten und mit Wimpeln und Glöckchen verzierten Zelte seines Clans und Elan musste lächeln bei dem Gedanken, dass die Manipies jetzt sicherlich schon Eisrutschbahnen gebaut hatten und Eiskristalle bewunderten. Aber er nahm auch wahr, dass eine angespannte Stimmung zwischen den Zelten hing. Weswegen, konnte er nur ahnen. Elan zog die klare kalte Luft ein und wollte schon weitergehen, als er aus der Ferne den Schrei einer Möwe zu vernehmen glaubte. Noch einmal blieb er stehen und lauschte, doch es war wieder still um ihn herum. *Silberhaar* hatte angehalten und sah ihn fragend an. "Ich dachte, ich hätte einen Möwenschrei gehört", meinte Elan zu seiner eigenen Verwunderung. Seine Stimme war merkwürdig aufgeregt. „Möwen?", *Silberhaar* blieb nun auch stehen und spähte in die Ferne wie Elan, „Ich höre nichts..."

Elan lauschte erneut, aber als er wieder in die Luft sah, hörte auch er nichts mehr. Trotzdem hatte er den Eindruck, dass irgendwo eine Möwe ihr Lied sang. Es war, als ob die Luft sich aufladen würde mit neuer Energie und ihn mit Kraft und neuem Mut erfüllte.

Er blickte zurück auf den Horizont, südwestlich des Sees. Als er etwas sich bewegen sah, glaubte er zuerst an eine Sinnestäuschung, dann jedoch wurden die Punkte immer grösser und aus der Entfernung waren nun tatsächlich mehrere Schreie von Möwen zu hören. Zuerst waren es nur einzelne Möwen. Dann jedoch kamen noch mehr dazu und immer mehr und sie wurden grösser und grösser. Es war, als ob die Luft angefüllt war mit einem leisen Summen - als ob sich die ganze Welt vereinen würde, um ihm zuzusprechen: „Alles wird wieder gut."

Die Punkte am Horizont waren inzwischen zu menschlichen Silhouetten herangewachsen. Die Sonne blitzte auf und Elan meinte, seinen Vater zu erkennen. Kaum betraten die Gestalten das Eis auf dem See, verwandelten sich einige in Möwen und stießen elegant und schnell in die Höhe. Er bekam Herzklopfen bei dem Gedanken, dass sein Vater es geschafft hatte. Eine Schar von Möwen flog nun in einer langgezogenen Formation angeführt von einer großen Möwe, die Elan als seinen Vater jetzt deutlich erkannte, in ihre Richtung. Sie waren in strahlendes Licht getaucht und Elan meinte, der ganze Wald würde von einem Ruf erfüllt. Es war, als ob tausende Stimmen die Luft erschütterten. Elan wurde fast atemlos und hielt sich den Arm vor die Augen - dieser Anblick war unglaublich schön. Sein Vater flog nun seitlich an ihm vorbei und verlangsamte das Tempo und kam zum Stehen. Die anderen Möwen folgten daraufhin, stellten sich hinter ihm auf und verwandelten sich wieder in Menschen. Dann kamen sie langsam näher, während Elan noch immer die Augen mit der Hand vor dem grellen Schein der Sonne schützte.

Es war sein Vater, der sich aus der Gruppe löste, auf ihn zugestürmt kam und ihn heftig umarmte. Nach einer Weile hielt er ihn armlängenweit vor sich und sah an ihm hinab: "Elan, mein Junge, du siehst ja schrecklich aus. Was ist denn mit dir passiert?"

Elans Herz hämmerte. Erst jetzt erst merkte er, wie ihn die Sorge um seinen Vater und alle anderen Familienmitglieder des Möwen Clans, belastet hatte. Sein Vater wandte sich in diesem Moment auch *Silberhaar* zu: „Du bist ja richtig groß geworden, schön dich zu sehen!", dann umarmte er auch *Silberhaar*. Elan schaute nun auf die Menschen, die zu Fuß über den See gekommen waren. Die Sonne stand schon hoch am Himmel und das Krachen des Eises wurde lauter. Sein Vater und die anderen Männer, die herbeigeflogen waren, wandten sich nun ebenfalls in Richtung Süden. Es waren Frauen, die Alten und die Kinder, die zu Fuß gemeinsam mit den Pferden und Hunden dem Ufer entlang gingen. Einige Kinder liefen leichtfüßig über den See, sprangen über Risse, die inzwischen das Eis durchzogen und kamen atemlos bei ihnen an. Elan war sich nicht sicher, aber er hatte den Eindruck, dass es weniger waren als normalerweise. Er suchte nach seinen beiden Kusinen und zwei weitere Freunden, mit denen er jeden Winter zusammen war, aber nur einer seiner beiden Freunde kam auf ihn zu. “Die anderen - wo sind die alle?”, stieß er fragend hervor.

Sein Vater atmete tief durch: „Wir wurden von Wölfen angegriffen und einige von uns wurden dabei getötet.“ Er schaute Elan an und traurig sagte er: auch deine Kusinen Yuma und Anuk sind tot. Sie waren am Bach, um heimlich Fliegen zu üben und das, obwohl wir es ihnen verboten hatten. Auch drei unserer besten Krieger sind tot. Ama hat am Ende die Zeichen und vor allem den unerwarteten Aufbruch von Minaha so gelesen, dass wir es wagen sollen, trotz des frühzeitigen Schnees hierherzukommen und so waren wir kurzerhand aufgebrochen. Aber je näher wir dem Yarasee kamen, desto mehr hatten wir mit den Wölfen zu tun. Gestern Abend wollten wir unbedingt noch bis in die Dämmerung hinein so viel Strecke wie möglich hinter uns bringen, als wir von Wölfen angegriffen wurden. Und was für welche! Ama hatte sogar den Verdacht, dass es sich um Shungs handelte, aber sie war sich nicht sicher. Dann mitten in der Nacht zogen sie ab und seit heute früh haben wir keinen einzigen Wolf zu Gesicht bekommen und konnten unversehrt hier ankommen.

“Unsere Ältesten hier sind sich sicher, dass es Shungs sind”, sagte Elan und plötzlich war ihm wieder kalt geworden. „Und sind sie noch hier?”, fragte nun sein Vater alarmiert; „Ich weiß es nicht”, sagte Elan und schüttelte den Kopf. „Ich denke nicht, dass wir von einem kleinen Jungen erfahren wollen, ob wir es mit verdammten Tabubrechern oder mit etwas zu groß geratenen Wölfen zu tun haben!”, knurrte da von hinten eine Stimme. Es war Lokni, der Mann von Minaha. Elan kannte ihn nur flüchtig und er war vor allem zu müde, um auf diese Provokation einzugehen. „Überhaupt, wenn man bedenkt in welche Schwierigkeiten wir gekommen sind dank der unglaublichen Fähigkeiten unserer Schamanin, die ja ihr ganzes magisches Wissen von der Insel Ohne Namen hat, dann bin ich nicht so sicher, ob wir unsere Kinder den Bergflug machen lassen wollen. Wir leben gut in den Ebenen. Jeden Winter riskieren wir, dass ein anderer Clan, der aus dem Osten flüchtet, unsere Jagdgründe belagert. Jeden Winter riskieren wir, dass wir während der Reise hierher überfallen oder eingeschneit werden. Und dann das ganze Getue um den Bergflug! Wo sind all die mächtigen Zauberer und beschützen uns vor den Kish? Soweit ich sehen kann, hat noch kein einziger unserer fantastischen Zauberer auch nur einmal einen Kish angegriffen!”

Enapay war, während Lokni sprach, rot angelaufen. Dennoch entschied er offensichtlich, dass das nicht der richtige Zeitpunkt war, um einen Streit vom Zaun zu brechen. Und so nickte er nur zustimmend mit dem Kopf: „Ja, Lokni, alles, was du sagst, hat seine

Richtigkeit. Mein Vorschlag ist dennoch, dass wir jetzt erst einmal unser Lager aufbauen, Wachen aufstellen, Kinder, Frauen und die Alten in Sicherheit bringen und dann in Ruhe überlegen was zu tun ist. Was hälst du davon?“, Lokni schnaubte, hielt aber dann seinen Mund.

„Was bin ich nur ein Vater“, sagte da Elans Vater und wendete sich wieder Elan zu, “du hast offensichtlich auch einiges hinter dir. Außerdem kann es sein, dass die Wölfe ja noch hier sind. Besser wir gehen ins Dorf.” Er blickte sich um und sagte: „Lasst uns ins Dorf gehen und unsere Zelte aufstellen!”

Als sie im Dorf angekommen waren, herrschte da eine helle Aufregung. Viele waren schon auf den Beinen und die Kinder liefen zwischen den Zelten umher, die Manipies hatten es sich zur Aufgabe gemacht, zur Feier des Tages manche Zeichnungen auf den Zelten zu erneuern, mit Moos die Ränder der Gehwege zu säumen und die Eichhörnchen zu beauftragen, dass sie Samen und Nüsse aus dem Wald holten, um diese in kleinen Schälchen überall im Dorf aufzustellen. Die mutigsten unter ihnen brachten diese sogar in das Lager der Raben. Als nun Elan und *Silberhaar* mit Elans Vater und Teilen des Möwen Clans auf dem Dorfplatz auftauchten, ließen alle was auch immer sie gerade taten, liegen und stehen, um sie freudig und neugierig zu umkreisen. Manch einem Gesicht sah man die ängstliche Frage an, wo die anderen Mitglieder des Möwen Clans waren und Enapay wollte schon anfangen zu erzählen, als auch die restlichen Mitglieder seines Clans ankamen. Sie hatten die letzten Wochen eingeschneit verbracht und sahen dementsprechend mitgenommen aus. Sie waren das milde Klima an den großen Seen in den Ebenen gewohnt und kamen hierher in die Berge nur, weil es seit jeher so war. Vor allem im Jahr des Bergfluges war es überlebenswichtig für sie, hier am Yarasee den Winter zu verbringen. Dennoch war Lokni nicht der Einzige, der den Sinn dieser jährlichen Wanderung anzweifelte. Für die Mitglieder des Möwen Clans war es jedes Mal eine große Herausforderung, hierherzukommen und als sie diesmal von dem frühen Schneefall überrascht, von Wölfen angegriffen und einige von ihnen dadurch sogar getötet worden waren, brachte Unmut auf. Elan konnte es ihren Augen ansehen, wie erleichtert sie waren, endlich hier angekommen zu sein, wo der Schnee großteils schon wieder geschmolzen war und die anderen Stämme Sicherheit brachten. Nur Lokni, der Mann von Minaha stampfte verschlossen hinter Enapay her. Dass Minaha ihn verlassen hatte, um hier am Yarasee ihr Kind im Clan ihrer Mutter auf die Welt zu bringen, hatte ihn in seiner Würde zutiefst verletzt. So wunderte sich auch niemand, dass er nicht sofort nach dem Clan der Falken oder gar Minaha fragte.

In dem Moment trat Clanmutter ins Zentrum des Kreises und begrüßten Enapay und die anderen: „Seid herzlich willkommen“, sagte sie lächelnd und nach einer kurzen Pause, in der sie jeden Einzelnen mit einem leichten Kopfnicken begrüßte, blieben ihre Augen an Elan hängen. „Aha, Elan, du bist also auch wieder da. Sehr gut.” Sie beugte sich und hob vom Boden einen Manipi auf, flüsterte ihm etwas ins Ohr und setzte ihn wieder sanft auf den Boden. Dieser rannte augenblicklich in Richtung des Spechtlagers los. Zu Elan sagte sie dann freundlich: „Ich glaube, es ist wichtig, dass deine Mutter Bescheid weiß, dass du ... fast ganz heil ... wieder unter uns weilst.” Sie zwinkerte Elan kurz zu, dann wandte sie sich wieder dem Clan der Möwen zu: „Schön, dass ihr es doch noch geschafft habt zu kommen. Wir haben uns alle große Sorgen gemacht”. Elan sah, wie sie versuchte - ohne dass es zu sehr auffiel - auszumachen, wer alles fehlte. „Yuma und Anuk sind tot, drei weitere Krieger sind durch die Wölfe gestorben und Tallulah ist mit zwei Kundschaftern unterwegs, um Minaha zu suchen”, sagte nun Enapay und seine Augen wanderten über den Platz. Ein Raunen ging durch die Menge. „Ist Minaha hier angekommen?”, fragte er nun. Clanmutter nickte: „Sie ist heil angekommen und ist im Tipi des Spechtclans.” Enapay nickte erleichtert und drehte sich zu Lokni um, um sich zu vergewissern, dass dieser die Nachricht gehört hatte. Loknis Gesichtsausdruck war unlesbar. Enapay seufzte. Lokni war sein Freund, aber sein Dickschädel war immer wieder eine Herausforderung für ihn gewesen. Enapay wandte sich wieder dem Dorfplatz zu und nach und nach erzählte er was passiert war. Er wollte gerade weitererzählen, als der

Kreis sich in Richtung Westen öffnete und Hania mit seinen beiden Geschwistern in die Menge trat. Sie wurden mit lautem Jubel begrüßt und auf den Gesichtern sah man gespannte Neugierde. Als wieder etwas Ruhe eingetreten war, sagte Hania laut und versuchte so bestimmt wie möglich zu klingen: „Die Wölfe sind fort. Wir sind nicht mehr in Gefahr!" Sofort begannen alle durcheinander zu reden. „Wie konnte das passieren?" - „Yuma und Anuk sind tot!" - „Was ist mit dem Möwen Clan?" - „Was meinst du damit, sie sind fort?", riefen die Stimmen durcheinander.

Nun trat Häuptling Kaga hervor: „Was ist passiert?" Einen Moment lang herrschte Stille, dann begann Hania zu erzählen: „Wir", und dabei blickte er auf seine Schwester, „waren gemeinsam mit *Himmelspforte* und zwei Kriegern aus dem Raben Clan aufgebrochen, um meinen Bruder zu suchen, der seit gestern Abend als einziger nicht aus dem Wald zurückgekommen war, dann wurden wir von den Shungs angegriffen ...Wir konnten aber deren Anführer und seine Frau gefangen nehmen, um eine Art Waffenstillstand auszuhandeln. Aber das war dann nicht mehr notwendig, weil..."

„Wir haben nicht nur den Anführer der Shungs bei uns im Dorf, sondern auch noch seine Frau?", fragte Kaga schneidend. „Du hast den Anführer der Shungs mit Verstärkung – egal ob es seine Frau oder nicht ist - zu uns gebracht und versprochen ihn zu heilen? Woher sollen wir wissen, dass sie ihr Wort halten?", fragte er mit trockener Stimme. „Ich frage mich hier vor allem: wie konntest du dich mit den Shungs unterhalten? Sprichst du ihre Sprache?" Und angriffslustig fügte er hinzu: „Du hast zwei Krieger des Raben Clans in Gefahr gebracht, du hast unsere Hunde eingesetzt, um eines deiner Familienmitglieder zu retten und du hast zwei Shungs in die Mitte unserer Gemeinschaft gebracht. Ich denke nicht, dass du damit prahlen kannst", fügte er bissig hinzu, wissend, dass der Großteil der Clanmitglieder ihm zustimmen würde. „Die Shungs sind keine Shungs mehr", sagte Hania. Er riss sich zusammen, um ruhig zu bleiben und strengte sich an, mit kontrollierter Stimme weiterzusprechen. Kaga hatte ihn noch nie ausstehen können und offensichtlich war er wütend darüber, dass Hania mehr oder weniger selbstständig ein Problem, das seit Generationen nur Ärger und Sorge gebracht hatte, eventuell gelöst hatte. „Sie haben sich wieder in Menschen verwandelt." Nun entstand eine Unruhe. „Hast du es mit deinen eigenen Augen gesehen?", fragte nun Clanmutter und trat näher. „Ja, wir haben es alle drei gesehen", mischte sich Pelipa ein. „Wir haben die Shungs, die wir getötet hatten, wie Menschen bestattet, mit Salbei und Gebeten, sie gebettet und dann verbrannt." Ein Aufschrei ging nun wieder durch die Reihen. „Wie konntet ihr das tun? Ihr habt damit Wölfe zu unseren Ahnen in das Geistreich geschickt!" „Es waren keine Wölfe, es waren Shungs - verdammte Menschen - und wir haben sie von ihrem Schicksal, als Tiere leben zu müssen, erlöst." Es war Kaga, der Pelipa laut anfuhr: „Das ist unmöglich! Wenn die Shungs sich zu Menschen zurückverwandeln hätten können, hätten sie es längst getan!" „Könnt ihr beweisen, dass es so ist?" fragte nun Hanias Großmutter

Pohawe, die ebenfalls in die Mitte des Kreises getreten war.

Augenblicklich verstummte der Kreis, und bevor Hania antworten konnte, kam wieder Bewegung in die Menge, die beobachtete, wie Minaha, die am Waldrand aufgetaucht war, mit einem Bündel im Arm und gefolgt von zwei Fremden, sich durch die Menge nach vorne auf den Platz ihren Weg bahnte. Misstrauisch wurde sie beobachtet. Elans Mutter hatte sie mit sauberer Kleidung versorgt und so weckte ihr Auftreten nicht mehr den Schrecken, wie bei ihrer Ankunft. Sie hatte in der Höhle die Wunden des Shung versorgt und war Zeugin gewesen, wie er und seine Gefährtin sowie der Wolfswelpen sich im Morgengrauen zu Menschen verwandelt hatten.

Lokni, der bisher schweigend hinter Enapay gestanden hatte, schritt ihr entgegen. Als er vor ihr stand, blickte er an ihr herab. Das letzte Mal, als er sie vor nur wenigen Tagen gesehen hatte, war sie schwanger. Er war außer sich gewesen, als er erfuhr, dass sie mitten in der Nacht gemeinsam mit Achak an den Yarasee losgewandert war, trotz des Schnees und seinem Verbot aufzubrechen. Er verstand, dass sie ihr Kind im Clan ihrer Mutter am Yarasee bekommen wollte, dass sie jedoch sich, das Ungeborene und ihren Sohn Achak in Gefahr brachte, war für ihn unverzeihlich. Er wollte ihr nachfolgen, wurde jedoch von Enapay zurückgehalten. Er war einer der besten Krieger im Clan und sie brauchten ihn. Auch war er außer sich vor Wut gewesen, denn es war fast aussichtslos, dass sie es bis hierher schaffen konnte. Sie hatten am Abend zuvor gestritten und er war zu weit gegangen. Minaha empfand sich mehr dem Clan ihrer Mutter, dem Falken Clan, zugehörig, als seinem Stamm der Möwen, und bis dahin hatte er sich damit gut arrangieren können. Aber durch ihre Entschiedenheit, dem Baby einen Namen aus dem Falkenstamm zu geben und die Geburt bei ihrer Mutter erleben zu wollen, hatte diese alte Wunde wieder aufgerissen und er hatte ihr ein Ultimatum gestellt: entweder das Baby würde einen Namen des Möwenstammes tragen oder sie könne gleich für immer zu ihrer Mutter zurückkehren.

Er war nun erleichtert, als er sie vor sich sah und suchte mit den Augen nach Achak. Als er ihn nicht finden konnte, schluckte er und sah Minaha fragend an. „Er wurde von den Kish entführt", hauchte sie. Dann fielen die Augen Loknis auf das Bündel, das sie in den Händen trug und vorsichtig schob er das Tuch beiseite, um das Gesicht sehen zu können. Es war ein hübscher Junge mit glatten schwarzen Haaren und blauen Augen. Im Möwen Clan kamen blaue Augen öfters vor und so fiel ihm nichts auf. Auch die schwarzen Haare waren nichts Besonderes. Freudig wollte er das Baby in seine Arme nehmen, als Minaha einen Schritt nach hinten tat: „Es ist nicht dein Sohn", brachte sie stockend hervor. Es ist ein Shung." Lokni starrte Minaha an. „Was willst du damit sagen? Wenn das ein Baby von einem Shung ist, wo ist dann dein, unser Baby?" - Seine Stimme begann zu zittern. Er fasste Minaha fest an beiden Schultern, beugte sich zu ihr und schaute ihr wie ein tollwütiger Hund in die Augen: „Sag mir, wo unser

Baby ist, Minaha!" *Himmelspforte* trat vor: „Nimm deine Hände von ihren Schultern Lokni und höre dir zuerst ihre Geschichte an." Seine Stimme sollte ruhig und bestimmt klingen, aber sogar Elan hörte die Furcht darin. Eine Frau, die ihrem Mann ein Kind entzieht, es verliert oder sogar tötet, hatte – egal aus welchem Clan sie kam – mit schweren Strafen zu rechnen. Enapay stellte sich nun zwischen Lokni und *Himmelspforte*. „Das ist nicht der Moment", sagte er nur. Lokni ließ seine Hände fallen und er wollte schon eine weitere Frage an Minaha stellen, als mehrere Rufe in der Menge laut wurden: „Wer sind diese beiden?"

Die Aufmerksamkeit aller war nun einem Mann und einer Frau gewidmet, die hinter Minaha aus dem Schatten der Bäume traten. Beide hatten zerzauste Haare und zerfetzte Kleidung und der Mann war an mehreren Stellen verletzt. Sie sahen ausgehungert und verhärmt aus. *Himmelspforte* hatte ihnen in der Eile Kleidung gegeben, die ihnen jedoch zu klein war und so hatten beide jeweils alte, mottenzerfressene Felle, die Elans Mutter schon längst wegwerfen wollte, übergeworfen. Die Dorfbewohner wichen angsterfüllt zurück schauten sie dennoch voller Neugier an. Hania stellte sich neben die beiden, erhob einen Arm, bis wieder Ruhe eingekehrt war und sagte dann mit ruhiger Stimme: „Dieser Mann und diese Frau waren bis heute Morgen Shungs!" Er konnte nicht weitersprechen, da die unterschiedlichen Clanmitglieder zwar auf Abstand blieben, die Emotionen jedoch kaum zu bändigen waren, und sich lautstark Kund taten. „Sie wurden heute wieder zu Menschen. Bevor wir uns hier über ihren Tabubruch auslassen, möchte ich, dass wir uns erinnern; es war eine Frau unserer Nordstämme, die nicht ganz unschuldig daran war, was diesen Menschen passiert ist! Es ist an der Zeit, diese Geschichte zu bereinigen und zwar im Interesse aller!" „Es ist nicht an dir, uns zu sagen, wann und wie wir welche Geschichten handhaben sollen!", rief manch eine Stimme aus dem Raben Clan.

Lokni trat vor. „Genauso denke ich auch und ich möchte nun wissen, weshalb meine Frau ein Shung-Baby im Arm hat und wo unser eigenes Baby ist! Sollte einer aus dem Wolfsstamm unser Baby getötet haben, dann wird hier etwas ganz anderes stattfinden als eine 'Geschichte zu bereinigen!'", rief er laut in die Menge und fast alle stimmten mit Pfiffen und dem Stampfen der Füße zu. Clanmutter trat nun vor, ging auf Minaha zu, schob das Fell beiseite und zeigte das Gesicht Lokni. „Es handelt sich nicht um eine Bestie, sondern um ein Baby Lokni und ich verlange nun Respekt für unsere alten Sitten, die Verständnis und Brüderlichkeit lehren und das Urteilen dem Rat überlassen!" Diese letzten Worte sprach sie mit so viel Macht und Bestimmtheit aus, dass augenblicklich wieder halbwegs angemessene Ruhe einkehrte.

Lokni schaute jedoch immer noch entsetzt auf das Baby, auf Minaha und Clanmutter. Er war in innerer Panik und Sorge um seine Kinder. Er versuchte alle diese Informationen und die Ungewissheit in Einklang zu bringen. Minaha holte tief Luft und schaute bittend zu Lokni: „Es war bis heute Morgen noch ein

Wolfsbaby, verwandelte sich jedoch im Morgengrauen in ein Kind.“ Lokni trat endgültig erschrocken einen Schritt zurück. Er war ein großer schlanker Mann mit denselben blau grauen Augen wie sie. Seine grauen langen Haare waren weiß durchzogen und seine Gesichtszüge waren vom Wind und vom Wasser braun gegerbt. „Und wo ist unser Baby?," fragte er nun stammelnd. „Ich weiß es nicht", flüsterte Minaha. „Was heißt, du weißt es nicht?", schrie Lokni nun laut und kam die Schritte die er zuvor Rückwärts gegangen war in einem wieder auf sie zu und wollte sie wieder an den Schultern packen. Schnell schritt Clanmutter dazwischen: "Lokni, du musst dich beruhigen. Deiner Frau sind schlimme Dinge zugestoßen. Aber sie lebt und wahrscheinlich ist auch Achak am Leben. Was mit eurem Baby passiert ist, wissen wir nicht. Minaha war offensichtlich von Shungs überfallen worden. Die Kish haben sie gerettet und haben die Shungs erschossen. Sie war unter zwei Shungs begraben gewesen und als sie wieder zu sich kam, war das Baby geboren und weg. Es ist wahrscheinlich, dass es tot ist. Aber wir wissen es nicht. Minaha hat einen unverzeihlichen Fehler begangen, als sie euren Stamm heimlich verlassen hatte... aber sie lebt.

In dem Moment begann der ehemalige Shung zu sprechen. Endlich war ihnen ihre wahre Sprache zurückgekehrt, mit der sie nicht nur gedanklich, sondern hörbar für alle kommunizieren konnten. Seine Stimme war noch rau und klang, wie ein Knurren aber was er sagte, erreichte dennoch die Ohren aller: „Das Baby ist nicht tot. Ein Kish, ein alter Kish, ist mit dem Baby auf einem Floß flussabwärts nach Westen gefahren. Seine Absichten sind gut und er beschützt das Mädchen. Auch der Junge lebt. Zwei Kish wollten ihn nach Osten bringen. Wir haben ihn gesehen. Er lebt, ist aber in Gefahr, da die Kish ihn verkaufen wollen." „Loknis Miene hatte sich verschlossen und er konnte in Minaha nur eine Frau sehen, die sein Baby und seinen Sohn aus Leichtsinn und Sturheit verloren hatte. Der Schmerz und die Trauer übermannten ihn. Mit schmerzerfüllten Augen starrte er auf den ehemaligen Shung und dann zu Minaha. „Ich werde unsere Kinder suchen", sagte er und sollte ihm oder dem Baby etwas passiert sein, Minaha, wirst du und dein Stamm dafür bezahlen, indem ich ein Tabu ausspreche." - Ein entsetztes Stöhnen durchfuhr alle Anwesenden. Lokni drehte sich in Richtung des ehemaligen Shungs: „Wie schauen die beiden Männer aus?" „Der eine Mann ist stark und schlau und hat einen Waschbär Hut. Er hat sich jedoch mit den Pferden aus dem Staub gemacht. Der Mann, den wir gesehen haben und der mit Achak ist, ist jung und blond, mager und wurde von dem anderen Mann Sam genannt. Er ist verweichlicht und schwach, und hat ein verletztes Bein. Er und Achak sind ohne Pferde und ... ohne Waffen im Gebirge östlich von hier. Sie sind auf dem Weg zum Dreimühlendorf, einem Umschlagplatz der Kish. Der alte Trapper, der das Mädchen mitgenommen hat, trägt einen abgewetzten schwarzen Hut und ist auf einem Auge fast blind. Er ist keine Gefahr für das Baby."

Lokni dachte kurz nach, was er noch fragen konnte. Es fiel ihm jedoch nichts mehr ein und so ging er, ohne Minaha eines Blickes zu würdigen und ohne ein weiteres Wort zu sagen in Richtung des Sees. „Tallilah und Mato sind schon auf der Suche nach deinem Sohn und einer unserer besten Späher ist unterwegs, um euer Baby zu finden!“, rief ihm Clanmutter hinterher. Auf dem Platz war es nun ruhig geworden. Minaha weinte vor Erleichterung darüber, dass ihre Kinder noch lebten. Sie würde sie wiederfinden und Lokni müsste kein Tabu über sie und ihren Stamm bringen. Sie hatte gerade erfahren, dass das Baby ein Mädchen war und dass es Schutz gefunden hatte bei einem alten Mann. Lokni und die anderen würden Achak und ihr Baby finden. Clanmutter legte einen Arm um Minaha: „Der Westen ist von den Kishs noch nicht erobert. Deine Tochter ist in Sicherheit. Und es sind nun drei unserer besten Krieger und Kriegerinnen hinter Achak her. Alles wird gut Minaha, du wirst sehen."

In dem Moment trat *Geflochtene Zöpfe* aus der Menge und ging in Richtung der ehemaligen Shungs. Sie stellte sich vor ihnen auf. Die ehemaligen Shungs taten ängstlich einen Schritt zurück und begann zu knurren. *Geflochtene Zöpfe* ließ sich nicht beirren. „Heute ist ein wichtiger Tag, geliebte Schwester, geliebter Bruder“, begann sie und Elan traute seinen Augen nicht, als er sah, dass sie nun langsam auf die Knie fiel. Dann fuhr sie fort: „Eine unserer Schwestern hat großes Leid über euren Stamm gebracht. Viele Jahre wart ihr verdammt dazu, als Tiere zu leben, und durch die Wälder zu streifen. Es ist ein wichtiger, ein sehr wichtiger Tag für uns alle und es füllt mein Herz mit Freude, wenn ich sehe, dass der Fluch gebannt ist. Es zeigt, dass wir Menschen Verzeihung und Gnade von Seiten des Großen Geistes erfahren können. Ihr seid gekommen, um euch zu rächen und ich hoffe, dass ihr anstatt dessen in Frieden wieder zu einem Leben als Menschen zurückkehrt und in Zukunft in Frieden mit den Gefiederten Nordstämmen sein könnt." Dann erhob sie sich, nahm ihren wunderschönen schneeweißen Eisbärumhang und vorsichtig ging sie auf die Frau zu, nahm ihr den schäbigen Umhang ab und legte ihr im Gegenzug ihren Umhang um. Ein Raunen ging durch die Menge. *Geflochtene Zöpfe* war weder als großzügig noch als edelmütig bekannt. Aber alle wussten, dass sie die Gesetze von Karma und Dharma besser als jeder andere kannte. Dass von einem ganzen Stamm das schlechte Karma, das durch einen Tabubruch verursacht war, abfallen kann, brachte offensichtlich ihre wahre Größe zum Vorschein. Eine Weile war der Platz in Stille getaucht. All die Aufregung, die Angst und die Wut der letzten Tage hatten sie vergessen lassen, wer sie waren. Nun hatte *Geflochtene Zöpfe* sie daran erinnert, dass sie Teil einer Geschichte waren und dass jede Geschichte sich immer ändern konnte. All die Anspannung fiel von ihnen ab.

Otetiani wollte *Geflochtene Zöpfe* nicht nachstehen und ging auf die beiden Menschen aus dem Wolfsstamm zu, verneigte sich vor ihnen, nahm vorsichtig den alten und zerlöcherten Umhang des Mannes, reichte ihn seiner Tochter Pohawe, die ihm gefolgt war, nahm nun seinen wunderschönen mit roten und schwarzen Symbolen verzierten Umhang aus Weißfuchs Fell ab und legte diesen über die Schultern des Mannes. Als

Otetiani einen Schritt zurück gegangen war, traten die verschiedensten Männer und Frauen aus allen Stämmen hervor. Jeder wollte nun etwas beitragen zu dem Wunder. Mokassins, Medizintaschen, Jagdmesser, Pfeile, sogar ein Bogen und zwei Beutel, die von den Frauen mit Trockenfleisch und Maisbrot gefüllt wurden. Anfänglich waren der Mann und die Frau steif und ängstlich und schreckten bei jeder schnelleren Bewegung zurück. Ein Manipi hatte alle Hände voll zu tun, um die Tränen der Frau mit Moos zu trocknen. Drei Manipiemädchen frisierten und flochten die Haare der Frau und ebenso viele junge Männer des kleinen Volkes schüttelten den Staub aus den Haaren des Mannes und banden Bänder, um seine Stirn um die Haare zu bändigen. Mehrere Frauen besangen mit Hilfe der Manipies die Wunden des Mannes mit heilenden Gesängen, währenddessen andere die trockne Haut der Frau mit Ölen einbalsamierten. Als es nichts mehr gab, was den beiden fehlen konnte, wurde zu ihrem Abschied noch ein fröhliches Lied über die Hoffnung angestimmt. Bevor die Frau und der Mann in den Wald gingen, um ihre Stammesbrüder und -schwestern zu suchen, ging Minaha zu ihnen, holte tief Luft und hielt ihnen das Baby entgegen. Die Frau trat ihr entgegen. Ihre Schritte, Blicke und Bewegungen waren noch sichtbar ungelenk, nach all den Jahren im Wolfskörper, in dem sie auf vier Beinen durch die Wälder gestreift war. Man merkte sehr deutlich das sie sich noch in ihre menschliche Form ein finden musste. „Dieses Kind“, versuchte sie mit hörbarer Mühe zu artikulieren, „hat dich ausgesucht Minaha. Es will bei dir bleiben." Und nach einer längeren Pause fügte sie hinzu: „Seine Mutter ist tot. Ohne dich würde es ohnehin nur schlecht überleben." Auch ihre Stimme klang rau und sie schien selbst erschrocken über ihre eigene Stimme zu sein. Ihr Mann jedoch schaute sie mit Tränen in den Augen an, als er sie sprechen hörte. Clanmutter nahm nun vorsichtig ihre Hände in die ihren: „Sagt euren Brüdern und Schwestern, dass wir froh sind, dass der Stamm der Wölfe wieder unter uns Menschen weilt. Wann immer ihr Hilfe braucht, zögert nicht um Hilfe zu fragen. Geht nun. Wir sind in Frieden mit euch. Die Frage ist, ob ihr auch in Frieden mit uns seid?" Der Mann und die Frau schauten sich schweigend an, die Frau drückte die Hände von Clanmutter und etwas in ihr begann zu strahlen. Heilung hatte begonnen. Dann nickten beide und die Frau drehte sich noch einmal um und sagte in Richtung Minaha: „Solange dein Sohn in unseren Gebirgen ist, ist er in Sicherheit. Wir werden helfen, dass er bald wieder bei dir ist. Um dein Baby musst du dir keine Sorgen machen. Das Böse hat den Westen noch nicht erreicht." Dann verschwanden sie leise im Wald.

"Der Große Geist irrt sich nie", sagte Clanmutter in die Stille hinein. „Nichts passiert aus Versehen. Dass genau jetzt, am Tag des Bergflugs ein Fluch aufgelöst wurde, ist mehr als ein Zeichen. Und auch wenn wir unsere Toten beweinen und unsere Verletzten heilen, müssen wir das Geschenk annehmen. Welches Geschenk? Könnten wir uns fragen. Ich weiß es auch nicht. Aber lasst uns nicht vor Trauer blind werden und offenbleiben, was der heutige Tag uns bringt." Dann machte sie eine kurze Pause.

"Und nun lasst uns den Bergflug organisieren: Wir hatten die letzten Tage immer wieder gedacht,dass wir ihn nicht abhalten könnten, da wir nicht genug Menschen waren um die Energie hoch genug zu bekommen, damit die Kinder fliegen können. Wir hatten bis zu diesem Moment auch nicht genug Kinder, die die Voraussetzung mitbringen, am Bergflug teilnehmen zu können. Wie ihr wisst, brauchen wir einundzwanzig Kinder mit ihren Verbündeten, damit das Feld stark genug ist, um diesen Flug möglich zu machen. Dadurch, dass der Falkenstamm fehlt, müssen wir uns mit der Mindestzahl abfinden. Wir haben jedoch bis zum heutigen Tag nur fünfzehn Kinder. Nur sechs aus dem Rabenstamm. Dahir ist leider ausgeschlossen, da ihr Rabe getötet wurde." Auch wenn aus dem Rabenstamm wütendes Fluchen kam, fuhr Clanmutter unbeirrt fort: „Aus dem Schneegansstamm haben wir fünf Teilnehmer.; „Vier Teilnehmer. Es sind nur vier Teilnehmer", war eine kaum hörbare Stimme zu hören. Clanmutter hatte es nicht gehört und wollte schon fortfahren, als Elan laut ausrief; Es sind nur vier Teilnehmer bei den Schneegänsen. Silberhaars Verbündete ist heute Morgen mit einem Schwarm von Schneegänsen in den Süden mitgeflogen!" „Das ist ja unerhört!", platzte es laut aus Geflochtene Zöpfe heraus. Sie kam rasch auf S*ilberhaar* zu, der halb hinter Elan und Enapay versteckt stand. Verbündete sind an den Besitzer gebunden und verlassen einen nicht. Du musst sie freigegeben haben, ansonsten würde das keine unserer Verbündeten jemals tun!", schrie sie *Silberhaar* empört an. Clanmutter hob nun bestimmend die Hand und wandte sich *Silberhaar* zu. „Ist dem so, du hast keine Verbündete für heute Abend?", *Silberhaar* nickte und blickte zu Boden. „Gut", übertönte Clanmutter das Gemurre auf dem Platz, "dann sind es nur vier Teilnehmer aus dem Clan der Schneegänse. Damit haben wir bis jetzt zehn Teilnehmer. Aus dem Donnervogel Clan haben wir einen Teilnehmer. Ist das richtig so?", sie wandte sich in Richtung Hania, der zustimmend nickte. „Damit haben wir elf Teilnehmer. Mit den dreien aus dem Specht Clan, haben wir also vierzehn Teilnehmer und Verbündete." Nun wandte sie sich in die Richtung, wo die Mitglieder des Möwen Clans standen: „Wie viele Kinder aus dem Möwenstamm können mitmachen?" „Wir hatten sechs Kinder mit ihren Verbündeten. Nachdem Yuna und Anuk gestorben sind und ein Kind sich bei der Wanderung ein Bein gebrochen hat, können nur drei unserer Kinder daran teilnehmen. Es tut uns leid!", sagte Enapay.

„Das wären dann siebzehn Teilnehmer", sagte Clanmutter besorgt. Aus der Gruppe des Raben Clans löste sich nun eine dunkle, komplett schwarze Gestalt. Es war *Zwielicht*, die nun nach vorne trat. „Und die drei Verbündeten. Was ist mit den drei Verbündeten?", fragte sie forsch in Richtung des Clans der Möwen. „Leben sie noch?" Enapay war kurz überrascht, dann nickte er: „Sie leben noch und sind noch bei uns. Sie haben ihren Vertrag eingehalten und werden nicht fortfliegen bevor der Bergflug vorbei ist." *Zwielicht* nickte und schaute sondierend in die Runde der Raben und als ihre Augen Dahir gefunden hatten, ging sie auf sie zu, packte sie am Kragen und zog sie hinter sich her auf den Platz: „Hier ist ein Mädchen, das alle Voraussetzungen hat und fliegen kann." Dann huschte sie auf *Silberhaar* und Elan zu: „Elan ist zur Hälfte aus dem Möwenstamm und er hat das richtige Alter. Er hat damit geprotzt, dass es unfair sei, ihn nicht fliegen zu lassen und hat damit unsere alten Gesetze in Frage gestellt. Er soll nun zeigen, ob er tut was er sagt, oderob er nur ein Großmaul ist. Er soll fliegen." Und ohne auf die Rufe in der Menge zu achten, stieß sie ihn und *Silberhaar* vor sich auf den Platz. „Dieser hier", und sie blickte dabei kalt auf *Silberhaar,* „hat seine Gans freigelassen. Er hat keine Verbündete mehr, aber er hat die Ausbildung zum Fliegen bekommen. Damit kann er eine neue Verbündete bekommen." Nun war es wiederum still geworden. „Aber *Silberhaar* und Dahir sind nicht vom Clan der Möwen und Elan hat keinerlei Ahnung vom Fliegen!", warf nun Pohawe ein. „Das ist völlig gegen die Regeln und damit ausgeschlossen!", rief *Geflochtene Zöpfe*. Enapay erhob seine Stimme: „Elan ohne Üben und ohne Verbindung zu einer Verbündeten den Bergflug machen zu lassen ist Mord. Ganz einfach. Ich schlage vor, wir sagen den Bergflug ab, anstatt unsere Kinder, wegen unserer Fehlentscheidungen, sich den Hals brechen zu lassen!" „Mein Vorschlag ist, Elan selbst zu fragen", fügte *Zwielicht* mit vor Wut angespannten Stimme. Enapay wandte sich an Elan: „Würdest du heute Abend teilnehmen Elan?",

Elan überlegte nicht zweimal. Es war sein größter Wunsch gewesen, heute mitfliegen zu dürfen. Trotz all der Zweifel, die in den letzten Tagen in ihm hochkamen und wider seines körperlichen Zustandes. Und so nickte er nur mit dem Kopf. Enapay drehte sich suchend um bis er eine kleine Frau mit aufgetürmten weißgrauen geflochtenen Zöpfensah: „Ama, als unsere Schamanin, bist du einverstanden, dass Elan für uns heute beim Bergflug teilnimmt?“, fragte Enapay laut und die Stimmung im Stamm der Möwen ging nun von einem Atemzug auf den anderen in totale Hysterie über. So etwas hatte es noch nie gegeben und alle waren vollkommen fassungslos. Ama trat hervor, musterte Elan und sagte dann mit ruhiger Stimme: „Elan kann das schaffen. Er wird unsere erfahrenste Verbündete bekommen. Er muss zuvor in einer Schwitzhütte seine Angst vor dem Tod ablegen und seine Mutter muss zustimmen, denn die Gefahr, dass er nicht überlebt, ist gegeben. Elans Mutter Mira hatte alles gehört und stapfte nun auf Elan zu. Sie wird es nicht zulassen', dachte Elan und seine Freude fiel in sich zusammen. Als sie bei ihm angekommen war, musterte sie ihn von oben bis unten und schüttelte den Kopf. Dann flüsterte sie ihm zu: „Wir sind fast gestorben heute Nacht, weil wir nicht wussten, wo du geblieben bist. Junge, Junge.“ Dann wandte sie sich wieder dem Kreis an Menschen zu: „Ihr wollt tatsächlich einen Jungen, der nicht einen einzigen Moment das Fliegen gelernt hat, der keine Beziehung zu seiner Verbündeten hat, nur wenige Stunden vor dem Bergflug in einer Kunst unterrichten, die andere nicht in Monaten erlernt haben?“, brüllte sie

Ama und Enapay an. Dann drehte sie sich zur Menge um: „Ist es das, was ihr wollt? Dass ein Mitglied des Specht Clans froh sein soll, dass man ihn überhaupt zulässt, dass er sozusagen erfreut sein sollte, wenn er hier unter all den erhabenen, magischen Gefiederten sterben darf? Hat hier noch irgendjemand seine fünf Sinne beisammen?”

„Mira!“, rief nun Clanmutter mit harscher Stimme: „hör auf hier Anklagen zu erheben. Wir brauchen einundzwanzig Teilnehmer und dein Sohn will mitmachen. Das hat nichts mit Leichtfertigkeit oder sonst etwas zu tun. Es geht darum, dass dein Sohn diese Herausforderung angenommen hat. Die Frage ist nun, ob du das Wohl von uns allen und die Einschätzung deines Sohnes ernst genug nimmst!“ - Mira starrte Clanmutter zuerst wütend, dann verzweifelt an. Ama trat auf Mira zu: „Wir werden auf deinen Sohn aufpassen und ich werde ihn heute Nachmittag trainieren. Mira, gib ihm...gib uns die Möglichkeit, heute einundzwanzig Kinder am Bergflug teilnehmen zu lassen.”

In dem Moment ging Enapay auf Mira zu und legte seine beiden Hände auf ihre Schultern. Mit einem Blick auf Ama, sagte er: „Mira, ich kenne Ama. Wenn sie sagt, dass sie ihn bis heute Abend so weit bringt, dass er fliegen kann, dann glaube ich ihr. Schlussendlich nickte Mira, und ging zu Elan: „Wenn es dein Wunsch ist, dann soll dem so sein.“ Elan atmete aus. Seine Mutter hatte ihm zugestimmt! *Silberhaar* stand stumm da und war alles außer begeistert, nun doch beim Flug mitzumachen. „Du wirst uns stolz machen, ja mein

Sohn? Du kannst damit wieder gutmachen, was du uns angetan hast“, flüsterte jemand in sein Ohr. Er drehte sich um und sah gerade noch, wie die hagere Gestalt seiner Mutter sich in der Menge verlor. Elan, der gehört hatte, was *Silberhaars* Mutter gesagt hatte, schüttelte es vor Graus: eine Mutter, die den Sohn über eine Felskante wirft, damit er den Tod eines anderen Kindes sühnt. Dahir wurde inzwischen bei den Raben gefeiert und gemeinsam mit den anderen Teilnehmern wollten sie den Platz verlassen. „Wir haben also zwanzig Teilnehmer. Es fehlt noch ein Junge oder ein Mädchen, dann sind wir vollständig! Ich werde mit den Ältesten beraten, wer der einundzwanzigste Teilnehmer sein könnte!“, rief Clanmutter laut und ihr Tonfall ließ keinen Zweifel daran, dass dem so war. „Elan, Dahir und *Silberhaar*! Ihr werdet euch sofort den Teilnehmern der Möwen anschließen und eure Verbündeten kennenlernen. Euch zur Seite stehen eure Zauberer, die die Übertragung auf euch begleiten werden. Wir erwarten euch mit euren Verbündeten zu Mitternacht auf dem Berggipfel! Bis dahin werdet ihr üben und keine Nahrung zu euch nehmen!“ Dann zum Platz gewendet rief sie:„Wir haben einen wichtigen Tag heute. Es ist notwendig, dass wir uns um die Verletzten, Toten und Trauernden kümmern. Wir können ...“, Clanmutter holte tief Luft, “es uns jedoch nicht erlauben, uns von Angst und Kummer hinabziehen zu lassen. Die Schatten der Seelen werden immer da sein, solange wir uns erinnern. Blicken wir heute also nicht in die Schatten sondern ins Licht! Wenn wir es schaffen, alle unsere Gedanken und all unsere Energie auf das Licht zu richten, so können unsere Verbündeten stark sein und unseren Kindern ihre Kräfte übertragen. Es liegt an uns - als vereinte magische Clans der Gefiederten Nord Clans - ob wir heute Nacht weitere Verletzte oder sogar Tote zu betrauern haben oder ob wir alle unsere Kinder wieder heil in die Arme schließen dürfen.

Entfacht heilige Feuer, schmückt eure Zelte, betet zum Großen Geist und erbittet Hilfe, Führung und Schutz für unsere Kinder!“ Auf dem Platz hatte sich nun wieder eine bessere Stimmung eingestellt und die Entscheidungen von Clanmutter hatte das Gefühl der Hoffnung gestärkt. Alle wussten, was zu tun war. Auch wenn es diesmal besondere Dinge zu beachten gab. Die Mitglieder des Möwen Clan begannen südlich des Platzes ihre Zelte aufzustellen. Dadurch, dass der Falken Clan nicht da war, hatten sie ausreichend Platz zur Verfügung. Die Mitglieder der anderen Stämme halfen ihnen dabei, die Pferde abzuladen, ein Gehege für die Hunde zu bauen und vor allem die Zelte aufzustellen. Die Frauen der anderen Stämme begannen ein Feuer anzumachen und Fleisch und Fisch zu braten. Sie brachten Fladenbrot und verköstigten damit die Kinder und Alten, errichteten weiche Felllager, wo sich Frauen mit ihren Kleinkindern ausruhen konnten. Dazwischen sausten die Manipies herum und massierten Füße, küssten Kinderbacken und legten Blumen in die Hände von zitternden Greisen. Alle anderen gingen in Richtung ihrer Lager, um ein Feuer anzumachen, ein Kind zu füttern, die letzten Vorbereitung für den

Bergflug voranzubringen, einen verbündeten Vogel aus dem Korntopf zu verscheuchen oder einfach die müden Glieder am Feuer auszustrecken.

Alle waren nun mit noch mehr Aufgaben als sonst betraut. Wirklich jeder war mit all seinen Fähigkeiten eingebunden, egal ob alt, schwach, klein oder leicht verletzt. Und wenn es der Blinde war, der von einem Manipi geführt, Dinge hin und her trug. Die Wölfe waren glücklicherweise für den Moment keine Gefahr mehr und die Mitglieder desMöwen Clans waren endlich angekommen. Das waren alles gute Nachrichten, aber es gab Verletzte und sogar Tote und die Stimmung war nicht, wie sie am großen Tag des Bergflugs hätte sein sollen. Es ging darum die Energie so hochzuhalten, damit der Flug um Mitternacht möglich war und den meisten viel es schwer, nicht an die letzte Nacht, sondern an den bevorstehenden Abend zu denken. Elan hingegen ging es inzwischen nicht mehr ganz so gut, denn alle anderen hatten monatelang geübt und riskierten dennoch sich das Genick zu brechen, wenn sie heute Nacht nicht nur von einem Ast sprangen. Wie sollte er das Fliegen lernen an nur einem einzigen Nachmittag? In dem Moment näherte sich eine Frau. Es war Ama, die Schamanin des Möwen Clans. Sie war schmal und klein aber ihr ganzer Körper strotzte vor Bewegungsfreude, Kraft und stolzer Eleganz. Die Masse an silbrig blauen, langen geflochtenen Zöpfen, die zu einer Art Turban aufgebaut waren, glitzerten im Sonnenlicht. Ihr schönes Gesicht war trotz ihres hohen Alters nur von wenigen feinen Falten durchzogen. Sie lächelte ihn freundlich an: „Hallo Elan. Du wirst vom Clan der Raben verdächtigt, den Verbündeten von Dahir getötet zu haben. Sehr interessant.“; Dann wanderte ihr Blick zu *Silberhaar* und ein Grinsen überzog ihr Gesicht, während ein Kichern aus ihrem Mund drang: „Und du bist *Silberhaar*, vom Schneegans Clan. Du hast also heute Morgen deinen Verbündeten freigelassen. Auch sehr spannend.“ Nun wandte sie sich auch an Dahir: „Du musst Dahir sein. Ihre Augen, die bis zu diesem Moment noch weich und freundlich waren, zogen sich nun leicht zusammen. „Du bist die, die ihren Verbündeten nicht vor einem gewaltvollen Tod schützen konnte und jemand anderem die Schuld dafür geben wollte. Hmm.“ Sie schürzte ihre Lippen, blickte von einem zum anderen. Das ist eine abenteuerliche Konstellation. Ich glaube, wir werden Spaß miteinander haben.“ Plötzlich drehte sie sich um und stoppte einen Jungen, der in dem Moment an ihr vorbeilaufen wollte. Sie zog ihm, ohne mit der Wimper zu zucken seine Jacke aus und warf sie Elan zu. „Du bekommst morgen eine neue Jacke“, sagte sie freundlich zu dem Jungen, der verwirrt und verärgert dastand. Dann nahm sie *Silberhaars* Mantel von Elans Schulter und gab sie ihm. Elan fragte sich, woher sie wusste, dass diese von *Silberhaar* und nicht von ihm war. Aber nun ging alles ganz schnell, als ob sie einen Befehl laut über den Dorfplatz gerufen hätte, kamen drei Frauen aus dem Möwen Clan und führten sie in eine Ecke ihres Lagers, wo sie begonnen hatten das Gemeinschaftszelt aufzustellen. In Windeseile wechselten sie ihm die Kleidung und verarzteten seine

Wunden. Dann blickte Ama ihn an und lachend warnte sie ihn, dass das etwas unangenehm werden könnte. Er wollte schon fragen, wie unangenehm, als eine der Frauen seine Hände festhielt und eine andere ihm die Wunde mit einem glühenden Holzscheit ausbrannte. Elan verlor das Bewusstsein und befand sich plötzlich in der Luft. Wie schon bei seinem Traum vor zwei Tagen waren die Farben rot und gelb und intensiv und alles war voll von Raben. Er sah in der Ferne ein Feuer und war von dem unbändigen Wunsch durchzogen, zu diesem Feuer zu gelangen. Er versuchte nach oben zu fliegen aber die Raben ließen ihn nicht durch und verdunkelten die Sonne. Sie hatten sich zusammengeschlossen und bildeten einen festen Teppich über ihm. Nun begannen sie ihn immer weiter und weiter nach unten zu drücken. Unter sich sah Elan Baumwipfel, die rasend schnell näher kamen. Wenn er sich darin verfangen würde, hätte er keine Möglichkeit mehr bis zu dem Leuchtfeuer zu gelangen. Er kämpfte verbissen, irgendwie nach oben zu fliegen aber die Raben drückten ihn nur immer weiter in Richtung der Bäume. Es war kein Traum, es war etwas anderes, denn es fühlte sich real an. Elan wehrte sich, er schrie und versuchte seitwärts zu entkommen. Dann fühlte er wie ihn etwas am Oberschenkel packte und den Flug stoppte. Er befand sich mit dem Kopf abwärts hängend in der Luft und blickte nach unten auf einen großen Baum neben dem Leuchtfeuer im Dorfplatz. Der Rabenschwarm veränderte plötzlich seinen Kurs und stob in eine andere Richtung davon. Er hatte völlig die Orientierung verloren, sah jedoch vor sich das Leuchtfeuer und dachte, dass er es als erster geschafft hatte, denn der Platz unter ihm war leer. Dann hörte er aus der Ferne Jubelschreie. Sie kamen aus einer anderen Richtung. Er wollte schon landen, als er unter sich seine Mutter sah, die ihm zurief: „Elan, drehe um, das, was als Sieg erscheint, ist eine Illusion. Manchmal gibt es zwei Dinge von derselben Sorte!“ Dann war er plötzlich wieder wach. Verwirrt blickte er um sich. Hatte er geträumt? Aber wo war Ama? Es saßen nur mehr Silberhaar und Dahir neben ihm. „Meine Güte, zum Glück bist du wieder wach!“, rief *Silberhaar* freudig, als er sah, dass Elan die Augen geöffnet hatte. „Wir dachten schon, dass du den ganzen Nachmittag verschlafen würdest“, fügte Dahir ärgerlich hinzu, „Sie wollten nicht, dass wir ohne dich unsere Möwen auswählen.“ Elan blickte um sich. Es musste einige Zeit vergangen sein, seitdem er das Bewusstsein verloren hatte. Er wollte nicht vergessen, was er gerade geträumt hatte, konnte sich aber keinen Reim daraus machen. Was hatte seine Mutter sagen wollen, als sie von zwei Dinge derselben Sorte sprach. Er schüttelte den Kopf. Neben seinem Lager hatten die Frauen ihm getrocknetes Fleisch und Maisbrot hingelegt. Offensichtlich machte Ama für ihn eine Ausnahme von dem Verbot, bis zum Bergflug nichts mehr zu essen und so stopfte er das Essen hungrig in sich hinein -schließlich hatte er schon eine sehr anstrengende Nacht hinter sich. Währenddessen blickte er um sich und bewunderte die natürliche Eleganz der Möwen Clan Mitglieder.

Sie bewegten sich in der Gruppe wie von Zauberhand geführt, wussten anscheinend immer was zu tun war und wie sie es am besten verrichteten. Es schien ein riesiges Chaos zu herrschen, aber irgendwie kamen sie in ihren Vorhaben voran. Das Lager war in kürzester Zeit aufgebaut, aber es hatte nicht den Anschein, als ob jemand arbeiten würde. Alle rannten durch die Gegend, taten das jedoch ohne sich anzustrengen. Er hatte das Gefühl, die Männer und Frauen dieses Stammes hätten einen leichten Vorteil gegenüber den anderen Stämmen, weil sie alle viel jünger erschienen und ihre Wendigkeit und Zusammenarbeit den ganzen Tag mit einer Leichtigkeit trainierten, die er sonst nicht kannte.

Wenn die Krieger des Specht Clans kämpfen übten, dann war das etwas Ehrfurchtsvolles. Sie lachten zwar auch, aber die Sturheit und der Wille, etwas zu Ende zu bringen, war stärker und so übten die Männer des Specht Clanss konzentriert und systematisch. Natürlich fehlte ihnen oft der Ernst und wenn sie die Wahl zwischen einer lustigen Geschichte oder einem Kampf hatten, dann gewann meistens die Lust, eine gute Geschichte zu hören oder zu erzählen. Hier hingegen lachten alle, selbst wenn jemand einen Schlag bekam und in den Schlamm fiel, lachte er. „Hier ist es genau umgekehrt als bei uns im Specht Clan: wir kämpfen und hören dann auf, weil wir lachen und hier lachen alle und hören dann auf, weil sie kämpfen wollen.“ Dennoch sah alles mehr aus wie ein Spiel als wie ein Kampf. Nur manchmal hielt Elan den Atem an, wenn eine ganze Bande sich über einen einzelnen Mann hermachte. Da waren sie unerbittlich und aggressiv. Die Luft war voll von ihren Stimmen, die manchmal, wenn es zu bunt wurde, auch in eine Art Geschrei überging. Für Elans Ohren war das jedoch nicht unangenehm, sondern einfach wie der Wind, ein Ausdruck von Bewegung und Gemeinschaft. Und trotzdem wusste er, dass sein Weg in dieser Gemeinschaft nicht leicht sein würde. Die Spechte waren nicht so aggressiv, so nervös und angriffslustig. Es ging bei ihnen friedlicher zu und Kämpfen stand ganz sicher nicht an der Tagesordnung, wie hier bei den Möwen. Auch gab es keinen Gruppenzwang. Jeder konnte tun und lassen, was er wollte. Hier hingegen funktionierte alles in einem Zusammenspiel und wehe jemand tanzte aus der Reihe. Natürlich hatte er auch das Erbe seines Vaters in sich und damit - zumindest theoretisch - die Möglichkeit, wie eine Möwe zu leben. Aber er hatte sein ganzes Leben im Clan seiner Mutter verbracht und war das kunterbunte und fröhliche Leben in seinem Clan einfach gewohnt.

Er beobachtete, wie sie hier alles als Gruppe taten. 'Wie die Raben', dachte er und ein unangenehmes Gefühl durchzog ihn. „Los, lasst uns endlich gehen!“, rief nun Dahir ungeduldig. Und sie hatte recht. In der Ferne begannen drei Kinder ihre Flugübungen zu machen. Er erhob sich vom Lager und tastete seine Wunde ab. Sie war verbunden und brannte auch noch, aber er fühlte sich nicht mehr so abgeschlagen und die Schmerzen waren erträglich. Auf dem Weg zu dem Platz tauchte auch wieder Ama auf. Sie ging rasch auf ihn zu: „Du schaust ja schon wieder ganz in Ordnung aus. Und das musst du auch sein, denn du musst nun das nachholen, was alle anderen die letzten Monde hindurch tun konnten, nämlich ihre Verbündeten so gut kennenzulernen, dass sie jede Bewegung, jede Absicht, jeden Instinkt in Windeseile erahnen und nachahmen konnten." Dann, in Richtung Dahir und *Silberhaar*: „Ihr beiden hingegen habt ein anderes Problem: ihr habt gelernt, wie ein Rabe oder eine Schneegans fliegt, aber ihr habt keine Ahnung, wie sich eine Möwe bewegt! Für euch ist es also in erster Linie wichtig, zu vergessen, was ihr meint zu wissen! Denn eine Möwe bewegt sich nicht wie eine Schneegans und ganz sicher nicht wie ein Rabe." Elan schien es so, als ob sie das Wort Rabe mit einem leicht verächtlichen Unterton aussprach, aber er hatte keine Zeit darüber nachzudenken, denn sie waren inzwischen an ihrem Platz angekommen und er blickte aufgeregt vor Neugierde um sich um die drei Möwen zu sehen, die von nun an ihre Verbündeten wären. „Ihr müsst noch etwas Geduld haben", sagte in dem Moment Ama. Ich habe mit euren Verbündeten gesprochen und sie sehen euch schon. Es gibt nur noch eine Kleinigkeit, die sie anscheinend, sagen wir einmal, ausdiskutieren müssen. Es seid nämlich nicht ihr, die sie aussuchen werdet, sondern sie suchen euch aus." Ein enttäuschtes Keuchen entwich Dahir. Er blickte zu ihr und ihr sonst so kämpferischer Ausdruck hatte einer offensichtlichen Sorge Platz gemacht. Alle drei beobachteten das Geschehen über ihren Köpfen. Dort flogen an die zehn Männer und Frauen und machten das Leben der drei Kinder - zwei Mädchen und einem Jungen - schwer.

Zudem flogen ihre drei Möwen mit ihnen mit. Gemeinsam bildeten sie Gruppen, kreisten die drei Übenden erbarmungslos ein, verhinderten ihr Vorwärtskommen oder zwickten ihnen von unten in den Bauch. Es war offensichtlich, dass die Phase des wohlwollenden Unterstützens schon längst abgeschlossen war. Mit grösser werdender Sorge dachte Elan an seine Schwester, die sich schon schwer tat, von Ast zu Ast zu fliegen! Schweigend versuchten sie in dem Wirrwarr über ihnen ein Muster, eine Ordnung zu erkennen. Elan schloss seine Augen zu einem Schlitz und versuchte auf diese Art einen Sinn zu erkennen. Nach einer Weile entdeckte er, dass die Bewegung immer als Schwarm stattfand und es eine Art Rhythmus gab. Er bemerkte, dass Widersacher automatisch von den anderen abgesondert wurden und kaum, dass sie allein waren, an Kraft und Schönheit verloren. Sie flatterten dann geschwächt und ängstlich herum, bis sie auf einen anderen ebenfalls Abgetriebenen trafen. Kaum waren sie zu zweit, war ihr Flug wieder energetischer und zielgerichteter. Wenn sich dann ein Dritter hinzufügte, begannen sie sich wieder wie ein kleiner Schwarm zu verhalten und kehrten zu ihrer ursprünglichen Eleganz und Sicherheit zurück. „Sie müssen immer mindestens zu dritt sein, um Kraft zu haben", flüsterte *Silberhaar* in Richtung Dahir und Elan. Alle drei starrten nun wie gebannt auf die fliegenden Menschen und Vögel und es war diesmal Elan, der erkannt hatte, dass sie nicht in die Sonne sehen konnten: “Sie fliegen niemals direkt in Richtung Sonne, egal wie heikel auch die Situation ist.“

„Das bringt uns heute wenig”, murrte Dahir, “wir fliegen in der Nacht!”

„Eure Verbündeten haben entschieden”, sagte nun Ama ehrfürchtig, “streckt eure Arme aus!” Dann sahen sie, wie eine Möwe aus dem Wald zu ihnen flog. Sie flog schnurstracks auf *Silberhaar* zu und setzte sich anmutig auf seinen Arm. *Silberhaar* erhob erstaunt die andere Hand und wollte sie streicheln, aber sie hob ihren Kopf und hielt diesen *Silberhaar* entgegen. Zuerst verstand *Silberhaar* nicht, doch dann neigte auch er seinen Kopf, bis ihre Stirn sich berührten. Ein Hauch von Stille und Intimität ummantelte die beiden augenblicklich. Elan glaubte zu sehen, wie alles rund um *Silberhaar* und der Möwe leicht silber-bläulich zu schimmern begann und eine Welle aus Neid und Bewunderung durchfuhr ihn. Amas Augen ruhten ebenfalls auf *Silberhaar* und seiner Verbündeten. Dann wendete sie sich von dem schönen Anblick ab und schaute in Richtung Wald, von wo eine weitere sehr große Möwe geflogen kam. Diese kreiste erst mehrmals über den Köpfen von Dahir und Elan. Elan entdeckte sich dabei, leise vor sich hin zu murmeln. Er betete, dass diese Möwe ihn aussuchen würde. Er hatte immer schon Mühe gehabt sich damit abzufinden, eines Tages von einem Specht das Fliegen zu lernen und der Gedanke, dass nun eine große Möwe zu seiner Verbündeten werden würde, gab ihm augenblicklich das Gefühl von Sicherheit. Aber sie änderte plötzlich ihre Flugrichtung und flog in Richtung des Lagers. Als Elan ihr mit den Augen folgte, sah er, wie sie neben Minaha landete. Diese war mit dem Baby beschäftigt und saß einsam auf einem Baumstamm. Lokni war weg und ihr Vater war tot. Sie hatte noch Verwandte unter ihnen aber die Tatsache, dass sie den Clan ohne Erlaubnis verlassen hatte und ihre beiden Kinder entführt oder tot waren, konnte eventuell zu ihrem Ausstoß aus dem Clan führen. Die Clanmitglieder mieden sie vorsichtshalber oder warfen ihr böse Blicke zu.

Als die Möwe neben ihr auf dem Baumstamm landete, schaute Minaha nur kurz auf, dann widmete sie sich wieder gedankenversunken dem Baby. Die Möwe ließ sie jedoch nicht in Ruhe, sondern begann sie wütend anzuschreien, woraufhin das Baby anfing ebenfalls zu schreien. Die Möwe begann an ihren Haaren zu ziehen. Sie schien außer Rand und Band und begann nun auch noch in Richtung des Babys zu picken. *Windige Höhe* und Mira, die durch das Gezeter von ihrer Arbeit aufschauten und es gesehen hatten, ließen ihre Dinge an Ort und Stelle liegen, eilten auf sie zu und nahmen ihr vorsichtshalber das Baby ab. Augenblicklich beruhigte sich die Möwe und setzte sich gutmütig auf Minahas Schoss. Minaha sah zu dem Baby. „Kümmere dich um die Möwe, das scheint nun wichtiger zu sein“, sagte *Windige Höhe* und fügte hinzu, “das Baby ist bei uns in Sicherheit.“ Minaha blickte auf die Möwe und sah dann in Richtung Ama, Elan, *Silberhaar* und Dahir. Das Ganze hat dann doch so viel Aufsehen erregt, das sich einige ebenfalls von ihren Vorbereitungen ablenken ließen und gelaufen kamen, um zu schauen was da nun schon wieder anders als geplant verlief. Es war keine Zeit mehr zu verlieren und es gab nur noch diese zwei Möwen als Verbündete.

Warum hatte diese Möwe Minaha ausgesucht? Sie hatte vor vielen Jahren den Bergflug mitgemacht, war jedoch nicht unter den ersten acht gewesen, die eine Ausbildung hätten bekommen können. Es war aber eindeutig, dass diese Möwe sie ausgesucht hatte. Ama ging auf die Möwe zu, schloss die Augen und legte einen Finger auf deren Stirn. Beide verharrten eine Weile in Stille. Dann nahm Ama einen tiefen Atemzug und öffnete ihre Augen. Sie warf einen langen Blick auf das Baby und hockte sich dann vor Minaha: „Minaha, es ist mir eine große Freude, dich noch einmal bei deinem Flug zu begleiten. Du bist eine ausgezeichnete Fliegerin und du wurdest ausgesucht."

„Aber ich bin doch schon viel zu alt und habe auch schon meine Verbündete seit dem Bergflug. Sie ist ein Falke und ich will und brauche keine andere Verbündete!", antwortete Minaha bestimmt.

„Diese Möwe ist nicht deine Verbündete, sondern die von dem Wolfswelpen Maee. Er soll zur Insel Ohne Namen mitkommen und da dort niemand ohne Verbündete aufgenommen wird, wirst du bis zum elften Lebensjahr von Maee seine Verbündete in dir tragen und dann ihre Seele auf ihn übertragen." Minaha schaute verwundert zur Möwe und zu Maee: „Es kommt mir falsch vor mich so sehr um dieses Baby zu kümmern, während meines irgendwo in Richtung Westen mit einem Unbekannten unterwegs ist."

Dann blickte Ama zu *Windige Höhe* und dem Baby, krauste etwas ihre Stirn, dann räusperte sie sich und erhob sich: „Minaha wird eine Teilnehmerin des Bergfluges heute Abend sein. Diese Möwe hat sie ausgesucht!“, rief sie laut in die Runde. Die versammelten Zuschauer, die in den letzten Tagen schon so einige Ungewöhnlichkeiten erlebt hatten konnten mit ihrem Unmut auch diesmal kaum an sich halten und taten ihn entsprechend kund. Aber Ama ließ sich nicht beirren und blickte eindringlich zu Minaha. „Minaha, du wurdest ausgesucht!“, sagte Ama noch einmal zu ihr, „Diese Ehre abzuweisen wäre ein Fehler. Wir sehen uns gleich auf dem Platz zum üben.”

Inzwischen war die dritte Möwe herangeflogen. Sie war mittelgroß und flog nicht so elegant wie die anderen beiden und nur flach über dem Boden, aber dafür flog sie schnurstracks an Dahir vorbei und auf Elan zu und verfehlte knapp seinen Arm, den er reflexartig ausstreckte. Als sie am Boden landete, musste sie sich etwas orientieren und latschte dann humpelnd auf Elan zu. Elan war einerseits erleichtert, dass sie ihn ausgesucht hatte, auf der anderen Seite sah sie eher zerfranst aus und hatte sicherlich schon einige Winter hinter sich. Sie versuchte auf seinen Arm hochzufliegen aber um diese armseligen Versuche nicht länger beobachten zu müssen, bückte sich Elan schnell und die Möwe hupfte dankbar auf seinen Arm. ‘Und ich dachte, ich bekomme die Erfahrenste aller Möwen’, dachte Elan enttäuscht und besorgt. „Somit haben wir unsere drei Teilnehmer für den heutige Bergflug und haben zwanzig Teilnehmer erreicht. Es fehlt uns noch ein Teilnehmer, um die magische Zahl von einundzwanzig zu erreichen!“, rief Ama nun in Richtung der gespannten Menge.

Nun ruhten alle Blicke auf Dahir, die völlig erstaunt und hochrot dastand. Ama wollte gerade ansetzten, sie zu trösten, als sich eine Gruppe von Mitgliedern des Raben Clans einen Weg durch die Menge kämpfte. Voran schritt *Schattenjäger,* gefolgt von den sechs Teilnehmern des Bergflugs. Der Zauberer schritt, ohne nach links oder rechts zu schauen auf Ama und Dahir zu und blieb nur wenige Fuß entfernt vor ihnen stehen. Dann schloss er einen Augenblick die Augen und der Rabe, der auf seiner Schulter saß, flog auf Dahir zu. Überrumpelt hob diese den Arm und der Rabe landete schwerfällig darauf. „Was soll das *Schattenjäger*?“, frage Ama ruhig und ging nun ebenfalls ein paar Schritte auf ihn zu. „Das ist ganz einfach“, antwortete *Schattenjäger*, “ ihr macht hier eure Spielchen und mimt Schicksal. Rührselige Gänse fliegen wie Möwen“; - er wartete kurz bis das hämische Gelächter unter den anderen Clanmitgliedern der Raben hinter ihm sich wieder beruhigt hatte . „und kleine Spatzen, oder, Entschuldigung, ich wollte sagen, Spechte, die eigentlich gar nicht hier bei unseren magischen Ritualen dabei sein sollten und den Sommer damit verbracht hatten sich hinter dem Rockzipfel ihrer Mütter zu verstecken, sollen nun an einem einzigen Nachmittag zu natürlich ungeahnten Höhen emporschwingen.“ Wieder gab er seinen Stammesbrüdern und Schwestern die Gelegenheit seinen Sermon mit Kommentaren zu unterstreichen. „Und dann kommen wir zu unserer wunderschönen

Minaha!“ Das Gelächter unter den Raben war inzwischen angeschwollen und Schattenjäger wartete genüsslich, bis es wieder ruhiger wurde: „Also, Minaha, deren Mutter, man weiß nicht wo ist. Ja, ja, die Falken...hat hier irgendjemand etwas von den Falken gehört? Nein, natürlich nicht! Weggeblieben sind sie. Tja, sie haben es nicht geschafft, nicht gewollt, vergessen oder in weiser Umsicht entschieden...“, nach einer zu langen Pause, die er sichtlich auskostete, fuhr er fort, „wo war ich stehen geblieben? Ach ja, die Falken, die es irgendwie wieder einmal geschafft haben, nicht am rechten Ort zur rechten Zeit zu sein. Und eine Tochter, die den Clan ihres Vaters und ihres Mannes verlassen hat und daraufhin ihren Sohn und ihr Baby verliert!“ Er hatte diese letzten Worte mit so viel Geringschätzung, wie es ihm möglich war, ausgesprochen und wollte schon fortfahren, als von hinten Clanmutter auftauchte und ihn wütend unterbrach: „*Schattenjäger*, genug! Du willst, dass Dahir mit deinem persönlichen Raben fliegt. Ist dir die Konsequenz bewusst? Er ist ja nicht nur dein Ratgeber, sondern der deines ganzen Stammes. Hast du da schon einmal daran gedacht, was das für eine Gefahr für deinen Stamm darstellt?”

„Glaubst du wirklich, ich wüsste nicht, was ich tue, Clanmutter?“, antwortete *Schattenjäger* wütend. „Ich habe meine eigene innere Verbündete und ihn hier habe ich schon seit meiner Einweihung und habe alle seine Fähigkeiten übernommen. Ich bin mein eigener Ratgeber!”, donnerte er nun lautstark, öffnete seine Arme und wandte sich in Richtung der Menge.

Clanmutter starrte ihn lange an. Dann neigte sie den Kopf und sagte ruhig: „Es ist deine Entscheidung. Wenn du das so siehst, dann werde ich dich nicht davon abhalten.“ Dann drehte sie ihm einfach den Rücken zu und wandte sich Dahir und dem Raben zu: „Dahir, willst du das Angebot eures Zauberers annehmen?“ Dahir war inzwischen kreidebleich geworden und stand wie angewurzelt mitten auf dem Platz. Der Vogel war im Verhältnis zu den anderen Raben sehr groß. Er war ein mächtiger und alter Rabe und offensichtlich hatte er entschieden, sein Leben als Ratgeber des Clans hinter sich zu lassen und dafür zu einem Verbündeten von Dahir zu werden.

„Wahrscheinlich ist der Rabe froh, endlich diesen Giftzahn an Zauberer loszubekommen“, flüsterte *Silberhaar* Elan zu. Elan lachte, denn er hatte *Schattenjäger* auf nicht gerade angenehme Weise kennengelernt und konnte ihn nicht ausstehen. Dahir nickte und schaute von Clanmutter zu *Schattenjäger* und ihren Freunden, die sie nun lautstark herbeiriefen. Dann huschte ein Lächeln über ihr Gesicht, sie hob bedächtig den Arm, drehte sich einmal stolz und mit geradem Rücken um ihre eigene Achse, damit alle ihren neuen Raben bewundern konnten und ging schnell zu ihnen, die sie jubelnd empfingen. „Halt, halt halt, meine Liebe. Den heutigen Nachmittag wirst du hier mit Elan, *Silberhaar* und Minaha verbringen, da du zwar einen Raben als Verbündeten hast, dieser jedoch kein normaler Verbündeter ist und vor allem ein männlicher und nicht wie bei allen anderen ein weiblicher Verbündeter ist. Außerdem kennst du ihn nicht und befindest dich daher in einer ähnlichen Situation wie die anderen drei. Du wirst also heute Nachmittag gemeinsam mit ihnen üben." Dahir verdrehte die Augen, schaute hoffnungsvoll in Richtung *Schattenjäger*, der sie jedoch mit einem Schulterzucken und Kopfnicken in Richtung Clanmutter verwies und sich wieder um die anderen sechs Teilnehmer kümmerte. Er hatte ihr die bestmöglichen Voraussetzungen verschaffen, weiter konnte er nicht gehen. So blieb ihr nichts anderes übrig und sie stapfte widerwillig zurück und stellte sich mit gebührendem Abstand neben *Silberhaar*. „Gut, dann hätten wir das ja geklärt. Der Große Geist hat entschieden und wir haben nun tatsächlich einundzwanzig Teilnehmer!", rief Clanmutter und Elan sah ihr die Verwunderung über das, was gerade geschehen war, an. „Ich muss mich wieder um die Vorbereitung der Zeremonie kümmern", sagte sie nun und wandte sich an Ama: „Du kommst ja gut zurecht hier, oder?" Ama tauschte nur einen einverständlichen Blick mit ihr und wandte sich *Silberhaar* und Elan zu. Elan streichelte seine Möwe, sie war gutmütig und ruhig. Er hatte das Gefühl, dass sie sofort einschlafen würde, wenn er sie durch das Kraulen nicht ablenken würde. Sie mochte es, wenn er sie streichelte und rieb ihren Kopf freundlich an seinemArm. Er war sich ziemlich sicher, dass er kein silberblaues Licht um sich und die Möwe sehen konnte, aber er fühlte sich entspannt und zufrieden und das war schon sehr viel, wenn er bedachte, dass er sie in ein paar Stunden töten müsste.

Minaha kam nun vorsichtig, die Möwe wippend auf seinem Arm, zu ihnen. Ihre Möwe genoss esoffensichtlich, und saß hoch aufgerichtet und stolz auf ihrem Platz und blickte jedem auffordernd in die Augen, wenn er ihr zu nahekam. Minaha stellte sich neben Elan und *Silberhaar* am oberen Ende der Wiese auf. Es waren viele Winter vergangen, seitdem sie beim Bergflug mitgemacht hatte. Sie dachte daran, wie es war ein Kind zu sein. Sie war damals nur etwas älter als Achak nun ist, dachtesie und ihre Knie wurden weich, und ihr Herz krampfe sich zusammen, bei dem Gedanken. Amaschritt auf sie zu: „Minaha, ich weiß, dass du schlimmes hinter dir hast und glaubst Ruhe und Stillezu brauchen. Aber dass diese Möwe dich ausgesucht hat, ist kein Zufall. Es kann sogar sein, dass du da durch deinen Sohn und eventuell sogar dein Baby wiederbekommen kannst. Wenn du es heute schaffst unter den ersten acht zu sein, dann bekommst du eine Ausbildung, in der du all dieFähigkeiten erwerben kannst, die du brauchst. Verstehst du mich Minaha?" Minaha nickte und versuchte sich wieder zu fassen. Ihre Möwe saß auf ihrem Arm wie festgebunden und Elan konnte sehen, wie eine Art silberner Faden sie miteinander verband. Entlang dieses Fadens perlten leuchtende Tropfen und mit jedem Herzschlag der Möwe lösten sich diese in kleine Lichttropfenauf und flogen in Minahas Mund. 'Sie füttert Minaha mit Lichttropfen', dachte Elan. *Silberhaar* stand auf der anderen Seite und auch er erschien Elan grösser und selbstsicherer mit seiner neuen Freundin auf dem Arm. Dann blickte er wieder auf seine Möwe und ihr mitgenommener Eindruck öffnete ihm zwar das Herz, bereitete ihm jedoch auch Kopfzerbrechen: würde sie es schaffen, ihm zu helfen? Sie konnte sich kaum aufrecht halten und ihr fehlte eine Kralle, so dass sie immer wieder von seinem Arm abrutschte. Elan lachte verlegen, als sie doch kurz einschlief und mit Kopf nachunten an seinem Arm hing. Ama schaute ihn und seine Möwe nachdenklich an: „Es scheint so, Elan , als ob du die Medizin des Wohlwollens, des Mitgefühls und die Weisheit einer alten Seele bräuchtest. Dein Freund *Silberhaar* braucht Selbstsicherheit und Freundschaft, Minaha braucht Stärke und Zuversicht und Dahir braucht das Wissen eines ganzen Jahrhunderts um den Anforderungen zu entsprechen." Ama war offensichtlich gerührt und nickte erstaunt mit dem Kopf, so dass ihre vielen Zöpfe auf und ab wippten: „Es ist immer wieder erstaunlich, wie die Verbündeten genau da sind, wo man sie braucht!" Sie kam nun näher an die vier heran und streichelte jedem der Möwenüber den Kopf und sprach - offensichtlich telepathisch - mit ihnen. Sogar Elans müder Vogel hatte ein Auge offen und neigte ihren Kopf leicht auf die Seite, um besser zu hören. 'Wahrscheinlich ist sie auch noch taub', dachte Elan besorgt. Dahirs Raben nickte die Schamanin mit Respekt zu, wagte es jedoch nicht ihn zu berühren. Nach einer Weile sagte Ama: „Gut, dann sind wir also soweit und machen das unmögliche möglich! Ich werde am Rand der Wiese bleiben und helfen, wenn es notwendig ist. Elan, ich gebe dir nun die drei Schlüssel, die ihr euch in den nächsten Stunden sehr gut einprägen müsst. Ihranderen wisst das schon, auch wenn ich denke, dass du Minaha wahrscheinlich einiges vergessen hast. Dahir: was ist der erste Schlüssel zu einem guten Flug?" „Luft kann man nicht sehen und dennoch ist sie da. Wenn du das weißt, kannst du nicht abstürzen", sagte Dahir ohne nachdenken zu müssen. „Sehr gut, Dahir. Und nun zum zweiten Schlüssel. *Silberhaar*?" „Gedanken können dich abheben oder abstürzen lassen", sagte *Silberhaar* und Elan beobachtete, wie sein Freund kreidebleich wurde, als er es sagte. „Gut, *Silberhaar*. Genauso ist es: wenn du denkst, dass du es nicht kannst und dass es gefährlich ist und du sogar sterben könntest, bist du schon tot. Und nun zum dritten Schlüssel, wer will mir sagen, wovon der dritte Schlüssel spricht? „Fliegen ist leicht,wenn du entspannt bist", sagte Minaha und Elan konnte ihr ansehen, dass sie erstaunt darüber war, sich noch daran zu erinnern. Gut, meine Lieben, und jetzt noch eine Kleinigkeit, die euch das Üben heute Nachmittag eventuell noch erschweren könnte."

Elan stöhnte auf. Noch etwas? Er sah zu *Silberhaar*, der inzwischen weißer als Schnee war undElan dachte kurz, dass er ihn nicht aus den Augen lassen wollte, damit er in einer Pause die Möwe nicht genauso frei ließe, wie er die Schneegans von ihrem Vertrag befreit hatte. „Alle außer Elan haben bisher mit den Flügeln von Clanmitgliedern das Fliegen geübt. Leider verfügen wir heute nicht über diese nützliche, aber nicht unbedingt notwendige Hilfe. Das heißt, ihr müsst euch allein auf eure Vorstellungskraft verlassen. Damit ihr genug Energie habt und dieser kleine Nachteil sich nicht zu gravierend auf eure Flugkunst auswirkt, haben wir in allen acht Himmelsrichtungen Mitglieder aus dem Clan der Möwen, der Schneegänse, der Raben und der Spechte aufgestellt.Sie werden euch mit ihrer Energie helfen. Ihr werdet sehen, dass es leicht ist zu fliegen. Und jetzt hopp, hopp, los geht's!"

Kaum hatte sie das letzte Wort gesagt, als Elan neben sich Minaha abheben sah. Natürlich konnte sie fliegen. Alle Mitglieder der Stämme konnten fliegen. Und ihre Verbündete war ein Falke. Elan beobachtete bewundernd, wie sie sich mit natürlicher Eleganz nach oben schraubte, ihre Arme ausbreitete und hoch oben über sie hinweg segelte. Ihre Möwe, die sie dabei begleitete, hatte fast Schwierigkeiten mit Minahas Flugkunst zurecht zu kommen und immer in ihrer Nähe zu bleiben.

Kaum hatte Minaha an Höhe gewonnen, wurde sie schon von den anderen Clanmitgliedern angegriffen und sie taten mit ihr das, was sie schon mit den drei anderen Teilnehmern getan hatten:sie versuchten ständig ihren Flug zu stören, damit sie lernte noch besser zu werden. Elan sah noch,wie sie versuchte zu fliehen, aber durch den Schwarm von ihrer Möwe getrennt wurde und nun alle Hände voll zu tun hatte, um nicht vom Himmel zu fallen. Dann jedoch hörte er auf seiner linken Seite ein Geräusch und sah, wie nun auch *Silberhaar* abhob. Bei weitem nicht so elegant und leichtfüßig wie Minaha, jedoch mit einem gewissen Schwung und Sicherheit. 'Ich habe ihn wirklich unterschätzt', dachte Elan und beobachtete, wie *Silberhaar*, angeleitet von seiner Möwe sich in Kreisen schaukelnd nach oben schwang. Der Schwarm ließ ihn momentan noch in Ruhe, da es offensichtlich war, dass *Silberhaar* erst einmal Übung brauchte im Fliegen und ein Angriff ihnwahrscheinlich sofort wieder zu Boden werfen würde. Im Gegenteil. Als *Silberhaar* am Waldrand kurz ins Taumeln kam, flogen sofort die zwei Mädchen, die bisher so getan hatten, als ob sie ihn nicht im Auge hätten, unter ihn und flatterten so schnell mit ihren Flügeln, dass *Silberhaar* mehr Auftrieb bekam. 'Ach ja, genau, kaum sind sie zu dritt, sind sie wieder stark', erinnerte sich Elan.

Im Falle von *Silberhaar* wurde die Kraft des Schwarmes genützt, um ihm zu helfen. Elan atmete tief durch. Er war noch kein einziges Mal geflogen und es kam ihm völlig absurd vor, die Arme auszubreiten und sich in die Luft zu werfen. Er war sich sicher, dass er einfach nur auf dem Bauch am Boden landen würde und dass seine Möwe dabei wahrscheinlich nichts davon mitbekommen würde, weil sie schon wieder schlief. Er schaute auf seine Verbündete, die teilnahmslos auf seinem Arm saß und als Ama ihm aufmunternd ein paar Worte zurief, warf er sich in die Höhe und landete tatsächlich, wie befürchtet einfach nur auf dem Bauch, die Möwe dabei aus Versehen fast unter sich begrabend. Als diese sich prustend befreien konnte, warf sie Elan einen wütenden Blick zu. Er fluchte innerlich vor sich hin und achtete nicht auf die Stimme in seinem Kopf, die sagte: 'Das ist alles ein Irrtum. Du bist nicht von diesem Möwenwrack ausgewählt worden.' Er hörte aus der

Ferne das Gelächter einiger Raben, die auf dem Feld nördlich von ihnen übten und auch über ihm prusteten viele vor Lachen. Bevor erihnen noch mehr Stoff gab, sich auf seine Kosten zu amüsieren, sprang er schnell auf die Beine. Er sammelte die Möwe auf, setzte sie auf seinen Arm und wiederholte das Manöver mit demselben Resultat. Das Blut pochte in seinen Ohren und er hörte nichts mehr. Er war ausgesucht worden und er wollte heute Abend den Bergflug mitmachen. Er wiederholte dasselbe Manöver immer und immer wieder, bis die Möwe die Nase voll davon hatte und in Richtung Ama floh. Nun war er es, der wütend auf die Möwe und auch auf Ama war. Er konnte sich nicht erinnern, wann er das letzte Mal so gedemütigt worden war. Ama hob die Möwe auf, setzte diese auf ihren Arm und kam nachdenklich auf ihn zu. „Ich mache das nicht mehr mit!“, zischte ihr Elan zu. „Es klappt nicht!”,dann drehte sich um und wollte schon weggehen, als er plötzlich eine Stimme vernahm: „Bleib hier!“, es war nicht Ama, die gesprochen hatte. „Hast du deine Möwe um Hilfe gebeten?”, es war Minaha, die knapp über seinem Kopf kreiste. „Hast du deine Verbündete gefragt, wie sie dir dasFliegen beibringen kann?“, rief sie ihm noch einmal zu. Elan blickte verwirrt zu ihr hoch und fragte : „Was meinst Du damit?“ Aber sie war schon wieder am Aufwärtsfliegen, dicht gefolgt von zwei Stammesmitgliedern und rief ihm nur mehr über die Schulter hinweg zu: „Vielleicht ist es an der Zeit, dass du lernst, dass man nicht immer allein ist. In der Natur funktioniert alles im Einklang. Denke daran: Es gibt oft mehr Dinge zwischen Himmel und Erde als du dir vorstellen kannst, die sich gegenseitig stützen können!“ Und weg war sie. Er war aufgebracht und dachte: ‘natürlich, es ist meine Schuld’, und laut rief er ihr hinterher: „Ich will niemandes Hilfe!“ Rot vor Zorn auf sich selbst stand er da und er war es leid. Warum konnte er nicht so sein wie die anderen? Dann würde es diesen ganzen Ärger nicht geben und... Er traute seinen Augen nicht, als er sah, wie Ama sich mit der Möwe auf ihrem Arm abmühte, ihr offensichtlich zuerst liebevoll und dann drohend ins Ohr redete und diese schließlich hinter ihr zu Boden fiel. Seine Möwe war eingeschlafen. Ama saß nun neben der Möwe und blickte sichtlich irritiert zu ihr hinab. Warum wollte diese Möwe immer nur schlafen? Sie hatte den vorherigen Schützling der Möwe gekannt und hatte ihm gemeinsam mit dieser Möwe das Fliegen beigebracht. Es hatte keinerlei Probleme gegeben. Warum funktionierte es nun nicht hier mit Elan? In dem Moment landete *Silberhaar* stolpernd und keuchend neben ihnen auf den Boden. Er brauchte eine Pause und wollte auch sehen, warum Elan noch nicht in der Luft war. Als er sich etwas erholt hatte, blickte er auf die schlafende Möwe und auf Elan, der frustriert danebenstand. „Irgendwie ähnelt sie dir“, wagte er es zu sagen, „du schläfst auch immer, wenn es dir zu viel wird, und dann kommst dumit den Antworten daher, die du gesucht hast.“ „Danke, mein Freund”, fauchte Elan, „dass du mich nun mit dieser alten, verschrobenen Möwe vergleichst. Du hast leicht reden, mit deiner jungen und vor Kraft strotzenden Verbündeten!“ Und die letzten Worte kamen dermaßen verzweifelt aus ihm heraus, dass er sich selbst wunderte, wie sehr ihn diese Situation nervte. „Halt!“, rief in diesem Moment Ama, „wie ist dein Medizinname, Elan?“

„Was tut das denn nur zur Sache. Der Nachmittag ist schon halb vorbei, ich habe mich noch nicht einmal eine Hand vom Boden abgehoben und ich glaube nicht, dass mein Medizinname hier die Situation rettet“, sagte er trotzig und vor lauter Aufregung überschlug sich seine Stimme. “Er heißt *Träumendes Auge*“, sagte nun *Silberhaar* und ging vorsichtshalber auf Abstand zu Elan, da dieser nun fast schon platzte vor Wut.

„Hast du öfters sehr intensive Träume, Elan?, Elan atmete entnervt aus, nickte jedoch widerwillig mit dem Kopf. Er sprach nicht gerne über seine Träume. Die waren etwas Intimes und Privates für ihn. In Ama kam nun Leben. Sie lachte laut auf, schaute von der Möwe auf Elan und wieder auf die Möwe und konnte sich vor Lachen nicht mehr beruhigen. „Du hast die Gabe des Träumens Elan und die Möwe versucht mit dir Kontakt aufzunehmen!“ Elan fiel dazu nicht viel ein, außer, dass er es schon wieder absurd fand: „Warum muss sie dafür schlafen? Die anderen sind auch nicht eingeschlafen, als sie miteinander Kontakt aufnahmen.“ Ama legte nun ihren Mantel auf den Boden neben die Möwe und befahl Elan, sich daneben hinzulegen. „Tu es bitte Elan, tu es für uns. Du weißt, dass wir dich brauchen“, sagte *Silberhaar* und deutete mit seinem Kopf auf den Mantel. Elan schnaubte und legte sich auf den Mantel. Ama legte nun seine Hand auf die schlafende Möwe, winkte zwei Männer herbei und gemeinsam mit *Silberhaar* schirmten sie Elan von der Sicht der anderen ab. Dann kniete sich Ama nieder und berührte Elans Stirn. Elan schlief sofort ein und fand sich auf einer Wiese wieder. Um ihn herum war nichts außer dem Himmel über einer unendlichen Ebene. In der Ferne sah er einen Baum. Nachdem es sonst nichts anderes gab, ging er auf den Baum zu und sah, dass in dem Stamm ein Loch war. Er zwängte sich durch das Loch und ging einen Weg hinab in die Dunkelheit. Die Wände waren verziert mit kleinen Kristallen, die den Weg glitzernd beleuchteten. Er ging immer tiefer hinein und hinunter, bis er in einer Höhle landete, die sich auf eine weitere Wiese öffnete. Er trat aus der Höhle heraus und sah vor sich Felsen und tief unter ein sich aufgewühltes Meer. Auf einem der Felsen saß eine Möwe, seine Möwe. Sie putzte sich ihr Gefieder und schien sich nicht für ihn zu interessieren. „Hey!“, rief Elan, „hey Möwe!” „Ich heiße Nirvelli“, hörte er sie mit einer näselnden Stimme, die absolutes Desinteresse ausdrückte. Sie hatte nicht aufgehört sich das Gefieder zu putzen, aber er sah sich um und sah keine andere Seele und so musste es seine Möwe sein, die mit ihm gesprochen hatte. „Nirvelli, schöner Name“, sagte Elan.

„Lüge nicht. Ich weiß, dass der Name nicht schön ist“, antwortete sie. Aber ihre Stimme klang diesmal schon etwas weniger entnervt. „Ja, du hast recht, es gibt schönere Namen“, sagte Elan und bemerkte mit Freude, dass die Möwe zumindest ihr Geputzte aufgehört hatte. Dann entstand ein Schweigen. „Sag es, sag es einfach!“, sagte sie und wartete angespannt. Als Elan nur wie angewurzelt stehen blieb, sagte sie seufzend: „Na gut, ich sehe schon, du bist ein schwieriger Fall. Und einverstanden..., ich werde es dir zeigen!“ Und kaum hatte sie den Satz beendet, flog sie hoch in die Luft. Elan war plötzlich im Körper der Möwe und sah hinunter auf die Klippe, auf der er stand. Er konnte um sich - als Junge - ein graurotes Licht schimmern sehen. ‘Das Licht um mich herum ist nicht schön’, dachte er und dann überkam ihn eine Welle von Mitleid für den einsamen Jungen, der da einsam auf der Klippe stand.

‘Warum bat er nicht um Hilfe?’, fragte er sich selbst und kaum hatte er den Gedanken zu Ende gedacht, war er auch schon wieder in seinem eigenen Körper. Es war so einfach und doch so schwer, er musste die Möwe einfach nur um Hilfe bitten. „Ich habe Schwierigkeiten dich um Hilfe zu bitten“, stammelte er. „Du kommst mir so alt und schwach vor und ich bin wütend, weil ich gerne eine starke und junge Möwe gehabt hätte. Ich habe das Gefühl, dass du mir gar nicht helfen kannst. Deshalb ist es für mich noch schwieriger, dich um Hilfe zu bitten!“, rief er ihr zu. Die Möwe war wieder gelandet, hatte aufs Neue begonnen, ihr Gefieder intensiv zu putzen. „Gut, dann ist das so“, rief sie ihm zu und flog einfach davon. „Halt, nein!”, rief ihr Elan verzweifelt hinterher, “wenn ich nicht mitmache, dann haben wir weniger Teilnehmer heute Abend und das bringt alle Kinder in der Luft in Gefahr!“; Aber die Möwe hörte ihn schon nicht mehr. Sie hatte sich die Klippen hinabfallen lassen und segelte in Richtung des offenen Meeres. Elan holte tief Luft, schaute auf das schäumende Wasser tief unter ihm und rief ihr laut hinterher: „Nirvelli! Bitte sei meine Verbündete und hilf mir das Fliegen zu lernen!", dann stürzte er sich mit ausgebreiteten Armen in die Tiefe. Zuerst fiel er wie ein Stein einfach hinab, dann sah er wie Nirvelli umgedreht war und unter ihm kreiste. „Sag laut: ich bin eine Möwe!" - Elan hatte die Panik erfasst. Der Wind brauste in seinen Ohren. Plötzlich hörte er einen seltsamen Ton, der aus seiner Kehle kam. „So ist es Recht, Elan. Du bist nun eine Möwe. Damit du auch wie eine Möwe fliegen kannst, musst du Luft in deine Knochen, Adern, Muskeln und Federn pusten. Tu das jetzt sofort", sagte sie ihm in ruhigem Befehlston. 'Ich habe doch keine Federn!', dachte Elan verzweifelt. Aber es war keine Zeit zu fragen, wie das ginge und so sog er die Luft durch seine Lungen und presste diese in seine Glieder. Augenblicklich wurde der Sturz eingebremst. Dadurch ermuntert, wiederholte er es mehrere Male, bis er merkte, dass er nicht mehr in die Tiefe fiel. Aber auch wenn die Gefahr ins Meer zu stürzen für diesen Moment gebannt war, war er jedoch weit davon entfernt, sein durch die Gegend Baumeln als Fliegen bezeichnen zu können. Er segelte in der Luft und wurde wie ein Blatt vom Wind durch die Gegend geschleudert. Das war anstrengend und er brauchte alle Kraft, um irgendwie die Orientierung nicht zu verlieren und das Gleichgewicht zu behalten. Elan wollte schon nach Nirvelli rufen, als er ihre Stimme hörte: „Gut so, Elan, gut so. Höre nicht damit auf. Immer wenn du atmest, presst du die Luft in deine Gliedmaßen. Nun folge mir, indem du deine Arme bewegst. Schaue deine Arme nicht an. Stelle dir vor, dass es Flügel sind. Schaue auf mich. Du machst das sehr gut Elan, sehr gut!” Immer, wenn Nirvelli bemerkte, dass Elan wieder vom Zweifel und der Angst übermannt wurde, sprach sie ihm gut zu: „Du bist eine Möwe. Du kannst fliegen!” Elan hatte Schwierigkeiten seine Arme zu ignorieren und kaum dachte er daran, dass es nur Arme waren und keine Flügel, zog es ihn wieder in die Tiefe. „Ich bin eine Möwe, ich bin eine Möwe, ich bin eine Möwe!“, rief er sich immer wieder zu. Aber wenn er dann seine Stimme hörte, erinnerte ihn diese daran, dass er ein Mensch und kein Vogel war und sofort sog es ihn wieder in die Tiefen und so wiederholte er es nur mehr in seinem Kopf: ‘Ich bin eine Möwe, ich kann fliegen, ich bin eine Möwe, ich kann fliegen,....’

„Nicht in die Tiefe schauen, Elan. Konzentriere dich völlig auf mich!” Und nun flog sie vor ihm nicht nur aufwärts, sondern auch noch hinaus auf das offene Meer. Immer noch war sein Flug wacklig und kaum überkam ihn der Zweifel, ob er wirklich eine Möwe wäre, fiel er wieder hinunter wie ein nasser Sack.

„Ich möchte lieber in der Nähe der Küste bleiben!“, rief Elan Nirvelli zu. Nirvelli schwieg einen Augenblick. „In der Nähe der Küste gibt es mehr Turbulenzen und es ist schwieriger im Gleichgewicht zu bleiben. Ich weiß, dass der Specht in dir Halt sucht und sich in der großen Weite nicht wohlfühlt. Du musst nun wie eine Möwe denken, sonst schaffst du es nicht. Aber ich sehe, dass du die Flugkunst relativ schnell lernst, nur deine Gedanken sind im Weg. Wir fliegen also eineWeile die Küste entlang. Konzentriere dich auf den Flug und nicht auf das Land!” ‘Nicht der Specht in mir hat Probleme, sondern der Mensch!', wollte er ihr schon zurufen, aber er hatte genug mit sich zu tun, als dass er Nirvelli über seine mangelnde Vorstellungskraft informieren wollte. Elan war nun einfach froh, als sie sich wieder der Küste näherten. Er hatte genug zu tun, sich auf das Fliegen konzentrieren zu müssen Bei dem Gedanken, dass kein Land in der Nähe war, geriet er augenblicklich in Panik und er musste alle Kraft aufwenden, um nicht nach unten zu schauen. Die Angst trieb ihm den Schweiß ins Gesicht und er konnte sich nicht auf den Flug konzentrieren. Als ihn eine Bö fast an die schroffen Klippen schleuderten, flog Nirvelli ganz nah an ihn heran.

„Elan, wir machen jetzt etwas anderes: schließe die Augen und stelle dir wiederum vor, eine Möwe zu sein!", rief sie ihm zu. Elan wusste, dass er, wenn er so weitermachte, in wenigen Atemzügen einfach in das Meer fallen würde. Er hatte keine weiteren Energiereserven mehr, um weiterzumachen. Er fiel hinab, atmete Luft in seine Glieder, flatterte mühsam wieder nach oben, stürzte wiederum hinab oder wurde irgendwohin geschleudert. Und auch wenn ihm der Vorschlag Nirvellis völlig absurd vorkam, in dieser verzweifelten Situation auch noch die Augen zu schließen, schloss er die Augen und stellte sich vor, eine Möwe zu sein. Augenblicklich wurde er leicht und er flog ohne Anstrengung. Nur sah er nichts mehr! „Ich weiß nicht, wo du bist!", rief er in Panik hinter an Nirvelli her. „Entspanne dich, flieg einfach weiter. Du kannst mich mit deinem dritten Auge sehen." In dem Moment trug eine Böe Elan nach oben und er hörte die Stimme Nirvellis von unten. Dann kam sie offensichtlich wieder näher. „Zwischen deinen beiden Augen etwas weiter oben befindet sich dein drittes Auge. Dieses Auge lässt dich auch mit geschlossenen Augen sehen. Du weißt es, auch wenn du es bisher nur im Traum genutzt hast. Vertraue mir und folge mir. Höre, wo das Meer ist, spüre, wo die Sonne ist. Du musst einfach zwischen Sonne und Meer bleiben, dann kann dir nichts passieren. Und wenn du das eine Zeit lang gemacht hast, versuche mich zu finden. Keine Angst Elan, du machst das gut. Denke daran, du bist nicht mehr du, Elan. Du bist eine Möwe“, sagte sie zu ihm. Elan sah nichts, nur die Sonne konnte er ausmachen und so wusste er zumindest, dass er nicht schnurstracks in Richtung der Klippen oder des Meeres flog. Er hörte, wie das Rauschen des Meeres unter ihm lauter wurde. ‘Ich sinke!’, dachte er entsetzt. „Nicht schauen! Du bist eine Möwe!”

Der Wind wurde lauter. „Was ist das für ein Lärm?“, rief Elan Nirvelli zu. Er fand nicht, dass der Wind stärker geworden war, aber er fauchte, pfiff und heulte um ihn herum in einer Lautstärke, dass es ihm fast die Sinne nahm. „Du brauchst keine Angst zu haben!“, rief ihm Nirvelli zu. „Wind hört man erst, wenn er auf einen Widerstand stößt. Wir fliegen entlang der Küste, wie du es wolltest. Hier wirbelt es den Wind zwischen den Felsen und dem Meer umher und das hörst du gerade! Konzentriere dich auf den Wind. Er ist dein bester Freund, wenn du dich auf ihn einstimmst. Den Wind kannst du nicht ändern, aber du kannst ihn benutzen. Höre auf ihn und folge den Strömungen. Wir entfernen uns nun etwas von der Küste, damit du es leichter hast!“ Elan konzentrierte sich auf die verschiedenen Nuancen der Geräusche und vergaß völlig seinen Körper und dass er ins brodelnde Meer stürzen oder an den steilen Felswänden zerschmettert werden könnte. Dennoch kostete es ihm Kraft, das Gleichgewicht zu halten und er musste ununterbrochen Luft in seinen Körper pumpen, damit er nicht an Höhe verlor. Nirvelli war nun ganz in seiner Nähe und rief ihm zu:

„Du musst dich entspannen. Solange dein Herz so hart arbeiten muss, ist alles anstrengend. Wenn du so weitermachst, wird dir gleich die Energie ausgehen. Der Wind trägt dich, wenn du die richtige Strömung nimmst. Es bist nicht du, der dich fliegen lässt, sondern der Wind trägt dich, wenn du ihn nimmst wie eine Welle! Du musst das jetzt machen Elan. Hörst du? Jetzt!” Elan konzentrierte sich auf die Strömung des Windes und er fühlte, wie er manchmal ein Stück weit auf dem Wind leicht dahinflog, dann wieder machte er eine falsche Bewegung und sackte in die Tiefe. Elan war erschöpft. ‘Das schaffe ich nie’, dachte er und augenblicklich verlor er wieder an Höhe und musste Luft in den Körper pumpen um mit enormer Anstrengung an Höhe zu gewinnen. ‘Der Wind trägt mich, es bin nicht ich, der fliegt, der Wind trägt mich!’, rief er sich in Gedanken immer wieder zu. Augenblicklich beruhigte sich etwas in ihm. Er spürte, wie sein Herzschlag langsamer wurde. ‘Wenn ich entspannter bin, muss ich weniger Luft pumpen!’, dachte er erfreut. „Hör auf den Wind, spüre ihn, folge ihm!“, rief ihm Nirvelli zu. Elan, der nun etwas entspannter war, bemerkte, wie das Sausen in seinen Ohren an Intensität abnahm. Er bewegte sein Arme und hatte das Gefühl, dass es wirklich Flügel waren! Er gewann an Höhe. „Gut so, Elan. Gut so; weiter so. Lass uns weiter nach oben fliegen. Je weiter oben wir sind, desto leichter wird das Fliegen, da die Strömungen weniger chaotisch sind, du ein dickeres Luftkissen unter dir hast und die Erde dich nicht mehr so stark zu sich ruft!“, schrie ihm Nirvelli zu. Elan atmete tief durch. Der Lärm hatte abgenommen, denn sie hatten sich von der Küste entfernt und je höher sie flogen, desto stiller wurde es. ‘Wenn ich jetzt ins Meer falle, bin ich entweder schon sofort tot, wenn ich auf der Oberfläche aufschlage oder zu weit entfernt vom Land, als dass ich zurückschwimmen könnte’, schoss es ihm durch den Kopf. Augenblicklich verlor er wieder das Gleichgewicht und es begann ihn zu drehen. Vor lauter Schreck öffnete er die Augen, schaute auf seine Flügel, die sich augenblicklich in seine menschlichen Arme verwandelten und war nun endgültig unfähig gegen die Schwerkraft anzukämpfen. Wie ein Stein fiel er in die Tiefe. „Schließe die Augen, hör auf zu denken und höre auf den Wind. Wo ist der Wind Elan, wo ist der Wind! Du musst nur die nächste Strömung hören und die Arme ausbreiten. Atme die Luft durch deinen Körper!” Elan schloss die Augen, stellte sich selbst als Möwe vor, konzentrierte sich auf die Strömung und hörte die verschiedensten Wirbel unter sich. Er konzentrierte sich auf einen und richtete seine Aufmerksamkeit auf das Geräusch des Wirbels. Dann breitete er die Flügel aus. Er war kurz davor in

Ohnmacht zu fallen, konnte aber noch mit letzter Kraft Luft in seinen Körper pumpen. „So ist es gut. Sehr gut!“, rief ihm Nirvelli zu. Du hast es geschafft. Elan spürte, wie ihn die Strömung trug. Sein Herzschlag wurde wieder langsamer und er musste nicht mehr so oft Luft in die Glieder pumpen. Nirvelli flog neben ihm. Die Strömung war stetig und regelmäßig. Elan begann den Flug zu genießen. Er roch das Salz des Meeres und spürte nun sogar die verschiedenen Temperaturen der Strömungen. Manche kamen vom Land, andere vom Ozean. Jede Strömung hatte einen anderen Geruch und die verschiedensten Temperaturen.

„Gut so“, sagte Nirvelli, “du lernst die Unterschiede wahr zu nehmen. Nicht schlecht.” Elan begann nun vorsichtig den verschiedensten Strömungen zu folgen und konzentrierte sich dabei ausschließlich auf die Temperatur. Das fiel ihm um einiges leichter als das Hören des Windes. Nach einer Weile war Elan sicher genug, um zusätzlich verschiedene Techniken auszuprobieren. Er konzentrierte sich abwechselnd auf sein Gehör, auf die Temperatur und mit der Zeit sogar auf denGeruch. „Egal, wie tief ich falle, eine Strömung gibt es immer, die Luft ist überall!“, sagte sich Elan und er hatte nun sogar Freude daran sich in dieser Welt aus Luft und Licht zu bewegen. Und plötzlich berührte sein Schnabel das Wasser. Leicht, grazil glitt er auf der Oberfläche dahin und wurde von der Luftströmung über die leichten Wellen getragen. Elan öffnete vorsichtig ein Auge und sah unter sich den Schatten einer Möwe. Er wollte schon darüber nachdenken, wie das sein könnte, als Nirvelli ihm zurief: „Jetzt versuche einige Dinge zu tun, die Möwen tun."

„Was tun Möwen?", fragte er sich einen Augenblick, aber dann begann er einige Aufwinde zu spüren und ritt auf ihnen in die Höhe, während er anschließend seine Flügel anlegte, um in rasendem Tempo nach unten zu schießen. Er hatte Nirvelli vergessen, er hatte seine Arme, seine Angst und den Bergflug vergessen und war jetzt völlig auf sich selbst gestellt und manchmal fiel er trotzdem noch hinunter, aber er konnte es langsam besser steuern und abfangen, bis er das Gefühl hatte, er wäre ein Teil des Windes. Er war eins mit der Luft und den Wolken und konnte seine Gedanken, sein Dasein und Sein mit all dem verschmelzen lassen. Er wusste, wann er in der Nähe des Wassers war und seinen Flug abbremsen musste. 'Wieso weiß ich, wo die Wasseroberfläche beginnt?', schoss es ihm durch den Kopf und dann bemerkte er, wie er tatsächlich sehen konnte, wenn es vor ihm dunkler oder heller wurde. „Ich sehe mit meinem dritten Auge!", rief er jauchzend und achtete nun darauf, wie die Schatten und Farben vor ihm wechselten. 'Ich liebe fliegen',dachte er und drehte sich mehrmals um seine Achse, breitete die Flügel aus und lachte in die Sonne. Vielleicht würde er es doch schaffen heute Abend, nicht nur heil den Bergflug zu überleben, sondern sogar unter den ersten acht zu sein. Von nun an vermisste er weder das Land noch Nirvelli, sondern wurde zum Wind, zur Sonne, zum Salz... zur Möwe. Das ging eine ganz Weile so, dass er den Wind unter den Federn genoss, die Aufwinde jagte, die Wärme der Sonne aufsog. Dann wieder flog er hinab und segelte knapp über der glitzernden Wasseroberfläche, mit seinem Schnabel eine silberne Linie auf dem Wasser zeichnend; ‘Ich bin wirklich eine Möwe’, sagte er sich, „sonst hätte ich doch keinen Schnabel! Oder bilde ich mir den Schnabel nur ein?“ Zweifel durchfuhr ihn und sofort verlor er an Höhe. „Ich bin eine Möwe, ich bin eine Möwe, ich bin eine Möwe, eine leichte Möwe, eine fliegende Möwe!“, rief er laut. Er hörte jedoch nur den Schrei einer Möwe. Aber diesmal erschreckte es ihn nicht, sondern erfüllte ihn mit einer unfassbaren Freude und sofort flog er wieder wie eine Möwe durch die Lüfte. Er hatte auch keine Angst vor den Wellen mehr und so ruhte er sich manchmal schaukelnd auf den Wellen aus, um gleich wieder nach oben zu fliegen. Er fiel in eine Art Trance und wollte nie mehr etwas anderes in seinem Leben tun als hier zwischen der Unendlichkeit des Himmels und der Weite des Ozeans zu segeln, zu stürzen, ins Wasser zu tauchen und lauthals vor Freude die Sonne anzuschreien. Dann, von einem Moment auf den anderen wurde der Himmel rot und vom Land her kamen eine, dann zwei und schließlich ein ganzer Schwarm von Schatten auf ihn zu. „Mach die Augen nicht auf Elan!“, rief ihm Nirvelli zu. Aber es war schon zu spät. Elan hatte seine Augen geöffnet und sah einen Schwarm von Raben. Augenblicklich fiel er wie ein Stein ins kalte Wasser und wachte auf. Als er wieder zu sich kam, lag er auf dem Fellmantel, umringt von Stammesmitgliedern der Möwen und *Silberhaar*. Es war ihm plötzlich kalt. Verwirrt setzte er sich auf und erblickte neben sich seine Möwe.

„Nirvelli“, sagte er leise und nun öffnete auch sie ihre Augen.

„Steh auf Elan, jetzt ist keine Zeit mehr, jetzt musst du es in Wirklichkeit machen. Schließe deine Augen, laufe los und lass dich dann einfach fallen, so wie du es gerade im Traum getan hast. Und vor allem, denke nicht nach!” Dann holte sie Anlauf und lief humpelnd den Hang hinab, bis sie genug Aufwind hatte und erhob sich seitlich in die Lüfte.

„Jetzt!“, rief sie ihm zu. Der Kreis vor Elan öffnete sich und Elan tat, wie Nirvelli es ihm befohlen hatte. Er dachte nicht über das, was geschehen würde nach, schloss seine Augen, rannte mit steifen Beinen den Hang hinab und ließ sich schon nach einem kurzen Stück mit einem Satz nach vorne, als ob er über eine Klippe springen wollte, fallen. ‘Denke dir, dass du keine Hände oder Füße mehr hast, sondern Flügel. Werde eins mit der Luft!’, hörte er Nirvellis Stimme in seinem Kopf. Wiederum folgte er ihren Rat spürte, wie er Auftrieb bekam. Dann entspannte er seinen Körper. Die Luft floss rhythmisch von seiner Lunge in seine Gliedmaßen, er spürte, wo Nirvelli war und folgte ihr. Wenn sie aufwärts flog, flog er aufwärts, wenn sie im Sturzflug nach unten stob, tat er es ihr nach. Plötzlich wurde es laut um ihn herum. „Konzentriere dich auf mich!“, rief Nirvelli ihm zu und schoss an einem Vogel vorbei, der sie anschließend verfolgte. Elan versuchte mit seinem dritten Auge zu erkennen, ob es eine Möwe war oder ein anderer Vogel. Aber das Denken ließ ihn sofort an Höhe verlieren. „Lasse nichts zwischen uns kommen", sagte ruhig und eindringlich Nirvelli und Elan dachte, dass sie absichtlich diesen ruhigen Ton anschlug, um ihn nicht zu alarmieren. Er erhöhte sein Tempo und streifte knapp über einen Vogel, der ihn von Nirvelli trennte.

„Was sind das für Vögel?", rief er Nirvelli zu.

„Sag du es mir, du weißt es!"

Und tatsächlich, Elan war sich sicher, dass es Möwen waren. Sie flogen eleganter als die Raben und waren kleiner als die Schneegänse, Donnervögel konnten sie nicht sein, da diese ja so nahe der Erde kaum fliegen konnten und Spechte waren es definitiv nicht. „Es sind Möwen!", sagte Elan leise und war froh darüber, da sie ihn nur testeten, um zu sehen, wie er reagierte und nicht, weil sie ihn wirklich verletzen wollten. „Richtig, Elan, richtig. Es sind Möwen." Nun waren es gleich drei, vier Möwen, die versuchten sich zwischen ihn und seine Verbündete zu drängen. Aber Elan war weiterhin eine Möwe und genoss die Herausforderung in der Luft mit Seinesgleichen im Wettkampf zu sein. Er war nun flugsicher genug, um den Spieß sogar umzudrehen: er drehte sich, lenkte sie ab, verfolgte sie, pikste sie von unten und von hinten, flog nach oben und ließ sich im Sturzflug auf eine Möwe fallen, die wütend schreiend das Weite suchte. Er war unbremsbar, unbesiegbar. Er vergaß Nirvelli und die Welt und flog in immer größeren Kreisen nach oben. Dann wurde es plötzlich dunkel, ein Schatten legte sich auf sein Herz, er öffnete erschrocken seine Augen und sah vor sich Dahir auf ihn zufliegen. „Mach deine Augen zu, Elan. Alles ist gut.

Folge mir!“, rief ihm Nirvelli zu. Er kniff seine Augen wieder zu, wendete seinen Kopf und sah Nirvelli mit seinem dritten Auge in eine andere Richtung fliegen. Schnell machte er eine Wendung und folgte ihr. Er wusste nun immer ganz genau, welche der Möwen Nirvelli war. Er konnte nicht erklären, wie und warum er es wusste, aber es strengte ihn nicht mehr an, sie von den anderen zu unterscheiden. Er würde sie in Zukunft auch unter hunderten von Vögeln wiedererkennen. Sie setzte nun zu einer Landung an und Elan landete elegant neben ihr. Als er ein paar Atemzüge gemacht hatte, öffnete er die Augen. Um ihn herum war es still und er wunderte sich, was geschehen war. Keine Möwe war mehr in der Luft und auch vom Dorf war kein Laut mehr zu hören. ‘Offensichtlich haben alle aufgehört zu üben’, dachte Elan, bückte sich und nahm Nirvelli, die nun, auf dem Boden wieder so alt und zerzaust aussah wiezuvor, auf den Arm. Dann ging er mit zitternden Beinen auf *Silberhaar* und Minaha zu, die ebenfalls einfach nur dastanden und ihn erstaunt anschauten. „Wie ist das möglich!“, rief in diesem Moment Ama und kam eilends auf ihn zu. Hinter ihr kamen seine Mutter Mira, Clanmutter und sogar seine große Schwester und zwei seiner Onkel auf ihn zu. Durch die Menge bahnten sich lautstark seine kleine Schwester *Lachender Wasserfall*, an deren Rockzipfeln *Grille* schaukelte und sein kleiner Bruder *Regenbogenbaum* einen Weg und umarmten ihn stürmisch. Er wollte sich gerade zu seinem kleinen Bruder hinunterbücken, als er nun auch von hinten von seinem Vater umarmt wurde. Elan drehte sich um und sah in die Augen seines Vaters, die voller Stolz strahlten:

„Ich habe es immer gewusst. Du bist einer von uns, du hast die Gabe der Möwen schon immer in dir gehabt!", und in Richtung Elans Mutter gewendet, „ohne die großartigen Eigenschaften der Spechte hier schlecht machen zu wollen. Denn ohne deine Sturheit Mira, hätte er das heute nie geschafft!", rief er ihr lachend zu. Dann warf er lächelnd einen Blick zu Nirvelli: „Danke Nirvelli, du bist wirklich eine sehr schlaue und wahre Verbündete." Elan war etwas überrumpelt und schaute fragend in Richtung *Silberhaar*, der die Augen verdrehte: „Du bist geflogen, als ob du noch nie etwas anderes getan hättest", sagte er und schüttelte immer noch ungläubig den Kopf. „Ich habe euch doch gesagt, dass er die Entschiedenheit des Spechts und die Flugkunst der Möwen in sich vereint", sagte nun stolz seine Großmutter, die ebenfalls hinzugekommen war. Auch seine kleine Schwester sah ihn nun lachend an:

„Darf ich das nächste Mal mitfliegen?"

„Natürlich!", sagte Elan und beobachtete, wie *Grille* auf ihren Schultern, so tat, als ob er fliegen würde und war einen Moment lang einfach nur glücklich. Selbst als er Dahir in der Ferne sah, wie sie sich gemeinsam mit den anderen Raben über seine alte Möwe lustig machte, konnte ihm das nichts mehr anhaben. Er konnte fliegen, nicht nur im Traum, sondern ganz real und er durfte beim Bergflug mitmachen und das war das Wichtigste. Sein Vater sah Elan an: „Ich bin glücklich, dass du nun ein volles Mitglied unseres Clans bist und ich beruhigt sein kann, dass du heute Nacht nicht einfach nur bäuchlings in den Schnee fällst!", sagte er lachend. Rund um ihn hatte sich das Erstaunen langsam gelegt und alle verteilten sich wieder in alle vier Himmelsrichtungen. Es war fast schon dunkel geworden und in Kürze würde die Zeremonie zur Vorbereitung für den Flug stattfinden. Elan fragte sich, wie es seiner Schwester *Morgentau* ging. Er hatte sie den ganzen Tag nicht gesehen. Er wolte schon seinen Vater fragen, als Ama die zwei Mädchen, den Jungen, *Silberhaar*, Minaha und ihn zu sich rief. Dahir hingegen war schon mit den anderen Rabenkindern in ihr Lager verschwunden. Jetzt standen sechs Kinder müde und gleichzeitig aufgeregt vor Ama: „Ganz gleich, wie ihr euch fühlt. Ich kann euch versichern, dass ihr alle die Möglichkeit habt, heute Nacht unter den ersten acht Siegern zu sein. Ich bin mir sicher, dass wir dieses Jahr mindestens einen oder eine von euch unter den Gewinnern haben werden. Es ist nun an der Zeit den letzten Rest an Widerständen und Ängsten in der Reinigungs-Zeremonie auszuschwitzen. Ab dem Moment, da ihr aus der Schwitzhütte herauskommt, dürft ihr nicht mehr sprechen. Ihr werdet, angeführt durch mich hinauf auf den Berg gehen. Dort werdet ihr tun, was ich euch sage. Sprechen bedeutet Kraftverlust, also sprecht nicht. Habt ihr verstanden? Alle sechs Teilnehmer nickten ehrfürchtig mit dem Kopf. Bis zu diesem Moment war alles eher noch wie ein Spiel oder ein weiterer Wettkampf, aber nun wurde ihnen bewusst, dass sie sich in wenigen Stunden von der Bergspitze stürzen würden. Sie würden das nur mit dem Geist ihrer Verbündeten machen. Ihren physischen Körper würden die Verbündeten zuerst verlassen, damit sie sich mit ihren Schützlingen verbünden könnten. Alle sechs wurden schlagartig ruhig und ernst, so setzten sie sich zögernd in Bewegung. „So ist es richtig!", sagte Ama lächelnd und ging voraus in Richtung der Schwitzhütte.

Der Bergflug

Nichts ist wie es scheint

Die Schwitzhütte stand dunkel am Waldrand und das Feuer loderte hoch auf, um die Steine, die man zuvor dort hineingelegt hatte, zu erhitzen. Elan hatte es schon hunderte Mal gesehen, wie seine Stammesmitglieder die Reinigungs-Zeremonie begingen. Er liebte es, am Feuer zu sitzen, den Trommeln zuzuhören und den Duft von verbranntem Salbei zu riechen. Wenn sie dann aus der Schwitzhütte wieder herauskamen, kam es ihm vor, als ob das Gewicht all der Sorgen, Streitigkeiten oder sogar Trauer von ihnen abgefallen waren. Anschließend wurde meist gefeiert und die Frauen hatten besonders gutes Essen gekocht. Er selbst war nur ein einziges Mal bisher in einer Schwitzhütte gewesen. Damals war er noch sehr klein und seine Großmutter, die die Schwitzhütte geleitet hatte, hatte mit den Ahnen gesprochen und sie nach seinem Medizinnamen gefragt. '*Träumendes Auge*?, kam als Antwort. Elan wird in diesem Leben lernen, wie man träumt.

„Und was hat das mit den Augen zu tun?", hatte er damals gefragt und seine Großmutter antworte, dass er gerade das in diesem Leben herausfinden müsse. Denn es gäbe ja andere Kinder, die die Gabe des Träumens hätten, aber sie habe bisher noch keinen Träumer kennengelernt, der das Träumen speziell mit seinen Augen täte. 'Beim Fliegen schließe ich meine Augen, um zu sehen', dachte Elan und wollte sich daran erinnern, die nächsten Tage Ama dazu zu fragen, wie das möglich wäre. Nirvelli würde dauernd vom dritten Auge sprechen und er hatte erlebt, wie er tatsächlich durch eine Öffnung an seiner Stirn sehen konnte. Das war aber nur offen, wenn er flog und die Augen geschlossen hatte. In dem Moment schob sich die Luke am Eingang der Schwitzhütte bei Seite und Minaha, als Älteste, kroch durch den kleinen Zugang in die Hütte, nachdem sie mit dem Rauch des Salbeis gereinigt worden war. Elan ging als letzter hinein. Kaum war er eingetreten, wurden die glühend heißen Steine in die Hütte getragen, wo sie in ein tiefes Erdloch gelegt wurden. Ama kam als letzte herein und dann wurde die Luke hinter ihr mit einem Fell von außen geschlossen. Eine Zeitlang hörte er nur das Zischen des Wassers, das Ama auf die Steine leerte: „Auf dass keines unserer Kinder jemals Durst erleiden müsse", sagte sie leise. Dann begann sie die Ahnen und die Kräfte der acht Himmelsrichtung zu rufen, betete, dass es den Teilnehmern und ihren Verbündeten heute gelingen möge, heil wieder bei dem Leuchtfeuer anzukommen und dass ihre Seelen sich miteinander verbinden würden. Elan schloss die Augen und augenblicklich öffnete sich wieder sein Auge auf der Stirn. Er konnte den Sternenhimmel über sich sehen und sah Nirvelli auf einem Ast sitzen. Und als ob auch sie ihn sehen würde, öffnete sie ein Auge und blickte zu ihm. Er sah, wie eine silberne Schnur von ihr ausging. Er folgte mit den Augen der Schnur, die jedoch in der Dunkelheit des Himmels verschwand. Er blickte um sich und sah, dass auch die anderen Möwen, die auf den Bäumen rund um die Schwitzhütte saßen, durch diese Schnur mit etwas, das weit oben im Himmel war, verbunden waren. Seine Neugierde war nun so groß, dass er am liebsten aus der Schwitzhütte geeilt wäre, um nach oben zu fliegen. Nirvelli musste das mitbekommen haben und öffnete nun auch noch das zweite Auge: „Ja, Elan, wir sind mit dem Geist der Tiere verbunden. Nicht nur wir Möwen, sondern alle Tiere auf diesem Planeten." „Wie heißt dieser Tiergeist?“ fragte Elan. „Du wirst seinen Namen genannt bekommen, wenn du so weit bist. Jetzt lebe den Moment und nicht die Zukunft, sonst wirst du heute Nacht zu schwer sein, um zu fliegen”, fügte sie kichernd hinzu und schloss wieder ihre Augen. Und es war keinen Moment zu spät, denn Ama hatte inzwischen alle Kinder ihre Gebete machen lassen und die Reihe kam nun an Elan. Er hatte den anderen nicht zugehört und auch die Frage nicht mitbekommen und so stotterte er verlegen: „Ama, kannst du bitte die Frage wiederholen?“

„*Träumendes Auge*, hier in der Schwitzhütte spricht man sich mit seinem Medizinnamen an, damit wir uns mit unserem höheren Selbst verbinden und nicht mit unserer irdischen Hülle. Mein Medizinname ist *Sprudelndes Wasser*. *Träumendes Auge*, sag uns, was deine Absicht ist für diese heutige Zeremonie des Bergflugs!” Elan antwortete, ohne zu überlegen: „*Sprudelndes Wasser*, ich, *Träumendes Auge*, will heute Nacht als einer der ersten beim Leuchtfeuer sein, denn ich will ein Zauberer werden.“ Kaum hatte er es gesagt, als ihn eine Gänsehaut überzog. Er war sich bis zu diesem Moment nicht bewusst gewesen, dass er ein Zauberer werden wollte. Er wollte nur mitmachen, dabei sein, kein Kind mehr sein. Aber natürlich: Der Sinn dieses Bergfluges war einerseits, dass für alle Kinder die Seele ihrer Verbündeten sich mit der ihrigen vereinigte. Andererseits, dass die ersten acht von ihnen, die am Feuer ankommen würden, am nächsten Tag in den Norden aufbrechen, um schamanisch ausgebildet werden zu können, oder sogar zu Zauberern zu werden! 'Dann muss ich meine Familie verlassen!', schoss es ihm nun das erste Mal durch den Kopf. Er keuchte laut auf. Was hatte er sich nur dabei gedacht! Seine Mutter, seine Geschwister, seinen Vater, seine Großmutter! Alle würde er für mehrere Winter nicht mehr sehen! 'Vielleicht bin ich wirklich noch nicht bereit wegzugehen!' - In diesem Moment kam ihm dieses ganze Vorhaben wie ein einziges, großes Versehen vor. Ama goss weiterhin Wasser über die Steine, die Luke wurde geöffnet und es wurden noch mehr glühende Steine hereingebracht. Es war inzwischen so heiß, dass Elan in der Dunkelheit jegliches Verständnis für Raum und Zeit verloren hatte. Er war kein Körper mehr, sondern nur mehr grenzenloses Bewusstsein und wusste nicht, ob er die Augen offen oder geschlossen hatte. Die Steine sangen in der Hitze und *Sprudelndes Wasser* segnete die Hütte und alle Anwesenden mit Gebeten. Nach einer Weile erfüllte sich der Raum mit einem Licht, dessen Quelle er nicht kannte. Er war kein Körper mehr, sondern eine Seele, die hier gemeinsam mit seinen Clanschwestern und -brüdern betete und schwitzte und sich mit den Steinen, der Erde, der Wärme, dem Atem, seinem Verbündeten und den Ahnen verband. Er spürte die Anwesenheit seiner Vorfahren und wie sie versuchten, ihm Mut zu machen.

Manchmal flog er durch die Lüfte wie eine Möwe, dann wiederum pochte er mit seinem Schnabel an harzigen Rinden tief in den Wäldern wie ein Specht. Plötzlich hörte er Ama sagen: „Für all unsere Verwandten“, die Luke ging auf und sie kroch hinaus.

Er kroch hinter ihr her und kaum erhob er sich vor dem Eingang, zog er die kühle nach Schnee und Fichten duftende Luft tief in seine Lungen ein. Es überkam ihn eine Welle des Glücks: er war ein Mensch und er war hier. Tränen flossen ihm unerwartet über das Gesicht. Er wurde von einem Stammesmitglied auf die Seite geführt und er legte sich auf eine Stelle, wo durch die Hitze des Feuers der Boden trocken war. Unglaubliche Orgien der Farben tanzten vor seinen Augen, aber er war glücklich. Das monotone Pochen der Trommeln aus der Ferne füllte seinen Kopf. Kein normaler Gedanke hatte hier Platz. Irgendwann wurde er gerufen und man zog ihm eine leichte Kleidung aus geschmeidigem, samtweichem Leder über. Sein Gesicht und seine Hände wurden bemalt und ein Beutel mit schützenden Kräutern wurde ihm umgehängt. Schweigend wurde er, von Ama angeleitet, gemeinsam mit den anderen den Berg hinaufgeführt. Nirvelli saß mittlerweile auf seinem Arm, das Trommeln wurde vom Wald verschluckt und nach einer Weile hörte er nur mehr das Knirschen des Schnees unter seinen Füssen, seinen Atem und Herzschlag. Der Mond war hinter dichten Wolken verschwunden und man konnte die Hand vor den Augen nicht sehen. Elan hatte genau wie die anderen seit dem Morgen nichts gegessen, ihm war übel vor Hunger und der Arm, auf dem Nirvelli saß, wurde bleischwer. „Ist ja schon gut", hörte er nun Nirvelli sagen und sie hüpfte auf seine unverletzte Schulter. „So schwer, wie ich jetzt auf dir laste, lastest du für den Rest deines Lebens auf meiner Seele, also jammere nicht", fuhr sie unbarmherzig fort.

Die eisige Luft fror ihm die Lunge ein und dennoch schwitzte er vor Anstrengung. 'Wo ist eigentlich meine Schwester?', fragte er sich. Jeder Clan hatte seine eigene Schwitzhütte und der Gedanke, dass sie ohne ihn all das hier erleben musste, zog ihm das Herz zusammen. „Ich gehöre doch zum Specht Clan!" dachte er. Aber dieser Gedanke tat ihm so weh, dass er ihn nicht noch einmal zuließ. Er versuchte etwas vor sich zu erkennen, sah aber nur Amas wippende Zöpfe und hier und da - wenn der Mond kurz auftauchte - die hellere Kleidung der Mädchen. Es war jedoch zu dunkel, um zu erkennen, ob sie dabei war. Hinter ihm keuchte *Silberhaar* und rang heftig nach Luft. Immer wieder blieben sie kurz stehen. Nach einer Weile war er nur noch sein Herz, das gegen seine Brust hämmerte. Der Pfad wurde jetzt schwieriger und steiler. Er konnte jedoch den Gipfel bereits sehen. Das letzte Stück stöhnten alle. Die Vögel sahen nachts nicht gut und mussten von ihnen getragen werden, der Hang war steinig und eisig. Immer wieder rutschte er aus und schlitterte in *Silberhaar* hinein, der dann mehr verzweifelt als wütend seine Möwe im Schnee suchen musste. Etwas weiter hinten hörten sie, wie die Teilnehmer des Rabenstammes näherkamen und sie wollten auf keinen Fall von ihnen eingeholt oder sogar überholt werden und so gaben sie alles. Nach Luft ringend waren sie fast oben, als Flinker Junge und Dahir sie rammten und an ihnen vorbeihechteten. Elan wollte ihnen schon irgendetwas hinterherrufen, als plötzlich alle Vögel begannen zu schreien und zu krächzen. Elan gefror das Blut in den Adern. „Wussten sie, dass jetzt der Zeitpunkt war, an dem ihre irdischen Körper sterben würden?", aber nun kroch er auf allen vieren über einen von Eis überzogenen Steinhaufen und landete wacklig auf einer ebenfalls vereisten Fläche. Er verlor seinen Halt und rutschte das kleine Areal hinab bis zu einem Felsvorsprung, wo schon alle anderen außer ihm, *Silberhaar*, seiner Schwester und den restlichen Rabenkindern standen. Mit der schreienden Möwe, die wieder auf seinen Arm geflüchtet war, kam er nur kurz vor dem Abgrund zum Halten. Nun kam sogar der Mond etwas länger hinter den vorbeifliegenden Wolken hervor. Er beugte sich etwas vor und konnte weit unten die weißen Schneeflecken mit den Zelten darauf erkennen und in der Ferne das Dunkel des Yarasees mit dem dampfenden Wasserfall. Die Vögel hatten aufgehört zu schreien, ein leichter Wind kam auf und wirbelte feine glitzernde Kristalle auf. „Na, wenn das mal nicht ein Anblick ist", sagte Silberhaar leise und starrte entsetzt und faszinierend zugleich in die Tiefe. Hier oben herrschte die Stille des Berges und der Nacht, nur von weit unten hallten die Töne der Trommeln.

„Wo ist eigentlich das Feuer?", fragte *Silberhaar* leise.

„Das zünden sie erst an, wenn wir schon losgeflogen sind",sagt Minaha und ohne das „warum?" *Silberhaars* abzuwarten, fuhr sie flüsternd fort: „Das tun sie, um das Ganze noch ein bisschen spannender zu machen und damit wir die Strecke nicht schon tagsüber auswendig lernen. Sei jetzt still, sonst werden wir noch disqualifiziert.

„Aha!", sagte *Silberhaar* nur und es war Elan klar, was er dachte, nämlich, dass es eigentlich schon herausfordernd genug war, sich von einem hohen Berg fallen zu lassen, sich ausschließlich darauf verlassend, dass man sich so stark mit seiner Verbündeten vereint hatte, um deren Flugkünste geerbt zu haben und auch der Körper die Vogelgestalt übernahm.

„Wir haben doch auch heute Nachmittag fliegen können, warum brauchen wir überhaupt unsere

Verbündete?", fragte Elan.

„Du dummer Elch, wir konnten heute nur fliegen, weil wir von den Schamanen und dem gesamten Clan getragen wurden. Es handelt sich um Energie und Kraft. Hier oben hält uns niemand außer eben unsere Vereinigung zu Verbündeten, vor allem verwandeln wir uns diesmal wirklich in Vögel!" Elan schluckte. Kurz hatte er gedacht, dass es doch nicht so schwierig wäre, immerhin hatte er am Nachmittag gezeigt, dass er fliegen konnte. Aber jetzt wurde ihm doch wieder übel. 'Und wie verwandle ich mich wieder zurück in einen Menschen?' dachte er sich. Aber er wollte nicht noch mehr Fragen stellen, denn er spürte, wie mit jedem Wort der Zauber und die Kraft, die er in der Schwitzhütte bekommen hatte, geringer wurden. „Wenn ich ehrlich bin, will ich eigentlich gar kein Zauberer werden", flüsterte Silberhaar in dem Moment Elan zu, der beim Anblick in die Tiefe selbst schon gedacht hat, dass die Aussicht eventuell disqualifiziert zu werden gar nicht so bedrohlich war. In dem Moment erinnerte Elan sich daran, was seine Mutter ihm in einem seiner Träume zugerufen hatten: ‘Manchmal gibt es zwei Dinge von derselben Sorte’ und dass in seinem Traum immer wieder die Raben versuchten ihn daran zu hindern, vorwärtszukommen. „Es kann sein, dass die Raben eine Falle aufgestellt haben”, flüsterte Elan den anderen beiden zu. „Was meinst du damit?”, fragte *Silberhaar* besorgt. „Keine Ahnung! aber irgendetwas hat es mit der Zahl zwei zu tun und mit dem Feuer”, er kam sich mehr als dumm vor als er es sagte. In der Dunkelheit konnte er es nicht ausmachen, aber er war sich sicher, dass Minaha und *Silberhaar* ihn noch fragend anstarrten. In dem Moment hörte er hinter sich ein schüchternes „Elan?“ rufen. Er drehte sich um und erkannte seine Schwester zuerst nicht. Sie war in den Farben Schwarz, weiß und rot des Specht Clans gekleidet und ihre Haare waren streng nach hinten gebunden. Begleitet wurde sie von Großmutter und sein Herz bekam einen Stich. Wie schnell hatte er sich zu den Möwen zugehörig und sich als etwas Besonderes gefühlt, weil die Möwen zu den besten Fliegern unter allen Stämmen zählten und ... er konnte sich das erst jetzt eingestehen, weil er es so sehr liebte, wenn sein Vater stolz auf ihn war. Elan biss sich vor Scham auf die Lippen und robbte ihr auf allen vieren über den eisigen Felsen entgegen. „Komm, Schwester, und es war klar, dass es ziemlich pathetisch klang sie als Schwester und nicht einfach bei ihrem Namen zu nennen, aber es war ihm gerade wichtig, dass sie wusste, dass sie zu ihm gehörte, egal unter welchen Schilden er oder sie flogen. Er streckte die Hand in ihre Richtung aus und sie kam vorsichtig zu ihm hinuntergerutscht. Als sie bei ihm angekommen war, richtete sie sich wieder auf und der kurze Moment der Schwäche war vorbei. Sie sah ihn wieder mit diesem strengen Blick an, den er in den letzten Jahren so gehasst hatte und er musste sich fast schon wieder anstrengen, sie selbst in diesem Moment zu mögen.

„Alles in Ordnung bei dir?", fragte er stotternd. Sie verzog keine Miene, nickte leicht mit dem Kopf und nur ein leichtes Zucken um ihre Mundwinkel zeigte, wie nervös sie war. Es kamen nun auch die anderen beiden Teilnehmer aus dem Specht Clan. Es waren zwei Jungen und sie sahen selbst im schwachen Mondlicht grün vor Angst aus.

„Also, dann wollen wir mal", sagte plötzlich eine vertraute Stimme hinter ihm und er wusste sofort, dass es Großmutter war, die wie immer kurz und bündig und ohne mit der Wimper zu zucken zu ihnen glitt. Bei ihnen angekommen zwinkerte sie Elan kurz zu und klopfte ihm auf die Schultern. Es war gut sie hier bei sich zu haben. Irgendwie schien alles nicht mehr so schwierig zu sein, wenn sie da war. Elan atmete etwas befreiter auf. *Morgentaus* Specht saß ungeduldig auf ihrer Schulter und blickte neugierig um sich. Als sich ihre Blicke kreuzten, hob der Specht den Kopf und schaute demonstrativ in die andere Richtung.

„Sie wird das nicht schaffen!", murmelte Elan nun doch wieder beunruhigt Nirvelli zu.

„Sie wird nicht lebend unten ankommen!"

"Sei still!", fuhr in Nirvelli scharf an „und sprich telepathisch mit mir. Du verlierst Energie, wenn du sprichst und riskierst noch, dass ich an Altersschwäche sterbe, weil sie dich nämlich gleich wieder nach Hause ins Bett schicken." In dem Moment lachte ein Mädchen des Möwenstamms kurz auf und blickte zu ihm und Nirvelli. Er hatte sie am Nachmittag fliegen gesehen. Sie hieß Ayita und er wurde blutrot bei dem Gedanken an sie, denn er hatte sie bewundert, wie sie flog und ihr helles Lachen hatte ihn am Nachmittag aufgemuntert. Nun jedoch war er irritiert.

„Kann sie meine Gedanken lesen?", fragte er Nirvelli und diese schüttelte nur verlegen den Kopf:

„Ihre Möwe ist meine Schwester und sie kann meine Gedanken lesen. Sie muss Ayita verraten haben, was ich dir gerade gesagt habe."

Elan schaute irritiert in Richtung des Mädchens.

„Sag deiner Schwester, sie soll ihren Schnabel halten!", fauchte er nun wütend zu Nirvelli. Seine Großmutter gab ihm mit dem Ellbogen einen Stoß und schaute ihn streng an. Er beruhigte sich wieder etwas und wollte sich auf den Flug konzentrieren. Sollte sie ruhig hören, was Nirvelli dachte. Er warf noch einen drohenden Blick in Richtung Ayitas Möwe, die jedoch in eine andere Richtung schaute und somit von Elans Groll nichts mitbekam.

„Ich werde *Morgentau* nicht aus den Augen lassen, also sei beruhigt", flüsterte ihm seine Großmutter zu. Offensichtlich konnte sie seine Sorge spüren. Sie war eine der besten Fliegerinnen des Specht Clans, die jemals gelebt hatte und dass sie seine Schwester vom sicheren Tod retten würde, beruhigte ihn wirklich. Nur warum ließen sie seine Schwester überhaupt antreten? In dem Moment ertönte Otetianis gelangweilte Stimme. Er war der Älteste der Zauberer hier im Nordstamm und als dieser leitete er selbstsicher den Bergflug an:

„Es ist nun Zeit, um euren Verbündeten zu helfen, sich von ihren sterblichen Anteilen zu befreien", rief er und klang dabei, als ob er ein Suppenrezept anleiten würde.

„Ihr müsst euch zu diesem Zwecke auf den Boden und eure Verbündete auf eure Brust legen."

Elan, den es vor Kälte schon schüttelte, legte sich auf den Boden und Nirvelli legte sich auf seine

Brust.

'Wirst du wirklich bei mir bleiben?', fragte Elan sie und verständigte sich mit ihr telepathisch. 'Ja, Elan, ich werde immer bei dir bleiben, außer...', und sie wollte schon weitersprechen, als Otetiani begann Salbei zu verbrennen und von Kind zu Kind zu gehen, um jedem Kind das dritte Auge zu berühren. Gleichzeitig murmelte er Gebete vor sich hin, rief die Kräfte der Himmelsrichtungen herbei und vor allem begann er mit der großen Tierseele zu sprechen. Immer und immer wieder rief er sie an, bat um die Verbindung, die Hilfe, die Verwandtschaft der Ahnen. Kaum hatte er Elans Stirn berührt, als er auch schon wieder in einer Traumlandschaft war. Auch hier lag Nirvelli auf seiner Brust und er sah, wie ihr kleines Herz schnell pochte. Er legte eine Hand auf sie und sein Herz, das viel langsamer pochte als das Herz der Möwe, vereinte sich mit dem Rhythmus von Nirvellis Herz und verlangsamte es. Beide lagen sie still am Boden.

Nach einer Weile pochte Nirvellis Herz genau im selben Rhythmus wie seines. Dann begann sich auch sein Herzschlag zu verlangsamen. Langsamer und langsamer wurde sein Herz und die Stille zwischen jedem Herzschlag wurde tiefer und tiefer. Ein Satz tauchte in seinem Kopf auf:

'Ich gehe mit dir, ich gehe mit dir.'

„Du musst dein Herz von meinem trennen", hörte er leise Nirvelli flüstern.

„Du musst noch hierbleiben", fügte sie hinzu.

Elan suchte in seinem Innersten nach etwas, das ihn aufhalten würde, aber es war so schön, hier einfach immer mehr im Nichts zu sein, ohne Gedanken, ohne Schmerz, einfach nur sein. In dem Moment begannen Nirvellis Beinchen zu zittern. In all der Stille, Schwärze und Tiefe war dieses schabende Geräusch eine Störung.

„Lass meinen Tod nicht sinnlos sein", hörte er nun irgendwo aus der Ferne eine Stimme. Er konnte sie nicht mehr zuordnen und das Einzige, was noch hier war, war dieses schabende Geräusch. Es war kratzig und nervig und Elan wollte, dass es aufhörte. Sein Herz begann schneller zu schlagen und sein Bewusstsein kam wieder an die Oberfläche zurück. Mit einem tiefen Atemzug holte er Luft.

„Atme mich ein, atme mich ein!", hörte er nochmals und sofort wurde ihm klar, es war Nirvelli gewesen, die das gerufen hatte. „Nirv...", rief er verzweifelt und jetzt wusste er auch, was ihn aus der Trance gebracht hatte: Nirvellis Sterben! Er öffnete die Augen und sah in diesem Moment, wie aus der Brust seiner Möwe ein kleines Licht entflog und über ihr verharrte.

Elan blickte nach rechts und links und sah, wie aus jeder Verbündeten ein Licht entwich und diese kleinen Lichter in die Münder der Kinder flogen. In dem Moment tauchte aus dem nichts eine Eule auf, flog schweigend über Elan hinweg und verschwand wieder in der Dunkelheit. Niemand außer Elan hatte sie bemerkt aber der Luftzug wehte Nirvellis Seele etwas über den Felsvorsprung. Elan wollte schnell den toten Körper Nirvellis neben sich legen, aber sie war verschwunden. Er sprang nun panisch auf und versuchte ihre Seele einzuatmen aber das Lichtlein schwebte über dem Abgrund und Elan konnte so tief einatmen, wie er wollte, Nirvellis Seele war zu weit entfernt.

„Das Spechtchen hat die Seele seiner Verbündeten verloren!", rief nun *Grauer Schnee* höhnisch.

„Seid still!", rief nun Ama wütend.

„Spring!", hörte nun Elan Nirvelli rufen, „Spring! Es wird dir nichts passieren!" Elan ging zwei, drei Schritte zurück, holte Anlauf, atmete aus, sprang und atmete Nirvellis Seele ein. Er fiel wie ein Stein in die Tiefe. Hinter sich hörte er den entsetzten Aufschrei der anderen.

'Du musst deine Augen offenlassen!', hörte er eine Stimme in sich schreien. 'Du weißt, dass wir Vögel nachts sowieso schon schlecht sehen können'. Elan starrte gebannt in die Tiefe. Unter sich kam der Boden immer näher. Er konnte nicht anders und schloss trotzdem die Augen und augenblicklich spürte er, wie sein Atem, seine Knochen und Muskeln sich mit Luft füllten. „Du musst die Augen nicht schließen, weil du

Angst davor hast, deine menschlichen Arme zu sehen, Elan. Du hast nun Flügel", sagte Nirvelli und ihre Stimme klang immer noch angespannt: „Und es wäre ausgezeichnet, wenn du diese nun ausbreiten könntest." „Bitte, Elan, mach die Augen auf und schau, wo du hinfliegst!" Die Stimme von Nirvelli klang nun wirklich alarmiert und Elan wagte es ein Auge aufzumachen und auf die Seite zu schauen und tatsächlich, er sah einen Flügel. Er machte nun auch das zweite Auge auf, wandte seinen Kopf leicht auf die andere Seite und hier war ebenfalls ein Flügel. Vor lauter Schreck verlor er die Balance und begann zu taumeln. „Konzentriere dich auf den Flug, Elan, alles andere erkläre ich dir später", versuchte Nirvelli so ruhig wie möglich zu sagen. Elan konzentrierte sich auf den Atem. „Wenn du diesen Todesflug beenden willst, dann solltest du jetzt die Richtung ändern und aufwärts fliegen", wies in Nirvelli an. 'Aufwärts, wie geht das?', dachte Elan aber schon sein Gedanke nach oben fliegen zu wollen hatte zumindest dazu geführt, dass er nun nicht mehr abwärts in die Tiefe trudelte, sondern parallel zum Boden flog. „Gut so!", sagte Nirvelli, sichtlich erleichtert. Elan, durch dieses Erfolgserlebnis etwas bestärkt, richtete nun seine Aufmerksamkeit nach oben. Der Himmel war inzwischen sternenklar und der Vollmond erleuchtete alles. Er begann gerade nach oben zu fliegen, als er unter sich ein Feuer auflodern sah. 'Das ist nicht das Leuchtfeuer, dafür ist es zu klein. Es wird einfach nur ein Lagerfeuer sein', dachte er und blickte um sich. Aber bis zum Horizont war ansonsten kein anderes Feuer zu sehen. Erfreut wollte er darauf zufliegen, als er von hinten angegriffen wurde. Er hatte die Raben weder gesehen noch gehört und plötzlich waren sie überall um ihn herum, attackierten ihn, hackten mit den Schnäbeln nach seinem Hals und einer hatte es offensichtlich auf sein drittes Auge abgesehen. ‘Sie wissen, dass ich mit diesem Auge auf der Stirn sehe!’, wurde ihm schlagartig bewusst. Er kreischte erschrocken auf und wollte automatisch wieder in den Sturzflug gehen. Ein Rabe kam immer näher an seinen Kopf heran und er schlug wild mit den Flügeln um sich, um ihn abzuschütteln. „Wenn du nervös wirst, gewinnen sie. Du bist der bessere Flieger. Raben sind schwerfällig und wenig wendig. Vor allem mögen sie es nicht gerne in der Höhe zu fliegen. Fliege zurück zu den Felsen und bleibe knapp an der Felswand, nütze die Aufwinde, da können sie dir nicht folgen, weil sie zu schwer für diese sind.“ Elan machte eine so abrupte Wendung, dass er etwas Zeit gewann und flog zurück zur Felswand, wo er gestartet war. Plötzlich wurden die Raben selbst angegriffen. Elan drehte sich um und sah zwei Möwen, wie sie sich auf die Raben stürzten. ‘Wenn die das hinbekommen, dann kann ich das auch’, dachte Elan, drehte um und griff ebenfalls an. Elan erwischte das Bein eines Raben und begann schneller und immer schneller im Kreis zu fliegen, den Raben, der wütend versuchte mit seinem Schnabel nach ihm zu picken, hinter sich her schleifend. Als Elan genug Schwung hatte, ließ er den Raben los. Dieser hatte völlig die Orientierung verloren und fiel krächzend in die Tiefe. Ein anderer Rabe flog ihm hinterher in die Tiefe. Die anderen Raben versuchten sich noch kurz zu wehren, ließen aber dann von ihm und seinen Freunden ab und flogen in Richtung des Berges. „Seltsam" dachte Elan noch. Warum fliegen sie nicht in Richtung des Feuers? „Seid ihr es?", rief Elan den Möwen fragend zu und hörte nun die Stimme von Minaha: „Ja, was glaubst du denn? Lasst uns nun versuchen, zumindest nicht als letzte anzukommen!" Minaha und *Silberhaar* wollten wieder in Richtung des Feuers fliegen, als Elan ihnen nachrief: „Das Feuer ist eine Ablenkung!" „Was sagst du?" „Das Feuer ist eine Ablenkung!" rief Elan noch einmal und klang diesmal so, dass er es fast selbst glaubte. Minaha und *Silberhaar* kamen wieder zurück.

„Woher willst du das wissen?" fragte ihn *Silberhaar* keuchend, der inzwischen zwar schon zumindest in die richtige Richtung fliegen konnte, aber nur mit großer Anstrengung.

„Ich weiß es nicht, aber die Raben sind in eine völlig andere Richtung geflogen!"

„In welche Richtung sind sie denn geflogen?", fragte Minaha neugierig.

„Ich glaube in Richtung Norden, aber sicher bin ich mir nicht. Ich weiß nur, dass sie nicht in Richtung dieses Feuers geflogen sind! Und wir würden nun sowieso schon als letzte unten ankommen, lasst uns lieber hier oben bleiben, wo wir alle Himmelsrichtungen sehen können. Ich glaube, das richtige Feuer wird bald aufleuchten." Minaha und *Silberhaar* antworteten nicht, kreisten nun aber gemeinsam mit Elan still nach oben bis zur Spitze des Berges, die Augen in die Schwärze der Nacht gerichtet. Es war still hier oben und kalt. Alle anderen waren unterwegs in Richtung des Leuchtfeuers. Der Mond war wieder hinter Wolken verschwunden und das Einzige, was Elan sehen konnte, war in der Ferne das Leuchtfeuer. „Ich glaube, ich sehe etwas!“, rief nun *Silberhaar* aufgeregt. Elan blickte in die Richtung, in die *Silberhaar* losgeflogen war und tatsächlich leuchtete nun auf der anderen Seite des Berges ein neues Feuer auf. Erleichtert blickte er von einem Feuer zum anderen, und der Satz ‘Manchmal gibt es zwei Dinge von derselben Sorte’, tauchte in seinem Bewusstsein auf. Er erinnerte sich, wie seine Mutter ihm diesen Satz in dem Traum zugerufen hatte und auch, dass eines der beiden Feuer eine Illusion war! Das erste Feuer war also tatsächlich eine Falle und Elan dachte nicht zweimal nach, denn das neue Feuer lag genau in der Richtung, in die die Raben geflogen waren, nämlich im Norden. Auch Minaha hatte das Feuer gesehen. In dem Moment sah er Ahiga vom Donnervogelstamm auf sich zu fliegen. Er hatte offensichtlich den Betrug erkannt und flog schnurstracks auf das richtige Leuchtfeuer zu.

‘Wieso weiß er davon?’, fragte sich Elan und Nirvelli antwortete:

„Donnervögel können sich mit der Gruppenseele aller Vögel verbinden. Ahigas Verbündete wird ihn darüber informiert haben, dass wir und die Raben in eine andere Richtung fliegen.“ Ahiga hatte enorme Flügel, war ein ausgezeichneter Flieger und so verloren sie ihn schnell aus den Augen. Aber auch Elan, Minaha und *Silberhaar* hatten nun ihre Flügel angelegt und sausten im Sturzflug auf das Feuer zu. Als sie in der Nähe des Feuers angekommen waren, hörten sie die

Raben aufgeregt schreien. Offensichtlich waren sie erneut in einen Kampf involviert. Dann sah Elan es: Ahiga hatte allein die vier Raben angegriffen. Er hatte einfach zwei von ihnen in seinen enormen Krallen und schleuderte diese in diesem Moment in die Tiefe. Dann wollte er sich auf die zwei verbleibenden Raben stürzen, die jedoch die Zeit genutzt hatten und nun als erstes neben dem Leuchtfeuer laut kreischend landeten. Kaum waren sie am Boden angekommen, verwandelten sie sich wieder in Menschen, und zwar in *Grauer Schnee* und Dahir.

Ahiga landete elegant auf dem Platz, wo seine Stammesbrüder und Schwestern standen. Diese rührten sich jedoch kaum, bei seiner Ankunft. Es war offensichtlich, dass Ahigas Ankunft erwartet wurde. Es schien sogar, dass hier und da jemand die Mundwinkel verächtlich verzog, weil er nach den Raben nur als dritter ins Ziel einging. Nur Hania ging rasch auf ihn zu:

„So, kleiner Bruder, das heißt dann wohl, dass ich dich für eine Zeit lang los bin. Gut gemacht!“, dabei lächelte er wohlwollend seinen kleinen Bruder an, der ihm in allem so ähnlich war, nur dass er etwas schlaksiger und kleiner als Hania war.

„Bist du nicht mehr wütend auf mich, weil ich mitgemacht habe und dich nun allein zurücklasse?“, fragte Ahiga und lachte dabei freundlich. Er bewunderte seinen großen Bruder, der schon so jung Häuptling war und alles immer im Griff zu haben schien. Er hatte auch ein wenig ein schlechtes Gewissen, denn, wenn er nun auch noch wegging, war Hania wirklich einer der wenigen jungen Männer, die noch lebten. Aber Otetiani hatte ihn im letzten Winter zur Seite genommen und ihn darum gebeten dieses Jahr am Bergflug mitzumachen. Sie schickten nur selten ein Kind zur Insel Ohne Namen, da sie hier jeden einzelnen Krieger brauchten und Ahiga wollte seinen Bruder nicht allein lassen. Otetiani war jedoch schon über einhundert Jahre alt und sein Stamm hatte in den letzten Jahren keine Nachfolger für Otetiani gesehen. Immer war irgendetwas dazwischengekommen, die Kinder waren in den letzten Jahren nie am Ziel angekommen und kein Lehrling war in den letzten Jahren mehr nach Abschluss der Ausbildung zurückgekommen. Und weil sie mit der Seele aller Vögel verbunden waren, hatte der Verlust des Adler-, Krähen- und Eulenstammes in den letzten Jahren die Lebenskraft des Donnervogelstammes stark reduziert. Und auch wenn alle anderen Stämme immer wieder murrten wegen der Arroganz und der Vormacht des Clans der Donnervögel, so waren sie sich im Stillen alle bewusst, dass es ein Gutes für alle war, dass die Donnervögel weiterhin den Vorstand innehatten, damit kein Gemetzel unter den anderen Stämmen um die Vorherrschaft ausbrechen würde. Ahiga musste einfach die Ausbildung machen,damit ihr Clan bald wieder einen eigenen Schamanen haben würde. Ahiga wusste, dass er nach der Ausbildung zum Schamanen zurückkommen musste. Er konnte es sich nicht leisten auch noch die sieben Jahre länger zu bleiben, um ein Zauberer zu werden. Aber er war schon froh, dass Otetiani sich dafür eingesetzt hatte, dass er die Ausbildung zum Schamanen machen durfte! Sie konnten alle nur beten, dass Otetiani noch so lange lebte, bis er zurückkehrte. Otetiani war nicht nur Schamane sondern auch Zauberer und seine Weisheit und magischen Kräfte waren für die gefiederten Nordstämme von immenser Wichtigkeit. Nun landete Minaha mit einem leichten Zögern auf der Seite des Platzes, wo die Möwen versammelt waren. *Silberhaar* überschlug es ein paar Mal als er sich erhob, blickte er zu den finster dreinschauenden Schneegänsen und dann zu dem lebendigen Möwenstamm. Er strich sich den Schnee von der Kleidung und ging, mit so viel Würde wie nur möglich, an den Schneegänsen vorbei und ebenfalls zu den Möwen. Seine Haare waren weiß geblieben, aber die Spitzen funkelten blaugrau im Mondlicht. Seine Verbindung mit den Möwen begann sich schon zu zeigen. Elan landete mit einem Plumps in der Mitte des Platzes. Als er sich erhob, ging ein Raunen durch die Menge, denn seine strubbeligen dunklen Haare hatten auf einer Seite eine weiße Strähne bekommen und die Pupillen seiner dunklen Augen leuchteten nun ebenfalls silbrig. Er hatte während des Fluges das Erbe seines Vaters angenommen und war nun halb Specht, halb Möwe. Auch sein Schritt hatte etwas mehr Eleganz bekommen und er selbst wunderte sich, dass er beim Gehen mehr federte und ihn die Schwerkraft nicht mehr so an den Boden sog. Zuerst ging er zum Specht Clan, wo ihm die Manipies und seine Verwandten mit freudigen Rufen und Umarmungen begrüßten. *Grille* hangelte sich an ihm hoch und pfiff ihm anerkennend ins Ohr. Dann streichelte er die silberne Strähne und hieß sie willkommen. *Himmelspforte* schaffte es sich einen Weg durch das Durcheinander zu bahnen und als er bei Elan angekommen war, fragte er ihn: „Du weißt, wo du heute stehst, ja?“ Elan schaute ihn zuerst mit Unverständnis an, dann jedoch senkte er die Augen. Seine Mutter flüsterte ihm ins Ohr:

„Gehen ist nicht verlassen, und ein Bund kann durch Entfernung nur stärker werden.“ Elan drehte sich zu ihr um und als er Tränen in ihren Augen sah, wandte er sich schnell ab, denn der ganze Dorfplatz schaute auf ihn und so straffte er seine Schultern, streckte sein Rückgrat und ging, ohne sich umzudrehen in die Richtung, wo Minaha und *Silberhaar* schon auf ihn warteten. Als er sich neben sie aufstellte, legte jemand seine Hände auf seine Schultern und er wusste, dass es sein Vater war. Er würde nun offiziell zwei Stämmen angehören: mit dem Herzen dem seiner Mutter und als Lehrling dem seines Vaters. Wenn er eines Tages als ausgebildeter Zauberer zurückkäme, würde er wählen können, welchem Clan er dienen würde. In dem Moment boxte ihm *Silberhaar* in die Seite und schaute auf seine Haare: „Du schaust gar nicht soo schlecht aus mit diesem Silberstreifen. Irgendwie wie ein Streifenhörnchen, aber ansonsten...“ Elan, der sich selbst noch nicht gesehen hatte, wollte *Silberhaar* fragen, von welchem Streifen er spräche, aber seine Neugierde darüber, wer die Teilnehmer wären, die als nächstes hier landeten, war größer. In dem Moment drangen mehrere erschrockene und ärgerliche Schreie zu ihm durch. Alle wandten sich in die Richtung, aus der die Schreie kamen und Elan sah, wie ein Specht von Kopf zu Kopf hüpfte, schließlich unsanft im Schnee landete und wieder als Mensch prustend und die Flocken abstreifend aufstand. Elan konnte seinen Augen nicht trauen, als er seine Schwester erkannte. Glücklich lief er auf sie zu und diesmal war er noch erfreuter sie zu sehen, als zuvor oben auf dem Felsen.

„Wie hast du das nur geschafft?", fragte er sie.

„Elan, das ist meine Aufgabe, in Erfahrung zu bringen, wie es zu dem Sieg kam", wies ihn *Schattenjäger* giftig zurecht und wollte ihn schon in die Menge zurückstoßen, als Clanmutter vor ihn hintrat:

„Danke *Schattenjäger*, wie immer weißt du uns zurecht, an die Rangordnung und Tradition unserer Clans zu erinnern. Wir wollen jedoch auch die Gewinner würdigen und Elan gehört nun mal zu den Gewinnern und nun lasst uns *Morgentau* hören", sagte sie bestimmt. Sie wollte schon fortfahren, als aus der Dunkelheit der Aufschlag eines Körpers und ein Schmerzschrei zu hören war. Dann kam eine Möwe flach auf *Schattenjäger* zugeflogen, überschlug sich zweimal, wandelte sich zu einem Menschen und warf schließlich schwungvoll den erstaunten Zauberer um. Beide rappelten sich wieder auf und nun sahen alle, dass es Ayita war. Elans Herz machte einen freudigen Sprung. Ayita war schon jubelnd und die Arme nach oben werfend in Richtung des Möwen Clans unterwegs, als von hinten ein Junge auf sie zustürmte und von hinten an ihren Haaren zog. Er war mittelgroß und eindeutig aus dem Clan der Schneegänse, denn seine langen weißen Haare und die weiße Kleidung saßen trotz des offensichtlichen Sturzes immer noch tadellos:

„Hey du, hiergeblieben!“ - Ayita drehte sich nicht um, sondern ging einfach einen Schritt zurück und schlug dem Angreifer mit dem Kopf auf die Nase. Der Junge heulte wütend auf und wollte sich auf Ayita stürzen, als *Geflochtene Zöpfe* dazwischenging. Sie war ihnen beiden haushoch überlegen und hielt sie nun beide an den Haaren fest.

„Was um alles in der Welt passiert hier? Wenn ihr nicht beide disqualifiziert werden wollt, verlange ich nun ein angemessenes Verhalten!“ Stille war auf dem Platz eingetreten und sowohl der Schneegansjunge als auch Ayita ließen davon ab, auf den anderen losgehen zu wollen. *Geflochtene Zöpfe* ließ daraufhin die Haare beider Kinder los, verschränkte die Arme vor ihrer Brust, hob eine Augenbraue und verlangte wortkarg eine Erklärung. „Wir kamen aus derselben Richtung. Als ich bemerkt hatte, dass das andere Feuer viel zu klein, also nur eine Ablenkung war, flog ich so rasch wie möglich nach oben. Ich wusste nicht, wohin ich fliegen sollte aber als der Mond kurz auftauchte, sah ich über mir Ahiga in Richtung Norden fliegen, also flog auch ich in Richtung Norden. Ich bin ein sehr guter und schneller Flieger und konzentrierte mich darauf, die kürzeste Strecke zu nehmen. Als ich dieses Feuer hier erblickt hatte, flog ich im Sturzflug darauf zu. Ich setzte zur Landung an, als diese hier“, und er zeigte angewidert mit dem Finger auf Ayita, „seitlich in mich hineinflog. Daraufhin stürzte ich und sie kam einzig deswegen vor mir hier an.“ Ayita funkelte ihn wütend an, als sie sagte: „Ich bin nicht absichtlich in dich hineingeflogen, warum auch. Ich war angekommen und wollte nur mehr landen. Im Gegenteil! Du bist plötzlich aus dem nichts aufgetaucht und hast wie ein Tölpel einfach vor mir angehalten. Ich habe mir um ein Haar das Genick gebrochen! Nur weil ich eben besser fliegen kann als du, habe ich es im Gegensatz zu dir geschafft, hier heil und vor allem vor dir zu landen!" In dem Moment kamen auch andere Teilnehmer des Bergfluges fluchend am Platz an und riefen wütend, dass man den Flug wiederholen müsse. Sie seien reingelegt worden. Anklagend und mit den Fingern in Richtung der anderen zeigend, riefen einige von ihnen, dass diese sich den Gewinn erschwindelt hätten, denn offensichtlich hatten sie wohl von dem zweiten Feuer gewusst! Zum Schluss kamen noch zerfranst und humpelnd die restlichen vier Rabenkinder auf dem Platz an, stürmten durch die Menge, bis sie bei ihrem Stamm ankamen und beklagten sich dann lautstark, dass Elan und Ahiga sie angegriffen hätten und disqualifiziert werden sollten.

„Nicht nur Elan hat unfair gehandelt, auch seine Schwester flog nicht ins Ziel, sondern hüpfte!", rief jemand.

„Das war also ein Berghüpfen, statt ein Bergflug!", rief jemand süffisant und hatte die Lacher auf seiner Seite.

„Meine lieben Stammesbrüder und -schwestern", sagte nun Clanmutter und ihre Stimme war tief und ehrfurchtsgebietend. Sie hatte sich mitten auf den Platz vor dem Feuer gestellt und eine Hand erhoben, um den

Aufruhr zu besänftigen. Ihre weißen Haare leuchten hell und ihre Silhouette warf einen langen Schatten vor sich in den Schnee.

„Wir sind hier als die magischen, gefiederten Stämme des Nordens!“, sie wartete einen Moment, bis die Wucht ihrer Worte ankamen. „Wir sind hier, um das Überleben unserer Clans und Familien zu sichern. Und wie wir es seit jeher tun, muss die nächste Generation diese Initiation durchmachen. Nur die Besten werden das Recht haben, zu Lehrlingen zu werden, um in das geheime Wissen eingeweiht zu werden. Wir haben hier vor uns die acht Gewinner stehen, die es diesmal mit ihrer Flugkraft, ihrer Schlauheit, ihrer Geistesgegenwart sowie ihrer persönlichen Fähigkeiten geschafft haben, als erste hier an diesem Feuer anzukommen!“

„Aber einige von ihnen haben gemogelt!“, rief nun wütend jemand aus der Menge. „Der Specht kann es unmöglich vor den anderen geschafft haben!“, warf nun *Schattenjäger* giftig ein „Und Ahiga hat zwei unserer Brüder angegriffen!“, rief nun eine Frau aus dem Rabenstamm.

„Brüder, Schwestern!“, rief Clanmutter wiederum. „Ja, es stimmt, zwei von den acht hier vor uns, hatten einen unfairen Vorsprung!“

„Sie müssen ausgeschlossen werden. Es muss Gerechtigkeit geben!“, warf nun sichtlich befriedigt *Schattenjäger* ein. Clanmutter wandte sich an *Schattenjäger*:

„Ich glaube nicht, dass du das möchtest, denn die zwei, die hier disqualifiziert werden könnten, sind Dahir und *Grauer Schnee*!"

Ein Aufschrei ging nun durch den Rabenstamm. Und einige Mitglieder des Rabenstammes bewegten sich empört und mit erhobenen Fäusten in Richtung von Clanmutter. Der alte Otetiani, Ama und die Schamanin der Schneegänse, *Geflochtene Zöpfe* traten nun ebenfalls vor und stellten sich zwischen die Menge und Clanmutter.

„Meine lieben Freunde, ich danke euch für eure Hilfe, aber ich bin mir sicher, dass unsere Brüder und Schwestern aus dem Rabenstamm mir zustimmen werden, wenn sie erfahren, was heute Nacht hier passiert ist."

„Dann erzähl, Clanmutter, anstatt uns hier länger im Unwissen zu lassen!", zischte *Schattenjäger*. Clanmutter wandte sich langsam um und richtete ihren ausgestreckten Arm auf Schattenjäger. Es warst du, *Schattenjäger*, der ein zweites Feuer gelegt hatte, es wurde mir von den Spähern berichtet und es gibt keinen Zweifel daran. Willst du etwas dazu sagen?" *Schattenjäger* war kreidebleich geworden, senkte den Kopf und starrte auf die Umstehenden:

„Ja, ich habe ein Feuer angezündet, und zwar wie bei jedem Vollmond! Ich habe zu den Ahnen gesprochen und um Hilfe gebetet. Es war ein kleines Feuer und ich frage mich, wie jemand so dumm sein konnte zu glauben, dass es das Leuchtfeuer sei!", sagte er betont ruhig.

„Du leugnest also, dass du das Feuer absichtlich zur Verwirrung angemacht hast?“, fragte Clanmutter laut.

„Ich muss nichts leugnen! Ich tat es, um die Windgeister freundlich zu stimmen und das war auch notwendig, denn ein Sturm wollte aufkommen und nur dank meiner intensiven Gebete konnte ich ihn besänftigen. Dass dieser Wind mein Feuer anfachte und größer machte, dafür kann ich nichts. Ihr solltet mir alle dankbar sein, dass eure Kinder heil unten angekommen sind, anstatt mich hier mit Unterstellungen zu beleidigen“, sagte er und schaute dabei herausfordernd in Richtung Clanmutter.

„Und du hast natürlich nicht daran gedacht, dass dein ehemaliger Ratgeber und jetziger Verbündeter von Dahir, ihr Bescheid geben würde, nicht zu diesem Feuer zu fliegen, nicht wahr?“

„Es war nicht notwendig Dahir über irgendetwas aufzuklären, da hier keine böse Absicht vorherrschte! Ich machte schlichtweg eine Zeremonie. Das war alles!“ Ein Schweigen breitete sich nun in der Menge aus und die Aufmerksamkeit richtete sich auf Dahir. Diese war inzwischen kreidebleich geworden und starrte verwirrt auf Clanmutter. Diese beugte sich etwas zu Dahir hinab:

„Dahir, du musst keine Sorge haben, denn ich weiß, dass du es nicht gewusst hast. Es ist jedoch wichtig, dass du uns die Wahrheit sagst, wie es dazu kam, dass ihr als erstes hier am Feuer angekommen seid und schon von Anfang an nicht in die Richtung des falschen Feuers geflogen seid.

„Wie nebenbei auch Elan und Ahiga! Auch sie sind von vornherein oben geblieben so als ob auch sie es schon gewusst hätten!“, warf nun *Grauer Schnee* ein.

„Eins nach dem anderen!“, rief Clanmutter und wandte sich wiederum Dahir zu. Diese blickte nun von *Schattenjäger* zu Clanmutter, als *Geflochtene Zöpfe* zu Dahir ging, ihre Hand auf Dahirs drittes Auge legte, die Augen schloss und nach wenigen Atemzügen die Hand wieder ruhig entfernte. Dann wandte sie sich in Richtung von Clanmutter:

„Dahir wusste nichts davon. Sie dachte, es sei ihre Intuition oder die Intuition ihres Verbündeten, der ihr die Eingebung gegeben hatte, wieder zurück in Richtung des Berges zu fliegen. Die anderen sind ihr einfach gefolgt. Aber...“, sie wandte sich nun mit vor Wut bebender Stimme an *Schattenjäger*, „du hast nicht nur ein Feuerchen gemacht sondern hast genau gewusst, dass dein Rabe immer noch mit dir verbunden ist und weiß, was du tust. Das war ein schwerwiegendes Vergehen. Ich kenne dich seit vielen Jahren und du bist einer der besten Zauberer, die ich kenne, aber dein Ehrgeiz hat dich blind und hart gemacht. Du hast die Heiligkeit des Bergfluges verletzt und ich werde daher im Rat vorschlagen, dass du nicht mehr hier bei unseren Treffen der Nordstämme teilnehmen darfst!“ Und wieder ging ein wütender Aufschrei durch die Menge des Rabenstammes. Nun trat der Häuptling der Raben, *Scharfes Auge* auf den Platz und baute sich vor *Geflochtene Zöpfe* auf:

„Älteste, du kannst über die Mitglieder deines Stamms Urteile aussprechen, aber hüte dich, über Mitglieder anderer Stämme bestimmen zu wollen. Es ist immer noch unser Rat der Raben, der bestimmt, was mit unseren Mitgliedern passiert! Diese Entscheidung steht dir nicht zu. Wir, vom Raben Clan, werden heute Nacht über das Schicksal unseres Zauberers abstimmen. Eines ist nun jedoch gewiss: Dahir und *Grauer Schnee* sind unschuldig und müssen daher als Gewinner dieses Fluges anerkannt werden!" Er hatte die letzten Worte in Richtung von Clanmutter und den anderen Zauberern gerufen. Clanmutter nickte zustimmend:

„Ja, Dahir und *Grauer Schnee* werden als Lehrlinge angenommen." Sie winkte nun den beiden Rabenkindern zu, dass sie sich neben ihr aufstellen sollten. In Richtung der Menge rief sie: „Und nun kommen wir zu Ahiga und seinem Angriff auf zwei Raben. Ahiga, tritt vor und erkläre uns, weshalb du die Raben angegriffen hattest." Ahiga trat selbstbewusst vor und mit erhobenem Kopf erzählte er, dass er es schlichtweg seltsam fand, dass das Feuer so klein war und die ganze Rabentruppe nicht in Richtung des Feuers geflogen war, somit hatte er beschlossen, nicht gleich nach unten zu fliegen, sondern oben weiterhin zu kreisen. Er sah dann, wie sie Elan angriffen und als dieser von zwei Möwen Hilfe bekommen hatte, mussten sie von ihrem Vorhaben, Elan zu verletzen, ablassen. Sie flogen dann jedoch nicht in Richtung des Feuers, sondern im Gegenteil, in Richtung Norden. Er hatte daraufhin beschlossen oben zu bleiben und zu sehen, was als nächstes passiere. Er habe dann das zweite Feuer entdeckt und es war ihm klar geworden, dass das erste Feuer offensichtlich eine Ablenkung war und dass die Raben scheinbar davon gewusst hatten. Daraufhin war er in Richtung des zweiten Feuers geflogen und nachdem er sah, dass vier Raben dort als erstes angekommen wären, hatte er kurzerhand zumindest zwei davon unschädlich gemacht. Um seine Mundwinkel zuckte ein Lächeln. Ganz offensichtlich machte es ihm Spaß die Geschichte zu erzählen. Er wollte schon fortfahren, als Clanmutter ihn unterbrach:

„Es liegt nicht an dir, für Gerechtigkeit zu sorgen. Dennoch hast du mutig und voraussichtig gehandelt. Auch du wirst morgen früh in den Norden aufbrechen." Sie winkte ihn ebenfalls herbei und Ahiga stellte sich auf die andere Seite von Clanmutter. Als er an Otetiani vorbeikam, nickte dieser ihm stolz mit dem Kopf zu. Dann ging Clanmutter zu *Morgentau,* die noch mit zerzaustem Haar und einer Schramme im Gesicht da stand. Ein paar Manipies versuchten gerade ein paar Blätter und kleine Äste aus ihren Haaren zu ziehen und mit Moos ihr Gesicht etwas zu säubern, als Clanmutter zu sprechen begann und *Morgentau* sie schnell packte und in ihre Tasche steckte:„Morgentau, liebe Morgentau." Clanmutters Augen ruhten ein paar Atemzügen auf dem kleinen Mädchen, das so gar nicht wie eine Heldin aussah. Alle wussten, dass sie kaum fliegen konnte und Clanmutter wusste auch, dass niemand erwartet hatte, dass sie überhaupt hier am Feuer ankommen würde. Die beiden anderen Teilnehmer des Spechtst Clans hatten es nicht bis zum

Feuer geschafft und dass *Morgentau* unter den ersten acht sein würde, war für manch einen eine Beleidigung gegenüber den anderen Stämmen. Und dennoch stand sie nun da. Clanmutter schmunzelte kurz, bevor sie zu sprechen anfing: „*Morgentau*, ich bin nun wirklich neugierig, wie du es angestellt hast, hier als eine der ersten am Feuer angekommen zu sein. Bitte erzähle uns." *Morgentaus* Augen leuchteten triumphierend und sie begann freudestrahlend zu erzählen, was passiert war. Sie war als eine der letzten gestartet und war erst an der oberen Waldgrenze angekommen und wollte schon weiter nach unten von Baum zu Baum fliegen, als östlich von ihr das Klopfen von Spechten laut wurde. Das sei so eindringlich gewesen, dass sie sich auf ihre Intuition verlassen wollte und in Richtung des Klopfens der Spechte flog. Sie war sich sowieso bewusst, dass sie niemals gewinnen würde und schon froh sein konnte, wenn sie überhaupt heil unten ankommen würde und so hatte sie nicht viel zu verlieren. Als sie dann auf der anderen Seite des Berges angekommen sei, habe sie das neue Feuer entdeckt und habe sofort verstanden, dass das ihre Chance war. Alle anderen Vögel waren schon so tief unten im Tal gewesen, dass sie das Feuer nicht sehen konnten! Sie gab also ihr bestes und flog ... so schnell sie konnte hierher. „Mir scheint, sie kletterte hierher", flüsterte Dahir *Grauem Schnee* laut genug zu, dass es nicht nur *Grauer Schnee* hören konnte. Dieser lachte hämisch, wurde aber von Clanmutter mit einem Blick zum Schweigen gebracht. Clanmutter wandte sich wieder *Morgentau* zu:

„Sehr gut *Morgentau*, sehr gut. Das ist die Schlauheit des Spechtes, der immer am rechten Ort zur rechten Zeit ist und seinen Ohren traut. Ausgezeichnet. Du wirst also als erstes volles Mitglied des Specht Clans, nachdem dein Bruder für den Stamm der Möwen und nicht für den Clan der Spechte geflogen ist, ebenfalls im Bunde der potenziellen Schamanen oder Zauberer aufgenommen werden." Aus den Reihen des Specht Clans drangen laute Freudenschreie und Manipies warfen alles, was sie zwischen die Finger bekamen, in die Luft. Und wuselten dann allem hinterher, was sie nicht wieder auffangen konnten. Aus den anderen Stämmen – außer aus dem Möwenstamm – drangen jedoch auch Schimpftiraden und verächtliche Laute. Clanmutter blickte in die Runde:

„Dieses kleine Mädchen hat sich mit Klugheit, Mut, Unbeirrbarkeit und Kreativität diesen Platz erobert. Und es ist ...", und dabei wandte sie sich in Richtung Dahir und *Grauer Schnee*, „... nicht von Bedeutung, ob sie einen eleganten Flug hinter sich hat oder teilweise sogar zu Fuß gegangen ist. Tatsache ist, dass sie am richtigen Ort und als eine der ersten angekommen ist!" Nach einer Pause fügte sie barsch hinzu: „Außerdem sie ist ohne andere Teilnehmer anzufallen und ohne zusätzliche Hilfe ausgekommen!" Wiederum wurde Getuschel und einige Bemerkungen laut. Aber Clanmutter winkte *Morgentau* herbei, *Windige Höhe* schritt ihr rasch entgegen und führte sie freudestrahlend neben Ahiga. Dort stand sie nun hochrot und verlegen, mit einer Hand die Haare aus dem Gesicht streichend, mit der anderen die Manipies immer wieder in die Tasche zurückschiebend. Ahiga, der sie um mindestens drei Köpfe überragte, lächelte sie freundlich an, als sie sich neben ihn stellte und nun doch mit den Tränen zu kämpfen hatte, als alle ihre Verwandten zu jubeln begannen. Die freudigen Rufe ließen in ihrer Körperhaltung Stolz zu, was ihr außerordentlich gut stand. Clanmutter fuhr nun wieder mit lauter Stimme fort: „Alles, was wir bisher gehört haben, ist Teil der Herausforderung. Wenn es eine rein körperliche, diplomatische oder kriegerische Herausforderung gewesen wäre, dann würden die Gewinner zu Häuptlingen, zu Kriegern oder Kundschaftern ausgebildet werden. Der Bergflug ist jedoch ein Test eurer Gaben, also auch eurer magischen, spirituellen Fähigkeiten. Offensichtlich hatten hier einige mit ihrer Gabe...", und Clanmutter holte tief und langsam Luft, „... der Intuition erkannt, dass da ein zweites Feuer auf der anderen Seite des Berges angemacht werden würde und sind also von Beginn an in die richtige Richtung geflogen. Anders kann es nicht gewesen sein, richtig? So, und nun kommen wir zu einer weiteren heroischen Truppe!" Sie wandte sich an Elan, *Silberhaar* und Minaha, die immer noch am Rande des Platzes bei den Möwen standen. Die Gesichter aller Umstehenden wandten sich in ihre Richtung. Manch einer flüsterte, dass das die Gruppe der Mischlinge sei. Keiner von ihnen hätte eine Verbündete verdient. Clanmutter hob mahnend eine Hand und als wieder Ruhe eingekehrt war, wandte sie sich an Elan: „Wie kam es Elan, dass du dich ebenfalls wie die Raben in die richtige Richtung bewegt hast? Woher hast du gewusst, dass das richtige Feuer nördlich des Berges ist?“ „Ich habe nicht gewusst, dass da ein anderes Feuer ist“, sagte Elan leise.

„Lügner!“, rief nun jemand aus der Menge.

„Elan, es ist wichtig, dass du uns die Wahrheit sagst“, sagte Clanmutter laut. Elan holte tief Luft:

„Die Raben hatten mich angegriffen und so flüchtete ich zurück zum Berg. Minaha und *Silberhaar* hatten gesehen, dass ich in Schwierigkeiten war, und halfen mir gegen die Raben. Als wir dann im Schutz der Felsen waren, brachten uns die Aufwinde wieder zurück auf die Hochebene.“ Nach einer Pause fuhr er fort: „Als wir sahen, dass die Raben in Richtung Norden flogen, waren wir sicher, dass sie etwas wussten, was die anderen nicht wussten. Dann sahen wir das Feuer und, naja, dann flogen wir auf dieses zweite Feuer zu.“ Als Elan aufgehört hatte zu sprechen, war ihm bewusst, dass diese Geschichte nicht überzeugend klang. Aber er wollte nicht erzählen, dass er sich an einen Traum erinnerte, in dem seine Mutter ihm von zwei Dingen erzählte. Er kam sich sowieso schon lächerlich vor und am Ende würde man noch seine Mutter bezichtigen, ihn vorgewarnt zu haben und so zog er es vor lieber seinen Mund zu halten.

Clanmutter schaute alle drei an. Sie blickte von den Raben zu den dreien und wieder zu den Raben. „Ich denke, wir haben genug Geschichten gehört für heute. Tatsache ist, dass diese drei Stammesmitglieder heute erstaunliches geleistet haben. Alle drei sind mit Verbündeten geflogen, die sie bis vor kurzem nicht einmal gekannt haben. Allein schon diese Tatsache ist mehr als bemerkenswert. Sie haben heute Nacht die Flugkunst der Möwen mit der Sturheit der Spechte, der Intelligenz und der strategischen Fähigkeiten der Schneegänse sowie der Schnelligkeit der Falken verbunden." Diesmal musste sie nicht für Ruhe sorgen, denn alle warteten auf Clanmutters Urteil. Diese unterdrückte nun nicht mehr ihre Freude und rief: „Wir haben also mit diesen drei weiteren Teilnehmern sieben Lehrlinge und müssen nun nur entscheiden, wer der achte Teilnehmer sein wird. Ayita und Torr, kommt bitte hierher. Die Fakten sprechen für Ayita. Sie ist als erste angekommen. Sie wird also die Teilnehmerin sein, denn auch wenn das bedeutet, dass in diesem Jahr zum ersten Mal kein Mitglied aus dem Schneegansstamm in den Norden geschickt wird, müssen wir die alten Wege und Gesetze respektieren: Ayita ist vor Torr auf dem Platz angekommen. Das ist eine Tatsache!" Dann wandte sie sich in Richtung der Stammesmitglieder der Schneegänse, die sie inzwischen mit unverhohlener Abscheu anschauten:

„Für *Silberhaar* gilt dasselbe wie für Elan. Wenn sie nach der Ausbildung zurückkommen, können sie wählen, ob sie für ihren Geburtsstamm oder den Möwenstamm Schamanen oder Zauberer sein wollen. Es gibt also immer noch die Möglichkeit, dass *Silberhaar* sich dafür entscheidet ein Zauberer der Schneegänse zu sein!" Dann drehte sich Clanmutter wieder in Richtung des Zentrums des Platzes: „Wir lieben unsere Kinder und wir lieben und ehren unsere Ahnen. Lasst uns diesen Abend mit Freude beenden und die Unstimmigkeiten begraben!" Es dauerte eine Weile, bis die Zornesrufe aus dem Schneegansstamm sich beruhigt hatten und einer feierlichen Stimmung Platz machte. Dann jedoch nahm die Freude darüber, dass niemand gestorben war, alle heil angekommen waren und es acht Teilnehmer gab, die in das geheime Wissen eingeweiht werden würden, Oberhand. Minaha wurde von Ama freudig umarmt. Elans Mutter schälte sich nun ebenfalls aus der Menge und legte ihr vorsichtig das Baby in die Arme. Dann ging sie zu Elan und umarmte ihn überschwänglich:

„Gut gemacht Elan, gut gemacht. Und manchmal müssen Träume ungeteilt bleiben." Dann führte sie ihn neben *Morgentau*: „Pass auf deine Schwester auf. Sie ist zwar älter als du, aber sie ist allein und hat nicht wie du schon Freunde gefunden." Sie atmete schwer, bei diesem Satz, dann fuhr sie fort: „Auch wenn du nicht unter Schild der Spechte geflogen bist, sind wir unendlich stolz auf dich. Du wirst für unsere Brüder und Schwestern des Möwenstammes ein würdiger Zauberer werden." Bei diesen letzten Worten entwich ihr nun doch ein leichtes Schluchzen und schnell wuselte sie wieder zurück zu den anderen Mitgliedern des Specht Clans, wo sie mit tröstenden Worten aufgenommen wurde. Elan blieb erschrocken zurück. Er hatte gedacht, dass er eines Tages wählen könne, für welchen Clan er als Zauberer arbeiten würde. Sein Herz wurde nun doch etwas schwer, bei dem Gedanken, dass diese Nacht eine Furche zwischen ihn und dem Stamm seiner Mutter gegraben haben könnte. Als nun ein Manipi es geschafft hatte, aus *Morgentaus* Tasche zu entfliehen, hüpfte er sofort auf Elans Schulter und ahmte ihn nach, wie er hier mit hängenden Schultern zwischen all den feiernden Menschen stand. *Grille*, der bisher damit beschäftigt gewesen war, Elans Aussehen wieder in Ordnung zu bringen, lachte sich schief über diese Darstellung und rief Elan ins Ohr, dass er jetzt wirklich aufhören solle, so trübselig dreinzuschauen. Er war einer der acht Gewinner und sollte sich nun endlich auch so benehmen. Er putzte das gestickte Symbol des Schildes der magischen Nordstämme auf Elans Brust, pochte immer wieder mit einem fiktiven Schnabel auf dessen Brust und summte dabei fröhlich: „Ich bin ein Specht! Ich bin als Specht geboren! Ich kann immer ein Specht sein! Specht, Specht Specht!!!!!“ Dazwischen musste er immer wieder Luft holen vor Lachen und beide Manipies begannen nun auf Elans Schulter in stolzer Siegerpose herumzustolzieren und dabei immer wieder mit ihren „Schnäbeln“ gegen seinen Kopf zu pochen. Elan war froh darüber. Seitdem er am Vortag begonnen hatte, mit dem Möwenstamm zu üben, fühlte er sich auch schon wie ein Verräter seiner Familie des Specht Clans gegenüber. Als er aber nun die freudigen Gesichter seiner Familie in der Menge sah und die Manipies ihn offensichtlich immer noch als einen Specht ansahen und also nicht verließen, beruhigte ihn das etwas. Und ihm kam in den Sinn, dass er direkt am nächsten Morgen aufbrechen würde, um seine Ausbildung zu beginnen. In dem Moment sah er, dass *Silberhaar* allein und ziemlich verloren neben ihm herumstand. *Geflochtene Zöpfe* tat in genau diesem Moment einen Schritt auf diesen zu, als sie jedoch bemerkte, wie auch Ama herbeigeeilt kam und einen Arm um *Silberhaar* legte, blieb sie wieder stehen. Silberhaar war für den Möwenstamm geflogen. Im Gegensatz zu dem Spechtstamm, dessen Mitglieder erleichtert waren, dass einer von ihnen den Bergflug nicht nur geschafft, sondern sogar das Recht erworben hatte, ein Lehrling auf der Insel Ohne Namen zu werden, hatten die Mitglieder der Schneegänse wenig bis keine Toleranz für *Silberhaars* Entscheidungen. In den Augen der meisten hatte er die Zugehörigkeit zum Schneegansstamm verloren. Es sollte also in diesem Jahr kein Mitglied des Schneegansstammes unter den Gewinnern dabei sein. Elan hörte, wie Ama leise mit *Silberhaar* sprach: „*Silberhaar*, wir, vom Möwen Clan sind stolz darauf, dich unter uns zu haben. Du hast heute Nacht einen Freund gerettet und verstärkst von nun an die Macht des Möwenclans. Du wirst heute Nacht bei uns schlafen und wir werden dir morgen früh alles Notwendige für die Reise mitgeben. Du hast jedoch jederzeit die Möglichkeit dich wieder mit dem Stamm deiner Vorfahren zu vereinen. Keiner nimmt dir diese Verbindung weg. Das ist wichtig, dass du das weißt, ja?“ *Silberhaar* war sichtlich gerührt. Dennoch wanderten seine Augen über die Köpfe seines Stammes, ob seine Eltern vielleicht doch noch aufgetaucht waren. Hier wichen jedoch alle seinen Blicken aus. Keiner jubelte oder zeugte sonst wie Anerkennung. In dem Moment erhob *Geflochtene Zöpfe* die Stimme:

„Das ist nun also die Gerechtigkeit und Unparteilichkeit von Clanmutter? “ihre Stimme war fest und hart und jedes Wort brachte Teilung und Schmerz.

„Wir haben hier Raben, die informiert waren, also einen Vorteil hatten, wir haben einen Donnervogel, der eigentlich gar nicht hätte mitmachen sollen und seine Brüder und Schwester angreift, wie es ihm beliebt. Wir haben hier Möwen, die eigentlich keine Möwen sind, eine Möwe, die unfair handelte und wir haben einen Specht, der nicht fliegen, sondern nur hüpfen kann." Jedes ihrer Worte strotzte nur so vor Verachtung und triefte vor Galle und Gift. „Ich bin nun wirklich neugierig, wie Clanmutter den Umstand sieht, dass Ayita, nebenbei schon wieder ein Mitglied des Möwenstammes," und ihre Züge wurden nun noch schärfer, „ein Stammesmitglied von uns Schneegänsen!", und zorniges Rufen drang aus dem Schneegans-Stamm, „die wir immer, seit Anbeginn an, mindestens zwei Lehrlinge aus unseren Reihen in den Norden

schickten!", wiederum wartete sie, bis diese gewaltige Ungerechtigkeit, die sie hier beschwor den Volkszorn, zum Beben gebracht hatte, bevor sie fortfuhr, „in der Dunkelheit ungesehen tätlich angegriffen wurde! Denn meiner Meinung nach, ist hier kein einziger Teilnehmer, der hier nach altem heiligem Gesetz, Lehrling werden dürfte. Alle haben hier die Spielregeln verletzt durch Mauscheln oder Gewalt und … ", sie blickte zu *Morgentau*, „falscher Technik und manche sogar, weil sie eigentlich gar nicht mitmachen dürften, da sie von Vornherein nicht die Voraussetzungen mitbrachten! Aber wahrscheinlich ist all das verzeihlich oder sogar ehrenhaft. Nur unser Mitglied, das einfach nur schnell hergeflogen kam und ohne Hinterhältigkeit oder sonstigen rücksichtslosen oder feigen Machenschaften hier ankam, wurde, da es ja als neuntes Mitglied hier ankam, ausgeschlossen!" Die letzten Worte hatte sie fast geschrien, so sehr hatte sie sich in Rage geredet. Nun war wieder Stille auf dem Platz und alle blickten zu Clanmutter. Diese schloss die Augen und nach einer gefühlten Ewigkeit, öffnete sie die Augen wieder und sprach ruhig und gelassen:

„Sie werden dieses Jahr zu neunt sein. Es werden dieses Jahr neun Lehrlinge werden und nicht acht!" Ein Aufschrei ging durch die Menge.

„Aber die Zahl neun bedeutet Chaos, haben wir nicht schon genug Chaos? Willst du nun auch noch unsere Ahnen beleidigen?", rief *Schattenjäger* und bekam als Antwort das Kopfnicken all seines Stammes. Nun nahm Hanias Großmutter Pohawe das Wort, während sie einen Schritt auf den Platz machte:

„Wir haben immer acht Teilnehmer gehabt, weil das die Zahl der Muster und des heiligen Rads ist. Das Rad hat sich jedoch gedreht. Unsere Welt ist nicht mehr, wie sie war. Seitdem die Kish von Osten her in unser Land vordringen, verlieren unsere Stämme an Kraft. Die Schilde der Adler, Krähen und Eulen wurden schon seit vielen Wintern nicht mehr hier aufgestellt und noch nie kam es vor, dass sogar der Clan der Falken ausblieb. Unser Rad hat begonnen sich rückwärtszudrehen. Aus dem Osten kommt nicht mehr nur das Licht der Sonne, sondern eine neue Kraft, eine gewissenlose Kraft, die vereinnahmend vorwärtsdrängt. Deren Rad ist stark und dreht sich schnell. Jeden Tag strahlt ihr Schild heller und leuchtender, auch wenn es kein ehrenwertes ist, während wir unser Leuchten verlieren. Chaos ist die Energie, die am Horizont zu sehen und zu spüren ist und wir können das weiterhin verneinen und einfach weitermachen, wie bisher oder wir beginnen dieses Chaos anzuerkennen und uns darauf einzustimmen, um es für uns zum Guten zu wenden. Es ist nicht aus Versehen, dass wir neun Teilnehmer vor uns haben, von denen jeder auf seltsamste Weise hier angekommen ist. Ich finde daher den Vorschlag von Clanmutter dem Geist der Zeit entsprechend. Wenn wir jemals wieder das Rad sich in die richtige Richtung drehen sehen wollen, dann müssen wir das Chaos einladen und nicht versuchen es fernzuhalten.“ Nun trat auch *Windige Höhe,* in die Mitte des Kreises:

„Wir sind uns alle bewusst, was für ein Privileg es dieses Mal war, dass unsere Kinder vom Specht Clan an diesem heiligen Ritus teilnehmen durften. Das Unglück unserer Brüder und Schwester des Adler Clans, der Ausschluss des Krähen Clans sowie der Verrat des Eulen Clans hat das Rad zu unseren Gunsten gedreht. Dass nun gleich zwei unserer Mitglieder unter den ersten hier beim Feuer angekommen sind, ist uns eine unendliche Freude und bestätigt, dass unser Clan würdig ist, hier mit euch zu sein. Ich fühle jedoch auch, dass das nicht zu Ungunsten anderer Stammesmitglieder sein darf. Es ist wichtig, dass wir alle in Frieden und Respekt miteinander leben und ein Clan, der in diesen Zeiten keinen Lehrling in den Norden schicken kann, ist schwer benachteiligt. Daher finde ich, dass Clanmutters Vorschlag, dieses Mal neun Lehrlinge zu akzeptieren, weise ist."

„Klug gesprochen, klug gesprochen!", rief nun Häuptling Kaga über den Platz hinweg in Richtung der Menge und aus den Reihen der Schneegänse kam zustimmendes Gemurmel. „Aber die Regeln so zu verdrehen, nur damit wir uns besser fühlen, ist etwas, was nur jemand vorschlagen kann, der keine Ahnung hat, wie hier die Dinge laufen!", rief nun *Schattenjäger* dazwischen und dabei wackelte seine spitze Nase und seine schmalen Lippen bewegten sich wie ein zappelnder Fisch auf und ab vor lauter Freude darüber, dass er endlich jemandem vom Specht Clan eines auswischen konnte.

„Halt, halt!", rief nun Clanmutter dazwischen, "wir sind hier immer noch mitten in der Entscheidung und wenn wir wirklich unsere Ahnen verärgern wollen, dann indem wir den Frieden zwischen uns mit Füssen treten! Es sollen sich noch die Zauberer des Möwenstammes und des Donnervogelstammes äußern, dann überlege ich mir, neu zu entscheiden, oder eben nicht. Ama, wie ist dein Vorschlag?" Ama, der das lange Herumstehen schon lange schwergefallen war, begann nun mit großen Schritten rund um das Feuer zu gehen. Ihr hoher Turm an silbernen Haaren wippte dabei im Takt. Die Hände verschränkte sie hinter dem Rücken und das Kinn senkte sie zu Boden.

„Es gibt hier vieles zu bedenken. Die Ahnen, die Welt, die Auswirkungen, die Regeln. Meine Frage ist, wie ginge es uns, wenn nun kein Mitglied der Schneegänse erstmals teilnehmen könnte, dafür jedoch zwei Raben als Lehrlinge zu Zauberern ausgebildet werden, die ohne Zweifel einen gewaltigen Vorsprung hatten! Man stelle sich vor, der Ratgeber eines unseres mächtigsten Zauberers der Nordstämme, flog mit Dahir!“ Sie wartete nicht die Kommentare aus den Reihen der Raben ab und fuhr fort:

“Oder wie ginge es uns, wenn Ahiga nicht mitgehen könnte? Wir wissen um die Sorge des Donnervogelstammes, dass sie – entschuldige bitte Otetiani – irgendwann ohne einen Zauberer nicht nur ihren Stamm in schwerste Umstände stürzen würden, sondern auch den Vorsitz über alle anderen magischen Stämme des Nordens verlieren würden!“ Nun breitete sich ein tiefes Schweigen über den Platz aus und die sonst so souveränen Mitglieder des Donnervogelstammes begannen unruhig mit den Füssen zu schaben.

„Ich bitte dich“, warf nun Otetiani mit leicht gehobener Stimme ein, „rein über den Bergflug und nicht über die Sorgen unseres Stamms zu sprechen, ich denke, dass weder die Anwesenheit eines Zauberers noch die Fähigkeit, die Nordstämme zu leiten, derzeit in Gefahr sind. Ich fordere dich daher doch gütig“, und damit fand er seine sonstige entspannte und leicht überhebliche Haltung wieder, „und bestimmt auf, dich auf das Wesentliche zu konzentrieren, nämlich auf die Wahl zwischen der Zahl acht und neun. Ich danke dir, geschätzte Ama.“ Ama hatte nur kurz innegehalten, um Otetiani gut zu hören, denn auch wenn das Feuer schon sehr heruntergebrannt war, so war das Knistern immer noch laut genug, um Otetianis altersschwache Stimme fast zu übertönen. Nun nahm sie ihren Rundgang wieder kurz auf, hielt dann endgültig an, wandte sich an Clanmutter und sagte mit klarer Stimme:

„Die Schneegänse hatten zugestimmt, dass drei Teilnehmer, die nicht aus dem Möwenstamm sind, mit Möwen als Verbündete fliegen durften. Das war und ist ein großes Geschenk für uns alle von Seiten aller und eben besonders von Seiten der Ältesten der Schneegänse, die die Hüter der Gesetze sind. Ich bin für Wandel und für Flexibilität. Wie der Wind immer derselbe und doch immer ein anderer ist, so sollten auch wir die verkrusteten alten Gesetze teilweise mit frischen und neuen Augen betrachten. Wir vom Möwenstamm haben heute Nacht eine Schneegans unter uns, die mit einer Möwe als Verbündete geflogen ist. Wir haben einen Specht, der zwar auch ein Sohn unseres Stamms ist, der jedoch keinen einzigen Tag mit einer Verbündeten gearbeitet hat, wir haben eine Möwe unter uns, deren Sieg angezweifelt werden kann und wir haben eine Möwe, die doppelt so alt ist, wie ein Teilnehmer sein darf und zudem hat sie noch ein Baby... das dem Wolfsstamm angehört! Ich denke, die Zeichen sind klar und eindeutig, dass der Große Geist uns zahlreich und einfallsreich haben will, um diese kommenden Jahre zu überstehen. Daher schlage ich ebenfalls vor, all diese Zeichen einbeziehend, dass wir alle neun Teilnehmer in den Norden schicken." Ama machte noch ein paar Schritte, dann kehrte sie zu den anderen drei Zauberern und Clanmutter zurück, schüttelte kurz ihren Kopf, um die Zöpfe auf ihre Plätze zu bringen und nun ergriff Otetian das Wort:

„Gut gesprochen, Ama, gut gesprochen. Dafür, dass du selbst erst seit wenigen Wintern Zauberin bist und daher wenig, sehr wenig Erfahrung hast mit unserer Geschichte, ist deine Einschätzung sicherlich von wichtigem Inhalt. Dennoch und damit wende ich mich nun an eure Erinnerung und wie oft wir schon die alten Weisheiten durch Faulheit oder Unwissenheit oder Überheblichkeit verändern wollten und jedes Mal eines Besseren belehrt worden waren. Immer wieder - und das ist auch wichtig! - werden die alten Weisen über ihre Gültigkeit getestet. Wir haben dafür den Rat der Ältesten, den Gesetzeskreis und uralte Zeremonien. Denn diese alten Gesetze haben es verdient, mit all unserem Können, Wissen und unserer Liebe behandelt zu werden. Es ist sicherlich nicht zu unserem Besten, wenn wir die Wege des alten Seins einfach so an einem kalten Winterabend verändern. Wir wissen nicht, was wir herbeirufen, wenn wir aus Angst und Sorge Bestehendes, das uns seit Generationen beschützt, mit Füssen treten. Es ist sicherlich schwierig, wenn ein Stammesmitglied von der Möglichkeit, Lehrling im heiligen Wissen zu werden, ausgeschlossen wird, dennoch gibt es keinen Zweifel, die Regel lautet: die ersten acht Teilnehmer werden zu Lehrlingen. Ich denke, dass genau in unsicheren Zeiten, Traditionen und Gesetzte wörtlich genommen werden sollten. Ich plädiere deswegen eindeutig dafür, dass nur die ersten achtTeilnehmer zu Lehrlingen werden. Ich habe gesprochen." Clanmutter musste nicht lange warten, denn alle Anwesenden war es kalt und sie begannen müde zu werden und so fielen auch die Antworten und Reaktionen weniger enthusiastisch oder wütend aus. „Gut, Geflochtene Zöpfe, wir haben also die Donnervögel und die Raben, die für die Einhaltung der Zahl acht plädieren und wir haben den Spechtstamm und den Möwenstamm, die für das Hinzufügen eines Lehrlings sind. Es werden keine der ersten acht Teilnehmer ausgeschlossen. Das heißt, wenn du nun ebenfalls für die Zahl acht bist, wird der Junge aus deinem Stamm nicht als Lehrling angenommen werden." Es konnte nun die neu aufgekommene Spannung schier greifbar mit den Fingern berührt werden. Die Schneegänse, die als Hüter der Regeln und des Rads galten, mussten nun zwischen zwei Möglichkeiten wählen, die sie jeweils in Konflikt mit ihrem Glauben brachte. Wenn sie die alten Regeln einhalten wollten, müsste ihr Mitglied ausgeschlossen werden. *Geflochtene Zöpfe* stand ratlos da. Alle kannten sie als eine Frau von starken Prinzipien, niemals würde sie aus Eigennutz ihre Pflicht den alten Gesetzen gegenüber vernachlässigen. Dennoch wäre die Tatsache, dass sie keinen würdigen Teilnehmer – und *Silberhaar* galt nicht als solcher – in den Norden schicken würden, ein fast ebenso unmöglicher Akt. „Ich kann das nicht entscheiden. Wir müssen als Stamm einen Rat abhalten. Es ist mir unmöglich hier und jetzt eine Entscheidung zu fällen. Ich möchte, dass wir einen Tag bekommen, um zu entscheiden, Clanmutter."

„Liebe Schwester, es ist nicht möglich diese Entscheidung zu verschieben und du weißt es. Wir sind immer noch in Zeremonie und wir werden diesen Platz nicht verlassen, bevor wir wissen, wer von unseren Kindern morgen früh in den Norden aufbricht. Sollten wir diese Entscheidung nicht heuteNacht treffen, verletzten wir eine weitere der Grundregeln der Zeremonien, nämlich, dass jede Zeremonie abgeschlossen sein muss und dass die Kinder am Morgen nach dem Bergflug aufbrechen müssen. Ansonsten ermöglicht es eventueller Zweifel und Angst den Kindern nicht, mit all unserem Segen aufzubrechen. Wir würden sie schwächen mit unseren Sorgen und das, meine Liebe, bedeutet unser aller Karma schwer zu belasten."

„Clanmutter, wie kannst du es wagen mich über die Gesetze des Karmas zu belehren!", rief nun *Geflochtene Zöpfe* aufgebracht und sie schüttelte verzweifelt den Kopf. Sie war in einer schrecklichen Zwickmühle. Elan, dessen Füße am Erfrieren waren und der eigentlich nur mehr essen und schlafen wollte, wurde nun von *Grille* an den Ohren gezogen.

„Ich habe eine Idee", flüsterte er aufgeregt in Elans Ohr:

„Bitte sag Clanmutter, dass ich einen Vorschlag habe. Ja?" - Elan wurde blass vor Schreck. Die Stimmung war aufgeheizt und alle waren gereizt und das letzte, was er jetzt wollte, war die Aufmerksamkeit auf sich zu richten!

„Wenn du jetzt nicht an mich glaubst, kannst du morgen allein aufbrechen", drohte ihm nun *Grille.* Elan wusste nicht, dass sein kleiner Freund vorhatte, ihn am nächsten Tag zu begleiten und es schien ihm nun himmlisch ihn als einen Freund bei sich zu haben und so holte er tief Luft:

„Clanmutter, mein Freund, *Sanfte Grille* vom kleinen Volk, hat einen Vorschlag!“ Clanmutter drehte sich erfreut zu ihm um und auch wenn rundherum ungeduldiges Stampfen und ärgerliches Stöhnen zu hören war, waren doch alle dermaßen ratlos, dass niemand Einspruch erhob.

„Sprich, kleiner Freund, sprich!“, rief sie aufmunternd Elan zu. Elan, der inzwischen hochrot war und dem plötzlich siedend heiß wurde, wiederholte, was ihm *Grille* ins Ohr flüsterte:

„Ihr werdet zu acht gehen als Lehrlinge. Minaha wird eine Art Ersatz für die Lehrer sein. Sie wird kein klassischer Lehrling sein, sondern eure Begleitung. Dennoch wird sie im Norden geschult werden, aber eben in Funktion einer Begleiterin und nachdem sie ein Kind dabeihat, sind es morgen zehn Menschen, die in den Norden gehen und nicht neun. Und die Zahl zehn ist die Zahl der Erfüllung, bevor alles wieder mit der Zahl eins los geht. Es ist eine Glückszahl. So wird das alte Gesetz geehrt und dennoch auch die Anstrengung aller Teilnehmer und die Gerechtigkeit gewürdigt.“ Es brauchte eine Weile, bis die Worte Elans ihre Wirkung zeigten, dann jedoch begannen alle wild durcheinander zu sprechen, ob das auch wirklich so sei und ob ein Kind aus dem Wolfsstamm überhaupt als Mensch gelten würde. Clanmutter unterbrach die hitzigen Diskussionen und wandte sich an Minaha:

„Minaha, würdest du die Rolle der Führerin annehmen? Das würde dir eine gewisse Verantwortung geben und dir aber auch den Sonderstatus geben, während der Ausbildung dich um dein Kind zu kümmern.“ Minaha musste nicht lange darüber nachdenken. Sie selbst war von Anfang an im Zweifel gewesen, ob sie überhaupt mitgehen sollte, denn sie wusste, dass die Ausbildung hart und anstrengend werden würde und sie hatte den Gedanken noch nicht zugelassen, dass sie eventuell das Kind hätte gar nicht mitnehmen können. Auch wenn das Wolfskind nicht ihres war, hatte sich in diesen wenigen Stunden eine tiefe Bindung zu dem Jungen eingestellt. Zudem hoffte sie, dass bald ihre beiden eigenen Kinder gefunden werden würden und sie diese zu sich nehmen könnte. Oder, falls ihre Kinder nicht gefunden werden würden, wollte sie sich, kaum dass sie die Fähigkeit der Schamanen erlernt hätte, sich selbst aufmachen, um Achak und das Baby zu finden. Ein Lehrling durfte die Ausbildung nicht verlassen, ohne auch das Recht der Zugehörigkeit zu den magischen Nordstämmen zu verlieren. Ein Sonderstatus würde ihr also die Freiheit geben auf diese verschiedenen Situationen schnell und ohne Umstände reagieren zu können. Und so nahm sie diesen Vorschlag dankbar und freudestrahlend an. Clanmutter richtete sich nun direkt an die fünf Zauberer vor sich: „Können wir diesen Vorschlag annehmen?“ Die fünf Männer und Frauen nickten einstimmig. „Gut, hiermit sind wir zu einem einstimmigen Entschluss gekommen und können die Zeremonie beenden.

Ich danke allen, die hier anwesend sind, dafür, dass wir morgen acht Lehrlinge und eine Führerin mit einem Baby in den Norden schicken können. Die Ahnen werden uns danken.“ Und zu den acht Lehrlingen und Minaha gewandt: „Wir haben im Dorf ein Essen für euch bereitet. Anschließend geht ihr direkt in eure Zelte. Bei Morgengrauen werdet ihr losgehen.

„Bekommen wir keine Anweisungen?“, fragte *Grauer Schnee* und sprach allen anderen damit aus der Seele. Keiner von ihnen wusste, wo sie hingehen sollten. „Ihr werdet vor eurer Abreise von euren Zauberern eingewiesen werden.“

„Wer wird uns denn begleiten?“ fragte Minaha. Clanmutter holte wiederum tief Luft:

„Es wird euch niemand begleiten. Ihr müsst den Ort allein finden. Du wirst als Führerin die Aufgabe haben zu entscheiden.“ Minaha blickte sie erschrocken an:

„Ich kann das nicht, Clanmutter. Ich dachte, dass ich, um das Dilemma der Zahl neun zu umgehen, als eine Führerin unter der Gruppe ausgewählt wurde. Aber ich habe nicht im Geringsten daran gedacht, die Führerin des Weges sein zu können! Ich kenne den Weg nicht und ich bin keine Zauberin!“ Elan sah, wie *Silberhaar* neben ihm der Atem stockte und auch er dachte einen Moment sich verhört zu haben.

„War das immer schon so?”, fragte nun auch Elan allarmiert.

„Nein, das war nicht immer so, Elan. Es waren üblicherweise jeweils ein Zauberer des Eulenstammes und des Adlerstamms, die die Lehrlinge auf dem Weg begleiteten, da in beiden Stämmen immer zwei Zauberer sind, beziehungsweise waren und somit jeweils einer entbehrlich war. Wie ihr wisst, gibt es weder den Eulenstamm noch den Adlerstamm heute hier unter uns. Zudem wissen wir nicht, was mit dem Falkenstamm los ist und jede Seele weniger, die hier mit uns ist, schwächt unsere Gruppenseele und macht uns verletzlicher. Es sind aber nicht nur diese Gründe, die dazu geführt haben, dass wir es so entschieden haben." Elan beobachtete, wie Clanmutter, die den ganzen Abend ruhig und gefasst gewirkt hatte, nun nervös nach den richtigen Worten suchte. Sie fasste sich jedoch schnell wieder und fuhr mit ruhiger Stimme fort:

„Der schwerwiegendste und eigentliche Grund ist, dass die Lehrlinge der letzten beiden Male nie am Zielort angekommen waren." Ein entsetztes Raunen ging durch die Runde der zukünftigen Lehrlinge. „Das ist der Grund, warum wir keine jungen Zauberer mehr haben", fügte sie traurig hinzu. Es gibt inzwischen Kräfte und Mächte, die nicht daran interessiert sind, dass wir noch Zugang zum alten Wissen und zur Magie haben und beide Male in der Vergangenheit haben sie die Zauberer gefangen genommen um zu erfahren, wo die Ausbildung stattfindet. Es gelang ihnen jedoch nicht, denn es waren starke Frauen und Männer aus den verschiedensten Clans und wir sind ihnen für immer dankbar, dass sie sich geopfert haben, denn sie entschieden, mit dem Geheimnis in den Tod zu gehen, damit sie uns retten konnten. Die Lehrlinge wurden dann von den Kish in ihre sogenannten Erziehungslager gebracht und dort zu Kish erzogen. Viele Mütter und Väter hier unter uns trauern heute noch um ihre Kinder und manche Familien wollten noch nicht einmal, dass ihre Kinder heute beim Bergflug mitmachten. Wir haben keine weiteren Informationen, was mit ihnen passiert ist, aber zurückgekommen ist kein einziger. Dazu darf es nicht wieder kommen. Weder, dass die wenigen Zauberer, die wir noch haben, getötet werden, noch, dass einer eventuell doch dazu gebracht wird, den Ort preiszugeben. Wenn dieser Ort einmal von unseren Feinden entdeckt würde, wäre das das Ende unserer Lebensweise."

Es war inzwischen still geworden und alle hörten angespannt zu.

„Aber wie sollen wir diesen Ort finden?", fragte Elan nun bange.

„Ihr dürft bis zum letzten Moment nicht wissen, wo er ist, ansonsten würdet ihr dasselbe Schicksal erleiden, wie die Lehrlinge der letzten Male. Wir werden einem von euch heute Nacht im Traumsagen, wo der nächste Ort liegt. Er wird sich jedoch erst daran erinnern, wenn er in der Nähe dieses Ortes ist. Wir werden einem anderen von euch eine genaue Anleitung geben, wie ihr zu dem Ort in der Nähe gelangt. Jeder einzelne von euch bekommt ein Stück Information. Nur wenn ihr alle euer Wissen miteinander teilt, werdet ihr die Insel Ohne Namen finden. Minaha wird ebenfalls nur einen Teil der Reiserute bekommen, aber es ist ihre Aufgabe, von jedem von euch das Beste herauszuholen. Sie hat die Aufgabe zu entscheiden. Es ist wichtig, dass ihr auf sie hört und ihr vertraut und tut, was sie sagt. Sie hat am meisten Erfahrung und hat gezeigt, dass sie auch in schwierigen Momenten überleben kann. Ihr könnt den nächsten Ort also nicht finden und somit kann man diesen nicht durch euch erfahren. Es sind fünf Etappen zwischen hier und eurer Ausbildungsstätte. Sollte eine Etappe kompromittiert sein, findet ihr die nächste nicht. Solltet ihr euer Ziel nicht erreichen, dürft ihr nicht hierher zurückkehren, da die Kish alles tun werden, um euch zu finden und sie würden euch hierher folgen."

Elan schluckte, als er das hörte. „Wenn die Kish keine Magie haben, wieso sind sie dann so gefährlich?"

Clanmutter dachte kurz nach, dann sagte sie: „Sie haben keine Angst vor dem Gesetz des Karmas. Sie tun alles ohne Rücksicht und nicht nur das. Sie sind sehr fruchtbar und kommen aus einem Land, wo sie so zahlreich sind wie die Mücken im Sommer. Wenn einer stirbt, wird er sofort durch zwei ersetzt." Er hatte all das nicht gewusst! Er blickte zu den anderen, die das alles jedoch zu wissen schienen. Dann schaute er zu seiner Schwester *Morgentau*, die zwar ebenfalls nicht sehr angespannt wirkte aber offensichtlich auch eingeweiht war und es wurde ihm mit einem Schlag bewusst, dass sie wusste, dass sie nur hierher zurückkehren durfte, wenn sie die Ausbildung geschafft hätte. Elan war wiederum erstaunt darüber, wie sehr er seine Schwester unterschätzt hatte. Sie hatte das ganze Jahr über mit dem Gedanken gelebt, dass das eventuell das letzte Mal war, dass sie hier am Yarasee ihr Leben mit ihren Freunden und ihrer Familie teilte, und er hatte sie kein einziges Mal jammern hören! Zum ersten Mal verstand er, warum das Alter eines

Teilnehmers wichtig war. Ein Kind von seiner Familie zu trennen, war kein lustiges Abenteuer, sondern ein schwerwiegendes Unternehmen. „Wir sehen uns also morgen früh am südlichen Ufer des Yarasees. Genießt das Festessen und achtete heute Nacht auf eure Träume!“, schloss Clanmutter und nun hatten es alle eilig endlich in die Wärme der Tipis zu gelangen und etwas zu essen. In dieser Nacht schlief am Yarasee niemand gut. Kinder wälzten sich schlaflos in ihren Fellen, Mütter und Väter wachten an ihren Betten und beteten dafür, dass sie im Traum wach waren, um die Botschaften der Schamanen und Zauberer zu empfangen. Alles lag in Dunkelheit und Stille, nur das Knistern des Feuers und das leise Weinen eines Kindes waren zu hören. Großmütter flehten an ihren Altären die Ahnen um Hilfe und Großväter rauchten schweigend ihre Pfeife, den Großen Geist um Leitung und Führung bittend. Und während unsere Dorfbewohner angstvoll die Stunden zählten bevor die große Reise ihrer Kinder ins Ungewisse startete, saßen in einem Winkel eines heruntergekommenen Saloons nicht allzu weit entfernt im Osten mehrere düstere Gestalten zusammen:

„Heute ist der Vollmond, an dem die zukünftigen Zauberer ausgewählt werden. Morgen früh gehen sie los”, flüsterte eine Stimme, die nach Rauch und Whisky roch.

„Wir müssen sie aufhalten, bevor sie ihre Zauberkräfte entwickeln können”, sagte eine zweite Stimme, deren Besitzerin eine Narbe über dem rechten Auge hatte.

„Die Frage ist nicht, ob wir sie aufhalten sollen, sondern wie!"

„Genauso wie das letzte Mal, du Schwachkopf!", sagte eine dritte Stimme.

„Wir wissen, dass sie irgendwo im mittleren Rabengebirge starten. Wo genau konnten wir leider noch nicht herausbekommen aber sie müssen sich an den Flussläufen halten, ansonsten kommen sie mitten im Winter nicht voran."

„Sie können fliegen, habt ihr das vergessen?"

„Nein, das haben wir nicht vergessen. Wir haben nördlich des Khimmangebirges in jeder Siedlung Männer aufgestellt, die den Himmel nach acht Vögel, die seltsam aussehen oder sich irgendwie seltsam verhalten, aufgestellt. Kaum sehen sie etwas, was nicht normal ist, melden sie es.

„Und wir sind uns sicher, dass die Zauberer Schule im Norden ist?"

„Ja, da gibt es keinen Zweifel!"

„Na gut. Aber das letzte Mal haben die Zauberer fünf von uns getötet und als wir sie dann endlich gefangen hatten, haben wir erst nichts herausbekommen. Was soll diesmal anders sein? Warum sind sie überhaupt so wichtig!", rief nun eine schrille Stimme, die fast schon hysterisch klang.

„Wenn wir sie nicht aufhalten, werden sie zu mächtig. Was glaubst du, warum wir diese Wilden immer noch nicht besiegt haben. Es sind nur Menschen und sie sind uns zahlenmäßig unterlegen und dennoch halten sie den Westen. Und warum? Weil sie ihre Kinder Zauberkünste lernen lassen. Die können dann fliegen und sich verwandeln und uns zum Teufel jagen. So sieht es aus. Abgesehen davon liegt es nicht an uns zu entscheiden. Wir haben den Auftrag diese Kinder und ihre Zauberer daran zu hindern an der Ausbildungsstätte im Norden anzukommen. Mehr brauchen wir nicht zu wissen...und was all das andere anbelangt, das überlassen wir den Experten. Sie werden es diesmal besser machen als das letzte Mal. Also macht euch jetzt mal nicht in die Hosen. Wir haben sie die letzten beiden Male geschnappt und werden es auch diesmal schaffen."

„Ich bin mir noch immer nicht sicher, ob wir sie nicht doch unterschätzen. Denn, nicht nur wir sind diesmal besser gewappnet. Ich bin mir sicher, dass auch sie sich für dieses Mal etwas haben einfallen lassen."

„Diesmal werden wir mit mehr Leuten gehen und wir wissen, dass es immer acht Kinder und zwei Zauberer sind." Die anderen nickten, woraufhin sie sich erhoben und zur Tür gingen.

„Morgen früh gehen wir los."

Die Sonne war noch nicht aufgegangen und Elan stand bibbernd vor Kälte am Ufer des Sees. Das Eis lag noch still vor ihnen und kein Laut war zu hören. Rechts und links neben ihm standen *Silberhaar*, Ayita und Mihana, die ihr Baby auf den Rücken gebunden hatte. Seine Schwester *Morgentau* stand neben Minaha und danach standen die zukünftigen Lehrlinge der Raben und Torr von den Schneegänsen. Ahiga konnte er nicht sehen, war er etwa schon gestartet? Hinter ihnen war das ganze Dorf versammelt. Jeder Stamm hatte seine große Trommel mitgebracht und im Halbkreis hinter ihnen aufgestellt und so waren insgesamt fünf mächtige Trommeln auf dem Platz. Otetiani segnete nun jeden Einzelnen von ihnen mit dem Rauch von Zedern, Lavendel und Salbei und murmelte dabei Gebete. Am Waldrand sah Elan die anderen Schamanen und Zauberer, wie sie die heilige Pfeife rauchten und die Kräfte der acht Himmelsrichtungen anriefen. Elan spürte, wie eine Gänsehaut über seinen Rücken zog und sein Puls beschleunigte sich. Dann begannen die Trommeln. Zuerst eine, dann zwei, drei und schließlich alle fünf Trommeln begannen einen langsamen Rhythmus anzuschlagen. Sein Herz verlangsamte sich wieder und schlug nach einer Weile im Takt der Trommeln. Niemand sprach. Dieser Klang, dieser Rhythmus ließ Elan seine Sorgen und Ängste vergessen und er fühlte sich mit einem Mal stark und mutig. Als Elan das Gefühl hatte, dass das Herz aller um ihn herum im Rhythmus der Trommeln schlug, gab Otetiani ein Zeichen und die zukünftigen Lehrlinge mit Mihana und ihrem Baby schritten auf das Eis zu. Hier, weit entfernt vom heißen Wasserfall, war der See mit einer dicken Eisschicht überzogen. Nun sangen alle Stammesmitglieder ein Gebet und er sah, wie Ahiga wie aus dem Nichts aufgetaucht war, in die Mitte des Sees ging, sich niederkniete und mit beiden Händen das Eis berührte. Sofort begann das Eis zu klirren und zu knacken und Ahiga stand auf. Elan sah, wie sich das Eis unter seinen Füßen bewegte und sich ein Spalt bildete. Dann setzte Ahiga einen Fuß vor den anderen und ging langsam auf die andere Seite. Der Spalt zwischen ihnen vergrößerte sich und Elan dachte nur:

'Ahiga geht ohne uns los', und ihm wurde mulmig zumute, ' sollten wir nicht gemeinsam starten? ' Dann zogen Wolken auf. Der Rhythmus der Trommeln beschleunigte sich und Ahiga ging schneller. Die Wolken wurden dunkler und verdichteten sich, gleichzeitig zog aus dem Norden eine Nebelwand auf, die Ahiga verschluckte. Die Wolkendecke über ihnen verdichtete sich und ein Blitz durchfuhr krachend die Stille. Es war nun so dunkel, dass man seine Hand nicht mehr vor den Augen sehen konnte. In dem Moment kam in den Reihen neben Elan Bewegung ins Spiel. Er blickte in die Richtung, aus der der Lärm kam und dachte drei Schatten sich durch die Lüfte erheben zu sehen. Dann wurde es wieder heller, das Gewitter donnerte noch über dem Landstrich, in dem Ahiga verschwunden war, aber ansonsten ging die Sonne im Osten auf und die ganze Landschaft begann in einem gleißenden Licht zu leuchten. Es wurde still und es begann zu schneien. Dicke Schneeflocken fielen vom Himmel und *Geflochtene Zöpfe* flüsterte *Silberhaar* undTorr etwas ins Ohr.

„Wir werden uns bald finden", flüsterte *Silberhaar* Elan rasch ins Ohr

„Erinnere dich bitte, was du heute Nacht geträumt hast!" Dann lief er los und Elan sah, wie er sich noch während des Laufes in eine Schneegans verwandelte und, dicht gefolgt von Torr in die Höhe flog. 'Warum in eine Schneegans?', fragte sich Elan verwundert, aber da hörte er aus der Ferne einen Ruf und als er die Augen verengte, um besser zu sehen, war er sich sicher, hoch oben eine Schneegans gesehen zu haben, die ihn mit seinen Rufen zu sich rief. Aber Elan hatte keine Zeit darüber nachzudenken, denn nun kam ein Wind auf, der binnen Augenblicke sich zu einem Sturm entwickelte. Elan musste beide Beine fest in den Boden stemmen, um nicht davongeweht zu werden. Ama war, ohne dass er es bemerkt hatte, hinter ihn, Minaha und Ayita getreten. „Es ist nun an der Zeit, dass ihr losfliegt, Elan, du musst dich erinnern und wach sein, wenn du schläfst. Das Unwichtige ist oft das Wichtige. Vergiss das nicht und nun los ihr beiden!" Eine Böe erfasste ihn und er verwandelte sich in eine Möwe und er hob ab in die Lüfte.

'Warum hat sie ihr beiden gesagt?', fragte er sich. Als er etwas an Höhe gewonnen hatte, flog er in einer großen Schleife noch einmal zurück, warf einen letzten Blick auf den See, das Dorf mit den Zelten und sah dann, wie *Morgentau* dem Ufer entlang stapfte und in Richtung des Waldes ging. 'Sie ist allein und sie kann kaum fliegen! ', dachte er und sein Herz bekam einen Stich. Doch dann sah er, dass auch Minaha zu Fuß unterwegs war und ebenfalls in Richtung Wald ging. 'Natürlich. Sie kann mit dem Baby nicht fliegen', wurde ihm bewusst. Elan seufzte erleichtert auf. Dennoch spielte er einen Moment mit dem Gedanken, zurückzufliegen und ebenfalls zu Fuß sich seiner Schwester und Minaha anzuschließen. Und als ob der Wind seinen Zweifel gehört hätte, wurde der Sturm stärker und Elan hatte damit zu kämpfen, nicht vom Wind wie ein Blatt durch die Gegend gewirbelt zu werden. Der Schnee wurde dichter und der Nebel, stieg dort auf, wo Ahiga gestartet war. Elan sah nichts und hörte nichts mehr.

Jedes Mal, wenn er dachte, er wolle umdrehen, wurde der Wind stärker und trieb ihn in Richtung Osten. Er wusste nicht wo Ayita geblieben war und offensichtlich hatten die Schamanen und Zauberer der Stämme entschieden, dass er seiner Schwester nicht helfen durfte. Elan spreizte die Flügel und ließ sich von der Strömung tragen. 'Ich vertraue meinem Instinkt, ich vertraue dem Großen Geist. Ich werde sie alle wiederfinden', sagte er sich, während Tränen aus seinen Augen rannen.

Als der Sturm sich gelegt und die Trommeln verstummt waren, war alles anders. Die Kinder waren weg. Niemand konnte sagen, ob man sie jemals wiedersehen würde. Sie waren die Hoffnung der Stämme und sie waren fort. Die Großväter hatten ihre Pfeifen leer geraucht, die Großmütter legten weiche Tücher über ihre Altäre, Mütter trockneten ihre Tränen und Väter versuchten stark zu sein für die, die geblieben waren. Ihre Kinder zogen in einen ihnen unbekannten Teil des Landes um dort ihre Zauberkräfte zu entwickeln. Sie waren nun auf sich selbst gestellt auf ihrer Wanderschaft in den Norden.

Nur der Wind weinte leise mit, als er über das Eis fegte und in den Wäldern heulte. Die Sonne stand kalt am Himmel und sah auf die Erde herab, wo das Schicksal eines Volkes in den Händen von Kindern lag, die mutig genug waren sich der Gefahr preis zu geben. Sechs Männer und Frauen postierten sich jedoch noch den ganzen Tag und die folgende Nacht am Ufer, ihre Pfeifen in der einen Hand und einen Bergkristall in der anderen Hand haltend. Sie waren in tiefer Trance. Am

Morgen des nächsten Tages öffnete eine sehr alte große Frau die Augen:

„Elan, Ayita und Minaha sind in Sicherheit. Keiner hat sie bisher bemerkt.“ Ein hagerer schwarzgekleideter Mann mit Rabenmaske sagte.

„Auch Dahir und *Grauer Schnee* sind nicht bemerkt worden.“ Eine hochaufgerichtete alte Frau mit Zöpfen blickte müde in die Ferne:

„*Silberhaar* und Torr sind ebenfalls nicht bemerkt worden.” Eine kleine, zarte Frau mit vielen weißen Locken lächelte mit Tränen in den Augen:

„Auch *Morgentaus* Aufbruch wurde nicht bemerkt.“

Die Augen der vier Männer und Frauen richteten sich nun auf den Ältesten unter ihnen, der schweigend immer noch dasaß und nun endlich die Augen öffnete:

„Ahigas Flug wurde bemerkt. Er wurde gesichtet, als er über eine Siedlung der Kish geflogen war!”, der alte Mann seufzte, als er wortlos seine Pfeife in eine Tasche aus Otterfell gemeinsam mit dem Tabak, dem Kristall und den Federn legte. Dann erhob er sich und bevor er in Richtung des Dorfes ging, sagte er noch: „Es war richtig, dass wir sie alle getrennt starten ließen. Unsere Vorsicht hat sich als gut erwiesen. Ahiga ist als einziger in Richtung Norden geflogen und wie gedacht, haben sie dort Wachen aufgestellt. Er kann sie nun ohne Probleme von den anderen ablenken.“

„Es wird ihm nichts passieren“, sagte nun beschwichtigend die Frau mit den Zöpfen, “er ist klug und ist der Aufgabe gewachsen.“

„Ja, ich weiß“, sagte der alte Mann und ohne dem weiteres hinzuzufügen, machte er sich auf in Richtung des Dorfes. Die anderen Zauberer blieben noch eine Weile am Ufer stehen, dann wandten auch sie sich dem Dorf zu. Die Kinder waren aus ihrer Reichweite und sie konnten sie nicht mehr weiter mit ihrer Energie beschützen. Von nun an lag ihr Schicksal in ihren eigenen Händen und denen des Großen Geistes.

Über die Autorin

Margaretha Hermine Doderer

Margaretha Hermine Doderer wuchs am Rand der österreichischen Alpen auf. Ihr Lebenslauf ähnelt dem vieler anderer: Schule, Beruf und Gründung einer Familie. Und gleichgültig, ob sie für eine Zeitung, ein Orchester, einem Umweltschutzverband oder dann in Italien im sozialen und ganzheitlichen Bereich arbeitete, immer ging es ihr darum hinter die Kulissen zu schauen, das Muster der Geschichten zu erkennen.

Wenn ihr wieder einmal alles zu banal, zu verrückt oder zu tragisch schien, ging sie in den Wald. Ein Leben ohne Natur war etwas vom wenigen, was sie sich nicht vorstellen konnte. Auf ihrer Suche nach dem Sinn folgte sie Hexen nach Kreta, studierte und praktizierte alternative Heilmethoden aber ein Zuhause fand sie erst im Schamanismus. Sie ist seit 20 Jahren Lehrling auf einem schamanischen Weg und das Wissen, das sie bei ihrer Beobachtung der Natur und in ihrer Ausbildung bekommen hat, will sie in ihren Büchern weitergeben. Warum sie mit Leidenschaft für Kinder und Jugendliche schreibt?

Weil viele wichtige Bücher über das geheime Wissen für Erwachsene geschrieben wurden. Aber die Magie des Lebens ist keine Theorie, sondern eine Kraft, die vor allem in diesen wichtigen Jahren, da die Welt vor einer Entscheidung steht, den nächsten Generationen von Anfang an zur Verfügung stehen soll, denn wie sie sagt: „Magie ist wie Atem. Man kann sie wahrnehmen und einsetzen oder ... eben nicht."

Eine kleine Bitte der Autorin: ein Feedback auf der Amazon Seite würde mir und dem Buch sehr helfen. Ich hatte fast fünf Jahre an diesem ersten Teil der Saga geschrieben. Der zweite Teil soll jedoch schon im Juni 2023 erscheinen. Ein Buch zu schreiben, braucht Zeit. Jedes positive Feedback auf Amazon hilft mir, das Buch zu verkaufen und damit wiederum mehr Zeit zu haben. Kurz und gut: falls dir das Buch gefallen hat, bitte nimm dir die Zeit, noch einmal auf die Amazon Seite zu gehen und entweder einfach nur Sterne zu geben oder sogar etwas zu schreiben. Vielen, vielen Dank!!!

Printed in Poland
by Amazon Fulfillment
Poland Sp. z o.o., Wrocław

15845431R00399